ENGLISH CHANNEL
AND
WESTERN APPROACHE
COMPILED FROM THE LATEST ADMIRALTY SURVEYS AND FRENCH GOVERNMENT CHA
CAUTIONARY NOTES
E N G L A N D
LONDON
SOUTHAMPTON
PORTSMOUTH
CHERBOURG
LE HAVRE
CAEN
JERSEY
Direction and Rate of Tidal Streams

Ken Follett
Nacht über den Wassern

Ken Follett

NACHT ÜBER DEN WASSERN

Roman

Aus dem Englischen von
Gabriele Conrad und Lore Straßl

Mit Buchkunstarbeiten
von Achim Kiel

Gustav Lübbe Verlag

Titel der Originalausgabe: Night over Water
Originalverlag: Macmillan London Limited
Aus dem Englischen von Gabriele Conrad und Lore Straßl

Schutzumschlag, Einband, Vorsatzblätter und Buchillustrationen:
Achim Kiel AGD/BDG, PENCIL CORPORATE ART
Braunschweig
Fotografie des Schutzumschlags: Uwe Brandes, Braunschweig
Reproduktion des Schutzumschlags und der Buchillustrationen:
Köhler & Lippmann, Braunschweig
Satz: Dörlemann-Satz, Lemförde
Gesetzt aus der Goudy Old Style von Berthold
Druck und Einband: Friedrich Pustet, Regensburg

Printed in Germany
ISBN 3-7857-0656-1

1. Auflage August 1992
2. Auflage September 1992

Meiner lieben Schwester Hannah

Im Sommer 1939 eröffnete Pan American die erste Passagierfluglinie zwischen den USA und Europa. Doch die neue Flugverbindung sollte nicht lange währen: Sie wurde eingestellt, als Hitler in Polen einrückte.

Dieser Roman ist die Geschichte eines der letzten Flüge des Pan-American-Clippers einige Tage nach der Kriegserklärung. Die Ereignisse dieses Fluges, die Passagiere und die Crew sind frei erfunden. Das Flugzeug selbst jedoch hat es wirklich gegeben.

Part I

England

Es war das romantischste Flugzeug, das man je gebaut hatte. An dem Tag, als der Krieg erklärt wurde, stand Tom Luther um zwölf Uhr dreißig im Hafen von Southampton; er spähte zum Himmel und wartete ungeduldig und unruhig auf das Flugzeug. Immer wieder summte er ein paar Takte aus dem ersten Satz von Beethovens c-Moll-Konzert vor sich hin, eine mitreißende Melodie – so passend kriegerisch.

Eine Menge Schaulustiger hatten sich ringsum eingefunden: Flugzeugbegeisterte mit Feldstechern, kleine Jungen und viele, die einfach neugierig waren. Es war jetzt bereits das neunte Mal, daß der Pan-American-Clipper in der Bucht von Southampton landete, aber der Reiz des Neuen hielt immer noch an. Das Langstreckenflugzeug war so faszinierend, so aufregend, daß die Leute sogar an dem Tag herbeiströmten, an dem ihr Vaterland in den Krieg eintrat. Am Pier schaukelten zwei prächtige Ozeanriesen im Wasser, die hoch über der Menge aufragten, aber kaum einer beachtete die schwimmenden Hotels. Alle starrten gebannt zum Himmel.

Nichtsdestotrotz unterhielt man sich – mit diesem feinen britischen Akzent – über den Krieg. Die Kinder waren in ihrer Abenteuerlust begeistert davon; die Männer redeten mit gesenkter Stimme sachverständig über Panzer und Artillerie; die Frauen machten verbissene Gesichter. Luther war Amerikaner, und er hoffte, sein Land würde sich aus dem Krieg heraushalten: Amerika hatte nichts damit zu tun. Außerdem konnte man den Nazis immerhin zugute halten, daß sie den Kommunismus bekämpften.

Luther war Geschäftsmann; er stellte Wollstoffe her und hatte einmal in seiner Fabrik eine Menge Schwierigkeiten mit den Roten gehabt. Er war ihnen auf Gedeih und Verderb ausgeliefert gewesen, und sie hatten ihn fast in den Ruin getrieben. Die Sache verbitterte ihn immer noch. Die jüdische Konkurrenz hatte das Herrenbekleidungsgeschäft seines Vaters unrentabel gemacht, und dann war Luthers Wollstoffbetrieb durch die Machenschaften der Kommunisten gefährdet gewesen – von denen die meisten wiederum Juden waren! Doch das änderte sich alles, als er Ray Patriarca kennenlernte. Patriarcas Leute wußten, was man mit Kommunisten machte. Es kam zu Unfällen. Die Hand eines Hitzkopfs verfing sich in einer Webmaschine. Ein Betriebsrat kam bei einem Unfall mit Fahrerflucht ums Leben. Zwei Arbeiter, die sich über Verstöße gegen Sicherheitsvorschriften beschwert hatten, gerieten in eine Prügelei in einer Kneipe und fanden sich im Krankenhaus wieder. Eine Quertreiberin gab ihren Prozeß gegen die Firma auf, nachdem ihr Haus abgebrannt war. Das Ganze hatte nur ein paar Wochen gedauert, aber von da an kam es zu keinen Unruhen mehr. Patriarca war sich in einem mit Hitler einig: Kommunisten mußten wie Ungeziefer zertreten werden. Luther stampfte unwillkürlich mit dem Fuß auf und summte Beethovens c-Moll-Konzert weiter.

Ein Boot überquerte vom Imperial-Airways-Flugbootpier aus die trichterförmige Flußmündung bei Hythe und fuhr mehrmals die Wasserungsstelle ab, um sicherzugehen, daß kein Treibgut auf dem Wasser schwamm.

Aufgeregtes Gemurmel wurde unter den Schaulustigen laut: Das Flugzeug mußte nun jeden Augenblick kommen.

Ein kleiner Junge, dessen dünne Beine in riesig anmutenden, neuen Stiefeln steckten, war der erste, der es sah. Er hatte kein Fernglas, aber die Augen des Elfjährigen waren schärfer als jede Linse. »Es kommt!« rief er mit schriller Stimme. »Der Clipper kommt!« Er deutete nach Südwesten. Alle spähten in diese Richtung. Zunächst konnte Luther nur ein unscharfes Gebilde erkennen – es hätte ein Vogel sein können, doch schon bald nahmen die Umrisse Kontur an, und eine Woge der Aufregung ging durch die Menge, als ersichtlich wurde, daß der Junge recht hatte.

Alle nannten das Flugzeug nur den Clipper, aber genauer gesagt war es eine Boeing 314. Pan American hatte Boeing damit beauftragt, ein Flugzeug zu bauen, das Passagieren bei einem Flug über den Atlantik allen nur denkbaren Luxus bieten konnte. Das Ergebnis war sensationell: gewaltig, majestätisch, mit unglaublich starken Motoren – ein wahres Traumflugzeug. Die Fluggesellschaft hatte sechs dieser fliegenden Paläste abgenommen und sechs weitere in Auftrag gegeben. Was Komfort und Eleganz betraf, standen sie den Ozeandampfern, die in Southampton anlegten, in nichts nach, nur brauchten die Schiffe vier bis fünf Tage, um den Atlantik zu überqueren, der Clipper dagegen lediglich vierundzwanzig bis dreißig Stunden.

Luther fand, daß das näher kommende Flugzeug wie ein geflügelter Wal aussah. Wie ein Wal hatte es eine große stumpfe Schnauze, einen wuchtigen Körper, der sich nach hinten verjüngte und in steil aufsteigenden Schwanzflossen endete. Die gewaltigen Motoren waren in den Tragflächen untergebracht. Und unterhalb der Tragflächen befanden sich zwei weitere Tragflächen, die an ein Paar Flossenstummel erinnerten und dazu dienten, das Flugzeug bei der Landung im Wasser zu stabilisieren. Außerdem war die Unterseite des Rumpfes mit einer Art Kiel versehen.

Bald konnte Luther auch die zwei unregelmäßigen Reihen großer rechteckiger Fenster des oberen und unteren Decks sehen. Er war vor genau einer Woche mit dem Clipper nach England gekommen, deshalb wußte er, wie er innen aussah. Auf dem oberen Deck befanden sich das Cockpit, alle technischen Anlagen und der Frachtraum, während das untere Deck ausschließlich für die Passagiere bestimmt war. Statt Sitzreihen hatte das Passagierdeck mehrere Abteile, Lounges mit Schlafsesseln. Zu den Mahlzeiten wurde die Hauptlounge zum Speiseraum, und nachts verwandelte man die Schlafsessel in Betten.

Alles wurde getan, um die Fluggäste von der Welt und dem Wetter draußen abzuschirmen. Es gab dicke Teppiche, gedämpftes Licht, Samtvorhänge, geschmackvolle Farben und weiche Polsterung. Durch die ausgezeichnete Schalldämpfung war das Dröhnen der riesigen Motoren nur als ein fernes, sanftes Brummen zu hören. Der Flugkapitän strahlte Souveränität aus, die Besatzung war freundlich und adrett in ihrer Pan-American-Uniform, die Stewards zuvorkommend und aufmerksam; es gab stets zu essen und zu trinken, und jeder Wunsch wurde einem von den Augen abgelesen wie in einem Märchen: geschlossene Vorhänge zur Schlafenszeit, frische Erdbeeren zum Frühstück. Die Welt außerhalb des Flugzeugs erschien zunehmend unwirklich – wie ein Film, der auf die Fenster projiziert wurde –, während das Innere des Flugzeugs einem wie ein eigenes Universum vorkam.

Solcher Komfort war nicht billig. Der Hin- und Rückflug kostete 675 Dollar, für das Doppelte konnte man schon ein Häuschen kaufen. Doch für die Passagiere – meist Aristokraten, Filmstars, Vorsitzende großer Konzerne oder Präsidenten kleiner Länder – spielte Geld keine Rolle.

Tom Luther gehörte zu keiner dieser Kategorien. Er war reich, aber er hatte sich sein Geld sauer verdient und hätte es normalerweise nicht für solch eine Luxusreise verschwendet. Doch es war erforderlich, daß er sich ein genaues Bild des Flugzeugs machte. Er hatte einen gefährlichen Job übernommen – für einen mächtigen Mann. Einen sehr mächtigen Mann sogar. Bezahlt würde er für seine Arbeit nicht werden, aber bei einem solchen Mann einen Gefallen gutzuhaben war mehr wert als Geld.

Vielleicht wurde die Sache auch abgeblasen. Luther wartete noch immer auf eine Nachricht mit dem endgültigen Okay. Seine Gefühle waren gemischt. Einerseits wollte er die Sache so schnell wie möglich in Angriff nehmen; dann wiederum hoffte er, daß es nicht dazu käme.

Das Flugzeug neigte sich in einem schrägen Winkel, den Schwanz tiefer als die Nase. Inzwischen war es schon sehr nahe, und wieder war Luther beeindruckt von seiner enormen Größe. Er wußte, daß der Clipper dreiunddreißig Meter lang war und eine Spannweite von fünfundvierzig Metern hatte, doch das waren nur Zahlen – bis man das gottverdammte Ding dann in seinem ganzen Ausmaß vor sich in der Luft sah.

Plötzlich hatte es den Anschein, als würde das Flugzeug nicht mehr fliegen, sondern jeden Moment wie ein Stein vom Himmel fallen und auf den Meeresgrund sinken. Einen atemberaubenden Augenblick lang hing es unmittelbar über der See wie an einem unsichtbaren Strick. Schließlich berührte es das Wasser, hüpfte über die Oberfläche und platschte durch die Wellenkämme wie ein Stein, den man flach über das Wasser wirft. Einen Moment später stieß der Rumpf ins Wasser, und Gischt sprühte explosionsartig auf, dem Rauch einer Bombe gleich.

Der Clipper durchschnitt die Oberfläche wie ein Pfeil, pflügte eine weiße Furche in das Grün und schickte zu beiden Seiten Fontänen von Schaum in die Luft; Luther mußte unwillkürlich an eine Wildente denken, die mit gespreizten Flügeln und angezogenen Füßen auf einem See aufsetzt. Der Flugzeugrumpf sank tiefer, und die segelförmigen Gischtschleier, die links und rechts hochschossen, wurden größer, dann begann er, sich nach vorn zu neigen. Gischt spritzte auf, während das Flugzeug sich geradelegte und der Rest seines gigantischen Walbauchrumpfes ins Wasser tauchte. Schließlich hatte es auch die Nase unten. Seine Geschwindigkeit verringerte sich plötzlich, die sprühenden Fontänen fielen zu schäumenden Wogen zusammen, und das Flugzeug fuhr durch das Meer wie ein Schiff, was es ja auch war, so ruhig und sicher, als hätte es nie gewagt, nach dem Himmel zu greifen.

Luther bemerkte, daß er unwillkürlich den Atem angehalten hatte, nun stieß er ihn in einem langen, erleichterten Seufzer aus und fing wieder zu summen an. Der Clipper schwamm auf den Anlegeplatz zu. Vor einer Woche war Luther hier von Bord gegangen. Der Anlegeplatz war ein Spezialfloß mit zwei Piers. In wenigen Minuten würden Taue an den Vorrichtungen am vorderen und hinteren Teil des Flugzeugs befestigt, um es mit einer Winde mit dem Heck voran zu seinem Anlegeplatz zwischen den Piers zu ziehen. Dann konnten die Fluggäste aussteigen – auf die breite Oberfläche des Flossenstummels, von dort auf das Floß und dann die Gangway hinauf, die an Land führte.

Luther drehte sich um und zuckte zusammen. Unmittelbar neben ihm stand jemand, den er zuvor nicht bemerkt hatte: ein Mann von etwa seiner Größe. Er trug einen dunkelgrauen Straßenanzug und einen Bowler und wirkte wie ein Angestellter auf dem Weg ins Büro. Luther wollte schon weitergehen, hielt dann jedoch inne, um den Mann eingehender zu mustern. Das Gesicht unter der »Melone« war nicht das eines Angestellten. Der Mann hatte eine hohe Stirn, tiefblaue Augen, ein ausgeprägtes Kinn und einen schmalen, brutalen Mund. Er war älter als Luther, etwa vierzig, aber breitschultrig und offenbar in bester Form. Er sah gut aus und wirkte gefährlich. Er starrte geradewegs in Luthers Augen.

Luther hörte auf zu summen.

»Ich bin Henry Faber«, sagte der Fremde.

»Tom Luther.«

»Ich habe eine Nachricht für Sie.«

Luthers Herz setzte einen Schlag aus. Er versuchte, seine Aufregung zu verbergen, und erwiderte ebenso kurz angebunden wie der andere: »Gut. Reden Sie.«

»Der Mann, an dem Sie interessiert sind, wird den Clipper nehmen, der am Mittwoch nach New York fliegt.«

»Sind Sie sicher?«

Der Mann antwortete lediglich mit einem durchdringenden Blick.

Luther nickte grimmig. Also doch. Zumindest war damit die quälende Ungewißheit zu Ende. »Danke«, sagte er.

»Das ist noch nicht alles.«

»Ich höre.«

»Der zweite Teil der Nachricht lautet: ›Enttäuschen Sie uns nicht.‹«

Luther holte tief Atem. »Richten Sie denen aus, daß sie sich keine Sorgen zu machen brauchen«, sagte er mit mehr Zuversicht, als er wirklich empfand. »Der Bursche verläßt Southampton vielleicht, aber er wird nie in New York ankommen.«

Imperial Airways hatte eine Flugbootwartungsanlage auf der anderen Seite der Flußmündung, dem Hafen gegenüber. Mechaniker der Imperial führten die Wartung unter der Aufsicht des jeweiligen Flugingenieurs von Pan American durch. Diesmal überwachte Eddie Deakin die Vorbereitungen für den nächsten Flug.

Es war eine sehr aufwendige Arbeit, aber die Männer hatten drei Tage Zeit. Nachdem die Passagiere am Anlegeplatz 108 ausgestiegen waren, glitt der Clipper hinüber nach Hythe. Dort wurde er im

Wasser auf ein Gestell mit Rädern manövriert, mit einer Winde eine Helling hochbefördert und schließlich in den riesigen grünen Hangar geschleppt – ein Anblick, der an einen Wal auf einem Kinderwägelchen denken ließ.

Der Transatlantikflug verlangte den Motoren viel ab. Auf dem längsten Streckenabschnitt, von Neufundland bis Irland, befand das Flugzeug sich neun Stunden in der Luft (und auf dem Rückflug brauchte es – wegen des Gegenwinds – für die gleiche Strecke sechzehneinhalb Stunden). Stunde um Stunde floß unentwegt der Treibstoff, die Kerzen zündeten, die Kolben in den Vierzehnzylindermotoren stampften unermüdlich, und die Viereinhalbmeterpropeller schnitten durch Wolken, Regen und Sturm.

Für Eddie war das der Zauber der Technik. Es war wie ein Wunder und kaum zu glauben, daß der Mensch Maschinen herzustellen vermochte, die Stunden um Stunden präzise funktionierten. Es gab so vieles, was hätte versagen können, so viele bewegliche Teile, die mit größter Präzision hergestellt und exakt zusammengefügt werden mußten, damit sie nicht brachen, sich nicht lösten, blockierten oder ganz einfach nur abnutzten, während sie ein Flugzeug von einundvierzig Tonnen über Tausende von Kilometern trugen.

Am Mittwoch morgen würde der Clipper für einen neuen Transatlantikflug bereitstehen.

Der Tag, an dem der Krieg ausbrach, war ein schöner Spätsommersonntag, mild und sonnig.

Ein paar Minuten, bevor die Nachricht im Radio gemeldet wurde, stand Margaret Oxenford vor dem herrschaftlichen Ziegelbau, dem Wohnsitz ihrer Familie. Mantel und Hut waren bei dem sommerlichen Wetter fast zu warm, und überdies kochte sie innerlich vor Wut, weil sie zur Messe gehen mußte. Die einsame Glocke im Turm der Kirche auf der anderen Seite des Ortes erklang in monotonem Geläute.

Margaret haßte den Kirchgang, aber ihr Vater bestand darauf, daß sie am Gottesdienst teilnahm, obwohl sie bereits neunzehn war und alt genug, eine eigene Meinung über Religion zu haben. Vor einem Jahr hatte sie den Mut gefaßt, ihm zu sagen, daß sie nicht mehr gehen wollte, aber er hatte sich geweigert, sie auch nur anzuhören. »Findest du nicht, daß es Heuchelei ist, wenn ich in die Kirche gehe, ohne an Gott zu glauben?« hatte Margaret gefragt, und ihr Vater hatte geantwortet: »Mach dich nicht lächerlich.« Niedergeschlagen und zornig hatte sie ihrer Mutter erklärt, daß sie nie wieder in die Kirche gehen würde, wenn sie erst volljährig war. Mutters Erwiderung war gewesen: »Darüber wird dein zukünftiger Mann entscheiden, Liebes.« Soweit es ihre Eltern betraf, war der Streitpunkt damit erledigt; aber Margaret hatte seither jeden Sonntag vor Wut gekocht.

Ihre Schwester und ihr Bruder traten aus dem Haus. Elizabeth war einundzwanzig, ein großes, plumpes und nicht sonderlich hübsches Mädchen. Früher einmal waren die beiden Schwestern sehr vertraut miteinander gewesen. Als Kinder und Halbwüchsige waren sie ständig zusammen, denn sie besuchten nie eine Schule, sondern hatten eine ziemlich willkürliche Erziehung durch Gouvernanten und Hauslehrer genossen. Stets hatten sie sich gegenseitig ihre Geheimnisse anvertraut. Doch dann war eine Entfremdung eingetreten. In den letzten Jahren war Elizabeth ganz auf die starren traditionsgebundenen Ansichten ihrer Eltern eingeschwenkt. Sie war extrem konservativ, leidenschaftlich royalistisch, blind gegenüber neuen Ideen, und sie haßte jede Veränderung. Margaret hatte die entgegengesetzte Richtung eingeschlagen. Sie war Feministin und Sozialistin und interessierte sich für Jazz und Kubismus. Elizabeth warf Margaret vor, daß sie mit ihren radikalen Ideen Verrat an der eigenen Familie übe. Margaret ärgerte sich über die Borniertheit ihrer Schwester, aber es betrübte sie auch, daß sie keine Freundinnen mehr waren. Sie hatte nicht viele richtige Freundinnen.

Percy war vierzehn. Er war weder für noch gegen radikale Ideen, aber ein aufgeweckter Junge, und er sympathisierte mit Margarets rebellischem Wesen. Da sie beide unter der Tyrannei ihres Vaters litten, unterstützten sie einander voll Mitgefühl, und Margaret liebte ihren kleinen Bruder sehr.

Einen Augenblick später kamen die Eltern heraus. Vater trug eine gräßliche orangegrüne Krawatte. Er war nahezu farbenblind, aber wahrscheinlich hatte Mutter sie ihm gekauft. Mutter hatte rotes Haar, seegrüne Augen und eine helle, durchscheinende Haut; Farben wie Orange und Grün standen ihr ausgezeichnet. Aber Vater hatte schwarzes, allmählich ergrauendes Haar und ein rötliches Gesicht, an ihm sah der Binder wie ein Warnschild aus.

Elizabeth war mit ihrem dunklen Haar und den unregelmäßigen Zügen dem Vater nachgeraten. Margaret dagegen hatte das Aussehen ihrer Mutter geerbt; sie hätte gern einen Schal aus dem Seidenstoff von Vaters Krawatte besessen. Percys Aussehen veränderte sich so rasch, daß niemand hätte sagen können, wem er schließlich ähnlicher sehen würde.

Sie schritten die lange Einfahrt bis zum Tor hinunter. Dahinter begann der kleine Ort. Die meisten Häuser gehörten Vater, ebenso das gesamte Ackerland ringsumher. Er hatte nichts zum Erwerb dieses Reichtums beigetragen: Mehrere Eheschließungen im frühen neunzehnten Jahrhundert hatten die drei bedeutendsten Grundbesitzer der Grafschaft vereint, und der gewaltige Besitz, der dadurch entstand, war unvermindert von Generation zu Generation weitergegeben worden.

Sie spazierten die Dorfstraße entlang und über den Anger zu der grauen Steinkirche. Wie bei einer Prozession schritten sie durch das Portal: Vater und Mutter voraus, Margaret und Elizabeth als nächste, und Percy hinter den Schwestern. Die Dorfbewohner legten grüßend die Hand an die Stirn, als die Oxenfords den Mittelgang entlang zu ihrer angestammten Bank schritten. Die wohlhabenderen Farmer, die alle ihr Land von Vater gepachtet hatten, verneigten sich höflich; und die Angehörigen der mittleren Klasse, wie Dr. Rowan und Colonel Smythe und Sir Alfred, nickten ergeben. Margaret wand sich innerlich jedesmal vor Verlegenheit bei diesem lächerlichen, feudalen Ritual. Sollten vor Gott denn nicht alle gleich sein? Am liebsten hätte sie laut gerufen: »Mein Vater ist nicht besser als jeder von euch und schlimmer als die meisten!« Vielleicht würde sie eines Tages den Mut dazu aufbringen. Falls sie eine Szene in der Kirche machte, brauchte sie sie vielleicht nie wieder zu besuchen. Aber dazu hatte sie zuviel Angst vor ihrem Vater.

Als sie zu ihrer Bank kamen und aller Augen auf ihnen ruhten, murmelte Percy mit voller Absicht gerade laut genug, daß alle es hören konnten: »Hübsche Krawatte, Vater.« Margaret unterdrückte ein Kichern. Sie und Percy setzten sich rasch und verbargen scheinbar betend das Gesicht, bis der unbändige Drang zu lachen verging. Danach fühlte Margaret sich besser.

Der Vikar hielt seine Predigt über den verlorenen Sohn. Margaret dachte, daß der alte Trottel ruhig ein aktuelleres Thema hätte wählen können, das wohl allen im Kopf herumging: die Gefahr, daß der Krieg ausbrach. Der Premierminister hatte Hitler ein Ultimatum gestellt, der Führer hatte es einfach ignoriert, und so wurde jeden Augenblick mit der Kriegserklärung gerechnet.

Margaret fürchtete den Krieg. Ein Junge, den sie geliebt hatte, war im spanischen Bürgerkrieg gefallen. Es war inzwischen über ein Jahr her, aber sie weinte manchmal nachts im Bett immer noch. Für sie bedeutete Krieg, daß es Tausenden von Mädchen ebenso ergehen würde wie ihr. Der Gedanke war unerträglich.

Und doch wollte ein anderer Teil ihres Ichs den Krieg. Jahrelang hatte sie Großbritanniens Feigheit während des spanischen Bürgerkrieges gewurmt. Ihr Vaterland hatte untätig zugesehen, während eine von Hitler und Mussolini mit Waffen versorgte Bande von Machthungrigen die gewählte sozialistische Regierung stürzte. Hunderte von idealistischen jungen Männern aus ganz Europa waren nach Spanien geeilt, um für Demokratie zu kämpfen. Doch es fehlte ihnen an den nötigen Waffen, und die demokratischen Regierungen der Welt hatten sich geweigert, sie damit zu versorgen. Auf diese Weise hatten viele der jungen Männer ihr Leben verloren, und Menschen wie Margaret hatten Wut, Hilflosigkeit und Scham empfunden. Wenn Großbritannien sich nun entschlossen gegen die Faschisten stellte, könnte sie wieder stolz auf ihr Vaterland sein.

Es gab noch einen Grund, weshalb ihr Herz bei der Aussicht auf den Krieg höher schlug. Ganz gewiß würde er das Ende dieses eingeengten Lebens bei ihren Eltern bedeuten, das ihr die Luft abschnürte. Die immer gleichen Rituale der Familie, das sinnlose gesellschaftliche Leben langweilte, lähmte und frustrierte sie. Sie sehnte sich danach, fortzukommen, ihr eigenes Leben zu führen, aber das schien unmöglich: Sie war noch nicht volljährig, hatte kein eigenes Geld, und es gab offenbar keine Arbeit, für die sie geeignet war. Aber, dachte sie erregt, im Krieg würde ganz bestimmt alles anders werden.

Voll Faszination hatte sie gelesen, wie im letzten Krieg Frauen in Hosen geschlüpft waren und in Fabriken gearbeitet hatten. Und heutzutage hatten Armee, Marine und Luftstreitkräfte sogar eigene Abteilungen für Frauen. Margaret träumte davon, sich freiwillig zum Auxiliary Territorial Service zu melden, der »Frauenarmee«. Zu ihren paar praktischen Fähigkeiten gehörte das Autofahren. Vaters Chauffeur, Digby, hatte es ihr mit dem Rolls beigebracht, und Ian, der Junge, der im Krieg gefallen war, hatte sie mit seinem Motorrad fahren lassen. Sie kam sogar mit einem Motorboot gut zurecht, denn Vater hatte in Nizza eine kleine Jacht. Der A.T.S. brauchte Krankenwagenfahrerinnen und Meldegängerinnen, die Motorrad fahren konnten. Sie sah sich schon in Uniform und Helm, mit einem Bild von Ian in der Brusttasche ihres Khakihemds, auf einem Krad dringende Meldungen von einem Schlachtfeld zum nächsten bringen. Sie war überzeugt, daß sie den Mut hatte, wenn man ihr die Chance gab.

Tatsächlich wurde, noch während sie in der Kirche saßen, der Krieg erklärt, wie sie später erfuhren. Zwei Minuten vor halb zwölf – mitten im Gottesdienst – gab es sogar Fliegeralarm, aber das Dorf bekam davon nichts mit, außerdem war es ohnedies ein falscher Alarm. Jedenfalls schritt die Familie Oxenford von der Kirche nach Hause, ohne zu ahnen, daß sie sich bereits im Krieg mit Deutschland befanden.

Percy wollte eine Flinte holen und auf Hasenjagd gehen. Sie konnten alle schießen, das war ein Familienzeitvertreib, ja schon fast eine Besessenheit. Aber natürlich gestattete Vater es Percy nicht, denn an einem Sonntag durfte nicht herumgeballert werden. Percy war enttäuscht, aber er fügte sich. Obwohl er ständig Unfug im Sinn hatte, war er noch nicht Manns genug, sich seinem Vater offen zu widersetzen.

Margaret liebte Percys Unbekümmertheit. Er war der einzige

Sonnenstrahl in der Düsternis ihres Lebens. Wie oft wünschte sie sich, sie könnte Vater verspotten, wie Percy es tat, und hinter seinem Rücken über ihn lachen, aber dazu ärgerte sie sich zu sehr.

Als sie heimkamen, trafen sie auf das neue Hausmädchen, das am Eingang Blumen goß. Seltsamerweise ging sie barfuß. Vater, der das Mädchen noch nicht kannte, runzelte die Stirn. »Wer sind Sie?« fragte er scharf.

Mutter sagte mit ihrer sanften Stimme und ihrem amerikanischen Akzent: »Sie heißt Jenkins und hat erst diese Woche hier zu arbeiten angefangen.«

Das Mädchen machte einen Knicks.

»Wo zum Teufel sind ihre Schuhe?« wandte Vater sich an Mutter.

Das Mädchen blickte verwirrt auf. Dann warf sie einen anklagenden Blick auf Percy. »Verzeihen Sie, Ihre Lordschaft, aber der junge Lord Isley sagte, daß Hausmädchen am Sonntag als Zeichen der Ehrerbietung barfuß laufen müssen.« Percys Titel war Earl von Isley.

Mutter seufzte, und Vater brummte verärgert. Diesmal konnte Margaret ein Kichern nicht unterdrücken. Percy hatte ein diebisches Vergnügen daran, neue Dienstboten mit erfundenen Hausregeln vertraut zu machen. Er konnte die verrücktesten Dinge mit glaubwürdiger Miene sagen, und da die Familie für ihre Exzentrizität bekannt war, trauten ihnen die Leute so gut wie alles zu.

Percy brachte Margaret oft zum Lachen, aber jetzt tat ihr das arme Hausmädchen leid, das barfuß dastand und sich sichtlich sehr dumm vorkam.

»Ziehen Sie Ihre Schuhe an«, sagte Mutter.

»Und glauben Sie Lord Isley nichts mehr«, fügte Margaret hinzu.

Sie legten ihre Hüte ab und traten in den kleinen Salon. Margaret zog Percy an den Haaren und zischte: »Das war gemein von dir!« Ihr Bruder grinste nur, er war unverbesserlich. Einmal hatte er dem Vikar weisgemacht, daß Vater in der Nacht an einem Herzanfall gestorben war. Der ganze Ort trauerte, bis sich herausstellte, daß es gar nicht stimmte.

Vater schaltete den Rundfunkempfänger ein, und da hörten sie, daß Großbritannien Deutschland den Krieg erklärt hatte.

Margaret spürte, wie sich wilde Freude in ihr regte, die jener Erregung ähnlich war, die sie empfand, wenn sie mit hoher Geschwindigkeit fuhr oder bis zum Wipfel eines hohen Baumes hinaufkletterte. Es hatte nun keinen Sinn mehr, deshalb quälenden Überlegungen nachzuhängen. Natürlich würde es zu Tragödien kommen, zu Verlust und Trauer und Leid. Doch daran war jetzt nichts mehr zu ändern, die Würfel waren gefallen, und es mußte gekämpft werden. Bei diesen Gedanken schlug ihr Herz schneller. Alles würde anders werden. Gesellschaftliche Konventionen würden aufgegeben werden müssen. Frauen würden zum Hilfsdienst aufgerufen werden, Klassenschranken würden fallen, alle würden zusammenarbeiten. Schon jetzt konnte sie einen Hauch von Freiheit spüren. Und sie würden im Krieg mit den Faschisten sein, die den armen Ian auf dem Gewissen hatten und Tausende andere junge Männer wie ihn. Margaret hielt sich nicht für besonders rachsüchtig, aber wenn sie an den Kampf gegen die Nazis dachte, verspürte sie doch den Wunsch nach Vergeltung. Und dieses Gefühl war neu für sie, erschreckend und aufregend zugleich.

Vater tobte vor Wut. Er war ohnehin dick und hatte ein rotes Gesicht, aber wenn er zornig wurde, sah er immer aus, als würde er platzen. »Verdammter Chamberlain!« knirschte er. »Verfluchter Kerl!«

»Algernon, bitte!« rügte ihn Mutter ob seiner Unbeherrschtheit.

Vater war einer der Gründer der B.U.F. – der Britischen Union der Faschisten. Damals war er ein anderer Mensch gewesen, nicht nur jünger, sondern auch schlanker, besser aussehend und weniger reizbar. Er hatte mit seinem Charme die Sympathie und Loyalität vieler gewonnen. Er hatte ein umstrittenes Buch geschrieben: *Mischlinge – Die Gefahr durch Rassenvermischung*. Es erläuterte, wie es mit der Kultur bergab ging, seit Weiße angefangen hatten, sich mit Juden, Asiaten, Orientalen, ja sogar Negern einzulassen. Er hatte mit Adolf Hitler korrespondiert und ihn für den größten Staatsmann seit Napoleon gehalten. Es hatte im Haus der Oxenfords jedes Wochenende große Gesellschaften mit wichtigen Politikern gegeben, manchmal auch mit ausländischen Staatsmännern und ein unvergeßliches Mal sogar mit dem König. Die Diskussionen dauerten bis tief in die Nacht hinein, der Butler holte immer wieder eine neue Flasche Weinbrand aus dem Keller, während die Diener gähnend in der Halle herumstanden. Während der Wirtschaftskrise hatte Vater nur darauf gewartet, daß das Land ihn rufe, damit er es in der Stunde der Not rette, und ihn bitte, Premierminister in einer Regierung für den nationalen Wiederaufbau zu werden. Doch der Ruf war nie erfolgt. Die Wochenendparties waren seltener und kleiner geworden; die bekannteren Gäste hatten Mittel und Wege gefunden, sich öffentlich von der Britischen Union der Faschisten zu distanzieren; und Vater war zu einem verbitterten, enttäuschten Menschen geworden. Mit seiner Zuversicht verlor er auch seinen Charme, und sein gutes Aussehen ruinierte er selbst durch Groll, Langeweile und Alkohol. Er war nie besonders intelligent gewesen. Margaret hatte sein Buch gelesen und mit Entsetzen erkannt, daß seine Ansichten nicht nur falsch, sondern auch dumm waren.

In den letzten Jahren war sein politisches Programm zu einer einzigen besessenen Idee geschrumpft: daß Großbritannien und Deutschland sich gegen die Sowjetunion verbünden sollten. Das hatte er in Artikeln in Zeitschriften propagiert und in Briefen an Zeitungen und bei den immer selteneren Gelegenheiten, da man ihn einlud, bei politischen Versammlungen und vor Hochschuldiskussionsgruppen zu reden. Er hielt auch noch starrsinnig an dieser Idee fest, als die Ereignisse in Europa seine politischen Vorstellungen zusehends unrealistischer werden ließen. Und nun, da der Krieg zwischen Großbritannien und Deutschland erklärt war, starb auch seine letzte Hoffnung. Inmitten all ihrer anderen aufgewühlten Gefühle empfand Margaret sogar ein wenig Mitleid mit ihm.

»Großbritannien und Deutschland werden sich gegenseitig zerfleischen, und Europa wird dadurch der Herrschaft des atheistischen Kommunismus anheimfallen«, prophezeite er.

Die Bemerkung über den Atheismus erinnerte Margaret wieder daran, daß man sie zwang, zur Kirche zu gehen. »Das ist mir egal«, sagte sie. »Ich bin Atheistin!«

»Das ist doch gar nicht möglich, Liebes, du gehörst der Church of England an«, meinte Mutter.

Unwillkürlich mußte Margaret lachen. Elizabeth, die den Tränen nahe war, rief: »Wie kannst du nur lachen? Es ist eine Tragödie!«

Elizabeth war eine glühende Bewunderin der Nazis. Sie sprach deutsch – aber das taten beide Schwestern, dank einer deutschen Gouvernante, die länger durchgehalten hatte als die meisten anderen –, war mehrmals in Berlin gewesen und hatte zweimal mit dem Führer höchstpersönlich gespeist. Margaret vermutete, daß die Nazis Snobs waren, denen es gefiel, sich von englischen Aristokraten beklatschen zu lassen. Sie wandte sich Elizabeth zu und sagte: »Es wird Zeit, daß wir es diesen Leuteschindern zeigen!«

»Sie sind keine Leuteschinder!« protestierte Elizabeth empört. »Sie sind stolze, starke, reinrassige Arier, und es ist eine Tragödie, daß unser Vaterland sich nun im Krieg mit ihnen befindet. Vater hat recht – die Weißen werden einander ausrotten, und dann wird die Welt den Mischlingen und Juden gehören.«

Margaret hatte nicht die Geduld, sich solches Geschwafel anzuhören. »An den Juden ist nichts auszusetzen!« erklärte sie hitzig.

Vater hob belehrend den Finger. »An den Juden ist nichts auszusetzen – *wenn sie dort bleiben, wo sie hingehören.*«

»Unter den Stiefeln deines – deines faschistischen Systems vielleicht?« Margaret war nahe daran gewesen, »deines *verdammten* Systems« zu sagen, aber plötzlich bekam sie es mit der Angst und verkniff sich die Bemerkung. Es war gefährlich, Vater zu sehr zu reizen.

»Und in deinem bolschewistischen System haben die Juden das Sagen!« entgegnete Elizabeth.

»Ich bin kein Bolschewist, ich bin Sozialist!«

»Das ist nicht möglich, Liebes«, meinte Percy, den Tonfall der Mutter imitierend, »du gehörst der Church of England an.«

Auch diesmal mußte Margaret gegen ihren Willen lachen, was ihre Schwester nur noch mehr erboste. »Du willst nur alles zerstören, was edel und rein ist, und dich darüber lustig machen!« erklärte sie verbittert.

Solche dummen Reden überhörte man am besten, aber Margaret wollte doch wenigstens ihren Standpunkt klarmachen. Sie wandte sich ihrem Vater zu und sagte: »Was Neville Chamberlain betrifft, bin ich jedenfalls deiner Meinung. Dadurch, daß er zugelassen hat, daß die Faschisten Spanien übernahmen, hat er unsere militärische Lage ungemein verschlechtert. Jetzt ist der Feind ebenso im Westen wie im Osten.«

»Chamberlain hat nichts damit zu tun, daß die Faschisten in Spanien an die Macht gekommen sind«, erklärte ihr Vater. »Großbritannien hatte einen Nichteinmischungspakt mit Deutschland, Italien und Frankreich. Wir haben lediglich unser Wort gehalten.«

Das war absolute Heuchelei, und er wußte es. Margaret spürte, wie ihr das Blut ins Gesicht stieg. »Wir haben unser Wort gehalten, während die Italiener und die Deutschen ihres brachen!« rief sie entrüstet. »Also bekamen die Faschisten die Waffen, und die Demokraten nichts – außer Helden.«

Einen Augenblick herrschte verlegenes Schweigen.

Schließlich sagte die Mutter: »Es tut mir wirklich leid, daß Ian gefallen ist, Liebes, aber er hatte einen sehr schlechten Einfluß auf dich.«

Plötzlich war Margaret den Tränen nahe.

Ian Rochdale war ihre große Liebe gewesen, und der Schmerz über seinen Tod überwältigte sie immer noch.

Jahrelang hatte sie bei den Jagdbällen mit hohlköpfigen jungen Männern des Landadels getanzt, die nichts anderes im Sinn hatten, als zu saufen und zu jagen. Sie hatte schon daran gezweifelt, daß sie je einen Mann ihres Alters kennenlernen würde, der sie interessierte. Ian war wie das Licht der Aufklärung in ihr Leben gekommen, und seit er tot war, lebte sie wieder in der Dunkelheit.

Als sie ihn kennenlernte, studierte er im letzten Semester in Oxford. Margaret wäre schrecklich gern auch auf eine Universität gegangen, aber sie hätte wohl kaum eine Chance gehabt, aufgenommen zu werden – sie hatte ja nie eine richtige Schule besucht. Doch sie war sehr belesen – was hätte sie außer Lesen auch tun können! –, und sie war begeistert, einen Wesensverwandten gefunden zu haben, jemanden, der leidenschaftlich gern diskutierte. Ian war der einzige, der ihr etwas erklären konnte, ohne dabei herablassend zu wirken. Nie war sie jemandem begegnet, der so klar denken konnte; bei Diskussionen bewies er unendliche Geduld; und er war ohne jede intellektuelle Eitelkeit – nie gab er vor, etwas zu verstehen, wenn es nicht der Fall war. Sie bewunderte ihn vom ersten Augenblick an.

Lange Zeit dachte sie gar nicht daran, daß es Liebe sein könnte. Doch eines Tages gestand er ihr seine Gefühle; unbeholfen, voll Verlegenheit suchte er nach den richtigen Worten und hatte zum ersten Mal Schwierigkeiten, sich auszudrücken, bis er schließlich sagte: »Ich glaube, ich habe mich wohl in dich verliebt – wird das alles zwischen uns zerstören?« Und da wurde ihr voller Glück bewußt, daß auch sie ihn liebte.

Er veränderte ihr Leben. Ihr war, als wäre sie plötzlich in einem anderen Land. Sie sah alles mit anderen Augen: die Landschaft, das Wetter, die Leute, das Essen. Und sie genoß alles. Die Zwänge und der Ärger, die ein Leben mit ihren Eltern mit sich brachte, erschienen ihr unbedeutend.

Selbst nachdem Ian sich der Internationalen Brigade angeschlossen hatte und in Spanien für die gewählte sozialistische Regierung und gegen die faschistischen Aufrührer kämpfte, erhellte er ihr Leben. Sie war stolz auf ihn, weil er den Mut hatte, zu seiner Überzeugung zu stehen und bereit war, sein Leben für die Sache einzusetzen, an die er glaubte. Manchmal erhielt sie einen Brief von ihm. Einmal schickte er ihr ein Gedicht. Und dann kam die Mitteilung, daß er gefallen war, daß eine Granate ihn getroffen hatte. Und Margaret hatte das Gefühl, mit ihm gestorben zu sein.

»Einen schlechten Einfluß«, wiederholte sie bitter. »Ja, er lehrte mich, Dogmen in Frage zu stellen, Lügen nicht zu glauben, Ignoranz zu hassen und Heuchelei zu verabscheuen. Infolgedessen passe ich kaum in diese zivilisierte Gesellschaft hier.«

Plötzlich redeten alle gleichzeitig, dann hörten sie ebenso abrupt auf, weil keiner verstanden werden konnte. Da sagte Percy in die Stille: »Weil wir von Juden reden: Ich habe ein komisches Bild im Keller gefunden, in einem dieser alten Koffer aus Stamford.« Stamford in Connecticut war Mutters Heimatstadt. Percy zog aus seiner Hemdtasche eine zerknitterte und verblaßte bräunliche Fotografie.

»Meine Urgroßmutter hieß doch Ruth Glencarry, nicht wahr, Mutter?«

»Ja – sie war die Mutter meiner Mutter. Warum, Liebes, was hast du gefunden?«

Wortlos reichte Percy seinem Vater die Fotografie, und die anderen drängten sich um ihn, um sie ebenfalls zu betrachten. Das Bild zeigte eine Straßenszene in einer amerikanischen Stadt, New York wahrscheinlich, vor etwa siebzig Jahren. Im Vordergrund stand ein Jude von ungefähr dreißig mit schwarzem Bart. Er trug die Kleidung eines Arbeiters und einen Hut. Hinter ihm befand sich ein Handkarren mit einem Schleifstein. »Reuben Fishbein – Scherenschleifer«, konnte man an der Karrenseite lesen. Neben dem Mann stand ein etwa zehnjähriges Mädchen in einem verschossenen Baumwollkleid und dicken Stiefeln.

»Was soll das, Percy? Wer ist dieses Lumpenpack?« fragte der Vater.

»Dreh das Bild um«, riet ihm Percy.

Vater tat es. Auf der Rückseite stand: »Ruthie Glencarry, geb. Fishbein, mit zehn Jahren.«

Margaret blickte ihren Vater an. Er sah aus, als würde ihn der Schlag treffen.

»Interessant, daß Mutters Großvater die Tochter eines herumziehenden jüdischen Scherenschleifers heiratete«, meinte Percy, »aber das ist halt in Amerika so, wie man hört.«

»Das ist unmöglich!« rief Vater, doch seine Stimme zitterte, und Margaret vermutete, daß er es für nur allzu möglich hielt.

Percy fuhr unbekümmert fort: »Jedenfalls wird das Judentum durch die Mutter vererbt, und da die Großmutter meiner Mutter eine Jüdin war, bin ich ein Jude.«

Vater war kreidebleich. Mutter blickte verwirrt und mit leicht gerunzelter Stirn drein.

»Ich kann nur hoffen, daß nicht die Deutschen diesen Krieg gewinnen, denn sonst darf ich nicht mehr ins Kino gehen, und Mutter wird gelbe Sterne auf ihre Ballkleider nähen müssen«, sagte Percy.

Das war einfach zu schön, um wahr zu sein. Margaret studierte eingehend die Worte auf der Rückseite des Bildes, dann dämmerte ihr die Wahrheit. »Percy«, sagte sie schmunzelnd, »das ist *deine* Schrift!«

»Nein, bestimmt nicht!« protestierte Percy.

Aber inzwischen hatten auch die anderen seine Schrift erkannt. Margaret lachte schadenfroh. Percy hatte dieses alte Bild eines kleinen jüdischen Mädchens irgendwo aufgetrieben und den Text auf der Rückseite erfunden, um Vater hereinzulegen. Und Vater war prompt darauf hereingefallen. Kein Wunder! Es mußte der absolute Alptraum für jeden Rassisten sein, festzustellen, daß nicht alle seine Vorfahren reinrassig waren. Geschah ihm ganz recht!

»Pah!« meinte Vater und warf das Bild auf den Tisch. Mutter sagte vorwurfsvoll: »Percy, also wirklich!« Sicherlich hätten sie noch mehr zu sagen gehabt, doch in diesem Moment meldete Bates, der griesgrämige Butler: »Mylady, es ist angerichtet.«

Sie verließen den Salon und gingen durch die Eingangshalle zum kleinen Eßzimmer. Es würde viel zu durchgeschmortes Roastbeef geben wie immer am Sonntag, und Mutter bekam ihren obligatorischen Salat: Sie aß nie etwas Gekochtes, weil sie überzeugt war, daß das Kochen Qualität und Geschmack zerstörte.

Vater sprach das Tischgebet, und sie setzten sich. Bates bot Mutter Räucherlachs an. Geräucherte, marinierte oder auf andere Weise konservierte Nahrungsmittel waren nach ihrer Theorie in Ordnung.

»Es ist klar, was wir jetzt zu tun haben«, meinte Mutter, als sie sich von der Platte mit Lachs bediente. Sie redete so beiläufig, als würde sie nur das aussprechen, was alle schon wußten. »Wir müssen nach Amerika fahren und dortbleiben, bis dieser dumme Krieg zu Ende ist.«

Einen Augenblick herrschte bestürztes Schweigen.

Dann platzte Margaret entsetzt heraus: »Nein!«

»Ich meine, es hat heute bereits genug Streit für einen Tag gegeben«, erklärte Mutter ungerührt. »Wir wollen jetzt unser Mittagessen in Ruhe und Frieden zu uns nehmen!«

»Nein!« protestierte Margaret noch einmal. Sie brachte vor Empörung kaum ein weiteres Wort hervor. »Ihr – ihr könnt das nicht tun!

Es ist . . .«, stammelte sie schließlich. Sie wollte sie anschreien, sie des Hochverrats und der Feigheit bezichtigen, ihre Verachtung hinausbrüllen; aber sie fand die Worte nicht und alles, was sie sagen konnte, war: »Das geht doch nicht!«

Selbst das war zuviel. »Wenn du deinen Mund nicht halten kannst, dann gehst du jetzt besser«, sagte Vater.

Margaret preßte ihre Serviette gegen den Mund, um ein Schluchzen hinunterzuwürgen, stieß ihren Stuhl zurück, stand auf und floh aus dem Zimmer.

Die Eltern hatten die Sache offensichtlich seit Monaten geplant.

Percy kam nach dem Mittagessen in Margarets Zimmer und berichtete ihr die Einzelheiten. Das Haus sollte geschlossen, die Möbelstücke mit Tüchern gegen Staub geschützt und die Dienstboten entlassen werden. Vaters Geschäftsführer sollte die Verwaltung des gesamten Besitzes übernehmen. Mieten und Pachteinnahmen würden sich in der Bank ansammeln, denn aufgrund der kriegsbedingten Währungskontrollbestimmungen konnte das Geld nicht nach Amerika überwiesen werden. Die Pferde würden verkauft, die Wolldecken eingemottet und das Silber weggeschlossen werden.

Elizabeth, Margaret und Percy sollten je einen Koffer packen, ihre übrigen persönlichen Sachen würden durch eine Transportfirma nachgeschickt werden. Vater hatte bereits die Flüge gebucht – am Mittwoch würden sie alle mit dem Pan-American-Clipper abreisen.

Percy war schrecklich aufgeregt. Er war zwar schon zweimal geflogen, aber mit dem Clipper würde das etwas ganz anderes sein. Das Flugzeug war gewaltig und außerordentlich luxuriös. Die Zeitungen waren voll davon gewesen, als die Fluglinie vor ein paar Wochen eröffnet wurde. Der Flug nach New York dauerte neunundzwanzig Stunden, und nachts, über dem Atlantik, konnte man sich sogar ins Bett legen.

Das ist mal wieder typisch, dachte Margaret, daß sie in Pomp und Luxus abreisten und ihre Landsleute den Entbehrungen und Härten des Krieges überließen.

Percy ging, um seine Sachen zu packen, und Margaret legte sich auf ihr Bett und starrte verbittert und in ohnmächtiger Wut gegen die Zimmerdecke, bis ihr die Tränen in die Augen stiegen.

Sie blieb bis zur Schlafenszeit in ihrem Zimmer.

Am Montag morgen, als sie noch im Bett lag, kam Mutter in ihr Zimmer. Margaret richtete sich auf und musterte sie mit feindseligem Blick. Mutter setzte sich an den Frisiertisch und blickte Margaret im Spiegel an. »Bitte, fang keinen Streit mit deinem Vater an«, sagte sie.

Margaret entging nicht, wie nervös ihre Mutter war. Unter anderen Umständen wäre sie vielleicht sanfter mit ihr umgegangen, aber im Moment war sie zu erregt, als daß sie hätte Mitgefühl empfinden können. »Es ist so feige!« platzte sie heraus.

Mutter wurde blaß. »Wir sind nicht feige!«

»Aber fortzulaufen, wenn ein Krieg beginnt!«

»Wir haben keine Wahl. Wir müssen weg.«

Margaret blinzelte verwirrt. »Wieso?«

Nun drehte Mutter sich vom Spiegel um und blickte sie fest an. »Weil man sonst deinen Vater verhaften wird.«

Margaret war vollkommen verblüfft. »Aber wieso? Wie können sie das tun? Es ist doch kein Verbrechen, ein Faschist zu sein.«

»Es gibt besondere Notstandsgesetze. Was spielt das schon für eine Rolle? Ein Bekannter aus dem Innenministerium hat uns gewarnt. Wenn Vater Ende der Woche noch hier ist, wird er verhaftet.«

Margaret fiel es schwer zu glauben, daß man ihren Vater wie einen gemeinen Dieb ins Gefängnis werfen wollte. Plötzlich kam sie sich sehr dumm vor, weil sie überhaupt nicht bedacht hatte, wie sehr der Krieg ihr Leben verändern würde.

»Aber sie gestatten uns nicht, Geld mitzunehmen«, fuhr Mutter bitter fort. »Soviel zum Fair play der Briten!«

Geld war das letzte, worüber Margaret sich jetzt Sorgen machte. Ihr gesamtes Leben hing in der Schwebe. Sie faßte sich ein Herz und beschloß, ihrer Mutter die Wahrheit zu sagen. Bevor sie der Mut wieder verließ, holte sie tief Luft und sagte: »Mutter, ich werde nicht mitkommen!«

Mutter zeigte kein Erstaunen. Vielleicht hatte sie so etwas sogar erwartet. In dem milden, gleichmütigen Ton, dessen sie sich immer bediente, wenn sie sich bemühte, eine Diskussion zu vermeiden, erklärte sie: »Du mußt mitkommen, Liebes.«

»*Mich* werden sie nicht ins Gefängnis stecken. Ich kann bei Tante Martha wohnen oder bei Kusine Catherine. Bitte sprich mit Vater darüber, ja?«

Mit einemmal wurde Mutter ungewohnt heftig. »Ich habe dich unter dem Herzen getragen und werde nicht zulassen, daß du dein Leben in Gefahr bringst, solange ich es verhindern kann!«

Einen Augenblick lang erschrak Margaret über Mutters Gefühlsausbruch, dann begehrte sie auf: »Ich sollte schließlich auch etwas dazu sagen dürfen – immerhin ist es mein Leben!«

Mutter seufzte. Auf ihre übliche ruhige, scheinbar gleichmütige Weise meinte sie: »Es spielt keine Rolle, was wir, du und ich, denken. Dein Vater wird dich nicht hierbleiben lassen, egal, was wir sagen.«

Die Passivität ihrer Mutter brachte Margaret nur noch mehr auf, und sie entschied sich, sofort etwas zu unternehmen. »Ich werde selbst mit ihm reden. Jetzt gleich.«

»Bitte, laß es bleiben.« Jetzt schwang ein flehender Ton in Mutters Stimme mit. »Es ist so schon furchtbar schwer für ihn. Er liebt England, das weißt du. Unter anderen Umständen würde er das Kriegsministerium anrufen und fragen, ob sie eine Arbeit für ihn haben. Es bricht ihm das Herz.«

»Was ist mit meinem Herzen?«

»Für dich ist es etwas anderes. Du bist jung, dein Leben liegt noch vor dir. Für ihn aber ist es das Ende aller Hoffnung.«

»Ich bin nicht daran schuld, daß er ein Faschist ist«, sagte Margaret barsch.

Mutter stand auf. »Ich hatte gehofft, du hättest mehr Herz«, sagte sie leise und verließ das Zimmer.

Jetzt quälte Margaret ein schlechtes Gewissen, aber gleichzeitig ärgerte sie sich auch. Es war so ungerecht! Seit sie denken konnte, hatte Vater ihre Meinung stets voll Verachtung abgetan, und nun, da die Ereignisse bewiesen, daß seine Ansichten falsch waren, sollte sie auch noch Mitleid mit ihm empfinden!

Sie seufzte. Ihre Mutter war schön, exzentrisch und vollkommen gleichmütig. Sie war reich geboren und wußte, was sie wollte. Ihre Exzentrik entsprang einem starken Willen, nur fehlte ihr die nötige Klarsicht. Sie hielt an törichten Ideen fest, weil sie zwischen Sinn und Unsinn nicht zu unterscheiden vermochte. Die Unbestimmtheit war das Mittel einer starken Frau, mit der Dominanz des Mannes fertig zu werden: Sie durfte ihrem Mann nicht widersprechen, und so war die einzige Möglichkeit, sich seinem Diktat zu entziehen, vorzutäuschen, daß sie ihn nicht verstand. Margaret liebte ihre Mutter und akzeptierte ihre Eigenarten mit einer gewissen Nachsicht; aber sie war entschlossen, nicht wie sie zu werden, so sehr sie sich auch äußerlich ähnelten. Wenn die anderen ihr eine Ausbildung verweigerten, würde sie das eben selbst in die Hand nehmen. Und sie wollte lieber eine alte Jungfer werden, als irgendein Mannsbild zu heiraten, das glaubte, ein Recht zu haben, sie wie ein dummes Hausmädchen herumzukommandieren.

Manchmal sehnte sie sich nach einem anderen Verhältnis zu ihrer Mutter. Sie wollte sich ihr anvertrauen, ihr Verständnis gewinnen, sie um Rat bitten. Sie könnten Verbündete sein, gemeinsam um ihren Platz in einer Welt kämpfen, in der Frauen nur ein schmückendes Beiwerk waren. Aber Mutter hatte diesen Kampf schon lange aufgegeben und wollte, daß Margaret das ebenfalls tat. Aber dazu war sie nicht bereit! Margaret würde sich nicht untreu werden. Ihr Entschluß stand fest. Aber wie konnte sie ihr Ziel erreichen?

Den ganzen Montag brachte sie keinen Bissen hinunter. Sie trank eine Tasse Tee nach der anderen, während die Dienstboten das Haus zum Verschließen fertigmachten. Am Dienstag, als Mutter klarwurde, daß Margaret nicht vorhatte zu packen, wies sie Jenkins an, es für sie zu tun. Natürlich wußte das neue Hausmädchen nicht, was sie einpacken sollte, darum mußte Margaret ihr helfen. So hatte Mutter ihren Willen schließlich wieder durchgesetzt, wie meistens.

»So ein Pech für Sie, daß wir das Haus schließen, kaum daß Sie eine Woche hier arbeiten«, meinte Margaret.

»Ich werd' bestimmt schnell eine neue Stellung finden, M'lady«, entgegnete Jenkins. »Unser Dad sagt, daß es im Krieg so was wie Arbeitslosigkeit nicht gibt.«

»Was werden Sie tun? In einer Fabrik arbeiten?«

»Ich werd' mich freiwillig melden. Im Radio hab' ich gehört, daß gestern siebzehntausend Frauen zum A.T.S. gegangen sind. Vor allen Rathäusern im ganzen Land stehen Schlangen an – ich hab' ein Bild in der Zeitung gesehen.«

»Sie haben es gut«, stellte Margaret bedrückt fest. »Das einzige, wofür ich mich anstellen kann, ist ein Flugzeug nach Amerika.«

»Sie müssen tun, was der gnädige Herr will«, sagte Jenkins.

»Was sagt Ihr Dad dazu, daß Sie zum A.T.S. wollen?«

»Ich werd's ihm gar nicht erzählen – ich tu's einfach.«

»Aber was ist, wenn er Sie zurückholt?«

»Das kann er nicht. Jedenfalls nicht, sobald sie mich genommen haben. Ich bin achtzehn. Und wenn man alt genug ist, können die Eltern gar nichts mehr dagegen tun.«

Überrascht blickte Margaret sie an. »Sind Sie sicher?«

»Natürlich. Das weiß doch jeder.«

»Ich habe es nicht gewußt«, murmelte Margaret nachdenklich.

Jenkins trug Margarets Koffer hinunter in die Halle. Sie würden schon früh am Mittwoch morgen aufbrechen. Als Margaret die Koffer sah, wurde ihr bewußt, daß sie die Zeit des Krieges in Connecticut verbringen würde, wenn sie bloß schmollend herumsaß. Trotz Mutters Flehen, keinen Ärger zu machen, mußte sie mit ihrem Vater sprechen.

Schon bei dem Gedanken wurden ihr die Knie weich. Sie kehrte auf ihr Zimmer zurück, um sich selbst Mut zu machen. Sie würde ganz ruhig sein. Tränen rührten ihn nicht, und Wut würde nur seinen Spott herausfordern. Sie mußte vernünftig, verantwortungsbewußt und reif wirken. Sie durfte nicht groß herumargumentieren, weil ihn das bloß in Rage versetzen würde, und das wiederum würde sie so einschüchtern, daß sie nicht weiterreden könnte.

Wie sollte sie anfangen? »Ich finde, daß ich ein Recht habe, meine Zukunft selbst zu gestalten.«

Nein, das wäre nicht gut. Er würde entgegnen: »Ich bin für dich verantwortlich, deshalb habe ich zu entscheiden!«

Vielleicht sollte sie sagen: »Kann ich mit dir über die Reise nach Amerika reden?«

Er würde vermutlich antworten: »Darüber gibt es nichts zu reden.«

Ihre Eröffnung mußte so unverfänglich sein, daß er sie nicht gleich abschmetterte. Sie beschloß zu sagen: »Darf ich dich etwas fragen?« Dazu mußte er ja sagen.

Was dann? Wie konnte sie zum Thema kommen, ohne daß er es gleich mit einem seiner schrecklichen Wutanfälle unterband? Sie könnte sagen: »Du warst im letzten Krieg doch in der Armee, nicht wahr?« Sie wußte, daß er in Frankreich an der Front gewesen war. Dann würde sie fortfahren: »War Mutter auch im Einsatz?« Auch darauf kannte sie die Antwort. Mutter war freiwillige Krankenschwester in London gewesen und hatte verwundete amerikanische Offiziere gepflegt. Schließlich würde sie sagen: »Ihr habt beide euren Ländern gedient, deshalb bin ich überzeugt, daß du verstehen wirst, wenn ich das gleiche tun möchte.« Also dagegen konnte er doch wirklich nichts sagen.

Wenn er dagegen prinzipiell nichts zu sagen vermochte, würde sie mit seinen anderen Einwänden schon fertig werden, dachte sie. Sie könnte bei Verwandten wohnen, bis sie im A.T.S. aufgenommen wurde, und das würde bestimmt in wenigen Tagen der Fall sein. Sie war neunzehn: Viele Mädchen in diesem Alter arbeiteten bereits seit sechs Jahren. Sie war alt genug zu heiraten, einen Wagen zu fahren und ins Gefängnis gesteckt zu werden. Da konnte es doch keinen Grund geben, weshalb man ihr nicht erlauben sollte, in England zu bleiben.

Das klang logisch. Nun brauchte sie nur noch den nötigen Mut.

Vater war jetzt vermutlich mit seinem Geschäftsführer im Arbeitszimmer. Margaret verließ ihr Zimmer, doch auf dem Gang begann sie vor Angst zu zittern. Vater wurde immer so wütend, wenn man sich ihm widersetzte. Sein Zorn war entsetzlich und seine Strafen grausam. Mit elf hatte sie einmal einen ganzen Tag in einer Ecke seines Arbeitszimmers stehen müssen, mit dem Gesicht zur Wand, weil sie unhöflich zu einem Gast gewesen war; mit sieben hatte er ihr den geliebten Teddybären weggenommen, weil sie ins Bett gemacht hatte; und einmal hatte er in seiner Wut eine Katze aus einem Fenster im ersten Stock geworfen. Was würde er jetzt tun, wenn sie ihm erklärte, daß sie in England bleiben und gegen die Nazis kämpfen wollte?

Sie zwang sich, die Treppe hinunterzugehen, doch ihre Furcht wuchs, je mehr sie sich dem Arbeitszimmer näherte. Sie stellte sich vor, wie er zornig wurde, wie sein Gesicht sich rötete, wie seine Augen hervorquollen, da lähmte ihre Angst sie fast. Sie versuchte sich zu beruhigen, indem sie sich fragte, was sie zu befürchten hatte. Sie war kein kleines Mädchen mehr, dem man das Herz brechen konnte, indem man ihm den Teddy wegnahm. Doch tief im Innern wußte sie, daß ihm sicher eine neue Herzlosigkeit einfiel, die sie wünschen lassen würde, tot zu sein.

Während sie zitternd vor der Tür zum Arbeitszimmer stand, kam die Haushälterin in einem raschelnden schwarzen Seidenkleid durch die Halle. Mrs. Allen herrschte mit strenger Hand über das weibliche Hauspersonal, aber den Kindern gegenüber war sie immer nachsichtig. Sie mochte die Familie und war traurig darüber, daß sie wegging; für sie war es das Ende eines Lebensabschnitts. Sie lächelte Margaret unter Tränen an.

Als Margaret sie anblickte, kam ihr eine Idee, die so kühn war, daß ihr Herz aussetzte.

Sie sah alles genau vor sich. Sie würde sich Geld von Mrs. Allen leihen, das Haus jetzt sofort verlassen, mit dem 16-Uhr-55-Zug nach London fahren, bei ihrer Kusine Catherine übernachten und gleich in der Frühe im A.T.S. eintreten. Bis Vater sie fand, würde es bereits zu spät sein.

Der Plan war so einfach und wagemutig, daß sie kaum glauben konnte, er sei wirklich durchführbar. Doch ehe sie es sich überlegte, hörte sie sich bereits sagen: »Oh, Mrs. Allen, könnten Sie mir bitte etwas Geld leihen, ich will mir schnell noch etwas besorgen, möchte jedoch Vater nicht stören, er ist so beschäftigt.«

Mrs. Allen zögerte nicht einen Moment. »Selbstverständlich, Mylady. Wieviel brauchen Sie?«

Margaret hatte keine Ahnung, wieviel eine Fahrkarte nach London kostete, sie hatte noch nie selbst eine gekauft. Aufs Geratewohl antwortete sie: »Oh, ein Pfund müßte genügen.« Dabei dachte sie: Träume ich das nicht vielleicht nur?

Mrs. Allen nahm zwei Zehnshillingscheine aus der Geldbörse. Sie hätte ihr wahrscheinlich sogar ihre gesamten Ersparnisse überlassen, wenn sie darum gebeten hätte.

Margaret nahm das Geld mit zitternder Hand. Das kann meine Fahrkarte in die Freiheit sein, dachte sie, und trotz ihrer Angst flackerte eine kleine Hoffnungsflamme freudig in ihrer Brust.

Mrs. Allen, die annahm, daß sie der bevorstehenden Abreise wegen so erregt war, drückte ihr die Hand. »Es ist ein trauriger Tag, Lady Margaret«, sagte sie. »Ein trauriger Tag für uns alle.« Bedrückt schüttelte sie ihr grauhaariges Haupt und verschwand in den hinteren Teil des Hauses.

Margaret schaute wild um sich. Es war niemand zu sehen. Ihr Herz flatterte wie ein gefangener Vogel, und ihr Atem kam als flaches Keuchen. Sie wußte, daß sie den Mut verlieren würde, wenn sie zögerte. Sie wagte es nicht einmal mehr, sich einen Mantel zu holen. Mit den Geldscheinen in der Hand verließ sie das Haus.

Der Bahnhof befand sich gute drei Kilometer entfernt in der nächsten Ortschaft. Bei jedem Schritt auf der Straße befürchtete Margaret, Vaters Rolls Royce hinter sich brummen zu hören. Aber woher sollte er wissen, was sie getan hatte? Es war unwahrscheinlich, daß irgend jemand sie vor dem Abendessen vermißte, und selbst wenn, würden sie annehmen, daß sie noch etwas einkaufte, wie sie Mrs. Allen gesagt hatte. Trotzdem zitterte sie vor Angst.

Sie hatte noch viel Zeit, als sie den Bahnhof erreicht und ihre Fahrkarte gekauft hatte – es war sogar mehr als genug Geld übriggeblieben –, so setzte sie sich in den Wartesaal für Damen und beobachtete die Zeiger der großen Wanduhr.

Der Zug hatte Verspätung.

Sechzehn Uhr fünfundfünfzig verging, dann siebzehn Uhr, siebzehn Uhr fünf. Inzwischen war Margarets Angst so gewachsen, daß sie nahe daran war, aufzugeben und nach Haus zurückzukehren, nur um die Anspannung nicht mehr ertragen zu müssen.

Um siebzehn Uhr vierzehn schließlich lief der Zug im Bahnhof ein, und Vater war noch immer nicht da. Margaret schlug das Herz bis zum Hals, als sie einstieg.

Sie schaute aus dem Fenster auf den Bahnbeamten, der am Eingang die Karten lochte, und erwartete, daß ihr Vater im letzten Augenblick noch dort erscheinen und sie aus dem Zug holen würde.

Endlich setzte sich der Zug in Bewegung.

Sie konnte es kaum glauben, aber ihre Flucht schien zu glücken.

Der Zug wurde schneller. Die erste zaghafte Begeisterung rührte sich. Wenige Sekunden später hatte der Zug den Bahnhof verlassen. Margaret sah zu, wie das Städtchen kleiner wurde, und ein Gefühl des Triumphs erfüllte sie. Sie hatte es geschafft – sie war entkommen!

Plötzlich spürte sie, wie ihre Knie nachzugeben drohten. Sie schaute sich nach einem Sitzplatz um und bemerkte erst jetzt, wie überfüllt der Zug war. Jeder Platz war besetzt, sogar in der ersten Klasse, und auf dem Boden saßen Soldaten. Sie mußte sich mit einem Stehplatz zufriedengeben.

Ihre Euphorie ließ nicht nach, obwohl die Fahrt objektiv betrachtet ein Alptraum war. Jedesmal, wenn der Zug anhielt, drängten sich weitere Fahrgäste in die Wagen. Dicht vor Reading mußte der Zug drei Stunden warten. Alle Glühbirnen waren wegen der Verdunkelung herausgeschraubt worden, so daß nach Einbruch der Dunkelheit völlige Finsternis im Zug herrschte, die nur hin und wieder von der Taschenlampe eines Schaffners durchbrochen wurde, der seinen Kontrollgang machte und über die Fahrgäste steigen mußte, die auf dem Boden saßen oder lagen. Als Margaret nicht mehr stehen konnte, setzte auch sie sich auf den Boden. Das spielt jetzt auch keine Rolle mehr, sagte sie sich. Ihr Kleid würde zwar entsetzlich schmutzig werden, aber morgen würde sie ohnehin schon Uniform tragen. Alles war anders: Es herrschte Krieg.

Margaret fragte sich, ob Vater inzwischen bereits von ihrer Flucht wußte, die richtigen Schlüsse gezogen hatte und sofort nach London gebraust war, um sie am Bahnhof Paddington abzufangen. Es war unwahrscheinlich, aber nicht unmöglich, jedenfalls hämmerte ihr Herz, als der Zug in London einfuhr.

Doch als sie schließlich ausstieg, war Vater nirgendwo zu sehen, und wieder erfüllte sie ein wildes Triumphgefühl. Er war eben doch nicht allwissend! Im Bahnhof war es düster wie in einer Höhle, trotzdem gelang es ihr, ein Taxi zu finden. Es fuhr sie nur mit Standlicht nach Bayswater. Der Fahrer benutzte eine Taschenlampe, um sie zu dem Gebäude zu bringen, in dem ihre Kusine Catherine eine Wohnung hatte.

Alle Fenster des Hauses waren verdunkelt, doch die Eingangshalle war hell beleuchtet. Der Portier hatte seinen Dienst längst beendet – inzwischen war es fast Mitternacht –, doch Margaret fand auch ohne seine Hilfe zu Catherines Wohnung. Sie stieg die Treppe hinauf und läutete.

Nichts rührte sich in der Wohnung.

Sie erschrak.

Wieder läutete sie, obwohl sie wußte, daß es sinnlos war: Die Wohnung war klein und die Glocke laut. Catherine war nicht da!

Es war eigentlich nicht verwunderlich, sie hätte damit rechnen müssen: Catherine lebte bei ihren Eltern in Kent und benutzte die Wohnung lediglich als zeitweilige Unterkunft. Mit Londons Gesellschaftsleben war es im Moment natürlich vorbei, und so hatte es für Catherine auch keinen Grund gegeben hierzubleiben.

Margaret war nicht niedergeschmettert, aber enttäuscht. Sie hatte sich schon darauf gefreut, Catherine bei einer Tasse heißer Schokolade alles über ihr großes Abenteuer zu erzählen. Das würde nun warten müssen. Sie überlegte, was sie jetzt tun könnte. Sie hatte mehrere Verwandte in London, aber die meisten von ihnen würden wohl gleich Vater anrufen. Catherine wäre eine großartige Verschwörerin gewesen, den anderen Verwandten dagegen konnte sie nicht trauen.

Da erinnerte sie sich, daß Tante Martha glücklicherweise gar kein Telefon hatte.

Eigentlich war sie eine Großtante, eine mürrische, richtige alte Jungfer von etwa siebzig Jahren. Sie wohnte einen guten Kilometer von hier entfernt und würde sicherlich ungehalten sein, mitten in der Nacht aus dem Schlaf gerissen zu werden, aber das ließ sich jetzt nicht ändern. Wichtig war, daß sie keine Möglichkeit hatte, Vater darüber zu informieren, wo Margaret sich aufhielt.

Margaret stieg die Treppe wieder hinunter und trat hinaus auf die Straße – in totale Finsternis.

Die Dunkelheit war furchteinflößend. Margaret blieb vor der Haustür stehen und starrte mit weit aufgerissenen Augen um sich, konnte jedoch absolut nichts erkennen. Ein Gefühl der Übelkeit stieg in ihr auf, und ihr wurde leicht schwindelig.

Sie schloß die Augen und versuchte sich die vertraute Straßenszene vorzustellen. Hinter ihr befand sich Ovington House mit Catherines Wohnung; normalerweise fiel Licht aus verschiedenen Fenstern, und über dem Eingang brannte eine helle Lampe. An der Ecke zu ihrer Linken war die kleine Kirche der Marinehelferinnen, deren Portikus die ganze Nacht hindurch von Flutlicht angestrahlt wurde. Entlang dem Bürgersteig standen Straßenlaternen in regelmäßigen Abständen, und jede warf einen kleinen Lichtkreis; und normalerweise gab es natürlich auch noch die Scheinwerfer von Omnibussen, Taxis und Autos.

Margaret öffnete die Augen wieder – alles blieb dunkel.

Es war entmutigend. Einen Moment lang bildete sie sich ein, daß es ringsum überhaupt nichts gäbe: keine Straße, keine Stadt – sie befand sich im Nichts und fiel durch beängstigende Leere. Sie schwankte wie eine Seekranke. Dann nahm sie sich zusammen und versuchte, sich den Weg zu Tante Marthas Haus in Erinnerung zu rufen.

Ich muß mich von hier aus ostwärts halten, überlegte sie, und an der zweiten Abzweigung nach links abbiegen. Tante Marthas Haus liegt am Ende dieses Blocks. Das dürfte selbst in dieser Dunkelheit leicht zu finden sein.

Sie sehnte sich nach irgend etwas, das diese schreckliche Dunkelheit unterbrach: ein beleuchtetes Taxi, den Vollmond oder einen hilfreichen Schutzmann. Einen Augenblick später erfüllte sich ihr Wunsch: Ein Wagen kroch herbei, dessen Standlicht sie in dieser Finsternis an die Augen einer Katze erinnerte, und plötzlich konnte sie den Bürgersteig bis zur Straßenecke sehen.

Sie marschierte los.

Der Wagen fuhr vorüber, seine roten Rücklichter verloren sich in der Dunkelheit. Margaret glaubte sich noch drei oder vier Schritte von der Ecke entfernt, als sie den Bordstein hinunterstolperte. Sie überquerte die Straße und fand den gegenüberliegenden Bürgersteig, ohne dort über den Randstein zu fallen. Das ermutigte sie, und sie ging mit mehr Selbstvertrauen weiter.

Plötzlich schlug ihr etwas Hartes mit voller Wucht ins Gesicht.

Sie schrie vor Schmerz und plötzlicher Angst auf. Einen Augenblick erlag sie blinder Panik und wollte umkehren und weglaufen. Mit aller Willenskraft beruhigte sie sich. Sie rieb die brennende Wange. Was in aller Welt war passiert? Wogegen konnte sie mitten auf dem Bürgersteig geprallt sein? Sie streckte beide Arme aus, berührte etwas und riß die Hände erschrocken zurück. Dann biß sie die Zähne zusammen und versuchte es noch einmal. Sie ertastete etwas Kaltes, Hartes, Rundes – wie eine übergroße Kuchenform, die mitten in der Luft schwebte. Ihre Hände glitten weiter und erfühlten eine runde Säule mit einer rechteckigen Öffnung. Als ihr bewußt wurde, was es war, lachte sie unwillkürlich trotz ihres schmerzenden Gesichts – ein Briefkasten hatte sie angegriffen!

Sie tastete sich um ihn herum und tappte mit ausgestreckten Armen weiter.

Nach einer Weile stolperte sie erneut über einen Bordstein. Nachdem sie wieder ins Gleichgewicht gekommen war, atmete sie erleichtert auf. Sie hatte Tante Marthas Straße erreicht. Nun bog sie nach links ab.

Da erst kam ihr der Gedanke, daß Tante Martha die Klingel möglicherweise gar nicht hören würde. Sie lebte allein, es gab also niemanden sonst, der die Tür öffnen würde. Wenn Tante Martha sie tatsächlich nicht hörte, würde Margaret zu Catherines Gebäude zurückkehren und im Hausflur schlafen müssen. Es würde ihr nicht allzuviel ausmachen, auf dem Boden zu liegen, aber ihr graute davor, noch einmal durch die Finsternis tappen zu müssen. Vielleicht kauerte sie sich auch nur auf Tante Marthas Eingangsstufe zusammen und wartete den Tagesanbruch ab.

Tante Marthas Häuschen befand sich am Ende eines langen

Blocks. Schritt für Schritt bewegte Margaret sich vorsichtig weiter. Die Stadt war zwar dunkel, doch nicht still. Dann und wann war ein Wagen in der Ferne zu hören; Hunde bellten hinter Türen, an denen sie vorüberkam; Katzen sangen ihre mißtönende Liebeswerbung, ohne sie zu beachten; einmal hörte sie die beschwingten Klänge einer Party; und ein Stück weiter hatte ein Paar eine laute Auseinandersetzung hinter einem verdunkelten Fenster. Margaret sehnte sich danach, in einem hellen Zimmer mit einer Tasse Tee vor dem Kamin zu sitzen.

Der Häuserblock kam ihr länger vor als in der Erinnerung. Aber sie konnte sich doch nicht verlaufen haben: Sie war an der zweiten Kreuzung nach links abgebogen. Trotzdem wuchs die Angst, daß sie sich verirrt hatte. Sie verlor das Zeitgefühl. Wie lange ging sie diesen Block schon entlang? Fünf Minuten? Zwanzig Minuten? Zwei Stunden oder bereits die ganze Nacht? Plötzlich war sie sich nicht einmal mehr sicher, ob sich überhaupt Häuser in der Nähe befanden. Sie konnte ebensogut mitten im Hyde Park sein. Das gruselige Gefühl beschlich sie, daß ringsumher Monster lauerten, die nur auf ihr Stolpern warteten, um über sie herzufallen. Ein Schrei stieg in ihrer Kehle auf, sie vermochte ihn nur mühsam zurückzudrängen.

Sie zwang sich, zu überlegen. Wo könnte sie falsch abgebogen sein? Sie wußte, daß es eine Kreuzung gewesen war, wo sie über den Randstein gestolpert war. Aber wie sie sich jetzt erinnerte, gab es außer den sich kreuzenden größeren Straßen auch Gassen, die die Straße durchzogen. Vielleicht war sie in eine davon eingebogen. Und inzwischen stapfte sie vielleicht bereits einen Kilometer oder mehr in die verkehrte Richtung.

Vergeblich versuchte sie sich an das herrliche Gefühl von Aufregung und Triumph zu erinnern, das sie im Zug so berauscht hatte. Im Moment fürchtete sie sich nur, so ganz allein im Dunkeln.

Sie blieb eine Weile stehen, bis sie jedes Zeitgefühl verloren hatte. Sie hatte Angst, sich überhaupt von der Stelle zu bewegen. Furcht lähmte sie. Sie würde hier einfach stehenbleiben, bis sie vor Erschöpfung in Ohnmacht fiel oder bis es hell wurde.

Da näherte sich ein Wagen.

Sein trübes Standlicht vermittelte nicht viel Helligkeit, aber im Vergleich zu der Finsternis zuvor erschien es ihr wie Tageslicht. Sie stellte fest, daß sie tatsächlich mitten auf der Straße stand, und hastete auf den Bürgersteig, um nicht angefahren zu werden. Sie befand sich auf einem Platz, der ihr vertraut vorkam. Der Wagen fuhr an ihr vorbei und bog um eine Ecke. Sie eilte ihm nach in der Hoffnung, irgend etwas Bekanntes zu sehen, an dem sie sich orientieren konnte. Als sie die Ecke erreichte, hatte der Wagen fast das Ende einer kurzen, schmalen Geschäftsstraße erreicht, in der sie einen Laden erkannte: die Modistin, bei der Mutter Kundin war. Margaret wurde bewußt, daß sie sich nur noch wenige Meter von Marble Arch entfernt befand.

Vor Erleichterung hätte sie fast geheult.

An der nächsten Ecke wartete sie wieder auf ein Auto, das ihr den Weg beleuchten würde, dann bog sie nach Mayfair ein.

Wenige Minuten später stand sie vor dem Hotel Claridge. Natürlich war es ebenfalls verdunkelt, aber sie fand den Eingang und überlegte, ob sie hineingehen sollte.

Wahrscheinlich hatte sie nicht genügend Geld für ein Zimmer dabei, aber sie erinnerte sich, daß man die Rechnung erst bezahlte, wenn man das Hotel verließ. Sie könnte ein Zimmer für zwei Nächte nehmen, am Morgen weggehen, als würde sie wieder zurückkommen, sich gleich beim A.T.S. aufnehmen lassen, dann das Hotel anrufen und bitten, die Rechnung an Vaters Anwalt zu senden.

Sie holte tief Atem und schob die Tür auf.

Wie die meisten öffentlichen Gebäude, die nachts geöffnet waren, hatte das Hotel eine zweite Tür anbringen lassen, wie bei einer Luftschleuse, damit man eintreten konnte, ohne daß das Licht nach draußen fiel. Margaret wartete, bis sich die äußere Tür hinter ihr geschlossen hatte, dann drückte sie die zweite auf und trat dankbar in das erleuchtete Foyer. Eine ungeheure Erleichterung erfüllte sie. Hier herrschte Normalität, der Alptraum war zu Ende.

Ein junger Nachtportier döste hinter dem Empfang. Margaret hüstelte, woraufhin er zusammenzuckte und benommen aufblickte. »Ich brauche ein Zimmer«, sagte Margaret.

»Mitten in der Nacht?«

»Ich habe mich wegen der Verdunkelung verlaufen«, erklärte sie, »jetzt komme ich nicht mehr nach Hause.«

Der Portier begann aufzuhorchen. »Kein Gepäck?«

»Nein«, entgegnete Margaret schuldbewußt; da kam ihr ein Gedanke, und sie fügte hinzu: »Natürlich nicht – ich *hatte schließlich nicht vor*, mich zu verlaufen!«

Er musterte sie mit merkwürdigem Blick. Er würde sie doch wohl nicht abweisen? Schließlich schluckte er, rieb sich das Gesicht und tat, als schaute er in dem Buch vor sich nach. Was war los mit diesem Kerl? Er überlegte kurz, dann klappte er das Buch zu und behauptete: »Es ist kein Zimmer mehr frei.«

»Ah, kommen Sie, Sie müssen doch noch *irgendein* ...«

Er unterbrach sie und meinte augenzwinkernd: »Sie hatten wohl Streit mit Ihrem Alten?«

Margaret glaubte sich in einem Alptraum. »Ich kann heute nacht nicht mehr nach Hause«, wiederholte sie eindringlich, da der Bursche sie anscheinend beim erstenmal nicht verstanden hatte.

»Das ist nicht meine Schuld«, sagte er. Offenbar hielt er sich für geistreich, als er hinzufügte: »Beschweren Sie sich bei Hitler.«

Er war ziemlich jung. »Wo ist Ihr Vorgesetzter?« fragte sie.

Jetzt wirkte er beleidigt. »Bis sechs Uhr bin ich hier verantwortlich!«

Margaret schaute sich um. »Dann werde ich wohl bis zum Morgen im Foyer sitzen müssen«, erklärte sie müde.

»Das geht nicht!« rief der Portier erschrocken. »Ein junges Mädchen ohne Begleitung und ohne Gepäck nachts im Foyer? Das kann mich die Stellung kosten!«

»Ich bin kein *junges Mädchen!*« sagte sie verärgert. »Ich bin Lady Margaret Oxenford.« In der Verzweiflung bediente sie sich ihres Titels, was sie sonst nur ungern tat.

Aber das nutzte ihr nichts. Der Portier grinste unverschämt. »Was Sie nicht sagen.«

Margaret wollte ihn schon anschreien, da fiel ihr Blick auf ihr Spiegelbild in der Glastür, und sie sah, daß sie ein blaues Auge hatte. Obendrein waren ihre Hände schmutzig, und ihr Kleid war zerrissen.

Kein Wunder, sie war gegen einen Briefkasten geprallt und hatte im Zug auf dem Boden gesessen. Sie verstand jetzt, warum der Portier ihr kein Zimmer geben wollte. »Aber Sie können mich doch nicht in die Nacht hinausjagen!« protestierte sie verzweifelt.

»Es bleibt mir wohl nichts anderes übrig«, entgegnete der junge Mann.

Margaret fragte sich, was er tun würde, wenn sie sich einfach hinsetzte und sich weigerte zu gehen. Sie fühlte sich hundemüde und schwach von der Nervenanspannung. Aber sie hatte so viel durchgemacht, daß sie keine Kraft mehr fand, sich zu widersetzen. Außerdem war es spät, und sie war allein mit diesem Kerl, da konnte man nie wissen, was er tun würde, wenn sie ihm einen Vorwand gab, Hand an sie zu legen.

Müde drehte sie ihm den Rücken zu und kehrte bitter enttäuscht in die Finsternis zurück.

Schon während sie vom Hotel wegstapfte, wünschte sie sich, sie hätte mehr Widerstandsgeist bewiesen. Wie kam es nur, daß sie nicht so energisch handeln wie denken konnte. Nun, da sie nachgegeben hatte, war sie zornig genug, es dem Portier zu zeigen. Fast hätte sie kehrtgemacht. Doch dann ging sie doch weiter: Es erschien ihr einfacher.

Sie wußte nicht, wohin. Catherines Haus würde sie bestimmt nicht mehr finden; Tante Marthas Haus hatte sie nicht gefunden; anderen Verwandten konnte sie nicht trauen, und sie war zu abgerissen, um ein Hotelzimmer zu bekommen.

Es blieb ihr deshalb nichts anderes übrig, als umherzuirren, bis es hell wurde. Glücklicherweise war das Wetter angenehm, es regnete nicht, und die Nachtluft war zwar kühl, aber erträglich. Wenn sie in Bewegung blieb, würde sie nicht frieren. Jetzt konnte sie wenigstens einigermaßen erkennen, wo sie war: Im West End herrschte etwas mehr Verkehr. Aus Nachtlokalen ertönte Musik und Stimmengewirr, und hin und wieder sah sie Leute ihrer Gesellschaftsschicht: Damen in eleganter Abendtoilette und Herren im Smoking mit weißer Fliege, die von einer Party kommend von ihrem Chauffeur bis direkt vor den Eingang ihres Hauses gefahren wurden. In einer Straße bemerkte sie drei aufgedonnerte Frauen, die seltsamerweise ohne Begleitung waren: Eine stand vor einer Tür, eine lehnte sich an eine Laterne, und eine saß in einem Wagen. Alle drei rauchten und warteten offensichtlich auf jemanden. Ob das wohl »gefallene Mädchen« waren, wie Mutter es immer nannte?

Margaret war ziemlich erschöpft. Immer noch trug sie die leichten Schuhe, die sie im Haus angehabt hatte, als sie weggelaufen war. Ohne zu überlegen, setzte sie sich auf eine Eingangsstufe und rieb die schmerzenden Füße.

Als sie aufblickte, stellte sie fest, daß sie die Umrisse der Häuser auf der anderen Straßenseite erkennen konnte. Wurde es endlich hell? Vielleicht konnte sie eine Imbißstube finden, die schon aufhatte. Sie würde sich Frühstück bestellen und dort warten, bis die Rekrutierungsstellen öffneten. Sie hatte seit zwei Tagen kaum etwas gegessen, und der Gedanke an Eier mit Speck machte ihr den Mund wässerig.

Plötzlich tauchte ein weißes Gesicht vor ihr auf. Erschrocken schrie sie auf. Das Gesicht kam näher, und sie sah einen jungen Mann im Abendanzug. »Hallo, Süße«, lallte er.

Hastig stand sie auf. Sie konnte Betrunkene nicht ausstehen, sie waren so – würdelos. »Bitte gehen Sie weg!« Sie bemühte sich, entschieden zu klingen, aber ihre Stimme zitterte.

Er torkelte näher heran. »Küß mich wenigstens.«

»Was bilden Sie sich ein!« rief sie entrüstet. Sie wich einen Schritt zurück, stolperte und ließ die Schuhe fallen. Ohne Schuhe fühlte sie sich hilflos und verwundbar. Sie drehte sich um und bückte sich, um nach ihnen zu tasten. Er lachte lüstern, und zu ihrem Entsetzen spürte sie plötzlich seine Hand mit schmerzhafter Plumpheit zwischen ihren Schenkeln. Sofort richtete sie sich ohne ihre Schuhe auf und machte hastig einen Schritt zur Seite. Dann drehte sie sich zu ihm um und schrie: »Lassen Sie mich in Ruhe!«

Er lachte. »So ist's recht, mach nur so weiter, ich hab's gern ein bißchen kratzbürstig.« Mit überraschender Wendigkeit faßte er sie bei den Schultern und zog sie an sich. Sein Alkoholatem war wie eine betäubende Nebelschwade, und plötzlich küßte er ihren Mund.

Es war unbeschreiblich ekelhaft, und ihr wurde regelrecht übel, aber er drückte sie so heftig an sich, daß sie kaum atmen, geschweige denn protestieren konnte. Sie wand sich verzweifelt, aber er hörte nicht auf, sie zu küssen. Dann nahm er eine Hand von ihrer Schulter und legte sie auf ihre Brust. So hart quetschte er sie, daß Margaret vor Schmerz keuchte. Doch da er ihre Schulter losgelassen hatte, konnte sie sich ein bißchen von ihm wegkrümmen und schrie, so laut sie konnte.

Wie von weit her hörte sie ihn besorgt sagen: »Schon gut, schon gut, führ dich nicht so auf, ich habe es ja nicht bös gemeint.« Aber ihre Angst war zu groß, als daß sie vernünftig hätte denken können, und so schrie sie einfach weiter. Gesichter tauchten aus der Dunkelheit auf, ein Passant in Arbeitskleidung, ein Straßenmädchen mit Zigarette und Handtasche, ein Kopf erschien an einem Fenster des Hauses hinter ihnen. Der Betrunkene verschwand in die Nacht. Margaret hörte auf zu schreien und begann zu weinen. Dann hörte sie die eiligen Schritte schwerer Stiefel, sah das abgeblendete Licht einer Taschenlampe und den Helm eines Bobbies.

Der Polizist richtete seine Lampe auf Margarets Gesicht.

Das Straßenmädchen murmelte: »Sie ist keine von uns, Steve.«

Der mit Steve angesprochene Schutzmann fragte: »Wie heißen Sie, junge Frau?«

»Margaret Oxenford.«

Der Arbeiter mischte sich ein: »Ein Besoffener hat sie für ein Flittchen gehalten, so war's.« Zufrieden stapfte er weiter.

»Etwa *Lady* Margaret Oxenford?« fragte der Polizist.

Margaret schniefte und nickte.

Die Frau warf ein: »Ich hab' dir doch gesagt, daß sie keine von uns ist.« Sie nahm einen tiefen Zug ihrer Zigarette, ließ den Stummel fallen, zertrat ihn und verschwand.

»Kommen Sie mit mir, Mylady. Jetzt ist alles in Ordnung.«

Margaret wischte sich mit dem Ärmel übers Gesicht. Der Polizist bot ihr den Arm und leuchtete auf das Pflaster unmittelbar vor ihr, und sie setzten sich in Bewegung.

Nach einem Augenblick schüttelte Margaret sich. »Dieser schreckliche Mann«, murmelte sie.

Freundlich, aber nicht gerade mitfühlend, entgegnete der Schutzmann: »Man kann es ihm nicht wirklich ankreiden, immerhin ist dies die berüchtigtste Straße von ganz London. Wenn man zu dieser Stunde hier auf ein Mädchen ohne Begleitung stößt, muß man ja annehmen, daß es eine Straßendirne ist.«

Er hatte wahrscheinlich recht, trotzdem fand Margaret seine Bemerkung unpassend.

Das gedämpfte Licht eines Polizeireviers schimmerte bläulich in der Morgendämmerung. »Wenn Sie erst eine schöne Tasse Tee trinken, fühlen Sie sich gleich besser«, meinte der Polizist.

Sie traten ein. Gegenüber der Tür befand sich ein Tisch, der gleichzeitig als Schranke diente, dahinter saßen zwei Uniformierte, einer untersetzt und mittleren Alters, der andere jung und schmächtig. An beiden Seitenwänden standen hölzerne Bänke. Auf einer wartete eine bleiche Frau mit Kopftuch und in Hausschuhen mit müder Geduld.

Margarets Retter bat sie, auf der gegenüberliegenden Bank Platz zu nehmen, dann trat er zu dem Wachhabenden hinter der Schranke. »Sergeant«, meldete er, »das ist Lady Margaret Oxenford. Sie wurde von einem Betrunkenen in der Bolting Lane belästigt.«

»Er nahm wohl an, daß sie auf Freiersuche war.«

Margaret staunte über die Vielfalt von Euphemismen für Prostitution. Offenbar scheute man allgemein davor zurück, sie beim Namen zu nennen und umschrieb sie. Bisher hatte sie nur auf sehr vage Weise davon gehört und bis heute nicht wirklich geglaubt, daß sie tatsächlich ausgeübt wurde. Aber an den Absichten des jungen Mannes im Abendanzug war durchaus nichts vage gewesen.

Der Sergeant schaute interessiert zu ihr herüber, dann sagte er etwas so leise, daß sie es nicht hören konnte.

Jetzt fiel Margaret wieder ein, daß sie ihre Schuhe auf der Eingangsstufe hatte stehenlassen und bemerkte, daß sie Löcher in den Strümpfen hatte. Sie machte sich Sorgen: In diesem Zustand konnte sie sich nicht in der Rekrutierungsstelle sehen lassen. Vielleicht sollte sie, sobald es hell war, in jene Straße zurückkehren und sich die Schuhe holen. Aber vielleicht standen sie gar nicht mehr dort. Außerdem müßte sie sich dringend waschen, und ein sauberes Kleid brauchte sie ebenfalls. Es wäre schrecklich, wenn sie, nach allem, was sie durchgemacht hatte, vom A.T.S. abgelehnt würde. Aber wo konnte sie sich frisch machen? Am Morgen wäre sie auch in Tante Marthas Haus nicht mehr sicher. Vater würde sie bestimmt dort suchen. Aber ihr schöner Plan durfte doch eines Paares Schuhe wegen nicht ins Wasser fallen!

Der Polizist kam mit einer dicken Steinguttasse voll Tee zurück. Er war schwach und zu stark gesüßt, aber Margaret nippte ihn dankbar. Der Tee weckte ihre Lebensgeister wieder. Sie würde es schon irgendwie schaffen. Sobald sie den Tee getrunken hatte, würde sie das Revier verlassen und sich in einem weniger vornehmen Viertel nach einem Laden umsehen, wo es billige Kleidung gab, sie hatte ja noch ein paar Shillinge. Sie würde sich ein Kleid, ein Paar Sandalen und Unterwäsche kaufen, zur nächsten öffentlichen Toilette gehen und sich dort waschen und umziehen. Dann war sie bereit für die Armee.

Während sie sich ihren Plan durch den Kopf gehen ließ, erklang Tumult vor der Tür, und gleich darauf stürmte eine Schar junger Männer herein. Sie waren gut gekleidet, einige in Abend-, andere in Straßenanzügen. Einen Augenblick später wurde Margaret klar, daß sie einen unfreiwilligen Begleiter mit sich zerrten. Einer der jungen Herren fing an, auf den Sergeanten hinter der Schranke einzubrüllen.

Der Wachhabende unterbrach ihn. »Schon gut, schon gut, beruhigen Sie sich!« sagte er mit befehlsgewohnter Stimme. »Sie sind hier nicht auf einem Rugbyplatz, sondern auf einem Polizeirevier.« Der Tumult legte sich etwas, aber es war immer noch laut. »Wenn Sie sich nicht anständig aufführen, sperr' ich Sie alle in die verdammten Arrestzellen!« brüllte der Sergeant. »Und jetzt, verflucht noch mal, RUHE!«

Die Männer benahmen sich nun etwas gesitteter und ließen ihren Gefangenen los, der sich aufrichtete und mürrisch vor sich hinstarrte. Der Sergeant deutete auf einen der jungen Herren, einen dunkelhaarigen Burschen von etwa Margarets Alter. »Also gut – Sie! Worum geht es?«

Der junge Mann deutete auf den Mitgeschleiften und sagte empört: »Dieser Kerl hat meine Schwester in ein Restaurant eingeladen und sich dann aus dem Staub gemacht, ohne zu bezahlen!« Er sprach mit dem Akzent der Oberschicht. Sein Gesicht kam Margaret irgendwie bekannt vor. Sie hoffte, er würde sie nicht erkennen; es wäre zu demütigend, wenn es sich herumspräche, daß ihr die Polizei zu Hilfe hatte kommen müssen, nachdem sie von zu Hause fortgelaufen war.

Ein jüngerer Herr in gestreiftem Anzug fügte hinzu: »Er heißt Harry Marks und gehört eingesperrt!«

Margaret betrachtete Harry Marks interessiert. Er war ein auffallend gutaussehender Mann von zwei- oder dreiundzwanzig Jahren mit blondem Haar und ebenmäßigen Zügen. Obwohl er etwas mitgenommen wirkte, trug er seine doppelreihige Smokingjacke mit lässiger Eleganz. Er sah sich abfällig um und sagte: »Diese Burschen sind betrunken.«

Der Jüngling im gestreiften Anzug platzte heraus: »Vielleicht sind wir betrunken, aber er ist ein Schuft – und ein Dieb. Sehen Sie, was wir in seiner Tasche gefunden haben!« Er warf etwas auf den Tisch. »Diese Manschettenknöpfe wurden etwas früher am Abend Sir Simon Monkford gestohlen.«

»Also gut«, meinte der Sergeant. »Sie beschuldigen diesen Mann demnach, sich einen materiellen Vorteil durch Täuschung verschafft zu haben – damit ist die nicht bezahlte Restaurantrechnung gemeint – *und* des Diebstahls. Sonst noch etwas?«

Der Jüngling im gestreiften Anzug lachte höhnisch und sagte: »Genügt Ihnen das nicht?«

Der Wachhabende deutete mit seinem Bleistift auf den Burschen. »Vergessen Sie nicht, wo Sie sind, Jungchen. Sie befinden sich hier auf einem Polizeirevier! Auch wenn Sie reiche Eltern haben, gibt Ihnen das kein Recht zu Unverschämtheiten, außer Sie legen es darauf an, sich den Rest der Nacht eine Zelle von innen anzusehen.«

Der Jüngling machte ein betroffenes Gesicht und schwieg.

Der Sergeant wandte sich dem anderen Ankläger zu. »Können Sie mir nähere Einzelheiten angeben? Ich brauche den Namen und die Adresse des Restaurants, Name und Adresse Ihrer Schwester sowie

Name und Adresse des rechtmäßigen Besitzers dieser Manschettenknöpfe.«

»Das kann ich Ihnen alles sagen. Das Restaurant . . .«

»Gut. Sie bleiben hier!« Er deutete auf den Beschuldigten. »Sie setzen sich!« Er machte eine Geste, die alle anderen jungen Herren einschloß. »Sie können heimgehen.«

Das brachte ihm verdutzte Blicke ein. Mit einem solchen Ende ihres großen Abenteuers hatten sie nicht gerechnet. Einen Moment lang rührte sich keiner.

»Los, los! Weg mit euch. Wird's bald?« meinte der Sergeant.

So viel Gefluche wie an diesem einen Tag hatte Margaret noch nie zuvor gehört.

Die jungen Herren setzten sich brummelnd in Bewegung. Der Jüngling im gestreiften Anzug sagte: »Da führt man einen Dieb der Gerechtigkeit zu und wird behandelt, als wäre man selbst ein Verbrecher!« Aber er war halb aus der Tür, als er den Satz beendete.

Der Sergeant befragte den dunkelhaarigen jungen Mann und machte sich Notizen. Harry Marks blieb noch einen Augenblick neben ihm stehen, dann drehte er sich ungeduldig um. Er entdeckte Margaret, schenkte ihr ein sonniges Lächeln und setzte sich neben sie. »Alles in Ordnung, Mädchen? Was machst du hier zu dieser nachtschlafenden Zeit?«

Margaret blinzelte verwirrt. Er war wie ausgewechselt. Seine hochmütige Art und der vornehme Ton waren verschwunden, und er sprach jetzt in der gleichen Mundart wie der Sergeant. Einen Moment lang war sie zu verblüfft, um zu antworten.

Harry warf einen abschätzenden Blick auf den Ausgang, als überlege er, ob ihm eine Flucht gelingen könnte, dann blickte er zum Tisch zurück und sah, daß der jüngere Polizist ihn nicht aus den Augen ließ. Offenbar gab er den Gedanken zu fliehen auf und wandte sich wieder Margaret zu. »Wer hat dir dieses Veilchen verpaßt? Dein Alter?«

Margaret fand die Stimme wieder und sagte: »Ich habe mich in der Dunkelheit verirrt und bin gegen einen Briefkasten geprallt.«

Jetzt war er verblüfft. Er hatte sie für ein Mädchen der Arbeiterklasse gehalten. Nun, da er ihren Akzent hörte, erkannte er seinen Irrtum. Ohne mit der Wimper zu zucken, wechselte er zu seiner vorherigen Rolle zurück. »Ich muß schon sagen, ein schlimmes Mißgeschick.«

Margaret war fasziniert. Welches war sein wirkliches Ich? Er roch nach Kölnischwasser. Sein Haar war zwar eine Spur zu lang, hatte jedoch einen guten Schnitt. Er trug einen nachtblauen Abendanzug, dazu Seidensocken und Lackschuhe. Sein Schmuck war gediegen: brillantenbesetzte Krawattennadel, dazu passende Manschettenknöpfe, eine goldene Uhr mit schwarzem Krokodillederarmband und am kleinen Finger seiner Linken einen schweren Siegelring. Seine Hände waren groß und kräftig, die Fingernägel makellos sauber.

Leise fragte sie ihn: »Haben Sie das Restaurant wirklich verlassen, ohne zu bezahlen?«

Er blickte sie nachdenklich an, ehe er mit verschwörerischer Miene nickte.

»Aber warum?«

»Wenn ich Rebecca Maugham-Flint noch eine Minute länger hätte zuhören müssen, wie sie von ihren verflixten Pferden sprach, hätte ich mich wahrscheinlich nicht mehr beherrschen können und sie erwürgt.«

Margaret kicherte. Sie kannte Rebecca Maugham-Flint. Sie war ein kräftiges, nicht gerade mit Schönheit gesegnetes Mädchen, die Tochter eines Generals – mit dem energischen Wesen und der lauten Kommandostimme ihres Vaters. »Das kann ich mir vorstellen«, entgegnete sie. Sie konnte sich kaum eine unpassendere Dinnerbegleiterin für den anziehenden Mr. Marks vorstellen.

Steve, der Polizist, kam zurück und nahm Margarets leere Tasse. »Fühlen Sie sich jetzt besser, Lady Margaret?«

Aus den Augenwinkeln sah sie Harry Marks' Reaktion auf ihren Titel. »Viel besser, danke. Sie waren sehr freundlich.« Einen Moment lang hatte sie im Gespräch mit Harry ihre eigenen Schwierigkeiten vergessen, nun erinnerte sie sich an alles, was sie noch vorhatte.

»Dann werde ich Sie jetzt verlassen, damit Sie sich wieder Wichtigerem zuwenden können.«

»Lassen Sie sich Zeit«, entgegnete der Schutzmann. »Ihr Vater ist bereits unterwegs, um Sie abzuholen.«

Margarets Herzschlag stockte. Wie konnte das sein? Sie war so überzeugt, daß sie sich in Sicherheit befand – sie hatte ihren Vater unterschätzt! Jetzt quälte sie wieder die gleiche Angst wie auf dem Weg zum Bahnhof. Er war auf dem Weg hierher, jetzt, in dieser Minute! Sie zitterte. »Woher weiß er, wo ich bin?« fragte sie mit hoher, angespannter Stimme.

Der junge Polizist blickte sie voll Stolz an. »Ihre Beschreibung wurde gestern nacht durchgegeben, und ich las sie bei Dienstbeginn. Ich habe Sie in der Dunkelheit natürlich nicht erkannt, aber mich an Ihren Namen erinnert. Die Anweisung lautete, Seine Lordschaft sofort zu benachrichtigen. Sobald ich Sie hierhergebracht hatte, rief ich ihn an.«

Margaret stand auf, ihr Herz hämmerte. »Ich werde nicht auf ihn warten«, erklärte sie. »Es ist inzwischen hell.«

Der Polizist wirkte besorgt. »Einen Augenblick«, meinte er nervös. Er wandte sich dem Wachhabenden zu. »Sergeant, die Lady möchte nicht auf ihren Vater warten.«

Harry Marks zwinkerte Margaret zu: »Keiner kann Sie zwingen, hier zu warten – von zu Hause fortzulaufen ist in Ihrem Alter kein Verbrechen. Wenn Sie wollen, brauchen Sie bloß hinauszuspazieren.«

Margaret hatte entsetzliche Angst, daß man versuchen würde, sie hier festzuhalten.

Der Sergeant stand auf und kam um die Schranke herum. »Er hat recht«, sagte er, »Sie können jederzeit gehen.«

»Oh, danke«, seufzte Margaret erleichtert.

Der Sergeant lächelte. »Aber Sie haben keine Schuhe und Löcher in den Strümpfen. Wenn Sie unbedingt wegmüssen, ehe Ihr Vater kommt, sollten Sie ein Taxi nehmen. Wir rufen eines für Sie.«

Sie überlegte kurz. Der Polizist hatte Vater gleich angerufen, als sie hier im Revier angekommen waren, doch das war noch keine Stunde her. Vater konnte frühestens in einer Stunde hier sein. »Gut«, sagte sie zu dem freundlichen Sergeanten. »Danke.«

Er öffnete die Tür zum Gang. »Sie haben es hier bequemer, während Sie auf das Taxi warten.« Er schaltete das Licht ein.

Margaret wäre lieber auf der Bank sitzen geblieben und hätte sich mit dem faszinierenden Harry Marks unterhalten, aber sie wollte den Sergeanten nicht mit einer Ablehnung kränken, schon gar nicht, nachdem er ihrem Wunsch nachgegeben hatte. »Danke«, sagte sie erneut.

Während sie zur Tür ging, hörte sie Harry sagen: »Das sollten Sie lieber nicht tun!«

Sie trat in das kleine Zimmer. Es war mit ein paar billigen Stühlen und einer Bank ausgestattet, eine Glühbirne ohne Schirm hing von der Decke, und das Fenster war vergittert. Sie verstand nicht, wieso der Sergeant diesen Raum für bequemer halten konnte. Sie drehte sich um, um es ihm zu sagen.

Die Tür schloß sich vor ihrer Nase. Eine schreckliche Ahnung befiel sie. Sie sprang zur Tür und griff nach der Klinke. In diesem Moment wurde ihre Befürchtung bestätigt, und sie hörte, wie der Schlüssel sich im Schloß drehte. Sie rüttelte heftig an der Klinke. Die Tür öffnete sich nicht.

Von draußen hörte sie ein leises Lachen, dann Harrys Stimme gedämpft, aber verständlich: »Sie Dreckskerl!«

Die Stimme des Sergeanten klang nun alles andere als freundlich. »Maul halten!« knurrte er.

»Sie haben kein Recht dazu, das wissen Sie ganz genau!«

»Ihr Vater ist ein verdammter Lord, und das gibt mir das Recht.«

Mehr wurde nicht gesagt.

Verbittert erkannte Margaret, daß sie verloren hatte. Ihre so vielversprechende Flucht war gescheitert. Ausgerechnet die Leute hatten sie verraten, von denen sie dachte, sie würden ihr helfen. Eine Zeitlang war sie frei gewesen, damit war nun Schluß. Sie würde sich heute nicht zum A.T.S. melden können, dachte sie niedergeschlagen; statt dessen würde sie an Bord eines Pan-Am-Clippers gehen und nach New York fliegen, vor dem Krieg davonlaufen. Trotz allem, was sie durchgemacht hatte, änderte sich nichts an ihrem Schicksal. Es war alles so furchtbar ungerecht.

Sie drehte sich um und ging mit hängenden Schultern die paar Schritte zum Fenster. Durch das Gitter konnte sie einen leeren Hof sehen und eine Ziegelmauer. Niedergeschlagen und hilflos blickte sie ins heller werdende Tageslicht und wartete auf ihren Vater.

Eddie Deakin checkte den Pan-American-Clipper ein letztes Mal durch. Die vier Wright Cyclone 1500-PS-Motoren glänzten vor Öl. Jede Maschine war so groß wie ein Mann. Alle sechsundfünfzig Zündkerzen waren gegen neue ausgetauscht worden. Einer Eingebung folgend, holte Eddie eine Fühlerlehre aus seiner Overalltasche und schob sie in eine Motorbefestigung zwischen Gummi und Metall. Die Vibration während des langen Fluges beanspruchte das Material außerordentlich. Aber Eddies Fühlerlehre drang nicht einmal sechs Millimeter ein. Die Verbindungen hielten.

Er schloß die Klappe und stieg die Leiter hinunter. Während das Flugzeug vorsichtig ins Wasser gelassen wurde, schlüpfte er aus seinem Overall, machte sich frisch und zog seine schwarze Pan-American-Fluguniform an.

Die Sonne schien, als er den Hafen verließ und den Hügel hinauf zu dem Hotel schritt, in dem die Besatzung während des hiesigen Aufenthalts untergebracht war. Er war stolz auf das Flugzeug und seine Arbeit. Die Clipper-Crew war eine gesonderte Elitetruppe, die Besten der Fluggesellschaft, denn die neue Transatlantiklinie war die Renommierroute von Pan Am. Sein Leben lang würde er damit angeben können, daß er als einer der ersten bei den Transatlantiklinienflügen dabeigewesen war.

Aber er beabsichtigte, seine Stellung bald zu wechseln. Er war jetzt dreißig, seit einem Jahr verheiratet, und Carol-Ann war schwanger. Für einen Alleinstehenden war an seinem Job nichts auszusetzen, aber er hatte nicht vor, sein Leben fern von Frau und Kindern zu verbringen. Er hatte gespart und schon fast genug beisammen, um sich selbständig zu machen. Er hatte ein Grundstück in der Nähe von Bangor in Maine in Aussicht, das einen großartigen kleinen Flugplatz abgeben würde. Dort wollte er die Wartung von Flugzeugen übernehmen und Treibstoff verkaufen, und er hoffte, sich irgendwann auch eine eigene Maschine für Charterflüge leisten zu können. Sein heimlicher Traum war, einmal eine eigene Fluglinie aufbauen zu können, wie Juan Trippe, der Gründer von Pan American und Pionier in diesem Geschäft.

Er betrat die Grünanlage des Hotels Langdown Lawn. Die Pan Am Crews hatten Glück, daß es ein so schönes Hotel so verhältnismäßig nahe beim Imperial-Airways-Komplex gab. Es war ein typisch englisches Landhaus, von einem sehr netten und zuvorkommenden Ehepaar geführt, das an sonnigen Nachmittagen den Tee sogar draußen servierte. Eddie Deakin ging ins Haus und sah in der kleinen Empfangshalle als erstes seinen zweiten Ingenieur, Desmond Finn, der für alle nur Mickey hieß. Mickey war ein fröhlicher, unbekümmerter Bursche mit strahlendem Grinsen und einem Hang zur Heldenverehrung, soweit es Eddie betraf, den diese Anbetung äußerst verlegen machte. Mickey telefonierte gerade, und als er Eddie jetzt sah, sagte er: »Oh, warten Sie! Sie haben Glück, er kommt gerade herein.« Er reichte Eddie den Hörer. »Ein Anruf für dich.« Diskret ließ er Eddie allein und stieg die Treppe hinauf.

»Hallo?« sagte Eddie in die Sprechmuschel.

»Ist dort Edward Deakin?«

Eddie runzelte die Stirn. Die Stimme war ihm nicht bekannt, und niemand nannte ihn Edward. »Ja, ich bin Eddie Deakin. Wer sind Sie?«

»Warten Sie. Ich gebe Ihnen Ihre Frau.«

Eddie erschrak. Weshalb rief Carol-Ann aus den Staaten an? Irgend etwas mußte passiert sein.

Einen Augenblick später hörte er ihre Stimme. »Eddie?«

»Hallo, Schatz, was ist los?«

Er hörte, wie sie in Tränen ausbrach.

Die gräßlichsten Vorstellungen kamen ihm in den Sinn: Das Haus war abgebrannt; jemand war gestorben; sie hatte irgendeinen Unfall gehabt oder eine Fehlgeburt ...

»Carol-Ann, beruhige dich. Fehlt dir etwas?«

Zwischen Schluchzern sagte sie: »Mir – geht's – gut . . .«

»Was ist es denn?« fragte er besorgt. »Was ist passiert? Versuch, es mir zu erklären, Baby.«

»Diese Männer – kamen ins Haus.«

Eine eisige Hand legte sich um Eddies Herz. »Welche Männer? Was haben sie getan?«

»Mich in einen Wagen geschleppt.«

»Großer Gott, wer sind sie?« Seine hilflose Wut war wie ein Druck auf die Brust, und er mußte um Atem ringen. »Haben sie dir etwas getan?«

»Mir fehlt nichts – aber, Eddie, ich habe solche Angst.«

Er wußte nicht, was er sagen sollte. Zu viele Fragen drängten sich ihm auf. Irgendwelche Männer waren in ihr Haus gekommen und hatten Carol-Ann zu einem Wagen geschleppt! Was ging da vor? Schließlich fragte er nur: »Aber warum?«

»Sie sagen es mir nicht.«

»Was sagen sie denn?«

»Eddie, du mußt tun, was sie verlangen. Mehr weiß ich nicht.«

Trotz seiner Angst spürte Eddie, wie ein Widerwillen in ihm aufstieg. Was sollte dieses Katz-und-Maus-Spiel? Doch er zögerte keine Sekunde. »Ich werde alles tun, aber was . . .«

»Versprich es!«

»Ich verspreche es!«

»Gott sei Dank!«

»Wann ist es passiert?«

»Vor zwei Stunden.«

»Wo bist du jetzt?«

»In einem Haus, nicht weit von . . .« Er hörte einen schrillen Schrei.

»Carol-Ann, was ist passiert? Bist du in Ordnung?«

Er erhielt keine Antwort. Wütend, verängstigt und hilflos umklammerte Eddie den Hörer, bis sich seine Fingerknöchel weiß unter der Haut abhoben.

Dann ertönte die Stimme des vorherigen Sprechers. »Hören Sie mir genau zu, Edward.«

»Sie hören *mir* zu, Scheißkerl!« tobte Eddie. »Wenn Sie ihr auch nur ein Haar krümmen, bringe ich Sie um! Das schwöre ich bei Gott! Ich werde Sie aufspüren, und wenn ich den Rest meines Lebens dazu brauche, und wenn ich Sie gefunden habe, Sie Mistkerl, drehe ich Ihnen eigenhändig den Hals um! Haben Sie mich verstanden?«

Einen Moment herrschte Schweigen, als hätte der Mann am anderen Ende nicht mit einem solchen Wortschwall gerechnet. Schließlich sagte er: »Führen Sie sich nicht auf wie ein Wilder, so einen langen Arm haben selbst Sie nicht.« Er hörte sich ein wenig erschrocken an, aber er hatte recht: Eddie konnte im Moment gar nichts tun. Der Mann fuhr fort: »Hören Sie jetzt mal gut zu!«

Nur mühsam hielt Eddie die Zunge im Zaum.

»Sie bekommen Ihre Anweisungen im Flugzeug, und zwar von einem gewissen Tom Luther.«

Im Flugzeug! Was hatte das zu bedeuten? War dieser Tom Luther ein Passagier? »Was wollen Sie von mir?« fragte Eddie.

»Maul halten! Luther wird es Ihnen sagen. Und gehorchen Sie seinen Befehlen bis aufs I-Tüpfelchen, wenn Sie Ihre Frau wiedersehen wollen!«

»Wie soll ich wissen . . .«

»Noch was. Verständigen Sie nicht die Polizei. Es würde Ihnen absolut nichts nützen. Aber wenn Sie es tun, fick' ich Ihre Frau, bloß um Ihnen eins auszuwischen.«

»Sie Mistkerl, ich werde . . .«

Der andere legte auf.

Harry Marks war ein Glückspilz.

Seine Mutter hatte ihm immer versichert, daß er ein Glückskind sei. Zwar war sein Vater im Krieg gefallen, aber zu seinem Glück hatte er eine starke und fähige Mutter, die ihn großzog. Sie putzte Büros für ihren Lebensunterhalt, und selbst während der Weltwirtschaftskrise war sie keinen Tag arbeitslos gewesen. Sie wohnten in einer Mietskaserne in Battersea, wo es nur auf den Fluren jedes Stockwerks Wasserhähne gab und die Aborte sich im Freien befanden, aber sie hatten nette Nachbarn, die einander in schwierigen Zeiten aushalfen. Und was auch passierte, Harry hatte stets Glück. Wenn der Lehrer in der Klasse Schläge verteilte, brach sein Rohrstock gewöhnlich, kurz bevor Harry an der Reihe gewesen wäre. Harry hätte vor ein Fuhrwerk fallen können, und die Räder wären an ihm vorbeigerollt, ohne ihm auch nur ein Haar zu krümmen.

Seine Vorliebe für Schmuck hatte ihn zum Dieb gemacht.

Als Halbwüchsiger war er gern durch die prächtigen Geschäftsstraßen des West Ends geschlendert und hatte die Schaufenster von Juwelierläden bestaunt. Er war hingerissen von den Brillanten und Edelsteinen, die auf dunklem Samt in hell beleuchteten Auslagen prangten. Er liebte sie um ihrer Schönheit willen, aber auch, weil sie Symbol einer Lebensart waren, über die er in Büchern gelesen hatte, ein Leben in großen Herrenhäusern mit Grünanlagen ringsum, wo hübsche Mädchen mit Namen wie Lady Penelope und Jessica Chumley den ganzen Nachmittag Tennis spielten und dann erschöpft ins Haus gingen, um Tee zu trinken.

Er hatte eine Lehrstelle bei einem Goldschmied bekommen, aber er war zu gelangweilt und unruhig gewesen und hatte sie nach sechs Monaten aufgegeben. Gerissene Bänder von Armbanduhren zusammenzuflicken und für übergewichtige Gattinnen Eheringe zu weiten entbehrte jeglichen Reizes für ihn. Aber er hatte in dieser Zeit gelernt, einen Rubin von einem Granat zu unterscheiden, eine Zuchtperle von einer natürlich gewachsenen und einen modernen Brillantschliff von einem aus dem neunzehnten Jahrhundert. Er hatte auch den Unterschied zwischen einer gefälligen Fassung und einer plumpen, einem eleganten Design und einem geschmacklos protzigen kennengelernt. Und diese Fähigkeit zu unterscheiden, hatte seine Schwäche für edlen Schmuck ebenso verstärkt wie sein Verlangen nach dem dazugehörenden Lebensstil.

Er fand schließlich eine Möglichkeit, beide Neigungen zu befriedigen, indem er sich Mädchen wie Rebecca Maugham-Flint zu Nutzen machte.

Rebecca hatte er in Ascot kennengelernt. Er lernte häufig reiche Mädchen bei Rennen kennen. Die Veranstaltung im Freien und die

Menschenmenge ermöglichten es ihm, sich so zwischen zwei Gruppen von jungen Besuchern zu halten, daß jeder dachte, er gehöre zur anderen Gruppe. Rebecca war ein kräftiges Mädchen mit großer Nase. Ihr gräßliches gerüschtes Jerseykleid und ihre Robin-Hood-Kopfbedeckung verrieten, daß sie sich nicht zu kleiden verstand. Keiner kümmerte sich um sie, und so war sie auf geradezu überschwengliche Weise dankbar, daß Harry mit ihr plauderte.

Er hatte die Bekanntschaft nicht sogleich vertieft, denn es war besser, nicht aufdringlich zu wirken. Aber als er ihr einen Monat später zufällig in einer Kunstgalerie begegnet war, hatte sie ihn wie einen alten Freund begrüßt und ihn ihrer Mutter vorgestellt.

Mädchen wie Rebecca besuchten natürlich Lokale und Lichtspieltheater mit jungen Männern nicht ohne Anstandsdame, so etwas kam nur für Verkäuferinnen und Fabrikarbeiterinnen in Frage. Aus diesem Grund erzählten sie ihren Eltern, daß sie mit einer ganzen Gruppe ausgingen; und damit es den richtigen Eindruck erweckte, begannen sie den Abend gewöhnlich auf einer Cocktailparty. Danach konnten sie sich diskret paarweise absetzen. Das paßte Harry gut. Da er Rebecca nicht offiziell den »Hof machte«, hielten ihre Eltern es nicht für nötig, sich näher über ihn zu erkundigen, und sie stellten seine vagen Äußerungen über ein Landhaus in Yorkshire und eine kleine Privatschule in Schottland ebenso wenig in Frage wie die über eine Mutter, die um ihrer Gesundheit willen in Südfrankreich lebte, und über den bevorstehenden Beginn seiner Offizierslaufbahn in der Royal Air Force.

Unbestimmte Äußerungen waren in der oberen Gesellschaft gang und gäbe, wie er festgestellt hatte. Junge Männer, die nicht zugeben wollten, daß sie arm wie Kirchenmäuse waren oder Eltern hatten, die hoffnungslose Alkoholiker waren oder aus Familien kamen, die durch einen Skandal Schande auf sich geladen hatten, flüchteten sich in charmante Lügen. Niemand machte sich die Mühe, der Wahrheit nachzugehen, bis ein junger Mann nicht wirklich ernste Absichten gegenüber einem Mädchen aus vornehmer Familie zeigte.

Auf diese unverbindliche Weise war Harry drei Wochen lang mit Rebecca ausgegangen. Sie hatte dafür gesorgt, daß er zu einer Wochenendparty in Kent eingeladen wurde, wo er Kricket gespielt und Geld von den Gastgebern gestohlen hatte, denen es zu peinlich war, die Polizei einzuschalten, aus Angst, sie könnten ihre Gäste kränken. Rebecca hatte ihn auch auf mehrere Bälle mitgenommen, wo er in Taschen gelangt und Geldbörsen geleert hatte. Außerdem hatte er, wenn er sie abholte, aus dem Haus ihrer Eltern kleinere Geldsummen und Silberbesteck eingesteckt, sowie drei viktorianische Broschen, die ihre Mutter noch gar nicht vermißte.

Er fand das beileibe nicht unmoralisch. Die Leute, die er bestahl, hatten ihre Reichtümer nicht verdient. Die meisten hatten in ihrem ganzen Leben keinen Finger krumm gemacht. Und die wenigen, die irgendeine Art von Stellung haben mußten, nutzten ihre Beziehungen, die sie in ihrer Privatschule geknüpft hatten, um fette Pfründe zu bekommen: Sie waren Diplomaten, Präsidenten und Vorsitzende von großen Firmen, Richter oder Parlamentsmitglieder. Sie zu bestehlen war eher ein Dienst an der Öffentlichkeit als ein Verbrechen.

Er machte das inzwischen schon zwei Jahre und wußte sehr wohl, daß er es nicht auf die Dauer fortsetzen konnte. Die Welt der feinen englischen Gesellschaft war groß, aber begrenzt, und irgendwann mußte ihm einmal jemand auf die Schliche kommen. Der Krieg hatte genau zu dem Zeitpunkt begonnen, als er bereit war, sich nach einer anderen Lebensweise umzusehen.

Er hatte jedoch nicht vor, als einfacher Soldat zur Armee zu gehen. Schlechtes Essen, kratzige Kleidung, sich herumkommandieren zu lassen und militärische Zucht waren nichts für ihn. Außerdem stand ihm die olivfarbene Uniform absolut nicht. Air-Force-Blau dagegen paßte zu seinen Augen, und er konnte sich durchaus als Pilot vorstellen. Also würde er Offizier bei der Royal Air Force werden. Er wußte noch nicht wie, aber es würde ihm gelingen. In solchen Dingen hatte er Glück.

Er beschloß, Rebecca inzwischen zu benutzen, ihm Einlaß zu einem vornehmen Haus zu verschaffen, ehe er sie fallenließ.

Sie begannen den Abend am Belgrave Square bei einem Empfang im Haus von Sir Simon Monkford, einem reichen Verleger.

Harry plauderte eine Zeitlang mit der ehrenwerten Lydia Moss, der dicken Tochter eines schottischen Grafen. So plump und einsam, wie sie war, gehörte sie genau zu der Art von Mädchen, die besonders empfänglich für seinen Charme waren, und so bezauberte er sie zwanzig Minuten lang mehr oder weniger aus Gewohnheit. Dann unterhielt er sich eine Weile mit Rebecca, um sie nicht zu verärgern. Danach hielt er den Augenblick für gekommen, um auf Fischzug zu gehen.

Er entschuldigte sich und verließ den Saal. Die Party fand in dem riesigen Salon im ersten Stock statt. Als er sich die Treppe weiter hinaufstahl, spürte er den erregenden Adrenalinstoß, der ihn immer durchzuckte, wenn er einen Job anging. Das Bewußtsein, daß er seine Gastgeber bestehlen würde und die Gefahr einging, bei der Tat ertappt und als Betrüger entlarvt zu werden, erfüllte ihn gleichermaßen mit Angst und Erregung.

Er erreichte das zweite Stockwerk und folgte dem Korridor zur Vorderseite des Hauses. Er nahm an, daß die Tür, die der Front am nächsten war, zu den Schlafzimmern der Gastgeber führte. Er öffnete sie und sah ein geräumiges Zimmer mit geblümten Vorhängen und einer rosa Tagesdecke über dem Bett. Er wollte gerade hineingehen, als eine Stimme herausfordernd rief: »Ich muß schon sagen!«

Harry drehte sich um, seine Nerven waren aufs äußerste angespannt. Er sah einen Herrn seines Alters auf den Gang treten und ihn forschend mustern.

Wie immer, wenn er sie brauchte, kamen sogleich die richtigen Worte über Harrys Lippen. »Ah, ist sie nicht da drinnen?« fragte er.

»Wer?«

»Die Toilette.«

Die Miene des jungen Mannes hellte sich auf. »Oh, ich verstehe. Das ist die grüne Tür am anderen Ende des Korridors.«

»Herzlichen Dank.«

»Nichts zu danken.«

Harry schritt den Gang zurück. »Ein sehr schönes Haus«, bemerkte er.

»Nicht wahr?« Der junge Herr stieg die Treppe hinunter und verschwand.

Harry gestattete sich ein erleichtertes Grinsen. Wie leichtgläubig die Leute doch sein konnten!

Er kehrte wieder um und betrat das rosa Zimmer. Wie erwartet, gehörte es zu einer ganzen Flucht. Der Farbzusammenstellung nach war es wohl Lady Monkfords Gemach. Ein rascher Blick zeigte ihm hinter einer Seitentür einen kleinen Ankleideraum, ebenfalls in Rosa; ein anschließendes, nicht ganz so großes Schlafzimmer mit grünen Ledersesseln und gestreifter Tapete und einer Tür zu einem Herrenankleideraum. Ehepaare der Oberschicht schliefen oft getrennt, wie Harry wußte; ihm war jedoch nicht klar, ob sie das taten, weil sie weniger scharf auf ehelichen Sex waren als die Arbeiterklasse, oder weil sie ganz einfach fanden, daß sie die vielen Räumlichkeiten ihrer riesigen Häuser nutzen mußten.

In Sir Simons Ankleideraum stand ein schwerer Mahagonischrank mit dazugehörender Herrenkommode. Harry zog die oberste Schublade heraus. In einer kleinen Schmuckschatulle aus Leder befanden sich Krawattennadeln, Kragenstäbchen und Manschettenknöpfe, keineswegs ordentlich abgelegt, sondern wirr durcheinander, nach der Benutzung offenbar einfach hineingeschmissen. Das meiste davon war ziemlich schlicht, aber Harrys fachmännisches Auge entdeckte ein hübsches Paar Manschettenknöpfe aus Gold, mit kleinen Rubinen besetzt. Er steckte sie in seine Tasche. Neben der Schmuckschatulle lag eine Brieftasche aus feinem Leder, sie enthielt etwa fünfzig Pfund in Fünfpfundscheinen. Harry nahm sich zwanzig Pfund heraus und war sehr zufrieden mit sich. In einer schmutzigen Fabrik mußte man zwei Monate schwer arbeiten, um zwanzig Pfund zu verdienen.

Er stahl nie alles. Wenn nur vereinzelt Stücke fehlten, waren sich die Bestohlenen nie ganz sicher, ob sie den vermißten Schmuck nicht vielleicht nur verlegt oder sich bei der Geldsumme geirrt hatten; deshalb zögerten sie, den Diebstahl zu melden.

Er schloß die Lade und ging in Lady Monkfords Schlafzimmer. Er war versucht, sich gleich mit der wertvollen Beute, die er bereits gemacht hatte, in Sicherheit zu bringen, entschied sich jedoch, noch ein paar Minuten zu riskieren. Frauen hatten gewöhnlich teureren

Schmuck als ihre Gatten. Möglicherweise besaß Lady Monkford Saphirschmuck. Harry liebte Saphire.

Es war ein milder Abend, und ein Fenster stand weit offen. Harry warf einen Blick hindurch und sah einen kleinen Balkon mit schmiedeeiserner Balustrade. Er begab sich rasch in den Ankleideraum und setzte sich an die Frisiertoilette. Er öffnete alle Schubladen und fand mehrere Schatullen und offene Schalen mit Schmuckstücken. Er kramte schnell darin herum und lauschte dabei wachsam, ob sich nicht jemand der Tür näherte.

Lady Monkford hatte keinen guten Geschmack. Sie war eine hübsche Frau, aber Harry hatte sie gleich auf den ersten Blick für ein wenig beschränkt gehalten, und sie – oder ihr Gemahl – wählte auffallenden, verhältnismäßig wertlosen Schmuck. Ihre Perlen waren ungleichmäßig, ihre Broschen groß und schreiend, ihre Ohrringe plump und ihre Armbänder protzig. Er war enttäuscht.

Er zögerte gerade noch bei einem einigermaßen hübschen Anhänger, als er hörte, wie die Schlafzimmertür geöffnet wurde.

Er erstarrte, sein Magen krampfte sich zusammen, und seine Gedanken überschlugen sich.

Die einzige Tür des Ankleideraums führte ins Schlafzimmer. Es gab zwar ein kleines Fenster, doch das war geschlossen und ließ sich wahrscheinlich nicht schnell und leise genug öffnen. Er überlegte, ob er sich vielleicht im Schrank verstecken sollte.

Wo er stand, konnte er die Schlafzimmertür nur teilweise sehen. Er hörte, wie sie geschlossen wurde, dann das Husten einer Frau und leichte Schritte auf dem Teppich. Er beugte sich zum Spiegel hinüber, in dem sich ein Teil des Schlafzimmers spiegelte. Lady Monkford war gekommen und näherte sich der Tür zum Ankleideraum. Es war nicht einmal mehr Zeit, die Schubläden zu schließen.

Sein Atem ging schnell. Seine Nerven waren angespannt vor Angst, aber er befand sich nicht zum ersten Mal in einer Klemme wie dieser. Er wartete einen Augenblick und zwang sich, gleichmäßig zu atmen.

Dann stand er auf, schritt rasch durch die Tür ins Schlafzimmer und sagte: »Du meine Güte!«

Lady Monkford hielt mitten im Zimmer im Schritt inne, hob die Hand an den Mund und stieß einen leisen Schrei aus.

»Du meine Güte«, wiederholte Harry und gab sich leicht verwirrt. »Ich habe gerade jemanden aus Ihrem Fenster springen sehen.«

Sie fand ihre Stimme wieder. »Was in aller Welt meinen Sie?« fragte sie. »Und was machen Sie in meinem Schlafzimmer?«

Seiner Rolle gemäß rannte Harry zum Fenster und beugte sich hinaus. »Schon verschwunden«, stellte er fest.

»Bitte erklären Sie mir, was das alles bedeutet!«

Harry holte tief Atem, als wolle er seine Gedanken ordnen. Lady Monkford war etwa vierzig, eine leicht überspannt wirkende Dame in grünem Seidenkleid. Wenn er die Nerven behielt, konnte er mit ihr zurechtkommen. Er lächelte gewinnend und gab sich als offener, rugbyspielender Student – ein Typ, der ihr vertraut sein mußte – und erzählte ihr eine rasch erfundene Geschichte.

»Das war das Merkwürdigste, was ich je gesehen habe«, begann er. »Ich kam den Korridor entlang, als ein seltsamer Kerl aus diesem Zimmer herausspähte. Er sah mich und wich rasch wieder zurück. Ich wußte, daß es Ihr Schlafzimmer war, weil ich selbst versehentlich hineingeschaut hatte, als ich die Toilette suchte. Ich fragte mich, was der Bursche im Schild führte – er sah keineswegs wie einer Ihrer Diener aus, und bestimmt war er kein Gast. Als ich die Tür öffnete, sprang er aus dem Fenster.« Dann, als Erklärung für die noch offenen Laden der Frisiertoilette, fügte er hinzu: »Ich habe gerade in Ihrem Ankleidezimmer nachgesehen und fürchte, er war hinter Ihrem Schmuck her.«

Das war brillant, lobte er sich. Ich sollte wirklich für den verdammten Rundfunk arbeiten!

Sie legte die Hand an die Stirn. »Oh, wie entsetzlich!« hauchte sie.

»Sie sollten sich setzen«, riet Harry besorgt. Er führte sie zu einem kleinen rosa Sessel.

»Schrecklich!« flüsterte sie. »Wenn Sie ihn nicht verjagt hätten, wäre er noch hiergewesen, als ich hereinkam! Ich mag gar nicht daran denken! Ich fürchte, ich falle in Ohnmacht.« Sie griff nach Harrys Hand und umklammerte sie. »Ich bin Ihnen so dankbar!«

Harry unterdrückte ein Grinsen. Er hatte es wieder einmal geschafft!

Er dachte rasch weiter. Sie durfte keinen zu großen Wirbel machen. Am besten wäre es natürlich, wenn sie die ganze Angelegenheit für sich behielte. »Bitte, erzählen Sie Rebecca nichts davon«, flehte er sie an. »Sie neigt zu nervöser Überreaktion, und es würde sie vielleicht wochenlang ängstigen.«

»Mich auch«, entgegnete Lady Monkford. »Wochenlang!« Sie war zu erregt, darüber nachzudenken, daß die kräftige, sportliche Rebecca wohl kaum der Typ für nervöse Überreaktionen war.

»Sie werden wahrscheinlich die Polizei rufen müssen. Nur schade, daß das die Party stören, wenn nicht gar beenden würde«, fuhr er fort.

»Oje – das wäre ja furchtbar! *Müssen* wir sie denn hinzuziehen?«

»Nun ...« Harry verbarg seine Befriedigung. »Es kommt wohl darauf an, was der Schuft gestohlen hat. Sie sollten vielleicht erst einmal nachsehen.«

»O ja, natürlich.«

Harry drückte ihr ermutigend die Hand und half ihr hoch. Er begleitete sie zum Ankleideraum. Als sie die offenen Schubläden sah, schnappte sie erschrocken nach Luft. Harry führte sie fürsorglich zum Frisierhocker. Sie ließ sich darauf fallen und begann in ihrem Schmuck zu kramen. Nach einer kurzen Weile sagte sie: »Es sieht nicht so aus, als hätte er viel gestohlen.«

»Vielleicht überraschte ich ihn, ehe er dazu kam, überhaupt etwas einzustecken«, meinte Harry.

Sie sah ihre Halsketten, Armbänder und Broschen nun sorgfältiger durch. »Ich glaube, das haben Sie wirklich«, sagte sie schließlich. »Ich bin Ihnen so dankbar!«

»Wenn Ihnen nichts gestohlen wurde, brauchen Sie eigentlich mit niemandem darüber reden.«

»Außer natürlich mit Sir Simon.«

»Natürlich«, bestätigte Harry, obwohl er gehofft hatte, sie würde es nicht tun. »Sie könnten es ihm erzählen, wenn die Gäste gegangen sind. Dann würden Sie ihm die Party nicht verderben.«

»Welch eine gute Idee!« sagte sie dankbar.

Sehr zufriedenstellend. Harry war ungemein erleichtert. Er beschloß aufzuhören, solange er einen solchen Vorteil hatte. »Ich gehe jetzt lieber wieder hinunter«, meinte er, »dann können Sie sich ungestört von Ihrem Schrecken erholen.« Er beugte sich schnell hinunter und hauchte ihr einen Kuß auf die Wange. Das kam völlig unerwartet für sie, und sie errötete. Er flüsterte ihr ins Ohr: »Sie sind sehr tapfer.« Damit verließ er sie.

Frauen mittleren Alters waren sogar noch leichter zu betören als ihre Töchter, dachte er. Auf dem leeren Korridor sah er sich im Spiegel. Er blieb stehen, zupfte seine Fliege zurecht und grinste sein Spiegelbild triumphierend an. »Du bist ein Teufelskerl, Harold«, lobte er sich.

Die Party neigte sich ihrem Ende zu. Als Harry in den Salon zurückkehrte, fragte Rebecca gereizt: »Wo warst du so lange?«

»Ich habe mit unserer Gastgeberin geplaudert«, antwortete er. »Entschuldige. Wollen wir gehen?«

Er verließ das Haus mit den Manschettenknöpfen seines Gastgebers und zwanzig Pfund in der Brusttasche.

Direkt am Belgrave Square bekamen sie ein Taxi und fuhren zu einem Restaurant in Piccadilly. Harry liebte gute Restaurants. Die gestärkten Servietten, die polierten Gläser, die Speisekarte auf französisch und die zuvorkommenden, ja ehrerbietigen Kellner lösten ein tiefes Wohlbehagen in ihm aus. Sein Vater hatte so ein Lokal nie von innen gesehen, seine Mutter vielleicht, aber nur, falls sie in einem geputzt hatte. Er bestellte eine Flasche Sekt, nachdem er die Getränkekarte sorgfältig studiert und einen Jahrgang gewählt hatte, von dem er wußte, daß er gut, aber keine Seltenheit und der Preis deswegen nicht zu hoch war.

Als er anfing, Mädchen in Restaurants zu führen, hatte er ein paar Fehler gemacht. Aber er hatte rasch gelernt. Ein nützlicher Trick war, die Speisekarte ungeöffnet neben sich zu legen und zu sagen: »Ich hätte gerne Seezunge, haben Sie welche?« Dann schlug der Kellner die Speisekarte auf und deutete auf *Sole meunière, Les goujons de sole avec sauce tartare* und *Sole grillée*, und wenn er bemerkte, daß er zögerte, sagte er meistens: »Ich kann Ihnen heute die *goujons* sehr empfehlen, mein Herr.« Harry kannte bald die französischen Namen der wichtigsten Speisen. Es entging ihm auch nicht, daß Gäste, die solche Lokale frequentierten, die Kellner oft fragten, was denn ein bestimmtes Gericht auf der Karte war. Reiche Engländer mußten nicht unbedingt Französisch verstehen. Danach machte er es sich zur Gewohnheit, jedesmal, wenn er in einem vornehmen Restaurant speiste, nach der Übersetzung des einen oder anderen Ausdrucks auf der Karte zu fragen. Inzwischen kannte er sich mit Speisekarten besser aus als die meisten vornehmen Herren seines Alters. Auch der Wein war kein Problem. Weinkellner freuten sich sogar gewöhnlich, wenn man sie ersuchte, bei der Auswahl des Weines zu helfen; sie erwarteten nicht, daß ein junger Mann sich mit all den Weingütern und Rebsorten und Jahrgängen auskannte. Der Trick in Restaurants war, wie im Leben überhaupt, völlig gelassen zu wirken, vor allem, wenn man es nicht war.

Der Sekt war gut, aber seine Laune leider nicht. Es lag an Rebecca, wie ihm bald klarwurde. Immer wieder mußte er daran denken, wie schön es wäre, mit einem *hübschen* Mädchen in einem Lokal wie diesem zu sitzen. Er ging immer mit Mädchen aus, die man wahrhaftig nicht anziehend nennen konnte: mit häßlichen Mädchen, mit unansehnlichen, mit fetten, mit pickeligen, mit dümmlichen Mädchen. Es war leicht, eine Bekanntschaft mit ihnen anzuknüpfen, und wenn sie erst einmal »angebissen« hatten, waren sie nur zu bereit, ihn für das zu nehmen, was er zu sein vortäuschte, und zögerten, ihm peinliche Fragen zu stellen, aus Angst, sie könnten ihn verlieren. Um in reiche Häuser zu kommen, war diese Methode unübertrefflich. Der Haken war nur, daß er seine ganze Zeit mit Mädchen verbrachte, die ihm nicht gefielen. Vielleicht eines Tages ...

Rebecca war heute abend besonders mürrisch und unzufrieden. Vielleicht fragte sie sich, weshalb Harry – obwohl er sie bereits seit drei Wochen regelmäßig ausführte – nicht wenigstens versucht hatte, »zu weit zu gehen«. Aber er brachte es einfach nicht fertig, seine vorgetäuschten Gefühle in die Tat umzusetzen. Er konnte Rebecca mit seinem Charme betören, konnte vortäuschen, romantisch zu sein, sie zum Lachen bringen und dazu, daß sie sich in ihn verliebte;

aber sie begehren, nein, das war unmöglich. Bei einer schauderhaften Gelegenheit war er mit einem dünnen, deprimierten Mädchen, das entschlossen war, ihm seine Unschuld zu opfern, auf einem Heuboden gelandet, und er hatte sich gezwungen, ihren Wunsch zu erfüllen, aber sein Körper hatte sich geweigert mitzumachen. Er wand sich immer noch vor Verlegenheit, wenn er nur daran dachte.

Seine sexuelle Erfahrung hatte er hauptsächlich bei Mädchen seiner eigenen Schicht gesammelt, und keine dieser Beziehungen war von Dauer gewesen. Er hatte nur eine wirklich befriedigende Affäre gehabt. Als er achtzehn war, hatte sich eine um Jahre ältere Dame in der Bond Street schamlos an ihn herangemacht. Sie war die Gattin eines vielbeschäftigten Anwalts, die sich von ihrem Mann vernachlässigt fühlte. Ihr Verhältnis hatte zwei Jahre gedauert, und er hatte viel von ihr gelernt – alles über die Liebe, wobei sie ihm eine begeisterte Lehrmeisterin gewesen war; gute Manieren, wie sie in der Oberschicht üblich waren – das hatte er ihr allerdings heimlich abgesehen; und Poesie, sie hatten Gedichte gelesen und im Bett darüber diskutiert. Harry hatte sie sehr gemocht. Sie hatte das Verhältnis abrupt abgebrochen, als ihr Gatte herausfand, daß sie einen Liebhaber hatte (wer es war, erfuhr er nie). Inzwischen war Harry dem Ehepaar mehrmals begegnet, und die Frau hatte immer durch ihn hindurchgeblickt, als wäre er überhaupt nicht da. Harry fand das grausam. Sie hatte ihm viel bedeutet und er ihr offenbar auch etwas. Hatte sie einen so starken Willen, oder war sie ganz einfach herzlos? Das würde er wahrscheinlich nie erfahren.

Der Sekt und das hervorragende Abendessen hoben weder Harrys noch Rebeccas Stimmung. Unruhe erfüllte ihn. Er hatte sowieso vorgehabt, sie nach dem heutigen Abend sanft fallenzulassen, aber plötzlich wurde ihm allein schon der Gedanke unerträglich, den Rest dieses Abends noch mit ihr zu verbringen. Er verfluchte sich, daß er sein Geld für das Dinner mit ihr vergeudete. Er blickte auf ihr verdrossenes Gesicht, das so ganz ohne Make-up und unter dem lächerlichen kleinen Hut mit Feder fast abstoßend war, und fing an, sie zu hassen.

Als sie das Dessert beendet hatten, bestellte er Kaffee und ging zur

Herrentoilette. Die Garderobe befand sich gleich daneben und war von ihrem Tisch aus nicht zu sehen. Einem unwiderstehlichen Impuls folgend, ließ Harry sich seinen Hut aushändigen, gab der Garderobenfrau ein Trinkgeld und verließ das Restaurant.

Es war eine laue Nacht. Durch die Verdunkelung war es finster, aber Harry kannte sich im West End gut aus, und immer wieder fuhren Autos mit Parklichtern vorbei. Er fühlte sich, als hätte er unerwartet schulfrei bekommen. Er war Rebecca los, hatte sieben oder acht Pfund gespart und die Nacht für sich – alles mit einem einzigen begnadeten Streich.

Theater, Kinos und Tanzlokale waren von der Regierung geschlossen worden, »bis das Ausmaß deutscher Angriffe auf Großbritannien abgesehen werden kann«, wie die Erklärung lautete. Aber Nachtclubs wurden vielfach am Rand der Legalität betrieben, und es hatten auch jetzt noch diverse Lokalitäten geöffnet, man mußte nur wissen, wo. Schon bald machte Harry es sich an einem Tisch in einer Kellerbar in Soho bequem, trank Whisky, genoß die erstklassige amerikanische Jazzband und spielte mit dem Gedanken, sich an eine der hübschen Zigarettenverkäuferinnen heranzumachen.

Er überlegte immer noch, als Rebeccas Bruder hereinstürzte.

Am nächsten Morgen saß er in einer Kellerzelle unter dem Gerichtssaal. Er war niedergeschlagen und zerknirscht, während er darauf wartete, vor den Richter geführt zu werden. Er befand sich in großen Schwierigkeiten.

Das Restaurant einfach so zu verlassen war idiotisch gewesen. Rebecca gehörte nicht zu den Mädchen, die ihren Stolz schluckten und die Rechnung ohne Aufhebens bezahlten. Sie hatte ein riesiges Theater gemacht, woraufhin der Geschäftsführer die Polizei rief, und dann war ihre Familie mit hineingezogen worden ... Das war genau das Aufsehen, das Harry normalerweise zu vermeiden suchte. Trotzdem hätte er davonkommen können, wäre ihm nicht durch unglaubliches Pech zwei Stunden später Rebeccas Bruder über den Weg gelaufen.

Er befand sich in einer großen Zelle mit fünfzehn oder zwanzig anderen Festgenommenen, die alle noch am Vormittag dem Gericht vorgeführt werden sollten. Es gab hier keine Fenster, und der Zigarettenqualm war zum Schneiden dick. Gegen Harry würde heute nicht verhandelt werden, ihn erwartete nur eine vorläufige Anhörung.

Natürlich würde er schließlich verurteilt werden. Die Beweise gegen ihn waren unwiderlegbar. Der Oberkellner würde Rebeccas Aussage bestätigen und Sir Simon Monkford die Manschettenknöpfe als seine identifizieren.

Aber es war noch schlimmer gekommen. Ein Inspektor der Sonderkommission hatte ihn vernommen. Der Mann hatte einen Kammgarnanzug mit einfachem weißem Hemd und schwarzer Krawatte getragen, eine Weste ohne Uhrkette und auf Hochglanz polierte, aber keineswegs neue Straßenschuhe – der für Kriminalbeamte typische Aufzug. Und er war ein erfahrener Kriminalist mit scharfem, wachsamem Verstand. Er hatte gesagt: »Während der letzten zwei, drei Jahre wurde uns des öfteren aus reichen Häusern gemeldet, daß Schmuckstücke *verlorengingen.* Nicht *gestohlen*, natürlich. Sie waren nur verschwunden. Armbänder, Ohrringe, Anhänger, Manschettenknöpfe ... Die Besitzer betonten stets, daß die vermißten Sachen nicht gestohlen worden sein konnten, da die einzigen, die Gelegenheit gehabt hätten, sie an sich zu nehmen, ihre Gäste gewesen waren; und daß sie es nur meldeten, damit man sie benachrichtige, falls die verschwundenen Schmuckstücke irgendwo gefunden würden.«

Harry hatte nur stumm zugehört und sich nichts anmerken lassen, obwohl ihm regelrecht übel war. Er war so überzeugt gewesen, daß seine »Karriere« bisher völlig unbemerkt geblieben war. Jetzt war er entsetzt, als er das Gegenteil erfuhr: Sie waren ihm bereits geraume Zeit auf der Spur!

Der Kripobeamte öffnete einen dicken Ordner und zählte auf: »Der Graf von Dorset eine georgianische Silberbonbonniere und eine Schnupftabakdose, Lackarbeit, ebenfalls georgianisch. Mrs. Harry Jaspers ein Perlenarmband mit Rubinverschluß von Tiffany. Die Komtesse einen Art-déco-Brillantanhänger an einem Silberkettchen. Dieser Mann hat guten Geschmack.« Der Inspektor blickte unmißverständlich auf Harrys Brillantmanschettenknöpfe.

Harry wurde klar, daß die Akte Einzelheiten von Dutzenden seiner Diebstähle enthalten mußte. Ihm wurde auch klar, daß man ihm zumindest einige davon würde nachweisen können. Dieser schlaue Beamte hatte alle grundlegenden Fakten zusammengetragen, er könnte mühelos Zeugen zusammentrommeln, die bestätigen würden, daß Harry sich zur Zeit des Abhandenkommens der Stücke im Haus ihrer Besitzer aufgehalten hatte. Früher oder später würden sie seine und die Wohnung seiner Mutter durchsuchen. Den Großteil des Schmuckes hatte er über Hehler verkauft, aber ein paar Stücke doch behalten. Die Manschettenknöpfe, die dem Inspektor aufgefallen waren, hatte er einem schlafenden Betrunkenen bei einem Ball am Grosvenor Square abgenommen, und seiner Mutter hatte er eine Brosche geschenkt, die er bei einem Hochzeitsempfang in einem Garten in Surrey einer Gräfin geschickt vom Busen gepflückt hatte. Und was sollte er sagen, wenn man ihn fragte, wovon er lebte?

Er mußte mit einer langen Haftstrafe rechnen, und nach seiner Entlassung würde er zum Wehrdienst einberufen werden, was fast dasselbe war. Bei diesem Gedanken wurde ihm eiskalt.

Er weigerte sich hartnäckig, auch nur einen Ton zu sagen, sogar als der Inspektor ihn eigenhändig an den Revers seiner Smokingjacke packte und gegen die Wand stieß. Aber sein Schweigen würde ihn nicht retten. Die Zeit arbeitete für das Gesetz.

Harry hatte nur eine Chance. Er mußte die Richter dazu bringen, ihn auf Kaution freizulassen, und dann verschwinden. Plötzlich sehnte er sich nach der Freiheit, als säße er bereits seit Jahren in einer Zelle.

Zu verschwinden würde nicht leicht sein, aber die Alternative ließ ihn schaudern.

Während er die Reichen bestahl, hatte er sich an ihren Lebensstil gewöhnt. Er stand spät auf, trank Kaffee aus kostbarem Porzellan, trug elegante Kleidung und speiste in teuren Restaurants. Hin und wieder kehrte er auch ganz gern in seine ehemaligen Kreise zurück, trank mit alten Kumpeln in Pubs oder führte seine Mutter ins Odeon aus. Aber der Gedanke ans Gefängnis war unerträglich: die trostlose Kleidung, das gräßliche Essen, keinerlei Privatsphäre und, was am schlimmsten war, die drückende Langeweile einer absolut sinnlosen Existenz.

Er schüttelte sich vor Ekel und konzentrierte sich nun auf das Problem, gegen Kaution freigelassen zu werden.

Die Polizei würde natürlich gegen Kaution sein, aber die Entscheidung trafen die Richter. Harry hatte bisher noch nie vor Gericht erscheinen müssen, doch auf den Straßen seines alten Viertels kannten die Leute sich mit Gerichtsverfahren ebenso aus wie damit, wer ein Recht auf eine Sozialwohnung hatte und wie man Schornsteine fegte. Nur in Mordfällen wurde Kaution verweigert. Ansonsten stand es den Richtern frei, sie zu gewähren oder nicht. Normalerweise richteten sie sich nach der Empfehlung des zuständigen Ermittlungsbeamten, aber nicht immer. Manchmal ließen sie sich von einem schlauen Anwalt oder einem Beklagten mit einer auf die Tränendrüse drückenden Geschichte über ein krankes Kind überreden. Dann und wann, wenn der Ermittler zu arrogant war, gestatteten sie Freilassung auf Kaution, nur um ihm zu beweisen, daß er ihnen nichts vorzuschreiben hatte. Seine Kaution würde vermutlich auf fünfundzwanzig oder fünfzig Pfund festgesetzt werden. Das war kein Problem; er hatte genug Geld. Ein Anruf war ihm erlaubt worden, er hatte Bernie angerufen, den Zeitschriftenhändler an der Ecke der Straße, wo seine Mutter wohnte, und ihn gebeten, Mutter von einem seiner Jungs ans Telefon holen zu lassen. Als sie endlich dran war, sagte er ihr, wo sie sein Geld finden würde.

»Sie lassen mich bestimmt auf Kaution raus, Ma«, meinte er großspurig.

»Ich weiß, mein Sohn«, erwiderte seine Mutter. »Du hast immer Glück gehabt.«

Aber wenn nicht . . .

Ich hab' mich schon aus so mancher Verlegenheit rausgeredet, dachte er zuversichtlich.

Aber nicht aus einer so schlimmen.

Ein Wärter brüllte: »Marks!«

Harry stand auf. Er hatte nicht geplant, was er sagen würde. Er redete am liebsten aus dem Stegreif. Aber diesmal wünschte er sich, er hätte etwas vorbereitet. Bringen wir es hinter uns, dachte er düster. Er knöpfte seine Jacke zu, rückte die Fliege zurecht und strich das weiße

Einstecktuch in seiner Brusttasche glatt. Wenn ich mich nur hätte rasieren dürfen, dachte er, während er sein Kinn rieb. Im letzten Moment fiel ihm etwas ein, worauf er eine Geschichte aufbauen konnte. Er nahm die Manschettenknöpfe aus den Ärmelaufschlägen und steckte sie in die Hosentasche.

Die Tür der Zelle schwang auf, und er trat hinaus.

Man führte ihn eine Steintreppe hinauf, und er kam direkt an der Anklagebank mitten im Gerichtssaal hinaus. Vor ihm befanden sich die leeren Sitze der Anwälte, der besetzte Platz des Gerichtsschreibers, der ein qualifizierter Anwalt war, und dahinter der Richtertisch mit drei Laienrichtern.

Harry sandte ein Stoßgebet zum Himmel. Lieber Gott, ich hoffe, die drei Kerle lassen mich gehen!

Auf der Pressebank an der Seite saß ein junger Reporter mit einem Stenoblock. Harry drehte sich um und schaute zu den Zuhörerbänken. Er sah Ma in ihrem besten Mantel und einem neuen Hut. Sie tippte vielsagend auf ihre Tasche. Harry schloß daraus, daß sie das Geld für seine Kaution mitgebracht hatte. Zu seinem Entsetzen bemerkte er jedoch, daß sie die Brosche trug, die er der Gräfin von Surrey entwendet hatte.

Er schaute nun nach vorn und klammerte sich an das Geländer, um die Hände vom Zittern abzuhalten. Der Vertreter der Anklage, ein kahlköpfiger Polizeiinspektor mit Knollennase, sagte: »Nummer drei auf Ihrer Liste, Euer Gnaden: Diebstahl von zwanzig Pfund in Scheinen und einem Paar goldener Manschettenknöpfe im Wert von fünfzehn Guineen, Eigentum von Sir Simon Monkford, und die Erlangung eines finanziellen Vorteils durch Betrug im Restaurant Saint Raphael in Piccadilly. Die Kriminalpolizei beantragt Haftanordnung, da sie in weiteren Vergehen ermittelt, in denen es um größere Summen geht.«

Harry studierte die Richter aufmerksam. An einer Seite saß ein Hagestolztyp mit weißen Koteletten und steifem Kragen, an der anderen ein ehemaliger Offizier, was an seiner Regimentskrawatte erkennbar war. Beide blickten hochmütig auf ihn herab; er schätzte, daß sie jeden, der vor ihnen erscheinen mußte, von vornherein für einen Schurken hielten. Er hatte nicht viel Hoffnung. Doch dann sagte er sich, daß dumme Vorurteile sich durchaus rasch in ebenso dumme Leichtgläubigkeit verwandeln ließen. Es war ganz gut, wenn sie nicht so klug waren, da konnte er ihnen besser etwas vormachen. Der Vorsitzende in der Mitte war der einzige, der wirklich zählte. Er war mittleren Alters, hatte einen grauen Schnurrbart und trug einen grauen Anzug; seine Miene deutete an, daß er bereits mehr Lügengeschichten gehört hatte, als ihm lieb war. Auf ihn muß ich aufpassen, dachte Harry.

Der Vorsitzende sagte jetzt zu ihm: »Ersuchen Sie, auf Kaution entlassen zu werden?«

Harry tat verwirrt. »Oh! Meine Güte! Ich denke schon. Ja – ja, natürlich.«

Alle drei Richter horchten auf, als sie seinen Oberklassenakzent hörten. Harry genoß diese Wirkung. Er war stolz auf seine Fähigkeit, andere in ihrem Standesdünkel zu verblüffen. Die Reaktion des Richterkollegiums gab ihm Mut. Ich kann ihnen was vormachen, jubelte er innerlich, ich wette, daß ich es kann!

»Was können Sie zu Ihrer Verteidigung vorbringen?« fragte der Vorsitzende.

Harry lauschte aufmerksam dem Akzent des Mannes, um sich ein Bild seiner Herkunft zu machen. Er schloß, daß er aus der gebildeten Mittelschicht kam, ein Apotheker vielleicht oder Bankdirektor. Er war bestimmt klug, aber wahrscheinlich auch gewohnt, sich nach den oberen Schichten zu richten.

Harry setzte eine verlegene Miene auf und bediente sich des Tones eines Schuljungen, der vor dem Rektor steht. »Ich fürchte, das Ganze hat sich zu einem schrecklichen Durcheinander entwickelt, Sir«, begann er. Das Interesse der Richter wuchs noch ein wenig. Sie beugten sich aufmerksam vor. Das würde kein gewöhnlicher Fall werden, das konnten sie bereits sehen, und sie waren dankbar für die Abwechslung von den üblichen ermüdenden Fällen. Harry fuhr fort: »Ehrlich gesagt, einige der Kameraden tranken gestern im Carlton Club zuviel Portwein, und dadurch kam es dazu.« Er hielt inne, als wäre das Erklärung genug, und blickte das Kollegium erwartungsvoll an.

Der Richter mit dem Regimentsbinder wiederholte: »Der Carlton Club!« Seine Miene besagte, daß Mitglieder dieser hehren Institution nicht oft hier vor Gericht erschienen.

Harry fragte sich, ob er etwa zu weit gegangen war. Vielleicht würden sie bezweifeln, daß er ein Mitglied war. Er setzte hastig fort: »Es ist mir furchtbar peinlich, aber ich werde alle aufsuchen und mich auf der Stelle entschuldigen und die Sache ohne Zögern klären . . .« Er täuschte vor, sich plötzlich zu erinnern, daß er im Abendanzug war. »Das heißt, sobald ich mich umgekleidet habe.«

Der alte Hagestolz blickte ihn an: »Wollen Sie damit sagen, daß Sie nicht *beabsichtigten*, die zwanzig Pfund und die Manschettenknöpfe zu nehmen?«

Das klang ungläubig, trotzdem war es ein gutes Zeichen, daß sie Fragen stellten. Es bedeutete, daß sie seine Geschichte nicht einfach abtaten. Sie würden sich nicht die Mühe machen, ihn nach Einzelheiten zu fragen, wenn sie gar nichts davon glaubten. Ihm wurde leichter ums Herz, vielleicht kam er tatsächlich frei!

Er sagte: »In der Tat habe ich mir die Manschettenknöpfe geliehen – ich hatte meine völlig vergessen.« Er streckte die Arme aus, um die offenen Hemdaufschläge zu zeigen, die aus den Ärmeln der Smokingjacke herausschauten. Seine Manschettenknöpfe steckten in der Hosentasche.

Der Hagestolz fragte: »Und was ist mit den zwanzig Pfund?«

Das war eine schwierigere Frage, wie Harry besorgt bewußt wurde. Ihm fiel keine glaubhafte Ausrede ein. Man konnte zwar seine Manschettenknöpfe vergessen und sich ohne viel Umstände irgend jemandes leihen, aber sich Geld zu borgen, ohne den Besitzer darum zu bitten, war stehlen. Er war der Panik nahe, als ihm ein rettender Einfall kam. »Ich glaube, es könnte sein, daß Sir Simon sich bei dem Betrag irrte, den er ursprünglich in seiner Brieftasche hatte.« Harry senkte die Stimme, als wolle er den Richtern etwas sagen, was die einfachen Leute auf den Zuhörerbänken nicht verstehen sollten. »Er ist schrecklich reich, Sir.«

»Er wurde nicht dadurch reich, daß er vergaß, wieviel Geld er hatte«, entgegnete der Vorsitzende. Gedämpftes Lachen erklang im

Gerichtssaal. Humor war eigentlich ein ermutigendes Zeichen, aber der Vorsitzende verzog keine Miene. Er hatte es nicht als witzige Bemerkung gedacht. Das ist ein Bankdirektor, dachte Harry, für ihn ist Geld nichts, worüber man Späße macht. Der Vorsitzende fuhr fort: »Und warum haben Sie Ihre Rechnung im Restaurant nicht bezahlt?«

»Ich gestehe, das tut mir jetzt entsetzlich leid. Ich hatte eine äußerst unangenehme Auseinandersetzung mit meiner – Begleiterin.« Harry nannte ostentativ keinen Namen: Unter jungen Männern, die von vornehmen Privatschulen kamen, galt es als unfein, den Namen einer Bekannten auszuplaudern, und das wußten die Richter zweifelsohne. »Ich fürchte, ich bin einfach davongestürmt, an die Rechnung habe ich dabei überhaupt nicht gedacht.«

Der Vorsitzende blickte über den Brillenrand und fixierte Harry mit einem durchdringenden Blick. Harry hatte das Gefühl, daß er irgend etwas falsch gemacht hatte. Ihm wurde flau. Was hatte er gesagt? Da wurde ihm bewußt, daß er eine gleichgültige Einstellung gegenüber Schulden gezeigt hatte. Das war in den oberen Schichten völlig normal, doch ein Bankdirektor sah es zweifellos als Todsünde. Panik ergriff ihn, und er befürchtete, daß er wegen eines kleinen Einschätzungsfehlers alles verlieren würde. Rasch sprudelte er heraus: »Furchtbar unverantwortlich von mir, Sir, selbstverständlich werde ich die Rechnung heute mittag sofort begleichen. Das heißt, wenn Sie mir die Möglichkeit dazu geben.«

Er konnte nicht erkennen, ob der Vorsitzende besänftigt war oder nicht. »Sie wollen uns also weismachen, daß die Anklage gegen Sie höchstwahrscheinlich zurückgezogen wird, sobald Sie die Sachlage erklärt haben?«

Harry fand, daß er aufpassen mußte, um nicht den Eindruck zu erwecken, daß er auf alles eine schlagfertige Antwort hatte. Er senkte den Kopf und blickte zerknirscht drein. »Ich glaube, es würde mir verflixt recht geschehen, wenn die Leute sich weigerten, die Anklage fallenzulassen.«

»Das würde es vermutlich«, bestätigte der Vorsitzende streng.

Aufgeblasener alter Furz, dachte Harry, aber er wußte, so demütigend das auch sein mochte, es doch gut für seinen Fall war. Je mehr sie ihm den Kopf zurechtrückten, desto unwahrscheinlicher wurde es, daß sie ihn ins Gefängnis zurückschickten.

»Haben Sie sonst noch etwas zu sagen?« fragte der Vorsitzende.

Leise antwortete Harry: »Nur, daß ich mich entsetzlich schäme.«

»Hm«, brummte der Vorsitzende skeptisch, aber der ehemalige Offizier nickte befriedigt.

Die drei Laienrichter besprachen sich eine Zeitlang gedämpft. Harry hielt unwillkürlich den Atem an. Es war eine unerträgliche Vorstellung, daß seine ganze Zukunft von diesen alten Trotteln abhing. Er wünschte, sie würden sich beeilen, zu einer Entscheidung zu kommen; doch als sie alle nickten, wünschte er sich wiederum, der schreckliche Augenblick würde sich verzögern.

Schließlich blickte der Vorsitzende auf. »Ich hoffe, eine Nacht in der Zelle war eine heilsame Lektion für Sie«, sagte er.

O Gott, ich glaube, er läßt mich laufen! dachte Harry. Er schluckte und sagte: »Das kann man wohl sagen, Sir. Ich möchte nie wieder eine von innen sehen!«

»Dann benehmen Sie sich auch entsprechend!«

Wieder setzte eine kurze Pause ein, dann wandte der Vorsitzende sich von Harry ab und dem Gericht zu. »Ich sage nicht, daß wir alles glauben, was wir gehört haben, aber wir sind nicht der Meinung, daß in diesem Fall Untersuchungshaft erforderlich ist.«

Eine Welle ungeheurer Erleichterung überwältigte Harry, und seine Knie wurden weich.

Der Vorsitzende sagte: »Für sieben Tage auf Kaution entlassen. Hinterlegen Sie die Summe von fünfzig Pfund.«

Harry war frei.

Er sah die Straßen mit neuen Augen, als wäre er ein Jahr im Gefängnis gewesen, nicht ein paar Stunden. London bereitete sich auf den Krieg vor. Dutzende von silbernen Fesselballonen schwebten hoch am Himmel, um deutsche Flugzeuge zu behindern. Um Läden und öffentliche Gebäude waren Sandsäcke gestapelt, die sie vor Bomben schützen sollten. In den Parks gab es neue Luftschutzbunker, und alle Passanten trugen eine Gasmaske bei sich. Alle hielten es für möglich, daß sie jeden Moment ausradiert würden; das hatte dazu geführt, daß sie ihre Reserviertheit ablegten und sich ungezwungen mit Fremden unterhielten.

Harry erinnerte sich nicht an den Weltkrieg – bei seinem Ende war er zwei Jahre alt gewesen. Als kleiner Junge hatte er geglaubt, »Krieg« wäre ein Ort, denn alle sagten zu ihm, »dein Vater ist im Krieg gefallen«, auf dieselbe Weise, wie sie sagten, »geh und spiel im Park; fall nicht ins Wasser; Ma geht zum Pub«. Später, als er alt genug war zu verstehen, was er verloren hatte, war jede Erwähnung des Weltkriegs schmerzlich für ihn. Mit Marjorie, der Frau des Anwalts, die zwei Jahre seine Geliebte gewesen war, hatte er die Gedichte über den Krieg gelesen, und eine Zeitlang hatte er sich Pazifist genannt, bis er die Faschisten durch London hatte marschieren sehen und die besorgten Gesichter alter Juden. Da hatte er gedacht, daß manche Kriege es wert waren, geführt zu werden. In den letzten Jahren hatte es ihn verärgert, daß die britische Regierung beide Augen zudrückte, wenn es um die Schändlichkeiten in Deutschland ging, nur weil sie hoffte, Hitler würde die Sowjetunion vernichten. Doch jetzt, da der Krieg tatsächlich ausgebrochen war, dachte er nur an all die kleinen Jungen, die wie er leben würden – mit einem Loch in ihrem Leben, wo ein Vater sein sollte.

Aber die Bomber waren noch nicht gekommen, und es war wieder ein sonniger Tag.

Harry beschloß, nicht in seine Wohnung zu gehen. Die Kripo würde wütend sein, weil er auf Kaution frei war, und ihn bei der erstbesten Gelegenheit wieder verhaften wollen. Er mußte sich eine Zeitlang zurückhalten. Ins Gefängnis wollte er wirklich nicht zurück. Aber wie lange würde er ständig über die Schulter spähen müssen? Konnte er der Polizei auf Dauer entgehen? Und wenn nicht, was sollte er tun?

Er stieg mit seiner Mutter in den Bus. Er würde sich einstweilen bei ihr in Battersea einquartieren.

Ma wirkte traurig. Sie wußte, wovon er lebte, obwohl sie nie darüber gesprochen hatten. Jetzt sagte sie nachdenklich: »Ich hab' dir nie 'was geben können.«

»Du hast mir alles gegeben, Ma!« widersprach er.

»Nein, hab' ich nicht, sonst tät'st du ja nicht stehlen müssen.«

Darauf hatte er keine Antwort.

Als sie aus dem Bus stiegen, trat er in die Zeitschriftenhandlung an der Ecke. Er dankte Bernie, daß er Ma ans Telefon geholt hatte, und kaufte den *Daily Express*. Die Schlagzeilen sprangen ihm ins Auge: POLEN BOMBARDIEREN BERLIN. Als er wieder auf die Straße trat, sah er einen Bobby auf dem Fahrrad näher kommen, und einen Augenblick erfüllte ihn idiotische Panik. Fast wäre er davongelaufen, doch er konnte sich gerade noch rechtzeitig beherrschen, denn es fiel ihm ein, daß zur Verhaftung immer zwei Mann geschickt wurden.

So kann ich nicht leben! dachte er.

Sie gingen zu dem Haus, in dem Ma wohnte, und stiegen die Steintreppe zum vierten Stock hinauf. Ma setzte den Kessel auf und sagte: »Ich hab' deinen blauen Anzug aufgebügelt – du kannst dich umziehen.« Sie kümmerte sich immer noch um seine Sachen, nähte Knöpfe an und stopfte seine Seidensocken. Harry ging ins Schlafzimmer, zog seine Mappe unter dem Bett hervor und zählte sein Geld.

Nach zwei Jahren des Stehlens besaß er zweihundertsiebenundvierzig Pfund. Ich muß viermal soviel geklaut haben, dachte er. Ich frage mich, wofür ich den Rest ausgegeben habe?

Er besaß auch einen amerikanischen Reisepaß.

Er blätterte ihn nachdenklich durch. Er erinnerte sich, wie er ihn im Schreibtisch des Hauses eines Diplomaten in Kensington entdeckt hatte. Ihm war aufgefallen, daß der Name des Besitzers Harold war und der Mann auf dem Paßbild ihm ähnlich sah, deshalb hatte er ihn eingesteckt.

Amerika, dachte er.

Er brachte einen amerikanischen Akzent zustande. Und er wußte etwas, wovon die meisten Briten keine Ahnung hatten – daß es mehrere verschiedene amerikanische Dialekte gab, von denen einige vornehmer waren als andere. Man brauchte nur das Wort »Boston« zu nehmen. Leute aus Boston würden sagen: *Bahston*; Leute aus New

York: *Bawston*. Je englischer man klang, desto vornehmer war man in Amerika. Und es gab Millionen reicher Amerikanerinnen, die nur darauf warteten, daß man ihnen den Hof machte.

In seiner Heimat dagegen erwartete ihn das Gefängnis und die Armee.

Er hatte einen Reisepaß und eine Tasche voll Geld, einen frischen Anzug, und er konnte sich ein paar Hemden und einen Koffer kaufen. Bis nach Southampton waren es hundertzwanzig Kilometer.

Er könnte noch heute abreisen.

Es war wie ein Traum.

Seine Mutter riß ihn aus den Gedanken, als sie von der Küche rief: »Harry – magst du ein Speckbrot?«

»Ja, bitte.«

Er ging in die Küche und setzte sich an den Tisch. Sie gab ihm eine Scheibe Brot, aber er biß nicht ab. »Fahren wir nach Amerika, Ma«, sagte er.

»Ich? In Amerika? Das wär' so was!«

»Ohne Spaß! Ich fahre.«

Sie wurde ernst. »Das ist nichts für mich, mein Sohn. Zum Auswandern bin ich zu alt.«

»Aber hier ist Krieg!«

»Ich habe einen Krieg mitgemacht und einen Generalstreik und eine Wirtschaftskrise.« Sie schaute sich in der winzigen Küche um. »'s ist nichts Besonderes, aber mein Zuhause!«

Harry hatte nicht wirklich erwartet, daß sie zustimmen würde, doch nun, da sie es ausgesprochen hatte, fühlte er sich elend. Mutter war sein ein und alles.

»Was willst du denn dort?« fragte sie.

»Hast du Angst, daß ich stehle?«

»'s endet doch immer gleich, wenn man klaut. Ich hab' noch nie gehört, daß Langfinger nicht irgendwann mal erwischt wurden.«

Harry ging nicht darauf ein. »Ich möchte zur Air Force und Fliegen lernen.«

»Werden sie dich lassen?«

»Da drüben ist es egal, auch wenn man von der Arbeiterklasse ist, solange man Köpfchen hat.«

Da erhellte sich ihre Miene. Sie setzte sich zu ihm und trank ihren Tee, während Harry sein Speckbrot aß. Als er fertig war, holte er sein Geld hervor und zählte fünfzig Pfund ab.

»Wofür ist das?« fragte sie. Soviel verdiente sie durch Büroputzen in zwei Jahren.

»Für Notfälle«, antwortete er. »Nimm es, Ma. Ich will, daß du eine Reserve hast.«

Sie nahm die Scheine. »Dann willst du also wirklich weg.«

»Ich werde mir Sid Brennans Motorrad borgen und heute noch nach Southampton fahren, um mich nach einem Schiff umzusehen.«

Sie langte über den Tisch und nahm seine Hand. »Viel Glück, mein Sohn.«

Er drückte liebevoll ihre Hand. »Ich werde dir Geld aus Amerika schicken.«

»Nicht nötig, außer du hast mal was übrig. Mir ist's lieber, du schreibst mir hin und wieder, damit ich weiß, wie's dir geht.«

»Ich schreibe bestimmt.«

Ihre Augen füllten sich mit Tränen. »Komm zurück und besuch deine alte Mama wieder, ja?«

Wieder drückte er ihre Hand. »Ganz bestimmt, Ma. Ich komme wieder.«

Harry betrachtete sich im Spiegel des Friseurs. Der blaue Anzug, der ihn dreizehn Pfund gekostet hatte, saß wunderbar und paßte gut zu seinen blauen Augen. Der weiche Kragen seines neuen Hemds wirkte amerikanisch. Der Friseur bürstete über die gepolsterten Schultern des doppelreihigen Jacketts. Harry gab ihm ein Trinkgeld und ging.

Er stieg die Marmortreppe vom Untergeschoß hinauf in das prunkvolle Foyer des Hotels South-Western. Es war gedrängt voll, da es der Ausgangspunkt für die meisten Überseereisen war und Tausende von Personen England verlassen wollten – wie viele hatte Harry erkennen müssen, als er versucht hatte, eine Kabine auf einem Dampfer zu bekommen. Alle Schiffe waren seit Wochen ausgebucht. Einige

Schiffahrtslinien hatten ihre Schalter geschlossen, um nicht Arbeitszeit zu vergeuden, wenn sie Interessenten doch nur wegschicken mußten. Eine Zeitlang war Harry nahe daran gewesen, aufzugeben und sich irgend etwas anderes einfallen zu lassen, als ein Angestellter eines Reisebüros den Pan-American-Clipper erwähnte.

Harry hatte in den Zeitungen über den Clipper gelesen. Die Linienflüge hatten im Sommer begonnen. Statt in vier oder fünf Tagen mit dem Schiff konnte man in weniger als dreißig Stunden mit dem Flugzeug in New York sein. Aber ein einfacher Flug kostete neunzig Pfund. Neunzig Pfund! Dafür bekam man fast ein neues Auto.

Harry hatte das Ticket dennoch gekauft. Es war Wahnsinn, doch nachdem er sich einmal entschlossen hatte, hätte er jeden Preis bezahlt, um das Land verlassen zu können. Und das Flugzeug war verführerisch luxuriös: Champagner die ganze Strecke nach New York. Das war die Art von verrückter Extravaganz, die Harry liebte.

Er zuckte jetzt nicht mehr jedesmal zusammen, wenn er einen Polizisten sah. In Southampton konnte die Polizei unmöglich etwas von ihm wissen. Aber er war nervös, weil er noch nie zuvor geflogen war.

Er blickte auf seine Armbanduhr, die er einem Kammerherrn aus dem Buckingham Palast entwendet hatte. Er hatte noch Zeit für eine schnelle Tasse Kaffee, um seinen Magen zu beruhigen. Er ging in die Lounge.

Während er seinen Kaffee nippte, kam eine umwerfend schöne Frau herein. Sie war von makellosem Blond und trug ein rotgetüpfeltes cremefarbenes Seidenkleid, das ihre Wespentaille betonte. Harry schätzte sie auf Anfang Dreißig, also etwa zehn Jahre älter als sich, aber das hielt ihn nicht davon ab, sie anzulächeln, als ihr Blick auf ihn fiel.

Sie setzte sich an den Nebentisch, und Harry bewunderte, wie die gepunktete Seide sich um ihren Busen schmiegte und über ihre Knie drapierte. Sie trug cremefarbene Schuhe und einen Strohhut und stellte eine kleine Handtasche auf den Tisch.

Einen Augenblick später setzte sich ein Herr in einem Blazer zu ihr.

Als sie sich unterhielten, erkannte Harry, daß sie Engländerin war, er jedoch Amerikaner. Harry lauschte aufmerksam, um seinen Akzent aufzufrischen. Sie hieß Diana und der Herr Mark. Er sah, wie Mark ihren Arm berührte. Sie lehnte sich an ihn. Sie waren verliebt und sahen niemanden sonst: Die Lounge hätte leer sein können.

Harry verspürte ein wenig Neid.

Er wandte den Blick ab. Er hatte immer noch ein mulmiges Gefühl. Ein Flug über den ganzen Atlantik stand ihm bevor. Das war eine sehr lange Strecke, ganz ohne Land unter sich. Das Prinzip des Fliegens hatte er nie verstanden, die Propeller drehten sich unentwegt, wie war es also möglich, daß das Flugzeug in die Luft kam?

Während er Mark und Diana zuhörte, versuchte er, nonchalant zu wirken. Er wollte nicht, daß die anderen Passagiere im Clipper erkannten, wie nervös er war. Ich bin Harry Vandenpost, sagte er sich, ein wohlhabender junger Amerikaner, der nach Hause zurückkehrt – wegen des Kriegs in Europa. *Jurrup* auf amerikanisch ausgesprochen. Ich habe momentan keine Stellung, aber ich werde wohl bald wieder eine finden. Mein Vater hat Kapitalanlagen. Meine Mutter, Gott hab' sie selig, war Engländerin, und ich besuchte die Schule in England. Zur Universität ging ich nicht – hielt nie was vom Büffeln (sagten die Amerikaner so? Er war sich nicht sicher). Ich war so lange in England, daß ich mir ein wenig die Umgangssprache angewöhnte. Ich bin ein paarmal geflogen, aber dies ist mein erster Flug über den Atlantik. Ich freue mich schon *sehr* darauf.

Als er den Kaffee ausgetrunken hatte, hatte er kaum noch Angst.

Eddie Deakin hängte auf. Er schaute sich in der Empfangshalle um: Sie war leer. Dann starrte er haßerfüllt auf das Telefon, das ihn in einen solchen Horror versetzt hatte, als könne er den Alptraum beenden, wenn er den Apparat zerschmetterte. Schließlich drehte er sich schwerfällig um.

Wo waren sie? Wohin hatten sie Carol-Ann gebracht? Warum hatten sie sie entführt? Was konnten sie nur von ihm wollen? Die Fragen surrten in seinem Kopf herum wie Fliegen in einem Glas. Er versuchte zu denken. Er zwang sich, sich jeweils auf eine Frage zu konzentrieren.

Wer waren sie? Könnte es sich ganz einfach um Verrückte handeln? Nein, sie waren zu gut organisiert. Verrückte würden es vielleicht fertigbringen, jemanden zu entführen; aber sorgfältige Planung war erforderlich gewesen, um herauszufinden, wo Eddie sich gleich nach dem Flug aufhalten würde, um ihn im richtigen Augenblick mit Carol-Ann ans Telefon zu bekommen. Es waren kühl berechnende Leute, bereit, das Gesetz zu brechen. Es konnte sich bei ihnen um irgendwelche Anarchisten handeln, aber er tippte eher auf Gangster.

Wohin hatten sie Carol-Ann gebracht? Sie hatte gesagt, sie befinde sich in einem Haus. Es konnte einem der Entführer gehören, aber wahrscheinlicher war, daß sie sich in einem einsam gelegenen, leeren Haus eingenistet oder es gemietet hatten. Carol hatte erwähnt, daß es vor zwei Stunden passiert war, folglich konnte das Haus sich nicht weiter als hundert bis hundertzwanzig Kilometer von Bangor entfernt befinden.

Warum hatten sie sie entführt? Sie wollten etwas von ihm, etwas, das er nicht freiwillig geben oder für Geld tun würde.

Es mußte mit dem Clipper zusammenhängen.

Er würde seine Anweisungen im Flugzeug erhalten, hatten sie ihm gesagt, und zwar von einem Mann namens Tom Luther. Konnte es sein, daß Luther für jemanden arbeitete, der Details über Konstruktion und Funktionsweise des Flugzeugs haben wollte? Eine andere Fluggesellschaft möglicherweise, oder ein anderes Land? Von der Hand zu weisen war es nicht. Die Deutschen oder Japaner erhofften sich vielleicht, eine ähnliche Maschine als Bomber bauen zu können. Aber es gab zweifellos einfachere Methoden, an Blaupausen heranzukommen. Und Hunderte, ja Tausende konnten ihnen dazu nähere Informationen geben: Mitarbeiter von Pan Am, von Boeing, ja sogar Imperial-Airways-Mechaniker, die den Clipper hier in Hythe warteten. Eine Entführung wäre in einem solchen Fall überflüssig. Verdammt, allein schon in Zeitschriften waren mehr als genug technische Details veröffentlicht worden.

Wollte jemand das Flugzeug etwa stehlen? Das konnte er sich schwer vorstellen.

Die plausibelste Erklärung war, daß Eddie ihnen helfen sollte, etwas oder jemanden in die Vereinigten Staaten zu schmuggeln.

Nun, soviel wußte er oder konnte er zumindest annehmen. Aber was sollte er tun?

Er war ein gesetzestreuer Bürger und Opfer eines Verbrechens, und er wollte unbedingt die Polizei verständigen.

Aber er hatte tödliche Angst.

Nie zuvor in seinem ganzen Leben hatte er solche Angst gehabt. Als kleiner Junge hatte er sich vor Papa und dem Teufel gefürchtet, doch seither hatte ihm nichts mehr wirklich angst gemacht. Jetzt aber war er hilflos und starr vor Angst. Er fühlte sich wie gelähmt. Einen Augenblick lang konnte er nicht einmal einen Schritt machen.

Er dachte an die Polizei.

Er war im gottverdammten England, und es wäre wirklich sinnlos, sich an die hiesigen Polizisten zu wenden, die auf einem Fahrrad Dienst machten. Aber er könnte versuchen, den County Sheriff zu Hause anzurufen oder die Polizei des Bundesstaats Maine oder gar das F.B.I., damit sie anfingen, nach einem abgelegenen Haus zu suchen, das erst kürzlich von einem Mann gemietet worden war ...

»Verständigen Sie nicht die Polizei. Es würde Ihnen absolut nichts nützen«, hatte die Stimme am Telefon gesagt. »Aber wenn Sie es tun, fick' ich Ihre Frau, bloß um Ihnen eins auszuwischen.«

Eddie glaubte ihm. In der boshaften Stimme hatte ein Hauch von Verlangen geschwungen, als hoffte der Kerl geradezu auf eine Ausrede, seine Frau zu vergewaltigen. Mit ihrem leicht gerundeten Bauch und den angeschwollenen Brüsten sah sie aufregend wie eine Fruchtbarkeitsgöttin aus ...

Er ballte die Fäuste, aber da war nichts als die Wand, auf die er hätte einboxen können. Mit einem verzweifelten Stöhnen stolperte er ins Freie und überquerte halb blind den Rasen. Vor einer Baumgruppe blieb er abrupt stehen und lehnte die Stirn an die rissige Rinde einer Eiche.

Eddie war ein einfacher Mann. Er war auf einem Gehöft ein paar

Kilometer außerhalb von Bangor geboren. Sein Vater war nur ein kleiner Farmer gewesen, der sich mit ein paar Kartoffeläckern, einer Schar Hühner, einer Kuh und einem Feld durchschlug, auf dem er Gemüse anbaute. Für arme Leute war New England ein schlimmes Fleckchen Erde: Die Winter waren lang und bitterkalt. Mama und Papa glaubten, daß alles, was geschah, Gottes Wille sei. Sogar als Eddies Schwesterchen als Baby an Lungenentzündung starb, hatte Papa gesagt, Gott habe es aus einem Grund beschlossen, »den wir nur nicht verstehen können«. Zu jener Zeit hatte Eddie davon geträumt, im Wald einen vergrabenen Schatz zu finden: eine messingbeschlagene Piratentruhe bis obenhin voll mit Gold und Edelsteinen, wie in den alten Geschichten. In seiner Phantasie ging er mit einer Goldmünze nach Bangor und kaufte große, weiche Betten, einen ganzen Anhänger voll Brennholz, feines Porzellan für seine Mutter, Schaffellmäntel für die gesamte Familie, dicke Steaks und einen ganzen Eiskasten voll Gefrorenes und eine Ananas. Das baufällige Farmhaus wurde zu einem warmen, gemütlichen Zuhause voller Glück.

Einen vergrabenen Schatz fand er nicht, aber er erwarb sich eine Schulbildung, obwohl er dazu jeden Tag zehn Kilometer zu Fuß gehen mußte. Er tat es gern, weil es im Klassenzimmer wärmer war als zu Hause; und Mrs. Maple mochte ihn, weil er immer genau wissen wollte, wie etwas funktionierte.

Jahre später schrieb Mrs. Maple an den Kongreßabgeordneten, der Eddie schließlich die Aufnahmeprüfung für die Marineakademie in Annapolis ermöglichte.

Für Eddie war die Naval Academy ein Paradies. Es gab Wolldekken und gute Kleidung und zu essen, soviel man wollte. Nie hatte er von einem solchen Luxus bisher auch nur geträumt. Der harte körperliche Drill machte ihm gar nichts aus; das Geschwafel war nicht schlimmer als das, was er sein Leben lang in der Kirche gehört hatte; und die Maßregelungen waren eine lächerliche Schikane verglichen mit der Prügel, die er von seinem Vater bezogen hatte.

In Annapolis wurde ihm zum erstenmal bewußt, welchen Eindruck er auf andere machte, daß er gewissenhaft, hartnäckig, starrköpfig und fleißig war. Trotz seiner schmächtigen Statur wurde er selten von den Schlägertypen unter den Mitschülern belästigt, die andere tyrannisierten: Der Ausdruck seiner Augen, wenn er sie nur anblickte, machte ihnen angst. Man mochte ihn, weil er zuverlässig war und wirklich hielt, was er versprach, aber niemand weinte sich je an seiner Schulter aus.

Er war überrascht, daß man ihn lobte, weil er so hart arbeitete. Sowohl Papa wie Mrs. Maple hatten ihn gelehrt, daß man bekommen konnte, was man wollte, wenn man dafür arbeitete, und Eddie hatte sich eine andere Möglichkeit auch nie vorgestellt. Trotzdem war er stolz auf dieses Lob. Seines Vaters höchste Wertschätzung war gewesen, jemanden einen »driver« zu nennen, das in Maine übliche Wort für einen, der hart arbeitete.

Er wurde zum Leutnant ernannt und zur Ausbildung auf Flugbooten abgestellt. Annapolis war komfortabel gewesen, verglichen mit seinem Zuhause, und die U.S. Navy war regelrecht luxuriös. Er konnte seinen Eltern Geld schicken, damit sie das Hausdach reparierten und einen neuen Herd kauften.

Er war vier Jahre in der Navy, als Mama starb, und Papa folgte ihr nur fünf Monate später. Das bißchen Ackerland wurde von der benachbarten Farm übernommen, aber das Haus und das Waldstück erhielt Eddie für ein Butterbrot. Er verließ die Navy und bekam eine gutbezahlte Stellung bei Pan American Airways.

Zwischen den Flügen arbeitete er an dem alten Haus, installierte sanitäre Anlagen und elektrische Leitungen und einen Boiler. Das Material bezahlte er von seinem Ingenieursgehalt. Er kaufte elektrische Heizkörper für die Schlafzimmer, ein Radio und ließ sogar ein Telefon anschließen. Dann lernte er Carol-Ann kennen. Bald, so hatte er gedacht, würde Kinderlachen das Haus erfüllen und damit sein Traum wahr werden.

Statt dessen hatte nun ein Alptraum begonnen.

Die ersten Worte, die Mark Alder zu Diana Lovesey sagte, waren: »Meine Güte, so was Erfreuliches wie Sie ist mir heute den ganzen Tag noch nicht untergekommen.« Dergleichen sagten die Leute ständig zu ihr. Sie war hübsch und quicklebendig und zog sich gern gut an. An diesem Abend trug sie ein langes türkises Kleid mit kleinen Aufschlägen, gekräuseltem Oberteil und kurzen Ärmeln, die am Ellbogen gerafft waren; und sie wußte, daß sie gut aussah.

Sie nahm im Hotel Midland in Manchester an einem Wohltätigkeitsball teil. Sie war nicht sicher, ob die Handelskammer dazu eingeladen hatte oder die Damen der Freimaurer oder das Rote Kreuz. Bei diesen Veranstaltungen traf man immer dieselben Leute. Sie hatte bereits mit den meisten Geschäftsfreunden Mervyns, ihres Gatten, getanzt, die sie zu dicht an sich zogen und ihr auf die Füße getreten waren – wenn die Blicke ihrer Gemahlinnen hätten töten können, wäre sie längst tot umgekippt. Wie merkwürdig, dachte Diana, wenn ein Mann sich eines hübschen Mädchens wegen zum Narren macht, gab seine Frau immer dem Mädchen die Schuld, nie ihm. Nicht daß Diana Absichten auf nur einen dieser selbstgefälligen Ehemänner gehabt hätte, die schon fünf Meilen gegen den Wind nach Whisky rochen.

Sie hatte sie alle schockiert, und ihr war nicht entgangen, wie verlegen ihr Mann gewesen war, als sie dem stellvertretenden Bürgermeister einen Jitterbug beibrachte. Aber dann hatte sie unbedingt eine Pause gebraucht und hatte sich, mit der Ausrede, sich Zigaretten zu holen, an die Hotelbar zurückgezogen.

Mark saß dort allein bei einem Cognac und schaute sie an, als hätte sie die Sonne mitgebracht. Er war ein kleiner, gepflegter Mann mit einem jungenhaften Lächeln und amerikanischem Akzent. Seine Bemerkung war offenbar spontan, und er hatte eine charmante Art, deshalb lächelte sie ihm zu, sagte jedoch nichts. Sie kaufte sich Zigaretten, trank ein Glas Mineralwasser und kehrte zu dem Ball zurück.

Er mußte wohl den Barkeeper gefragt haben, wer sie war, und irgendwie hatte er ihre Adresse herausgefunden, denn am nächsten Tag erhielt sie einen Brief auf Hotelpapier von ihm.

Eigentlich war es ein Gedicht.
Es begann:

Tief in meinem Herzen für alle Ewigkeit
Ist das Bild deines Lächelns gefangen
Unberührt von Schmerz und Kummer und Zeit

Sie mußte weinen.

Sie weinte wegen allem, was sie sich erhofft und nie erreicht hatte. Sie weinte, weil sie mit einem Mann, der nie Ferien machen wollte, in einer häßlichen Industriestadt wohnte. Sie weinte, weil das Gedicht seit fünf Jahren das einzig Schöne und Romantische war, das sie erlebt hatte. Und sie weinte, weil sie Mervyn nicht mehr liebte.

Alles andere geschah sehr rasch.

Der nächste Tag war ein Sonntag. Am Montag ging sie in die Stadt. Normalerweise hätte sie als erstes die Bibliothek aufgesucht, um ihr Buch abzugeben und sich ein neues mitzunehmen; dann im Paramount-Kino in der Oxford Street für zwei Shillings und Sixpence eine Karte für Lunch-und-Matinee erstanden. Nach dem Film wäre sie zum Kaufhaus Lewis und zu Finnigan gegangen und hätte ein paar Seidenbänder oder Servietten oder kleine Geschenke für die Kinder ihrer Schwester gekauft. Vielleicht wäre sie dann noch weiter zu den kleinen Läden in The Shambles spaziert, um exotischen Käse oder einen besonderen Schinken für Mervyn zu besorgen. Danach nahm sie immer den Zug zurück nach Altrincham, dem Vorort, wo sie wohnte, rechtzeitig, um das Abendessen zu richten.

Diesmal trank sie Kaffee im Café des Hotels Midland, speiste zu Mittag in dem deutschen Restaurant im Untergeschoß des Hotels Midland und trank den Nachmittagstee in der Lounge des Hotels Midland. Aber nirgendwo sah sie den charmanten Mann mit dem amerikanischen Akzent.

Niedergeschlagen kehrte sie nach Hause zurück. Lächerlich, schalt sie sich. Sie hatte ihn eine knappe Minute gesehen und kein Wort zu ihm gesagt! Dennoch schien er ihr alles zu symbolisieren, was sie in ihrem Leben vermißte. Aber wenn sie ihn wirklich wiedertraf, würde sie wahrscheinlich feststellen, daß er dümmlich war, irgendeine schleichende Krankheit hatte oder Körpergeruch – vielleicht sogar alles zusammen.

Sie stieg aus dem Zug und schritt die Straße mit den großen Vorortvillen entlang, wo sie wohnte. Als sie sich ihrem eigenen Haus näherte, sah sie plötzlich voller Aufregung, daß er die Straße entlangschlenderte und auf sie zukam.

Sie errötete heftig, und ihr Herz hämmerte wild. Auch er war offensichtlich verwirrt. Er blieb stehen, doch sie schritt weiter, aber als sie an ihm vorbeikam, sagte sie: »Kommen Sie morgen vormittag in die Stadtbibliothek!«

Sie erwartete nicht, daß er antwortete, aber er verfügte – wie sie später feststellen würde – über Humor und Schlagfertigkeit, und er fragte sofort: »In welche Abteilung?«

Es war zwar eine große Bibliothek, aber nicht so groß, daß sich zwei Personen dort nicht schnell finden konnten. Sie sagte das erste, was ihr in den Sinn kam: »Biologie.« Und er lachte.

Sie betrat das Haus mit diesem Lachen im Ohr: Es war ein warmes, entspanntes Lachen, das Lachen eines Menschen, der das Leben liebte und mit sich zufrieden war.

Das Haus war leer. Mrs. Rollins, die die Hausarbeit machte, war bereits heimgegangen, und Mervyn war noch nicht da. Diana setzte sich in die moderne saubere Küche und hing altmodischen, nicht ganz so sauberen Gedanken über ihren humorvollen amerikanischen Dichter nach.

Am nächsten Vormittag fand sie ihn an einem Tisch unter einem Schild, auf dem gebeten wurde, leise zu sein. Als sie »Hallo« sagte, drückte er einen Finger auf die Lippen, deutete auf einen Stuhl und schrieb ihr einen Zettel.

Mir gefällt Ihr Hut, stand darauf.

Sie trug einen kleinen Hut, der wie ein umgedrehter Blumentopf mit breitem Rand aussah, und hatte ihn so verwegen schief aufgesetzt, daß er ihr linkes Auge fast verbarg, das war die neueste Mode, allerdings hatten wenige Damen in Manchester den Mut dazu.

Sie kramte in ihrer Handtasche nach einem Bleistift und kritzelte unter seine Worte: *Er würde Ihnen nicht stehen.*

Aber meine Geranien würden sich gut in ihm machen, schrieb er.

Sie kicherte, und er mahnte: »Psst!«

Ist er verrückt oder absichtlich komisch? dachte Diana.

Sie schrieb: *Ich liebe Ihr kleines Gedicht.*

Und er schrieb: *Ich liebe Sie.*

Wirklich verrückt, dachte sie, aber Tränen stiegen ihr in die Augen. Sie schrieb: *Ich kenne nicht einmal Ihren Namen!*

Er reichte ihr seine Visitenkarte. Er hieß Mark Alder und lebte in Los Angeles.

Kalifornien!

Sie aßen früh zu Mittag in einem vegetarischen Restaurant, weil sie da sicher sein konnte, daß sie ihrem Mann nicht zufällig begegnen würde. Keine zehn Pferde hätten ihn in ein vegetarisches Restaurant bringen können. Dann, weil es Dienstag war, gab es ein Mittagskonzert in der Houldsworth Hall in Deansgate mit dem berühmten Hallé Orchester der Stadt und seinem neuen Dirigenten Malcolm Sargent. Diana war stolz, daß ihre Stadt einem Besucher einen solchen kulturellen Leckerbissen bieten konnte.

An diesem Tag erfuhr sie, daß Mark Komödien für Radioshows schrieb. Sie hatte von den Leuten, für die er schrieb, noch nie gehört, aber er versicherte ihr, daß sie berühmt waren: Jack Benny, Fred Allen, Amos 'n' Andy. Ihm gehörte auch ein eigener Sender. Er trug einen Kaschmirblazer und war auf längerem Urlaub hier, um seinem Stammbaum nachzugehen: Seine Familie stammte ursprünglich aus Liverpool, der wenige Kilometer westlich von Manchester liegenden Hafenstadt. Er war ein kleiner Mann, nicht viel größer als Diana, etwa in ihrem Alter, und er hatte haselnußbraune Augen und ein paar Sommersprossen.

Und er war der Sonnenschein in Person.

Er war intelligent, lustig und charmant. Er hatte gute Manieren, gepflegte Hände und trug geschmackvolle Kleidung. Er mochte Mozart, aber auch Louis Armstrong. Vor allem aber mochte er Diana.

Es ist eigenartig, dachte sie, wie wenige Männer Frauen tatsächlich mögen. Die Männer, die sie kannte, umschmeichelten sie, versuchten sie zu betatschen, machten ihr hinter Mervyns Rücken unmißverständliche Anträge, und manchmal, wenn sie stockbesoffen waren, erklärten sie ihr ihre Liebe. Aber daß sie sie wirklich mochten, nein, davon war nichts zu spüren. Ihre Unterhaltung war seichtes Geplänkel, sie hörten ihr nie richtig zu und wußten nichts über sie. Mark war ganz anders, wie sie in den folgenden Tagen und Wochen erkannte.

Am Tag nach ihrer Verabredung in der Bibliothek mietete er einen Wagen und fuhr mit ihr an die Küste, wo sie im sanften Wind Sandwiches am Strand aßen und sich im Schutz der Dünen küßten.

Er hatte eine Suite im Hotel Midland, aber sie konnten es nicht riskieren, sich dort zu treffen, da Diana zu bekannt war. Hätte man sie gesehen, wie sie nach dem Mittagessen die Treppe zu den Zimmern hinaufgingen, würde die ganze Stadt es zur Teezeit bereits wissen. Doch der einfallsreiche Mark fand eine Lösung. Sie nahmen einen Koffer mit, fuhren zu dem Küstenstädtchen Lytham St. Annes und ließen sich als Mr. und Mrs. Alder ein Zimmer in einem Hotel geben. Sie aßen Lunch, dann gingen sie zu Bett.

Mit Mark machte die Liebe Spaß.

Beim ersten Mal wurde er zum Pantomimen, als er ihr vormachte, wie man sich vollkommen lautlos auszog, und sie mußte zu sehr lachen, als daß sie Scham empfunden hätte, während sie aus ihren Sachen schlüpfte. Sie machte sich keine Gedanken darüber, ob sie ihm gefallen würde: Ganz offensichtlich betete er sie an. Sie war nicht nervös, weil er so nett war.

Sie verbrachten den Nachmittag im Bett, dann beglichen sie die Rechnung, nachdem sie erklärt hatten, daß sie doch weiterreisen wollten. Mark bezahlte den ganzen Preis, auch für die Nacht, damit es zu keinem Ärger kam. Er setzte sie eine Station vor Altrincham ab, und sie kam dort mit dem Zug an, als hätte sie den Nachmittag in Manchester verbracht.

Das machten sie einen ganzen glücklichen Sommer lang.

Mark sollte Anfang August in die Staaten zurückkehren, um an einer neuen Show zu arbeiten, aber er blieb und schrieb Folgen für eine Serie über einen Amerikaner, der Urlaub in Großbritannien macht. Die Manuskripte sandte er wöchentlich mit dem neuen Luftpostdienst ab, den Pan American betrieb.

Obwohl sie wußte, daß die gemeinsame Zeit irgendwann für sie zu Ende ging, dachte Diana nicht zu oft an die Zukunft. Natürlich würde Mark eines Tages in die Staaten zurückkehren, aber morgen war er noch hier, und weiter wollte sie gar nicht denken. Es war wie mit dem Krieg, von dem jeder wußte, daß er schrecklich werden würde, aber nicht, wann er anfing; und bis es soweit war, konnte man ohnehin nichts tun, als einfach weiterzumachen und zu versuchen, die Zeit zu nutzen und zu genießen.

Am Tag nach der Kriegserklärung sagte er ihr, daß er nach Hause zurückkehren würde.

Sie saß im Bett, die Decke gerade bis unter den Busen hochgezogen, so daß ihre Brüste zu sehen waren: Mark liebte es, wenn sie so saß. Er fand ihre Brüste wundervoll, obwohl sie sie für zu groß hielt.

Sie unterhielten sich mit ernster Miene. Großbritannien hatte Deutschland den Krieg erklärt, darüber mußte sogar ein glückliches Liebespaar sprechen. Diana hatte schon das ganze Jahr den gräßlichen Konflikt in China verfolgt, und der Gedanke an Krieg in Europa erfüllte sie mit Angst. Genau wie die Faschisten in Spanien hatten die Japaner keine Skrupel, Bomben auf Frauen und Kinder abzuwerfen; und das Blutbad war grauenvoll gewesen.

Sie stellte Mark die Frage, die alle beschäftigte: »Was, glaubst du, wird passieren?«

Ausnahmsweise hatte er keine humorige Antwort. »Ich glaube, es wird furchtbar werden«, entgegnete er ernst. »Ich fürchte, Europa wird verwüstet. Vielleicht wird dieses Land überleben, weil es eine Insel ist. Ich hoffe es.«

»Oh!« flüsterte Diana. Plötzlich hatte sie Angst. Briten sagten so etwas nicht. Die Zeitungen waren voll Geschwätz über ruhmvollen Kampf, und Mervyn konnte den Krieg kaum erwarten. Aber Mark war ein Ausländer, und seine Meinung, die er auf diese ruhige amerikanische Art äußerte, klang erschreckend realistisch. Würde auch Manchester bombardiert werden?

Sie erinnerte sich, was Mervyn gesagt hatte, und wiederholte es: »Amerika wird früher oder später am Krieg teilnehmen.«

Mark erschreckte sie, als er heftig erwiderte: »Großer Gott, hoffentlich nicht! Das ist eine europäische Streitigkeit, die nichts mit uns zu tun hat. Ich verstehe ja, weshalb Großbritannien den Krieg erklärt hat, aber ich will verdammt sein, wenn ich gutheiße, daß Amerikaner sterben, weil sie das verdammte Polen verteidigen.«

So hatte sie ihn nie fluchen gehört. Manchmal, während sie sich liebten, keuchte er ihr derbe Worte ins Ohr, aber das war etwas anderes. Jetzt wirkte er zornig. Sie dachte, daß er vielleicht ein wenig Angst hatte. Sie wußte, daß Mervyn Angst hatte: Bei ihm äußerte sie sich als scheinbar unbekümmerter Optimismus. Marks Furcht machte sich in Verwünschungen bemerkbar.

Sie war bestürzt über seine Einstellung, aber sie konnte seinen Standpunkt verstehen. Warum sollten Amerikaner für Polen oder überhaupt für Europa in den Krieg ziehen? »Und ich?« fragte sie. Sie bemühte sich um einen leichtfertigen Ton. »Du möchtest doch nicht, daß ich von blonden Nazis in spiegelblanken Stiefeln vergewaltigt werde, oder?« Das war nicht sehr komisch, und sie bereute es sofort.

Da holte Mark einen Umschlag aus seinem Koffer und reichte ihn ihr.

Sie zog ein Ticket heraus und studierte es. »Du fliegst heim!« rief sie. Es war wie das Ende der Welt.

Er blickte sie ernst an und sagte nur: »Es sind zwei Flugtickets.«

Ihr war, als müßte ihr Herz aussetzen. »Zwei Flugtickets«, wiederholte sie tonlos. Sie war verwirrt.

Er setzte sich neben sie aufs Bett und nahm ihre Hand. Sie wußte, was er sagen würde, und war gleichermaßen freudig erregt und verstört.

»Komm mit mir, Diana«, bat er. »Flieg mit mir nach New York. Dann reise nach Reno und laß dich scheiden. Danach fahren wir nach Kalifornien und heiraten. Ich liebe dich.«

Fliegen! Sie konnte sich kaum vorstellen, über den Atlantik zu fliegen. So etwas gehörte in ein Märchen.

Nach New York! New York war ein Traum von Wolkenkratzern und Nachtclubs, von Gangstern und Millionären, von reichen modischen Frauen und großen Autos.

Laß dich scheiden! Frei von Mervyn sein!

Danach fahren wir nach Kalifornien! Wo Filme gemacht wurden, wo Orangen wuchsen und die Sonne jeden Tag schien.

Und heiraten! Und Mark die ganze Zeit haben, jeden Tag, jede Nacht.

Sie brachte kein Wort hervor.

Mark sagte: »Wir könnten ein Kind haben.«

Sie hätte weinen können.

»Frag mich noch einmal«, flüsterte sie.

»Ich liebe dich, willst du mich heiraten und Kinder von mir haben?«

»O ja«, antwortete sie, und ihr war, als fliege sie bereits. »Ja, ja, ja!«

Sie mußte es Mervyn an diesem Abend sagen.

Es war Montag. Am Dienstag würde sie mit Mark nach Southampton reisen. Der Clipper startete am Mittwoch um vierzehn Uhr.

Sie schwebte im siebenten Himmel, als sie am Montag nachmittag heimkam, doch kaum hatte sie das Haus betreten, schwand ihre Euphorie.

Wie sollte sie es ihm beibringen?

Es war ein schönes Haus, eine große neue Villa mit rotem Ziegeldach. Sie hatte vier Zimmer, von denen drei so gut wie nie benutzt wurden, ein modernes Badezimmer und eine Küche mit den neuesten Haushaltsgeräten. Nun, da sie es verließ, sah sie alles voller Nostalgie: das war fünf Jahre lang ihr Zuhause gewesen!

Sie bereitete Mervyns Mahlzeiten selbst zu. Mrs. Rollins machte die Wäsche und besorgte den Haushalt, und wenn Diana nicht gekocht hätte, hätte sie gar nichts zu tun gehabt. Außerdem war Mervyn im Grunde seines Herzens ein Kind der Arbeiterklasse, und er mochte es, wenn seine Frau die Mahlzeit auf den Tisch stellte, sobald er heimkam. Er nannte die Mahlzeit sogar »Tee«, und er trank auch Tee dazu, obwohl es immer etwas Herzhafteres war: Würstchen oder Steak oder Fleischpastete. »Dinner« gab es für Mervyn in Hotels. Zu Hause hatte man Tee.

Was würde sie ihm sagen?

Heute bekam er kaltes Roastbeef, das vom Sonntagsbraten übriggeblieben war. Diana band sich eine Schürze um und schnitt Kartoffeln zum Rösten. Als sie daran dachte, wie wütend Mervyn sein würde, zitterten ihre Hände so sehr, daß sie sich mit dem Gemüsemesser in den Finger schnitt.

Sie kämpfte um ihre Fassung, während sie den Finger unter das kalte Wasser hielt, ihn mit einem Küchentuch abtrocknete und einen Verband herumwickelte. Wovor habe ich Angst? fragte sie sich. Er wird mich nicht umbringen. Und aufhalten kann er mich nicht, ich bin über einundzwanzig und lebe in einem freien Land.

Das beruhigte ihre Nerven auch nicht.

Sie deckte den Tisch und wusch den Kopfsalat. Obwohl Mervyn hart arbeitete, kam er fast immer zur selben Zeit heim. Er klagte stets: »Was nutzt es, daß ich der Chef bin, wenn ich mit der Arbeit doch aufhören muß, sobald die anderen heimgehen?« Er war Ingenieur und besaß eine Fabrik, die alle Arten von Rotoren herstellte, angefangen von kleinen Flügeln für Ventilatoren für Kühlsysteme bis zu riesigen Schiffsschrauben für Überseedampfer. Mervyn hatte immer Erfolg gehabt – er war ein guter Geschäftsmann –, aber den Glückstreffer hatte er gemacht, als er anfing, Propeller für Flugzeuge herzustellen. Fliegen war sein Hobby, und er besaß seine eigene kleine Maschine, eine Tiger Moth, die auf einem Flugplatz außerhalb der Stadt stand. Als die Regierung vor zwei oder drei Jahren angefangen hatte, die Air Force auszubauen, hatte es wenige Hersteller gegeben, die gewölbte Rotoren mit mathematischer Präzision fabrizieren konnten, und Mervyn war einer dieser wenigen gewesen. Seither hatte das Geschäft einen gewaltigen Aufschwung erlebt.

Diana war seine zweite Frau. Die erste hatte ihn vor sieben Jahren verlassen, sie war mit einem anderen Mann durchgebrannt und hatte ihre beiden Kinder mitgenommen. Mervyn hatte sich so schnell wie möglich von ihr scheiden lassen und Diana einen Heiratsantrag gemacht, sobald die Scheidung amtlich war. Diana war damals achtundzwanzig gewesen und er achtunddreißig. Er sah gut aus, wirkte männlich, war wohlhabend und betete sie an. Sein Hochzeitsgeschenk war ein Brillantkollier gewesen.

Vor ein paar Wochen, zu ihrem fünften Hochzeitstag, hatte er ihr eine Nähmaschine gekauft.

Wenn sie so zurückblickte, wurde ihr klar, daß die Nähmaschine das Faß zum Überlaufen gebracht hatte. Sie hatte sich einen eigenen Wagen erhofft. Sie konnte Auto fahren, und Mervyn hätte ihn sich leisten können. Als sie die Nähmaschine sah, hatte sie gespürt, daß es so nicht mehr weitergehen konnte. Sie waren fünf Jahre beisammen, und ihm war nicht einmal aufgefallen, daß sie nie nähte.

Sie wußte, daß Mervyn sie liebte, aber er *sah* sie nicht. In seiner Welt war sie eine Person, die er als »Ehefrau« katalogisiert hatte. Sie war hübsch, sie führte ihre gesellschaftlichen Pflichten zufriedenstellend aus, sie setzte ihm sein Essen vor und war im Bett immer willig: Was konnte man sich von seiner Ehefrau sonst noch wünschen? Er fragte sie nie um ihren Rat. Da sie weder Geschäftsmann noch Ingenieur war, kam er nicht einmal auf den Gedanken, daß sie Verstand haben könnte. Mit den Männern in seiner Fabrik sprach er auf viel intelligentere Weise als mit ihr. In seiner Welt wollten die Männer Autos und die Frauen Nähmaschinen.

Und doch war er sehr gescheit. Sein Vater war Dreher gewesen, trotzdem hatte er das Gymnasium besuchen dürfen und danach auf der Universität von Manchester Physik studiert. Er hatte die Möglichkeit gehabt, von dort nach Cambridge zu gehen und seinen Doktor zu machen, aber er war nicht der akademische Typ und nahm statt dessen eine Stellung im Konstruktionsbüro einer großen Maschinenfirma an. Er verfolgte weiterhin die Entwicklung in der Physik und unterhielt sich endlos mit seinem Vater – natürlich nie mit Diana – über Atome und Strahlung und Kernfusion.

Bedauerlicherweise verstand Diana von Physik wirklich nichts. Sie kannte sich in Musik und Literatur aus, auch in Geschichte. Aber Mervyn war nicht an Kultur irgendeiner Art interessiert, obwohl er Filme und Tanzmusik mochte. Deshalb hatten sie keine gemeinsamen Themen.

Anders wäre es vielleicht gewesen, wenn sie Kinder gehabt hätten, aber Mervyn reichten die zwei von seiner ersten Frau und er wollte keine mehr. Diana war bereit gewesen, sie in ihr Herz zu schließen, aber sie bekam nicht einmal die Chance. Ihre Mutter hatte sie gegen Diana aufgehetzt, hatte so getan, als wäre Diana der Grund für das Scheitern ihrer Ehe gewesen. Dianas Schwester in Liverpool hatte niedliche Zwillingstöchter mit kurzen Zöpfen. Diana verwöhnte die beiden mit der ganzen Liebe, die sie gern ihren eigenen Kindern gegeben hätte.

Sie würde die Zwillinge sehr vermissen.

Mervyn liebte den gesellschaftlichen Umgang mit den führenden Geschäftsleuten und Politikern der Stadt, und eine gewisse Zeit genoß Diana es auch, die perfekte Gastgeberin zu spielen. Immer schon hatte sie ein Faible für schöne Kleider gehabt, und sie verstand es, sie zur Geltung zu bringen. Aber das Leben mußte doch aus mehr bestehen als nur daraus!

Eine Zeitlang hatte sie die Rolle der Nonkonformistin in der Gesellschaft von Manchester gespielt – hatte Zigaretten geraucht, sich extravagant angezogen, über freie Liebe und Kommunismus geredet. Es hatte ihr Spaß gemacht, die Matronen zu erschrecken, aber Manchester war keine sehr konservative Stadt, und Mervyn ebenso wie seine Freunde waren Liberale, deshalb hatten sich die Gemüter auch nicht sonderlich darüber erregt.

Sie war unzufrieden, aber sie fragte sich, ob das berechtigt war. Die meisten Frauen hätten gern mit ihr getauscht. Sie hatte einen soliden, zuverlässigen, großzügigen Mann, ein herrliches Zuhause und einen riesigen Freundeskreis. Sie sagte sich, daß sie glücklich sein müßte. Aber das war sie nicht – und dann war Mark in ihr Leben getreten.

Sie hörte Mervyns Wagen vorfahren. Es war ein so vertrautes Geräusch, aber heute erschien es ihr drohend, wie das Knurren eines gefährlichen Raubtiers.

Mit zittrigen Händen stellte sie die Bratpfanne auf den Herd.

Mervyn kam in die Küche.

Er sah atemberaubend gut aus. Sein dunkles Haar war jetzt mit

Grau durchzogen, aber dadurch wirkte er nur noch distinguierter. Er war groß und im Gegensatz zu seinen Freunden nicht in die Breite gegangen. Eitelkeit kannte er nicht, aber Diana sorgte dafür, daß er gutgeschnittene dunkle Anzüge und teure weiße Hemden trug, weil sie wollte, daß er so erfolgreich aussah, wie er war.

Sie hatte schreckliche Angst, daß er ihr das schlechte Gewissen vom Gesicht ablesen und darauf bestehen würde, daß sie ihm sagte, was los war.

Er küßte sie auf die Lippen. Schuldbewußt erwiderte sie seinen Kuß. Manchmal schloß er sie in die Arme und drückte die Hand in den Spalt zwischen den Gesäßbacken, dann erfaßte sie beide die Leidenschaft so sehr, daß sie ins Schlafzimmer stürzten und das Essen auf dem Herd anbrannte. Aber das kam nicht mehr oft vor, auch heute nicht, Gott sei Dank. Er küßte sie abwesend und drehte sich um.

Er zog sein Jackett und seine Weste aus, nahm Krawatte und Kragen ab, stülpte die Ärmel hoch und wusch sich Gesicht und Hände unter dem Hahn des Spülbeckens. Er hatte breite Schultern und kräftige Arme.

Ihm war nicht aufgefallen, daß etwas nicht stimmte. Das hätte sie eigentlich wissen müssen. Er *sah* sie nicht; sie war einfach da – wie der Küchentisch. Sie brauchte sich keine Sorgen zu machen. Er würde nichts ahnen, bis sie es ihm sagte.

Ich sage es ihm noch nicht gleich, dachte sie.

Während die Kartoffeln brieten, strich sie Butter auf Brotscheiben und brühte Tee auf. Sie war immer noch zittrig, konnte es jedoch verbergen. Mervyn las die *Manchester Evening News* und blickte sie kaum an.

»Ich hab' einen verdammten Unruhestifter im Werk«, sagte er, als sie den Teller vor ihn stellte.

Nichts könnte mir gleichgültiger sein, dachte Diana hysterisch. Ich habe nichts mehr mit dir zu tun.

Warum habe ich ihm dann das Essen gerichtet?

»Er ist ein Londoner aus Battersea, und ich glaube, ein Kommunist. Jedenfalls verlangt er höheren Stundenlohn für die Arbeit an dem neuen Lehrenbohrwerk. Es ist im Grund genommen nicht unverschämt, aber ich habe den Kostenvoranschlag nach den bisherigen Löhnen berechnet, also wird er sich damit abfinden müssen.«

Diana nahm ihren ganzen Mut zusammen. »Ich muß dir etwas sagen.« Dann wünschte sie sich inbrünstig, sie könnte die Worte ungesagt machen, aber dafür war es zu spät.

»Was hast du mit deinem Finger gemacht?« Er hatte den Verband bemerkt.

Das nahm ihr ganz den Wind aus den Segeln. »Nichts«, sagte sie und ließ sich auf den Stuhl fallen. »Mir ist das Messer beim Kartoffelschneiden abgerutscht.« Sie griff nach ihrem Besteck.

Mervyn aß mit gesundem Appetit. »Ich sollte besser achtgeben, wen ich einstelle, aber das Problem ist, daß gute Handwerker heutzutage schlecht zu kriegen sind.«

Er erwartete nicht, daß sie etwas zum Thema beitrug, wenn er über sein Werk sprach. Wenn sie tatsächlich etwas einwarf, quittierte er es mit einem gereizten Blick, als wäre sie eine Schülerin, die es wagte, etwas zu sagen, ohne aufgerufen worden zu sein. Sie war nur zum Zuhören da.

Während er von seinem neuen Lehrenbohrwerk und dem Kommunisten aus Battersea erzählte, erinnerte sie sich an ihren Hochzeitstag. Ihre Mutter hatte damals noch gelebt. Sie waren in Manchester getraut worden, und die Feier hatte im Hotel Midland stattgefunden. Mervyn war für Diana in seinem Cut der schönste Mann von England gewesen, und sie hatte gedacht, das würde immer so bleiben. Der Gedanke, daß ihre Ehe nicht von Dauer sein könnte, war ihr gar nicht in den Sinn gekommen. Vor Mervyn hatte sie noch nie jemanden gekannt, der geschieden war. Als sie sich erinnerte, wie glücklich sie sich damals gefühlt hatte, hätte sie am liebsten geweint.

Sie wußte, daß es ein schrecklicher Schlag für Mervyn sein würde, wenn sie ihn verließ. Er hatte keine Ahnung, was sie vorhatte. Daß seine erste Frau ihn auf die gleiche Weise verlassen hatte, machte es natürlich noch schlimmer. Es würde ihn furchtbar mitnehmen. Aber zunächst würde er rasend vor Wut sein.

Er aß seine Roastbeefscheiben auf und goß sich Tee nach. »Du hast aber nicht viel gegessen«, bemerkte er. Tatsächlich hatte sie überhaupt nichts gegessen.

»Das Mittagessen war zu reichlich«, antwortete sie.

»Wo warst du?«

Diese harmlose Frage versetzte sie in Panik. Sie hatte mit Mark Sandwiches im Bett gegessen, in einem Hotel in Blackpool, und ihr fiel keine glaubhafte Lüge ein. Die Namen der renommierten Restaurants in Manchester fielen ihr natürlich ein, aber es war möglich, daß Mervyn zum Lunch selbst in einem davon gewesen war. Nach einer peinlichen Pause antwortete sie: »Im Café Waldorf.« Es gab mehrere Waldorf-Cafés – es handelte sich um eine Kette billiger Restaurants, wo man Steak und Pommes frites bekam.

Mervyn fragte nicht, in welchem.

Sie griff nach den Tellern und stand auf. Ihre Knie waren so weich, daß sie befürchtete, sie würden unter ihr nachgeben, aber sie schaffte es bis zum Spülbecken. »Möchtest du eine Nachspeise?« fragte sie.

»Ja, bitte.«

Sie ging in die Speisekammer und kehrte mit einer Büchse Pfirsiche und Dosenmilch zurück. Sie öffnete beides und setzte ihm das Dessert vor.

Während sie ihm zusah, wie er die Dosenpfirsiche aß, überschwemmte sie Entsetzen über das, was sie vorhatte. Es erschien ihr unverzeihlich und grausam. Wie der Krieg würde es alles vernichten. Das Leben, das sie und Mervyn hier in diesem Haus, in dieser Stadt geführt hatten, würde ruiniert.

Plötzlich wurde ihr klar, daß sie es nicht tun konnte.

Mervyn legte den Teelöffel hin und schaute auf seine Taschenuhr. »Halb acht – schalten wir die Nachrichten ein.«

»Ich kann es nicht«, sagte Diana laut.

»Was?«

»Ich kann es nicht«, sagte sie erneut. Sie würde das Ganze abblasen. Sie würde zu Mark gehen, gleich jetzt, und ihm sagen, daß sie ihre Meinung geändert hatte, daß sie nicht mit ihm kommen würde.

»Warum kannst du die Nachrichten nicht anhören?« fragte Mervyn ungeduldig.

Diana starrte ihn an. Sie war versucht, ihm die ganze Wahrheit zu gestehen; aber auch dazu fehlte ihr der Mut. »Ich muß noch einmal weg.« Verzweifelt suchte sie nach einer Ausrede. »Doris Williams liegt im Krankenhaus, und ich sollte sie besuchen.«

»Wer ist Doris Williams, um Himmels willen?«

Es gab keine solche Person. »Sie wurde dir doch vorgestellt«, improvisierte Diana hastig. »Sie ist operiert worden.«

»Ich erinnere mich nicht an sie«, erklärte er, aber er war nicht mißtrauisch. Er hatte kein gutes Gedächtnis, wenn es um flüchtige Bekanntschaften ging.

Diana kam der gloriose Einfall zu fragen: »Möchtest du mitkommen?«

»Großer Gott, nein!« entgegnete er, genau wie sie es erwartet hatte.

»Dann fahre ich selbst.«

»Aber fahr nicht zu schnell in der Verdunkelung.« Er stand auf und ging in den Salon, wo der Rundfunkempfänger stand.

Diana starrte ihm einen Augenblick nach. Er wird nie wissen, wie nahe ich daran war, ihn zu verlassen, dachte sie traurig.

Sie setzte einen Hut auf und nahm den Mantel über den Arm. Der Wagen sprang glücklicherweise gleich beim erstenmal an. Sie lenkte ihn aus der Einfahrt und bog nach Manchester ab.

Die Fahrt war ein Alptraum. Sie war in verzweifelter Eile, aber sie mußte dahinschleichen, weil ihre Scheinwerfer abgeblendet waren und sie nur ein paar Meter weit sehen konnte, obendrein war ihr Blick von Tränen verschleiert, weil sie einfach nicht aufhören konnte zu weinen. Wenn sie den Weg nicht so gut gekannt hätte, wäre sie wahrscheinlich irgendwo aufgefahren.

Die Entfernung betrug nur etwa fünfzehn Kilometer, aber sie brauchte fast eine Stunde dafür.

Als sie den Wagen schließlich vor dem Midland parkte, war sie vollkommen erschöpft. Sie saß eine Minute ganz still und bemühte sich, ihre Fassung wiederzugewinnen. Sie holte ihre Puderdose aus der Tasche und frischte ihr Make-up auf, um die Tränenspuren zu beseitigen.

Sie wußte, daß Mark verzweifelt sein würde, aber er würde nicht daran zugrunde gehen. Er würde das Ganze bald als Sommerromanze sehen. Es war weniger grausam, eine kurze, leidenschaftliche Liebesaffäre zu beenden, als eine fünfjährige Ehe zu brechen. Sie und Mark würden den Sommer 1939 immer in sentimentaler Erinnerung behalten . . .

Sie brach wieder in Tränen aus.

Es hatte keinen Sinn, hier herumzusitzen und zu grübeln, rügte sie sich nach einer Weile. Sie mußte ins Hotel und es hinter sich bringen. Noch einmal frischte sie ihr Make-up auf und stieg dann aus dem Wagen.

Sie ging durchs Hotelfoyer und die Treppe hinauf, ohne am Empfang stehenzubleiben. Sie kannte Marks Zimmernummer. Natürlich war es skandalös, wenn eine Frau sich ohne Begleitung in das Hotelzimmer eines alleinstehenden Mannes begab, aber daran wollte sie jetzt nicht denken. Die Alternative wäre, sich mit Mark in der Lounge oder Bar zu treffen; aber was sie ihm zu sagen hatte, konnte sie ihm unmöglich in aller Öffentlichkeit mitteilen. Sie schaute sich nicht um, deshalb wußte sie nicht, ob sie von irgend jemandem gesehen worden war, der sie kannte.

Sie klopfte an seine Tür. Hoffentlich war er da! Aber wenn er sich entschlossen hatte, noch in ein Restaurant oder ein Filmtheater zu gehen? Die Tür wurde nicht geöffnet. Wieder klopfte sie, fester. Wie konnte er zu einer solchen Zeit ins Kino gehen?

Da hörte sie seine Stimme. »Ja?«

Noch einmal klopfte sie und sagte: »Ich bin es!«

Rasche Schritte näherten sich. Die Tür flog auf, und Mark stand da mit erstaunter Miene. Dann lächelte er glücklich, zog sie ins Zimmer, schloß die Tür und umarmte Diana.

Nun fühlte sie sich ihm gegenüber so treulos wie zuvor Mervyn gegenüber. Sie küßte ihn schuldbewußt, und die vertraute Wärme des Verlangens breitete sich in ihrem Körper aus; aber sie entzog sich ihm und sagte: »Ich kann nicht mit dir kommen.«

Er wurde blaß. »Sag so etwas nicht!«

Sie schaute sich in der Suite um. Er war beim Packen. Kleiderschrank und Schubläden standen offen, seine Koffer lagen auf dem Boden, und wohin sie blickte, sah sie gefaltete Hemden, saubere Stapel Unterwäsche und Schuhe in Beuteln. Er war so ordentlich. »Ich kann nicht mitkommen!« wiederholte sie.

Er faßte sie bei der Hand und zog sie ins Schlafzimmer. Sie setzten sich aufs Bett. Er wirkte verstört. »Das kann doch nicht wahr sein!« flüsterte er.

»Mervyn liebt mich, und wir sind seit fünf Jahren verheiratet. Ich kann ihm das nicht antun.«

»Und was ist mit mir?«

Sie blickte ihn an. Er trug einen Pullover in dunklem Fraise, eine Fliege, eine blaugraue Flanellhose und Korduanschuhe. Er sah zum Anbeißen aus. »Ihr liebt mich beide«, entgegnete sie. »Aber er ist mein Mann.«

»Wir lieben dich beide, doch ich bin auch dein *Freund*!«

»Und du meinst, er nicht?«

»Ich glaube, daß er dich nicht einmal kennt. Hör zu. Ich bin fünfunddreißig und nicht zum erstenmal verliebt. Ich hatte einmal ein Verhältnis, das sechs Jahre gehalten hat. Verheiratet war ich noch nicht, aber ich habe Erfahrung. Ich *weiß*, daß unsere Beziehung vollkommen ist. Noch nie hat jemand so gut zu mir gepaßt. Du bist schön, du hast Humor, du bist unkonventionell, du bist gescheit, und die Liebe macht dir Spaß. Ich bin nett, ich bin unkonventionell, ich bin gescheit, und ich möchte dich lieben, jetzt gleich . . .«

»Nein«, sagte sie, aber es klang nicht überzeugend.

Er zog sie sanft an sich, und sie küßten sich.

»Wir passen so gut zusammen«, murmelte er. »Erinnerst du dich, wie wir uns in der Bibliothek Zettelchen geschrieben haben? Du hast sofort mitgemacht, ohne Erklärung. Andere Frauen halten mich für verrückt, aber du magst mich so.«

Das stimmt, dachte sie. Und wenn sie etwas Unkonventionelles tat, wie Pfeife zu rauchen oder ohne Unterwäsche auszugehen oder eine Versammlung der Faschisten zu besuchen und Feueralarm zu geben, wurde Mervyn böse auf sie, während Mark begeistert lachte.

Er streichelte ihr Haar, dann ihre Wange. Langsam ließ ihre Panik nach, und sie entspannte sich. Sie legte den Kopf an seine Schulter und ließ die Lippen zärtlich über die weiche Haut seines Halses wandern. Sie spürte seine Fingerspitzen auf ihrem Bein unter dem Kleid. Sie streichelten die Innenseite ihrer Schenkel, wo die Strümpfe endeten. Ich hätte das nicht zulassen sollen, dachte sie noch.

Er drückte sie sanft mit dem Rücken aufs Bett, und ihr Hut fiel herunter. »Bitte nicht«, sagte sie schwach. Er küßte ihren Mund, knabberte mit den Lippen weich an den ihren. Sie spürte seine Finger durch die feine Seide ihres Höschens und erschauderte vor Lust. Einen Augenblick später glitt seine Hand hinein.

Er wußte genau, wie sie es mochte.

Eines Tages im Frühsommer, während sie nackt in einem Hotelzimmer lagen und die Brandung der Wellen durchs offene Fenster zu hören war, hatte er gesagt: »Zeig mir, was du tust, wenn du dich berührst.«

Sie war sehr verlegen geworden und hatte getan, als verstünde sie ihn nicht. »Was meinst du?«

»Du weißt schon. Wenn du dich berührst. Zeig es mir. Dann weiß ich, wie du es magst.«

»Ich – tu so etwas nicht«, log sie.

»Nun – als du ein Mädchen warst, bevor du geheiratet hast, hast du es doch bestimmt getan – jeder tut es. Zeig mir, was du da gemacht hast.«

Sie wollte sich schon weigern, als sie merkte, wie eine merkwürdige Erregung sie überkam. »Du möchtest, daß ich mit mir selbst spiele – da unten –, während du zusiehst?« fragte sie, und ihre Stimme war rauchig vor Verlangen.

Er nickte und grinste anzüglich.

»Du meinst – bis zum Ende?«

»Bis zum Ende.«

»Das könnte ich niemals«, sagte sie; aber sie tat es.

Nun berührten seine Fingerspitzen sie gekonnt an genau den richtigen Stellen, mit derselben vertrauten Bewegung und genau dem richtigen Druck; und sie schloß die Augen und gab sich ganz dem erregenden Gefühl hin.

Nach einer Weile fing sie leise an zu stöhnen und ihre Hüften rhythmisch zu heben und zu senken. Sie spürte seinen warmen Atem auf dem Gesicht, als er sich näher beugte. Dann, gerade als sie die Kontrolle zu verlieren begann, sagte er drängend: »Sieh mich an!«

Sie öffnete die Augen. Er fuhr fort, sie auf genau die gleiche Weise zu liebkosen, nur ein kleines bißchen schneller. »Schließ die Augen nicht«, bat er. In seine Augen zu blicken, während er das tat, war schockierend intim, ein Gefühl tiefster Nacktheit. Es war, als könne er alles sehen und alles über sie wissen, und eine wundersame Freiheit überwältigte sie, weil sie sich ihm so ganz auslieferte und nichts mehr zu verbergen hatte. Der Höhepunkt kam, und sie zwang sich, den Blick nicht von seinen Augen zu lösen, während ihre Hüften sich ruckhaft bewegten und ihr Gesicht sich verzerrte und ihr Atem keuchend kam bei den ekstatischen Zuckungen, die ihren ganzen Körper erschütterten. Und er lächelte die ganze Zeit zu ihr hinab und sagte: »Ich liebe dich, Diana; ich liebe dich so sehr!«

Als es vorüber war, griff sie nach ihm und hielt ihn, noch ganz atemlos von den Nachwehen der Lust geschüttelt, fest, als wolle sie ihn nie wieder loslassen. Sie hätte geweint, wenn noch Tränen übriggewesen wären.

Sie sagte es Mervyn nicht.

Mark hatte eine Lösung gefunden, und sie ließ sie sich durch den Kopf gehen, während sie ruhig und gefaßt und fest entschlossen nach Hause fuhr.

Mervyn war im Schlafanzug und Morgenrock, rauchte eine Zigarette und hörte sich Musik aus dem Rundfunk an. »Das war aber ein verdammt langer Besuch«, sagte er sanft.

Diana war nur ein bißchen nervös, als sie entgegnete: »Ich mußte sehr langsam fahren.« Dann schluckte sie, holte tief Atem und sagte: »Ich werde morgen verreisen.«

»Wohin?« fragte er ein wenig überrascht.

»Ich möchte Thea und die Zwillinge besuchen: mich vergewissern, daß es ihnen gutgeht. Man kann ja nie wissen, wann ich wieder eine

Gelegenheit haben werde. Die Züge fahren bereits jetzt unregelmäßig, und nächste Woche wird das Benzin rationiert.«

Er nickte zustimmend. »Ja, du hast recht. Besuch sie jetzt, solange es noch geht.«

»Ich gehe hinauf und packe meinen Koffer.«

»Pack für mich auch einen, ja?«

Einen entsetzlichen Moment glaubte sie, er wolle mitkommen. »Warum?« fragte sie bestürzt.

»Ich habe keine Lust, in einem leeren Haus zu schlafen. Ich werde morgen im Club übernachten. Bist du am Mittwoch zurück?«

»Ja, natürlich«, log sie.

»Gut.«

Sie ging hinauf. Während sie seine Unterwäsche und Socken in einen kleinen Koffer packte, dachte sie: Das ist das letzte Mal, daß ich das für ihn tue. Sie faltete ein weißes Hemd und griff nach einer silbergrauen Krawatte. Gedämpfte Farben paßten zu seinem dunklen Haar und den braunen Augen. Sie war erleichtert, daß er ihr die Geschichte abgenommen hatte, aber auch irgendwie frustriert, als gäbe es noch etwas Unerledigtes. Obwohl sie schreckliche Angst hatte, es ihm ins Gesicht zu sagen, hätte sie ihm doch gerne erklärt, weshalb sie ihn verließ, das wurde ihr jetzt klar. Er sollte wissen, daß er sie enttäuscht hatte; daß er einfach über sie bestimmte, ohne sich irgendwelche Gedanken über sie zu machen; daß sie ihm nicht mehr soviel bedeutete wie früher. Doch das würde sie ihm nie mehr sagen können, und das empfand sie auf seltsame Weise enttäuschend.

Sie klappte seinen Koffer zu und verstaute Toilettensachen und Make-up in ihrem Kulturbeutel. Komisch, fünf Jahre Ehe mit dem Packen von Socken und Zahnpasta und Nachtcreme zu beenden.

Nach einiger Zeit kam Mervyn herauf. Sie war fertig mit dem Packen und saß in ihrem schlichtesten Nachthemd vor der Frisierkommode und schminkte sich gerade ab. Er trat hinter sie und legte seine Hände auf ihre Brüste.

O nein! dachte sie. Bitte nicht heute nacht!

Obwohl sie entsetzt war, merkte sie, wie ihr Körper unwillkürlich reagierte, und sie errötete schuldbewußt. Mervyns Finger strichen über ihre steifen Brustwarzen, und sie sog den Atem in leisen Seufzern der Lust und Verzweiflung gleichermaßen ein. Er nahm ihre Hände und zog sie hoch. Sie folgte ihm hilflos, als er sie zum Bett führte. Er drehte das Licht aus, und sie legten sich in völliger Dunkelheit nieder. Er bestieg sie sofort und liebte sie mit scheinbar wilder Verzweiflung, als wüßte er, daß sie ihn verließ und es nichts gab, was er dagegen tun konnte. Gegen ihren Willen geriet sie zunehmend in Erregung, und Lust und Scham schüttelten ihren Körper. Sie konnte doch nicht innerhalb von zwei Stunden Orgasmen mit zwei Männern haben. Sie versuchte, dagegen anzugehen, es nicht dazu kommen zu lassen, aber ihr Körper hatte seinen eigenen Willen.

Als sie kam, weinte sie.

Glücklicherweise bemerkte es Mervyn nicht.

Diana fühlte sich beschwingt und frei, als sie am Mittwoch vormittag in der eleganten Lounge des Hotels South-Western saß und auf ein Taxi wartete, das sie und Mark zum Anlegeplatz 108 im Hafen von Southampton bringen sollte, wo sie an Bord des Pan-American-Clippers gehen würden.

Jeder in der Lounge schaute sie an oder bemühte sich, es nicht zu tun. Besonders bewundernd starrte ein gutaussehender Mann am Nebentisch zu ihr herüber. Er trug einen blauen Anzug und war bestimmt zehn Jahre jünger als sie. Aber das war sie gewöhnt. Das passierte immer, wenn sie nicht nur gut aussah, sondern sich auch gut fühlte; und heute war sie umwerfend. Ihr rotgepunktetes cremefarbenes Seidenkleid war frisch, duftig und auffallend. Ihre Schuhe paßten genau dazu, und der Strohhut war das Tüpfelchen auf dem I. Sie hatte zuerst nach den roten Schuhen gegriffen, doch dann gefunden, daß sie zu dem Kleid geschmacklos aussahen.

Sie liebte alles, was zum Reisen gehörte: das Packen und Auspakken ihrer Sachen; neue Leute kennenzulernen; mit Champagner und Delikatessen verwöhnt zu werden; neue Orte zu sehen. Wegen des Fliegens war sie allerdings ein wenig nervös, aber den Atlantik zu überqueren war die herrlichste Reise überhaupt, denn an ihrem Ende lag Amerika. Sie konnte es kaum erwarten, dorthin zu kommen. Ihre

Vorstellungen waren die eines Kinobesuchers. Sie sah sich bereits in einem Art-déco-Apartment, von Fenstern und Spiegeln umgeben, und ein Hausmädchen in schwarzem Kleid mit weißem Häubchen und Schürzchen half ihr in einen weißen Pelzmantel. Auf der Straße wartete eine lange schwarze Limousine mit laufendem Motor und einem farbigen Chauffeur, der sie zu einem Nachtclub fuhr, wo sie Martini extra dry bestellen und zu den Rhythmen einer Jazzband tanzen würde, in der Bing Crosby sang. Sie wußte natürlich, daß das reine Phantasie war, aber sie freute sich darauf, die Wirklichkeit zu entdecken.

Ihre Gefühle waren gemischt, weil sie Großbritannien verließ, jetzt – da gerade der Krieg begann. Es erschien ihr feige, andererseits war sie froh wegzukommen.

Sie kannte viele Juden. Manchester hatte eine große jüdische Gemeinde; die Juden von Manchester hatten in Nazareth tausend Bäume gepflanzt. Dianas jüdische Freunde verfolgten die Ereignisse in Europa mit Furcht und Grauen. Aber es waren ja nicht nur die Juden. Die Faschisten haßten die Farbigen ebenso und die Zigeuner und die Homosexuellen und jeden, der mit dem Faschismus nicht konform ging. Diana hatte einen Onkel, der vom anderen Ufer war. Er war immer nett zu ihr gewesen und hatte sie wie seine eigene Tochter behandelt.

Sie war zu alt, sich für den Kriegsdienst zu melden, aber vielleicht wäre sie doch besser in Manchester geblieben, um freiwilligen Hilfsdienst zu leisten, vielleicht Verbände für das Rote Kreuz zu wickeln ...

Auch das war Phantasie, sogar noch unwahrscheinlicher, als zu tanzen, während Bing Crosby sang. Sie war nicht der Typ, der Verbände wickelte. Strenge Nüchternheit und Uniformen paßten nicht zu ihr.

Aber das war alles unwesentlich. Das einzige, was zählte, war ihre Liebe. Sie würde mit Mark überallhin gehen, wenn es sein müßte, würde sie ihm sogar mitten aufs Schlachtfeld folgen. Sie würden heiraten und Kinder haben. Er kehrte nach Hause zurück, und sie ging mit ihm.

Ihre Zwillingsnichten würden ihr fehlen. Sie fragte sich, wann sie sie wiedersehen würde. Vielleicht waren sie dann schon erwachsen und trugen Büstenhalter und Make-up statt weißen Söckchen und baumelnden Zöpfen.

Aber vielleicht würde sie auch eigene kleine Mädchen haben ...

Sie war schrecklich aufgeregt, daß sie mit einem Pan-American-Clipper reisen würde. Sie hatte im *Manchester Guardian* alles darüber gelesen, doch nicht im Traum daran gedacht, daß sie einmal selbst damit fliegen würde. In kaum mehr als einem Tag nach New York zu kommen, erschien ihr wie ein Wunder.

Sie hatte Mervyn einen kurzen Brief geschrieben, doch nichts davon, was sie ihm wirklich hatte sagen wollen. Es stand auch nicht darin, daß er langsam, aber unausweichlich ihre Liebe durch seine Achtlosigkeit und Gleichgültigkeit verloren hatte oder wie wundervoll sie Mark fand. *Lieber Mervyn*, hatte sie geschrieben, *ich verlasse Dich. Ich spüre, daß Deine Gefühle für mich erkaltet sind, und ich habe mich in einen anderen verliebt. Wenn Du dies liest, werden wir bereits in Amerika sein. Es tut mir sehr leid für Dich, aber es ist zu einem guten Teil Deine eigene Schuld.* Sie wußte nicht so recht, wie sie unterschreiben sollte – »in Liebe« oder »Deine« wäre unpassend –, also schrieb sie nur »Diana«.

Zuerst hatte sie vorgehabt, den Brief zu Hause auf den Küchentisch zu legen. Doch dann quälte sie der Gedanke, daß Mervyn seine Pläne möglicherweise umwarf und, statt in seinem Club zu übernachten, doch nach Hause kam; dann würde er den Brief finden und ihr und Mark vielleicht Schwierigkeiten machen, ehe sie das Land verlassen hatten. Deshalb hatte sie den Brief an seine Fabrik gesandt, wo er heute ankommen mußte.

Sie blickte auf ihre Armbanduhr (ein Geschenk von Mervyn, der stets auf ihre Pünktlichkeit bedacht war). Sie kannte seinen Tagesablauf, der immer gleich war: Er verbrachte den größten Teil des Vormittags in der Werkshalle, gegen Mittag ging er dann hinauf in sein Büro und sah – vor dem Essen – seine Post durch. Diana hatte groß PERSÖNLICH auf den Umschlag geschrieben, damit seine Sekretärin ihn nicht öffnete. Er würde zwischen einer Menge Rechnungen, Bestellungen, Geschäftsschreiben und innerbetrieblichen Mitteilungen liegen. Vielleicht las er ihn in diesem Augenblick. Bei diesem Gedanken regte sich ihr Schuldbewußtsein, und sie war traurig, aber auch erleichtert, daß über dreihundert Kilometer zwischen ihnen lagen.

»Unser Taxi ist da«, sagte Mark.

Sie war ein wenig nervös. Über den Atlantik in einem Flugzeug!

Mark blickte sie an. »Es wird Zeit.«

Sie unterdrückte ihre Angst, setzte die Kaffeetasse ab, stand auf und schenkte ihm ihr strahlendstes Lächeln. »Ja«, sagte sie glücklich. »Zeit zum Fliegen.«

Eddie war Mädchen gegenüber immer schüchtern gewesen.

Annapolis hatte er sozusagen unberührt verlassen. Während seiner Stationierung in Pearl Harbor hatte er sich mit Prostituierten eingelassen, aber das hatte ihm nur Ekel vor sich selbst eingebracht. Nachdem er die Marine verlassen hatte, blieb er allein, und wenn ihn das Verlangen nach einer Frau packte, fuhr er ein paar Kilometer weit zu einer Bar. Carol-Ann war Bodenhosteß der Fluggesellschaft in Port Washington, Long Island, gewesen, dem New Yorker Terminal für Wasserflugzeuge – eine sonnengebräunte Blondine mit blauen Augen. Eddie hätte es nie gewagt, sie um eine Verabredung zu bitten. Aber eines Tages gab ihm ein junger Bordfunker in der Kantine zwei Karten für ein Theaterstück, das am Broadway gespielt wurde, und als Eddie sagte, daß er niemanden hatte, den er mitnehmen könnte, wandte sich der Funker einfach zum Nebentisch um und fragte Carol-Ann, ob sie Lust hätte mitzukommen.

»Klar«, antwortete sie, und da wußte Eddie plötzlich, daß sie aus seiner Welt war.

Später erfuhr er, daß sie sich entsetzlich einsam gefühlt hatte, denn sie war ein Mädchen vom Land, wie sie es selbst nannte, und die blasierte Art der New Yorker schüchterte sie ein. Sie war sinnlich, aber sie wußte nicht, was sie tun sollte, wenn Männer versuchten, sich Freiheiten herauszunehmen, deshalb ließ sie in ihrer Verlegenheit von vornherein alle entrüstet abblitzen, die ihr Avancen machten. Ihre durch Unsicherheit bedingte abweisende Haltung brachte ihr bald den Namen »Eisprinzessin« ein, deshalb wurde sie auch selten eingeladen.

Doch von alldem wußte Eddie zu jener Zeit nichts. Er fühlte sich als König mit ihr am Arm. Er führte sie zum Dinner aus und brachte sie in einem Taxi zu ihrem Apartment zurück. Vor der Tür dankte er ihr für den schönen Abend, nahm allen Mut zusammen und küßte sie auf die Wange. Daraufhin brach sie in Tränen aus und sagte, er sei der erste anständige Mann, dem sie in New York begegnet sei. Ehe er wußte, was er sagte, hatte er sich bereits wieder mit ihr verabredet.

Er verliebte sich in sie bei diesem zweiten Zusammentreffen. Sie besuchten Coney Island an einem heißen Freitag im Juli, und sie trug eine lange weiße Hose und eine himmelblaue Bluse. Überrascht bemerkte er, daß sie offenbar tatsächlich stolz war, mit ihm gesehen zu werden. Sie aßen Eis, fuhren mit der Achterbahn, die sich »The Cyclone« nannte, kauften sich verrückte Hüte, hielten sich bei der Hand und verrieten einander kleine Geheimnisse. Als er sie nach Hause brachte, gestand Eddie ihr offen, daß er in seinem ganzen Leben noch nie so glücklich gewesen sei, und sie überraschte ihn wieder, als sie erwiderte, das gleiche sei bei ihr der Fall.

Bald vernachlässigte er sein Farmhaus und verbrachte seine ganze Freizeit in New York, wo er auf der Couch eines erstaunten, aber ihn ermutigenden Ingenieurkollegen übernachtete. Carol-Ann nahm ihn nach Bristol in New Hampshire mit, damit er ihre Eltern kennenlernte. Es waren schmächtige, arme und schwer arbeitende Leutchen mittleren Alters. Sie erinnerten ihn an seine eigenen Eltern, hatten jedoch nicht deren starre religiöse Ansichten. Sie konnten kaum glauben, daß sie eine so schöne Tochter in die Welt gesetzt hatten, und Eddie verstand ihre Gefühle; er konnte es ja selbst kaum glauben, daß sich ein solches Mädchen in ihn verliebt hatte.

Er dachte daran, wie sehr er sie liebte, während er jetzt auf dem Rasen des Hotels Langdown Lawn stand und auf die Rinde der Eiche starrte. Er war in einem Alptraum gefangen, in einem dieser schrecklichen Träume, in die man hineingeriet, wenn man sich glücklich und sicher fühlte, sich aber in einem Anflug müßiger Überlegung ausmalte, was das Schrecklichste wäre, das passieren könnte. Und dann stellte man plötzlich fest, daß es tatsächlich geschah, daß das Schrecklichste auf der Welt unaufhaltsam passierte und man nichts dagegen tun konnte.

Was es noch schlimmer machte, war, daß sie sich, kurz bevor er von zu Hause losfuhr, gestritten hatten und auseinandergegangen waren, ohne sich wieder zu versöhnen.

In einem Drillichhemd von ihm und nicht viel mehr hatte sie auf der Couch gesessen, die langen, sonnengebräunten Beine vor sich ausgestreckt, ihr weiches Haar fiel ihr wie ein Schal auf die Schultern. Sie las eine Zeitschrift. Ihre Brüste waren normalerweise ziemlich klein, doch in letzter Zeit waren sie angeschwollen. Es drängte ihn danach, sie zu berühren, und er dachte, warum nicht? Also schob er die Hand unter das Hemd und berührte eine Brustwarze. Sie blickte auf, lächelte ihn voll Zuneigung an, dann las sie weiter.

Er küßte sie aufs Haar, dann setzte er sich neben sie. Sie hatte ihn von Anfang an überrascht. Zunächst waren sie beide scheu gewesen, doch bald nachdem sie aus ihren Flitterwochen zurückgekehrt waren und miteinander hier in dem alten Bauernhäuschen lebten, hatte sie alle Hemmungen abgelegt.

Zuerst wollte sie ihn bei eingeschaltetem Licht lieben. Eddie war nicht ganz wohl dabei, trotzdem gab er nach, und es gefiel ihm auch, obwohl es ihn verlegen machte. Dann fiel ihm auf, daß sie die Tür nicht verschloß, wenn sie badete. Danach kam es ihm dumm vor, sich beim Baden einzuschließen, und auch er tat es nicht mehr. Eines Tages marschierte sie dann einfach nackt herein und stieg zu ihm in die Wanne. So verlegen war Eddie in seinem ganzen Leben noch nie gewesen. Keine Frau hatte ihn mehr nackt gesehen, seit er etwa vier Jahre alt gewesen war. Sein Glied schwoll an, während er Carol zusah, wie sie sich die Arme wusch, und er bedeckte es mit einem Waschlappen, bis sie ihn auslachte.

Sie spazierte im Farmhaus mehr oder weniger bekleidet herum, wie es ihr gerade in den Sinn kam. So, wie sie jetzt gekleidet war, hatte sie nach ihrem Maßstab schon zuviel an – man konnte ein weißes Baumwolldreieck zwischen den Schenkeln sehen, wo das Hemd ihren Slip nicht ganz bedeckte. Normalerweise trug sie noch weniger. Es kam vor, daß er Kaffee in der Küche machte und sie nur in ihrer Unterwäsche hereinkam und anfing Brötchen zu toasten; oder er rasierte sich, und sie trat lediglich im Höschen, ohne BH, neben ihn und putzte sich die Zähne; oder sie trat splitternackt mit seinem Frühstück auf dem Tablett ins Schlafzimmer. Er fragte sich, ob sie »sexbesessen« war. Er hatte dieses Wort von anderen gehört. Aber er mochte sie, wie sie war. Er mochte sie so sogar sehr. Nie hätte er es sich träumen lassen, daß er eine so schöne Frau haben würde, die unbekleidet in seinem Haus herumwanderte. Welch ein Glück er doch hatte!

Ein Jahr mit ihr hatte ihn völlig verändert. Er hatte seine Hemmungen verloren; er ging nackt aus dem Schlafzimmer ins Bad; manchmal zog er nicht einmal einen Schlafanzug an, wenn er sich niederlegte; einmal hatte er sie sogar im Wohnzimmer geliebt, hier auf dieser Couch.

Eddie fragte sich manchmal, ob diese Art von Verhalten noch normal war, aber dann sagte er sich, daß es keine Rolle spielte. Er und Carol-Ann konnten tun, was ihnen gefiel. Als er das akzeptiert hatte, fühlte er sich wie ein Vogel, den man aus dem Käfig befreit hatte. Es war unglaublich; es war wundervoll; es war wie im siebenten Himmel.

Er saß wortlos neben ihr und genoß es ganz einfach, bei ihr zu sein und die würzige Luft zu atmen, die aus dem Wald durch die offenen Fenster kam. Seine Tasche war gepackt, und in ein paar Minuten mußte er nach Port Washington aufbrechen. Carol-Ann hatte ihre Stellung bei der Pan American aufgegeben – sie konnte nicht in Maine wohnen und in New York arbeiten – und einen Job in einem Laden in Bangor angenommen. Darüber wollte Eddie mit ihr sprechen, ehe er losfuhr.

Carol-Ann blickte von ihrer Zeitschrift auf und fragte: »Was?«

»Ich habe doch gar nichts gesagt.«

»Aber du willst etwas sagen, nicht wahr?«

Er grinste. »Woher weißt du das?«

»Eddie, du müßtest doch inzwischen wissen, daß ich es hören kann, wenn die Rädchen in deinem Gehirn arbeiten. Was gibt es?«

Er legte seine große Hand auf ihren Bauch und fühlte die leichte, pralle Rundung. »Ich möchte, daß du deinen Job aufgibst.«

»Dazu ist es zu früh . . .«

»Das ist schon okay. Wir können es uns leisten. Ich möchte, daß du dich schonst.«

»Das tue ich, soweit es nötig ist. Ich höre auf zu arbeiten, wenn ich es für an der Zeit halte.«

Er war leicht gekränkt. »Ich dachte, du würdest dich freuen. Warum willst du weiterarbeiten?«

»Weil wir das Geld brauchen und ich etwas zu tun haben muß.«

»Ich sagte doch, daß wir es uns leisten können.«

»Ich würde mich langweilen.«

»Die wenigsten Frauen arbeiten.«

Sie hob die Stimme. »Eddie, weshalb willst du mich anbinden?«

Er wollte sie nicht anbinden, und der Vorwurf ärgerte ihn. »Warum bist du denn gleich so aufgebracht?«

»Ich bin nicht aufgebracht! Ich habe nur keine Lust, hier herumzusitzen!«

»Hast du denn nichts zu tun?«

»Was?«

»Babysachen stricken, Marmelade kochen, dich ausruhen . . .«

»Also wirklich!« sagte sie spöttisch.

»Was, um Himmels willen, ist daran so schlimm?« meinte er brummig.

»Dafür ist noch mehr als genug Zeit, wenn das Baby kommt. Ich möchte meine letzten Wochen der Freiheit genießen!«

Eddie fühlte sich gedemütigt, aber er wußte nicht so recht, wodurch. Er wollte weg von hier. Er schaute auf die Uhr. »Ich muß zum Zug.«

Carol-Ann wirkte traurig. »Ärgere dich nicht«, bat sie versöhnlich.

Aber er ärgerte sich trotzdem. »Ich fürchte, ich kann dich nicht verstehen«, entgegnete er gereizt.

»Ich ertrage es nicht, angebunden zu sein!«

»Ich habe es nur gut gemeint.« Er stand auf und ging in die Küche, wo seine Uniformjacke am Haken hing. Er kam sich dumm und mißverstanden vor. Er hatte etwas Großzügiges tun wollen, und sie verkehrte es ins Gegenteil.

Sie holte seinen Koffer aus dem Schlafzimmer und reichte ihn ihm, als er in die Jacke geschlüpft war. Dann hob sie das Gesicht, und er gab ihr einen flüchtigen Kuß.

»Geh nicht im Streit«, bat sie.

Aber er tat es.

Und nun stand er in einer Gartenanlage in einem fremden Land, Tausende von Kilometern weit fort von ihr, mit einem Herzen so schwer wie Blei, und fragte sich, ob er seine Carol-Ann je wiedersehen würde.

Nancy Lenehan stellte fest, daß sie zum erstenmal in ihrem Leben zugenommen hatte.

Sie stand in ihrer Suite im Hotel Adelphi in Liverpool neben einem Stapel Gepäck, das an Bord der S.S. *Orania* gebracht werden sollte, und starrte entsetzt in den Spiegel.

Sie war weder schön noch häßlich, aber sie hatte regelmäßige Züge – eine gerade Nase, glattes dunkles Haar und ein energisches Kinn – und wirkte attraktiv, wenn sie sich entsprechend kleidete, was fast immer der Fall war. Heute trug sie ein federleichtes Flanellkostüm in Kirschrot, dazu eine graue Seidenbluse. Die Jacke war der Mode entsprechend taillenbetont, und eben das war es, was ihr verriet, daß sie zugenommen hatte. Als sie die Jacke zuknöpfte, bildete sich eine leichte, aber unverkennbare Falte, und die unteren Knöpfe drohten die Knopflöcher zu sprengen.

Es gab nur eine Erklärung dafür: Die Taille der Kostümjacke war schmäler als die von Mrs. Lenehan.

Gewiß lag es daran, daß sie den ganzen August hindurch, zu Mittag und Abend, in den besten Restaurants von Paris gespeist hatte. Sie seufzte. Sie würde während der ganzen Fahrt über den Atlantik eine Diät machen. Bis sie in New York ankam, hatte sie bestimmt ihre alte Figur zurück.

Sie hatte noch nie zuvor eine Diät gemacht. Ihr graute nicht davor, denn obwohl sie gutes Essen schätzte, war sie nicht versessen darauf. Was sie jedoch beunruhigte, war die Vermutung, daß ihre Gewichtszunahme etwas mit ihrem Alter zu tun hatte.

Heute war ihr vierzigster Geburtstag.

Sie war immer schlank gewesen und sah gut aus in teuren, maßgeschneiderten Kostümen. Sie hatte die Mode der zwanziger Jahre mit dem drapierten, flachen Look gar nicht gemocht und war glücklich gewesen, als die Taille wieder betont wurde. Nichts tat sie lieber, als durch die Geschäfte zu streifen, und sie sparte weder Zeit noch Geld, wenn sie einen Einkaufsbummel machte.

Manchmal bediente sie sich der Ausrede, daß sie gut gekleidet sein mußte, weil sie in der Modebranche tätig war, aber in Wirklichkeit kleidete sie sich gut, weil es ihr Freude machte.

Ihr Vater hatte 1899, ihrem Geburtsjahr, in Brockton, Massachusetts, in der Nähe von Boston, eine Schuhfabrik gegründet. Er ließ sich teure Markenschuhe aus London schicken, stellte billige Kopien her und nutzte das Plagiat auch noch zu Werbungszwecken: Auf seinen Anzeigen setzte er einen Londoner Schuh, der 29 Dollar kostete, neben einen ebenso aussehenden von Black für 10 Dollar und fragte: »Erkennen Sie einen Unterschied?« Er arbeitete hart, und sein Einsatz machte sich bezahlt. Während des Weltkriegs erhielt er seinen ersten Auftrag für das Militär, das er auch jetzt noch belieferte.

In den zwanziger Jahren baute er eine Ladenkette, hauptsächlich in New England, auf, die nur seine Schuhe verkaufte. Als die Wirtschaftskrise zuschlug, reduzierte er die Modelle von tausend auf fünfzig und führte einen Standardpreis von 6,60 Dollar für jedes Paar Schuhe ein, egal welches Modell. Sein Wagemut machte sich bezahlt; während so gut wie alle anderen bankrott gingen, machte Black Gewinn.

Er pflegte zu sagen, daß es ebenso viel kostete, minderwertige Schuhe herzustellen wie gute, und daß er keinen Grund sah, weshalb Arbeiter schlechte Schuhe tragen müßten. Zu einer Zeit, als arme Leute sich Schuhe mit Sohlen aus Pappe kauften, die in wenigen Tagen durchgelaufen waren, konnte man Black's Boots billig bekommen, und sie hatten obendrein eine lange Lebensdauer. Black war stolz darauf und seine Tochter Nancy ebenfalls. Für sie rechtfertigten die guten Schuhe, die ihre Familie herstellte, die riesige Villa an der Back Bay, in der sie wohnten, den großen Packard mit Chauffeur, die Parties, ihre schönen Kleider und die Dienstboten. Anders als manche der reichen Töchter sah sie ererbten Besitz nicht als selbstverständlich an.

Sie wollte, sie hätte das gleiche für ihren Bruder sagen können.

Peter war achtunddreißig. Als Papa vor fünf Jahren starb, hinterließ er Peter und Nancy die gleichen Geschäftsanteile – vierzig Prozent für jeden. Papas Schwester erhielt zehn Prozent und die restlichen zehn gingen an Danny Riley, seinen zwielichtigen alten Anwalt.

Nancy hatte immer damit gerechnet, nach dem Tod ihres Vaters die Firma zu übernehmen. Papa hatte sie Peter vorgezogen. Eine Frau an der Spitze eines Unternehmens war nicht alltäglich, aber vor allem in der Bekleidungsindustrie nicht ungewöhnlich.

Papa hatte einen Geschäftsführer gehabt, Nat Ridgeway, einen sehr tüchtigen Mann, der keinen Zweifel daran ließ, daß er sich für den richtigen Mann an der Spitze von Black's Boots hielt.

Aber Peter wollte diesen Posten ebenfalls, und er war der Sohn. Nancy hatte immer ein schlechtes Gewissen gehabt, weil sie Papas Liebling war. Für Peter wäre es eine Demütigung und bittere Enttäuschung gewesen, wenn nicht er Papas Platz einnehmen durfte. Nancy brachte es nicht übers Herz, es ihm zu verwehren. Also erklärte sie sich einverstanden, daß Peter die Leitung übernahm. Und da sie und ihr Bruder zusammen achtzig Prozent der Firmenanteile besaßen, konnten sie sich auch durchsetzen, wenn sie einer Meinung waren.

Nat Ridgeway hatte gekündigt und eine Stellung bei General Textiles in New York angenommen. Das war ein Verlust für die Firma, aber auch für Nancy persönlich. Kurz vor Papas Tod hatten Nat und Nancy angefangen, miteinander auszugehen.

Seit Sean, ihr Mann, gestorben war, war Nancy nie mehr ausgegangen. Sie hatte es nicht gewollt. Aber Nat kam zum richtigen Zeitpunkt, denn nach fünf Jahren hatte Nancy das Gefühl, daß ihr Leben nur noch aus Arbeit bestand, deshalb war sie bereit für eine Romanze gewesen. Sie waren ein paarmal zum Dinner ausgegangen und ins Theater und hatten sich mit einem Gutenachtkuß verabschiedet. Vielleicht hätten sie sich ineinander verliebt, aber dann starb Vater, und sein Tod veränderte alles. Und als Nat die Firma verließ, endete auch ihre Romanze, und Nancy fühlte sich um ihr Glück betrogen.

Seither hatte Nat bei General Textiles einen kometenhaften Aufstieg erlebt und war jetzt der Präsident der Gesellschaft. Er hatte auch geheiratet, eine hübsche Blondine, die zehn Jahre jünger war als Nancy.

Im Gegensatz zu ihm hatte Peter wenig Erfolg zu verzeichnen. Ihm fehlten einfach die Voraussetzungen für den Posten eines Vorsitzenden. In den fünf Jahren, während er die Firma geleitet hatte, war es steil bergab gegangen. Die Läden machten keinen Gewinn mehr, sie hielten sich nur knapp über der Verlustgrenze. Peter hatte einen eleganten Laden mit teuren, modischen Damenschuhen in der Fifth Avenue in New York eröffnet, der seine ganze Zeit in Anspruch nahm, aber ein Verlustgeschäft war.

Nur die Fabrik, die Nancy leitete, brachte Gewinn. Mitte der dreißiger Jahre, als Amerika sich allmählich von der Weltwirtschaftskrise erholte, hatte sie angefangen, sehr billige Damensandalen herzustellen, die bald außerordentlich gefragt waren. Sie war überzeugt, daß bei Damenschuhen die Zukunft bei leichten, farbenfrohen Erzeugnissen lag, die spottbillig waren.

Sie hätte die doppelte Menge der von ihr hergestellten Schuhe verkaufen können, wenn sie die Produktionskapazität gehabt hätte. Aber ihr Gewinn wurde von Peters Verlusten verschlungen, und es blieb nichts für eine Expansion übrig.

Nancy wußte, was getan werden mußte, um die Firma zu retten.

Die Ladenkette würde verkauft werden müssen, vielleicht an ihre Geschäftsführer, um Kapital flüssig zu machen. Das Geld aus dem Verkauf sollte zur Modernisierung der Fabrik benutzt werden, um auf Fließbandproduktion umzustellen, die in allen fortschrittlicheren Schuhfabriken eingeführt wurde. Peter mußte die Leitung an sie abtreten und sich darauf beschränken, sein New Yorker Geschäft zu führen, und zwar innerhalb einer strikten Kostenrechnung.

Sie hatte nichts dagegen, daß er nominell der Vorsitzende blieb und das Prestige behielt, das dieser Posten mit sich brachte, und sie würde weiterhin sein Schuhgeschäft mit dem Gewinn der Fabrik unterstützen, in Grenzen natürlich. Aber seine bisherige Machtbefugnis würde er aufgeben müssen.

Sie hatte diese Vorschläge in allen Punkten schriftlich dargelegt, sie waren nur für Peters Augen bestimmt. Und er hatte versprochen, sie sich durch den Kopf gehen zu lassen. Nancy hatte ihm so taktvoll wie nur möglich erklärt, daß es mit dem Niedergang der Firma auf keinen Fall so weitergehen dürfe und sie sich, falls er nicht auf ihre Pläne einging, über seinen Kopf hinweg an den Vorstand zu wenden beabsichtigte. Das bedeutete, daß er abgesetzt und sie Vorsitzende würde. Sie hoffte inbrünstig, daß er zur Vernunft kam. Wenn nicht, konnte es nicht anders als mit einer demütigenden Niederlage für ihn und einem Bruch der Familie enden.

Er schien zumindest nicht beleidigt zu sein. Er wirkte ruhig und nachdenklich und blieb freundlich. Sie beschlossen, miteinander nach Paris zu reisen. Peter kaufte modische Schuhe für seinen Laden, und Nancy machte Einkäufe für sich persönlich bei den Haute Couturiers und achtete auf Peters Ausgaben. Nancy liebte Europa, Paris besonders, und hatte sich auf London gefreut, und dann war es zur Kriegserklärung gekommen.

Sie hatten beschlossen, sofort in die Staaten zurückzukehren; aber andere hatten natürlich dieselbe Absicht, und so war es ungeheuer schwierig, Passagen zu buchen. Schließlich hatte Nancy Tickets für ein Schiff bekommen, das von Liverpool abfuhr. Nach einer langen Fahrt von Paris mit Zug und Fähre waren sie gestern hier angekommen und sollten heute an Bord gehen.

Sie war bestürzt über Englands Kriegsvorbereitungen. Gestern nachmittag war ein Page in ihr Zimmer gekommen und hatte herunterziehbare, dichte schwarze Vorhänge über den Fenstern angebracht. Sämtliche Fenster mußten jeden Abend verdunkelt werden, damit die Stadt aus der Luft nicht gesehen werden konnte. Über die Fensterscheiben waren kreuz und quer breite Klebstreifen gezogen worden. Das sollte verhindern, daß Glassplitter flogen, wenn die

Stadt bombardiert wurde. Vor dem Hotel hatte man Sandsäcke aufgestapelt, und hinter dem Haus gab es einen Luftschutzbunker.

Nancy hatte entsetzliche Angst, daß die Vereinigten Staaten in den Krieg eintreten könnten und ihre Söhne, Liam und Hugh, eingezogen würden. Sie erinnerte sich, daß ihr Vater bei Hitlers Machtübernahme gesagt hatte, die Nazis würden Deutschland vor dem Kommunismus bewahren. Das war das letzte Mal, daß sie an Hitler gedacht hatte, sie war zu beschäftigt, sich um Europa Gedanken zu machen. Sie interessierte sich nicht für internationale Politik, das Kräftegleichgewicht oder den zunehmenden Faschismus: Derart Abstraktes erschien ihr unbedeutend gegenüber dem Leben ihrer Söhne. Die Polen, die Österreicher, die Juden und Slawen mußten schon für sich selbst sorgen; ihre Aufgabe war, für Liam und Hugh zu sorgen.

Nicht, daß sie ihrer Fürsorge jetzt noch bedurften. Nancy hatte schon früh geheiratet und ihre Kinder in den ersten Ehejahren bekommen, so waren die Jungs inzwischen erwachsen – Liam bereits in Houston verheiratet, und Hugh in seinem letzten Semester in Yale. Hugh vertiefte sich nicht so sehr in sein Studium, wie er es eigentlich hätte tun sollen; Nancy war beunruhigt, als sie erfuhr, daß er sich einen rasanten Sportwagen gekauft hatte, aber er war über das Alter hinaus, in dem er auf den Rat seiner Mutter gehört hätte. Da sie andererseits gar keine Möglichkeit hatte, die Einberufung zu verhindern, wenn es dazu kommen sollte, sah sie kaum einen Grund für eine überstürzte Rückkehr nach Hause.

Natürlich war ihr klar, daß der Krieg gut für das Geschäft war. In Amerika würde es zu einem wirtschaftlichen Aufschwung kommen, und die Leute würden dadurch mehr Geld für Schuhe ausgeben können. Ob die Vereinigten Staaten sich nun am Krieg beteiligten oder nicht, die Streitkräfte würden in jedem Fall verstärkt werden, und das bedeutete eine Erhöhung ihrer Regierungsaufträge. Alles in allem würde ihr Umsatz sich in den nächsten zwei oder drei Jahren verdoppeln, wenn nicht verdreifachen – auch das sprach dafür, die Fabrik zu modernisieren.

Trotzdem waren diese Dinge so bedeutungslos, wenn man an die schreckliche Möglichkeit dachte, daß ihre Söhne vielleicht an die Front mußten.

Ein Hoteldiener holte Nancys Gepäck und unterbrach ihre düsteren Gedanken. Sie fragte ihn, ob die Koffer ihres Bruders bereits abgeholt worden seien. In seiner für sie fast unverständlichen Mundart erklärte er ihr, daß Mr. Black sein Gepäck gestern nacht zum Schiff hatte bringen lassen.

Sie ging zu Peters Zimmer, um zu sehen, ob er fertig war. Als sie klopfte, öffnete ein Stubenmädchen, das ihr mit dem gleichen gutturalen Akzent mitteilte, daß ihr Bruder schon gestern abgereist sei.

Das verwunderte, ja bestürzte Nancy. Sie hatten sich erst gestern abend hier in dem Hotel einquartiert. Nancy hatte beschlossen, ihr Abendessen auf dem Zimmer einzunehmen und früh zu Bett zu gehen, und Peter hatte gesagt, er würde das gleiche tun. Wenn er seine Absicht geändert hatte, wohin war er dann gegangen? Wo hatte er übernachtet? Und wo war er jetzt?

Sie ging hinunter zum Telefon im Foyer, aber sie wußte nicht so recht, wen sie anrufen sollte. Weder sie noch Peter hatten Bekannte in England. Liverpool lag Dublin jenseits der See gegenüber. Könnte es sein, daß Peter noch nach Irland gefahren war, um sich das Land anzusehen, aus dem die Blacks ursprünglich gekommen waren? Das hatten sie eigentlich vorgehabt. Aber Peter wußte schließlich, daß er in diesem Fall nicht rechtzeitig zur Abfahrt des Schiffes zurück sein würde.

In ihrer Ratlosigkeit beschloß sie, ihre Tante Tilly in Amerika anzurufen, und gab der Vermittlung die Nummer.

Amerika von Europa aus anzurufen war Nervensache. Es gab nicht genügend Leitungen, und manchmal mußte man eine Ewigkeit warten. Mit etwas Glück allerdings hatte man seinen Anschluß innerhalb von Minuten. Die Verbindung war gewöhnlich schlecht, und man mußte brüllen.

In Boston war es jetzt kurz vor sieben Uhr, aber Tante Tilly war bestimmt schon auf. Wie viele ältere Leute schlief sie wenig und wachte früh auf. Sie war sehr rege.

Die Leitungen waren momentan nicht belegt – wahrscheinlich,

weil es noch zu früh war, Geschäftsleute in den Staaten um diese Zeit in ihren Büros anzutreffen –, so dauerte es lediglich fünf Minuten, bis Nancy den Hörer in der Zelle abnehmen konnte. Sie hörte das vertraute amerikanische Freizeichen und stellte sich Tante Tilly in ihrem seidenen Morgenrock und den Fellpantoffeln vor, wie sie über den auf Hochglanz polierten Boden ihrer Küche zu dem schwarzen Telefon in der Diele eilte.

»Hallo?«

»Tante Tilly, ich bin es, Nancy.«

»Meine Güte, Kind, es ist dir doch hoffentlich nichts passiert?«

»Nein, es geht mir gut. Der Krieg ist zwar erklärt, aber zu einem Beschuß ist es zumindest in England noch nicht gekommen. Hast du von den Jungs gehört?«

»Beiden geht es gut. Von Liam habe ich eine Ansichtskarte aus Palm Beach bekommen, er schreibt, daß Jacqueline braun gebrannt sogar noch schöner ist. Hugh hat einen Ausflug mit mir in seinem neuen Auto gemacht, ich bin begeistert.«

»Fährt er sehr schnell?«

»Ich fand, daß er ziemlich vorsichtig ist. Er hat nicht einmal einen Cocktail getrunken, weil er sagt, Leute, die getrunken haben, sollten kein Automobil fahren.«

»Da bin ich aber erleichtert!«

»Alles Gute auch zum Geburtstag, Liebes! Das hätte ich fast vergessen. Was machst du in England?«

»Ich bin in Liverpool und fahre heute noch mit dem Schiff nach New York, nur Peter ist plötzlich verschwunden. Du hast nicht zufällig von ihm gehört, oder?«

»O doch, natürlich. Er hat eine Vorstandssitzung für übermorgen früh einberufen.«

Nancy war verwirrt. »Du meinst, Freitag morgen?«

»Ja, Liebes, Freitag ist übermorgen.« Tilly klang leicht pikiert, ihr Ton sagte: *So alt bin ich auch wieder nicht, daß ich nicht wüßte, welcher Tag ist!*

Nancys Verwirrung wuchs. Was hatte es für einen Sinn, eine Vorstandssitzung anzuberaumen, an der weder sie noch Peter teilnehmen konnte? Die einzigen anderen Vorstände waren Tilly und Danny Riley, und die würden nie allein eine Entscheidung treffen.

An der Sache war etwas faul.

»Was ist auf der Agenda, Tante Tilly?«

»Ich habe sie gerade überflogen. Warte, ich lese sie vor: ›Abstimmung über den Verkauf von Black's Boots AG an General Textiles AG zu den durch den Vorsitzenden ausgehandelten Bedingungen‹.«

»Großer Gott!« Der Schock war so groß, daß Nancys Knie ganz weich wurden. Mit zittriger Stimme sagte sie: »Würdest du mir das bitte noch einmal vorlesen, Tante Tilly?«

Tilly tat es.

Plötzlich fröstelte Nancy. Wie hatte Peter eine solche Sache vor ihr verbergen können? Wann hatte er dieses Geschäft ausgehandelt? Er mußte heimlich daran gearbeitet haben, seit sie ihm ihre Vorschläge unterbreitet hatte. Und während er vortäuschte, darüber nachzudenken, hatte er in Wirklichkeit hinter ihrem Rücken verhandelt. Sie hatte immer gewußt, daß Peter niemand war, auf den man bauen konnte, aber eine solche Gemeinheit hätte sie ihm nie zugetraut.

»Bist du noch da, Nancy?«

Nancy schluckte. »Ja. Aber sprachlos. Peter hat mir keinen Ton davon gesagt.«

»Wirklich? Das ist nicht gerade anständig von ihm.«

»Er will offenbar, daß sein Antrag angenommen wird, während ich weg bin – aber er wird doch auch nicht dabeisein ... Wir fahren heute ab und werden erst in fünf Tagen zu Hause sein.« Und doch, dachte sie, Peter ist verschwunden ...

»Gibt es denn jetzt nicht ein Flugzeug?«

»Der Clipper!« Nancy erinnerte sich: Es hatte alles darüber in den Zeitungen gestanden. Man konnte den Atlantik in einem Tag überqueren! Hatte Peter das vor?

»Richtig«, bestätigte Tilly. »Danny Riley sagte, daß Peter mit dem Clipper zurückkommt und rechtzeitig zur Vorstandssitzung hiersein wird.«

Es fiel Nancy schwer, mit der Unverfrorenheit fertig zu werden, mit der ihr Bruder sie belogen hatte. Er war den weiten Weg nach Liverpool mit ihr gereist, um sie glauben zu machen, daß er das Schiff mit ihr nähme. Und kaum, daß sie sich auf dem Hotelkorridor getrennt hatten, mußte er nach Southampton gefahren sein, um den Clipper zu erreichen. Wie war er nur imstande gewesen, die ganze Zeit mit ihr zu verbringen, mit ihr zu plaudern und zu essen und sich über die bevorstehende Seereise zu unterhalten, während er sie die ganze Zeit über belog?

Tilly fragte: »Warum nimmst du nicht auch den Clipper?«

War es dazu zu spät? Peter hatte sicher alles sorgfältig geplant. Es mußte ihm klar sein, daß sie etwas unternehmen würde, sobald sie bemerkte, daß er nicht mit ihr aufs Schiff kam. Er hatte sicher versucht, alles so einzufädeln, daß sie ihn nicht einholen konnte. Aber Timing war nicht Peters Stärke, und er hatte vielleicht etwas übersehen.

Sie wagte es kaum zu hoffen.

»Ich werde es versuchen!« sagte Nancy entschlossen. »Auf Wiedersehen.« Sie hängte ein.

Dann überlegte sie. Peter war gestern abend von hier aufgebrochen und mußte nachts gereist sein. Der Clipper müßte demnach heute starten und morgen in New York sein, früh genug, daß Peter rechtzeitig zur Sitzung am Freitag in Boston sein konnte. Aber um wieviel Uhr würde der Clipper starten? Konnte sie bis dahin nach Southampton gelangen?

Das Herz schlug ihr bis zum Hals, als sie zum Empfang eilte und den Chefportier fragte, um wieviel Uhr der Pan-American-Clipper von Southampton abflog.

»Den erreichen Sie nicht mehr, Madam«, sagte er.

»Sehen Sie nur die Abflugzeit nach.« Sie bemühte sich, die Ungeduld in ihrer Stimme zu unterdrücken.

Er holte ein Kursbuch hervor und schlug es auf. »Vierzehn Uhr.«

Sie blickte auf ihre Uhr. Punkt zwölf.

»Sie kämen nicht mehr rechtzeitig nach Southampton, selbst wenn Sie fliegen würden«, meinte der Portier lakonisch.

»Gibt es hier irgendwelche Flugzeuge?« So schnell gab sie nicht auf.

Sein Gesicht nahm den toleranten Ausdruck des Hotelangestellten an, der sich bemüht, einen unvernünftigen Ausländer bei Laune zu halten. »Zehn Kilometer von hier gibt es einen Flugplatz. Gewöhnlich findet man dort einen Piloten, der einen überallhin fliegt, wenn man bereit ist, tief in die Tasche zu greifen. Aber Sie müssen erst den Flugplatz finden, dann einen Piloten, auf dem Flugplatz bei Southampton landen und von dort zum Hafen kommen. Das ist in zwei Stunden nicht zu schaffen, glauben Sie mir.«

Frustriert drehte sie sich um.

Wütend zu werden nützte absolut nichts, das hatte sie im Geschäftsleben längst gelernt. Wenn etwas schiefging, mußte man eine Möglichkeit finden, es geradezubiegen. Nach Boston schaffe ich es nicht rechtzeitig, dachte sie, aber vielleicht kann ich den Verkauf von hier aus verhindern.

Sie kehrte zur Telefonzelle zurück. In Boston war es inzwischen nach sieben Uhr. Um diese Zeit war ihr Anwalt, Patrick »Mac« MacBride, bestimmt zu Hause. Sie gab der Vermittlung seine Nummer.

Mac war, wie ihr Bruder hätte sein sollen. Als Sean starb, war Mac sofort gekommen und hatte sich um alles gekümmert: Leichenschau, Bestattung, Testament und Nancys private Vermögenslage. Er war wundervoll zu den Jungs gewesen, hatte sie zu Baseballspielen mitgenommen, war zu Schulaufführungen gekommen, an denen sie teilnahmen, und hatte sie beraten, als es um das richtige College und die späteren Berufsaussichten ging. Als ihr Vater starb, hatte Mac Nancy davon abgeraten, Peter die Firmenleitung zu übertragen; sie hatte sich nicht an seinen Rat gehalten, und nun bewiesen die Ereignisse, daß Mac recht gehabt hatte. Sie wußte, daß Mac sie heimlich liebte. Doch es war keine Zuneigung, die ihr angst machen mußte. Mac war ein gläubiger Katholik und seiner unscheinbaren Frau ein ebenso treuer Ehemann wie diese ihm eine treue Gattin. Nancy mochte ihn sehr, aber er war nicht der Typ Mann, in den sie sich je hätte verlieben können. Er war weich und rundlich, mit gutmütigem Wesen und einer Glatze. Sie aber fühlte sich nur von Männern mit starkem Willen und dichtem Haar angezogen: Männern wie Nat Ridgeway.

Während sie auf die Verbindung wartete, dachte sie über die Komik ihrer Situation nach. Peters Mitverschwörer gegen sie war Nat Ridgeway, der ehemalige Geschäftsführer ihres Vaters – und ihre alte Flamme. Nat hatte die Firma und Nancy verlassen, weil er nicht der Chef sein konnte; und jetzt, in seiner Position als Präsident von General Textiles, versuchte er wieder, die Leitung von Black's Boots AG zu übernehmen.

Sie wußte, daß Nat wegen der Winterkollektion in Paris gewesen war, obwohl sie ihm nicht begegnet war. Aber Peter mußte sich mit ihm getroffen und das Geschäft dort abgeschlossen haben, während er scheinheilig so tat, als kaufe er Schuhe ein. Und Nancy hatte nichts geahnt. Als sie daran dachte, wie leicht sie sich hatte täuschen lassen, packte sie die Wut auf Peter und Nat, hauptsächlich aber auf sich selbst.

Das Telefon in der Zelle läutete, und sie griff nach dem Hörer. Heute hatte sie mit den Verbindungen offenbar Glück.

»Hm?« fragte Mac anscheinend mit vollem Mund.

»Mac, ich bin es, Nancy.«

Er schluckte den Bissen hastig hinunter. »Gott sei Dank, daß du anrufst. Ich habe ganz Europa nach dir abgesucht. Peter will . . .«

»Ich weiß, ich habe es soeben erfahren«, unterbrach sie ihn. »Wie sieht es mit dem Preis aus?«

»Ein Anteil an General Textiles plus siebenundzwanzig Cents für je fünf Blacks-Anteile.«

»Großer Gott, das ist ja geschenkt!«

»Bei deinen Erträgen ist es nicht so wenig . . .«

»Aber der Substanzwert ist viel höher!«

»He, ich bin doch nicht gegen dich«, sagte er sanft.

»Entschuldige, Mac. Aber ich bin so wütend.«

»Verständlich.«

Sie konnte seine Kinder im Hintergrund streiten hören. Er hatte fünf, alle Mädchen. Auch das Radio und ein pfeifender Kessel waren zu hören.

Nach einem Moment fuhr er fort: »Ich stimme dir zu, daß das Angebot zu niedrig ist. Es berücksichtigt die gegenwärtige Gewinnspanne, nicht jedoch Substanzwert und zukünftiges Potential.«

»Das kann man wohl sagen.«

»Da ist auch noch was anderes.«

»Sprich.«

»Peter wird nach der Übernahme Blacks noch fünf Jahre die Firma weiterführen. Aber für dich gibt es keinen Job.«

Nancy schloß die Augen. Das war der grausamste Schlag. Ihr wurde fast übel. Der faule, dumme Peter, den sie in Schutz genommen und gedeckt hatte, würde bleiben; und sie, die die Firma über Wasser gehalten hatte, würde fliegen. »Wie konnte er mir das nur antun?« sagte sie. »Er ist mein Bruder!«

»Tut mir leid, Nancy.«

»Danke.«

»Ich habe Peter nie getraut.«

»Mein Vater hat sein ganzes Leben in den Aufbau der Firma gesteckt!« rief sie. »Es darf einfach nicht geschehen, daß Peter das alles zerstört!«

»Was soll ich machen?«

»Können wir es verhindern?«

»Wenn du es rechtzeitig zur Vorstandssitzung schaffen würdest, könntest du deine Tante und Danny Riley überreden, den Antrag abzulehnen.«

»Ich schaffe es aber nicht, das ist ja mein Problem. Kannst du es ihnen nicht klarmachen?«

»Möglicherweise, aber es würde nichts nützen – Peter kann sie überstimmen. Sie haben jeder nur zehn Prozent, er dagegen vierzig.«

»Kannst du denn nicht in meinem Namen abstimmen?«

»Ich habe keine schriftliche Vollmacht von dir.«

»Kann ich über Telefon abstimmen?«

»Interessante Idee ... Ich glaube, das hätte der Vorstand zu entscheiden, und Peter würde es mit seiner Stimmenmehrheit nicht zulassen.«

Sie schwiegen, während sie sich beide den Kopf zerbrachen.

In dieser Pause erinnerte sich Nancy an ihre Manieren, und sie erkundigte sich: »Wie geht's deiner Familie?«

»Sie ist momentan ungewaschen, noch nicht angezogen und nicht zu bändigen. Und Betty ist in anderen Umständen.«

Einen Augenblick vergaß Nancy ihre Probleme. »Na so was!« Sie hatte angenommen, daß sie mit dem Familienzuwachs aufgehört hatten, ihre jüngste Tochter war jetzt fünf. »Nach so langer Zeit!«

»Tja, für mich kam es auch überraschend, obwohl ich – wie ich gestehen muß – nicht ganz unschuldig daran bin.«

Nancy lachte. »Ich gratuliere.«

»Danke, allerdings sind Bettys Gefühle ein wenig gemischt.«

»Wieso? Sie ist jünger als ich.«

»Aber sechs Kinder sind eine ganze Menge.«

»Ihr könnt sie euch leisten.«

»Ja ... Bist du sicher, daß du dieses Flugzeug nicht doch noch bekommst?«

Nancy seufzte. »Ich bin in Liverpool. Southampton ist über dreihundert Kilometer entfernt, und der Clipper startet in knapp zwei Stunden.«

»Liverpool? Von dort ist es nicht weit nach Irland.«

»Erspar mir die Geographiestunde.«

»Aber der Clipper macht in Irland Zwischenlandung!«

Nancys Herz setzte einen Schlag aus. »Bist du sicher?«

»Ich habe es in der Zeitung gelesen.«

Das änderte alles. Nancy schöpfte wieder Hoffnung. Vielleicht bekam sie das Flugzeug doch noch! »Wo? In Dublin?«

»Nein, irgendwo an der Westküste. Den Namen habe ich leider vergessen. Aber du könntest es trotzdem noch schaffen.«

»Ich kümmere mich darum und ruf' dich später an.«

»He, Nancy?«

»Ja?«

»Alles Gute zum Geburtstag.«

Sie lächelte die Wand an. »Mac – du bist großartig!«

»Viel Glück!«

»Auf Wiedersehen.« Sie hängte ein und kehrte zum Empfang zurück.

Der Chefportier lächelte ein wenig herablassend. Sie widerstand der Versuchung, ihn zurechtzuweisen, das würde ihn nur noch weniger hilfsbereit machen. »Ich habe gehört, daß der Clipper in Irland zwischenlandet.« Sie zwang sich, freundlich zu klingen.

»Das stimmt, Madam. Bei Foynes, an der Flußmündung des Shannon.«

Sie hätte ihn am liebsten angebrüllt: *Warum hast du mir das nicht gleich gesagt, du eingebildeter Gockel?* Statt dessen lächelte sie und fragte: »Um wieviel Uhr?«

Er griff wieder nach seinem Kursbuch. »Dem Plan nach um fünfzehn Uhr dreißig; um sechzehn Uhr dreißig fliegt er weiter.«

»Kann ich es rechtzeitig dorthin schaffen?«

Sein herablassendes Lächeln schwand, und er blickte sie mit etwas mehr Respekt an. »Daran habe ich gar nicht gedacht«, gestand er. »Ein kleines Flugzeug braucht etwa zwei Stunden dorthin. Wenn Sie einen Piloten finden, müßten Sie es schaffen.«

Ihre Anspannung wuchs. Es sah nun wirklich so aus, als hätte sie eine gute Chance. »Besorgen Sie mir bitte sofort ein Taxi zum Flughafen.«

Mit einem Fingerschnippen befahl er einen Pagen herbei. »Taxi für die Dame!« Er wandte sich wieder Nancy zu. »Was ist mit Ihren Koffern?« Sie waren inzwischen im Foyer aufgestapelt. »Soviel kriegen Sie nicht in ein kleines Flugzeug.«

»Senden Sie sie bitte zum Schiff.«

»Wird gemacht.«

»Und geben Sie mir so schnell wie möglich die Rechnung.«

»Sofort.«

Nancy nahm ihre kleine Reisetasche vom Stapel. Darin hatte sie ihre wichtigsten Toilettenartikel und Unterwäsche zum Wechseln. Sie öffnete einen Koffer, fand darin eine frische Bluse aus schlichter dunkelblauer Seide für morgen, sowie Nachthemd und Bademantel. Über den Arm hatte sie einen leichten grauen Kaschmirmantel geworfen, den sie bei kaltem Wind an Deck hatte tragen wollen. Sie beschloß, ihn mitzunehmen, vielleicht brauchte sie ihn, um sich in dem Flugzeug warm zu halten.

Sie schloß Koffer und Tasche.

»Ihre Rechnung, Mrs. Lenehan.«

Sie stellte rasch einen Scheck aus und reichte ihn dem Chefportier zusammen mit einem großzügigen Trinkgeld.

»Vielen Dank, Mrs. Lenehan. Ihr Taxi steht bereit.«

Sie eilte hinaus und stieg in den engen, kleinen britischen Wagen. Der Portier stellte ihre Reisetasche auf den Sitz neben sie und erteilte dem Chauffeur Anweisungen. Nancy fügte hinzu: »Und fahren Sie, so schnell Sie können!«

Das Auto kam in der Stadtmitte entsetzlich langsam voran. Nancy trommelte ungeduldig mit ihren grauen Wildlederschuhen. Die Verzögerung wurde durch Arbeiter verursacht, die weiße Linien in die Straßenmitte, an die Bordsteine und um Bäume am Straßenrand pinselten. Irritiert fragte sie sich, was das sollte, dann nahm sie an, daß das Weiß Autofahrern in der Dunkelheit helfen sollte.

Das Taxi wurde schneller, als es durch die Vororte fuhr und in eine ländliche Gegend kam. Hier schien alles friedlich wie immer. Die Deutschen würden Wiesen und Felder sicher nicht bombardieren, höchstens versehentlich. Ständig blickte sie auf die Uhr. Es war bereits zwölf Uhr dreißig. Wenn sie ein Flugzeug und einen Piloten fand, ihn überreden konnte, sie zu fliegen, und all das ohne Verzögerung, konnte sie um dreizehn Uhr starten. Zwei Stunden Flug, hatte der Portier gesagt. Sie könnte um fünfzehn Uhr dort sein. Aber dann mußte sie natürlich erst vom Flugplatz nach Foynes kommen. Doch das durfte keine allzu große Entfernung sein. Mit etwas Glück kam sie vielleicht so früh an, daß ihr noch ein bißchen Zeit blieb. Würde es dort ein Auto geben, das sie zum Hafen bringen konnte? Sie versuchte die Ruhe zu bewahren. Es hatte wirklich keinen Sinn, sich jetzt schon darüber Sorgen zu machen.

Natürlich kam ihr auch der Gedanke, daß der Clipper bis auf den letzten Platz besetzt sein könnte.

Sie verdrängte ihn.

Sie wollte den Taxifahrer fragen, wie weit es noch war, als er zu ihrer Erleichterung abrupt von der Straße abbog und durch ein offenes Tor auf ein Feld fuhr. Während der Wagen über das Gras holperte, sah Nancy einen winzigen Hangar vor sich. Ringsum waren kleine farbenfrohe Flugzeuge auf der grünen Fläche festgezurrt. Sie sahen aus wie eine Schmetterlingssammlung auf Samt. An Flugzeugen mangelte es jedenfalls nicht, stellte sie befriedigt fest. Aber sie brauchte auch einen Piloten, und es war keiner zu sehen.

Der Fahrer brachte sie zum großen Hangartor.

»Bitte warten Sie einen Moment«, wies sie ihn vorsichtshalber an, als sie ausstieg.

Sie eilte in den Hangar. Hier standen drei Maschinen, aber da keine Menschenseele zu sehen war, kehrte sie in den Sonnenschein zurück. Der Flugplatz kann doch nicht völlig unbeaufsichtigt sein! dachte sie unruhig. *Irgend jemand* muß hier sein, sonst wäre das Tor doch verschlossen.

Sie ging um die Halle herum zur Rückseite und atmete erleichtert auf. Drei Männer standen hier bei einem Flugzeug.

Die Maschine sah umwerfend schön aus. Sie war ganz kanariengelb, sogar die kleinen Räder, bei deren Anblick Nancy unwillkürlich an Spielzeugautos dachte. Es war ein Doppeldecker. Ober- und Unterflügel waren mit Trossen und Streben miteinander verspannt, und der Motor befand sich in der Nase. Der Doppeldecker saß mit dem Propeller hochgereckt und dem Schwanz auf dem Boden wie ein verspieltes Hündchen, das bettelt, Gassi gehen zu dürfen.

Er wurde gerade aufgetankt. Ein Mann in Stoffkappe und ölverschmiertem blauem Overall stand auf einer Trittleiter und goß Benzin aus einem Kanister in eine Ausbuchtung des Flügels über dem Vordersitz. Vor dem Flugzeug unterhielt sich ein großer, gutaussehender Mann in Flughelm und Lederjacke mit einem Mann im Tweedanzug. Er war in Nancys Alter.

Nancy hüstelte und sagte: »Entschuldigen Sie bitte.«

Die beiden Männer blickten kurz auf, aber der große Mann redete weiter, und beide wandten den Blick wieder ab.

Das war kein guter Anfang.

»Verzeihen Sie, wenn ich Sie störe«, versuchte es Nancy noch einmal. »Ich möchte ein Flugzeug chartern.«

Der große Mann unterbrach sein Gespräch und sagte: »Kann Ihnen nicht helfen.«

»Es ist ein Notfall«, erklärte Nancy.

»Ich bin kein Taxifahrer«, knurrte der Große und wandte sich wieder ab.

Das machte Nancy so wütend, daß sie fragte: »Warum sind Sie eigentlich so unfreundlich?«

Das brachte ihr zumindest seine Aufmerksamkeit ein. Er bedachte sie mit einem interessierten, leicht spöttischen Blick, und ihr fiel auf, daß er geschwungene schwarze Brauen hatte. »Es lag nicht in meiner Absicht, unfreundlich zu sein«, entgegnete er. »Aber meine Maschine ist nicht zu chartern, und ich bin es auch nicht.«

Verzweifelt sagte sie: »Bitte, ich hoffe, Sie empfinden es nicht als beleidigend, aber wenn es eine Sache des Preises ist, bin ich durchaus bereit . . .«

Er *war* beleidigt. Seine Miene erstarrte, und er wandte sich ab.

Nancy bemerkte erst jetzt, daß er einen grauen Nadelstreifenanzug unter der Lederjacke trug und daß seine schwarzen Halbschuhe maßgearbeitet waren, keine billige Massenware, wie sie sie herstellte. Offenbar war er ein reicher Geschäftsmann, der sein eigenes Flugzeug flog, weil es ihm Spaß machte.

»Gibt es sonst jemanden hier?« fragte sie.

Der Mechaniker blickte vom Treibstofftank auf und schüttelte den Kopf. »Heute ist niemand da.«

Der große Mann hatte sich wieder seinem Begleiter zugewandt: »Ich betreibe mein Geschäft nicht, um Geld zu verlieren. Sagen Sie Seward, was er bezahlt bekommt, ist der veranschlagte Preis für den Auftrag.«

»Das Problem ist, daß sein Argument Hand und Fuß hat«, gab der Mann im Tweedanzug zu bedenken.

»Ich weiß. Sagen Sie ihm, daß wir für den nächsten Auftrag einen höheren Preis ansetzen.«

»Damit wird er sich vielleicht nicht zufriedengeben.«

»Das ist dann sein Problem.«

Nancy hätte vor Frustration schreien können. Da standen genau das richtige Flugzeug und ein Pilot, und sie konnte ihn nicht dazu bewegen, sie dorthin zu fliegen, wohin sie so dringend mußte. Den Tränen nahe sagte sie: »Ich *muß* aber unbedingt nach Foynes!«

Da drehte sich der große Mann wieder um. »Sagten Sie Foynes?«

»Ja . . .«

»Was wollen Sie denn da?«

Zumindest war es ihr gelungen, ihm ein paar Worte zu entlocken. »Ich muß den Pan-American-Clipper erreichen.«

»Das ist ja ein Zufall«, sagte er. »Ich auch.«

Neue Hoffnung regte sich. »O mein Gott!« hauchte sie. »Sie fliegen nach Foynes?«

»Ja.« Sein Gesicht war grimmig. »Ich jage hinter meiner Frau her.«

Ein ungewöhnliches Eingeständnis, schoß es Nancy trotz ihrer Aufregung durch den Kopf. Ein Mann, der so etwas zugab, war entweder ein Schwächling oder sehr selbstsicher. Sie blickte zu seinem Flugzeug. Es schien zwei Cockpits zu haben, dicht hintereinander. »Hat Ihre Maschine zwei Sitze?« fragte sie mit bebender Stimme.

Er musterte sie von Kopf bis Fuß. »Ja. Zwei Sitze.«

»*Bitte* nehmen Sie mich mit.«

Er zögerte, dann zuckte er die Schultern. »Von mir aus.«

Vor Erleichterung hätten ihre Knie fast nachgegeben. »O Gott! Ich bin Ihnen ja so dankbar!«

»Schon gut«, sagte er. Er streckte ihr eine kräftige Hand entgegen. »Mervyn Lovesey.«

Sie schüttelten sich die Hände. »Nancy Lenehan«, erwiderte sie. »Bin ich froh, Sie kennenzulernen!«

Eddie wurde schließlich klar, daß er mit jemandem reden mußte.

Aber mit jemand, dem er absolut trauen konnte; jemand, der bestimmt schweigen würde.

Die einzige Person, mit der er über so etwas sprechen konnte, war Carol-Ann. Sie war seine Vertraute. Er hätte es nicht einmal seinem

Vater anvertraut, wenn der noch gelebt hätte. Er hatte ihm nie gern Schwächen gezeigt. Gab es jemanden, dem er trauen konnte?

Er dachte an Captain Baker. Marvin Baker war genau der Typ von Pilot, dem Fluggäste vertrauten. Er sah gut aus, hatte ein festes eckiges Kinn, besaß Selbstsicherheit und Durchsetzungsvermögen. Eddie hatte Hochachtung vor ihm und mochte ihn auch. Aber Bakers Loyalität galt dem Flugzeug und der Sicherheit der Passagiere, und er hielt sich pedantisch an die Regeln. Er würde darauf bestehen, daß er mit seiner Geschichte sofort zur Polizei ging. Nein, er war nicht der Richtige.

Sonst noch jemand?

Ja. Steve Appleby.

Steve war ein Holzfällersohn aus Oregon, ein großer Bursche mit Muskeln hart wie Stahl, ein Katholik aus einer sehr armen Familie. Sie waren zur gleichen Zeit Midshipmen, Seeoffiziersanwärter, in Annapolis gewesen. Gleich an ihrem ersten Tag hatten sie sich in dem riesigen weißen Speisesaal angefreundet. Während die anderen Neulinge sich über den Fraß beschwerten, leerte Eddie seinen Teller bis auf den letzten Krümel. Als er aufblickte, sah er, daß es offenbar außer ihm nur noch einen anderen Kadetten gab, der so arm war, daß ihm das Essen schmeckte: Steve. Ihre Blicke waren sich begegnet, und sie verstanden einander sofort.

Sie waren Freunde geblieben. Nach Abschluß der Akademie waren sie beide in Pearl Harbor stationiert. Als Steve Nella heiratete, war Eddie Trauzeuge, und vergangenes Jahr hatte Steve den Trauzeugen für Eddie und Carol-Ann gemacht. Steve war immer noch in der Navy, und sein Standort lag in der Werft von Portsmouth in New Hampshire. Sie sahen einander nur hin und wieder, aber das spielte keine Rolle, denn ihre Freundschaft würde auch lange Trennungen überstehen. Briefe schrieben sie nur, wenn sie einander etwas Besonderes zu sagen hatten. Wenn sie beide durch Zufall einmal gleichzeitig in New York waren, gingen sie miteinander zum Essen aus oder besuchten ein Baseballspiel und waren sich so nahe, als wäre nur ein Tag vergangen, seit sie sich das letztemal gesehen hatten. Eddie hätte Steve bedenkenlos seine Seele anvertraut.

Steve war ein Organisationstalent. Ob es sich nun um Wochenendurlaub, eine Flasche Selbstgebrannten, zwei Karten für ein ausverkauftes Spiel oder dergleichen handelte – er organisierte alles, wo niemand sonst es fertigbrachte.

Eddie beschloß, sich mit ihm in Verbindung zu setzen.

Er fühlte sich ein bißchen besser, nachdem er wenigstens diesbezüglich eine Entscheidung getroffen hatte, und er eilte ins Hotel zurück.

Er ging in das kleine Büro und gab der Hotelbesitzerin die Nummer des Marinestützpunkts, dann stieg er zu seinem Zimmer hinauf. Man würde ihn holen, wenn die Verbindung hergestellt war.

Er schlüpfte aus seinem Overall. Am liebsten hätte er gebadet, aber dazu reichte die Zeit wohl nicht, deshalb schrubbte er die Hände und wusch sich das Gesicht. Dann zog er ein frisches weißes Hemd und seine Uniformhose an. Diese Routinegriffe beruhigten ihn ein wenig, aber er fieberte vor Ungeduld. Er wußte nicht, ob Steve ihm helfen konnte, doch allein, daß er ihm sein Problem anvertrauen konnte, würde eine ungeheure Erleichterung sein.

Er band sich gerade seine Krawatte, als die Hotelbesitzerin klopfte. Zwei Stufen auf einmal nehmend, hastete er die Treppe hinunter und griff nach dem Hörer. Er hatte die Telefonzentrale des Stützpunkts in der Leitung.

»Würden Sie mich bitte mit Steve Appleby verbinden?«

»Lieutenant Appleby ist momentan telefonisch nicht erreichbar«, erklärte die Telefonistin. Eddie seufzte. Sie fügte hinzu: »Kann ich ihm etwas ausrichten?«

Eddie war bitter enttäuscht. Er wußte, daß Steve nicht zaubern und Carol-Ann befreien konnte, aber zumindest hätten sie sich unterhalten, und vielleicht wären ihnen dabei einige Ideen gekommen.

Er sagte: »Miss, es ist ganz dringend, wo zum Teufel steckt er?«

»Darf ich nach Ihrem Namen fragen, Sir?«

»Ich bin Eddie Deakin.«

Sofort gab sie ihren dienstlichen Ton auf. »Oh, hallo, Eddie! Sie waren sein Trauzeuge, nicht wahr? Ich bin Laura Gross, wir haben uns bei seiner Hochzeit kennengelernt.« Sie senkte die Stimme verschwörerisch. »Ganz im Vertrauen, Steve war vergangene Nacht nicht im Stützpunkt.«

Eddie stöhnte innerlich. Steve tat etwas, was er nicht sollte – ausgerechnet zur falschen Zeit. »Wann, glauben Sie, kommt er zurück?«

»Er hätte schon vor Tagesanbruch zurück sein sollen, aber er ist nicht aufgetaucht.«

Noch schlimmer – Steve war nicht nur abwesend, sondern steckte möglicherweise obendrein in Schwierigkeiten.

»Ich könnte Sie mit Nella verbinden, sie ist in der Schreibstube«, meinte die Telefonistin.

»Ja, bitte.« Er konnte sich Nella natürlich nicht anvertrauen, aber vielleicht ein bißchen mehr über Steves Verbleib herausfinden. Er wippte ruhelos mit dem Fuß, während er wartete, bis die Verbindung hergestellt war. Er rief sich Nella in Erinnerung: Sie war ein warmherziges Mädchen mit rundem Gesicht und langem Lockenhaar.

Endlich hörte er ihre Stimme: »Hallo?«

»Nella, hier ist Eddie Deakin.«

»Hallo, Eddie. Wo bist du?«

»Ich rufe von England an. Nella, wo ist Steve?«

»Von England! Meine Güte! Steve ist – uh – momentan nicht erreichbar.« Es klang besorgt, als sie hinzufügte: »Ist etwas?«

»Ja. Wann, glaubst du, wird Steve zurück sein?«

»Irgendwann am Vormittag, vielleicht in einer Stunde. Eddie, du klingst so verstört. Was ist los? Steckst du in irgendwelchen Schwierigkeiten?«

»Vielleicht könnte Steve mich hier anrufen, falls er rechtzeitig genug zurückkommt.« Er gab ihr die Telefonnummer von Langdown Lawn.

Sie wiederholte sie. »Eddie, willst du mir nicht sagen, was los ist?«

»Ich kann es nicht. Bitte sorg dafür, daß er mich anruft. Ich bin noch eine Stunde hier, dann muß ich zum Flugzeug – wir fliegen heute nach New York zurück.«

»Ich tu mein Bestes«, versprach Nella mit unsicherer Stimme. »Wie geht's Carol-Ann?«

»Ich muß jetzt weg«, sagte er. »Auf Wiedersehen, Nella.« Er hängte ein, ohne auf ihre Frage einzugehen. Das war natürlich unhöflich, aber er war zu aufgewühlt, sich deshalb Gedanken zu machen. Er fühlte sich innerlich völlig verkrampft.

Er wußte nicht, was er tun sollte, also kehrte er auf sein Zimmer zurück, ließ die Tür jedoch einen Spalt offen, damit er das Telefon unten läuten hören konnte. Verzweifelt setzte er sich auf die Bettkante und war zum erstenmal seit seiner Kindheit wieder den Tränen nahe. Er vergrub das Gesicht in den Händen und flüsterte: »Was soll ich tun?«

Er erinnerte sich an die Lindbergh-Entführung. Die Zeitungen waren voll davon gewesen, als er noch in Annapolis war, vor sieben Jahren. Das Kind war getötet worden. »Lieber Gott, bitte beschütz Carol-Ann«, betete er.

Er betete jetzt nicht mehr oft. Gebete hatten seinen Eltern nicht geholfen. Er half sich lieber selbst. Er schüttelte den Kopf. Jetzt war nicht die richtige Zeit, sich auf die Religion zu besinnen. Er mußte alles genau durchdenken und handeln.

Die Männer, die Carol-Ann entführt hatten, rechneten damit, daß Eddie im Flugzeug sein würde, das war klar. Vielleicht sollte er einfach nicht mitfliegen. Aber wenn er es nicht tat, würde er nicht mit Tom Luther zusammenkommen und erfahren, was sie wollten. Er würde ihre Pläne vielleicht durchkreuzen, aber auch die geringste Chance verlieren, die Sache in den Griff zu bekommen.

Schwerfällig stand er auf und öffnete seinen kleinen Koffer. Er konnte an nichts anderes als an Carol-Ann denken, aber er verstaute automatisch sein Rasierzeug, seinen Schlafanzug und seine Wäsche. Abwesend kämmte er sich und packte auch Haarbürste und Kamm ein.

Als er sich wieder setzte, läutete das Telefon.

In zwei Schritten war er aus dem Zimmer. Er hastete die Treppe hinunter, aber jemand hatte den Hörer vor ihm abgenommen. Als er zum Empfang eilte, hörte er die Hotelbesitzerin sagen: »Am vierten Oktober? Einen Moment, ich muß erst nachsehen, ob wir noch etwas frei haben.«

Enttäuscht drehte er sich um. Er sagte sich, daß Steve ja sowieso nichts tun konnte. Niemand konnte etwas tun. Man hatte Carol-Ann entführt, und er mußte tun, was die Kidnapper wollten, dann würde er sie zurückbekommen. Niemand konnte ihm aus der Klemme helfen, in der er sich befand.

Mit schwerem Herzen erinnerte er sich an den Streit, bevor er sie verlassen hatte. Das würde er sich nie verzeihen. Er wünschte sich aus tiefster Seele, daß er den Mund gehalten hätte. Worüber, zum Teufel, hatten sie überhaupt gestritten? Er schwor sich, nie wieder mit ihr zu streiten, wenn er sie nur heil zurückbekam.

Warum läutete das gottverdammte Telefon bloß nicht?

Nach flüchtigem Anklopfen kam Mickey zu ihm herein, er trug Fluguniform und hielt seinen Koffer in der Hand. »Fertig?« fragte er vergnügt.

»Es kann doch noch nicht so spät sein!« rief Eddie erschrocken.

»Und ob!«

»Scheiße!«

»Was ist los mit dir? Gefällt's dir hier so gut? Möchtest du dableiben und gegen die Deutschen kämpfen?«

Eddie mußte Steve noch ein paar Minuten geben. »Geh einstweilen voraus«, sagte er zu Mickey. »Ich komme gleich.«

Mickey wirkte ein wenig gekränkt, weil Eddie nicht mit ihm gehen wollte. »Dann eben bis nachher«, sagte er schulterzuckend und verschwand.

Wo zum Teufel war Steve Appleby?

Die nächsten fünfzehn Minuten saß Eddie reglos da und starrte gegen die Tapete.

Schließlich griff er nach seinem Koffer und stieg schleppend die Stufen hinunter, dabei sah er das Telefon beschwörend an. Am Empfang blieb er stehen und wartete, ob es nicht vielleicht doch noch läuten würde.

Captain Baker kam die Treppe herunter und blickte Eddie überrascht an. »Sie sind spät dran«, stellte er fest. »Ich nehme Sie im Taxi mit.« Dem Flugkapitän stand ein Taxi zum Hangar zu.

»Ich warte auf einen Anruf«, erklärte Eddie.

Der Captain runzelte die Stirn. »Länger können Sie jedenfalls nicht mehr warten. Kommen Sie!«

Eddie rührte sich einen Augenblick nicht. Dann wurde ihm klar, wie dumm das war. Steve würde nicht anrufen, und er mußte im Flugzeug sein, wenn er überhaupt eine Chance haben wollte. Er zwang sich, seinen Koffer wieder zu nehmen, und trat zur Tür hinaus.

Das Taxi wartete bereits, und sie stiegen ein.

Eddie wurde bewußt, daß er sich fast der Insubordination schuldig gemacht hatte. Er wollte Baker nicht beleidigen, der Captain war ein anständiger Mann und hatte Eddie immer gut behandelt. »Verzeihen Sie«, bat er. »Ich habe einen Anruf aus den Staaten erwartet.«

Der Captain lächelte verständnisvoll. »Morgen sind Sie ja dort!« tröstete er ihn.

»Ja«, bestätigte Eddie mit finsterer Miene.

Er war auf sich selbst gestellt.

Part II Southampton to Foynes

Der Zug nach Southampton ratterte durch die Nadelwälder von Surrey, als Elizabeth Oxenford ihrer Schwester Margaret eine schockierende Eröffnung machte.

Die Familie Oxenford reiste in einem Sonderwagen, der für Passagiere des Pan-American-Clippers reserviert war. Margaret stand allein am Ende des Wagens und starrte aus dem Fenster. Ihre Gefühle schwankten zwischen tiefster Verzweiflung und wachsender Aufregung. Sie war zornig und fühlte sich elend, daß sie ihr Vaterland in der Stunde der Not verlassen mußte, andererseits ließ sich die wundervolle Erregung nicht unterdrücken, die allein der Gedanke an den Flug nach Amerika mit sich brachte.

In diesem Moment kam Elizabeth auf sie zu und stellte sich mit ernster Miene neben sie. Nach kurzem Zögern sagte sie: »Ich habe dich lieb, Margaret.«

Margaret war gerührt. Während der vergangenen Jahre, seit sie alt genug waren, den Kampf der Ideologien zu verstehen, der in der ganzen Welt tobte, hatten sie mit aller Heftigkeit entgegengesetzte Ansichten vertreten und sich dadurch entfremdet. Trotzdem hatte Margaret stets das vertraute Verhältnis zu ihrer Schwester vermißt, und die Entfremdung hatte sie bedrückt. Wie schön wäre es, wenn sie wieder zu der alten Verbundenheit zurückfinden könnten. »Ich habe dich auch lieb«, versicherte sie ihrer Schwester in einer plötzlichen Gefühlsaufwallung und nahm sie fest in die Arme.

Nach einem Augenblick des Schweigens erklärte Elizabeth: »Ich komme nicht mit nach Amerika.«

Margaret schnappte nach Luft. »Was sagst du da?«

»Ich werde Mutter und Vater ganz einfach sagen, daß ich nicht mitkomme. Ich bin einundzwanzig – sie können mich nicht zwingen.«

Margaret war sich da nicht so sicher, aber im Moment hatte sie viel zu viele andere Fragen, als daß sie darüber diskutiert hätte: »Wo willst du denn hin?«

»Ich gehe nach Deutschland.«

»Elizabeth!« rief Margaret entsetzt. »Du begibst dich in Lebensgefahr!«

Elizabeth blickte sie trotzig an. »Nicht nur Sozialisten sind bereit, für eine gute Sache zu sterben, weißt du.«

»Aber doch nicht für den Nazismus!«

»Es geht nicht nur um Faschismus«, entgegnete Elizabeth, und ein seltsames Licht glänzte in ihren Augen. »Sondern um alle reinrassigen Arier, die in Gefahr sind, von Niggern und Mischlingen überschwemmt zu werden. Es geht um die menschliche Rasse.«

Margaret drehte sich der Magen um. Es war schlimm genug, ihre Schwester zu verlieren – aber dann auch noch an eine so abgefeimte Ideologie! Doch Margaret wollte jetzt nicht wieder mit den alten Streitereien um Politik anfangen, sie machte sich ernsthafte Sorgen um ihre Schwester. »Wovon willst du leben?« fragte sie.

»Ich habe mein eigenes Geld.«

Margaret erinnerte sich, daß ihr Großvater ihrer Schwester und ihr Geld vermacht hatte, das sie mit einundzwanzig Jahren bekommen sollten. Es war nicht viel, aber es reichte, um eine Weile davon zu leben.

Da fiel ihr etwas anderes ein. »Aber dein Gepäck ist doch bereits nach New York aufgegeben.«

»Die Koffer sind voll alter Tischdecken. Ich habe andere Koffer gepackt und schon am Montag vorausgeschickt.«

Margaret staunte. Elizabeth hatte offensichtlich alles genau geplant und in aller Stille auch ausgeführt. Verbittert dachte Margaret daran, wie übereilt und unüberlegt ihr eigener Fluchtversuch im Vergleich dazu gewesen war. Während sie nur trübselige Gedanken gewälzt und trotzig das Essen verweigert hatte, hatte Elizabeth bereits ihre Reise gebucht und ihr Gepäck vorausgeschickt. Sicher, Elizabeth war einundzwanzig und sie nicht, aber das war nicht so entscheidend gewesen wie sorgfältige Planung und überlegte Ausführung. Margaret schämte sich, weil sich ihre Schwester, die in ihren politischen Ansichten so dumm und verbohrt war, in dieser Sache so klug verhalten hatte.

Plötzlich wurde ihr bewußt, wie sehr sie Elizabeth vermissen würde. Obwohl sie keine guten Freundinnen mehr waren, war Elizabeth immer dagewesen. Meistens hatten sie gestritten und sich gegenseitig über ihre Vorstellungen lustig gemacht, doch selbst das würde Margaret fehlen. Und sie hatten einander trotz allem immer beigestanden, wenn es um persönliche Dinge ging. Wenn Elizabeth sich schlecht fühlte, weil sie ihre Periode hatte, und im Bett lag, brachte ihr Margaret heiße Schokolade und eine Illustrierte. Und Elizabeth hatte mit ihr gefühlt, als Ian gefallen war. Obwohl sie die Verbindung nicht gebilligt hatte, war sie Margaret wirklich ein Trost gewesen. »Du wirst mir entsetzlich fehlen«, meinte Margaret, und die Tränen stiegen ihr in die Augen.

»Laß dir nichts anmerken«, mahnte Elizabeth besorgt. »Ich möchte nicht, daß sie es jetzt schon erfahren.«

Margaret faßte sich. »Wann willst du es ihnen sagen?«

»In der allerletzten Minute. Kannst du dich bis dahin zusammennehmen?«

»Na gut.« Margaret zwang sich zu einem Lächeln. »Ich werde so ekelhaft zu dir sein wie immer.«

»O Margaret!« Jetzt war Elizabeth den Tränen nahe. Sie schluckte. »Geh und unterhalte dich mit ihnen, ich komme auch gleich.«

Margaret drückte ihr die Hand, dann kehrte sie zu ihrem Platz zurück.

Mutter blätterte durch die *Vogue* und las Vater hin und wieder etwas vor, anscheinend ohne zu merken, daß er überhaupt nicht zuhörte. »Spitzen sind der letzte Schrei«, erklärte sie und fügte hinzu: »Ist mir gar nicht aufgefallen, dir?« Daß er nicht antwortete, störte sie nicht im geringsten. »Weiß ist die Farbe der Saison. Also, ich mag es nicht. Weiß macht mich blaß.«

Vater hatte eine unerträglich selbstzufriedene Miene aufgesetzt. Er bildete sich etwas darauf ein, daß er seine Autorität wieder einmal bewiesen und Margarets Aufstand niedergeschlagen hatte. Aber er wußte noch nicht, daß seine ältere Tochter eine Zeitbombe im Gepäck hatte.

Würde Elizabeth den Mut haben, die Sache durchzuziehen? Es war eins, es Margaret zu erzählen, und etwas anderes, es Vater klarzumachen. Vielleicht verlor Elizabeth im letzten Moment die Nerven. Margaret hatte ja selbst vorgehabt, mit Vater zu reden, und sich dann schließlich doch nicht getraut.

Selbst wenn Elizabeth es Vater tatsächlich sagte, war keineswegs sicher, daß sie sich durchsetzen konnte. Und wenn sie auch bereits volljährig war und eigenes Geld besaß, Vater hatte einen entsetzlich starren Willen und ging skrupellos vor, wenn es darum ging, ihn durchzusetzen. Er würde nichts unversucht lassen, um Elizabeth von ihrem Vorhaben abzuhalten, daran zweifelte Margaret nicht im geringsten. Im Prinzip hatte er sicher nichts dagegen, daß Elizabeth sich auf die Seite der Nationalsozialisten stellte, aber er würde toben, weil sie sich nicht seinen Plänen für die Familie fügte.

Margaret hatte viele Auseinandersetzungen mit ihrem Vater gehabt. Er war wütend gewesen, als er erfahren hatte, daß sie ohne seine Erlaubnis Autofahren gelernt hatte; und als ihm zu Ohren gekommen war, daß sie sich eine Rede von Marie Stopes angehört hatte, der sehr umstrittenen Verfechterin der Empfängnisverhütung, hatte er sich so aufgeregt, daß er fast einen Schlaganfall bekommen hatte. Und all diese Dinge hatte sie nur machen können, weil es ihr geglückt war, es hinter seinem Rücken zu tun. In einer direkten Auseinandersetzung hatte sie sich nie gegen ihn behaupten können. Er hatte nicht geduldet, daß sie zu einem Zeltlager mit ihrer Kusine Catherine und einigen von Catherines Freundinnen und Freunden mitkam, obwohl sie bereits sechzehn war und ein Vikarehepaar die Aufsicht führte. Er verbot es, weil sowohl Mädchen wie Jungen teilnahmen. Ihre größte Auseinandersetzung hatte es um den Schulbesuch gegeben. Sie hatte gebettelt und geschrien, geschluchzt und getrotzt, aber er war unerbittlich gewesen. »Für Mädchen ist die Schule reine Zeitverschwendung«, hatte er gesagt. »Wenn sie groß sind, heiraten sie ja sowieso.«

Aber er konnte doch nicht ewig über seine Kinder bestimmen, oder?

Margaret war nervös. Sie stand auf und schlenderte durch den

Wagen. Die meisten Passagiere teilten ihre zwiespältige Stimmung und waren halb freudig erregt, halb niedergeschlagen. Als sie in Waterloo Station in den Wagen stiegen, hatten alle sich lebhaft unterhalten, und es war viel gelacht worden. Bei der Gepäckabfertigung in Waterloo Station hatte es ein ziemliches Theater wegen Mutters Schrankkoffer gegeben, da er das zulässige Gewicht um ein Vielfaches überschritt. Mutter hatte jedoch unbekümmert alles ignoriert, was die Leute von Pan American sagten, und schließlich nahmen sie ihn doch mit. Ein junger Mann in Uniform hatte ihre Tickets genommen und sie zu dem Sonderwagen geführt. Dann, nachdem London hinter ihnen lag, waren die Menschen im Zug still geworden, als sagten sie stumm ihrer Heimat Lebewohl, die sie vielleicht nie wiedersehen würden.

Unter den Fluggästen befand sich ein weltberühmter Filmstar – auch das war wohl ein Grund für die Aufregung, die bei den anderen Reisenden herrschte –, Lulu Bell. Percy saß gerade bei ihr und redete auf sie ein, als kenne er sie bereits sein Leben lang. Margaret hätte sich auch gern mit ihr unterhalten, aber ihr fehlte der Mut, sich einfach zu ihr zu setzen und sie in ein Gespräch zu verwickeln. Percy hatte da weniger Hemmungen.

In natura sah sie älter aus als auf der Leinwand. Margaret schätzte sie auf Ende Dreißig, obwohl sie in den Filmen immer noch Debütantinnen und Frischvermählte spielte. Aber hübsch war sie trotzdem. So zierlich und lebhaft, wie sie war, erinnerte sie Margaret an einen kleinen Vogel.

Margaret lächelte sie an, und Lulu sagte: »Ihr kleiner Bruder hat mir die Zeit vertrieben.«

»Ich hoffe, er hat sich einigermaßen benommen.«

»Aber gewiß doch. Er hat mir alles über Ihre Urgroßmutter, Rachel Fishbein, erzählt.« Lulus Stimme wurde so ernst, als zitiere sie aus einem tragischen Heldenstück. »Sie muß eine *wundervolle* Frau gewesen sein.«

Margaret war peinlich berührt. Es war unmöglich von Percy, völlig fremden Leuten solche Lügen aufzutischen! Was, in aller Welt, hatte er dieser Ahnungslosen erzählt? Sie überspielte ihre Verlegenheit mit einem unbestimmten Lächeln – ein Trick, den sie von Mutter gelernt hatte – und ging weiter.

Percy heckte ständig etwas aus, und in letzter Zeit offenbar in erhöhtem Maße. Er wurde älter, seine Stimme tiefer, und seine Streiche waren manchmal an der Grenze des Tragbaren. Noch hatte er Respekt vor Vater und lehnte sich gegen elterliche Gewalt nur auf, wenn er Margarets Unterstützung hatte; aber sie konnte sich gut vorstellen, daß Percy in gar nicht so ferner Zeit offen rebellieren würde. Was würde Vater dann tun? Konnte er einen Jungen ebenso leicht einschüchtern wie seine Töchter? Margaret bezweifelte es.

Am hinteren Ende des Wagens saß eine auffallende Gestalt, die Margaret irgendwie bekannt vorkam. Es war ein großer Mann mit glutvollen Augen, der sich aus der wohlgenährten Menge hervorhob, weil er ausgemergelt aussah und einen abgetragenen Anzug aus dickem, grobem Tuch anhatte. Sein Haar war ganz kurz geschnitten – wie das eines Strafgefangenen. Er wirkte nervös und angespannt.

Margaret schaute zu ihm hinüber, da trafen sich ihre Blicke, und plötzlich erinnerte sie sich. Sie hatte sein Bild in der Zeitung gesehen. Er war Carl Hartmann, der deutsche Sozialist und Wissenschaftler. Margaret beschloß, so kühn wie ihr Bruder zu sein; sie setzte sich ihm gegenüber und stellte sich vor. Hartmann war jahrelang Hitlers Gegner gewesen, und junge Menschen wie Margaret verehrten ihn um seines Mutes willen. Dann war er vor einem Jahr plötzlich von der Bildfläche verschwunden, und alle hatten das Schlimmste befürchtet. Margaret vermutete nun, daß er aus Deutschland geflüchtet war. Er sah aus wie einer, der Furchtbares durchgemacht hatte.

»Die ganze Welt hat sich gefragt, was mit Ihnen geschehen ist«, sagte Margaret zu ihm.

Er antwortete in korrektem Englisch, aber mit starkem Akzent. »Ich wurde unter Hausarrest gestellt, man gestattete mir jedoch, meine wissenschaftliche Arbeit weiterzuführen.«

»Und dann?«

»Konnte ich entkommen«, erwiderte er. Er stellte den Herrn neben sich vor. »Kennen Sie meinen Freund, Baron Gabon?«

Margaret hatte von ihm gehört. Philippe Gabon war ein französischer Bankier, der seinen ungeheuren Reichtum nutzte, um die jüdische Sache, etwa den Zionismus, zu unterstützen, was ihn bei der britischen Regierung nicht gerade beliebt machte. Er reiste viel durch die Welt, um in anderen Ländern für die Aufnahme von jüdischen Flüchtlingen zu plädieren. Er war ein kleiner, etwas rundlicher Mann mit gepflegtem Bart und trug einen modischen schwarzen Anzug mit taubengrauer Weste und silbergrauer Krawatte. Margaret nahm an, daß er für Hartmann den Flug bezahlte. Sie gab ihm die Hand und wandte ihre Aufmerksamkeit wieder Hartmann zu.

»Die Zeitungen brachten gar nichts über Ihre Flucht«, sagte sie.

Baron Gabon warf ein: »Wir haben uns bemüht, es, so gut es ging, geheimzuhalten, bis Carl in Sicherheit ist.«

Das klang ominös. Es hört sich an, als wären die Nazis immer noch hinter ihm her, dachte Margaret. »Was werden Sie in Amerika machen?« fragte sie.

»Ich werde an der Universität Princeton arbeiten, in der Fakultät für Physik«, antwortete Hartmann. Ein bitterer Zug umspielte seinen Mund. »Ich wollte mein Vaterland nicht verlassen. Aber wenn ich geblieben wäre, hätte meine Arbeit zum Sieg der Nazis beigetragen.«

Margaret wußte nichts über Hartmanns Arbeit – nur daß er Wissenschaftler war. Sie interessierte sich für seine politische Einstellung. »Ihr Mut spornte so viele an«, sagte sie. Sie dachte an Ian, der Hartmanns Reden übersetzt hatte, damals, als Hartmann noch Reden halten durfte.

Ihr Lob machte ihn verlegen. »Ich wollte, ich hätte weitermachen können«, meinte er. »Ich hätte vielleicht nicht aufgeben dürfen.«

»Du hast nicht aufgegeben, Carl«, versicherte ihm Baron Gabon. »Du hast dir nichts vorzuwerfen. Du hättest gar nichts anderes tun können.«

Hartmann nickte, und man sah ihm an, daß er zwar verstandesmäßig wußte, daß Gabon recht hatte, doch daß ihn tief im Herzen das Gefühl quälte, er habe sein Vaterland im Stich gelassen. Margaret hätte so gern etwas Tröstendes gesagt, aber sie wußte nicht, was. Der Reisebegleiter von Pan American half ihr aus dem Dilemma. »Das

Mittagessen steht im nächsten Wagen bereit. Bitte nehmen Sie Ihre Plätze ein.«

Margaret stand auf. »Es ist eine große Ehre für mich, daß ich Sie kennenlernen durfte. Ich hoffe, wir können uns später noch ein wenig unterhalten.«

»Bestimmt«, versicherte ihr Hartmann und lächelte zum erstenmal. »Wir werden immerhin fast fünftausend Kilometer miteinander reisen.«

Margaret begab sich in den Speisewagen und setzte sich zu ihrer Familie. Vater und Mutter saßen an einer Tischseite, und die drei Kinder zwängten sich an die andere, Percy zwischen Margaret und Elizabeth. Margaret warf einen raschen Blick auf ihre Schwester. Wann würde Elizabeth ihre Bombe platzen lassen?

Der Kellner schenkte Wasser ein, und Vater bestellte eine Flasche trockenen Weißwein. Elizabeth blickte stumm aus dem Fenster, während Margaret angespannt wartete. Mutter spürte die Spannung und fragte: »Was habt ihr beiden Mädchen?«

Margaret schwieg. Schließlich meinte Elizabeth: »Ich habe euch etwas Wichtiges zu sagen.«

Der Kellner brachte Pilzsuppe, und Elizabeth hielt inne, während er sie bediente. Mutter bestellte Salat.

Als der Kellner gegangen war, fragte sie: »Was denn, Liebes?«

Margaret hielt den Atem an.

»Ich habe beschlossen, nicht nach Amerika mitzukommen«, sagte Elizabeth.

»Was redest du da, zum Teufel?« fragte Vater gereizt. »Natürlich kommst du mit – wir sind bereits auf dem Weg.«

»Nein, ich werde nicht mit euch fliegen«, entgegnete Elizabeth scheinbar unbewegt.

Margaret beobachtete sie aufmerksam. Die Stimme ihrer Schwester klang ruhig, aber ihr langes, fast häßliches Gesicht war weiß vor Anspannung, und Margaret fühlte mit ihr.

»Mach dich nicht lächerlich, Elizabeth«, warf Mutter ein. »Vater hat ein Ticket für dich gekauft.«

»Vielleicht bekommen wir eine Rückerstattung«, meinte Percy.

»Sei still, Bengel«, herrschte Vater ihn an.

Elizabeth schluckte und sagte: »Wenn du versuchen solltest, mich zu zwingen, werde ich mich mit allen Mitteln weigern, an Bord des Flugzeugs zu gehen. Ich glaube kaum, daß die Besatzung zulassen wird, daß du mich an Bord schleppst, wenn ich schreie und mich mit Händen und Füßen wehre.«

Wie klug Elizabeth es sich doch ausgedacht hat, dachte Margaret. Sie hatte es Vater im richtigen Augenblick gesagt. Er konnte sie nicht mit Gewalt an Bord bringen, konnte aber auch nicht zurückbleiben, um das Problem zu lösen, weil er Gefahr lief, als Faschist interniert zu werden.

Aber Vater gab sich noch nicht geschlagen, obwohl er begriff, daß Elizabeth es ernst meinte. »Was in aller Welt willst du tun, wenn du hierbleibst?« fragte er schneidend. »Zur Hilfsarmee gehen, wie deine schwachsinnige Schwester es vorhatte?«

Margaret errötete tief vor Ärger, aber sie biß die Zähne zusammen und wartete schweigend, daß Elizabeth es ihm zeigte.

»Ich werde nach Deutschland gehen«, erklärte Elizabeth.

Percy setzte eine ernste Miene auf und meinte, den Tonfall seines Vaters imitierend: »Das kommt dabei heraus, wenn Mädchen sich mit Politik beschäftigen . . .«

»Halt den Mund, Percy!« Margaret stieß ihm den Ellbogen in die Rippen.

Sie schwiegen, bis der Kellner ihre unberührten Teller abgeräumt hatte. Sie hat es getan! dachte Margaret. Sie hatte tatsächlich den Mut, es offen zu sagen! Wird sie damit durchkommen?

Margaret entging nicht, daß Vater bestürzt war. Es war ihm leichtgefallen, sie zu verhöhnen, weil sie in England bleiben und gegen die Faschisten hatte kämpfen wollen; Elizabeth zu verspotten war viel schwerer, weil sie auf seiner Seite stand.

Aber solch eine kleine moralische Zwickmühle brachte ihn nicht ins Wanken. Kaum war der Kellner gegangen, sagte er: »Ich verbiete es ausdrücklich!« Sein Ton duldete keinen Widerspruch.

Margaret blickte Elizabeth an. Wie würde sie reagieren? Vater machte sich ja nicht einmal die Mühe, auf ihre Argumente einzugehen.

Überraschend sanft entgegnete Elizabeth: »Ich fürchte, du kannst es mir nicht verbieten, lieber Vater. Ich bin einundzwanzig und kann tun, was ich will.«

»Nicht, solange du auf mich angewiesen bist!« erklärte er.

»Dann werde ich wohl ohne deine Unterstützung auskommen müssen«, entgegnete sie. »Ich habe ein eigenes kleines Einkommen.«

Vater goß ein Glas Wein hinunter und sagte: »Ich gestatte es nicht, und damit hat es sich!«

Es klang nicht überzeugend. Margaret fing an zu glauben, daß Elizabeth sich tatsächlich durchsetzen würde. Sie wußte allerdings nicht, ob sie sich freuen sollte, weil Elizabeth es Vater zeigte, oder ob sie entsetzt sein sollte, weil ihre Schwester zu den Nazis ging.

Seezunge wurde aufgetragen. Nur Percy aß. Elizabeth war blaß, aber ihr Mund hatte einen entschlossenen Zug. Margaret mußte ihre Stärke bewundern, auch wenn ihre Absichten ihr zuwider waren.

»Wenn du nicht mit uns nach Amerika fliegst, warum bist du dann in den Zug eingestiegen?« fragte Percy.

»Ich habe eine Passage auf einem Schiff gebucht, das von Southampton abfährt.«

»Von dort aus fährt kein Schiff nach Deutschland!« triumphierte Vater.

Margaret war entsetzt. Das war wirklich unmöglich. Hatte Elizabeth das nicht bedacht? Würde ihr ganzer Plan deshalb scheitern?

Elizabeth antwortete ungerührt: »Das Schiff fährt nach Lissabon. Ich habe Geld an eine dortige Bank überwiesen und ein Zimmer in einem Hotel bestellt.«

»Du hinterlistiges Kind!« tobte Vater. Seine Stimme war so laut, daß ein Herr am Nebentisch sich nach ihm umdrehte.

Elizabeth sprach weiter, als hätte er nichts gesagt. »Wenn ich erst dort bin, werde ich schon ein Schiff nach Deutschland bekommen.«

»Und dann?« fragte Mutter.

»Ich habe Freunde in Berlin, Mutter, das weißt du ja.«

Mutter seufzte. »Ja, Liebes.« Sie klang sehr traurig, und Margaret spürte, daß sie sich mit Elizabeths Entschluß abgefunden hatte.

Vater sagte laut: »Auch ich habe Freunde in Berlin!«

Jetzt blickten mehrere Leute an den Tischen auf, und Mutter sagte: »Pst, Lieber, wir können dich alle sehr gut hören.«

Vater senkte die Stimme. »Ich habe Freunde in Berlin, die dich sofort zurückschicken werden!«

Unwillkürlich schoß Margarets Hand zum Mund. Natürlich! Vater konnte die Deutschen veranlassen, Elizabeth auszuweisen; in einem faschistischen Land konnte die Regierung tun, was sie wollte. Würde Elizabeths Fahrt schon bei der Ankunft bei irgendeinem verflixten Bürokraten enden, der ihr den Einreisestempel verwehrte?

»Das glaube ich kaum«, entgegnete Elizabeth.

»Wir werden sehen«, sagte Vater, und Margaret fand, daß es gar nicht mehr so selbstsicher klang.

»Sie werden mich mit offenen Armen aufnehmen, Vater.« Die Spur von Müdigkeit in ihrer Stimme ließ sie sogar noch überzeugender klingen. »Sie werden Presseerklärungen abgeben, damit die ganze Welt erfährt, daß ich aus England entkommen bin und mich auf ihre Seite geschlagen habe, genau wie es die niederträchtigen britischen Zeitungen groß hinausposaunen, wenn prominente deutsche Juden Landesflucht begangen haben.«

»Ich hoffe, sie erfahren nichts von Großmutter Fishbein«, meinte Percy ernsthaft.

Gegen Vaters Angriffe war Elizabeth gewappnet, aber Percys makabrer Humor ging ihr unter die Haut. »Sei still, du abscheulicher Bengel!« sagte sie und begann zu weinen.

Wieder räumte der Kellner an ihrem Tisch unberührte Teller ab. Als nächsten Gang gab es Lammkoteletts mit Gemüse. Der Kellner schenkte Wein ein. Mutter nahm einen Schluck, ein sicheres Zeichen, daß sie erregt war.

Vater fing an zu essen; er fiel mit Messer und Gabel über das Fleisch her und kaute heftig. Margaret studierte sein wütendes Gesicht und staunte, als sie unter der Maske des Zorns Verwirrung erkannte. Es war ungewohnt, ihn erschüttert zu sehen, denn seine Arroganz überstand normalerweise jede Krise. Während sie ihn so ansah, wurde ihr klar, daß seine ganze Welt zusammenbrach. Er hatte gewollt, daß die Briten sich unter seiner Führung zum Faschismus bekannten, statt dessen hatten sie dem Faschismus den Krieg erklärt und ihn aus dem Land vertrieben.

Im Grunde hatten sie seine Politik schon Mitte der dreißiger Jahre verworfen, doch bis jetzt hatte er das nicht wahrhaben wollen und sich selbst vorgemacht, daß sie eines Tages in der Stunde der Not zu ihm kommen würden. Deshalb war er so unleidlich – sein Leben war ein Selbstbetrug. Die Begeisterung für seine Idee hatte sich zur Besessenheit entwickelt, sein Selbstbewußtsein war zur Unbeherrschtheit und Dünkelhaftigkeit geworden, und nachdem es ihm nicht gelungen war, Großbritannien zu beherrschen, war er dazu herabgesunken, seine Kinder zu tyrannisieren. Doch nun mußte er der Wahrheit ins Gesicht sehen. Er verließ sein Vaterland und würde vielleicht nie mehr zurückkehren dürfen.

Und – nicht genug damit – in dem Augenblick, da alle seine politischen Hoffnungen unweigerlich zerstört waren, rebellierten auch noch seine Kinder. Percy täuschte eine jüdische Abstammung vor, Margaret hatte versucht davonzulaufen, und jetzt trotzte ihm sogar Elizabeth, seine einzige Gleichgesinnte.

Margaret hatte geglaubt, sie würde sich über jeden Sprung in seiner Fassade freuen, aber jetzt fühlte sie sich unbehaglich. Vaters steter Despotismus war eine Konstante in ihrem Leben gewesen, und der Gedanke, daß er vielleicht zusammenbrach, bestürzte und verunsicherte sie.

Sie versuchte, etwas zu essen, konnte jedoch kaum schlucken. Mutter schob eine Zeitlang eine Tomate auf ihrem Teller herum, dann legte sie die Gabel zur Seite und fragte: »Gibt es einen jungen Mann in Berlin, der dir etwas bedeutet, Elizabeth?«

»Nein«, antwortete Elizabeth. Margaret glaubte ihr, trotzdem verriet Mutters Frage Scharfblick. Margaret wußte, daß die Anziehungskraft, die Deutschland auf Elizabeth hatte, nicht rein ideologisch war. Es gab etwas an den großen blonden Soldaten in ihren makellosen Uniformen und spiegelblanken Stiefeln, das Elizabeth auf einer anderen Ebene ansprach. Und während Elizabeth in der Londoner Gesellschaft als unscheinbare Tochter aus exzentrischer Familie angesehen wurde, würde sie in Berlin etwas Besonderes sein: eine englische

Aristokratin, Tochter eines bahnbrechenden Faschisten, eine Ausländerin, die den deutschen Nationalsozialismus bewunderte. Daß sie beim Ausbruch des Krieges überlief, würde sie bei den Nazis berühmt machen, und sie würde gefeiert werden. Wahrscheinlich würde sie sich in einen jungen Offizier verlieben oder in einen vielversprechenden Parteibonzen und ihn heiraten und blonde Kinder bekommen, die deutschsprachig aufwuchsen.

Mutter machte ein ernsthaftes Gesicht: »Was du vorhast, ist gefährlich, Liebes. Vater und ich machen uns nur Sorgen um deine Sicherheit.«

Margaret fragte sich, ob Vater tatsächlich um Elizabeths Sicherheit besorgt war. Mutter war es ohne Zweifel; Vater dagegen war hauptsächlich wütend, weil ihm nicht gehorcht wurde. Vielleicht gab es unter seinem Zorn eine Spur von Zärtlichkeit. Er war nicht immer so hartherzig gewesen; Margaret konnte sich an Augenblicke in längst vergangener Zeit erinnern, als er gütig gewesen und fröhlich mit ihnen herumgetollt war. Der Gedanke daran machte sie schrecklich traurig.

»Ich weiß, daß es gefährlich ist, Mutter, aber meine Zukunft steht in diesem Krieg auf dem Spiel«, sagte Elizabeth jetzt. »Ich möchte nicht in einer Welt leben, die von jüdischen Finanzmagnaten und schmutzigen kommunistischen Gewerkschaftsbossen beherrscht wird.«

»So ein Unsinn!« entrüstete sich Margaret, doch niemand hörte ihr zu.

»Dann komm mit uns«, sagte Mutter zu Elizabeth. »In Amerika läßt sich gut leben.«

»In der Wall Street geben Juden den Ton an . . .«

»Ich glaube, das ist übertrieben«, sagte Mutter fest. Sie vermied es, Vater anzusehen. »Es gibt zu viele Juden und andere anrüchige Elemente im amerikanischen Geschäftsleben, das stimmt, aber die anständigen Leute sind bei weitem in der Überzahl. Vergiß nicht, daß deinem Großvater eine Bank gehört hat.«

Percy warf ein: »Kaum zu glauben, daß wir in nur zwei Generationen vom Messerschleifen ins Bankgeschäft gekommen sind.« Niemand achtete auf ihn.

Mutter fuhr fort: »Ich bin ja auch deiner Ansicht, Liebes, das weißt du; aber an etwas zu glauben heißt nicht, daß man dafür auch sterben muß. Keine Sache ist das wert.«

Margaret war wie vom Donner gerührt. Mutter deutete an, daß der Faschismus es nicht wert war, daß man das Leben für ihn hingab; das mußte in Vaters Ohren wie eine Gotteslästerung klingen. Nie zuvor hatte Mutter sich in dieser Form gegen seine Meinung ausgesprochen. Auch Elizabeth schien überrascht. Beide Töchter blickten den Vater an. Er wurde rot und brummte mißbilligend, aber der erwartete Ausbruch kam nicht. Und das war das Bestürzendste.

Der Kaffee wurde serviert, und Margaret sah, daß sie die Vororte von Southampton erreichten. In wenigen Minuten schon würden sie in den Bahnhof einfahren. Wie würde Elizabeth sich entscheiden?

Der Zug wurde langsamer.

Elizabeth wandte sich an den Kellner. »Ich steige am Hauptbahnhof aus. Würden Sie bitte meinen Koffer aus dem anderen Wagen holen? Er ist aus rotem Leder, auf dem Anhänger steht mein Name, Lady Elizabeth Oxenford.«

»Selbstverständlich, M'lady«, versicherte er ihr.

Die roten Backsteinhäuser einer Vorortsiedlung marschierten am Fenster vorbei wie Soldaten in Reih und Glied. Margaret beobachtete Vater. Er saß stumm da, aber sein Gesicht war vor unterdrückter Wut angeschwollen wie ein Ballon. Mutter legte eine Hand auf sein Knie und sagte: »Bitte mach keine Szene, Lieber.« Er schwieg.

Der Zug fuhr in den Bahnhof ein.

Elizabeth saß am Fenster, sie blickte ihre Schwester auffordernd an. Margaret und Percy standen auf, um sie herauszulassen, dann setzten sie sich wieder.

Vater erhob sich.

Die anderen Passagiere spürten die Spannung und blickten die beiden an: Elizabeth und Vater standen einander wie Gegner im Mittelgang gegenüber, als der Zug anhielt.

Margaret hielt den Atem an. Vater konnte es unter diesen Umständen kaum wagen, Elizabeth gewaltsam zurückzuhalten. Falls er es versuchte, konnte es durchaus sein, daß die anderen Fahrgäste ihn zurückhielten. Trotzdem war ihr fast schlecht vor Angst.

Vaters Gesicht war puterrot, und seine Augen quollen hervor. Er atmete schwer. Elizabeth zitterte, aber der Zug um ihren Mund verriet Entschlossenheit.

»Wenn du jetzt aussteigst, will ich dich nie wieder sehen!« erklärte Vater.

»Sag das nicht!« rief Margaret entsetzt.

Mutter fing an zu weinen.

»Lebt wohl« war alles, was Elizabeth antwortete.

Margaret stand auf und schlang die Arme um ihre Schwester. »Viel Glück!« flüsterte sie.

»Dir auch.« Elizabeth drückte sie kurz an sich.

Sie küßte Percy auf die Wange, dann lehnte sie sich unbeholfen über den Tisch und küßte Mutters Gesicht, das tränennaß war. Schließlich blickte sie Vater noch einmal an und fragte mit bebender Stimme: »Gibst du mir zum Abschied nicht die Hand?«

Sein Gesicht war eine Maske des Hasses. »Ich habe keine Tochter mehr«, sagte er.

Mutter entrang sich ein klagender Schrei.

Plötzlich war es ganz still im Wagen.

Elizabeth drehte sich um und ging.

Margaret wünschte sich, sie könnte ihren Vater am Kragen packen und schütteln. Seine sinnlose Sturheit machte sie wütend. Warum zum Teufel konnte er einfach nicht nachgeben? Dieses eine Mal wenigstens? Elizabeth war volljährig und nicht verpflichtet, ihren Eltern den Rest ihres Lebens zu gehorchen! Vater hatte kein Recht, sie zu verstoßen! In seiner Wut hatte er in kopfloser, rachsüchtiger Weise die Familie gespalten. In diesem Augenblick haßte Margaret ihren Vater. Während er in seiner selbstgerechten blinden Wut alles zerstörte, hätte sie ihm gerne gesagt, wie gemein, ungerecht und dumm er war. Doch wie immer, wenn es um Vater ging, preßte sie die Lippen zusammen und schwieg.

Elizabeth kam mit ihrem roten Koffer in der Hand an ihrem Wagenfenster vorbei. Sie blickte sie alle an, lächelte unter Tränen und winkte zaghaft. Mutter fing an zu schluchzen. Percy und Margaret winkten zurück. Vater blickte stur geradeaus. Dann war Elizabeth aus ihrem Blickfeld verschwunden.

Vater setzte sich, und Margaret folgte seinem Beispiel.

Eine Pfeife trillerte, und der Zug fuhr weiter. Sie sahen Elizabeth in der Schlange am Ausgang noch einmal. Diesmal winkte sie weder, noch lächelte sie. Sie blickte nur traurig und grimmig drein.

Der Zug nahm Geschwindigkeit auf, und bald war Elizabeth nicht mehr zu sehen.

»Familienleben ist etwas Wundervolles«, bemerkte Percy. Trotz des Sarkasmus' war kein Humor in seiner Stimme, nur Bitterkeit.

Margaret fragte sich, ob sie ihre Schwester je wiedersehen würde.

Mutter tupfte sich die Augen mit einem kleinen Leinentüchlein, aber sosehr sie sich auch bemühte, sie konnte nicht aufhören zu weinen. Es war ungewohnt, daß sie ihre Fassung verlor. Margaret vermochte sich nicht zu erinnern, daß sie ihre Mutter je hatte weinen sehen. Selbst Percy wirkte erschüttert. Margaret bedrückte Elizabeths törichte Hinwendung zu einer so verabscheuungswürdigen Sache, trotzdem erfüllte sie auch Triumph. Ihre Schwester hatte es geschafft! Sie hatte sich Vater widersetzt, und er hatte nichts dagegen tun können! Sie hatte sich gegen ihn gestellt, hatte ihm eine Niederlage beigebracht und sich seiner Allmacht entzogen!

Wenn Elizabeth das fertigbrachte, konnte sie es ebenfalls.

Sie roch die See. Der Zug erreichte die Hafengegend und fuhr langsam an Lagerschuppen, Kränen und Überseedampfern vorbei. Trotz ihres Kummers über den Abschied von ihrer Schwester spürte Margaret einen Hauch von freudiger Erregung.

Der Zug hielt an einem Gebäude, an dem groß IMPERIAL HOUSE stand. Es war ein ultramodernes Bauwerk, das ein wenig wie ein Schiff aussah: Die Ecken waren abgerundet, und das obere Stockwerk hatte eine breite Veranda wie ein Deck mit einer Reling.

Wie die anderen Passagiere griffen auch die Oxenfords nach ihrem Handgepäck und stiegen aus dem Zug. Während ihr Reisegepäck vom Zug zum Flugzeug gebracht wurde, begaben sich alle ins Imperial House, um die letzten Abreiseformalitäten hinter sich zu bringen.

Margaret war benommen. Die Welt um sie herum veränderte sich zu schnell. Sie hatte ihr Zuhause verlassen, ihr Vaterland befand sich im Krieg, sie hatte ihre Schwester verloren und war im Begriff, nach Amerika zu fliegen. Sie wünschte sich, sie könnte die Zeit für eine Weile anhalten, um wenigstens zu versuchen, mit allem ins reine zu kommen.

Vater erklärte, daß Elizabeth nicht mitfliegen würde, und einer der Leute von Pan American sagte: »Geht in Ordnung – es wartet sowieso jemand hier, der hofft, daß ein Ticket zurückgegeben wird. Ich kümmere mich darum.«

Margaret bemerkte, daß Professor Hartmann, eine Zigarette rauchend, in einer Ecke stand und sich wachsam umschaute. Er wirkte nervös und gehetzt. Menschen wie meine Schwester haben ihn so gemacht, dachte Margaret; Faschisten haben ihn verfolgt und in ständige Angst versetzt. Ich kann es ihm nicht verdenken, daß er es kaum erwarten kann, Europa zu verlassen.

Vom Wartesaal aus konnten sie das Flugzeug nicht sehen, deshalb ging Percy auf Erkundung aus und wußte scheinbar alles, als er zurückkam. »Der Start wird planmäßig um vierzehn Uhr erfolgen«, berichtete er. Margaret rann ein Schauder über den Rücken. »In etwa eineinhalb Stunden ist dann unsere erste Zwischenlandung«, fuhr er fort, »in Foynes. Irland hat Sommerzeit wie Großbritannien, also kommen wir um halb vier an. Dort wird aufgetankt. Nach etwa einer Stunde geht's weiter, also um halb fünf.«

Margaret bemerkte neue Gesichter im Wartesaal, Passagiere, die nicht im Sonderwagen gewesen waren. Einige mußten wohl am Vormittag direkt nach Southampton gekommen sein oder hatten hier in einem Hotel übernachtet. Während sie das dachte, stieg eine auffallend schöne Frau aus einem Taxi aus. Sie war in den Dreißigern, blond und trug ein elegantes hellbeiges Kleid mit roten Tupfen. Ihr Begleiter war ein verhältnismäßig unauffälliger, sympathischer Mann in einem Kaschmirblazer. Alle blickten sie an: Sie sahen so glücklich aus.

Wenige Minuten später erfolgte die Aufforderung, sich an Bord des Clippers zu begeben.

Sie kamen durch den Vordereingang des Imperial Houses direkt auf den Kai. Das Flugzeug war dort festgemacht und schaukelte sanft auf dem Wasser; die Sonne spiegelte sich in seinen silbernen Seitenteilen.

Es war *riesig.*

Margaret hatte nie ein Flugzeug gesehen, das auch nur halb so groß gewesen wäre. Es war hoch wie ein Haus und so lang wie zwei Tennisplätze. Auf die Schnauze, die der eines Wals ähnlich sah, war die amerikanische Flagge gemalt. Die Tragflächen waren weit oben, auf gleicher Höhe mit dem Rücken des Rumpfes, und vier gewaltige Motoren waren in sie eingebaut; die Propeller maßen bestimmt über vier Meter.

Wie konnte ein solcher Gigant *fliegen?*

»Ist es sehr leicht?« fragte sie sich laut.

Percy hörte es. »Einundvierzig Tonnen«, antwortete er prompt.

Das war, als stiege man mit einem Haus in die Lüfte.

Sie kamen zum Kairand, eine kurze Laufplanke führte sie auf etwas, das wie ein gedrungener Zweitflügel aussah, der halb unter Wasser lag. »Ein stabilisierender Wasserflügel«, erklärte Percy, »Stummelflosse genannt. Er verhindert, daß das Flugzeug im Wasser seitwärts kippt.« Die Oberfläche dieser Stummelflossen war leicht gewölbt, und Margaret hatte Angst zu rutschen, aber nichts passierte. Gleich darauf befand sie sich im Schatten der riesigen Tragfläche hoch über ihrem Kopf. Sie hätte gern die Hand ausgestreckt und eines der riesigen Propellerblätter berührt, aber so weit reichte kein Arm. Im Rumpf, unmittelbar unter dem Wort AMERICAN der Aufschrift PAN AMERICAN AIRWAYS SYSTEM befand sich der Eingang. Margaret zog den Kopf ein und trat hindurch.

Zum Boden des Flugzeugs führten drei Stufen hinunter.

Der Raum vor Margaret war etwa dreieinhalb Meter lang und mit einem luxuriösen hellbraunen Teppichboden und beigefarbenen Wänden ausgestattet und Sesseln, deren blaue Polsterung ein hübsches Sternenmuster hatte. Vom Tageslicht abgesehen, das durch die großen rechteckigen Fenster fiel, deren Jalousien nicht heruntergezogen waren, gaben auch Deckenlampen Helligkeit. Wände und Decke waren rechtwinklig, nicht gewölbt wie der Rumpf. Es war eher, als betrete man ein Haus denn ein Flugzeug. Zwei Türen führten aus diesem Raum. Einige Passagiere wurden zur Heckseite des Flugzeugs gewiesen. Margaret blickte in diese Richtung und sah eine Reihe von Lounges, alle mit dickem Teppichboden und in hellen Braun- und Grüntönen ausgestattet. Aber die Oxenfords hatten ihre Plätze dem Bug zu. Ein kleiner, ziemlich dicker Steward in weißer Jacke stellte sich als Nicky vor und führte sie in das nächste Abteil.

Es war ein bißchen kleiner als der andere Raum und in einem etwas anderen Farbmuster ausgestattet: türkiser Teppichboden, hellgrüne Wände und beige Polsterung. Zu Margarets Rechten standen zwei große dreisitzige Sofas einander gegenüber, und dazwischen unter dem Fenster war ein kleiner Tisch. Links von ihr, auf der anderen Seite des Mittelgangs, gab es die gleiche Ausstattung, doch war das Sofa hier zweisitzig.

Nicky führte sie zu den größeren Sitzen rechts. Vater und Mutter setzten sich ans Fenster, Margaret und Percy an den Mittelgang, so daß zwei leere Plätze zwischen ihnen waren und vier unbesetzte auf der anderen Seite. Margaret fragte sich, wer wohl bei ihnen sitzen würde. Die schöne Frau im Tupfenkleid wäre eine interessante Reisebegleiterin. Auch Lulu Bell wäre es, vor allem, wenn sie sich über Großmutter Fishbein unterhalten wollte. Am liebsten aber wäre ihr Carl Hartmann.

Sie spürte, wie das Flugzeug im sanften Wellengang auf und ab schaukelte – kaum merklich, aber doch genug, sie zu erinnern, daß sie auf dem Wasser waren. Dies Flugzeug ist wie ein fliegender Teppich, dachte sie. Es war ihr unbegreiflich, wie Motoren es fliegen lassen konnten; viel leichter fiel es ihr, sich vorzustellen, daß es durch Zauberei durch die Lüfte getragen würde.

Percy stand auf. »Ich sehe mich ein wenig um«, erklärte er.

»Bleib hier«, befahl Vater. »Du bist nur allen im Weg, wenn du umherläufst.«

Percy setzte sich sofort wieder hin. Alle Autorität hatte Vater noch nicht verloren.

Mutter puderte sich die Nase. Sie hatte aufgehört zu weinen. Sieht aus, als fühle sie sich besser, dachte Margaret.

Sie hörte eine amerikanische Stimme sagen: »Ich würde lieber mit dem Gesicht in Flugrichtung sitzen.« Sie blickte auf. Der Steward Nicky führte einen Herrn zu einem Platz auf der anderen Seite des Abteils. Margaret konnte nur seinen Rücken sehen. Er hatte blondes Haar und trug einen blauen Anzug.

Der Steward machte eine kleine Verbeugung: »Selbstverständlich, Mr. Vandenpost – nehmen Sie den anderen Platz.«

Der Herr drehte sich um. Margaret blickte ihn neugierig an, und ihre Blicke trafen sich.

Sie staunte, als sie ihn erkannte.

Er war kein Amerikaner, und sein Name war auch nicht Vandenpost.

Seine blauen Augen funkelten sie warnend an, aber zu spät.

»Großer Gott!« platzte sie heraus. »Harry Marks!«

Augenblicke wie diese spornten Harry Marks zu Höchstleistungen an.

Dank der Kaution wieder auf freiem Fuß, auf der Flucht, mit einem gestohlenen Reisepaß, einem falschen Namen, in der Rolle eines Amerikaners, hatte er das Pech, ausgerechnet dem Mädchen zu begegnen, das wußte, daß er ein Dieb war, das ihn mit einem anderen Akzent hatte sprechen hören und das jetzt auch noch laut seinen richtigen Namen rief!

Einen Augenblick lang erfüllte ihn blinde Panik.

Das Schreckensbild von allem, wovor er davonlief, schob sich vor sein inneres Auge: eine Gerichtsverhandlung mit Verurteilung, Gefängnis, dann das gräßliche Leben als Rekrut in der britischen Armee.

Da erinnerte er sich, daß er fast immer Glück hatte, und er lächelte.

Das Mädchen wirkte völlig verwirrt. Und plötzlich wußte er ihren Namen wieder.

Margaret. Lady Margaret Oxenford.

Sie starrte ihn staunend an, zu überrascht, einen weiteren Ton hervorzubringen, während er auf eine rettende Eingebung wartete.

»Ich heiße Harry Vandenpost«, sagte er. »Ich wette, mein Namensgedächtnis ist besser als Ihres. Sie sind Margaret Oxenford, nicht wahr? Wie geht es Ihnen?«

»Gut«, erwiderte sie benommen. Sie schien noch viel verwirrter als er. Das würde ihm Gelegenheit geben, die Situation auf seine Weise zu meistern.

Er streckte die Rechte aus, um ihr die Hand zu schütteln, und sie folgte seinem Beispiel. Im letzten Moment kam die göttliche Eingebung. Statt ihre Hand zu schütteln, beugte er sich in einer altmodischen Verbeugung darüber, und als sein Kopf dicht an ihrem war, bat er leise: »Tun Sie, als wären wir uns nie auf einem Polizeirevier begegnet, ich tue das gleiche für Sie.«

Dann richtete er sich wieder auf und blickte ihr in die Augen. Sie waren von einem ungewöhnlichen dunklen Grün, bemerkte er, und bezaubernd schön.

Einen Moment schaute sie ihn verwirrt an. Dann klärte sich ihre Miene, und sie grinste. Sie hatte verstanden, und die kleine Verschwörung, die er ihr vorgeschlagen hatte, reizte und freute sie. »Natürlich, wie dumm von mir, Harry Vandenpost«, sagte sie.

Harry atmete erleichtert auf. Ich bin eben doch ein Glückspilz, dachte er.

Mit einem mutwilligen Stirnrunzeln fügte Margaret hinzu: »Wo haben wir uns eigentlich kennengelernt?«

Das war kein Problem für Harry. »War es nicht auf Pippa Matchinghams Ball?«

»Nein – ich konnte ihn nicht besuchen.«

Harry wußte eigentlich so gut wie nichts über Margaret. Wohnte sie während der Ballsaison in London oder zog sie sich die ganze Zeit aufs Land zurück? Jagte sie? Unterstützte sie wohltätige Veranstaltungen? Malte sie Aquarelle? Oder führte sie landwirtschaftliche Versuche auf der Farm ihres Vaters durch? Er versuchte es mit einem der großen gesellschaftlichen Ereignisse der Saison. »Dann war es bestimmt in Ascot.«

»Ja, natürlich!« rief sie erfreut.

Er gestattete sich ein zufriedenes Lächeln. Er hatte sie bereits jetzt zur Mitverschwörerin gemacht.

»Aber ich glaube nicht, daß Sie meine Familie kennengelernt haben. Mutter, darf ich dir Mr. Vandenpost vorstellen? Er ist aus . . .«

»Pennsylvania«, sagte Harry rasch und bereute es sofort. Wo zum Teufel war Pennsylvania? Er hatte keine Ahnung.

»Meine Mutter, Lady Oxenford; mein Vater, Lord Oxenford. Und das ist mein Bruder, Lord Isley.«

Harry hatte natürlich von den Oxenfords gehört, sie waren eine berühmte Familie. Er schüttelte jedem auf die herzliche, fast übertrieben freundliche Art die Hand, von der er annahm, daß die Oxenfords sie für typisch amerikanisch halten würden.

Lord Oxenford sah genauso aus, wie er war: ein vollgefressener, mißmutiger alter Faschist. Er trug einen braunen Tweedanzug mit einer Weste, die so spannte, daß die Knöpfe abzuspringen drohten, und er hatte es nicht für nötig gefunden, seinen braunen Filzhut abzunehmen.

Harry sagte zu Lady Oxenford: »Ich finde es aufregend, Sie kennenzulernen, Ma'am. Ich interessiere mich sehr für antiken Schmuck und habe gehört, daß Sie eine der schönsten Sammlungen der Welt besitzen.«

»Oh, danke«, erwiderte sie. »Auch mein besonderes Interesse gilt altem Schmuck.«

Er erschrak innerlich, als er ihren amerikanischen Akzent hörte. Was er über sie wußte, hatte er in den Gesellschaftsspalten von Zeitungen gelesen. Er hatte geglaubt, sie wäre Britin. Doch nun erinnerte er sich dunkel an Klatsch über die Oxenfords. Wie viele Aristokraten mit riesigem Landbesitz hatte der Preissturz bei landwirtschaftlichen Erzeugnissen nach dem Krieg auch Lord Oxenford fast in den Bankrott getrieben. Viele Adelige hatten ihren Besitz verkauft und waren nach Nizza oder Florenz gezogen, wo sie sich einen höheren Lebensstandard leisten konnten. Algernon Oxenford aber hatte die Erbin eines amerikanischen Bankbesitzers geheiratet, und ihr Geld hatte es ihm ermöglicht, weiterhin den Lebensstil seiner Vorfahren beizubehalten.

All das bedeutete, daß Harry seine Rolle so gut spielen mußte, daß er sogar eine waschechte Amerikanerin täuschen konnte. Er durfte sich keinen Fehler leisten und mußte sich die nächsten dreißig Stunden genau an seine Rolle halten.

Er beschloß, charmant zu ihr zu sein. Bestimmt war sie Komplimenten nicht abgeneigt, schon gar nicht von gutaussehenden jungen Männern. Er betrachtete die Brosche an ihrem rostfarbenen Reisekostüm. Sie bestand aus dicht mit Smaragden, Saphiren, Rubinen und Brillanten bestecktem Gold in der Form eines Schmetterlings auf einem Heckenrosenzweig. Harry schätzte, daß sie eine Kreation französischer Goldschmiedekunst um achtzehnhundertachtzig war; ihren Schöpfer konnte er nur vermuten. »Ist Ihre Brosche von Oscar Massin?«

»Ganz recht.«

»Ein wundervolles Stück.«

»Vielen Dank.«

Lady Oxenford war eine schöne Frau. Harry konnte verstehen, daß Oxenford sie geheiratet hatte, nicht aber, was sie an ihm gefunden hatte. Vielleicht hatte er vor zwanzig Jahren besser ausgesehen.

»Ich glaube, ich kenne die Vandenposts aus Philadelphia«, sagte sie jetzt.

Verflixt! Hoffentlich nicht, dachte Harry. Glücklicherweise hatte sie ziemlich vage geklungen.

»Meine Familie sind die Glencarries aus Stamford in Connecticut«, fügte sie hinzu.

»Tatsächlich!« Harry tat beeindruckt. Er dachte immer noch an Philadelphia. Hatte er gesagt, er käme aus Philadelphia oder aus Pennsylvania? Er konnte sich nicht erinnern. Vielleicht war das ein und derselbe Ort. Die Namen schienen zusammenzupassen: Philadelphia, Pennsylvania. Stamford, Connecticut. Er erinnerte sich, daß Amerikaner, wenn man sie fragte, von woher sie waren, immer zwei Namen nannten. Houston, Texas; San Francisco, Kalifornien. Ja.

Der Junge sagte: »Ich heiße Percy.«

»Harry«, erwiderte Harry und war froh, wieder festeren Boden unter den Füßen zu haben. Percys Titel war Lord Isley. Es handelte sich um einen vorübergehenden Titel, den er benutzen würde, bis sein Vater starb und er Lord Oxenford wurde. Die meisten dieser

Bürschchen waren lächerlich stolz auf ihre blöden Titel. Harry war einmal ein rotznäsiger Dreikäsehoch als Baron Portrail vorgestellt worden. Aber Percy schien in Ordnung zu sein. Indem er nur seinen Vornamen nannte, gab er Harry zu verstehen, daß er nicht bei seinem Titel genannt werden wollte.

Harry setzte sich in Flugrichtung, von Margaret nur durch den schmalen Mittelgang getrennt. Er würde sich mit ihr unterhalten können, ohne daß die anderen sie verstehen konnten. Momentan war es im Flugzeug jedoch still wie in einer Kirche. Vermutlich waren alle noch ein wenig aufgeregt.

Er versuchte sich zu entspannen. Es würde ein anstrengender Flug werden. Margaret kannte seine wahre Identität. Sie hatte zwar sein Spiel mitgemacht, aber sie konnte es sich immer noch anders überlegen oder sich auch nur versprechen. Harry konnte es sich nicht leisten, Verdacht zu erregen. Er würde an den Beamten der US-Einwanderungsbehörde vorbeikommen, solange man keine verhängnisvollen Fragen stellte. Aber wenn diese Leute mißtrauisch wurden und beschlossen, ihn zu überprüfen, würden sie schnell herausfinden, daß er einen gestohlenen Reisepaß benutzte. Dann wäre der Traum zu Ende.

Ein neuer Passagier wurde zu dem Sitz gegenüber Harrys Platz geleitet. Der Mann war sehr groß, er trug Bowler und dunkelgrauen Anzug, an dem vor Jahren nichts auszusetzen gewesen wäre, dem sein Alter jedoch anzumerken war. Etwas an ihm machte Harry stutzig, als er ihn beobachtete, während er seinen Mantel auszog und sich auf seinem Platz niederließ. Er trug derbe, merklich abgetragene schwarze Schuhe, dicke Wollsocken und unter dem doppelreihigen Jackett eine weinrote Weste. Seine dunkelblaue Krawatte sah aus, als würde sie seit zehn Jahren jeden Tag auf die gleiche Weise geknotet.

Harry hätte schwören können, daß der Mann ein Polizist war.

Es war noch nicht zu spät, aufzustehen und auszusteigen.

Niemand würde ihn aufhalten. Er brauchte nur davonzuschlendern und zu verschwinden.

Aber er hatte neunzig Pfund bezahlt!

Außerdem mochte es Wochen dauern, bevor er wieder eine

Transatlantikpassage bekommen konnte, und während er darauf wartete, lief er Gefahr, wieder verhaftet zu werden.

Noch einmal überlegte er, ob er sich nicht doch in England verstecken sollte, und wieder verwarf er diese Idee. Während des Krieges würde es viel zu schwierig sein unterzutauchen, weil gewiß jeder Wichtigtuer die Augen nach feindlichen Spionen offenhielt. Wesentlicher war jedoch, daß ein Leben als Flüchtiger für ihn unerträglich wäre – in billigen Absteigen zu hausen, einen großen Bogen um Polizisten zu machen und ständig von einem Ort zum anderen zu ziehen.

Falls es sich bei dem Mann ihm gegenüber tatsächlich um einen Polizeibeamten handelte, war er ganz sicher nicht hinter ihm her, sonst würde er es sich nicht für den Flug gemütlich machen. Harry hatte nicht die leiseste Ahnung, *was* der Kerl vorhatte, aber er grübelte nicht weiter darüber nach, sondern konzentrierte sich auf seine eigene mißliche Lage. Margaret war der Gefahrenfaktor. Was konnte er tun, um sich zu schützen?

Sie hatte sein Spiel mitgespielt, weil es ihr Spaß machte. Aber wie die Dinge standen, konnte er sich nicht darauf verlassen, daß es dabei blieb. Er konnte seine Chancen jedoch erhöhen, wenn er ihr näherkam. Falls es ihm gelang, ihre Zuneigung zu gewinnen, würde sie eine Art Loyalität ihm gegenüber empfinden und darauf achten, daß sie ihn nicht versehentlich verriet.

Margaret Oxenford näherzukommen würde keine unangenehme Aufgabe sein. Er musterte sie aus den Augenwinkeln. Sie hatte die herbstlichen Farben wie ihre Mutter: rotes Haar, blasse Haut mit vereinzelten Sommersprossen und diese faszinierenden dunkelgrünen Augen. Ob sie eine gute Figur hatte, konnte er nicht erkennen, aber sie hatte schlanke Waden und schmale Fesseln. Sie trug einen schlichten, sehr leichten Kamelhaarmantel über einem rotbraunen Kleid. Ihre Sachen sahen zwar teuer aus, aber ihr fehlte dieses Gefühl für Eleganz, über das ihre Mutter verfügte. Doch dazu mochte es mit der Zeit noch kommen, wenn sie älter und selbstsicherer wurde. Sie trug keinen interessanten Schmuck, nur eine einfache Perlenkette. Sie hatte gutgeschnittene, regelmäßige Züge und ein entschlossenes

Kinn. Sie war nicht der Typ, den er gewöhnlich ansprach – er suchte sich immer Mädchen mit irgendeinem Schönheitsfehler aus, weil sie viel leichter zu hofieren waren. Margaret sah viel zu gut aus, als daß sie leicht zu gewinnen wäre. Aber sie fand ihn offenbar sympathisch, und das war immerhin ein Anfang. Er beschloß, ihr Herz zu erobern.

Der Steward Nicky kam ins Abteil. Er war ein kleiner, dicker, weichlicher Typ Mitte Zwanzig. Harry hielt ihn für einen Schwulen. Er hatte die Erfahrung gemacht, daß viele Kellner vom anderen Ufer waren. Nicky verteilte Listen mit den Namen der Passagiere und der Crew dieses Fluges.

Harry studierte die Liste voll Interesse. Er hatte von Baron Philippe Gabon, dem reichen Zionisten, gelesen. Auch der nächste Name, Professor Carl Hartmann, war ihm nicht fremd. Von Prinzessin Lavinia Bazarov hatte er noch nicht gehört, aber der Name ließ darauf schließen, daß es sich um eine Russin handelte, die vor den Kommunisten geflüchtet war, und ihre Anwesenheit an Bord deutete darauf hin, daß sie zumindest einen Teil ihres Vermögens aus dem Land hatte schaffen können. Und Lulu Bell, die Filmdiva, kannte er selbstverständlich. Erst vor einer Woche hatte er Rebecca Maugham-Flint ins Gaumont in der Shaftesbury Avenue geführt, wo ein Film mit Lulu Bell, *Eine Spionin in Paris*, aufgeführt wurde. Sie hatte wie üblich ein forsches Mädchen gespielt. Harry war sehr neugierig auf sie.

Percy, der dem Heck zugewandt saß und ins nächste Abteil sehen konnte, sagte: »Sie haben die Tür geschlossen.«

Harry wurde wieder nervös.

Erst jetzt fiel ihm auf, daß das Flugzeug auf dem Wasser sanft auf und nieder schaukelte.

Ein Dröhnen wie fernes Kanonenfeuer ertönte. Harry blickte besorgt aus dem Fenster, und während das Dröhnen lauter wurde, fing ein Propeller an, sich zu drehen. Die Motoren wurden gestartet. Er hörte den dritten und vierten aufheulen. Zwar war der Lärm durch die dicke Schalldämpfung minimal, aber die Vibration der mächtigen Motoren war deutlich zu spüren, und Harrys Angst wuchs.

Auf dem Schwimmdock löste ein Seemann die Vertäuung. Ein Gefühl unausbleiblichen Verhängnisses überwältigte Harry, als die

Trossen, die ihn noch mit dem Land verbunden hatten, ins Wasser geworfen wurden.

Es war ihm schrecklich peinlich, daß er Angst hatte, und er wollte nicht, daß irgend jemand ahnte, wie er sich fühlte, darum holte er eine Zeitung aus der Tasche, schlug sie auf und lehnte sich mit übereinandergeschlagenen Beinen zurück.

Margaret tippte auf sein Knie. Sie brauchte die Stimme nicht zu heben, um verstanden zu werden – die Schalldämpfung war erstaunlich. »Ich habe auch Angst«, gestand sie.

Harry hätte sich vor Scham am liebsten verkrochen. Er hatte sich eingebildet, völlig ruhig zu wirken.

Das Flugzeug setzte sich in Bewegung. Er umklammerte die Lehnen seines Sitzes, dann zwang er sich, sie loszulassen. Kein Wunder, daß Margaret erkannte, daß er Angst hatte. Wahrscheinlich war er so weiß wie die Zeitung, die er zu lesen vorgab.

Margaret hatte die Knie aneinandergepreßt und die Finger auf dem Schoß verschränkt. Sie wirkte ängstlich und freudig erregt zugleich, als wäre sie auf der Achterbahn. Ihre geröteten Wangen, die weit aufgerissenen Augen und der nicht ganz geschlossene Mund machten sie zu einem aufregenden Anblick. Wieder fragte sich Harry, wie wohl ihre Figur unter dem Mantel aussah.

Er ließ den Blick heimlich über die anderen schweifen. Sein Gegenüber schnallte ruhig den Sicherheitsgurt zu. Margarets Eltern blickten aus dem Fenster. Lady Oxenford schien ungerührt zu sein, aber Lord Oxenford räusperte sich immer wieder laut, ein sicheres Zeichen von Nervosität. Percy war so aufgeregt, daß es ihm schwerfiel, sitzen zu bleiben, aber Angst schien er nicht im geringsten zu haben.

Harry starrte auf seine Zeitung, aber er vermochte nicht ein Wort zu lesen, deshalb senkte er sie und schaute aus dem Fenster. Das mächtige Luftschiff schwamm majestätisch hinaus aus dem Hafen, wo Ozeandampfer in einer langen Reihe schaukelten. Sie befanden sich bereits in geraumer Entfernung, und zwischen ihm und dem Land sah er nun mehrere kleinere Wasserfahrzeuge. Jetzt kann ich nicht mehr aussteigen, dachte er.

Das Wasser wurde kabbelig, als sich das Luftschiff auf die Mitte der Flußmündung zubewegte. Seekrankheit kannte Harry nicht, aber er fühlte sich sehr unbehaglich, als der Clipper auf den Wellen ritt. Das Abteil sah zwar aus wie ein Zimmer in einem festen Haus, doch die Bewegung erinnerte ihn laufend daran, daß er in einem zerbrechlichen Fahrzeug aus dünnem Aluminium saß.

Nachdem das Flugzeug die Mitte der Flußmündung erreicht hatte, wurde es langsamer und begann ein Wendemanöver. Es wiegte sich in der Brise, und Harry nahm an, daß es sich zum Abheben in den Wind drehte. Dann schien es anzuhalten, zu zögern, schaukelte etwas in Längsrichtung und rollte ein wenig in der leichten Dünung – wie ein gewaltiges Tier, das mit der riesigen Schnauze wittert. Die Spannung wurde unerträglich, es kostete Harrys ganze Willenskraft, nicht aufzuspringen und zu brüllen, daß er hinauswollte.

Plötzlich erschallte ein schreckliches Tosen wie von einem ausbrechenden Sturm, als die vier mächtigen Motoren zur Höchstleistung getrieben wurden. Harry entfuhr ein Schrei. Doch das Motorendonnern verschluckte ihn. Das Luftschiff schien sich etwas im Wasser zu ducken wie unter einer Knute, doch einen Augenblick später kam der Schub vorwärts.

Es nahm rasch Geschwindigkeit auf wie ein schnelles Schiff, nur daß ein Wasserfahrzeug dieser Größe nicht so zügig beschleunigen konnte. Gischtendes Wasser raste an den Fenstern vorbei. Immer noch schaukelte und rollte der Clipper mit der Bewegung der See. Harry wollte die Augen schließen, aber er wagte es nicht. Panik erfüllte ihn. Ich werde sterben, dachte er hysterisch.

Das Flugschiff wurde immer schneller. Harry war noch nie in einem solchen Tempo über das Wasser gerast, kein Schnellboot konnte diese Geschwindigkeit erreichen. Sie hatten nun achtzig, neunzig, über hundert Stundenkilometer. Gischt schäumte als geschlossenes, wogendes Weiß vor den Fenstern und verwehrte die Aussicht. Wir werden sinken, explodieren oder aufprallen, dachte Harry.

Eine heftige Vibration setzte ein wie in einem Wagen, der über trockene Furchen eines Feldwegs holpert. Was war das? Harry zweifelte nicht daran, daß etwas schieflief und daß das Flugzeug jeden

Moment auseinanderbrechen würde. Dann wurde ihm klar, daß es sich zu heben begonnen hatte und wie ein Schnellboot über das Wasser hüpfte. War das normal?

Plötzlich schien das Wasser weniger Widerstand zu bieten. Als es ihm gelang, durch die Gischt zu spähen, sah Harry die Oberfläche der Flußmündung – sie lag schief. Die Nase des Flugzeugs mußte sich gehoben haben, obgleich er es nicht gespürt hatte. Entsetzliche Angst quälte ihn, und der Mageninhalt drohte hochzukommen. Er schluckte heftig.

Die Vibration änderte sich. Statt über Furchen zu holpern, sprangen sie nun scheinbar von Welle zu Welle wie ein Stein, den man flach über das Wasser wirft. Die Motoren heulten, und die Propeller droschen die Luft. Vielleicht ist es unmöglich, dachte Harry; vielleicht kann eine so gewaltige Maschine sich gar nicht in die Lüfte heben; vielleicht kann sie nur wellenreiten wie ein übergewichtiger Delphin. Dann spürte er plötzlich, daß das Flugschiff freigekommen war. Es schnellte vorwärts und hoch, und Harry fühlte, wie das bremsende Wasser unter dem Flugkörper wegfiel. Die Sicht durch das Fenster war wieder unbehindert von Gischt, und er sah das Wasser in der Tiefe verschwinden, während das Flugzeug an Höhe gewann. Großer Gott, dachte er, wir fliegen! Dieser überladene Luxuspalast fliegt tatsächlich!

Nun, da er in der Luft war, verließ ihn die Angst, und eine ungeheure Begeisterung erfüllte ihn. Er fühlte sich, als wäre er höchstpersönlich dafür verantwortlich, daß dem Flugzeug der Start gelungen war. Am liebsten hätte er laut gejubelt. Als er sich umsah, bemerkte er, daß alle vor Erleichterung lächelten; und während er sich der anderen Passagiere wieder bewußt wurde, spürte er, daß er schweißgebadet war. Er holte ein weißes Leinentaschentuch hervor, trocknete damit verstohlen das Gesicht und steckte das feuchte Tuch hastig in die Tasche zurück.

Das Flugzeug gewann stetig an Höhe. Harry beobachtete, wie Englands Südküste unter den gedrungenen Flossenstummeln verschwand, dann blickte er nach vorn und sah die Isle of Wight. Nach einer Weile legte sich der Clipper allmählich waagrecht, und das Dröhnen der Motoren wurde zu einem beruhigenden Summen.

Der Steward Nicky erschien in seiner weißen Jacke und der schwarzen Krawatte. Jetzt, da die Motoren gedrosselt waren, brauchte er die Stimme nicht zu heben. »Möchten Sie einen Drink, Mr. Vandenpost?« erkundigte er sich.

Das ist genau das, was ich jetzt brauche, dachte Harry. »Einen doppelten Whisky«, antwortete er sofort. Dann erinnerte er sich, daß er ja für einen Amerikaner gehalten werden wollte. »Mit einer Menge Eis«, fügte er mit dem richtigen Akzent hinzu.

Nicky nahm die Bestellung der Oxenfords entgegen und verschwand durch die vordere Tür.

Harry trommelte ungeduldig auf die Sitzlehnen. Der Teppichboden, die Schalldämpfung, die weiche Polsterung und die ruhigen Farben weckten in ihm das Gefühl, in einer Gummizelle eingesperrt zu sein, so komfortabel sie auch war. Er öffnete den Sicherheitsgurt und stand auf.

Er ging in Richtung des Bugs, durch die Tür, durch die der Steward verschwunden war. Links befand sich die Kombüse, eine winzige Küche mit viel glänzendem rostfreiem Stahl, in der Nicky gerade die Drinks mixte. Das Bild auf der Tür rechts verriet, daß es die Herrentoilette war. Ich darf nicht vergessen, daß die Amerikaner dazu »Men's Room« sagen oder bloß Klo, ermahnte er sich. Neben den Toiletten führte eine Wendeltreppe nach oben, zweifellos zum Cockpit oder vielmehr Flugdeck, wie es hier genannt wurde. Geradeaus war ein Abteil in anderer Farbzusammenstellung, in der mehrere uniformierte Besatzungsmitglieder saßen. Einen Augenblick lang fragte Harry sich, was sie hier machten, aber dann erinnerte er sich, daß der Flug immerhin etwa dreißig Stunden dauerte und sich auch die Crew ausruhen und ablösen mußte.

Er kehrte um, ging wieder an der Kombüse vorbei, durch sein eigenes Abteil, dann durch das größere mit der Eingangstür, durch die sie an Bord gekommen waren. Geradeaus, Richtung Heck, befanden sich drei weitere Passagierabteile in abwechselnden Farbkombinationen, türkiser Teppichboden mit hellgrünen Wänden und rostroter

Teppichboden mit beigefarbenen Wänden. Stufen führten hier von einem Abteil zum nächsten, da der Flugzeugrumpf ja gewölbt war und der Fußboden sich dem Heck zu hob. Während er durch die Abteile ging, nickte er freundlich den anderen Fluggästen zu, wie ein reicher, selbstbewußter junger Amerikaner es vermutlich tun würde. Das vierte Abteil hatte zwei kleine Sofas auf einer Seite, während die andere Seite abgeschlossen war und das Bild auf der Tür unmißverständlich darauf hinwies, daß sich dahinter die Damentoilette befand. »Powder Room« umschrieben die Amerikaner das vornehm. Neben der Tür der Damentoilette führte eine Leiter an der Wand zu einer Falltür in der Decke. Der Mittelgang, der durch die ganze Länge des Flugzeugs verlief, endete an einer Tür. Bestimmt die der berühmten Honeymoon Suite, über die soviel in der Presse berichtet worden war. Harry drückte auf die Klinke: Die Tür war verschlossen. Während er den Mittelgang zurückschlenderte, musterte er seine Mitreisenden unauffällig eingehender.

Er nahm an, daß der Herr im eleganten französischen Anzug Baron Gabon war. Bei ihm saß ein sichtlich nervöser Mann, der keine Socken anhatte. Sehr merkwürdig! Vielleicht war das Professor Hartmann. Er trug einen unmöglichen Anzug und wirkte halb verhungert.

Harry erkannte Lulu Bell und erschrak regelrecht, weil sie wie vierzig aussah. Er hatte sich immer eingebildet, sie wäre so jung wie die Mädchen, die sie in ihren Filmen spielte, also etwa neunzehn. Sie trug eine Menge Schmuck modernen Stils und guter Qualität: eckige Ohrringe, auffallende Armreifen und eine Bergkristallbrosche, vermutlich von Boucheron.

Dann sah er wieder die schöne Blondine, die ihm in der Lounge des Hotel South-Western aufgefallen war. Sie hatte ihren Strohhut abgenommen. Ihr Teint war makellos, und ihre blauen Augen strahlten. Sie lachte über etwas, das ihr Begleiter sagte. Ganz offensichtlich war sie in ihn verliebt, obwohl er kein wirklich gutaussehender Mann war. Aber Frauen mögen Männer, die sie zum Lachen bringen können, dachte Harry.

Die alte Schachtel, die einen Fabergé-Anhänger mit rosa getönten Brillanten trug, war vermutlich Prinzessin Lavinia. Ihr Gesicht war zu einer Maske des Abscheus erstarrt und erinnerte ihn an die Geschichte von der Herzogin im Schweinepferch.

Das größere Abteil, durch das sie an Bord gekommen waren, war während des Starts leer gewesen, wurde jetzt jedoch als Gesellschaftslounge benutzt. Fünf Personen hatten sich inzwischen hier eingefunden, unter ihnen der hochgewachsene Mann, der Harry gegenübersaß. Ein paar der Männer spielten Karten. Ein Berufsspieler könnte auf einer solchen Reise ordentlich abkassieren, dachte Harry unwillkürlich.

Er kehrte zu seinem Platz zurück, und der Steward brachte ihm seinen Scotch. »Das Flugzeug scheint halb leer zu sein«, bemerkte Harry.

Nicky schüttelte den Kopf. »Wir sind voll belegt.«

Harry schaute sich um. »Aber in diesem Abteil befinden sich vier unbesetzte Plätze, und in den übrigen Abteilen ist es nicht anders.«

»Natürlich. Bei einem Tagesflug ist hier Sitzplatz für zehn Personen, aber *Liege*platz nur für sechs. Sie werden es selbst sehen, wenn wir nach dem Dinner die Betten richten. Freuen Sie sich inzwischen an der Bewegungsfreiheit, die Sie dadurch haben.«

Harry nahm einen Schluck. An der Höflichkeit und Tüchtigkeit des Stewards ließ sich keineswegs etwas aussetzen, aber er war nicht so servil wie, nun, beispielsweise der Kellner eines Londoner Hotels. Harry fragte sich, ob amerikanische Kellner eine andere Einstellung hatten. Er hoffte es. Bei seinen Expeditionen in die fremdartige Welt von Londons High-Society hatte er dieses ständige Herumscharwenzeln und ewige »Sir«, wenn er sich nur umdrehte, immer ein wenig entwürdigend gefunden.

Es war Zeit, daß er seine Freundschaft mit Margaret Oxenford vertiefte, die an einem Glas Champagner nippte und in einer Zeitschrift blätterte. Er hatte mit Dutzenden von Mädchen ihres Alters und gesellschaftlichen Standes geflirtet und fiel ganz automatisch in seine Routine. »Wohnen Sie in London?«

»Wir haben ein Haus am Eaton Square, verbringen jedoch die meiste Zeit auf dem Land«, erklärte sie. »Unser Landsitz ist in Berkshire. Vater hat auch ein Jagdhaus in Schottland.« Ihr Ton war sachlich, als fände sie die Frage ermüdend und wollte die Antwort so schnell wie möglich hinter sich bringen.

»Jagen Sie?« Das war seine übliche Konversationsmasche. Die meisten Reichen jagten und liebten es, sich darüber auszulassen.

»Nicht oft«, antwortete sie. »Ich schieße mehr.«

»Sie schießen?« fragte er überrascht, denn so ein Hobby wurde keineswegs als ladylike erachtet.

»Wenn man mich läßt.«

»Ich nehme an, daß Sie viele Verehrer haben.«

Sie wandte ihm das Gesicht zu und senkte die Stimme: »Warum stellen Sie mir all diese albernen Fragen?«

Das verschlug Harry die Sprache. Er hatte viele Mädchen genau dasselbe gefragt, und nicht eine hatte so darauf reagiert. »Sind sie wirklich albern?« brachte er schließlich hervor.

»Es ist Ihnen doch völlig egal, wo ich wohne oder ob ich jage!«

»Aber darüber unterhalten die oberen Zehntausend sich doch!«

»Und Sie gehören nicht dazu«, sagte sie unverblümt.

»Menschenskind!« sagte er in seinem normalen Dialekt. »Sie nehmen kein Blatt vor den Mund!«

Sie lachte, dann meinte sie: »So ist es schon besser.«

»Ich darf nicht ständig meinen Akzent wechseln, das bringt mich nur durcheinander!«

»Na gut. Ich finde mich mit Ihrem amerikanischen Akzent ab, wenn Sie mir versprechen, daß Sie mir nicht mit dummen Oberflächlichkeiten daherkommen.«

Er schlüpfte wieder in seine Rolle als Harry Vandenpost. »Danke, Schätzchen.« Sie läßt sich nichts vormachen, dachte er. Sie hat ihren eigenen Kopf. Aber das machte sie nur um so interessanter.

»Sie sind sehr gut«, stellte sie fest. »Ich wäre nie darauf gekommen, daß es nicht echt ist. Ich nehme an, das gehört zu Ihrem Modus operandi.«

Es verwirrte ihn jedesmal, wenn man ihm mit Latein kam. »Schon möglich«, antwortete er, ohne die geringste Ahnung, was sie damit meinte. Er würde das Thema wechseln müssen. Er fragte sich, welcher

Weg zu ihrem Herzen führte. Es war offensichtlich, daß er mit ihr nicht flirten konnte wie mit all den anderen Mädchen. Vielleicht war sie der übersinnliche Typ und interessierte sich für Séancen und Spiritismus. »Glauben Sie an Geister?« fragte er.

Das brachte ihm wieder eine scharfe Erwiderung ein. »Wofür halten Sie mich?« entgegnete sie verärgert. »Und warum wechseln Sie das Thema?«

»Ich verstehe Worte wie *modus andy* nicht.«

Sie blickte ihn einen Moment lang verwirrt und gereizt an, dann erhellte sich ihr Gesicht, und sie wiederholte den Ausdruck. »*Modus operandi.*«

»Ich bin nicht so lange zur Schule gegangen, daß ich solches Zeug gelernt hätte«, brummte er.

Die Wirkung seiner Worte war verblüffend. Sie errötete vor Verlegenheit und sagte: »Es tut mir schrecklich leid. Wie taktlos von mir!«

Diese Wendung überraschte ihn. Viele Mädchen hielten es anscheinend für ihre Pflicht, einem Mann mit ihrer Bildung zu imponieren. Er war froh, daß Margaret bessere Manieren hatte als die meisten ihres Standes. Er lächelte sie an. »Alles vergeben«, versicherte er ihr.

Wieder erstaunte sie ihn, als sie sagte: »Ich weiß, wie das ist, weil ich auch nie eine richtige Schulbildung bekommen habe.«

»Bei Ihrem vielen Geld?« fragte er ungläubig.

Sie nickte. »Wissen Sie, wir gingen nie zur Schule.«

Harry traute seinen Ohren nicht. Für ehrbare Londoner der Arbeiterklasse wäre es eine Schande, wenn sie ihre Kinder nicht zur Schule schickten; das war fast so schlimm, als wenn die Polizei ins Haus kam oder der Gerichtsvollzieher. Die meisten Kinder mußten einen Tag daheim bleiben, wenn ihre Schuhe beim Schuster waren, weil sie kein zweites Paar hatten; das war den Müttern schon peinlich genug. »Aber Kinder müssen die Schule besuchen, das ist Gesetz!« sagte Harry.

»Wir hatten diese dummen Gouvernanten. Deshalb kann ich nicht auf die Universität – keine Zeugnisse.« Sie wirkte niedergeschlagen. »Ich glaube, ein Studium hätte mir Spaß gemacht.«

»Es ist unglaublich! Ich dachte, reiche Leute können tun, was sie wollen.«

»Nicht bei meinem Vater.«

»Und der Junge?« Harry deutete mit dem Kopf auf Percy.

»Oh, er war natürlich in Eton«, antwortete sie bitter. »Für Söhne ist das etwas ganz anderes.«

Harry dachte nach. »Bedeutet das«, fragte er zögernd, »daß Sie auch in anderen Dingen nicht derselben Meinung sind wie Ihr Vater – beispielsweise, was Politik betrifft?«

»Wie könnte ich?« fragte sie heftig. »Ich bin Sozialistin!«

Das, dachte Harry, könnte der Schlüssel zu ihr sein. »Ich war einmal in der kommunistischen Partei«, sagte er. Es stimmte, er war mit sechzehn eingetreten, aber nur drei Wochen dabeigeblieben. Er wartete auf ihre Reaktion, ehe er sich entscheiden wollte, wieviel er ihr sagte.

Sie horchte auf. »Warum sind Sie ausgetreten?«

Die Wahrheit war, daß politische Versammlungen ihn zu Tode langweilten, aber es war vielleicht ein Fehler, das zuzugeben. »Es ist schwer, das in Worte zu fassen«, schwindelte er.

Er hätte wissen müssen, daß das bei ihr nicht ankam. »Aber Sie müssen doch wissen, warum Sie ausgetreten sind«, meinte sie ungehalten.

»Ich glaube, es erinnerte mich zu sehr an die Sonntagsschule.«

Da lachte sie. »Ich weiß genau, was Sie meinen.«

»Jedenfalls glaube ich, daß ich mehr getan habe als die Kommunisten, wenn es darum ging, der Arbeiterklasse von dem Reichtum zurückzugeben, der ihr zu verdanken ist.«

»Wie soll ich das verstehen?«

»Nun, ich beschaffe Bargeld in Mayfair und bringe es nach Battersea.«

»Heißt das, daß Sie nur die Reichen berauben?«

»Es hätte wenig Sinn, es bei den Armen zu versuchen.«

Wieder lachte sie. »Aber bestimmt geben Sie doch nicht alles weiter, was Sie unrechtmäßig erworben haben? Wie Robin Hood, meine ich.«

Er überlegte, was er ihr antworten sollte. Würde sie ihm glauben, wenn er behauptete, er bestehle die Reichen nur, um den Armen zu geben? Obwohl sie intelligent war, war sie auch naiv – aber so naiv auch wieder nicht, schloß er. »Ich bin nicht die Wohlfahrt.« Er zuckte die Schultern. »Aber ich helfe anderen schon manchmal.«

»Das ist erstaunlich«, sagte sie. Ihre Augen sprühten vor Leben und Interesse, und sie sah einfach hinreißend aus. »Ich wußte wohl, daß es Menschen wie Sie gibt, aber es ist ein Erlebnis für mich, Sie kennenzulernen und mich mit Ihnen unterhalten zu können.«

Übertreib es nicht, Mädchen, dachte Harry. Frauen, die sich allzusehr für ihn begeisterten, machten ihn nervös, denn aus ihrer Begeisterung wurde allzu leicht Empörung, wenn sie feststellten, daß er auch nur ein Mensch war. »So was Besonderes bin ich wirklich nicht«, entgegnete er verlegen. »Ich komme nur aus einer Welt, die Ihnen fremd ist.«

Sie bedachte ihn mit einem Blick, der unmißverständlich ausdrückte, daß sie ihn doch für etwas Besonderes hielt.

Das ging wirklich weit genug, fand er. Nun war es höchste Zeit, das Thema zu wechseln. »Sie machen mich verlegen«, erklärte er.

»Tut mir leid«, entschuldigte sie sich rasch. Sie überlegte einen Moment, dann fragte sie: »Warum reisen Sie nach Amerika?«

»Um Rebecca Maugham-Flint zu entgehen.«

Sie lachte. »Nein, ernsthaft!«

Sie ist hartnäckig wie ein Terrier, wenn sie sich in etwas verbissen hat, dachte er, sie läßt nicht mehr los. Es war unmöglich, sie im Zaum zu halten, und das machte sie zur Gefahr. »Ich mußte weg, um dem Gefängnis zu entgehen«, gestand er.

»Was werden Sie drüben tun?«

»Ich dachte, sie nehmen mich vielleicht bei der kanadischen Air Force. Ich würde gern fliegen lernen.«

»Wie aufregend.«

»Was ist mit Ihnen? Weshalb wollen Sie nach Amerika?«

»Wir laufen davon«, sagte sie abfällig.

»Wie meinen Sie das?«

»Sie wissen, daß mein Vater Faschist ist?«

Harry nickte. »Ich habe in den Zeitungen über ihn gelesen.«

»Na ja, er hält die Nazis für wundervoll und möchte nicht gegen sie kämpfen. Außerdem würde die Regierung ihn einsperren, wenn er bliebe.«

»Also werden Sie in Amerika leben?«

»Die Familie meiner Mutter kommt aus Connecticut.«

»Und wie lange beabsichtigen Sie zu bleiben?«

»Meine Eltern zumindest, solange der Krieg dauert. Vielleicht kehren sie nie wieder nach England zurück.«

»Aber Sie möchten nicht nach Amerika?«

»Natürlich nicht!« entgegnete sie heftig. »Ich möchte bleiben und kämpfen. Faschismus ist furchtbar, und dieser Krieg ist ungemein wichtig, ich möchte selbst auch zum Sieg über den Faschismus beitragen.« Sie fing an, über den Spanischen Bürgerkrieg zu erzählen, aber Harry hörte ihr nur mit einem Ohr zu. Ein so grandioser Gedanke war ihm gekommen, daß sein Herz hämmerte und er Mühe hatte, sich nichts anmerken zu lassen.

Wenn man bei Kriegsausbruch aus einem Land flüchtet, nimmt man seine Wertsachen mit!

Das war schon immer so. Bauern trieben ihr Vieh mit sich, wenn sie vor einer einfallenden Armee flüchteten. Juden flohen vor den Nazis mit Goldmünzen, im Mantelfutter eingenäht. Nach 1917 waren russische Aristokraten wie Prinzessin Lavinia mit ihren Fabergé-Eiern in europäische Hauptstädte gekommen.

Lord Oxenford mußte die Möglichkeit in Betracht gezogen haben, daß er nicht mehr zurückkehrte, und die britische Regierung hatte mit ihrer Devisenkontrolle dafür gesorgt, daß die britische Oberschicht nicht ihr ganzes Geld ins Ausland schaffen konnte. Die Oxenfords wußten, daß sie das, was sie zurückgelassen hatten, vielleicht nie wiedersehen würden, sie hatten also ganz sicher an Wertsachen mitgenommen, was sie nur tragen konnten.

Natürlich war es ein wenig riskant, ein Vermögen an Schmuck im Reisegepäck mitzunehmen. Aber was wäre weniger riskant? Es mit der Post zu senden? Oder mit einem Kurier? Es zurückzulassen, wo es eine rachsüchtige Regierung beschlagnahmte? Wo es Invasoren als

Kriegsbeute in die Hände fallen konnte? Oder Nachkriegsrevoluzzern?

Nein. Die Oxenfords hatten ihren Schmuck bestimmt bei sich.

Und ganz sicher das Delhi-Ensemble.

Allein schon der Gedanke daran raubte ihm den Atem.

Das Delhi-Ensemble war das Prunkstück von Lady Oxenfords berühmter Sammlung antiken Schmucks, das Set – Halskette, Ohrringe und Armband – war mit Rubinen und Brillanten in Gold gearbeitet. Es waren burmesische Rubine, die kostbarsten, von erstaunlicher Größe. General Robert Clive, als Clive von Indien bekannt, hatte sie im achtzehnten Jahrhundert nach England mitgebracht, und der Hofjuwelier hatte sie gefaßt.

Das Delhi-Ensemble wurde auf eine Viertelmillion Pfund geschätzt – mehr Geld, als ein Mensch je ausgeben konnte!

Und es war so gut wie sicher, daß es sich in diesem Flugzeug befand.

Kein Profi würde an Bord eines Schiffes oder Flugzeugs stehlen, die Liste der Verdächtigen war zu klein. Außerdem gab Harry sich als Amerikaner aus, reiste unter falschem Namen mit gestohlenem Reisepaß, war nur auf Kaution frei und saß einem Polizisten gegenüber. Es wäre Wahnsinn zu versuchen, an den Schmuck heranzukommen, und schon der Gedanke an die damit verbundenen Gefahren ließ ihn zittern.

Andererseits würde er nie wieder eine solche Chance bekommen. Und plötzlich brauchte er diese Juwelen wie ein Ertrinkender den Strohhalm.

Natürlich würde er keine Viertelmillion für das Ensemble bekommen, wohl aber etwa ein Zehntel des Werts, also ungefähr fünfundzwanzigtausend Pfund, das war mehr als hunderttausend Dollar.

Egal welche Währung, es würde reichen, daß er bis ans Ende seiner Tage davon leben konnte.

Der Gedanke an soviel Geld machte ihm den Mund wäßrig – aber auch der Schmuck als solcher war unwiderstehlich. Harry hatte Abbildungen davon gesehen. Die der Größe nach abgestuften Steine der Halskette waren genau aufeinander abgestimmt; die Brillanten hoben die Rubine wie Tränen hervor; und die kleineren Stücke, die Ohrringe und das Armband, waren perfekt proportioniert. Das ganze Set um den Hals, an den Ohren und um das Handgelenk einer schönen Frau mußte hinreißend sein.

Harry wußte, daß er einem solchen Meisterstück nie wieder so nahe sein würde. Nie mehr.

Er mußte es einfach haben!

Das Risiko war ungeheuerlich – aber er hatte schließlich immer Glück gehabt.

»Ich glaube, Sie hören mir überhaupt nicht zu«, sagte Margaret.

Harry nickte schuldbewußt. Er grinste und sagte: »Bitte entschuldigen Sie. Etwas, das Sie sagten, hat mich ins Träumen gebracht.«

»Ich weiß«, entgegnete sie. »Ihrem Gesichtsausdruck nach zu schließen, träumten Sie von jemandem, den Sie lieben.«

Nancy Lenehan wartete voll fieberhafter Ungeduld, während Mervyn Loveseys hübsches gelbes Flugzeug abflugbereit gemacht wurde. Lovesey erteilte dem Mann im Tweedanzug, der, soviel sie herausgehört hatte, Meister in seiner Fabrik war, letzte Anweisungen. Es gab dort Schwierigkeiten mit der Gewerkschaft, die mit einem Streik gedroht hatte.

Als er fertig war, drehte sich Lovesey zu Nancy um und sagte: »Siebzehn Werkzeugmacher arbeiten für mich, und jeder ist ein verflixter Individualist!«

»Was stellen Sie her?« erkundigte sie sich.

»Flügelräder«, antwortete er. Er deutete auf die Maschine. »Flugzeugpropeller, Schiffsschrauben und dergleichen. Alles, was komplexe Wölbungen hat. Aber mit der technischen Seite gibt es keine Schwierigkeiten, dafür um so mehr mit den Arbeitskräften.« Er lächelte herablassend und fügte hinzu: »Solche Probleme interessieren Sie bestimmt nicht.«

»O doch«, entgegnete sie. »Auch ich leite eine Fabrik.«

Das verblüffte ihn sichtlich. »Welcher Art?«

»Ich stelle pro Tag fünftausendsiebenhundert Paar Schuhe her.«

Das beeindruckte ihn, aber gleichzeitig fühlte er sich offenbar übertrumpft, denn er sagte mit einer Mischung aus Spott und Bewunderung: »Wie schön für Sie.« Nancy schloß, daß seine Fabrik kleiner war als ihre.

»Vielleicht sollte ich sagen, ich *stellte* Schuhe her.« Sie hatte einen sehr unangenehmen Geschmack im Mund, als sie das gestand. »Mein Bruder versucht, die Firma über meinen Kopf hinweg zu verkaufen. Deshalb«, fügte sie mit einem besorgten Blick auf das Flugzeug hinzu, »muß ich den Clipper erreichen.«

»Das werden Sie auch«, sagte er zuversichtlich. »Meine Tiger Moth ist so schnell, daß wir sogar noch eine Stunde Zeit übrig haben werden.«

Sie hoffte inbrünstig, daß er recht hatte.

Der Mechaniker sprang von der Maschine hinunter und meldete: »Alles bereit, Mr. Lovesey.«

Lovesey warf einen Blick auf Nancy. »Holen Sie ihr einen Helm«, wies er den Mechaniker an. »Mit diesem lächerlichen Hütchen kann sie nicht fliegen.«

Nancy befremdete es, wie abrupt er zu seiner gleichgültigen, ja beleidigenden Art zurückkehrte. Zum Zeitvertreib unterhielt er sich offenbar ganz gern mit ihr, aber kaum gab es etwas Wichtigeres, verlor er das Interesse. Sie war es nicht gewöhnt, daß Männer sie mit einer solchen Gleichgültigkeit behandelten. Auch wenn sie nicht zur Verführerin geboren war, war sie doch so attraktiv, daß sie Männerblicke anzog, und sie hatte eine gewisse Autorität. Es kam schon vor, daß Männer sich ihr gegenüber gönnerhaft benahmen, aber nicht mit einer solchen Interesselosigkeit. Sie nahm sich vor, sich darüber nicht zu ärgern; sie würde für die Chance, ihren heimtückischen Bruder einzuholen, noch viel mehr als Unhöflichkeit einstecken.

Sie begann sich für seine Ehe zu interessieren. »Ich jage meiner Frau hinterher«, hatte er gesagt, ein erstaunlich offenes Eingeständnis. Sie konnte verstehen, warum seine Frau ihm davonlief. Er sah erstaunlich gut aus, aber er war egozentrisch und hatte kein Gespür für die Gefühle anderer. Deshalb fand sie es merkwürdig, daß er seiner Frau nachrannte. Sie hätte ihn für den Typ gehalten, der für so etwas zu stolz war und eher sagte: »Zum Teufel mit ihr.« Vielleicht schätzte sie ihn falsch ein.

Sie fragte sich, wie seine Frau war. Hübsch? Sexy? Selbstsüchtig und verzogen? Eine eingeschüchterte Maus? Aber das würde sie wohl bald herausfinden – falls sie den Clipper noch erreichten.

Der Mechaniker brachte ihr einen Helm, und sie setzte ihn auf. Lovesey kletterte in die Maschine und brüllte über die Schulter: »Helfen Sie ihr hoch.« Der Mechaniker, der höflicher war als sein Arbeitgeber, half ihr erst in den Mantel. »Es ist kalt da oben, auch wenn die Sonne scheint«, erklärte er. Dann stemmte er sie hoch, und sie kletterte auf den Rücksitz. Er reichte ihre Reisetasche hinauf, und sie schob sie unter die Füße.

Als der Motor ansprang, wurde ihr mit einem nervösen Schauder bewußt, daß sie mit einem völlig Fremden flog.

Sie wußte so gut wie gar nichts über Mervyn Lovesey. Er konnte ein ganz und gar unfähiger Pilot sein, ungenügend ausgebildet und mit einer schlecht gewarteten Maschine. Er konnte sogar ein Mädchenhändler sein, der sie an ein türkisches Bordell verkaufen wollte. Nein, dazu war sie viel zu alt. Aber sie hatte keinen Grund, Lovesey zu trauen. Mit Sicherheit wußte sie von ihm nur, daß er ein Engländer mit einem Sportflugzeug war.

Nancy war bisher insgesamt dreimal geflogen, doch immer in größeren Flugzeugen mit geschlossenen Kabinen, nie mit einem altmodischen Doppeldecker. Es war, als starte man in einem Wagen mit aufgeklapptem Verdeck. Der Wind peitschte gegen ihre Helme, als sie mit dem Dröhnen des Motors in den Ohren die Startbahn entlangrasten.

Die Passagierflugzeuge, mit denen Nancy geflogen war, hatten sich sanft in die Luft geschwungen, wie ihr nun im Vergleich mit diesem Doppeldecker schien, der hochsprang wie ein Pferd, das eine Hürde nehmen will. Dann ging Lovesey so scharf in die Kurve, daß Nancy Angst bekam, sie würde trotz des Sicherheitsgurts in die Tiefe stürzen. Sie klammerte sich so fest, daß ihre Finger schmerzten. Hatte der Mann überhaupt einen Pilotenschein?

Jetzt richtete er die kleine Maschine auf, und sie begann rasch zu steigen. Das Erlebnis des Fliegens war faßbarer, weniger wundersam als in einem großen Passagierflugzeug. Nancy konnte die Flügel sehen, den Wind atmen und das Heulen des kleinen Motors hören, und sie konnte *spüren*, wie es sich in der Luft hielt, wie die Propeller Luft pumpten und der Wind die breite Stoffbespannung der Tragflügel hob, so wie man durch die Schnur, die man hielt, spürte, wie ein Drachen auf dem Wind ritt. In einem geschlossenen Flugzeug gab es das nicht.

Doch die Anstrengung der kleinen Maschine so direkt mitzufühlen weckte auch ein mulmiges Gefühl in ihr. Die Tragflügel waren nur zerbrechliche Holzspanten mit Stoffbespannung; der Propeller konnte steckenbleiben oder brechen oder sich lösen; der momentan so hilfreiche Wind konnte sich drehen und sich gegen sie wenden; es konnte zu Nebel, einem Gewitter oder Hagel kommen.

Doch all das schien doch unwahrscheinlich, da das Flugzeug sich in den Sonnenschein hob und die Nase tapfer Irland zuwandte. Nancy war, als säße sie auf einer riesigen gelben Libelle; sie spürte ein komisches Gefühl in der Magengegend, aber auch eine wundervolle Erregung wie auf einem Kettenkarussell.

Schon bald ließen sie die englische Küste hinter sich. Als sie westwärts über das Wasser flogen, gestattete Nancy sich ein wenig Schadenfreude. Peter würde in Kürze an Bord des Clippers gehen und sich gratulieren, daß er seine clevere ältere Schwester ausgetrickst hatte. Aber sein Triumph ist voreilig, dachte sie mit grimmiger Befriedigung. Er hatte sie nicht hereinlegen können. Er würde einen ordentlichen Schrecken bekommen, wenn er sie in Foynes ankommen sah. Sie konnte es kaum erwarten, sein dummes Gesicht zu sehen.

Aber sie hatte natürlich immer noch einen Kampf vor sich, auch wenn sie Peter einholen würde. Sie konnte ihn nicht einfach damit besiegen, daß sie zur Vorstandssitzung erschien. Sie würde Tante Tilly und Danny Riley überzeugen müssen, daß sie besser damit fuhren, ihre Anteile nicht zu verkaufen und zu ihr zu halten.

Sie hätte Peters hundsgemeines Verhalten gern aufgedeckt, damit ihnen allen klarwurde, wie er seine Schwester belogen und gegen sie intrigiert hatte; sie hätte ihn gern fertiggemacht, ihn gedemütigt, indem sie allen vor Augen hielt, was er für eine Schlange war. Aber sie fand nach kurzer Überlegung, daß das nicht klug wäre. Wenn sie ihre Wut und Verachtung zeigte, würde man möglicherweise annehmen, daß sie sich aus rein emotionalen Gründen gegen die Fusion stellte. Sie würde kühl und ruhig über die Zukunftsaussichten sprechen und so tun, als wäre ihre Meinungsverschiedenheit mit Peter rein geschäftlicher Natur. Sie alle wußten, daß sie ein besserer Geschäftsmann war als ihr Bruder.

Wie auch immer, ihre Argumente waren einleuchtend. Der Preis, der ihnen für ihre Anteile geboten wurde, leitete sich von Blacks Gewinn ab, der durch Peters miserable Geschäftsführung gering war. Nancy vermutete, daß sie sogar mehr bekommen würden, wenn sie die Gesellschaft einfach auflösten und Werk wie Läden einzeln verkauften. Am besten aber wäre, die Gesellschaft nach ihrem Plan umzustrukturieren und dadurch wieder gewinnbringend zu machen.

Es gab noch einen Grund zu warten: der Krieg. Krieg belebte das Geschäft im allgemeinen und für Firmen wie Black, die das Militär belieferten, im besonderen. Die Vereinigten Staaten würden vielleicht nicht am Krieg teilnehmen, aber zweifellos würde vorsorglich eine Aufstockung stattfinden. Also würden die Erträge ohnehin wieder steigen. Das war zweifellos auch der Grund, weshalb Nat Ridgeway die Gesellschaft kaufen wollte.

Sie grübelte über ihre Lage nach, während sie über die Irische See flogen, und arbeitete ihre Rede im Kopf aus. Sie probte zündende Sätze und Worte, sprach sie laut, denn sie war überzeugt, daß der Wind sie davontragen würde, ehe sie die behelmten Ohren Mervyn Loveseys einen Meter vor ihr erreichen könnten.

So vertieft war sie in ihre Rede, daß sie es kaum bemerkte, als der Motor das erstemal stockte.

»Der Krieg in Europa wird den Wert dieses Unternehmens innerhalb von zwölf Monaten verdoppeln«, sagte sie. »Wenn die Vereinigten Staaten in den Krieg eintreten, wird er sich erneut verdoppeln ...«

Als es zum zweitenmal passierte, riß es sie aus ihren Überlegungen. Das kontinuierliche hohe Dröhnen veränderte sich kurz wie der

Klang einer Wasserleitung, in die Luft eingedrungen ist. Es wurde wieder normal, veränderte sich erneut und entschied sich für einen anderen Ton, einen schwankenden, merklich schwächeren Ton, der Nancy erschreckte.

Die Maschine verlor an Höhe.

»Was ist los?« brüllte Nancy, so laut sie konnte, erhielt jedoch keine Antwort. Entweder konnte Lovesey sie nicht hören, oder er war zu beschäftigt, um zu antworten.

Wieder änderte sich der Ton des Motors, er wurde höher, als hätte der Pilot Gas gegeben, und die Maschine flog wieder in gleichbleibender Höhe.

Nancy war beunruhigt. Was ging vor? Handelte es sich um ein ernstes Problem oder nicht? Sie hätte gerne Loveseys Gesicht gesehen, aber er hielt es starr nach vorn gerichtet.

Das Motorgeräusch blieb nicht mehr gleichmäßig. Manchmal erreichte es für kurze Zeit das vorherige tiefe Dröhnen, dann schwankte es aufs neue und wurde unregelmäßig. Verängstigt spähte Nancy nach vorn, um festzustellen, ob sich an der Drehung des Propellers etwas änderte, aber es war nichts zu bemerken. Doch jedesmal, wenn der Motor stotterte, verlor die Maschine ein wenig an Höhe.

Nancy hielt diese Anspannung nicht mehr aus. Sie öffnete ihren Sicherheitsgurt, beugte sich nach vorn und tippte auf Loveseys Schulter. Er drehte den Kopf ein wenig, und sie brüllte ihm ins Ohr: »Was ist los?«

»Weiß nicht!« brüllte er zurück.

Sie hatte viel zuviel Angst, sich damit zufriedenzugeben. »Was stimmt nicht?«

»Ein Zylinder macht Mucken, glaube ich.«

»Und wie viele Zylinder hat der Motor?«

»Vier.«

Das Flugzeug sackte ruckhaft ein wenig durch. Hastig lehnte sich Nancy in ihren Sitz zurück und schnallte sich wieder an. Sie fuhr Auto und nahm an, daß ein Wagen auch weiterfahren konnte, wenn ein Zylinder aussetzte. Aber ihr Cadillac hatte immerhin zwölf. Konnte ein Flugzeug mit drei von vier Zylindern fliegen? Die Ungewißheit wurde quälend.

Sie verloren jetzt zunehmend an Höhe. Nancy vermutete, daß die Maschine auch mit drei Zylindern weiterfliegen konnte, aber nicht sehr lange. Wie bald würden sie in die See stürzen? Sie spähte in die Ferne und entdeckte zu ihrer Erleichterung Land. Nun konnte sie sich nicht mehr zurückhalten. Erneut öffnete sie ihren Gurt und wandte sich mit lauter Stimme wieder an Lovesey: »Können wir das Land erreichen?«

»Weiß nicht!« brüllte er zurück.

»Was wissen Sie überhaupt?« schrie sie mit vor Furcht schriller Stimme. Sie zwang sich zur Ruhe. »Was schätzen Sie?«

»Halten Sie den Mund! Ich muß mich konzentrieren!«

Sie lehnte sich wieder zurück. Vielleicht sterbe ich jetzt, dachte sie. Sie kämpfte gegen ihre Panik an und zwang sich, ruhig zu bleiben. Wie gut, daß ich meine Jungs noch großziehen konnte, dachte sie. Es wird schwer für sie sein, vor allem, da sie bereits ihren Vater durch einen Autounfall verloren haben. Aber sie sind jetzt Männer, groß und stark, und an Geld wird es ihnen nie mangeln. Es wird ihnen gutgehen.

Ich wollte, ich hätte noch einmal einen Liebhaber gehabt. Wie lange ist es eigentlich her? Zehn Jahre! Kein Wunder, daß ich mich daran gewöhne. Warum bin ich nicht gleich Nonne geworden? Ich hätte mit Nat Ridgeway schlafen sollen, er wäre sicher nett zu mir gewesen.

Sie war ein paarmal mit einem neuen Verehrer ausgegangen, kurz bevor sie nach Europa reiste, einem ledigen Wirtschaftsprüfer ihres Alters, aber mit ihm hätte sie nicht ins Bett gehen wollen. Er war gütig, aber schwach, wie viele Männer, die sie kennengelernt hatte. Sie sahen ihre Stärke und suchten einen ruhigen Hafen in ihren Armen. Aber ich wünsche mir einen Mann, der ein Hafen für mich ist! dachte sie.

Wenn ich hier heil davonkomme, werde ich mir zumindest noch einen Liebhaber anlachen, bevor ich sterbe.

Jetzt wird Peter doch gewinnen, dachte sie. Das war eine verdammte Schande. Die Firma war das einzige, was von ihrem Vater geblieben war, und würde nun aufgesogen werden und in der amorphen Masse von General Textiles untergehen. Vater hatte sein ganzes Leben hart gearbeitet, dieses Unternehmen aufzubauen, und Peter hatte es auf seine faule, selbstsüchtige Weise in fünf Jahren zugrunde gerichtet.

Manchmal vermißte sie ihren Vater immer noch. Er war ein so kluger Mann gewesen. Wann immer es ein Problem gegeben hatte – ob es nun um eine große geschäftliche Krise ging wie die Wirtschaftskrise, oder um eine kleinere Familienangelegenheit, wenn einer der Jungs sich in der Schule nicht anstrengte –, Vater fand immer eine Möglichkeit, alles zum Guten zu wenden. Vater war in technischen Dingen immer sehr geschickt gewesen, und die Hersteller der großen Maschinen, die in der Schuhfabrik benötigt wurden, hatten häufig erst seinen Rat eingeholt, bevor der Konstruktionsplan abgesegnet wurde. Nancy war mit dem Fertigungsvorgang völlig vertraut, aber ihre Stärke bestand darin, vorherzusehen, welche modischen Formen zum Renner würden; und seit sie die Fabrik leitete, machten sie mit Damenschuhen mehr Gewinn als mit Herrenschuhen. Sie hatte sich nie durch den Schatten ihres Vaters gehemmt gefühlt wie Peter; Vater fehlte ihr, weil sie ihn geliebt hatte.

Plötzlich erschien ihr der Gedanke, daß sie sterben würde, lächerlich und unwirklich. Das wäre, als fiele der Vorhang vor dem Ende des Stückes, wenn der Hauptdarsteller noch mitten im Deklamieren war. So etwas passierte einfach nicht. Eine Zeitlang fühlte sie sich auf völlig vernunftwidrige Weise fröhlich und war überzeugt, daß ihr nichts passieren würde.

Das Flugzeug verlor weiter an Höhe, während die irische Küste schnell näher kam. Schon bald konnte sie die smaragdgrünen Wiesen und braunen Moore sehen. Von dort stammen die Blacks, dachte sie erregt.

Unmittelbar vor ihr begannen sich Mervyn Loveseys Kopf und Schultern heftig zu bewegen, als plage er sich mit der Steuerung; sogleich wechselte Nancys Stimmung wieder, und sie fing an zu beten. Sie war katholisch erzogen worden, aber seit Seans Tod nicht mehr zur Kirche gegangen. Sie wußte nicht so recht, ob sie gläubig war oder nicht, doch jetzt betete sie inbrünstig, schlimmer machen konnte sie ihre Lage damit bestimmt nicht. Sie betete das Vaterunser, dann darum, daß Gott sie rette, so daß sie wenigstens noch erleben könnte, daß Hugh heiratete und eine Familie gründete; und daß sie ihre Enkel noch sehen könnte; und sie betete, weil sie die Firma behalten und ihre Arbeiter und Angestellten weiterbeschäftigen und gute Schuhe für gewöhnliche Sterbliche machen wollte; und weil sie ein bißchen Glück für sich selbst wollte. Plötzlich wurde ihr bewußt, daß ihr Leben viel zu lange nur aus Arbeit bestanden hatte.

Sie konnte jetzt die weißen Schaumkronen der Wellen sehen. Die verschwommene Küstenlinie wurde zu Brandung, Strand, Klippen und grünen Wiesen. Ängstlich fragte sie sich, ob sie imstande sein würde, an Land zu schwimmen, falls das Flugzeug ins Wasser stürzte. Sie hielt sich für eine gute Schwimmerin, aber in einem Swimmingpool sorglos hin und her zu paddeln war etwas anderes, als in bewegter See durchzuhalten. Das Wasser würde sehr kalt sein. Wie hieß doch das Wort, wenn jemand erfror? Unterkühlung! *Mrs. Lenehans Flugzeug stürzte in die Irische See, und sie starb an Unterkühlung,* würde der *Boston Globe* schreiben. Sie fröstelte in ihrem Kaschmirmantel.

Falls das Flugzeug wirklich abstürzte, würde sie vielleicht gar nicht so lange leben, daß sie die Wassertemperatur spürte. Sie fragte sich, wie schnell es war. Es flog gewöhnlich mit einer Reisegeschwindigkeit von hundertfünfundvierzig Stundenkilometern, hatte Lovesey ihr erklärt; aber es verlor jetzt auch an Geschwindigkeit. Wie viele Stundenkilometer es wohl jetzt machte? Angenommen, es waren achtzig. Sean war achtzig gefahren, als es zum Unfall kam, und er hatte es nicht überlebt. Nein, es war sinnlos zu überlegen, wie weit sie schwimmen könnte.

Die Küste kam näher. Vielleicht waren ihre Gebete erhört worden; vielleicht konnte das Flugzeug doch noch auf festem Boden landen. Die Motorgeräusche waren zumindest nicht schlimmer geworden, ein hohes, unregelmäßiges Dröhnen – wie das rachsüchtige Summen einer verwundeten Wespe. Jetzt fing sie an, sich Sorgen zu machen, wo sie herunterkommen würden, falls sie es bis zur Küste schafften. Konnte ein Flugzeug auf einem Sandstrand landen? Oder auf einem Kiesstrand? Auf einer Wiese wäre es möglich, wenn sie nicht zu uneben war; aber wie sah es bei einem Torfmoor aus?

Sie würde es früh genug erfahren.

Die Küste befand sich nun höchstens noch einen halben Kilometer entfernt, Nancy erkannte, daß sie felsig und die Brandung außerordentlich stark war. Der Strand sah entsetzlich gezackt aus, stellte sie bestürzt fest. Er war mit spitzen, scharfkantigen Felsbrocken übersät. Oberhalb niedriger Klippen begann eine Moorlandschaft. Ein paar Schafe weideten dort. Sie studierte das Moorland. Es sah eben aus. Es gab kein Gebüsch, nur ein paar vereinzelte Bäume. Vielleicht konnte das Flugzeug dort landen? Sie wußte nicht, ob sie hoffen oder sich auf den Tod einstellen sollte.

Der gelbe Doppeldecker kämpfte sich tapfer weiter, verlor jedoch immer mehr an Höhe. Der Salzgeruch der See stieg Nancy in die Nase. Es wäre bestimmt besser, auf dem Wasser niederzugehen, dachte sie furchterfüllt, statt auf diesem Strand. Die scharfen Felsen würden die zerbrechliche kleine Maschine in Stücke reißen – und die Insassen dazu.

Sie hoffte, es würde ein schneller Tod scin.

Als der Strand noch ungefähr hundert Meter entfernt war, erkannte sie, daß das Flugzeug gar nicht dorthin steuerte, dazu flog es noch zu hoch. Lovesey wollte anscheinend zu der Weide auf der Klippe. Aber konnte er es schaffen? Sie waren bereits jetzt fast auf der Höhe des Klippenrandes und sanken nach wie vor. Sie würden an der Klippenwand zerschellen! Nancy wollte die Augen schließen, wagte es jedoch nicht. Statt dessen starrte sie wie hypnotisiert auf die heranrasende Klippe.

Die Maschine heulte wie ein verwundetes Tier. Der Seewind blies Gischt in Nancys Gesicht. Die Schafe auf der Klippe flohen in alle Richtungen, als das Flugzeug auf sie zustieß. Nancy umklammerte den Rand des Cockpits. Sie schienen geradewegs auf den Klippenrand zuzufliegen. Wir prallen dagegen, dachte sie; das ist das Ende! Da hob eine Böe den Doppeldecker eine Spur, und sie dachte schon, sie wären darüber. Doch er sank wieder. Der Klippenrand wird die kleinen gelben Räder abreißen, dachte sie. Und dann, als die Klippe nur noch einen Sekundenbruchteil entfernt war, schloß sie die Augen und schrie.

Einen Moment geschah nichts.

Dann kam ein heftiger Aufprall, und Nancy wurde schmerzhaft gegen ihren Gurt gepreßt. Einen Herzschlag lang glaubte sie, sie würde sterben. Dann spürte sie, wie sich die Maschine wieder hob. Sie hörte auf zu schreien und öffnete die Augen.

Sie waren noch in der Luft, etwa einen Meter über der Klippe. Wieder setzte das Flugzeug auf, und diesmal blieb es unten. Nancy wurde erbarmungslos durchgerüttelt, als es über den unebenen Boden holperte. Sie sah, daß sie auf ein Dorngestrüpp zubrausten, und sie wußte, daß sie doch noch bruchlanden würden. Da machte Lovesey eine Bewegung, und das Flugzeug entging dem Hindernis. Das Holpern ließ nach, sie wurden langsamer. Nancy konnte kaum glauben, daß sie noch lebte. Das Flugzeug hielt schwankend an.

Erleichterung schüttelte sie wie ein Anfall. Sie zitterte am ganzen Leib und spürte, daß sie hysterisch zu werden drohte. Mit aller Kraft nahm sie sich zusammen. »Es ist vorbei«, sagte sie laut. »Es ist vorbei, es ist vorbei. Mir ist nichts passiert.«

Lovesey stemmte sich hoch und kletterte mit einem Werkzeugkasten in der Hand aus dem Pilotensitz. Ohne sie eines Blickes zu würdigen, sprang er hinunter, ging nach vorn ans Flugzeug, öffnete die Haube und studierte den Motor.

Er hätte mich wenigstens fragen können, wie es mir geht, dachte Nancy.

Auf eigenartige Weise wirkte Loveseys Rüpelhaftigkeit jetzt beruhigend auf sie. Sie schaute sich um. Die Schafe weideten wieder, als wäre nichts geschehen. Nun, da der Motor verstummt war, hörte Nancy, wie die Brandung sich klatschend gegen den Strand warf. Die Sonne schien, aber ein naßkalter Wind streifte ihre Wangen.

Sie blieb noch einen Augenblick sitzen. Erst, als sie sicher war, daß ihre Beine sie tragen würden, stand sie auf und kletterte aus dem

Flugzeug. Zum erstenmal in ihrem Leben stand sie auf irischem Boden, und das rührte sie fast zu Tränen. Von hier kamen wir, dachte sie, vor vielen Jahren. Unterdrückt von den Briten, verfolgt von den Protestanten, ausgehungert durch die große Hungersnot, haben wir unsere Heimat verlassen und sind dicht gedrängt auf hölzernen Schiffen zu einer neuen Welt gesegelt.

Und wie typisch irisch meine Rückkehr ist, dachte sie grinsend. Ich wäre bei der Ankunft fast draufgegangen!

Genug der Gefühlsduselei! Sie lebte, aber konnte sie den Clipper noch erreichen? Sie schaute auf die Armbanduhr. Fast Viertel nach zwei. Der Clipper war eben von Southampton gestartet. Sie konnte Foynes noch rechtzeitig erreichen, falls der Doppeldecker wieder in die Luft zu kriegen war und sie den Mut aufbrachte, wieder einzusteigen.

Sie ging nach vorn. Lovesey drehte einen riesigen Schraubenschlüssel, um eine Mutter zu lösen. »Können Sie es richten?« fragte Nancy.

Er blickte nicht auf. »Weiß nicht.«

»Woran liegt es?«

»Weiß nicht.«

Seine wortkarge Stimmung ärgerte sie. Gereizt fragte Nancy: »Haben Sie nicht behauptet, Sie seien Ingenieur?«

Das saß. Er blickte sie an und entgegnete: »Ich habe Mathematik und Physik studiert. Mein Fach ist Luftwiderstand komplexer Wölbungen. Ich bin kein Mechaniker.«

»Dann sollten wir einen Mechaniker holen.«

»Sie finden auf dieser ganzen verdammten Insel keinen. Das Land befindet sich noch in der Steinzeit.«

»Nur, weil die brutalen Briten so viele Jahrhunderte auf dem irischen Volk herumgetrampelt sind!«

Er zog den Kopf aus der Haube und richtete sich auf. »Was zum Teufel soll dieses Geschwafel über Politik?«

»Sie haben es nicht einmal für nötig gefunden, sich zu erkundigen, wie es mir geht!«

»Ich sehe auch so, daß Ihnen nichts passiert ist.«

»Sie haben mich fast umgebracht!«

»Ich habe Ihnen das Leben gerettet.«

Der Mann war einfach unmöglich.

Sie ließ den Blick über den Horizont schweifen. Einige hundert Meter entfernt erstreckte sich eine Hecke oder auch Mauer, vielleicht an einer Straße entlang. Und nur ein Stückchen weiter sah sie mehrere niedrige Strohdächer dicht beisammen. Vielleicht konnte sie dort einen Wagen bekommen, der sie nach Foynes brachte. »Wo sind wir?« fragte sie. »Und sagen Sie nicht, daß Sie es nicht wissen!«

Er grinste. Er überraschte sie erneut damit, daß er gar nicht so übellaunig war, wie es den Anschein hatte. »Ich glaube, in der Nähe von Dublin.«

Sie beschloß, nicht untätig hier herumzustehen, während er am Motor bastelte. »Ich hole Hilfe«, erklärte sie.

Er blickte auf ihre Füße. »Weit werden Sie in Ihren Stöckelschuhen nicht kommen!«

Ich werd' es ihm zeigen! dachte sie wütend. Sie hob den Rock und löste rasch die Strümpfe. Er starrte sie an und bekam einen roten Kopf. Sie rollte die Strümpfe hinunter und zog sie mit den Schuhen aus. Es amüsierte sie, ihn so aus der Fassung zu bringen. Während sie die Schuhe in die Manteltaschen steckte, sagte sie: »Ich bin bald zurück.« Barfuß marschierte sie los.

Mit dem Rücken zu ihm gestattete sie sich nach ein paar Metern ein breites Grinsen. Er war so verdutzt gewesen! Geschah ihm recht, wenn er schon so gottverdammt herablassend tat!

Die Freude, ihn übertrumpft zu haben, schwand allerdings rasch. Ihre Füße wurden naß, kalt und schmutzig. Die Häuschen waren weiter entfernt, als sie geglaubt hatte. Sie wußte noch nicht einmal, was sie tun würde, wenn sie sie erreichte. Am besten jemanden suchen, der sie nach Dublin bringen würde. Lovesey hatte wahrscheinlich recht, was die Knappheit von Mechanikern in Irland betraf.

Sie brauchte zwanzig Minuten, um die winzige Ortschaft zu erreichen.

Hinter dem ersten Haus entdeckte sie eine kleine Frau, die in Holzpantoffeln ihren Gemüsegarten umgrub. »Hallo!« rief Nancy.

Die Frau riß den Kopf hoch und schrie erschrocken auf.

»Mein Flugzeug hat einen Motorschaden«, erklärte Nancy.

Die Frau starrte sie an, als käme sie aus dem Weltraum.

Nancy wurde bewußt, daß sie in Kaschmirmantel und mit nackten Füßen einen etwas ungewöhnlichen Anblick bieten mußte. Wahrscheinlich wäre für die Kätnerin, die in ihrem Garten buddelte, ein Geschöpf von einem anderen Stern nicht überraschender gewesen als eine Frau aus einem Flugzeug. Die Frau streckte vorsichtig die Hand aus und berührte Nancys Mantel. Das machte Nancy verlegen. Die Frau benahm sich, als wäre Nancy eine Göttin.

»Ich bin Irin«, versicherte ihr Nancy, um dadurch vielleicht ein wenig menschlicher auf die Kätnerin zu wirken.

Die Frau lächelte und schüttelte den Kopf, als wolle sie sagen: Mich täuschen Sie nicht!

»Ich muß nach Dublin«, sagte Nancy.

Das erschien der Frau begreiflich, und endlich sagte sie etwas: »O ja, natürlich.« Offensichtlich fand sie, daß Erscheinungen wie Nancy in die Großstadt gehörten.

Nancy war erleichtert, daß sie Englisch sprach. Sie hatte schon befürchtet, die Frau würde nur Gälisch verstehen. »Wie weit ist es?«

»Mit einem anständigen Pferd könnten Sie es in eineinhalb Stunden schaffen«, antwortete die Frau mit melodischer Stimme.

Das brachte sie nicht weiter. In zwei Stunden beendete der Clipper seine Zwischenlandung in Foynes auf der entgegengesetzten Seite der Insel. »Hat irgend jemand hier ein Automobil?«

»Nein.«

»Verdammt!«

»Aber der Schmied hat ein Motorrad.«

»Das würde genügen.« In Dublin konnte sie vielleicht einen Wagen bekommen, der sie nach Foynes brachte. Sie wußte nicht recht, wie weit es bis Foynes war oder wie lange so eine Fahrt dauern würde, aber versuchen mußte sie es. »Wo ist der Schmied?«

»Ich führe Sie hin.« Die Frau stieß den Spaten in die Erde.

Nancy folgte ihr um die Kate herum. Die Straße war nur ein etwas breiterer, ungepflasterter Weg, wie Nancy bestürzt feststellte. Da kam ein Motorrad nicht viel schneller voran als ein Pferd.

Noch etwas wurde ihr bewußt, während sie durch die Ortschaft stapften. Auf dem Motorrad hatte außer dem Fahrer nur noch eine Person Platz. Sie hatte eigentlich vorgehabt, zu dem Doppeldecker zurückzukehren und Lovesey zu holen, wenn sie einen Wagen bekommen konnte. Doch auf dem Motorrad konnte nur einer mitgenommen werden – außer der Besitzer war bereit, es zu verkaufen, dann könnte Lovesey es fahren und sie sich hinter ihn setzen. Damit könnten sie sogar bis Foynes fahren, dachte sie aufgeregt.

Sie gingen zu einer Werkstatt, die am letzten Haus des Orts angebaut war – und Nancys Hoffnung schwand dahin. Das Motorrad lag in Einzelteile zerlegt auf dem Erdboden verstreut, und der Schmied arbeitete daran. »Verdammt!« brummte Nancy.

Die Frau redete in Gälisch auf den Schmied ein. Leicht amüsiert blickte er Nancy an. Er war sehr jung und hatte das schwarze Haar und die blauen Augen der Iren, außerdem einen buschigen Schnurrbart. Er nickte verständnisvoll, dann sagte er zu Nancy: »Wo ist Ihr Flugzeug?«

»Etwa einen Dreiviertelkilometer von hier. Verstehen Sie etwas von Flugzeugen?« fragte sie skeptisch.

Er zuckte die Schultern. »Motoren sind Motoren.«

Sie dachte, wenn er ein Motorrad zerlegen kann, konnte er vielleicht auch einen Flugzeugmotor reparieren.

Doch da fuhr der Schmied schon fort: »Aber es hört sich an, als würde ich nicht mehr gebraucht.«

Nancy runzelte die Stirn, dann hörte sie es auch: ein Flugzeuggeräusch. Konnte es die Tiger Moth sein? Sie rannte hinaus und spähte zum Himmel. Tatsächlich, die kleine gelbe Maschine flog tief über den Ort.

Lovesey hatte sie repariert – und war losgeflogen, ohne auf sie zu warten!

Ungläubig blickte sie hinauf. Wie konnte er ihr das antun? Er hatte sogar ihre Reisetasche im Flugzeug!

Der Doppeldecker schwenkte über die Ortschaft, als wolle er sie verspotten. Sie drohte mit der Faust. Lovesey winkte ihr zu und zog die Maschine hoch.

Sie blickte ihr nach. Der Schmied und die Kätnerin standen neben ihr. »Er fliegt ohne Sie weg«, stellte der Schmied fest.

»Er ist ein herzloses Ungeheuer!«

»Ihr Mann?«

»Ganz gewiß nicht!«

»Das ist vielleicht auch gut.«

Nancy war regelrecht übel. Zwei Männer hatten sie heute betrogen. Stimmt etwas mit mir nicht? fragte sie sich.

Nun konnte sie gleich aufgeben. Den Clipper würde sie nicht mehr erwischen. Peter würde die Firma an Nat Ridgeway verkaufen, und das war's dann.

Das Flugzeug legte sich schräg und drehte. Lovesey schlug nun Kurs auf Foynes ein, nahm sie an. Er würde seine durchgebrannte Frau einholen. Nancy hoffte, daß sie sich weigern würde, zu ihm zurückzukehren.

Unerwartet drehte das Flugzeug weiter. Als seine Nase auf die Ortschaft gerichtet war, legte es sich gerade. Was machte er jetzt?

Es folgte der Linie der schmalen Straße und ging tiefer. Weshalb kam er zurück? Als das Flugzeug sich näherte, fragte sich Nancy, ob er landen würde. Stockte der Motor schon wieder?

Die kleine Maschine setzte auf der Straße auf und rollte auf die drei Personen vor der Schmiede zu.

Nancy wurde ganz schwach vor Erleichterung. Er war gekommen, sie zu holen!

Das Flugzeug hielt heftig vibrierend vor ihr an. Mervyn brüllte etwas, das sie nicht verstehen konnte. »Was?« schrie sie. Ungeduldig winkte er ihr. Sie rannte zur Maschine. Er beugte sich zu ihr hinunter und brüllte: »Worauf warten Sie? Steigen Sie ein!«

Sie schaute auf die Uhr. Viertel vor drei. Sie konnten es noch rechtzeitig nach Foynes schaffen! Ihr Herz schlug vor Freude höher. Ich bin noch nicht am Ende, dachte sie.

Der junge Schmied kam mit verschmitztem Blick näher und schrie: »Warten Sie, ich helf' Ihnen.« Er verschränkte die Hände zur Räuberleiter. Sie setzte ihren schmutzigen Fuß darauf, und er schob sie hoch. Sie kletterte auf ihren Sitz.

Das Flugzeug setzte sich sofort wieder in Bewegung.

Sekunden später waren sie in der Luft.

Mervyn Loveseys Frau war sehr glücklich.

Diana hatte sich gefürchtet, als der Clipper startete, doch jetzt war sie in absoluter Hochstimmung. Sie war noch nie zuvor geflogen. Mervyn hatte sie kein einziges Mal eingeladen, ihn in seinem kleinen Flugzeug zu begleiten, obwohl sie Tage damit verbracht hatte, es für ihn leuchtend gelb zu bemalen. Sobald die anfängliche Nervosität überwunden war, stellte sie fest, daß es ein herrlich aufregendes Gefühl war, sich so hoch in den Lüften in einer Art exklusivem Hotel mit Schwingen zu befinden und hinunterzublicken auf Englands Wiesen und Felder, Straßen und Eisenbahnen, Häuser und Kirchen und Fabriken. Sie fühlte sich frei. Sie *war* frei! Sie hatte Mervyn verlassen und war mit Mark durchgebrannt.

Gestern abend hatten sie sich im Hotel South-Western in Southampton als Mr. und Mrs. Alder eingetragen und dann zum erstenmal eine ganze Nacht miteinander verbracht. Sie hatten sich geliebt, dann geschlafen, und als sie am Morgen aufwachten, wieder geliebt. Ein wahrer Luxus nach drei Monaten viel zu kurzer Nachmittage und hastiger Küsse.

Mit dem Clipper zu fliegen war wie in einem Film. Man war von geschmackvoller Pracht umgeben, von eleganten Mitreisenden, die beiden Stewards waren auf unaufdringliche Weise zuvorkommend, alles verlief wie nach einem guten Drehbuch, und wo man hinsah, entdeckte man berühmte Persönlichkeiten: Baron Gabon, der reiche Zionist, der sich fast ununterbrochen angeregt mit seinem hageren Begleiter unterhielt. Der als Faschist bekannte Lord Oxenford mit seiner schönen Gemahlin. Prinzessin Lavinia Bazarov, eine der Säulen der Pariser Gesellschaft, saß sogar in Dianas Abteil am Fensterplatz ihres Sofas.

Den anderen Fensterplatz dieser Seite, der Prinzessin gegenüber, hatte der Filmstar Lulu Bell. Diana kannte viele ihrer Filme, wie *Mein Vetter Jake, Seelenqual, Heimlichkeiten, Die schöne Helena.* Diese und andere waren in den Paramount-Lichtspielen in Manchester aufgeführt worden. Die größte Überraschung war jedoch, daß Mark sie persönlich kannte. Kaum hatten sie sich auf ihren Plätzen niedergelassen, hatte eine durchdringende Stimme gerufen: »Mark! Mark Alder! Bist du es wirklich?« Als Diana sich umdrehte, sah sie eine zierliche Blondine, die wie ein Kanarienvogel auf Mark zuflog.

Es stellte sich heraus, daß die beiden vor vielen Jahren, ehe Lulu ein Star war, gemeinsam an einer Radioshow in Chicago gearbeitet hatten. Mark hatte Diana vorgestellt, und Lulu war wirklich süß gewesen und hatte gesagt, wie schön Diana war und welches Glück Mark gehabt hatte, sie zu finden. Aber natürlich war sie mehr an Mark interessiert, und die beiden unterhielten sich bereits seit dem Start unentwegt. Sie schwelgten in Erinnerungen über vergangene Zeiten, als sie noch jung und knapp bei Kasse waren, in billigen Quartieren gehaust und die ganze Nacht schwarzgebrannten Schnaps getrunken hatten.

Diana hatte nicht gedacht, daß Lulu so klein war. In ihren Filmen wirkte sie größer. Jünger ebenfalls. Und aus solcher Nähe sah sie auch, daß Lulus Blond nicht echt war wie ihres. Aber ihr lebhaftes, vergnügtes Wesen, ihr Markenzeichen in den meisten Filmen, war echt. Selbst jetzt war sie der Mittelpunkt. Obwohl sie sich mit Mark unterhielt, blickten alle zu ihr herüber: Prinzessin Lavinia in der Ecke, die zwei Herren auf der anderen Seite des Mittelgangs und sie selbst.

Lulu erzählte von einer Radiosendung, während der einer der Sprecher gegangen war, weil er gedacht hatte, seine Rolle wäre zu Ende; tatsächlich hatte er aber am Ende des Stücks noch einen Satz zu sprechen. »Ich sagte meinen letzten Satz, ›Wer hat die Ostertorte gegessen?‹, und wartete. Alle schauten sich um, aber George war verschwunden! Ein sehr *langes* Schweigen folgte.« Sie legte der dramatischen Wirkung wegen selbst eine Pause ein. Diana lächelte. Was taten die Leute wirklich, wenn während einer Radioshow etwas schiefging? Sie hörte oft Rundfunk, konnte sich jedoch nicht erinnern, daß so etwas je vorgekommen war. Lulu fuhr fort: »Also sagte ich meinen Satz noch einmal: ›Wer hat die Ostertorte gegessen?‹ Dann machte ich so weiter.« Sie senkte das Kinn und sprach mit überraschend glaubhafter, mürrischer Männerstimme: »Muß wohl die Katze gewesen sein.«

Alle lachten.

»Und das war das Ende der Show«, schloß sie.

Diana erinnerte sich, daß ein Sprecher während einer Übertragung so über einen Versprecher erschrak, daß ihm »Großer Gott!« herausgerutscht war. »Ich habe einmal einen Sprecher fluchen gehört«, sagte sie. Sie wollte die Geschichte erzählen, aber Mark unterbrach sie: »Das kommt ständig vor.« Er wandte sich wieder Lulu Bell zu und gab ein Beispiel zum besten.

Sowohl Mark wie Lulu bogen sich darüber vor Lachen, und auch Diana lächelte, aber sie fing an, sich ausgeschlossen zu fühlen. Sie dachte, daß sie ziemlich verwöhnt war. Drei Monate lang, während Mark allein in einer fremden Stadt gewesen war, hatte sie sich seiner ungeteilten Aufmerksamkeit erfreut. Das konnte natürlich nicht so weitergehen. Sie würde sich daran gewöhnen müssen, daß sie ihn von jetzt an mit anderen teilen mußte. Aber niemand konnte sie zwingen, die Rolle der Zuhörerin zu spielen. Sie wandte sich Prinzessin Lavinia zu, die rechts von ihr saß, und fragte: »Hören Sie gern Radio, Prinzessin?«

Die greise Russin rümpfte ihre schmale Adlernase und antwortete: »Ich finde es etwas gewöhnlich.«

Diana hatte nicht zum erstenmal mit hochnäsigen alten Damen zu tun und ließ sich nicht von ihnen einschüchtern. »O wirklich? Erst gestern abend wurden Beethovens Quintette gesendet.«

»Deutsche Musik ist so mechanisch«, entgegnete die Prinzessin.

Ihr konnte man nichts recht machen, schloß Diana. Die Prinzessin hatte früher zur müßigsten und privilegiertesten Klasse gehört, die es je auf der Welt gab, und sie wollte, daß jeder sich dessen bewußt wurde. So gab sie vor, daß nichts, was ihr geboten wurde, so gut war, wie sie es einst gewöhnt gewesen war. Sie war bestimmt nicht nur als Mitreisende langweilig.

Davy, der Steward, der für die hintere Hälfte des Flugzeugs zuständig war, erschien, um Bestellungen für Cocktails entgegenzunehmen. Er war ein kleiner, adretter, charmanter junger Mann mit blondem Haar. Er kam den weichen Teppichboden des Mittelgangs mit federnden Schritten entlang. Diana bat um einen trockenen Martini. Sie hatte keine Ahnung, was das war, aber aus Filmen erinnerte sie sich, daß es in Amerika ein beliebter Drink war.

Sie studierte die zwei Männer auf der anderen Seite des Abteils. Beide schauten aus dem Fenster. Der näher sitzende war ein gutaussehender junger Mann in einem fast zu auffälligen Anzug. Er war breitschultrig wie ein Sportler und trug mehrere Ringe. Seiner dunklen Hautfarbe nach konnte er ein Südamerikaner sein, fand Diana. Der Mann ihm gegenüber paßte eigentlich nicht so recht hierher. Sein Anzug saß schlecht, und sein Hemdkragen war abgewetzt. Er sah gar nicht so aus, als könnte er sich ein Clipperticket leisten. Sein Kopf war kahl wie eine Glühbirne. Die beiden Männer unterhielten sich nicht miteinander, ja, blickten einander nicht einmal an, trotzdem war Diana überzeugt, daß sie zusammengehörten.

Sie fragte sich, was Mervyn jetzt wohl machte. Bestimmt hatte er ihren Brief inzwischen gelesen. Vielleicht weint er, dachte sie schuldbewußt. Nein, das sähe ihm nicht ähnlich. Wahrscheinlicher war, daß er tobte. Aber an wem konnte er seine Wut auslassen? An seinen bedauernswerten Angestellten vielleicht. Sie wünschte sich, ihr Brief wäre freundlicher gewesen oder zumindest etwas aufschlußreicher. Aber sie war einfach zu aufgewühlt gewesen. Wahrscheinlich würde er ihre Schwester Thea anrufen. Er würde annehmen, daß Thea wußte, was sie vorhatte. Aber Thea hatte keine Ahnung. Sie würde sich Sorgen machen. Wie würde sie es den Zwillingen erklären? Der Gedanke machte Diana das Herz schwer. Ihre kleinen Nichten würden ihr fehlen.

Davy kam mit ihren Drinks zurück. Mark prostete Lulu zu, dann Diana – fast, als wäre es ihm erst im letzten Moment noch eingefallen, dachte sie verärgert. Sie kostete ihren Martini und hätte ihn fast ausgespuckt. »Puh!« entfuhr es ihr. »Das schmeckt ja wie purer Gin!«

Alle lachten. »Es ist ja auch fast nur Gin, mein Liebling«, erklärte Mark. »Hast du denn noch nie einen Martini getrunken?«

Diana schämte sich. Wie ein Schulmädchen an der Bar hatte sie keine Ahnung gehabt, was das war, was sie bestellte. All die welterfahrenen Leute hier hielten sie nun für eine dumme Provinzlerin.

»Gestatten Sie, daß ich Ihnen etwas anderes bringe, Ma'am?« fragte Davy.

»Dann bitte ein Glas Champagner«, sagte sie verdrossen.

»Sofort.«

Diana wandte sich verstimmt an Mark. »Ich habe noch nie zuvor einen Martini getrunken und dachte mir, ich sollte einmal einen versuchen. Daran ist doch nichts auszusetzen, oder?«

»Natürlich nicht, mein Liebling.« Er tätschelte beruhigend ihr Knie.

Prinzessin Lavinia meldete sich näselnd zu Wort. »Dieser Weinbrand ist abscheulich, junger Mann. Bringen Sie mir lieber Tee.«

»Sofort, Ma'am.«

Diana beschloß, zur Toilette zu gehen. Sie stand auf. »Entschuldigen Sie mich«, sagte sie und ging durch den Türbogen, der zum Heck führte.

Sie kam durch ein weiteres Passagierabteil, das genau wie das ihre aussah, und erreichte das Heck. An einer Seite befand sich ein kleines Abteil mit nur zwei Fluggästen und auf der anderen die Tür zur Damentoilette. Sie trat ein.

Es war ein sehr hübscher Raum, das hob sofort ihre Stimmung. Die Wände waren mit hellbrauner Textiltapete verkleidet, und vor einem eleganten Toilettentisch standen zwei mit türkisem Leder überzogene, gepolsterte Hocker. Diana setzte sich vor den Spiegel, um ihr Make-up aufzufrischen. Mark nannte das, ihr Gesicht neu beschreiben. Weiche Papiertücher und Abschminkmilch standen zuvorkommend zur Verfügung.

Sie warf einen Blick in den Spiegel und sah eine unglückliche Frau. Lulu Bell war wie eine düstere Wolke am Himmel aufgezogen. Sie beanspruchte Marks ganze Aufmerksamkeit und brachte ihn dazu, daß er Diana fast ein wenig als störend empfand. Lulu war natürlich Mark altersmäßig näher, er war neununddreißig und sie bestimmt über vierzig. Diana dagegen war erst vierunddreißig. Wußte Mark, wie alt Lulu war? Männer konnten in solchen Dingen sehr dumm sein.

Das wirkliche Problem war jedoch, daß Lulu und Mark soviel gemein hatten: Beide waren im Showbusiness, beide Amerikaner, beide Veteranen der ersten Tage des Rundfunks. Diana hatte nie etwas Vergleichbares gemacht. Wenn man verletzend sein wollte, konnte man sogar sagen, daß sie nie irgend etwas getan hatte, als eine Dame der Gesellschaft in einer Provinzstadt zu sein.

Würde es immer so sein mit Mark? Sie reiste in seine Heimat. Von jetzt an würde er sich mit allem auskennen, während ihr alles fremd war. Sie würden mit seinen Freunden verkehren, denn sie hatte in Amerika ja keine eigenen. Wie oft würde sie noch ausgelacht werden, weil sie etwas nicht wußte, was für alle anderen alltäglich war, wie die Tatsache, daß ein trockener Martini nach nichts anderem schmeckte als nach Gin?

Sie fragte sich, wie sehr ihr die bequeme, vertraute Welt fehlen würde, in der alles vorhersehbar war, die Welt der Wohltätigkeitsbälle und Freimaurerdinner in den Hotels von Manchester, wo sie alle Leute kannte und alle Drinks und alle Speisen auf der Karte ebenfalls. Es war langweilig, aber sie hatte dort festen Boden unter den Füßen.

Sie schüttelte den Kopf, damit ihr Haar schön locker fiel. Nein, so werde ich nicht mehr denken, nahm sie sich vor. Ich habe mich in dieser Welt zu Tode gelangweilt. Ich habe mich nach Abenteuer und Aufregung gesehnt, und jetzt, da ich beides habe, werde ich es auch genießen!

Sie beschloß, sich anzustrengen, Marks Aufmerksamkeit zurückzugewinnen. Was konnte sie tun? Sie wollte ihm nicht ins Gesicht sagen, daß ihr sein Benehmen mißfiel. Das wäre unklug. Möglicherweise würde ein wenig seiner eigenen Medizin recht gut wirken. Sie könnte sich mit jemandem unterhalten, so wie er sich mit Lulu. Das würde vielleicht helfen. Aber mit wem? Der gutaussehende Bursche ihr gegenüber auf der anderen Seite des Mittelgangs wäre genau der Richtige. Er war jünger als Mark und größer. Wenn das Mark nicht eifersüchtig machte!

Sie tupfte sich Parfüm hinter die Ohren und zwischen die Brüste, dann verließ sie die Damentoilette. Sie wiegte sich etwas mehr in den Hüften als sonst, während sie den Gang entlangspazierte, und freute sich an den begehrlichen Blicken der Männer und den bewundernden oder neidischen der Frauen. Ich bin die schönste Frau an Bord, dachte sie, und Lulu Bell weiß es.

In ihrem Abteil setzte sie sich nicht auf ihren Platz, sondern trat zwischen die Sitze auf der linken Gangseite und blickte über die Schulter des jungen Mannes im gestreiften Anzug aus dem Fenster. Er lächelte sie erfreut an.

Sie erwiderte sein Lächeln und sagte: »Ist es nicht wundervoll?«

»Ja, nicht wahr?« antwortete er. Ihr entging nicht, daß er einen wachsamen Blick auf den Mann gegenüber warf, fast als erwarte er eine Zurechtweisung. Man konnte meinen, der andere wäre sein Anstandswauwau.

Diana fragte: »Gehören Sie zusammen?«

Der Glatzkopf erwiderte knapp: »Man könnte sagen, daß wir Geschäftspartner sind.« Dann fielen ihm offenbar seine Manieren wieder ein, und er streckte die Hand aus. »Ollis Field«, stellte er sich vor.

»Diana Lovesey.« Sie gab ihm zögernd die Hand. Er hatte schmutzige Fingernägel. Sie blickte den Jüngeren fragend an.

»Frank Gordon«, sagte er.

Beide waren Amerikaner, aber damit endete jede Ähnlichkeit. Frank Gordon war elegant gekleidet mit Krawattennadel und Seidentuch in der Brusttasche. Er roch nach Kölnischwasser und hatte etwas Pomade im Haar. »Was ist das für ein Landesteil, über den wir gerade fliegen – ist es überhaupt noch England?«

Diana beugte sich so über ihn, daß ihm ihr Parfüm nicht entgehen konnte, und schaute aus dem Fenster. »Das müßte Devon sein«, antwortete sie, obwohl sie es wirklich nicht wußte.

»Wo sind Sie her?« fragte er.

Sie setzte sich neben ihn. »Aus Manchester.« Sie schaute rasch zu Mark hinüber, sah seinen erstaunten Blick und wandte ihre Aufmerksamkeit wieder Frank zu. »Das liegt im Nordwesten.«

Ollis Field auf dem Sitz gegenüber zündete mit mißbilligender Miene eine Zigarette an. Diana schlug die Beine übereinander.

»Meine Familie stammt aus Italien«, sagte Frank.

Die italienische Regierung war faschistisch. Diana fragte unverblümt: »Glauben Sie, daß Italien in den Krieg eintreten wird?«

Frank schüttelte den Kopf. »Das italienische Volk will keinen Krieg.«

»Ich glaube nicht, daß irgend jemand Krieg *will.*«

»Warum kommt es dann dazu?«

Es fiel ihr schwer, ihn einzuschätzen. Er hatte offenbar Geld, war aber anscheinend ungebildet. Die meisten Männer überschlugen sich fast, wenn sie ihr etwas erklären und mit ihrem Wissen angeben konnten, ob sie das wollte oder nicht. Frank nicht. Sie blickte seinen Begleiter an und fragte: »Was meinen Sie, Mr. Field?«

»Hab' nicht darüber nachgedacht«, erwiderte er mürrisch.

Sie wandte sich wieder dem jungen Mann zu. »Vielleicht ist Krieg die einzige Möglichkeit, mit der faschistische Führer ihr Volk unter Kontrolle halten können.«

Erneut sah sie zu Mark hinüber und stellte enttäuscht fest, daß er wieder tief im Gespräch mit Lulu versunken war und die beiden wie dumme Gänse kicherten. Sie fühlte sich im Stich gelassen. Was war los mit ihm? Mervyn wäre inzwischen so weit gewesen, daß er sich mit Frank anlegen würde.

Sie blickte zu Frank zurück. Die Worte »erzählen Sie mir doch von sich« lagen ihr auf den Lippen. Aber plötzlich glaubte sie nicht, daß sie die Geduld aufbrachte, seiner Antwort zuzuhören. Sie schwieg. In diesem Moment brachte der Steward Davy ihren Sekt und eine Platte mit Kaviar auf Toast. Sie nutzte die Gelegenheit, auf ihren Platz zurückzukehren, aber sie war niedergeschlagen.

Mißmutig hörte sie Mark und Lulu eine Zeitlang zu, dann schweiften ihre Gedanken ab. Wie dumm von ihr, sich Lulus wegen Sorgen zu machen. Mark liebte sie, Diana. Es bereitete ihm nur Freude, sich über vergangene Zeiten unterhalten zu können. Und sich Amerikas wegen Sorgen zu machen war jetzt sinnlos, sie hatte sich dafür entschieden; die Würfel waren gefallen, Mervyn hatte inzwischen ihren Brief gelesen. Ja, es war wirklich idiotisch, auf eine fünfundvierzigjährige Wasserstoffsuperoxydblondine eifersüchtig zu sein. Sie würde bald mit der Lebensweise in Amerika vertraut sein, mit den Drinks und Radioshows. Es dauerte sicher nicht lange, dann hatte sie mehr Freunde als Mark, schon immer hatten die Leute sich gern um sie geschart.

Sie freute sich jetzt auf den langen Flug über den Atlantik. Als sie im *Manchester Guardian* über den Clipper las, hatte sie schon gedacht, daß es die romantischste Reise der Welt sein müßte. Von Irland nach Neufundland waren es etwa dreitausend Kilometer, und man brauchte eine Ewigkeit dafür, wenigstens siebzehn Stunden. Man hatte Zeit für das Dinner, ins Bett zu gehen, die ganze Nacht hindurch zu schlafen und aufzustehen, ehe das Flugzeug landete. Irgendwie fand sie es nicht richtig, ein Nachthemd zu tragen, das sie bei Mervyn angehabt hatte, aber es war keine Zeit mehr geblieben, für die Reise einzukaufen. Zum Glück besaß sie einen wunderschönen milchkaffeefarbenen Morgenrock aus feiner Seide und einen lachsfarbenen Schlafanzug, den sie noch nie getragen hatte. Doppelbetten gab es nicht, nicht einmal in der Honeymoonsuite – Mark hatte sich erkundigt –, aber sein Schlafplatz lag neben ihrem. Es war aufregend und ein kleines bißchen beängstigend, daran zu denken, daß man hoch über dem Ozean zu Bett ging und Stunde um Stunde Hunderte von Kilometern fern von festem Land flog. Diana fragte sich, ob sie überhaupt schlafen konnte. Die Motoren liefen, ob sie nun wach war oder nicht, trotzdem würde sie sich Sorgen machen, daß sie versagen könnten, während sie schlief.

Als sie aus dem Fenster schaute, sah sie, daß sie sich nun über Wasser befanden. Das mußte die Irische See sein. Sie hatte gehört, daß Flugboote des Wellengangs wegen nicht auf offener See aufsetzen konnten, aber Diana war der Meinung, daß sie notfalls eine größere Chance haben müßten als andere Flugzeuge.

Dann tauchten sie in Wolken, und sie konnte nichts mehr sehen.

Nach einer Weile fing das Flugzeug an zu schwanken. Die Passagiere blickten einander an und lächelten nervös, und der Steward ging herum und bat jeden, den Sicherheitsgurt anzulegen. Kein Land war mehr in Sicht, und Diana mußte gegen ein flaues Gefühl ankämpfen. Prinzessin Lavinia hatte die Finger um die Lehnen ihres Sitzes gekrallt, aber Mark und Lulu setzten unbeirrt ihr Gespräch fort, als täte sich absolut nichts Ungewöhnliches. Frank Gordon und Ollis Field wirkten ruhig, doch beide zündeten sich Zigaretten an und rauchten hastig.

Gerade als Mark sagte: »Was zum Teufel ist aus Muriel Fairfield geworden?«, erfolgte ein dumpfer Schlag, und das Flugzeug schien zu fallen. Diana war, als hätte sich ihr Magen in die Kehle verlagert. In einem anderen Abteil schrie ein Fluggast. Doch da richtete die Maschine sich wieder auf, fast als wäre sie gelandet.

Lulu sagte: »Muriel hat einen Millionär geheiratet.«

»Na so was!« staunte Mark. »Aber sie war so häßlich!«

»Mark, ich habe Angst!« sagte Diana.

Er wandte sich ihr zu. »Es war nur ein Luftloch, Schätzchen. Das ist normal.«

»Aber es war, als würden wir abstürzen!«

»Bestimmt nicht. So was kommt ständig vor.«

Er drehte sich wieder zu Lulu um. Lulu blickte Diana an, als erwarte sie, daß sie etwas sagte. Doch Diana schaute wütend zur Seite.

Mark fragte: »Wie ist Muriel zu einem Millionär gekommen?«

Nach einem Augenblick antwortete Lulu: »Keine Ahnung. Aber jetzt wohnen sie jedenfalls in Hollywood, und er finanziert Filme.«

»Unglaublich!«

Unglaublich ist das richtige Wort, dachte Diana. Sobald sie Mark unter vier Augen hatte, würde sie ihm ihre Meinung sagen.

Sein mangelndes Mitgefühl erhöhte ihre Angst. Nachts würden sie über dem Atlantischen Ozean sein, nicht mehr über der Irischen See, wie würde sie sich dann fühlen? Sie stellte sich den Atlantik als eine ungeheure Öde vor, kalt und tödlich, Tausende von Kilometer weit. Das einzige, was man sehen konnte, wie der *Manchester Guardian* geschrieben hatte, waren Eisberge. Wenn wenigstens ein paar

Inseln seine Unendlichkeit unterbrochen hätten, würde sie vielleicht ein bißchen weniger ängstlich sein. Es war die unendliche Leere, die sie so sehr beunruhigte: nichts als das Flugzeug und der Mond und die bewegte See. Auf merkwürdige Weise glich dieses Bild ihrer Angst vor dem Leben in Amerika: Ihr Verstand sagte ihr, daß es nicht gefährlich war, aber das Bild war so fremdartig, und es gab nicht einen vertrauten Orientierungspunkt.

Sie zwang sich, an etwas anderes zu denken. Sie konnte das Dinner mit den angekündigten sieben Gängen kaum erwarten, denn sie liebte ausgedehnte, elegante Mahlzeiten. In ein Klappbett zu steigen würde aufregend werden, darauf freute sie sich wie ein Kind, wie früher, als sie in einem Zelt im Garten hatte schlafen dürfen. Und die schwindelerregenden Wolkenkratzer in New York warteten auf der anderen Seite des Ozeans auf sie. Aber die freudige Erregung über die Reise ins Unbekannte war in Furcht umgeschlagen. Sie leerte ihr Glas und bestellte weiteren Champagner. Doch auch der vermochte sie nicht zu beruhigen. Momentan wünschte sie sich nichts mehr als festen Boden unter den Füßen. Sie starrte böse auf Mark und Lulu, die fröhlich plauderten und sich ihrer Qualen gar nicht bewußt waren. Sie war sogar versucht, eine Szene zu machen, in Tränen auszubrechen oder hysterisch zu werden; aber sie schluckte heftig und beherrschte sich. Bald würde das Flugzeug in Foynes zwischenlanden, dann konnte sie aussteigen und sich die Füße vertreten.

Doch danach mußte sie wieder an Bord gehen, und dann begann der lange Transatlantikflug.

Sie ertrug es nicht, auch nur daran zu denken.

Ich überstehe ja kaum eine Stunde in der Luft, dachte sie. Wie soll ich es da eine ganze Nacht aushalten? Ich werde sterben vor Angst.

Aber was kann ich sonst tun?

Natürlich würde niemand sie zwingen, in Foynes wieder ins Flugzeug zu steigen.

Und wenn niemand sie zwang, würde sie es auch nicht tun können.

Aber was soll ich sonst tun?

Ich weiß, was ich tun werde.

Ich rufe Mervyn an.

Es fiel ihr schwer zu glauben, daß ihr herrlicher Traum wie eine Seifenblase platzte; doch so würde es sein, das wußte sie nun.

Mark wurde vor ihren Augen bei lebendigem Leibe von einer älteren Frau mit gebleichtem Haar und zuviel Make-up verschlungen, und Diana würde Mervyn anrufen und sagen: »Tut mir leid, ich habe einen Fehler gemacht, ich möchte wieder heim.«

Sie wußte, daß er ihr vergeben würde. Und weil sie sich seiner Reaktion sicher war, schämte sie sich ein wenig. Sie hatte ihm weh getan, trotzdem würde er sie in die Arme nehmen und glücklich sein, daß sie zu ihm zurückkehrte.

Aber das will ich doch gar nicht, dachte sie und fühlte sich ganz elend. Ich will nach Amerika und Mark heiraten und in Kalifornien leben. Ich liebe ihn.

Nein, das war ein törichter Traum. Sie war Mrs. Mervyn Lovesey aus Manchester, die Schwester Theas, die Tante der Zwillinge, die nicht sehr gefährliche Rebellin der Manchesterschen Gesellschaft. Sie würde nie in einem Haus mit Palmen und einem Swimmingpool im Garten leben. Sie war mit einem treuen, mürrischen Mann verheiratet, der sich mehr für seine Firma interessierte als für sie; aber den meisten Frauen, die sie kannte, erging es ebenso, also mußte das wohl normal sein. Sie waren alle enttäuscht, jedoch besser dran als die paar, die Tunichtgute und Trinker geheiratet hatten. Also bedauerten sie einander, bestätigten sich, daß es schlimmer sein könnte, und gaben das schwerverdiente Geld ihrer Gatten in Kaufhäusern und Frisiersalons aus. Aber nach Kalifornien gingen sie nie.

Wieder sackte das Flugzeug ins Leere und richtete sich gleich danach wieder auf wie zuvor. Diana mußte sich sehr zusammennehmen, um sich nicht zu übergeben. Aber seltsamerweise fürchtete sie sich nicht mehr. Sie wußte, was ihr die Zukunft brachte. Sie fühlte sich sicher.

Und trotzdem war ihr zum Heulen zumute.

Eddie Deakin, der Flugingenieur, sah den Clipper als eine Riesenseifenblase. Sie war wunderschön und empfindlich, und er mußte sie behutsam über das Meer bringen, während die Menschen in ihr sich amüsierten, ohne daran zu denken, wie dünn die Haut zwischen ihnen und der Finsternis war.

Die Reise war riskanter, als sie ahnten, denn die Technologie des Flugzeugs war neu und der Nachthimmel über dem Atlantik unerforscht und voll unerwarteter Gefahren. Trotzdem dachte Eddie jedesmal voller Stolz, daß die Tüchtigkeit des Flugkapitäns, der Einsatz der Crew und die Verläßlichkeit amerikanischer Technik sie alle sicher heimbringen würde.

Auf diesem Flug jedoch war ihm schlecht vor Angst.

Auf der Passagierliste gab es einen Tom Luther. Eddie hatte aus den Fenstern des Flugdecks geblickt, während die Passagiere an Bord gingen, und sich gefragt, welcher von ihnen für Carol-Anns Entführung verantwortlich war. Aber wie hätte er das erkennen können – die Schar gutgekleideter, gutgenährter Magnaten, Filmstars und Aristokraten, die an ihm vorbeizog, unterschied sich in nichts von den üblichen Flugreisenden.

Eine Zeitlang, bei den Vorbereitungen für den Start, war es ihm gelungen, die quälenden Gedanken an Carol-Ann zu verdrängen und sich auf seine Arbeit zu konzentrieren: die Instrumente kontrollieren, die vier massiven Sternmotoren zünden und warmlaufen lassen, Gemisch und Luftklappen einstellen und die Motorendrehzahl während des Rollens regulieren. Aber sobald der Clipper seine Flughöhe erreicht hatte, gab es nicht viel für ihn zu tun; er mußte für den Synchronlauf der Motoren sorgen, ihre Temperatur überwachen und das Gemisch einstellen, dann bestand seine Arbeit nur noch darin, die Motoren zu überwachen, um sicherzugehen, daß sie gleichmäßig liefen.

Es quälte ihn gegen jede Vernunft, daß er nicht wußte, was Carol-Ann anhatte. Er hätte sich ein kleines bißchen besser gefühlt, wenn er gewußt hätte, daß sie ihre Schaffelljacke, zugeknöpft und mit geschlossenem Gürtel, trug und wasserdichte Stiefel; nicht, weil ihr vielleicht kalt sein konnte – es war erst September –, sondern um ihre

Figur zu verbergen. Doch wahrscheinlicher war, daß sie ihr lavendelfarbenes, ärmelloses Kleid anhatte, das er so sehr an ihr mochte, weil es ihre üppige Figur betonte. Sie würde während der nächsten vierundzwanzig Stunden mit ein paar brutalen Kerlen auf engstem Raum zusammensein, und schon der Gedanke, was geschehen könnte, wenn sie zu saufen anfingen, war ihm unerträglich.

Was zum Teufel wollten sie von ihm?

Er hoffte, daß die übrige Mannschaft nicht bemerkte, in welcher Verfassung er sich befand. Glücklicherweise waren sie alle mit ihrer eigenen Arbeit beschäftigt und das auf nicht so engem Raum wie in den meisten Flugzeugen. Das Flugdeck der Boeing 314 war sehr groß und das geräumige Cockpit nur ein Teil davon. Captain Baker und Copilot Johnny Dott saßen nebeneinander auf ihren hohen Pilotensitzen an ihren Instrumenten. Zwischen ihnen führte eine Falltür zum Bugabteil in der Nase des Clippers. Nachts wurden dichte Vorhänge hinter den Piloten zugezogen, damit das Licht aus der übrigen Kabine die Sicht ihrer an die Dunkelheit gewöhnten Augen nicht beeinträchtigte.

Dieses Abteil allein war schon größer als die meisten Flugdecks insgesamt, doch der Rest der Flugkabine war sogar noch großzügiger. Den größten Teil backbord, links, wenn man zur Flugzeugspitze schaute, nahm der über zwei Meter lange Kartentisch ein, an dem jetzt der Navigator Jack Ashford über seine Karten gebeugt stand. Heckwärts davon, an derselben Seite, befand sich ein kleiner Tisch, an dem der Kapitän sitzen konnte, wenn er nicht gerade selbst flog. Durch eine ovale Luke neben dem Kapitänstisch gelangte man zu einem niedrigen Durchgang in die Tragfläche: Das war eine Besonderheit des Clippers. Man konnte während des Fluges, dank dieses Durchgangs, an die Motoren heran. Das ermöglichte es Eddie, kleinere Wartungen oder Reparaturen vorzunehmen, wie beispielsweise eine defekte Ölleitung abzudichten, ohne daß das Flugzeug deshalb notoder zwischenlanden mußte.

Steuerbord, das war rechts, unmittelbar hinter dem Copilotensitz, führte die Treppe hinunter zum Passagierdeck. Dann folgte die Funkstation, wo Ben Thompson mit dem Blick nach vorn saß. Hinter Ben befand sich Eddies Platz vor der Wand mit Anzeigern und einer Reihe von Hebeln. Etwas rechts von ihm war die ovale Luke zum Durchgang in die Steuerbordtragfläche. Und ganz hinten im Flugdeck führte eine Tür zu den Gepäckräumen.

Das Ganze war sechs Meter dreißig lang, zwei Meter siebzig breit und hoch genug, daß man überall aufrecht stehen konnte. Es war schallgedämpft, hatte Teppichboden, hellgrüne Tapete und braune Ledersitze. Eddie hatte es gar nicht glauben können, als er es zum erstenmal sah. Das war das luxuriöseste Flugdeck, das je gebaut worden war.

Jetzt sah er allerdings nur die gebeugten Rücken und die konzentrierten Gesichter seiner Crewkameraden. Sie waren Gott sei Dank viel zu beschäftigt, um zu bemerken, daß er vor Angst außer sich war.

Er wollte endlich wissen, weshalb ausgerechnet er in diesen Alptraum gerissen worden war, und beschloß, dem unbekannten Mr. Luther so schnell wie möglich Gelegenheit zu geben, mit ihm Kontakt aufzunehmen. Nach dem Start zerbrach er sich den Kopf nach einer guten Ausrede, die es ihm ermöglichte, das Passagierdeck zu durchqueren. Aber ihm fiel nichts ein. Schließlich stand er auf, wandte sich an den Navigator und brummte: »Schau' bloß schnell mal nach den Kabeln für die Seitenrudersteuerung.« Dann stieg er rasch die Treppe hinunter. Sollte ihn wirklich jemand fragen, weshalb er diesen Check ausgerechnet jetzt vornahm, würde er nur antworten: »Bloß so ein Gefühl.«

Er schritt durch das Passagierdeck. Nicky und Davy servierten Cocktails und Appetithäppchen. Die Passagiere wirkten bereits entspannt und plauderten in verschiedenen Sprachen. In der Hauptlounge war schon ein Kartenspiel im Gange. Eddie bemerkte mehrere bekannte Gesichter, aber er war zu abwesend, um darüber nachzudenken, wer die Berühmtheiten waren. Er blickte mehrere Fluggäste direkt an, weil er hoffte, Tom Luther würde sich bemerkbar machen, doch niemand sprach ihn an.

Er erreichte das Heck und kletterte eine neben der Damentoilette an der Wand befestigte Leiter hinauf. Sie endete unter einer Luke in der Decke, die zu dem leeren Raum im Heck des Flugzeugs führte. Wenn er auf dem oberen Deck geblieben und durch die Gepäckräume gegangen wäre, hätte er ebensogut hierhergelangen können.

Er überprüfte die Kabel der Seitenrudersteuerung oberflächlich, dann schloß er die Luke und kletterte die Leiter wieder hinab. Ein etwa vierzehn- oder fünfzehnjähriger Junge stand unten und schaute ihm aufmerksam zu. Eddie zwang sich zu einem Lächeln. Ermutigt fragte der Junge: »Darf ich mich auf dem Flugdeck umsehen?«

»Natürlich«, erwiderte Eddie automatisch. Er wollte jetzt eigentlich in Ruhe gelassen werden, aber in diesem Flugzeug mußte die Besatzung ganz besonders zuvorkommend zu den Passagieren sein. Abgesehen davon würde es ihn vielleicht von Carol-Ann ablenken.

»Prima! Danke!«

»Geh schon mal zu deinem Platz zurück, ich hol' dich dann.«

Der Junge nickte und rannte los.

Eddie zottelte so langsam wie möglich durch den Mittelgang, aber auch jetzt wandte sich niemand an ihn. Dieser Mann wartete offenbar auf eine unauffälligere Gelegenheit, um sich bemerkbar zu machen. Bis dahin hieß es abwarten.

Der Junge saß mit seiner Familie im Abteil zwei, ziemlich vorn. »Okay, mein Junge, dann komm mit«, meinte Eddie und lächelte den Eltern zu. Sie erwiderten sein Lächeln mit einem reichlich kühlen Nicken. Ein Mädchen mit langem rotem Haar – möglicherweise die Schwester des Jungen – bedachte ihn dagegen mit einem dankbaren Lächeln, und sein Herz stockte einen Moment: Sie war bezaubernd, wenn sie lächelte.

»Wie heißt du?« fragte er den Jungen, als sie die Wendeltreppe hinaufstiegen.

»Percy Oxenford.«

»Ich bin Eddie Deakin, der Flugingenieur.«

Sie kamen oben an. »Die wenigsten Flugdecks oder vielmehr Cockpits sind so komfortabel wie dieses.« Eddie bemühte sich, munter zu klingen.

»Wie sind sie denn üblicherweise?«

»Kahl und kalt und laut. Und sie haben scharfe Kanten, an die man andauernd anstößt.«

»Was hat der Flugingenieur zu tun?«

»Ich kümmere mich um die Motoren – sorg' dafür, daß sie einwandfrei laufen und uns gut nach Amerika bringen.«

»Wofür sind diese vielen Hebel und Meßinstrumente?«

»Warte ... Diese Hebel hier sind zur Regelung der Propellerdrehzahl, der Motortemperatur und des Treibstoffgemischs. Für jeden der vier Motoren gibt es einen eigenen kompletten Satz.« Ihm wurde bewußt, daß das für einen so aufgeweckten Burschen wie diesen hier sehr allgemein klingen mußte, und bemühte sich, alles genauer zu erklären. »Setz dich auf meinen Platz«, forderte er den Jungen auf. Percy setzte sich eifrig. »Dieses Meßinstrument«, Eddie deutete darauf, »zeigt die Temperatur des zweiten Motors an. Sie steht jetzt auf zweihundertfünf Grad Celsius, das kommt dem erlaubten Maximum, das beim Fliegen zweihundertdreißig Grad beträgt, bereits etwas zu nahe. Also müssen wir sie senken.«

»Wie macht man das?«

»Nimm den Hebel, und zieh ihn einen Teilstrich nach unten ... Das genügt. Jetzt hast du die Luftklappe um zweieinhalb Zentimeter weiter geöffnet, und es kommt mehr kalte Luft herein. Du wirst sehen, daß die Temperatur gleich sinken wird. Wie weit bist du in Physik?«

»Ich gehe auf eine altmodische Schule«, antwortete Percy. »Wir müssen eine Menge Latein und Griechisch lernen, aber von Wissenschaft hält man dort nicht viel.«

Eddie fand, daß Latein und Griechisch Großbritannien nicht helfen würden, den Krieg zu gewinnen, behielt seine Meinung jedoch für sich.

»Was machen die anderen während des Fluges?« fragte Percy.

»Also, der wichtigste Mann ist der Navigator. Das ist Jack Ashford, er steht am Kartentisch.« Jack, ein dunkelhaariger Mann mit regelmäßigen Zügen, dessen bläuliches Kinn starken Bartwuchs verriet, schaute auf und lächelte freundlich. Eddie fuhr fort: »Er muß berechnen, wo wir sind, und das ist mitten über dem Atlantik gar nicht so leicht. Er hat eine Beobachtungskuppel da hinten zwischen den

Gepäckräumen, dort macht er nach der Stellung der Gestirne mit seinem Sextanten Positionsbestimmungen.«

»Eigentlich ist es ein Oktant, der nach dem Prinzip der Wasserwaage funktioniert«, sagte Jack.

»Wie geht das?«

Jack zeigte ihm das Instrument. »Die Blase hier zeigt an, wenn der Oktant waagrecht ist. Man wählt einen bestimmten Stern, beobachtet ihn durch den Spiegel und stellt den Spiegel ein, bis der Stern am Horizont zu sein scheint. Hier liest man den Neigungswinkel des Spiegels ab und sieht in den Tafeln nach und findet so seine Position auf der Erdoberfläche.«

»Das klingt einfach«, staunte Percy.

»Theoretisch ist es das auch.« Jack lachte. »Ein Problem ist jedoch, daß wir möglicherweise den ganzen Weg durch Wolken fliegen und ich nicht einen einzigen Stern zu sehen bekomme.«

»Aber wenn Sie doch wissen, wo Sie gestartet sind, und die Richtung einhalten, kann ja nichts schiefgehen.«

»Das nennt man gissen. Doch man kann sich dabei irren, vor allem, wenn man Seitenwind hat.«

»Läßt sich das nicht abschätzen?«

»Wir können sogar mehr tun als abschätzen. In der Tragfläche gibt es eine kleine Falltür, durch die lasse ich eine Abwerfleuchte ins Wasser fallen und beobachte sie sorgfältig, während wir weiterfliegen. Wenn sie in gerader Linie mit dem Flugzeugschwanz bleibt, weiß ich, daß wir nicht abtreiben, scheint sie sich jedoch nach der einen oder anderen Seite zu bewegen, treiben wir ab.«

»Das hört sich aber gar nicht genau an!«

Wieder lachte Jack. »Ist es auch nicht. Wenn ich Pech habe, während des ganzen Flugs nicht einen Stern zu Gesicht bekomme und unsere Abdrift falsch abschätze, kann es schon sein, daß wir hundertfünfzig Kilometer und mehr vom Kurs abkommen.«

»Und wenn das passiert?«

»Finden wir es heraus, sobald wir in Reichweite eines Leuchtfeuers oder einer Funkstation gelangen, und dann korrigieren wir unseren Kurs.«

Eddie beobachtete, wie Neugier und Verständnis sich auf dem intelligenten Gesicht des Jungen abzeichneten. Eines Tages, dachte er, erkläre ich meinem eigenen Kind diese Dinge. Das ließ ihn wiederum an Carol-Ann denken, und das war wie ein brennender Schmerz in seinem Herzen. Er würde sich besser fühlen, sobald dieser gesichtslose Mr. Luther an ihn herantrat. Und wenn er erst wußte, was die Gangster von ihm wollten, würde er endlich verstehen, weshalb sie diese Grausamkeit ausgerechnet ihm zufügten.

»Darf ich in eine Tragfläche hineinschauen?« fragte Percy.

»Aber ja«, antwortete Eddie. Er öffnete die Luke zum Steuerbordflügel. Das Dröhnen der gewaltigen Motoren klang gleich viel lauter, und der Geruch von heißem Öl schlug ihnen entgegen. In der Tragfläche befand sich ein niedriger Gang, nicht breiter als eine schmale Planke. Hinter jedem der zwei Motoren gab es eine Mechanikerplattform mit gerade genug Platz zum Aufrechtstehen, wenn man kein Riese war. Pan Americans Innenarchitekten waren nicht bis hierher vorgedrungen, und so blieb dieser Teil des Clippers eine rein funktionale Welt mit Streben und Nieten, Leitungen und Rohren. »So sind normalerweise die meisten Flugdecks!« rief Eddie.

»Darf ich hineinsteigen?«

Eddie schüttelte den Kopf und schloß die Luke. »Tut mir leid, aber der Zutritt ist Passagieren nicht gestattet.«

»Ich zeige dir meine Beobachtungskuppel«, erbot sich Jack. Er nahm Percy durch die Tür hinten am Flugdeck mit, und Eddie kontrollierte die Anzeigen, die er in den letzten Minuten vernachlässigt hatte.

Ben Thompson, der Funker, meldete den Zustandsbericht von Foynes. »Westwind, zweiundzwanzig Knoten, Kabbelwasser.«

Einen Augenblick später erlosch an Eddies Bildschirm das Wort »Flug« und wurde durch »Landung« ersetzt. Er las seine Temperaturanzeigen und rief: »Motoren bereit zur Landung!« Dieser Check war notwendig, weil ein zu abruptes Drosseln den hochverdichteten Motoren schaden konnte.

Eddie öffnete die Tür zum Heck. Zu beiden Seiten eines schmalen Ganges befanden sich Gepäckräume und über dem Gang eine Kuppel, zu der man über eine Leiter gelangte. Percy stand auf der Leiter und spähte durch den Oktanten. Hinter den Gepäckräumen befand sich ein Raum, in den eigentlich Betten für Besatzungsmitglieder gehört hätten, aber er war nie eingerichtet worden. Die Freiwache benutzte lieber das erste Abteil. Hinter diesem leeren Raum war die Luke zum Schwanz, wo die Steuerleitungen verliefen. »Landung, Jack!« rief Eddie.

»Du mußt jetzt zu deinem Platz zurückkehren, junger Mann«, sagte Jack.

Eddie hatte das Gefühl, daß Percy normalerweise nicht so brav war. Der Junge tat zwar jetzt, was man ihm sagte, aber in seinen Augen funkelte es spitzbübisch. Wie auch immer, im Augenblick hätte er sich nicht besser benehmen können. Gehorsam ging er zur Treppe und hinunter zum Passagierdeck. Der Motorenklang veränderte sich, und das Flugzeug verlor an Höhe. Die Crew bereitete routinemäßig die Landung vor. Eddie wünschte sich, er könnte sich den anderen anvertrauen. Er fühlte sich entsetzlich einsam. Das hier waren seine Kameraden; sie vertrauten einander; sie waren gemeinsam über den Atlantik geflogen; er wollte ihnen von seiner Zwangslage erzählen und sie um ihren Rat bitten. Aber es war zu riskant.

Er richtete sich kurz auf, um aus dem Fenster zu blicken. Ein Städtchen war zu sehen, das wohl Limerick war. Außerhalb der Stadt, am Nordufer des Shannon, wurde ein großer neuer Flughafen für Land- und Wasserflugzeuge errichtet. Bis er fertig war, wasserten die Flugboote an der Südseite des Ästuars im Windschatten einer kleinen Insel nahe einer Ortschaft namens Foynes.

Ihr Kurs war nordwest, deshalb mußte Captain Baker den Clipper fünfundvierzig Grad wenden, um im Westwind zu wassern. Ein Boot der Ortschaft würde die Landezone patrouillieren, um sie nach Treibgut abzusuchen, das dem Flugzeug schaden konnte. Das Schiff mit Fünfziggallonenfässern Treibstoff zum Auftanken würde bereitstehen, und an Land würde sich eine Menge Schaulustiger eingefunden haben, um sich das Wunderschiff, das fliegen konnte, nicht entgehen zu lassen.

Ben Thompson sprach in sein Funkmikrofon. Bei größeren Entfernungen mußte er morsen, jetzt jedoch war er nahe genug für Sprechfunk. Die Worte konnte Eddie nicht verstehen, aber Bens ruhigem, entspanntem Ton entnahm er, daß alles in Ordnung war.

Sie gingen allmählich tiefer. Eddie ließ keinen Blick von seinen Anzeigen und nahm vereinzelte Korrekturen vor. Eine seiner wichtigsten Aufgaben war, für den Synchronlauf der Motoren zu sorgen, eine Arbeit, die um so mehr Aufmerksamkeit erforderte, je häufiger der Pilot den Schub drosselte.

In einer ruhigen See war das Wassern fast nicht zu spüren. Unter idealen Umständen tauchte der Rumpf des Clippers in das Wasser wie ein Löffel in Sahne. Eddie, der sich voll auf sein Instrumentenbrett konzentrierte, bemerkte es manchmal nicht einmal sofort, daß das Flugzeug bereits aufgesetzt hatte. Heute aber war die See kabbelig – damit mußte man normalerweise an jedem der Landepunkte auf dieser Strecke rechnen.

Der unterste Punkt des Rumpfes berührte als erstes das Wasser. Ein leichtes Schlagen war zu hören, als er durch die Wellenkämme schnitt. Das dauerte lediglich ein oder zwei Sekunden, dann ging das riesige Luftschiff noch ein paar Zentimeter tiefer und pflügte durch die Wasseroberfläche. Eddie fand es viel glatter, als auf dem Land aufzusetzen, wo immer ein Aufprall zu spüren war. Etwas Gischt spritzte bis zu den Flugdeckfenstern hinauf. Der Pilot drosselte ganz ab, und die Maschine wurde sofort langsamer. Das Flugzeug war wieder ein Schiff.

Eddie schaute zum Fenster hinaus, als sie zu ihrem Anlegeplatz trieben. An einer Seite war die flache, fast kahle Insel, er sah lediglich ein kleines weißes Haus und ein paar Schafe. Auf der anderen befand sich das irische Festland. Er sah eine beachtliche Betonmole, an der ein Fischerkahn vertäut war, mehrere große Öltanks und ein paar graue Häuser. Das war Foynes.

Im Gegensatz zu Southampton hatte Foynes keinen eigenen Pier für Flugboote. Der Clipper würde deshalb in der Flußmündung festmachen und ein Boot die Leute an Land und an Bord bringen. Für das Festmachen war der Ingenieur zuständig.

Eddie ging nach vorn, kniete sich zwischen die beiden Pilotensitze und öffnete die Luke, die zum Bugabteil führte. Er kletterte die Leiter in den leeren Raum hinunter, trat in die Nase des Flugzeugs, öffnete eine Luke und streckte den Kopf hinaus. Die Luft war frisch und salzig, er atmete tief ein.

Ein Boot kam längsseit heran. Einer der Arbeiter winkte Eddie zu. Der Mann hielt eine Trosse, die an einer Boje festgemacht war. Er warf die Trosse ins Wasser.

An der Nase des Flugschiffs befand sich ein tragbares Spill. Eddie hob es, klinkte es in Position, dann nahm er einen Bootshaken aus dem Innern, fischte damit die Trosse aus dem Wasser und wickelte sie um das Spill. Damit war das Flugzeug festgemacht. Nun blickte er zum Kanzelfenster hoch und gab Captain Baker mit dem Daumen nach oben das Okay.

Ein anderes Boot kam bereits längsseit, um Passagiere und Crew abzuholen.

Eddie schloß die Luke und kehrte auf das Flugdeck zurück. Captain Baker und der Funker Ben waren noch auf ihren Plätzen, während Johnny, der Copilot, sich am Kartentisch mit Jack unterhielt. Eddie setzte sich an seinen Platz und schaltete die Maschinen ab. Als alles erledigt war, zog er seine schwarze Uniformjacke an und setzte die weiße Mütze auf. Die Besatzung ging die Treppe hinunter, durch das zweite Passagierabteil in die Lounge und trat hinaus auf den Flossenstummel. Von dort stiegen sie ins Boot. Mickey Finn, Eddies Stellvertreter, blieb an Bord, um das Auftanken zu überwachen.

Die Sonne schien, aber es blies ein kalter, salziger Wind. Eddie musterte heimlich die Passagiere auf dem Boot und fragte sich aufs neue, welcher von ihnen Tom Luther war. Er erkannte das Gesicht einer Frau und zuckte fast zusammen, als ihm bewußt wurde, daß er sie in einer Liebesszene mit einem französischen Filmgrafen in *Eine Spionin in Paris* gesehen hatte. Es war der Filmstar Lulu Bell. Sie plauderte lebhaft mit einem Mann in blauem Blazer. War er vielleicht Tom Luther? In ihrer Begleitung befand sich eine schöne Frau in gepunktetem Kleid, die elend aussah. Es gab noch einige bekannte Gesichter, aber die meisten Passagiere waren ihm fremd.

Wenn Luther sich nicht bald an ihn wandte, würde er ihn suchen.

Zum Teufel mit der Diskretion! Er hielt das Warten einfach nicht länger aus!

Das Boot entfernte sich vom Clipper und tuckerte zum Land. Eddie starrte über das Wasser und dachte an seine Frau. Immer wieder malte er sich aus, wie die Entführer ins Haus gekommen waren. Carol-Ann hatte vielleicht gerade Eiweiß geschlagen oder Kaffee gekocht oder sich zur Arbeit angezogen. Und wenn sie in der Badewanne gesessen hatte? Eddie liebte es, sie in der Wanne zu bewundern. Ihr hochgestecktes Haar betonte den schlanken Hals; sie lag im Wasser und seifte lässig ihre sonnengebräunten Arme und Beine ein. Sie mochte es, wenn er sich auf den Wannenrand setzte und sich mit ihr unterhielt. Bis er sie kennenlernte, hatte er geglaubt, so etwas gäbe es nur in erotischen Wachträumen. Doch jetzt wurde dieses Bild von drei rauhen Kerlen in Filzhüten getrübt, die hineinstürmten und sie packten . . .

Der Gedanke an Carol-Anns Angst und ihren Schock, als man sie kidnappte, machte Eddie fast wahnsinnig. Er spürte, wie sich alles drehte, und es kostete ihn Mühe, sich in dem Boot auf den Beinen zu halten. Es war seine absolute Hilflosigkeit, die seine Lage so qualvoll machte. Carol-Ann befand sich in einer furchtbaren Situation, und er konnte nichts tun, gar nichts. Er bemerkte, daß er seine Fäuste immer wieder krampfhaft schloß und öffnete, und zwang sich, damit aufzuhören.

Das Boot erreichte die Küste. Es wurde an einem schwimmenden Ponton vertäut, von dem eine Gangway zum Kai führte. Die Crew half den Fluggästen beim Aussteigen, dann folgte sie ihnen die Laufplanke hinauf und durch den Zoll.

Die Abfertigung war reine Formsache, und die Passagiere konnten sich umgehend in die kleine Ortschaft begeben. Gleich an der Straße, dem Hafen gegenüber, befand sich ein ehemaliges Gasthaus, das fast völlig vom Personal der Fluggesellschaft übernommen worden war. Das war das Ziel der Crew.

Eddie verließ die Zollabfertigung als letzter. Als er ins Freie trat, wandte sich ein Passagier an ihn und fragte: »Sind Sie der Ingenieur?«

Eddie verkrampfte sich. Der Fluggast war Mitte Dreißig, etwas kleiner als er, aber breiter und muskulös. Er trug einen hellgrauen Anzug, eine Krawatte mit Nadel und einen grauen Filzhut. »Ja, ich bin Eddie Deakin.«

»Und ich Tom Luther.«

Ein roter Schleier schien sich vor Eddies Augen zu schieben, und seine Wut überwältigte ihn. Er packte Luther am Revers, schwang ihn herum und schmetterte ihn gegen die Wand der Zollabfertigung. »Was habt ihr mit Carol-Ann gemacht?« keuchte er. Damit hatte Luther nicht gerechnet, er hatte ein verängstigtes, williges Opfer erwartet. Eddie schüttelte ihn, daß seine Zähne klapperten. »Du gottloser Hurensohn, wo ist meine Frau?«

Luther erholte sich rasch von seinem Schock, und der benommene Gesichtsausdruck schwand. Er brach Eddies Griff mit einer schnellen, heftigen Bewegung und holte zu einem Kinnhaken aus. Eddie wich aus und boxte ihn zweimal in die Magengrube. Luft zischte wie aus einem Kissen aus Luther, und er krümmte sich keuchend zusammen. Er war zwar stark, aber nicht in Form. Eddie faßte ihn um den Hals und begann ihn zu würgen.

Luther starrte ihn an – in seinen Augen stand nackte Angst.

Einen Augenblick später wurde Eddie bewußt, daß er dabei war, den Kerl umzubringen.

Er lockerte den Griff, dann ließ er den Mann ganz los. Luther sackte nach Luft keuchend gegen die Wand und tastete nach seinem wunden Hals.

Der irische Zollbeamte blickte aus der Tür. Er mußte wohl gehört haben, wie Eddie Luther gegen die Wand geschmettert hatte. »Was ist passiert?« erkundigte er sich.

Luther richtete sich mühsam auf. »Ich bin gestolpert, aber es ist nichts passiert«, keuchte er.

Der Zollbeamte bückte sich und hob Luthers Hut auf. Er musterte die beiden Männer neugierig, als er ihn aushändigte, schwieg jedoch und kehrte ins Haus zurück.

Eddie schaute sich um. Niemand sonst hatte etwas von der Auseinandersetzung bemerkt; Passagiere und Crew waren längst um den kleinen Bahnhof herum verschwunden.

Luther setzte seinen Hut auf. Heiser sagte er: »Wenn Sie Schwierigkeiten machen, kostet es nicht nur Sie und mich das Leben, sondern auch Ihre Frau, Sie Idiot!«

Die Erwähnung Carol-Anns machte Eddie wieder rasend, und er schwang die Faust, um Luther erneut zu schlagen, aber Luther hob schützend einen Arm und meinte: »Würden Sie sich bitte beruhigen? So werden Sie Ihre Frau bestimmt nicht zurückbekommen! Begreifen Sie denn nicht, daß Sie mich brauchen?«

Das war Eddie durchaus klar, ihm waren nur kurz die Nerven durchgegangen. Er machte einen Schritt zurück und musterte Luther. Der redegewandte Mann war teuer gekleidet, hatte einen borstigen blonden Schnurrbart und blaßblaue, jetzt haßerfüllte Augen. Eddie bereute es nicht, daß er handgreiflich geworden war. Er hatte auf etwas einschlagen müssen, und Luther war ein angemessener Punchingball gewesen. Jetzt fragte er: »Was willst du von mir, du Scheißkerl?«

Luther griff in sein Jackett. Flüchtig dachte Eddie, daß er vielleicht eine Pistole herausholen wollte, aber Luther hielt eine Ansichtskarte in der Hand und reichte sie Eddie.

Eddie warf einen Blick darauf. Sie zeigte Bangor in Maine. »Was zum Teufel soll das?«

»Drehen Sie sie um«, riet ihm Luther.

Auf der anderen Seite stand:

w67/n44.7

»Was bedeuten diese Zahlen – Längen- und Breitengrade?« fragte Eddie.

»Ja. Dort müssen Sie das Flugzeug runterbringen.«

Eddie starrte ihn an. »Das Flugzeug runterbringen?« wiederholte er ungläubig.

»Ja.«

»Das wollt ihr von mir – darum geht es?«

»Wassern Sie das Schiff genau dort!«

»Aber warum?«

»Weil Sie Ihre hübsche Frau zurückhaben wollen.«

»Wo ist das?«

»Vor der Küste von Maine.«

Manche Leute bildeten sich ein, daß ein Flugboot überall wassern konnte, tatsächlich aber mußte das Wasser dazu sehr ruhig sein. Aus Sicherheitsgründen erlaubte Pan American keinen Touchdown, wenn die Wellenhöhe mehr als einen Meter betrug. Setzte ein Flugzeug bei starkem Seegang auf, konnte es zerschellen. »Man kann ein Flugboot nicht auf offener See landen . . .«, sagte Eddie.

»Das ist uns klar. Es handelt sich um eine geschützte Stelle.«

»Das heißt noch lange nicht . . .«

»Überprüfen Sie es. Sie können dort landen. Ich habe mich vergewissert.«

Das klang so überzeugt, daß Eddie ihm glaubte. Aber es gab noch andere Probleme. »Wie soll ich das Flugzeug dort hinunterbringen? Ich bin nicht der Pilot!«

»Ich bin das alles mit größter Sorgfalt durchgegangen. Theoretisch könnte auch der Kapitän das Flugzeug dorthin bringen. Aber mit welchem glaubhaften Grund könnte er aufwarten? Sie sind der Ingenieur und können dafür sorgen, daß etwas schiefgeht.«

Nun, da seine blinde Wut kalter Überlegung gewichen war, duzte Eddie den anderen nicht mehr. »Sie wollen, daß ich das Flugzeug abstürzen lasse?«

»Natürlich nicht, schließlich bin ich an Bord. Sie müssen nur für irgendeine Störung sorgen, so daß der Kapitän sich zum Wassern gezwungen sieht.« Er tupfte mit seinem manikürten Finger auf die Ansichtskarte. »Genau hier!«

Natürlich *konnte* ein Flugingenieur eine Störung herbeiführen, die eine Wasserung unbedingt erforderlich machte, daran bestand kein Zweifel. Aber ein Notfall war schwer zu steuern, und Eddie wußte zumindest momentan nicht, wie er ein ungeplantes Wassern an einer genau vorgeschriebenen Stelle zustande bringen konnte. »Das ist nicht so einfach . . .«

»Ich weiß, daß es nicht einfach ist, Eddie. Aber ich weiß auch, daß es getan werden kann! Ich habe es nachgeprüft.«

Wie? Wer war der Kerl? »Wer zum Teufel sind Sie überhaupt?«

»Fragen Sie nicht.«

Eddie hatte die Initiative ergriffen und diesen Mann bedroht, doch irgendwie hatte das Blatt sich gewendet, und nun fühlte er sich eingeschüchtert. Luther gehörte zu einer skrupellosen Gangsterbande, die alles sorgfältig geplant hatte. Sie hatten Eddie zu ihrem Werkzeug erwählt, hatten Carol-Ann entführt und ihn deshalb in der Hand.

Er steckte die Ansichtskarte in die Brusttasche der Uniform und drehte sich um.

»Sie werden es also tun?« fragte Luther angespannt.

Eddie drehte sich um und blickte ihn kalt an. Er fixierte Luther einen langen Moment, dann ging er wortlos weiter.

Er spielte den harten Mann, tatsächlich aber fühlte er sich hilflos. Was hatten diese Leute vor? Eine Zeitlang hatte er gedacht, daß die Deutschen eine Boeing 314 entführen wollten, um sie nachzubauen. Aber diese an den Haaren herbeigezogene Theorie konnte er nun vergessen, denn wenn die Deutschen das Flugzeug wirklich haben wollten, würden sie versuchen, es in Europa in ihre Gewalt zu bekommen, nicht an der Ostküste der Staaten.

Daß sie die Stelle so genau festlegten, an der der Clipper wassern sollte, war aufschlußreich. Es konnte nur bedeuten, daß ein Schiff dort auf sie warten würde. Aber warum? Wollte Luther jemanden oder etwas in die Staaten schmuggeln? Einen Koffer voll Opium? Eine Geheimwaffe? Einen Agitator der Kommunisten oder einen Spion der Nazis? Was auch immer, es mußte verdammt wichtig sein, wenn man sich soviel Mühe machte.

Zumindest wußte er jetzt, weshalb sie ihn ausgewählt hatten. Wollte man einen Clipper zum Wassern bringen, war der Ingenieur der richtige Mann. Der Navigator konnte es nicht, ebensowenig der Funker, und der Pilot brauchte die Unterstützung seines Copiloten. Ein Flugingenieur dagegen konnte die Maschinen ganz allein anhalten.

Luther mußte sich von Pan American eine Liste der Clipperingenieure besorgt haben. Das war sicher nicht sehr schwierig, jemand konnte in die Verwaltung eingebrochen sein oder eine Sekretärin bestochen haben. Warum aber hatten sie ausgerechnet Eddie ausgewählt? Aus irgendeinem Grund hatte Luther sich für gerade diesen Flug entschieden. Er hatte sich den Dienstplan besorgt und sich überlegt, wie er Eddie Deakin zur Mithilfe zwingen konnte, und war auf die Idee gekommen, seine Frau zu entführen.

Es machte Eddie rasend, daß er diesen Gangstern auch noch helfen mußte. Er *haßte* Verbrecher. Sie waren zu habgierig, um wie normale Sterbliche zu leben, und zu faul, einen ehrlichen Dollar zu verdienen. Sie betrogen und stahlen von schwerarbeitenden Bürgern und lebten in Saus und Braus. Während andere sich beim Pflügen und Ernten den Rücken kaputtmachten oder achtzehn Stunden am Tag arbeiteten, um sich eine Firma aufzubauen, oder unter Tag Kohlen förderten, oder den ganzen Tag am Hochofen schwitzten, fuhren die Herren Verbrecher in teuren Anzügen und protzigen Wagen herum, schüchterten andere ein, verprügelten sie und jagten ihnen tödliche Angst ein. Der elektrische Stuhl war noch zu gut für sie!

Vater hatte die gleiche Einstellung gehabt. Eddie erinnerte sich, was Vater über die Schlägertypen in der Schule gesagt hatte, die groß angaben und Schwächere einschüchterten. »Diese Bürschchen sind niederträchtig, aber schlau sind sie nicht.« Tom Luther war niederträchtig, aber war er schlau? »Es ist schwer, gegen diese Burschen zu kämpfen, aber nicht so schwer, sie reinzulegen«, hatte Vater gesagt. Doch Tom Luther würde sich nicht so leicht hereinlegen lassen. Er hatte einen sorgfältigen Plan ausgearbeitet, und es sah ganz so aus, als funktioniere alles wie am Schnürchen.

Eddie hätte fast alles für eine Chance gegeben, Luther auszutricksen. Aber Luther hatte Carol-Ann. Und was immer Eddie tun würde, um ihm einen Strich durch die Rechnung zu machen, konnte ihr schaden. Es blieb ihm nichts übrig, als das zu tun, was sie verlangten.

In ohnmächtiger Wut verließ er den Hafen und überquerte die Straße, die durch das winzige Foynes führte.

Das eigentliche Flughafengebäude war ein ehemaliges Gasthaus mit einem Hof. Seit der Ort zu einem wichtigen Flugschiffhafen geworden war, wurde das Gebäude fast ausschließlich von Pan American benutzt, allerdings gab es noch eine Kneipe, »Mrs. Walsh's Pub«, in einem kleineren Raum mit eigenem Eingang von der Straße. Eddie ging hinauf zur Verwaltung, wo Captain Marvin Baker und der Erste Offizier Johnny Dott sich mit dem hiesigen Stationschef der Pan American besprachen. Hier, zwischen Kaffeetassen, Aschenbechern, Stößen von Funkmeldungen und Wetterberichten würden sie die endgültige Entscheidung treffen, ob sie den langen Nonstopflug über den Atlantik wagen konnten.

Der kritische Faktor war die Windstärke. Der Flug nach Westen war ein ständiger Kampf gegen den fast allgegenwärtigen Wind. Piloten wechselten auf der Suche nach den günstigsten Bedingungen ständig die Flughöhe, was in eingeweihten Kreisen »Windsuche« genannt wurde. Die niedrigste Windstärke war gewöhnlich in den geringeren Höhen, doch unterhalb einer bestimmten Grenze geriet das Flugzeug möglicherweise in Gefahr, mit Schiffen oder eher noch mit Eisbergen zusammenzustoßen. Bei stärkerem Wind war der Treibstoffverbrauch größer, und manchmal war der vorhergesagte Wind so stark, daß die Treibstoffmenge, die der Clipper mitnehmen konnte, für die über dreitausend Kilometer von Foynes nach Neufundland nicht ausgereicht hätte. Dann mußte der Flug verschoben werden, und die Passagiere wurden zu einem Hotel gebracht, um dort zu warten, bis eine Wetterbesserung einsetzte.

Aber wenn der heutige Flug verschoben werden mußte, was würde dann aus Carol-Ann?

Eddie warf rasch einen Blick auf die Wetterberichte. Der Wind war stark und im mittleren Atlantik sogar stürmisch. Eddie wußte, daß das Flugzeug voll besetzt war. Es mußten deshalb genaue Berechnungen angestellt werden, ehe eine Entscheidung getroffen werden konnte. Er ertrug den Gedanken nicht, daß er möglicherweise hier in Irland festsitzen würde, während Carol-Ann sich in den Händen dieser Hundesöhne auf der anderen Seite des Ozeans befand.

Er trat zu der Wandkarte des Atlantiks und suchte nach den Koordinaten, die Luther ihm gegeben hatte. Die Stelle war gut gewählt. Sie lag nahe der kanadischen Grenze, zwei bis drei Kilometer vor dem Festland in einem Kanal zwischen der Küste und einer großen Insel in der Bay of Fundy. Jemand, der sich ein wenig mit

Wasserflugzeugen auskannte, konnte sie für einen idealen Platz zum Wassern halten. Sie war jedoch nicht ideal – die von den Clippern frequentierten Häfen waren geschützter –, wenngleich es dort leichter sein würde als auf offener See. Der Clipper konnte wahrscheinlich ohne größere Risiken aufsetzen. Eddie war erleichtert: Zumindest dieser Teil des Planes erschien ihm durchführbar. Ihm wurde wieder bewußt, daß für ihn selbst ein hoher Einsatz auf dem Spiel stand.

Krampfhaft überlegte er, wie er es anstellen könnte, das Flugzeug dort hinunterzubringen. Er könnte einen Motorschaden vortäuschen, aber der Clipper konnte auch mit nur drei Motoren weiterfliegen, außerdem war da noch der zweite Flugingenieur, Mickey Finn, der sich nicht sehr lange täuschen lassen würde. Eddie zermarterte sich das Hirn, doch ihm fiel nichts ein.

Statt dessen kam er sich wie ein Schuft vor. Er hinterging Menschen, die ihm vertrauten. Aber er hatte keine Wahl.

Und was war, wenn Tom Luther sein Versprechen möglicherweise gar nicht hielt? Warum sollte er? Er war ein gemeiner Verbrecher! Eddie schaffte es vielleicht, das Flugzeug an der richtigen Stelle zum Wassern zu bringen, und würde Carol-Ann trotzdem nicht zurückbekommen.

Jack, der Navigator, kam mit weiteren Wetterberichten herein und blickte Eddie merkwürdig an. Jetzt fiel Eddie erst auf, daß noch niemand etwas zu ihm gesagt hatte, seit er hereingekommen war. Hatten sie bemerkt, wie geistesabwesend er war? Er mußte sich zusammenreißen. »Bleib mal auf Kurs, Jack«, sagte er, das war die übliche Hänselei gegenüber einem Navigator. Er war kein guter Schauspieler, und in seinen eigenen Ohren klangen seine Worte gezwungen, aber alle lachten, und die Atmosphäre entspannte sich.

Captain Baker studierte die neuen Wetterberichte. »Der Sturm nimmt zu«, stellte er fest. »Wir werden ihn umfliegen müssen.«

Gemeinsam arbeiteten Baker und Johnny Dott einen Flugplan nach Botwood in Neufundland aus, der sie um den Rand des Sturms herumbrachte und dem schlimmsten Gegenwind entgehen ließ. Als sie fertig waren, nahm Eddie die Wettervorhersagen und fing mit seinen Berechnungen an.

Für jeden Flugabschnitt hatte er die Vorhersagen für Windrichtung und Windstärke in tausend Fuß, in viertausend, achttausend und zwölftausend. Da er Fluggeschwindigkeit und Windstärke kannte, konnte er die relative Windgeschwindigkeit berechnen. Das gab ihm eine Flugzeit für jeden Abschnitt in der günstigsten Höhe. Dann würde er mit Hilfe von Tabellen den Treibstoffverbrauch bei der gegenwärtigen Nutzlast des Clippers für die jeweilige Zeitspanne errechnen. Er würde den Treibstoffbedarf Abschnitt für Abschnitt in einer Graphik darstellen, die von der Crew die »Howgozit-Kurve« genannt wurde. Er würde den Gesamtbedarf ausrechnen und eine Reserve einkalkulieren.

Als er mit seinen Berechnungen fertig war, stellte er zu seiner Bestürzung fest, daß die Treibstoffmenge, die sie bis nach Neufundland brauchten, größer war, als der Clipper würde auftanken können.

Einen Moment lang tat er gar nichts.

Es waren nur ein paar lächerliche Pfund Nutzlast zuviel, ein paar Gallonen Benzin zuwenig. Und Carol-Ann wartete irgendwo in Todesangst.

Er hätte Captain Baker nun eigentlich mitteilen müssen, daß der Start verschoben werden mußte, bis der Sturm nachließ – es sei denn, er wäre bereit, mitten hindurchzufliegen.

Aber der Treibstoff würde ja nur ganz knapp nicht reichen …

Konnte er lügen?

Es gab ohnehin eine Sicherheitsmarge. Wenn wirklich etwas schiefging, konnte der Clipper immer noch durch den Sturm fliegen, statt um ihn herum.

Eddie haßte es, den Captain zu täuschen. Ihm war immer bewußt gewesen, daß das Leben der Passagiere von ihm abhing, und er war stolz auf seine akribische Genauigkeit.

Andererseits war seine Entscheidung nicht unabänderlich. Jede Flugstunde mußte er den Treibstoffverbrauch mit der »Howgozit-Kurve« vergleichen. Wenn sie mehr verbrauchten als vorhergesehen, konnten sie immer noch umkehren.

Wenn die Sache herauskäme, wäre das das Ende seiner Karriere.

Doch was bedeutete das schon, wenn das Leben seiner Frau und seines ungeborenen Kindes auf dem Spiel stand?

Er arbeitete die Berechnungen noch einmal durch; doch diesmal machte er beim Vergleich mit den Tabellen absichtlich zwei Fehler: Er nahm den Treibstoffverbrauch für die niedrigere Nutzlast in der nächsten Zahlenreihe. Nun lag das Ergebnis innerhalb der Sicherheitsmarge.

Trotzdem zögerte er noch. Lügen fiel ihm schwer, auch in seiner schrecklichen Zwangslage.

Nach einer Weile wurde Captain Baker ungeduldig und blickte über Eddies Schulter. »Na, was ist, Ed – fliegen wir oder bleiben wir?«

Eddie zeigte ihm das frisierte Ergebnis auf dem Block, hielt dabei jedoch den Blick gesenkt, um dem Captain nicht in die Augen sehen zu müssen. Schließlich räusperte er sich nervös und bemühte sich um einen festen, zuversichtlichen Ton.

»Es wird knapp, Captain – aber wir fliegen.«

Part III

Mid-Atlantic

Diana Lovesey stieg auf den Kai des Hafens von Foynes, und ihr Selbstmitleid machte sie dankbar für den festen Boden unter den Füßen.

Sie war traurig, aber gefaßt. Sie hatte sich entschieden: Sie würde nicht auf den Clipper zurückkehren, nicht nach Amerika fliegen, Mark Alder nicht heiraten.

Ihre Knie waren weich, und einen Augenblick befürchtete sie, in Ohnmacht zu fallen, aber dieses Schwächegefühl schwand, und sie ging zum Zollgebäude.

Sie hängte sich bei Mark ein. Sobald sie allein waren, würde sie es ihm sagen. Es wird ihm das Herz brechen, dachte sie mit plötzlichem Schmerz, er liebt mich sehr. Doch jetzt war es zu spät, darüber zu grübeln.

Die Fluggäste waren alle ausgestiegen, außer den seltsamen Reisegefährten auf der anderen Gangseite: dem gutaussehenden Frank Gordon und dem kahlköpfigen Ollis Field. Lulu Bell hatte nicht aufgehört, auf Mark einzuplappern. Diana ignorierte sie. Sie ärgerte sich nicht mehr über sie. Die Frau war aufdringlich und anmaßend, doch sie hatte Diana die Augen geöffnet, ihr ermöglicht, ihre Lage richtig einzuschätzen.

Nach der Zollabfertigung verließen sie den Hafen und fanden sich am westlichen Rand einer winzigen Ortschaft mit nur einer Straße wieder, auf der gerade Kühe entlanggetrieben wurden. Sie mußten warten, bis die Herde vorbei war.

Diana hörte Prinzessin Lavinia laut sagen: »Weshalb hat man mich zu dieser *Farm* gebracht?«

Davy, der kleine Steward, antwortete besänftigend: »Ich bringe Sie ins Flughafengebäude, Prinzessin.« Er deutete über die Straße zu einem großen Haus, an dem Efeu hochwucherte und das wie ein alter Gasthof aussah. »Es gibt dort ein sehr gemütliches Lokal, *Mrs.*

Walsh's Pub, wo man ausgezeichneten irischen Whiskey bekommt.«

Als die Kühe endlich vorbei waren, folgten mehrere Passagiere Davy zu Mrs. Walsh's Pub. Diana bat Mark: »Komm, machen wir einen Spaziergang durch den Ort.« Sie wollte endlich mit ihm allein sein. Er war damit einverstanden und lächelte sie an. Leider hatten auch andere Fluggäste die gleiche Idee, unter ihnen Lulu, und so schlenderte eine ganze Schar Passagiere die Straße von Foynes entlang.

Es gab hier einen kleinen Bahnhof, ein Postamt, eine Kirche und zwei Reihen grauer Steinhäuser mit Schieferdächern. In einigen befanden sich Läden. Mehrere Pferdewagen parkten an der Straßenseite, aber nur ein Automobil. Die Einheimischen in Tweed und Homespun starrten die Fremden in Pelz und Seide an, und Diana kam sich wie in einem Festzug vor. Foynes hatte sich noch nicht daran gewöhnt, Zwischenstation für die Reichen und Privilegierten dieser Welt zu sein.

Diana hoffte, daß die Gruppe sich aufteilen würde, aber alle blieben dicht beisammen wie Forschungsreisende, die fürchten, sich zu verirren. Sie kam sich allmählich wie in einer Falle vor. Die Zeit verging. Als sie an einem Pub vorbeikamen, sagte sie plötzlich zu Mark: »Gehen wir hinein.«

»Eine großartige Idee!« rief Lulu sofort. »In Foynes gibt es sowieso nichts zu sehen.«

Jetzt reichte es! »Ich würde wirklich gern allein mit Mark reden«, sagte Diana verärgert.

»Schon gut«, meinte Lulu sofort. »Wir spazieren weiter und lassen euch Turteltäubchen allein. Ich müßte mich sehr täuschen, wenn wir hier nicht schnell ein anderes Pub fänden.« Ihre Stimme klang heiter, aber ihre Augen blickten kühl.

Mark sagte verlegen: »Tut mir leid, Lulu . . .«

»Ach was«, erwiderte sie freundlich.

Diana gefiel es nicht, daß Mark sich für sie entschuldigte. Sie drehte sich auf dem Absatz um und betrat das Haus. Er konnte ihr folgen, wenn er wollte.

Es war dämmerig und kühl in dem Lokal. Hinter einer hohen Bar befand sich ein Regal mit Flaschen und Fässern, davor standen ein paar Tische und Stühle auf einem Dielenboden. Zwei alte Männer in der Ecke starrten Diana an. Sie trug über ihrem getupften Kleid einen orangeroten Seidenmantel und kam sich wie eine Prinzessin in einer Pfandleihe vor.

Eine kleine Frau mit einer Schürze tauchte hinter der Bar auf. »Kann ich bitte einen Brandy haben?« bat Diana. Sie wollte sich ein wenig Mut antrinken und nahm an einem kleinen Tisch Platz.

Mark kam herein – wahrscheinlich, nachdem er sich noch einmal bei Lulu entschuldigt hat, dachte Diana verstimmt. Er setzte sich neben sie und fragte: »Was sollte das?«

»Ich hatte genug von Lulu«, erwiderte Diana.

»Warum mußtest du so unhöflich sein?«

»Ich war nicht unhöflich. Ich sagte lediglich, daß ich mit dir allein reden wollte.«

»Wäre das nicht etwas taktvoller möglich gewesen?«

»Ich habe das Gefühl, daß ein Wink mit dem Zaunpfahl bei ihr nicht genügt.«

Er wirkte verärgert und abweisend. »Da täuschst du dich. Lulu ist sehr sensibel, das verbirgt sie nur unter ihrer Lebhaftigkeit.«

»Es ist sowieso egal.«

»Wie kann es egal sein? Du hast soeben eine meiner ältesten Freundinnen beleidigt!«

Die Wirtin brachte Dianas Brandy. Diana nahm einen tiefen Schluck, um ihre Nerven zu beruhigen. Mark bestellte ein Glas Guinness. Diana holte tief Luft und sagte: »Es ist egal, weil ich mir das Ganze anders überlegt habe und nicht mit dir nach Amerika kommen werde.«

Er wurde blaß. »Das kann doch nicht dein Ernst sein!«

»Ich habe darüber nachgedacht. Ich möchte nicht nach Amerika. Ich kehre zu Mervyn zurück – wenn er mich noch will.« Aber sie war sicher, daß er wollte.

»Du liebst ihn nicht. Das hast du mir gesagt. Und ich weiß, daß es stimmt!«

»Was weißt du schon? Du warst nie verheiratet.« Er blickte sie verletzt an, und sie wurde weicher. Sie legte eine Hand auf sein Knie. »Du hast recht, ich liebe Mervyn nicht, wie ich dich liebe.« Sie schämte sich und zog die Hand zurück. »Aber das ändert nichts.«

»Ich habe mich zuviel mit Lulu beschäftigt«, meinte Mark zerknirscht. »Es tut mir leid, Liebchen. Ich entschuldige mich. Es lag wohl daran, daß ich sie so lange nicht gesehen hatte. Ich habe mich nicht um dich gekümmert. Das ist unser großes Abenteuer, aber ich hatte es eine Stunde lang vergessen. Bitte vergib mir.«

Er war lieb, wenn er spürte, daß er im Unrecht war. Seine unglückliche Miene wirkte jungenhaft. Diana zwang sich, sich daran zu erinnern, wie sie sich vor einer Stunde gefühlt hatte. »Es ist nicht nur Lulu. Ich glaube, ich habe sehr unüberlegt gehandelt.«

Die Wirtin brachte Marks Bier, aber er rührte es nicht an.

»Ich habe alles aufgegeben, was mir vertraut ist: Zuhause, Ehemann, Freunde und Heimat«, fuhr Diana fort. »Ich befinde mich auf einem Flug über den Atlantik, was an sich schon gefährlich ist. Und ich begebe mich in ein fremdes Land, wo ich keine Freunde habe, kein Geld, nichts.«

Mark war zutiefst aufgewühlt. »O Gott, ich verstehe jetzt, was ich angerichtet habe! Ich habe dich im Stich gelassen, als du dich am verwundbarsten gefühlt hast! Mein armer Liebling, ich bin der größte Trottel überhaupt. Ich verspreche dir, das wird nie wieder vorkommen.«

Vielleicht würde er ein solches Versprechen halten, vielleicht auch nicht. Er war von liebevollem, aber auch unbekümmertem Wesen. Es lag ihm nicht, sich fest an einen Vorsatz zu halten. Jetzt meinte er es sicher ehrlich, aber würde er sich an sein Versprechen auch noch erinnern, wenn er das nächstemal einer alten Freundin begegnete?

Seine unbeschwerte Einstellung zum Leben hatte Diana so angezogen, doch ironischerweise erkannte sie jetzt, daß ihn gerade diese Einstellung unzuverlässig machte. Eines konnte sie über Mervyn sagen: Auf ihn war Verlaß. Er änderte seine Angewohnheiten nie – ob sie nun gut oder schlecht waren.

»Ich habe das Gefühl, daß ich mich nicht auf dich verlassen kann«, sagte sie.

Verärgert fragte er: »Wann habe ich dir je dazu Grund gegeben?«

Ihr fiel keiner ein. »Aber du wirst es«, behauptete sie.

»Außerdem *willst* du ja alles zurücklassen. Du bist unglücklich bei deinem Mann, deine Heimat befindet sich im Krieg, dein Zuhause und deine Freunde langweilen dich – das hast du alles gesagt.«

»Langweilen, ja, aber es macht mir keine angst.«

»Es gibt nichts, wovor du Angst haben müßtest. Amerika ist wie England. Die Leute sprechen dieselbe Sprache, sehen sich die gleichen Filme an, hören denselben Jazzbands zu. Es wird dir gefallen. Ich kümmere mich um dich, das verspreche ich dir.«

Sie wünschte sich, sie könnte ihm glauben.

»Und da ist noch etwas«, fuhr er leise fort. »Kinder!«

Das saß. Sie sehnte sich so sehr nach einem Baby, und Mervyn war unerbittlich dagegen. Mark würde ein so guter Vater sein, liebevoll, zärtlich und lustig. Sie war verwirrt, und ihre Entschlossenheit wankte. Vielleicht sollte sie doch alles aufgeben? Was bedeuteten Heim und Sicherheit, wenn sie keine Familie haben durfte?

Aber was war, wenn Mark sie auf halbem Weg nach Kalifornien einfach sitzenließ? Dann stünde sie da ohne Mann, ohne Kinder, ohne Geld, ohne Zuhause.

Sie wünschte sich jetzt, sie hätte sich mit ihrem Ja ein wenig mehr Zeit gelassen. Statt die Arme um ihn zu schlingen und sich sogleich mit allem einverstanden zu erklären, hätte sie die Zukunft erst eingehend mit ihm besprechen und sich überlegen sollen, welche Schwierigkeiten sich ergeben konnten. Sie hätte ihn um irgendeine Sicherheit bitten sollen, wenigstens vorsichtshalber um das Geld für die Rückreise, falls etwas schiefging. Aber das hätte ihn gekränkt, außerdem würde sie mehr als ein Schiff- oder Flugticket benötigen, um über den Atlantik zu kommen, wenn der Krieg erst richtig im Gange war.

Hätte, hätte, hätte, dachte sie niedergeschlagen, aber es ist zu spät, mir jetzt darüber den Kopf zu zerbrechen, was ich alles hätte tun sollen. Ich habe meine Entscheidung getroffen und lasse sie mir nicht ausreden.

Mark nahm ihre Hände in seine, und sie war zu traurig, sie ihm zu entziehen. »Du hast deine Meinung einmal geändert, ändere sie jetzt noch einmal«, sagte er flehend. »Komm mit mir und werde meine Frau, und wir werden Kinder miteinander haben. Du wirst in einem Haus direkt am Strand wohnen, und unsere Kleinen können unter deiner Aufsicht im Wasser planschen. Sie werden blond sein und braun gebrannt und mit Tennis und Wellenreiten und Radfahren aufwachsen. Wie viele Kinder möchtest du gern? Zwei? Drei? Sechs?«

Aber ihr schwacher Augenblick war verflogen. »Es hat keinen Sinn, Mark«, erklärte sie wehmütig. »Ich kehre nach Hause zurück.«

Seine Augen verrieten ihr, daß er ihr jetzt glaubte. Sie blickten einander traurig an. Eine Zeitlang schwiegen sie beide.

Da marschierte Mervyn herein.

Diana traute ihren Augen nicht. Sie starrte ihn an, als wäre er ein Geist. Er konnte nicht hier sein, es war unmöglich!

»Da bist du ja«, hörte sie seinen vertrauten Bariton.

Die gemischtesten Gefühle übermannten Diana. Sie war entsetzt, erfreut, erschrocken, erleichtert, peinlich berührt und schamerfüllt. Ihr wurde bewußt, daß ihr Ehemann sah, wie sie und ein ihm fremder Mann einander an den Händen hielten. Hastig zog sie sie zurück.

»Was soll das?« fragte Mark. »Was ist los?«

Mervyn kam an ihren Tisch, stemmte die Hände in die Hüften und starrte beide an.

»Wer zum Teufel ist dieser Kerl?« fragte Mark.

»Mervyn«, hauchte Diana.

»Großer Gott!«

»Mervyn – wie bist du hierhergekommen?« Diana starrte ihn immer noch ungläubig an.

»Geflogen«, antwortete er knapp, wie es seine Art war.

Sie sah, daß er eine Lederjacke trug und einen Helm unter den Arm geklemmt hielt. »Aber – aber woher hast du gewußt, wo ich bin?«

»Du hast geschrieben, daß du nach Amerika fliegen wirst, und da gibt es nur eine Möglichkeit.« Triumph schwang in seiner Stimme.

Es war unverkennbar, wie stolz er darauf war, daß er herausgefunden hatte, wo sie war, und sie wider alle Wahrscheinlichkeit eingeholt hatte. Sie hätte nie gedacht, daß er das mit seinem kleinen Flugzeug schaffen könnte. Diese Möglichkeit war ihr gar nicht in den Sinn gekommen. Sie fühlte sich ganz schwach vor Dankbarkeit – weil er sich so viel aus ihr machte, daß er ihr nachgejagt war.

Er setzte sich zu ihnen. »Bringen Sie mir einen doppelten irischen Whiskey!« rief er der Wirtin zu.

Mark griff nach seinem Bierglas und nippte nervös daran. Diana blickte ihn an. Es hatte zunächst so ausgesehen, als hätte Mervyn ihn eingeschüchtert, doch jetzt wurde ihm offenbar klar, daß Mervyn nicht vorhatte, sich mit ihm zu prügeln, und er fühlte sich nur unbehaglich. Er rückte seinen Stuhl ein Stückchen vom Tisch ab, als wolle er sich von Diana distanzieren. Vielleicht schämte auch er sich, weil Mervyn sie beim Händchenhalten ertappt hatte.

Diana trank von ihrem Brandy. Mervyn beobachtete sie verunsichert. Er war sichtlich verwirrt und verletzt, das rührte sie so, daß sie sich am liebsten in seine Arme geflüchtet hätte. Er war den ganzen weiten Weg gekommen, ohne zu wissen, welcher Empfang ihm bevorstand. Sie streckte die Hand aus und legte sie kurz beruhigend auf seinen Arm.

Zu ihrer Überraschung machte ihn das verlegen, und er warf einen besorgten Blick auf Mark, als verwirre es ihn, daß seine Frau ihn in Gegenwart ihres Liebhabers berührte. Sein Whiskey kam, und er leerte ihn in einem Zug. Mark wirkte verletzt und rückte seinen Stuhl wieder näher an den Tisch.

Diana war völlig durcheinander. In einer Situation wie dieser hatte sie sich noch nie befunden. Beide Männer liebten sie. Sie hatte mit beiden geschlafen – und beide wußten es. Es war entsetzlich peinlich. Sie wollte beide trösten, aber sie wagte es nicht. Sie fühlte sich in die Enge getrieben und lehnte sich zurück, um ein bißchen mehr Abstand zwischen sich und die zwei zu legen. »Mervyn«, sagte sie, »ich wollte dir nicht weh tun.«

Er sah sie eindringlich an. »Glaube ich dir.«

»Wirklich? Kannst du überhaupt verstehen, was geschehen ist?«

»In groben Zügen ja, so einfältig ich auch bin«, antwortete er sarkastisch. »Du bist mit deinem Traumprinzen durchgebrannt.« Er blickte Mark an und beugte sich aggressiv näher zu ihm. »Ein Amerikaner offenbar; der softe Typ, den du um den kleinen Finger wickeln kannst.«

Mark lehnte sich zurück und schwieg, blickte Mervyn jedoch gespannt an. Mark war kein Herausforderer. Er wirkte nicht beleidigt, nur interessiert. Mervyn hatte in Marks Leben eine große Rolle gespielt, obwohl sie einander nie begegnet waren. Die ganzen Monate hatte die Neugier über den Mann an Mark genagt, mit dem Diana jede Nacht zu Bett ging. Jetzt wurde sie befriedigt, und er war fasziniert. Mervyn dagegen interessierte sich nicht im geringsten für Mark.

Diana schaute die beiden Männer an. Sie hätten kaum verschiedener sein können. Mervyn war groß, aggressiv, verbittert, kühn. Mark war klein, adrett, wachsam, aufgeschlossen. Plötzlich schoß ihr der Gedanke durch den Kopf, daß Mark diese Szene wahrscheinlich einmal in einer Show verwerten würde.

Ihre Augen brannten von ungeweinten Tränen. Sie holte ein Taschentuch hervor und schneuzte sich. »Ich weiß, daß ich unüberlegt gehandelt habe.«

»Unüberlegt!« schnaubte Mervyn. »So etwas Bescheuertes habe ich selten erlebt!«

Diana wand sich. Seine Geringschätzung schmerzte sie immer tief. Doch in diesem Fall hatte sie sie verdient.

Die Wirtin und die beiden Männer in der Ecke verfolgten das Gespräch mit unverhohlenem Interesse. Mervyn winkte der Wirtin zu. »Könnte ich ein paar Schinkensandwiches haben, meine Hübsche?«

»Aber gern«, antwortete sie höflich. Kellnerinnen mochten Mervyn.

»Ich war – ich habe mich in letzter Zeit so einsam gefühlt«, sagte Diana. »Ich habe nur ein bißchen Glück gesucht.«

»Glück gesucht! In Amerika – wo du keine Freunde hast, keine Verwandten, kein Zuhause ... Wo hast du deinen Verstand gelassen?«

Sie war ihm dankbar, daß er gekommen war, aber sie wünschte sich, er wäre ein bißchen netter gewesen. Sie spürte Marks Hand auf ihrer Schulter. »Hör nicht auf ihn«, sagte er ruhig. »Warum sollst du nicht glücklich sein? Was ist daran auszusetzen?«

Ängstlich blickte sie zu Mervyn, befürchtete, ihn noch mehr zu kränken. Er könnte es sich immer noch überlegen und sie doch nicht zurückhaben wollen. Wie demütigend es wäre, wenn er sie vor Mark verstoßen würde (und das, dachte sie unwillkürlich, während die schreckliche Lulu Bell noch auf der Bildfläche ist). Er war dazu durchaus imstande, so etwas lag ihm. Jetzt wünschte sie sich, er wäre ihr doch nicht gefolgt, denn es bedeutete, daß er hier und jetzt eine Entscheidung treffen mußte. Mit etwas mehr Zeit hätte er seinen verletzten Stolz überwunden. So aber ging alles Hals über Kopf. Sie hob ihr Glas an die Lippen, dann setzte sie es ab, ohne getrunken zu haben. »Ich kann das jetzt nicht trinken«, erklärte sie.

»Wie wäre es mit einer Tasse Tee?« meinte Mark.

Das war genau, was sie jetzt wollte. »Ja, gerne«, sagte sie dankbar.

Mark ging zur Theke und bestellte.

Mervyn hätte das nie getan. Nach seiner Einstellung holten die Frauen den Tee. Er warf einen abfälligen Blick auf Mark. »Ist es das, was ich falsch mache?« fragte er zornig. »Ich bringe dir den Tee nicht, ist es das? Du möchtest, daß ich außer Brotverdiener auch noch Hausmädchen bin?« Seine Sandwiches kamen, aber er rührte sie nicht an.

Diana wußte nicht, was sie antworten sollte. »Ein Krach ist nicht nötig«, sagte sie leise.

»Ein Krach ist nicht nötig? Wann ist er dann nötig, wenn nicht jetzt? Du brennst mit diesem kleinen Scheißer durch, ohne mir Lebewohl zu sagen, hinterläßt bloß einen idiotischen Zettel . . .« Er zog ein Blatt Papier aus seiner Brusttasche, und Diana erkannte ihren Brief. Das Blut stieg ihr in den Kopf, und sie fühlte sich tief gedemütigt. Sie hatte Tränen über diesem Brief vergossen, wie konnte er ihn einfach in einem Pub herumschwenken? Sie rückte verärgert von ihm ab.

Der Tee kam, und Mark griff nach der Kanne. Er blickte Mervyn an und fragte: »Möchten Sie sich auch eine Tasse Tee von einem kleinen Scheißer einschenken lassen?« Die Iren in der Ecke lachten schallend, aber Mervyn funkelte ihn nur finster an und schwieg.

Dianas Ärger über Mervyn wuchs. »Ich mag vielleicht bescheuert sein, aber ich habe ein Recht auf ein bißchen Glück!«

Hilflosigkeit und Zorn fraßen an ihr. Er war so völlig unnachgiebig, genausogut hätte sie versuchen können, einem Holzklotz etwas zu erklären. Warum konnte er nicht vernünftig sein? Weshalb war er bloß so verdammt überzeugt, daß er immer recht hatte und alle anderen unrecht?

Plötzlich wurde ihr bewußt, wie vertraut ihr dieses Gefühl war. Es hatte sie in den vergangenen fünf Jahren mindestens einmal die Woche fast zur Verzweiflung gebracht. Während der letzten Stunden und in ihrer Panik im Flugzeug hatte sie vergessen, wie schrecklich er sein konnte und wie unglücklich er sie manchmal machte. Nun kehrte alles zurück wie die Erinnerung an einen bösen Traum.

»Sie kann tun, was sie will, Mervyn«, erklärte Mark. »Sie können sie zu nichts zwingen. Sie ist erwachsen. Wenn sie mit Ihnen nach Hause zurück möchte, wird sie es tun; und wenn sie mit mir nach Amerika kommen und mich heiraten möchte, wird sie das tun.«

Mervyn schlug mit der Faust auf den Tisch. »Sie kann Sie nicht heiraten, sie ist bereits mit mir verheiratet!«

»Sie kann sich von Ihnen scheiden lassen.«

»Mit welcher Begründung?«

»In Nevada braucht man keine Gründe.«

Mervyn wandte sich wütend an Diana. »Du wirst nicht nach Nevada fahren! Du kommst mit mir nach Manchester zurück!«

Sie blickte Mark an. Er lächelte ihr zärtlich zu. »Du brauchst niemandem zu gehorchen«, sagte er. »Tu, was *du* möchtest.«

»Zieh deinen Mantel an!« befahl Mervyn.

Auf seine unbesonnene Weise ermöglichte Mervyn es Diana, die Dinge wieder im richtigen Licht zu sehen. Sie erkannte plötzlich, daß ihre Furcht vor dem Flug und ihre Angst vor dem Leben in Amerika unbedeutend waren, verglichen mit der allerwichtigsten Frage: Mit wem wollte sie leben? Sie liebte Mark, und Mark liebte sie, alles andere war unbedeutend. Eine ungeheure Erleichterung erfüllte sie, als sie ihre Entscheidung traf. Sie holte tief Luft. »Es tut mir leid, Mervyn«, erklärte sie. »Ich gehe mit Mark.«

Nancy Lenehan war überglücklich, als sie von Mervyn Loveseys Tiger Moth hinunterblickte und den Pan-American-Clipper majestätisch auf dem ruhigen Wasser der Shannonflußmündung schwimmen sah.

Ihre Chancen hatten nicht sehr gut gestanden, doch jetzt hatte sie ihren Bruder so gut wie eingeholt und zumindest einen Teil seines Planes vereitelt. Man muß schon sehr früh aufstehen, wenn man Nancy Lenehan an der Nase herumführen will, dachte sie triumphierend.

Peter würde einen ordentlichen Schock bekommen, wenn er sie sah.

Als das kleine gelbe Flugzeug kreiste und Mervyn sich nach einem Landeplatz umsah, wurde Nancy bei dem Gedanken an die bevorstehende Konfrontation mit ihrem Bruder ganz nervös. Es fiel ihr immer noch schwer zu glauben, daß er sie tatsächlich mit einer solchen Skrupellosigkeit getäuscht und betrogen hatte. Wie konnte er das nur? Als Kinder hatte man sie gemeinsam gebadet. Sie hatte ihm Heftpflaster auf die Knie geklebt, ihm erzählt, wie Babys gemacht wurden, und immer ihr Kaugummi mit ihm geteilt. Sie hatte seine Geheimnisse gehütet und ihm ihre anvertraut. Als sie erwachsen waren, hatte sie alles getan, sein Selbstbewußtsein zu stärken, hatte ihn nie in Verlegenheit damit gebracht, daß sie viel klüger war als er, obwohl sie ein Mädchen war.

Ihr ganzes Leben hatte sie sich um ihn gekümmert. Und als Vater starb, hatte sie gestattet, daß Peter der Vorsitzende der Gesellschaft wurde. Das war sie teuer zu stehen gekommen. Sie hatte nicht nur ihre eigenen Ambitionen unterdrücken müssen, um den Weg für ihn freizumachen, sondern auch eine knospende Romanze beendet, denn Nat Ridgeway, Vaters rechte Hand, hatte gekündigt, als Peter die Leitung übernahm. Ob aus dieser Romanze mehr geworden wäre, würde sie nie erfahren, denn Ridgeway hatte längst geheiratet.

Ihr Freund und Anwalt Mac MacBride hatte ihr davon abgeraten, Peter den Vorsitz zu überlassen, aber sie hatte gegen seinen Rat und gegen ihre eigenen Interessen gehandelt, weil sie wußte, wie sehr es Peter verletzen würde, wenn die Leute dachten, er wäre unfähig, die

Nachfolge seines Vaters anzutreten. Wenn sie sich erinnerte, was sie alles für ihn getan hatte, und dann daran dachte, wie er sie belogen und zu betrügen versucht hatte, stiegen ihr vor Zorn die Tränen in die Augen.

Sie konnte es nicht erwarten, ihn zur Rede zu stellen. Sie wollte wissen, wie er reagieren und was er sagen würde.

Und sie brannte darauf, sich in den Kampf zu stürzen. Daß sie Peter einholte, war nur der erste Schritt. Sie mußte an Bord dieses Flugzeugs gelangen! Vielleicht würde es ohne weiteres gehen, aber möglicherweise war der Clipper voll besetzt, dann mußte sie versuchen, jemandem die Passage abzukaufen oder ihren Charme beim Flugkapitän spielen zu lassen, oder gar durch Bestechung an Bord zu gelangen. Dann, wenn sie in Boston war, mußte sie die Minoritätsaktionäre, ihre Tante Tilly und Danny Riley, den alten Anwalt ihres Vaters, dazu bringen, daß sie sich weigerten, ihre Anteile an Nat Ridgeway zu verkaufen. Sie war überzeugt davon, daß ihr das gelingen würde, aber Peter würde nicht kampflos aufgeben, und Nat Ridgeway war ein ernstzunehmender Gegner.

Mervyn landete den Doppeldecker auf einem Feldweg am Rand eines Dorfes. Nancy war vollkommen verblüfft, als er – entgegen seinen sonstigen Gewohnheiten – gute Manieren bewies und ihr beim Aussteigen half. Als sie zum zweitenmal Fuß auf irischen Boden setzte, dachte sie an ihren Vater, der die alte Heimat nie besucht hatte, obwohl er immer davon sprach. Sie fand das traurig. Er hätte sich gefreut, wenn er gewußt hätte, daß seine Kinder Irland gesehen hatten. Aber es hätte sein Herz gebrochen, wenn er hätte erleben müssen, daß die Firma, die sein ganzer Lebensinhalt gewesen war, von seinem Sohn zugrunde gerichtet wurde. Es war besser, daß er das nicht mehr sehen konnte.

Mervyn machte das Flugzeug fest. Nancy war erleichtert, daß sie nicht mehr hineinklettern mußte. So hübsch es aussah, hätte es sie doch fast das Leben gekostet. Sie schauderte noch immer, wenn sie sich erinnerte, wie sie auf die Klippen zugeflogen waren. Sie hatte nicht vor, je wieder in eine so kleine Maschine zu steigen.

Sie marschierten rasch ins Dorf, hinter einem mit Kartoffeln beladenen Pferdefuhrwerk her. Nancy spürte, daß auch Mervyn gleichermaßen Triumph und Besorgnis empfand. Wie sie war er getäuscht und betrogen worden und hatte sich geweigert, es kampflos hinzunehmen, und wie ihr war es ihm eine tiefe Genugtuung, daß er jene, die heimlich gegen ihn vorgegangen waren, unliebsam überraschen würde. Aber die wirkliche Herausforderung stand ihnen beiden noch bevor.

Eine einzige Straße führte durch Foynes. Auf halbem Weg begegneten sie einer Schar gutgekleideter Personen. Das konnten nur die Clipperpassagiere sein. Sie sahen aus, als hätten sie sich in die falschen Kulissen eines Filmateliers verirrt. Mervyn ging auf die Gruppe zu und sagte: »Ich suche Mrs. Diana Lovesey – ich glaube, sie ist ein Passagier des Clippers.«

»Und ob!« erwiderte eine Frau, und Nancy erkannte, daß es die Filmdiva Lulu Bell war. Ihr Ton verriet, daß sie Mrs. Lovesey nicht mochte. Wieder fragte sich Nancy, wie Mervyns Frau wohl sein mochte. Lulu Bell fuhr fort: »Mrs. Lovesey und ihr – Freund? – sind in ein Pub, ein Stück die Straße hoch, gegangen.«

»Könnten Sie mir bitte sagen, wo ich den Flugkartenschalter finde?« fragte Nancy.

»Wenn ich je in einem Film eine Reiseführerin spielen muß, werde ich nicht mehr zu proben brauchen!« sagte Lulu, und die anderen lachten. »Das Gebäude der Fluggesellschaft ist ganz am Ende der Straße, hinter dem Bahnhof, dem Hafen gegenüber.«

Nancy dankte ihr und ging weiter. Mervyn war bereits losmarschiert, und sie mußte laufen, wenn sie ihn einholen wollte. Doch plötzlich blieb er wie angewurzelt stehen und starrte auf zwei Männer, die in ein Gespräch vertieft die Straße entlangspazierten. Nancy blickte sie neugierig an und fragte sich, weshalb Mervyn ihretwegen so überrascht angehalten hatte. Einer war ein sichtlich wohlhabender grauhaariger Herr in schwarzem Anzug und taubengrauer Weste, offensichtlich ein Clipperpassagier; der andere eine wahre Vogelscheuche, groß und hager, das Haar so kurz, daß er fast kahlköpfig wirkte, mit einem Gesichtsausdruck, als wäre er gerade aus einem Alptraum erwacht. Mervyn ging auf die Vogelscheuche zu und fragte: »Sie sind Professor Hartmann, nicht wahr?«

Die Reaktion des Mannes war bestürzend. Er sprang einen Schritt zurück und warf schützend die Hände hoch, als glaubte er, angegriffen zu werden.

Sein Begleiter sagte: »Ist schon gut, Carl.«

»Es wäre mir eine Ehre, wenn ich Ihnen die Hand schütteln dürfte, Sir«, erklärte Mervyn.

Hartmann ließ die Arme sinken, wirkte jedoch immer noch mißtrauisch. Er gab Mervyn die Hand.

Nancy staunte. So, wie sie Mervyn eingeschätzt hatte, hätte sie nicht gedacht, daß er irgend jemanden auf der Welt als ihm überlegen anerkennen würde. Doch jetzt benahm er sich wie ein Schuljunge, der einen Baseballstar um ein Autogramm bat.

»Ich bin so froh, daß Sie herausgekommen sind«, sagte Mervyn. »Wissen Sie, wir hatten das Schlimmste befürchtet, als Sie so spurlos verschwanden. Übrigens, ich bin Mervyn Lovesey.«

»Das ist mein Freund Baron Gabon«, stellte Hartmann seinen Begleiter vor. »Er hat mir bei der Flucht geholfen.«

Mervyn schüttelte jetzt auch Baron Gabon die Hand, dann meinte er: »Ich will nicht länger stören. Gute Reise, Gentlemen.«

Hartmann muß etwas ganz Besonderes sein, dachte Nancy, wenn der aufgebrachte Mervyn darüber immerhin für ein paar Augenblicke die zielstrebige Verfolgung seiner Frau vergißt. Während sie weiter durch den Ort marschierten, fragte sie ihn: »Wer war das?«

»Professor Carl Hartmann, der größte Physiker der Welt«, antwortete Mervyn. »Er hat an der Spaltung des Atoms gearbeitet. Wegen seiner politischen Einstellung hat er sich bei den Nazis unbeliebt gemacht, und alle haben ihn bereits für tot gehalten.«

»Woher wußten Sie von ihm?«

»Ich habe Physik studiert und habe auch einmal mit dem Gedanken gespielt, Forscher zu werden, aber mir fehlt die Geduld. Ich halte mich allerdings auf dem laufenden, was die Entwicklung betrifft. Tatsächlich hat es in den letzten zehn Jahren erstaunliche Entdeckungen auf dem Gebiet der Atomforschung gegeben.«

»Beispielsweise?«

»Der Österreicherin Lise Meitner – sie ist übrigens auch vor den

Nazis geflohen und arbeitet jetzt in Kopenhagen – ist es gelungen, Urankerne in zwei kleinere Atome zu spalten, in Barium und Krypton.«

»Ich dachte, Atome wären nicht spaltbar.«

»Das dachten wir bis vor kurzem alle. Deshalb ist es ja so unglaublich. Es gibt eine gewaltige Explosion, wenn es passiert, deshalb ist das Militär so daran interessiert. Wenn sie den Prozeß steuern könnten, wäre es ihnen möglich, die verheerendste Bombe aller Zeiten herzustellen.«

Nancy blickte über die Schulter auf den schreckhaften, schäbig gekleideten Mann mit dem brennenden Blick. Die verheerendste Bombe aller Zeiten, sagte sie zu sich und fröstelte. »Dann wundere ich mich, daß er so unbewacht hier herumspaziert.«

»Vielleicht ist er gar nicht unbewacht«, meinte Mervyn. »Sehen Sie den Mann dort?«

Nancy folgte Mervyns Blick über die Straße. Ein weiterer Clipperpassagier stapfte allein daher: ein großer, schwerer Mann in Melone und grauem Anzug mit weinroter Weste. »Glauben Sie, das ist sein Leibwächter?« fragte sie.

Mervyn zuckte die Schultern. »Für mich sieht er wie ein Polizist aus. Hartmann weiß es vielleicht nicht, aber ich würde sagen, er hat einen Schutzengel mit Schuhgröße sechsundvierzig.«

Nancy hatte Mervyn auch nicht für einen so aufmerksamen Beobachter gehalten.

»Das könnte das Pub sein«, wechselte Mervyn übergangslos das Thema. Er hielt vor der Tür an.

»Viel Glück«, wünschte ihm Nancy. Sie meinte es ehrlich. Komischerweise mochte sie ihn inzwischen, trotz seines aufreizenden Wesens.

Er lächelte. »Danke. Auch Ihnen viel Glück.«

Er betrat das Lokal, und Nancy ging die Straße weiter.

An ihrem Ende, gegenüber dem Hafen, stand ein efeuüberwuchertes Haus, das größer war als alle anderen im Ort. Im Innern fand Nancy ein behelfsmäßiges Büro und einen gutaussehenden jungen Mann in Pan-American-Uniform. Er blickte sie an, und seine Augen blitzten bewundernd, obwohl er bestimmt fünfzehn Jahre jünger war als sie.

»Ich möchte ein Ticket nach New York kaufen«, erklärte sie ihm.

Er war überrascht und betrachtete sie interessiert. »Oh! Wir verkaufen hier keine Tickets – wir haben gar keine.«

Es hörte sich nicht wie ein ernsthaftes Problem an. Sie lächelte ihn an; ein Lächeln half so gut wie immer, unbedeutende bürokratische Hindernisse aus dem Weg zu räumen. »Nun, ein Ticket ist nur ein Stückchen Papier«, sagte sie. »Wenn ich Ihnen das Geld für den Flug gebe, werden Sie mich doch an Bord lassen, oder?«

Er grinste. Sie hatte das Gefühl, daß er ihr helfen würde, wenn er es konnte. »Schon. Doch das Flugzeug ist voll besetzt.«

»Verdammt!« murmelte sie bestürzt. Hatte sie sich umsonst fast überschlagen? Aber sie war noch nicht bereit aufzugeben, keineswegs. »Es muß doch *irgendeine* Möglichkeit geben! Ich brauche kein Bett. Ich kann auf einem Sitzplatz schlafen. Ich würde mich sogar mit einem Crewsitz begnügen.«

»Das geht nicht. Das einzige, was noch frei ist, ist die Honeymoon Suite.«

»Kann ich sie haben?« fragte sie hoffnungsvoll.

»Aber ich weiß ja nicht einmal, was ich dafür verlangen müßte.«

»Das könnten Sie doch herausfinden, nicht wahr?«

»Ich nehme an, daß sie zumindest soviel wie zwei normale Passagen kostet, das wären siebenhundertfünfzig Dollar, aber es könnte auch mehr sein.«

Es war ihr egal, selbst wenn sie siebentausend Dollar dafür hätte bezahlen müssen. »Ich gebe Ihnen einen Blankoscheck«, sagte sie.

»Junge, Junge! Sie wollen offenbar unbedingt mit diesem Flieger mit!«

»Ich muß morgen in New York sein. Es ist – sehr wichtig.« Sie fand die richtigen Worte nicht, um auszudrücken, wie wichtig.

»Klären wir's mal mit dem Kapitän. Bitte kommen Sie mit, Ma'am«, forderte der junge Mann sie auf.

Nancy folgte ihm. Sie fragte sich, ob sie ihre Mühe an den Falschen verschwendet hatte.

Er führte sie zu einem Büro im ersten Stock. Sechs oder sieben Besatzungsmitglieder des Clippers saßen oder standen rauchend und Kaffee trinkend in Hemdsärmeln herum und studierten Karten und Wetterberichte. Der junge Mann machte sie mit Captain Marvin Baker bekannt. Als der gutaussehende Flugkapitän ihr die Hand gab, hatte sie das verrückte Gefühl, daß er gleich ihren Puls messen würde; das lag daran, wie ihr bewußt wurde, daß er sie an einen Arzt erinnerte, den sie gekannt hatte.

Der junge Mann erklärte: »Mrs. Lenehan muß unbedingt nach New York, Captain, und sie ist bereit, für die Honeymoon Suite zu bezahlen. Geht das?«

Nancy wartete aufgeregt auf die Antwort, doch der Kapitän stellte noch eine Frage: »Sind Sie in Begleitung Ihres Gatten, Mrs. Lenehan?«

Sie klimperte mit den Wimpern. Das war gewöhnlich ein wirkungsvoller Zug, wenn man einen Mann zu etwas überreden wollte. »Ich bin verwitwet, Captain.«

»Das tut mir leid. Haben Sie Gepäck?«

»Nur diese Reisetasche.«

»Wir nehmen Sie gern nach New York mit, Mrs. Lenehan«, sagte er nun.

»Gott sei Dank!« hauchte Nancy inbrünstig. »Ich kann Ihnen gar nicht sagen, wie wichtig das für mich ist.« Einen Augenblick lang wurde ihr vor Erleichterung ganz schwindelig. Sie setzte sich rasch auf den nächsten Stuhl. Um sich keine Blöße zu geben und ihre Gefühle wieder in den Griff zu bekommen, kramte sie rasch in ihrer Handtasche und holte das Scheckbuch heraus. Mit zitternder Hand unterschrieb sie einen Blankoscheck und reichte ihn dem jungen Mann.

Jetzt konnte sie sich Peter vornehmen.

»Ich habe ein paar Passagiere im Ort gesehen«, sagte sie. »Haben Sie eine Ahnung, wo sich die übrigen aufhalten?«

»Die meisten in Mrs. Walsh's Pub«, antwortete der junge Mann. »Es ist in diesem Haus. Der Eingang ist um die Ecke.«

Nancy stand auf. Sie hatte sich wieder fest im Griff. »Ich bin Ihnen sehr dankbar.«

»Wir freuen uns, daß wir Ihnen helfen konnten.«

Sie verließ das Zimmer.

Als sie die Tür hinter sich geschlossen hatte, hörte sie ein Stimmengewirr einsetzen und wußte, daß die Männer freche Bemerkungen über eine attraktive Witwe machten, die es sich leisten konnte, einen Blankoscheck auszustellen.

Sie trat ins Freie. Es war ein milder Nachmittag mit etwas Sonne, und die Luft roch angenehm nach salzigem Meerwasser. Nun mußte sie ihren treulosen Bruder finden.

Sie ging um die Hausecke herum und betrat das Pub.

Es war die Art von Lokal, in das sie normalerweise nicht gehen würde: klein, dunkel, einfach ausgestattet, sehr männlich. Zweifellos war es ursprünglich als Kneipe für Fischer und Bauern gedacht gewesen, doch jetzt war es voll von Millionären, die Cocktails schlürften. Es war stickig und laut, und es herrschte Partystimmung unter den Fluggästen. Bildete sie es sich nur ein oder schwang in dem Gelächter ein Hauch von Hysterie mit? Sollte die lärmende Fröhlichkeit etwa die Angst vor dem langen Flug über den Ozean überdecken?

Sie ließ den Blick über die Menge schweifen und entdeckte Peter.

Er bemerkte sie nicht.

Sie starrte ihn einen Moment lang an, und ihre Wut entflammte aufs neue. Sie spürte, wie ihre Wangen brannten. Sie hatte ein heftiges Verlangen, ihn zu ohrfeigen. Aber sie unterdrückte ihren Zorn. Sie würde ihm nicht zeigen, wie erregt sie war. Es war immer klüger, sich cool zu geben.

Er saß in einer Ecke, und Nat Ridgeway war bei ihm. Das war ein weiterer Schock. Nancy hatte gewußt, daß Nat wegen der Kollektionen in Paris war, aber sie war gar nicht auf den Gedanken gekommen, daß er mit Peter zurückfliegen könnte. Sie wünschte sich, er wäre nicht hier. Seine Anwesenheit würde die Sache nur verkomplizieren. Sie mußte vergessen, daß sie ihn einst geküßt hatte. Sie verdrängte den Gedanken.

Sie bahnte sich einen Weg durch die Gäste zu ihrem Tisch. Nat blickte als erster auf. Sein Gesicht verriet Bestürzung und Schuldbewußtsein – das zumindest befriedigte sie ein wenig. Als Peter sein Gesichtsausdruck auffiel, schaute auch er auf.

Nancy blickte ihm in die Augen.

Er wurde blaß und schoß von seinem Stuhl hoch. »Großer Gott!« entfuhr es ihm. Er wirkte zu Tode erschrocken.

»Warum hast du solche Angst, Peter?« fragte Nancy voll Verachtung.

Er schluckte heftig und sank auf seinen Stuhl zurück.

Nancy lächelte und sagte schneidend: »Du hast doch wahrhaftig für eine Passage auf der *Orania* bezahlt, obwohl du gewußt hast, daß du sie nicht benutzen würdest. Du bist mit mir nach Liverpool gekommen und hast dir ein Zimmer im Hotel Adelphi genommen, obwohl du gar nicht beabsichtigt hattest, dort zu übernachten. Und das alles, weil dir der Mut fehlte, mir zu sagen, daß du den Clipper nehmen würdest!«

Er starrte sie mit blassem Gesicht stumm an.

Sie hatte nicht vorgehabt, ihm hier eine Predigt zu halten, aber die Worte kamen wie von selbst. »Du hast dich gestern aus dem Hotel geschlichen und bist nach Southampton gerast, in der Hoffnung, ich würde nicht rechtzeitig dahinterkommen!« Sie beugte sich über den Tisch, und er wich vor ihr zurück. »Wovor hast du solche Angst? Ich werde dich nicht *beißen!*« Bei dem Wort *beißen* fuhr er zusammen, als würde sie es doch tun.

Sie hatte sich nicht die Mühe gemacht, die Stimme zu senken. Die Leute an den Nachbartischen waren verstummt. Peter schaute sich verlegen in der Gaststube um. »Es wundert mich nicht, daß du dich nicht wohl fühlst in deiner Haut«, fuhr Nancy fort. »Nach allem, was ich für dich getan habe! Die ganzen Jahre habe ich dich geschützt, deine dummen Fehler gedeckt und dir den Vorsitz überlassen, obwohl du nicht einmal einen Kirchenbasar organisieren könntest! Nichtdestotrotz hast du versucht, mir die Firma zu stehlen! Wie konntest du das nur tun? Fühlst du dich nicht wie ein erbärmlicher Wurm?«

Er errötete tief. »Du hast mich nie geschützt – du hast immer deine eigenen Interessen verfolgt!« protestierte er. »Du wolltest immer der

Boß sein – aber du hast die Stellung nicht gekriegt! Ich hab' sie bekommen, und seither arbeitest du darauf hin, sie mir wegzunehmen!«

Das war so ungerecht, daß Nancy nicht wußte, ob sie lachen, weinen oder ihm ins Gesicht spucken sollte. »Du Idiot, ich habe immer nur daran gearbeitet, daß du deinen Chefsessel *behalten* kannst!«

Schwungvoll zog er einige Papiere aus seiner Brusttasche. »Auf diese Weise?«

Nancy erkannte ihren Bericht. »Genau«, versicherte sie ihm. »Dieser Plan ist die einzige Möglichkeit, wie du deine Stellung behalten kannst.«

»Während du die Leitung übernimmst! Das habe ich gleich durchschaut!« Er blickte sie trotzig an. »Deshalb habe ich einen eigenen Plan ausgearbeitet.«

»Der nicht funktioniert!« entgegnete Nancy triumphierend. »Ich habe einen Platz im Clipper und komme zur Vorstandssitzung.« Zum erstenmal wandte sie sich nun an Nat Ridgeway. »Ich fürchte, du wirst auch jetzt die Leitung von Blacks Schuhen nicht bekommen, Nat.«

»Sei da nicht so sicher!« sagte Peter.

Sie blickte ihn an. Sie kannte ihn nicht so aggressiv. Er konnte doch keinen Trumpf im Ärmel haben? So klug war er nicht. »Du und ich besitzen je vierzig Prozent, Peter. Tante Tilly und Danny Riley gehören die restlichen Anteile. Sie haben sich immer nach mir gerichtet. Sie kennen mich, und sie kennen dich. Ich mache Geld, und du verlierst es, das wissen sie, auch wenn sie um Pa's Andenken willen höflich zu dir sind. Sie werden so abstimmen, wie ich es möchte.«

»Riley wird für mich abstimmen«, widersprach Peter bockig.

Etwas an seiner Sturheit beunruhigte sie. »Warum sollte er für dich abstimmen, nachdem du die Firma so gut wie zugrunde gerichtet hast?« sagte sie verächtlich, aber sie war nicht so zuversichtlich, wie sie sich zu klingen bemühte.

Er spürte ihre Besorgnis. »Jetzt kriegst du's mit der Angst, nicht wahr?« höhnte er.

Bedauerlicherweise hatte er recht. Sie begann tatsächlich, sich

Sorgen zu machen. Er wirkte nicht so am Boden zerstört, wie er es eigentlich sein sollte. Sie mußte herausfinden, ob hinter seiner Großmäuligkeit noch etwas steckte. »Du bluffst ja nur«, sagte sie herausfordernd.

»Tu ich nicht!«

Wenn sie ihn weiter verhöhnte, würde es ihm keine Ruhe lassen, bis er bewiesen hatte, daß sie sich täuschte, so gut kannte sie ihn. »Du tust immer so, als hättest du ein As im Ärmel, aber gewöhnlich ist es bloß eine Niete.«

»Riley hat es versprochen.«

»Und Riley ist so vertrauenswürdig wie eine Klapperschlange«, sagte sie abfällig.

Das reizte Peter. »Nicht, wenn er – einen Ansporn hat.«

Das war es also! Er hatte Danny Riley bestochen. Das beunruhigte Nancy nun wirklich. Danny war korrupt. Was hatte Peter ihm angeboten? Sie mußte es wissen, damit sie das Angebot unmöglich machen oder auch überbieten konnte. »Wenn dein Plan auf Danny Rileys Verläßlichkeit baut, brauche ich mir wirklich keine Gedanken zu machen!« Sie lachte höhnisch.

»Er baut auf Rileys *Habgier*«, entgegnete Peter.

Sie wandte sich an Nat und sagte: »Ich an deiner Stelle würde gesunde Skepsis walten lassen.«

»Nat weiß, daß es stimmt, was ich sage«, erklärte Peter selbstzufrieden.

Nat hätte sich offensichtlich gern herausgehalten, aber als sie ihn beide auffordernd anblickten, nickte er bestätigend.

»Er gibt Riley für sein Büro einen ordentlichen Brocken bei General Textiles.«

Das war ein echter Schlag, und Nancy stockte der Atem. Es gab bestimmt nichts, was Riley lieber war, als einen Fuß in eine große Gesellschaft wie General Textiles hineinzukriegen. Für ein kleines New Yorker Anwaltsbüro war das eine einmalige Chance. Und um einen solchen Preis würde Riley sogar seine Mutter verkaufen.

Peters Anteile plus Rileys ergaben fünfzig Prozent. Nancys und

Tante Tillys waren ebensoviel. Bei einer Stimmengleichheit hatte der Vorsitzende die entscheidende Stimme – also Peter.

Peter lächelte triumphierend.

Doch Nancy war nicht bereit, sich geschlagen zu geben. Sie zog einen Stuhl heran, setzte sich und wandte sich an Nat Ridgeway. Sie hatte während der ganzen Auseinandersetzung sein Mißfallen gespürt. Sie fragte sich, ob er wußte, daß Peter hinter ihrem Rücken gehandelt hatte. Sie beschloß, ihn zu fragen. »Ich nehme an, du hast gewußt, daß Peter mir nichts gesagt hat?«

Er starrte sie verschlossen an. Sie wartete schweigend auf eine Antwort. Schließlich senkte er den Blick und sagte: »Ich habe ihn nicht gefragt. Eure Familienstreitigkeiten gehen mich nichts an. Ich bin kein Sozialarbeiter, sondern Geschäftsmann.«

Es hat eine Zeit gegeben, da hast du in Restaurants meine Hand gehalten und mich beim Heimbringen geküßt, und einmal hast du meinen Busen gestreichelt, dachte sie und fragte: »Bist du ein ehrlicher Geschäftsmann?«

»Das weißt du doch«, antwortete er steif.

»In diesem Fall wirst du unlautere Methoden zu deinen Gunsten nicht billigen.«

Er dachte kurz nach, dann erwiderte er: »Es handelt sich hier um eine Geschäftsübernahme, nicht um eine Einladung zum Tee.«

Er wollte noch mehr sagen, aber sie warf ein: »Wenn du keine Skrupel hast, durch die Unehrlichkeit meines Bruders zu profitieren, bist du auch selbst unehrlich. Du hast dich verändert, seit du für meinen Vater gearbeitet hast.« Sie wandte sich Peter zu, ehe Nat reagieren konnte. »Ist dir denn nicht klar, daß du für deine Anteile doppelt soviel bekommen kannst, wenn du mir und meinem Plan zwei Jahre eine Chance gibst?«

»Mir gefällt dein Plan aber nicht!«

»Selbst ohne eine Umstrukturierung wird die Firma wegen des Kriegs bald mehr wert sein. Wir haben immer Aufträge für Soldatenstiefel gehabt – überleg doch nur, wie die Anfragen steigen werden, wenn die Vereinigten Staaten sich am Krieg beteiligen!«

»Amerika wird sich nicht beteiligen!«

»Und wenn schon – auch der Krieg in Europa wird gut für das Geschäft sein.« Sie blickte Nat an. »Das ist dir klar, nicht wahr? Deshalb willst du uns ja aufkaufen.«

Nat schwieg.

Sie wandte sich wieder an Peter. »Es wäre finanziell viel besser, wenn wir warten. Hör doch auf mich! Habe ich mich in solchen Dingen je geirrt? Hast du je Verluste gemacht, wenn du meinen Rat befolgt hast? Hast du je profitiert, wenn du ihn mißachtet hast?«

»Du verstehst es einfach nicht, nicht wahr?« sagte Peter.

Sie hatte keine Ahnung, was er jetzt meinte. »Was verstehe ich nicht?«

»Warum ich die Fusion will; weshalb ich es tue.«

»Dann sag schon, warum?«

Er starrte sie stumm an, und sie las die Antwort in seinen Augen.

Er haßte sie.

Sie erstarrte. Ihr war, als wäre sie mit voller Wucht kopfüber gegen eine Steinmauer geprallt. Sie wollte es nicht glauben, aber der Ausdruck von Gehässigkeit in seinem verzerrten Gesicht ließ keinen Zweifel an seinen Gefühlen. Spannungen hatte es zwischen ihnen immer gegeben, die völlig natürliche Geschwisterrivalität; aber was sie jetzt sah, war schrecklich, unheimlich, fast pathologisch. Das wäre ihr nie in den Sinn gekommen: Ihr kleiner Bruder Peter haßte sie!

So muß es sein, dachte sie, wenn der Mann, mit dem man zwanzig Jahre glücklich verheiratet war, einem plötzlich erklärt, er habe eine Affäre mit seiner Sekretärin und liebe einen nicht mehr.

Ihr war schwindelig, als hätte sie sich tatsächlich den Kopf angeschlagen. Sie würde eine Zeitlang brauchen, um darüber hinwegzukommen.

Peter war nicht nur töricht oder gemein oder gehässig: Er schadete sich sogar selbst, nur um seine Schwester zu ruinieren. Aus purem Haß!

Ganz normal konnte er nicht sein.

Sie mußte nachdenken und beschloß, dieses stickige, rauchige Pub zu verlassen und ein bißchen frische Luft zu schnappen. So stand sie auf und verließ die beiden Männer wortlos.

Als sie im Freien war, fühlte sie sich gleich ein wenig besser. Vom Wasser her wehte eine kühle Brise. Sie überquerte die Straße, schritt am Wasser entlang und lauschte den Schreien der Möwen.

Der Clipper befand sich mitten im Kanal. Er war größer, als sie es sich vorgestellt hatte; die Männer, die ihn auftankten, wirkten daneben winzig. Sie fand die gewaltigen Motoren und riesigen Propeller beruhigend. In diesem Flugzeug würde sie nicht nervös sein, nicht nachdem sie in einer defekten Tiger Moth die Irische See überquert hatte.

Aber was konnte sie tun, wenn sie zu Hause war? Peter würde sich sein Vorhaben nicht ausreden lassen. Zu viele Jahre verhohlenen Grolls steckten hinter seinem Benehmen. Auf gewisse Weise tat er ihr sogar leid: Er war die ganze Zeit so unglücklich gewesen. Aber sie hatte nicht vor, ihm so ohne weiteres seinen Willen zu lassen. Vielleicht gab es noch eine Möglichkeit, ihr Erbe zu retten.

Danny Riley war das schwache Glied in der Kette. Jemand, der sich von einer Seite bestechen ließ, tat es auch von der anderen. Nancy mußte überlegen, was sie ihm bieten konnte, um ihn zu verlocken, die Seiten zu wechseln. Aber einfach würde es nicht sein. Peters Angebot, der Einstieg in General Textiles' Rechtsgeschäfte, war schwer zu überbieten.

Vielleicht konnte sie ihm drohen? Das wäre billiger. Aber wie? Sie konnte seinem Büro einen Teil des Familien- und Personenrechtsgeschäfts nehmen, doch das waren kleine Fische gegenüber den neuen Möglichkeiten bei General Textiles. Was Danny zweifellos am liebsten hätte, wäre ein tüchtiger Batzen Bargeld, doch ihr Vermögen steckte zum größten Teil in der Firma. Ein paar tausend Dollar konnte sie sich leicht beschaffen, doch Danny würde mehr wollen, hunderttausend vielleicht. An soviel Bargeld kam sie jedoch in so kurzer Zeit nicht heran.

Während sie tief in Gedanken versunken war, wurde ihr Name aufgerufen. Sie drehte sich um und sah, daß der gutaussehende junge Mann von Pan American ihr zuwinkte. »Ein Anruf für Sie!« rief er. »Ein Mr. MacBride von Boston.«

Plötzlich erwachte neue Hoffnung in ihr. Vielleicht fiel Mac etwas ein. Er kannte Danny Riley. Genau wie ihr Vater waren beide Männer Iren zweiter Generation, die ihre Zeit mit anderen Iren verbrachten und Protestanten nicht trauten, nicht einmal, wenn diese Iren waren. Mac war ehrlich, Danny nicht, aber ansonsten waren sie sich sehr ähnlich. Pa war ehrlich gewesen, trotzdem bereit, ein Auge zuzudrükken, wenn etwas nicht ganz korrekt zuging, vor allem, wenn dadurch einem Freund aus der alten Heimat geholfen wurde.

Vater hatte Danny einmal vor dem Ruin bewahrt, erinnerte sie sich, während sie am Hafen entlang zurückeilte. Das war noch gar nicht so lange her, kurz vor seinem Tod. Danny hatte einen großen, sehr wichtigen Fall verloren; in seiner Verzweiflung hatte er sich in ihrem gemeinsamen Golfclub an den Richter gewandt und ihn zu bestechen versucht. Der Richter war jedoch nicht bestechlich gewesen und hatte ihn aufgefordert, seinen Beruf freiwillig aufzugeben, wenn er nicht von der Anwaltsliste gestrichen werden wollte. Vater hatte vermittelt, er hatte den Richter überzeugt, daß es nur eine einmalige, verzweifelte Kurzschlußhandlung gewesen war. Nancy wußte alles darüber; Vater hatte ihr gegen Ende seines Lebens viel anvertraut.

Aalglatt, unverläßlich, etwas unklug, leicht beeinflußbar – so war Danny. Gewiß konnte sie ihn auf ihre Seite zurückholen.

Aber ihr blieben nur zwei Tage.

Sie ging ins Haus, und der junge Mann zeigte ihr das Telefon. Sie drückte die Hörmuschel ans Ohr. Es tat gut, Macs vertraute, herzliche Stimme zu hören. »Du hast also den Clipper bekommen«, sagte er erfreut. »Tüchtiges Mädchen!«

»Ich werde zur Vorstandssitzung kommen – aber die schlechte Neuigkeit ist, daß Peter Dannys Stimme schon in der Tasche hat.«

»Glaubst du ihm?«

»Ja. General Textiles überläßt Danny einen ziemlichen Teil ihrer Rechtsgeschäfte.«

Macs Stimme klang bestürzt. »Bist du sicher, daß das stimmt?«

»Nat Ridgeway ist hier bei ihm.«

»Diese Schlange!«

Mac hatte Nat nie gemocht. Er hatte ihn gehaßt, als er anfing, mit

Nancy auszugehen. So glücklich Mac auch verheiratet war, war er doch auf jeden eifersüchtig, der ein romantisches Interesse an Nancy zeigte.

»Mir tut General Textiles jetzt schon leid, wenn Danny ihre Rechtsgeschäfte übernimmt.«

»Ich nehme an, sie werden ihm die unbedeutenderen Sachen überlassen. Mac, ist es legal, daß sie ihn auf diese Weise ködern?«

»Wahrscheinlich nicht, aber das ließe sich schwer beweisen.«

»Dann steht es nicht gut für mich.«

»Es tut mir so leid, Nancy.«

»Danke, alter Freund. Du hast mich immer davor gewarnt, Peter den Vorsitz zu überlassen.«

»Das habe ich allerdings.«

Genug der Vorwürfe über Fehler der Vergangenheit. Sachlich festen Tons sprach Nancy weiter: »Hör zu, wenn *wir* auf Danny angewiesen wären, wäre uns nicht wohl in der Haut, richtig?«

»Richtig.«

»Wir würden uns Sorgen machen, daß er die Seiten wechselt, wenn die gegnerische ihm ein verlockenderes Angebot macht. Also, was meinst du, was ist sein Preis?«

»Hmmm.« Mac schwieg einen Augenblick. »Ich weiß nicht«, gestand er schließlich.

Nancy dachte wieder daran, daß Danny einen Richter hatte bestechen wollen. »Erinnerst du dich, als Vater Danny aus der Patsche half? Es war der Fall Jersey Rubber.«

»Und ob! Aber keine Einzelheiten am Telefon, okay?«

»Okay. Können wir uns diesen Fall irgendwie zu Nutzen machen?«

»Ich wüßte nicht, wie.«

»Um ihm zu drohen.«

»Daß wir es aufdecken, meinst du?«

»Ja.«

»Haben wir Beweise?«

»Nein. Es sei denn, es gibt etwas in Vaters alten Unterlagen.«

»Die hast du doch alle, Nancy.«

Mehrere Kartons mit Vaters persönlichen Papieren standen

im Keller von Nancys Haus in Boston. »Ich habe sie nie durchgesehen.«

»Und jetzt reicht die Zeit dazu auch nicht.«

»Aber wir könnten bluffen«, sagte sie nachdenklich.

»Ich verstehe nicht, was du meinst.«

»Ich denke nur laut. Hör zu. Wir könnten Danny zu verstehen geben, daß sich etwas in Vaters alten Papieren befindet, mit dem wir an die Öffentlichkeit treten könnten.«

»Ich wüßte nicht, wie . . .«

»Warte, Mac – ich habe eine Idee.« Nancys Stimme hob sich aufgeregt, als sie die Möglichkeiten erkannte. »Angenommen, die Anwaltskammer, oder wer immer dafür zuständig ist, beschlösse die Wiederaufnahme der Untersuchung im Fall Jersey Rubber.«

»Warum sollte sie das?«

»Jemand könnte sie darauf hinweisen, daß da etwas nicht koscher war.«

»Gut, was dann?«

Nancy hatte das Gefühl, auf dem richtigen Weg zu sein. »Angenommen, sie hören davon, daß sich ausschlaggebende Beweise unter Vaters Unterlagen befinden?«

»Sie würden dich ersuchen, ihnen Einblick in diese Papiere zu gestatten.«

»Läge es bei mir, das zuzulassen?«

»Bei einer Untersuchung durch die Anwaltskammer, ja. Bei einer strafrechtlichen Untersuchung könntest du allerdings durch eine gerichtliche Verfügung aufgefordert werden, die Papiere vorzulegen, dann bliebe dir natürlich gar nichts anderes übrig.«

Der Plan formte sich schneller in Nancys Kopf, als sie ihn in Worte fassen konnte. Sie wagte kaum zu hoffen, daß er funktionieren würde. »Hör zu, ruf bitte Danny an«, sagte sie eindringlich, »stell ihm folgende Frage . . .«

»Einen Moment, ich brauche einen Bleistift. Okay, fang an.«

»Frag ihn folgendes: Wenn es im Fall Jersey Rubber eine Untersuchung durch die Kammer gäbe, wäre er dann damit einverstanden, daß ich Vaters Papiere zur Einsicht zur Verfügung stelle?«

»Glaubst du, er wird nein sagen?« Mac klang verwirrt.

»Ich glaube, er wird in Panik geraten, Mac. Er wird schreckliche Angst bekommen. Er weiß nicht, was vorhanden ist – es könnte alles mögliche sein, Notizen, Terminkalender, Schriftstücke . . .«

»Ich begreife langsam, was du vorhast.« Nancy hörte die Hoffnung in seiner Stimme. »Danny würde glauben, daß du etwas hast, was er will . . .«

»Er wird mich bitten, ihn zu decken, wie Vater es getan hat. Er wird mich bitten, der Kammer meine Einwilligung zum Einblick in die Papiere zu verweigern. Und ich werde es ihm zusichern – unter der Bedingung, daß er mit mir gegen die Fusion mit General Textiles stimmt.«

»Einen Moment, bevor du den Korken knallen läßt. Danny ist zwar korrupt, aber nicht dumm. Wird er nicht argwöhnen, daß wir uns das Ganze nur ausgedacht haben, um ihn unter Druck zu setzen?«

»Natürlich«, antwortete Nancy. »Aber er kann nicht sicher sein. Und er hat nicht viel Zeit, darüber nachzudenken.«

»Du hast recht. Und momentan ist es unsere einzige Chance.«

»Willst du es versuchen?«

»Ja.«

Nancy fühlte sich viel besser. Es war doch noch nicht alles verloren, und ihr Kampfgeist war wieder erwacht. »Ruf mich bei unserer nächsten Zwischenlandung an.«

»Wo ist die?«

»Botwood in Neufundland. Wir müßten in etwa siebzehn Stunden dasein.«

»Gibt es dort überhaupt Telefon?«

»Muß es wohl, wenn sie einen Flughafen haben. Du solltest den Anruf rechtzeitig buchen.«

»Gut. Ich wünsche dir einen schönen Flug.«

»Danke. Wiederhören, Mac.«

Sie hängte die Hörmuschel an den Haken. Sie war bester Stimmung. Es war natürlich nicht sicher, daß Danny tatsächlich auf ihre Finte hereinfallen würde, aber allein schon einen Plan zu haben war ein herrliches Gefühl.

Inzwischen war es sechzehn Uhr zwanzig, Zeit, sich an Bord zu begeben. Sie verließ das Zimmer und kam durch ein Büro, in dem Mervyn Lovesey telefonierte. Er hob die Hand, um sie aufzuhalten. Durch das Fenster konnte sie im Hafen die Passagiere in das Zubringerboot steigen sehen, trotzdem blieb sie stehen. Er sagte gerade in die Sprechmuschel: »Darum kann ich mich jetzt wirklich nicht selbst kümmern. Geben Sie den Kerlen, was sie fordern, und sehen Sie zu, daß die Arbeit gemacht wird!«

Sie war überrascht. Sie erinnerte sich, daß es in seiner Fabrik irgendwelche Schwierigkeiten mit einem dringenden Auftrag gegeben hatte. Jetzt hörte es sich an, als würde er nachgeben, was uncharakteristisch für ihn war.

Sein Gesprächspartner am anderen Ende war offenbar ebenso erstaunt, denn nach einem Moment sagte Mervyn: »Ja, verdammt, Sie haben richtig gehört! Ich bin jetzt zu beschäftigt, mich mit Handwerkern herumzustreiten! Auf Wiedersehen!« Er hängte auf. »Ich habe Sie gesucht«, wandte er sich an Nancy.

»Ist es Ihnen gelungen?« fragte Nancy. »Konnten Sie Ihre Frau überreden, daß sie zu Ihnen zurückkommt?«

»Nein. Aber ich habe es wohl nicht richtig angestellt.«

»Oh, das tut mir leid. Ist sie jetzt da draußen?«

Er schaute durchs Fenster. »Sie ist die Frau im roten Mantel.«

Nancy sah eine blonde Frau Anfang Dreißig. »Mervyn, sie ist bildschön!« entfuhr es ihr. Sie war überrascht. Irgendwie hatte sie sich Mervyns Frau als einen herberen, weniger ansprechenden Typ vorgestellt, eher eine Bette Davis als eine Lana Turner. »Ich verstehe, weshalb Sie sie nicht verlieren wollen.« Die Frau hatte sich bei einem Mann in blauem Blazer eingehängt. Er war sicher ihr Liebhaber. Er sah bei weitem nicht so gut aus wie Mervyn; er war nicht sehr groß, und sein Haar begann sich zu lichten. Aber er wirkte freundlich und gelassen. Nancy sah sofort, daß die Frau sich in ihn verliebt hatte, weil er offenbar das genaue Gegenteil von Mervyn war. Sie empfand Mitgefühl für Mervyn. »Es tut mir wirklich leid«, sagte sie.

»Ich habe noch nicht aufgegeben«, entgegnete er. »Ich werde nach New York mitfliegen.«

Nancy lächelte. Das war schon typischer für ihn. »Warum nicht? Sie sieht wie eine Frau aus, die es wert ist, daß ein Mann ihr über den ganzen Atlantik folgt.«

»Es hängt jedoch von Ihnen ab«, sagte er. »Das Flugzeug ist voll.«

»Stimmt. Wie können Sie dann mitkommen? Und wieso hängt es von mir ab?«

»Ihnen gehört der einzige noch freie Platz. Sie haben für die Honeymoon Suite bezahlt. Darin ist Platz für zwei. Ich bitte Sie, mir den unbesetzten Platz zu verkaufen.«

Sie lachte. »Mervyn, ich kann eine Honeymoon Suite nicht mit einem fremden Mann teilen. Ich bin eine ehrbare Witwe, keine Revuetänzerin!«

»Sie schulden mir einen Gefallen«, sagte er eindringlich.

»Ich schulde Ihnen einen Gefallen, aber nicht meinen guten Ruf!«

Sein gutaussehendes Gesicht nahm einen hartnäckigen Zug an. »Sie haben ja auch nicht an Ihren guten Ruf gedacht, als Sie mit mir über die Irische See fliegen wollten.«

»Das war ja auch nicht über Nacht!« Sie wünschte, sie könnte ihm helfen; sie fand seine Entschlossenheit, seine schöne Frau zurückzuholen, rührend. »Tut mir leid, ehrlich«, versicherte sie ihm. »Aber ich kann mir in meinem Alter keinen Skandal leisten.«

»Hören Sie. Ich habe mich nach dieser Honeymoon Suite erkundigt. Sie ist nicht viel anders als die anderen Abteile. Sie hat zwei getrennte Liegesitze. Wenn wir nachts die Tür offenlassen, sind wir in keiner anderen Lage als zwei Personen, die sich nicht kennen und zufällig zwei nebeneinanderliegende Schlafplätze zugeteilt bekamen.«

»Aber überlegen Sie doch, was die Leute sagen würden!«

»Wegen wem machen Sie sich eigentlich solche Gedanken? Sie haben keinen Ehemann, der sich darüber aufregen könnte, und Ihre Eltern leben nicht mehr. Wer schert sich darum, was Sie tun?«

Er konnte von schonungsloser Offenheit sein, wenn er etwas wollte, fand sie. »Ich habe zwei Söhne Anfang Zwanzig!« protestierte sie.

»Sie werden es urkomisch finden, da möchte ich wetten.«

Da hat er wahrscheinlich recht, dachte sie trübsinnig. »Ich mache mir auch Gedanken wegen der ganzen Bostoner Gesellschaft. So etwas würde sich bestimmt herumsprechen.«

»Hören Sie, Sie waren verzweifelt, als Sie auf dem Flugplatz zu mir gekommen sind. Sie waren in Schwierigkeiten, und ich habe Ihnen geholfen. Jetzt bin ich verzweifelt – das verstehen Sie doch, nicht wahr?«

»Ja.«

»Ich bin in Schwierigkeiten und flehe Sie an. Das ist die letzte Chance, meine Ehe zu retten. Es liegt nur an Ihnen! Ich habe Sie gerettet, jetzt können Sie mich retten! Es kostet Sie, wenn überhaupt, nur einen Hauch von Skandal. Das hat noch niemanden umgebracht. Bitte, Nancy!«

Sie dachte über diesen *Hauch* von Skandal nach. Spielte es wirklich eine Rolle, wenn eine Witwe an ihrem vierzigsten Geburtstag eine Spur unbesonnen war? Es würde sie nicht umbringen, wie er gesagt hatte, und wahrscheinlich nicht einmal ihren Ruf ruinieren. Die Matronen von Beacon Hill würden sie für leichtsinnig halten, aber Damen ihres eigenen Alters würden wahrscheinlich sogar ihren Mut bewundern. Es ist ja nicht, als nähme man von mir an, ich sei noch Jungfrau, dachte sie.

Sie blickte in sein verletztes, hartnäckiges Gesicht, und ihr Herz fühlte mit ihm. Zum Teufel mit der Bostoner Gesellschaft, sagte sie sich. Das ist ein Mann, der leidet. Er hat mir geholfen, als ich Hilfe brauchte. Ohne ihn wäre ich jetzt nicht hier. Er hat recht. Ich schulde es ihm.

»Helfen Sie mir, Nancy?« flehte er. »Bitte!«

Nancy holte tief Atem. »Verdammt, ja«, antwortete sie.

Harrys letzter Eindruck von Europa war ein weißer Leuchtturm, der stolz über dem Nordufer der Shannonmündung aufragte und zu dessen Füßen der Atlantik wütend gegen die Klippen brandete. Minuten später war weit und breit kein Land mehr zu sehen: nichts als endloses Meer, so weit der Blick reichte.

Wenn wir drüben sind, in Amerika, dachte Harry, bin ich ein reicher Mann.

Das Gefühl, dem Delhi-Ensemble so nahe zu sein, war verführerisch, ja beinahe sexuell erregend. Irgendwo an Bord dieses Flugzeugs, nur wenige Meter von seinem Sitzplatz entfernt, befand sich ein unermeßlicher Juwelenschatz. In seinen Fingern kribbelte es, so drängte es ihn danach, ihn zu berühren.

Eine Million Dollar in Schmuck sind mindestens hunderttausend bar auf die Hand ... Ich könnte mir eine hübsche Wohnung und ein Auto kaufen, dachte er, vielleicht sogar ein Landhaus mit Tennisplatz. Oder sollte ich es besser anlegen und von den Zinsen leben? Dann würde ich zu den feinen Leuten mit Privatvermögen gehören!

Zunächst aber galt es erst einmal, an das Zeug heranzukommen.

Da Lady Oxenford ihren Schmuck nicht angelegt hatte, konnte er sich nur an zwei Stellen befinden: im Handgepäck hier im Abteil oder im Gepäckraum, wo die aufgegebenen Koffer untergebracht waren. Wär's mein Schmuck, dann behielte ich ihn in Reichweite, dachte Harry: Ich hätte ihn im Handgepäck. Ich ließe ihn keine Minute aus den Augen. Schwer zu sagen, wie die Lady darüber denkt.

Zuerst wollte er ihr Handgepäck unter die Lupe nehmen. Unter ihrem Sitz lugte ein teurer burgunderroter Lederkoffer mit Messingbeschlägen hervor. Fragt sich nur, wie ich daran komme, dachte er, vielleicht ergibt sich ja im Laufe der Nacht, wenn alle schlafen, eine Möglichkeit.

Ihm würde schon etwas einfallen. Riskant war die Sache gewiß: Stehlen war nun mal ein gefährliches Spiel. Bislang jedoch war es ihm auf die eine oder andere Weise noch immer gelungen, den Kopf aus der Schlinge zu ziehen, und wenn es noch so brenzlig aussah. Hier sitze ich, dachte er, und gestern erst hat man mich auf frischer Tat ertappt, mit gestohlenen Manschettenknöpfen in der Hosentasche. Die Nacht über saß ich im Kittchen, und nun sitz' ich hier an Bord des Pan-American-Clippers, auf dem Weg nach New York. Glück gehabt? Mehr als das!

Ein Witz fiel ihm ein, den er einmal gehört hatte: Ein Mann springt im zehnten Stock aus dem Fenster. Wie er am fünften Stock vorbeisegelt, hört man ihn sagen: »So weit, so gut.« Da war er, Harry, doch aus anderem Holz geschnitzt!

Nicky, der Steward, brachte die Speisekarte und bot ihm einen Cocktail an. Eigentlich brauchte er keinen Drink. Trotzdem bestellte er ein Glas Champagner, einfach, weil es dazuzugehören schien. Das ist das wahre Leben, mein Junge, sagte er sich. Das Hochgefühl über die Reise im luxuriösesten Flugzeug der Welt wetteiferte mit der Angst vor der Ozeanüberquerung. Doch der Champagner tat seine Wirkung, und das Hochgefühl gewann die Oberhand.

Zu Harrys Überraschung war die Speisekarte auf englisch geschrieben. Wußten die Amerikaner nicht, daß feine Menüs französische Namen haben mußten? Aber vielleicht besaßen sie einfach zu viel Vernunft, um ihre Speisekarten in einer Fremdsprache zu drucken. Ich glaub', mir wird's in Amerika gefallen, dachte er.

Im Speiseraum sei nur Platz für vierzehn Passagiere, erklärte der Steward, das Abendessen werde daher in drei Schichten serviert. »Möchten Sie um sechs, halb acht oder um neun Uhr essen, Mr. Vandenpost?«

Harry begriff sofort: Das konnte die ersehnte Chance sein! Aßen die Oxenfords früher oder später als er, so blieb er womöglich vorübergehend allein im Abteil. Doch für welche Zeit würden sie sich entscheiden? Insgeheim verfluchte Harry den Steward, weil er ihn zuerst gefragt hatte. Ein englischer Steward hätte automatisch zuerst die Leute mit den Adelstiteln gefragt, aber dieser demokratische Amerikaner richtete sich wahrscheinlich nach den Sitzplatznummern. Es blieb ihm nichts anderes übrig, als zu raten, für welche Zeit sich die Oxenfords entscheiden würden. »Da muß ich direkt überlegen«, sagte er, um Zeit zu gewinnen. Seiner Erfahrung nach aßen die Reichen meistens spät. Ein Arbeiter frühstückt meist um sieben, ißt um zwölf zu Mittag und um fünf zu Abend. Ein Lord hingegen frühstückt nicht vor neun, ißt um zwei zu Mittag und um halb neun zu Abend. Die Oxenfords werden also spät essen. Harry beschloß, den Anfang zu machen. »Ich bin ziemlich hungrig«, sagte er. »Ich esse um sechs.«

Der Steward wandte sich an die Oxenfords, und Harry hielt den Atem an.

Lord Oxenford sagte: »Neun Uhr, denke ich.«

Harry unterdrückte ein zufriedenes Grinsen.

Da mischte sich Lady Oxenford ein. »So lange kann Percy nicht warten – laß uns früher essen.«

Na schön, dachte Harry beunruhigt, aber bloß nicht zu früh, um Himmels willen!

»Also halb acht«, sagte Lord Oxenford.

Freudige Erregung erfüllte Harry: Er war dem Delhi-Ensemble einen Schritt näher gekommen.

Der Steward wandte sich nun an den Passagier, der Harry gegenübersaß, den Kerl im weinroten Jackett, der wie ein Polizist aussah. Er hatte sich als Clive Membury vorgestellt. Sag schon halb acht, dachte Harry, und laß mich hier allein. Zu seinem Leidwesen jedoch war Membury nicht hungrig und entschied sich für neun Uhr.

So ein Mist, dachte Harry, nun lungert Membury hier herum, während die Oxenfords zu Abend essen. Aber vielleicht verließ er ja mal für ein paar Minuten das Abteil? Er war einer von der unruhigen Sorte, ständig auf Trab. Falls er nicht aus freien Stücken ging, mußte Harry sich etwas einfallen lassen, um ihn loszuwerden. Allerdings hätte er sich dafür wohl kaum einen schwierigeren Ort als ein Flugzeug aussuchen können: Hier konnte er dem Mann ja nicht gut erzählen, in einem anderen Zimmer sei nach ihm gefragt worden oder er würde am Telefon verlangt oder draußen auf der Straße stünde eine nackte Frau. Nein, hier war diese Nuß wohl schwieriger zu knacken.

Der Steward sagte: »Mr. Vandenpost, wenn Sie keine Einwände haben, werden sich der Ingenieur und der Navigator bei Tisch zu Ihnen gesellen.«

»Aber gerne«, meinte Harry. Er freute sich auf die Unterhaltung mit den Besatzungsmitgliedern.

Lord Oxenford bestellte sich einen zweiten Whisky. Ein Mann mit einem großen Durst, wie die Iren zu sagen pflegten. Seine Frau war blaß und ruhig. Auf ihren Knien lag ein aufgeschlagenes Buch, doch sie hatte noch kein einziges Mal umgeblättert und wirkte sehr bedrückt.

Der junge Percy begab sich nach vorn zu einem Plausch mit den dienstfreien Crewmitgliedern, dann kam Margaret und setzte sich neben Harry. Er schnupperte ihr Parfum und erkannte den Duft von Tosca. Sie hatte ihren Mantel abgelegt. Er sah jetzt, daß sie die gleiche Figur wie ihre Mutter hatte: ziemlich groß, mit eckigen Schultern, großer Büste und langen Beinen. Ihre Garderobe, die von guter Qualität, aber sehr schlicht war, wurde ihr nicht gerecht: Harry konnte sie sich gut im langen Abendkleid mit tiefem Ausschnitt vorstellen, das rote Haar hochgesteckt, der lange weiße Hals geschmückt mit Ohrringen von Cartier, tropfenförmig geschliffene Smaragde aus seiner indischen Periode ... Margaret würde umwerfend aussehen. Allerdings hatte sie offensichtlich ein anderes Bild von sich. Sie schämte sich, eine reiche Aristokratin zu sein, und kleidete sich deswegen wie eine Pfarrersfrau.

Das Mädchen war eine Wucht, und obwohl er auch ihre schwachen Seiten erkannte, war Harry ein wenig eingeschüchtert. Ihre Schwächen machten sie nur noch liebenswerter. Liebenswert hin, liebenswert her, dachte er, Harry, mein Junge, vergiß ja nicht, daß sie eine Gefahr für dich ist und daß du dir ihre Gunst bewahren mußt.

Er fragte sie, ob sie schon einmal geflogen sei.

»Nur nach Paris, mit Mutter«, antwortete sie.

Nur nach Paris, mit Mutter, dachte er verwundert. Meine eigene Mutter wird Paris nie zu Gesicht bekommen, geschweige denn in einem Flugzeug fliegen. »Und wie war das?« wollte er wissen. »Wie fühlt man sich, wenn man so privilegiert ist?«

»Ich habe diese Parisreisen gehaßt«, sagte sie. »Ständig mußte ich mit langweiligen Engländern Tee trinken. Dabei wäre ich viel lieber in verräucherte Restaurants gegangen, wo Negerbands spielten.«

»Meine Ma hat mich immer mit nach Margate genommen«, meinte Harry. »Da hab' ich dann im Meer herumgeplanscht, und es gab Eis, Fisch und Fritten.«

Noch während er sprach, fiel ihm siedendheiß ein, daß er eigentlich hätte lügen sollen, und ihm wurde ganz mulmig zumute. In Gesprächen mit Mädchen aus der Oberschicht sah er sich des öfteren gezwungen, über seine Kindheit zu reden. Er murmelte dann etwas über ein Internat und einen abgelegenen Landsitz, und das wäre wohl auch jetzt ratsam gewesen. Aber Margaret kannte sein Geheimnis, und das Brummen der Flugzeugmotoren übertönte seine Worte, so daß es keine ungebetenen Zuhörer gab. Und trotzdem: Als er sich dabei ertappte, wie er die Katze aus dem Sack ließ, kam es ihm im ersten Moment vor, als wäre er aus einem Flugzeug gesprungen und wartete nun darauf, daß sein Fallschirm sich öffnete.

»Wir sind nie an die See gefahren«, sagte Margaret sehnsüchtig. »Nur die einfachen Leute planschten im Meer herum. Meine Schwester und ich haben die armen Kinder immer beneidet. Die durften tun, was sie wollten.«

Harry war belustigt über diesen neuerlichen Beweis dafür, daß er ein Glückspilz war: Die Kinder der Reichen, die in schwarzen Limousinen spazierengefahren wurden, Mäntel mit Samtkragen trugen und jeden Tag Fleisch zu essen bekamen, hatten ihn um seine barfüßige Freiheit und seinen Fisch mit Fritten sogar beneidet!

»Ich kann mich noch gut an die Gerüche erinnern«, fuhr sie fort. »Da war der Duft aus dem Imbißstand zur Mittagszeit; da war der Geruch der geölten Maschinen, wenn man an einem Rummelplatz vorüberging; da war der anheimelnde Geruch nach Bier und Tabakrauch, der einem an Winterabenden aus den Pubs entgegenschlug, wenn jemand die Tür aufmachte. Die Menschen schienen sich an solchen Orten immer köstlich zu amüsieren. Und ich bin noch nie in einem Pub gewesen.«

»Da haben Sie auch nicht viel versäumt«, sagte Harry, der nicht viel für Pubs übrig hatte. »Das Essen im Ritz ist besser.«

»Sie bevorzugen meine und ich Ihre Lebensart«, stellte sie fest.

»Aber ich habe beide ausprobiert«, betonte Harry. »Ich weiß, welche die bessere ist.«

Sie sah einen Augenblick lang nachdenklich vor sich hin und fragte dann: »Wie stellen Sie sich Ihr weiteres Leben vor?«

Was für eine Frage! »Ich will es genießen«, gab Harry zurück.

»Nein, im Ernst.«

»Was meinen Sie damit, ›im Ernst‹?«

»Alle wollen ihr Leben genießen. Aber was wollen Sie tun?«

»Was ich jetzt auch tue.« Aus einer Augenblickslaune heraus

beschloß Harry, ihr etwas zu erzählen, was er bisher stets für sich behalten hatte. »Haben Sie je den *Amateur-Einbrecher* von Hornung gelesen?« Sie schüttelte den Kopf. »In dem Buch geht es um einen Gentleman-Einbrecher namens Raffles, der türkische Zigaretten raucht, allerfeinste Kleidung trägt, in die besten Häuser eingeladen wird und den Reichen ihren Schmuck stiehlt. So einer möchte ich sein.«

»Also, das ist doch einfach dämlich!« gab sie schroff zurück.

Er war pikiert. Wenn sie etwas für Unsinn hielt, nahm sie kein Blatt vor den Mund. Aber das, was er ihr gesagt hatte, war kein Unsinn – es war sein Traum. Er hatte aus seinem Herzen keine Mördergrube gemacht – und so fühlte er sich jetzt auch veranlaßt, das Mädchen von seiner Aufrichtigkeit zu überzeugen. »Das ist überhaupt nicht dämlich«, widersprach er.

»Aber Sie können doch nicht Ihr Leben lang Dieb bleiben«, sagte sie. »Wenn das so weitergeht, werden Sie im Gefängnis alt. Selbst Robin Hood hat geheiratet und sich zu guter Letzt häuslich niedergelassen. Also – was wollen Sie wirklich?«

Harry pflegte derlei Fragen gewöhnlich mit einer Einkaufsliste zu beantworten: Wohnung, Auto, Mädchen, Partys, Anzüge aus der Savile Row und exquisiter Schmuck. Doch er wußte, daß das bei ihr nicht verfing, er würde nur Hohn und Spott ernten. Ihre Einstellung mißfiel ihm – andererseits war auch nicht von der Hand zu weisen, daß seine Ambitionen letztlich doch nicht ganz so materialistisch waren. Ihm lag viel daran, daß sie ihm seine Träume abnahm, und zu seiner größten Überraschung ertappte er sich dabei, wie er ihr Dinge erzählte, die er noch nie jemandem eingestanden hatte. »Ich möchte gern auf dem Land leben, in einem großen, efeuumrankten Haus«, sagte er.

Abrupt hielt er inne. Sein Gefühlsüberschwang war ihm peinlich, dennoch verspürte er aus irgendeinem Grund den Zwang, sich Margaret mitzuteilen. »Ein Haus auf dem Land mit Tennisplatz und Stallungen und die Zufahrt mit Rhododendronbüschen gesäumt«, fuhr er fort. Er sah die Szenerie deutlich vor sich, und sie kam ihm vor wie der geborgenste und gemütlichste Ort der Welt. »Ich würde in braunen Stiefeln und im Tweedanzug auf meinem Besitz umherspazieren, hin und wieder ein paar Worte mit den Gärtnern und den Stallburschen wechseln, und jeder hielte mich für einen echten Gentleman. Mein Vermögen hätte ich bombensicher investiert, so daß ich nie auch nur die Hälfte meines Einkommens ausgeben könnte. Im Sommer gäbe ich dann Gartenpartys, auf denen Erdbeeren mit Schlagsahne gereicht würden. Und dazu hätte ich noch fünf Töchter, die alle so hübsch wie ihre Mutter sind.«

»Fünf!« lachte sie. »Dann heiraten Sie aber besser eine kräftige Frau!« Doch sie wurde sogleich wieder ernst. »Das ist ein wunderschöner Traum«, sagte sie. »Ich hoffe, daß er in Erfüllung geht.«

Er fühlte sich ihr sehr nahe. Ihm war, als gäbe es keine Frage, die er ihr jetzt nicht stellen könnte. »Und Sie?« wollte er wissen. »Haben Sie auch einen Traum?«

»Ich will in den Krieg ziehen«, antwortete sie. »Ich werde der A.T.S. beitreten.«

Der Gedanke an Frauen, die in die Armee eintraten, kam ihm immer noch irgendwie komisch vor, obwohl es inzwischen fast eine Selbstverständlichkeit war. »Und was wollen Sie dort tun?«

»Als Fahrerin arbeiten. Frauen werden als Kradmelderinnen und Krankenwagenfahrerinnen benötigt.«

»Das ist aber gefährlich.«

»Weiß ich. Aber das ist mir egal. Ich will nur mitkämpfen. Dies ist unsere letzte Chance, dem Faschismus Einhalt zu gebieten.« Um ihren Mund lag ein energischer Zug, ihre Augen blickten kühn, und Harry dachte bei sich: Sie ist wirklich furchtbar tapfer.

»Sie machen einen ziemlich entschlossenen Eindruck«, sagte er.

»Ich hatte einen . . . einen Freund, der in Spanien von den Faschisten getötet wurde. Ich will die Arbeit, die er begonnen hat, fortführen.« Sie wirkte traurig.

»Sie haben ihn geliebt?« fragte Harry, ohne nachzudenken.

Sie nickte.

Er merkte, daß sie den Tränen nahe war, und berührte mitfühlend ihren Arm. »Und Sie lieben ihn noch immer?«

»Ich werde ihn immer lieben, wenigstens ein bißchen.« Ihre Stimme war ganz leise. »Er hieß Ian.«

Harry spürte einen Kloß im Hals. Am liebsten hätte er sie in die Arme genommen und getröstet. Nur der Anblick ihres Vaters, der mit gerötetem Gesicht am anderen Ende des Abteils saß, seinen Whisky trank und die *Times* las, hielt ihn davon ab. Er begnügte sich damit, ihr schnell und diskret die Hand zu drücken. Margaret schien die Geste zu verstehen, denn sie lächelte ihm dankbar zu.

»Das Abendessen ist angerichtet, Mr. Vandenpost«, sagte der Steward.

Harry nahm überrascht zur Kenntnis, daß es schon sechs Uhr war. Er bedauerte, das Gespräch mit Margaret abbrechen zu müssen.

Sie hatte seine Gedanken erraten. »Wir haben noch viel Zeit, uns zu unterhalten«, sagte sie. »Schließlich sind wir die nächsten vierundzwanzig Stunden zusammen.«

»Richtig.« Lächelnd berührte er noch einmal ihre Hand und murmelte: »Bis später.«

Ursprünglich wollte ich mich mit ihr anfreunden, um sie besser im Griff zu haben, dachte er. Und was ist dabei herausgekommen? Ich habe ihr all meine Geheimnisse offenbart. Ihre Art, meine Pläne durcheinanderzubringen, ist irgendwie beunruhigend. Aber am schlimmsten ist: Es gefällt mir.

Er betrat das nächste Abteil und stellte verblüfft fest, daß es sich vollkommen verwandelt hatte: Aus dem Salon war ein Speisesaal geworden, in dem drei Tische mit je vier Gedecken sowie zwei kleinere Serviertischchen standen. Es wirkte wie ein gutes Restaurant. Tischdecken und Servietten waren aus Leinen, und auf dem weißen Porzellan prangte blau das Pan-American-Wappen. Die Wände waren mit einer Weltkarte tapeziert, auf der ebenfalls das geflügelte Emblem der Pan American prangte.

Der Steward wies ihm seinen Platz gegenüber einem kleinen, korpulenten Herrn zu, der einen grauen Anzug trug, um den ihn Harry sofort beneidete. Seine Krawatte war mit einer Nadel befestigt, die eine sehr große echte Perle zierte. Harry stellte sich vor, und der Mann schüttelte ihm die Hand und sagte: »Tom Luther.« Harry entging nicht, daß die Manschettenknöpfe zur Krawattennadel paßten. Offenkundig ein Mann, der am Schmuck nicht sparte.

Harry setzte sich und faltete seine Serviette auseinander. Luther sprach mit amerikanischem Akzent, bei dem aber noch etwas anderes, eine irgendwie europäische Intonation mitschwang. »Wo kommen Sie her, Tom?« erkundigte Harry sich vorsichtig.

»Aus Providence, Rhode Island. Und Sie?«

»Aus Philadelphia.« Nur allzu gerne hätte Harry gewußt, wo dieses verflixte Philadelphia eigentlich lag. »Aber ich habe hier und dort und überall gelebt. Mein Vater war im Versicherungsgeschäft.«

Luther nickte höflich, aber nicht sonderlich interessiert, was Harry nur recht sein konnte. Fragen nach seiner Herkunft schätzte er nicht: Dabei geriet man allzuleicht ins Schleudern.

Die Crewmitglieder traten an den Tisch und stellten sich vor. Eddie Deakin, der Ingenieur, war ein breitschultriger Mann mit rotblondem Haar und sympathischem Gesicht, der so aussah, als hätte er am liebsten sofort die Krawatte gelockert und die Uniformjacke ausgezogen. Jack Ashford, der Navigator, hatte dunkles Haar und – nach seinem bläulichen Kinn zu urteilen – starken Bartwuchs; ein korrekter Mann, der aussah, als wäre er schon in Uniform auf die Welt gekommen.

Die beiden hatten sich kaum gesetzt, als Harry auch schon eine gewisse Animosität zwischen dem Ingenieur Eddie und dem Passagier Luther spürte. Der Abend versprach interessant zu werden.

Zur Vorspeise gab es Krabbencocktail. Die beiden Crewmitglieder tranken Coca Cola, Harry ein Glas Rheinwein, und Tom Luther bestellte sich einen Martini.

Harry mußte immer noch an Margaret Oxenford und ihren Freund denken, der in Spanien ums Leben gekommen war. Er sah aus dem Fenster und fragte sich, wie sehr sie dem Jungen wohl noch nachtrauerte. Ein Jahr war eine lange Zeit, besonders in ihrem Alter.

Jack Ashford folgte seinem Blick und meinte: »Bis jetzt haben wir Glück mit dem Wetter.«

Harry bemerkte, daß der Himmel klar war und die Sonne auf die Flügel schien. »Wie ist es denn normalerweise?« wollte er wissen.

»Manchmal regnet es von Irland bis Neufundland ununterbrochen«, erwiderte Jack. »Oder wir haben Hagel, Schnee, Eis, Blitz und Donner.«

Harry erinnerte sich an etwas, was er einmal gelesen hatte. »Ist Eis nicht gefährlich?«

»Wir planen unsere Flugroute so, daß wir Temperaturen unter dem Gefrierpunkt vermeiden. Aber die Maschine ist ohnehin mit Enteisungsstiefeln aus Gummi versehen.«

»Stiefeln?«

»Einfache Gummihüllen über jenen Stellen an Flügeln und Heck, die am ehesten vereisen.«

»Und wie lautet die Wettervorhersage für den Rest der Reise?«

Jack zögerte kurz mit seiner Antwort, und Harry merkte, daß er bereute, das Thema Wetter angeschnitten zu haben. »Ein Sturm über dem Atlantik«, sagte er schließlich.

»Schlimm?«

»Im Zentrum schon, aber ich vermute, daß wir nur mit den Ausläufern in Berührung kommen werden.« Ganz überzeugend klang das nicht.

Tom Luther fragte: »Und wie ist das, wenn man in einen Sturm gerät?« Er lächelte und bleckte dabei die Zähne; dennoch entging Harry nicht die Angst, die in seinen blaßblauen Augen stand.

»Es wird ein bißchen rütteln«, sagte Jack und verzichtete auf nähere Erläuterungen. Doch da meldete sich Eddie zu Wort. Er sah Tom Luther direkt ins Gesicht und sagte: »Es ist ungefähr so, als säße man auf einem wilden Pferd.«

Luther wurde aschfahl. Jack, dem Eddies Taktlosigkeit offensichtlich nicht behagte, sah den Ingenieur stirnrunzelnd an.

Der zweite Gang bestand aus einer Schildkrötensuppe. Mittlerweile bedienten beide Stewards, der dicke Nicky und der kleine Davy. Harry hielt die beiden für homosexuell – oder ›musikalisch‹, wie Noel-Coward-Fans sich ausgedrückt hätten. Die beiden waren freundlich und beherrschten ihren Job aus dem Effeff. Harry mochte sie.

Der Ingenieur machte den Eindruck, als belaste ihn irgend etwas. Harry musterte ihn verstohlen: Er hatte ein offenes, gutmütiges Gesicht und sah ganz und gar nicht aus wie ein Kind von Traurigkeit.

Um ihn etwas aus der Reserve zu locken, fragte er ihn: »Wer überwacht die Maschine, während Sie zu Abend essen, Eddie?«

»Mickey Finn, der Zweite Ingenieur, übernimmt meinen Posten«, erwiderte Eddie freundlich, verzog jedoch keine Miene. »Die Besatzung besteht aus neun Leuten plus den beiden Stewards. Außer dem Captain arbeiten wir alle in Vier-Stunden-Schichten. Jack und ich hatten seit dem Start in Southampton um zwei Uhr Dienst und sind um sechs, also erst vor ein paar Minuten, abgelöst worden.«

»Und der Captain?« warf Tom Luther besorgt ein. »Nimmt er irgendwelche Pillen, damit er wach bleibt?«

»Er macht hin und wieder ein Nickerchen«, sagte Eddie.

»Wenn wir erst den Punkt ohne Wiederkehr hinter uns haben, wird er wahrscheinlich eine längere Pause machen.«

»Dann fliegen wir also durch die Lüfte, und der Captain schläft?« fragte Luther mit unwillkürlich erhobener Stimme.

»So ist es«, gab Eddie grinsend zurück.

Luther wirkte derart entsetzt, daß Harry versuchte, die Unterhaltung in ruhigere Bahnen zu lenken. »Was ist das, der ›Punkt ohne Wiederkehr‹?«

»Wir überwachen ständig unsere Treibstoffreserven, und wenn sie für einen Rückflug nach Foynes nicht mehr ausreichen, dann haben wir den Punkt ohne Wiederkehr passiert«, sagte Eddie brüsk, und Harry zweifelte nicht mehr daran, daß der Ingenieur alles daransetzte, um Tom Luther den Angstschweiß auf die Stirn zu treiben.

Der Navigator mischte sich ein, um Ausgleich bemüht: »Im Augenblick haben wir noch Treibstoff genug, so daß wir sowohl unser Ziel erreichen als auch noch umkehren können.«

»Und was passiert, wenn unsere Reserven weder ausreichen, um ans Ziel zu kommen, noch um zurückzufliegen?« wollte Luther wissen.

Eddie lehnte sich über den Tisch und grinste Luther unverfroren an. »Verlassen Sie sich ruhig auf mich, Mr. Luther.«

»So etwas kann gar nicht passieren«, fügte der Navigator eilig hinzu. »Wir würden sofort nach Foynes zurückfliegen, noch bevor dieser Punkt erreicht wäre. Außerdem basieren unsere Berechnungen sicherheitshalber auf drei statt auf vier Motoren – nur für den Fall, daß einer ausfällt.«

Jack versuchte, Luther Mut zu machen, doch das Gerede vom Maschinenschaden verunsicherte den Mann nur noch mehr. Er führte seinen Löffel zum Mund, aber seine Hand zitterte so stark, daß die Suppe auf seiner Krawatte landete.

Eddie war anscheinend zufriedengestellt und hüllte sich wieder in Schweigen. Jack bemühte sich um ein unverfängliches Gespräch, und Harry hielt mit, so gut er konnte. Dennoch blieb die Stimmung gedrückt. Harry fragte sich, was zum Teufel zwischen Eddie und Luther vorgehen mochte.

Der Speiseraum füllte sich nun zusehends. Die schöne Frau in dem gepunkteten Kleid ließ sich mit ihrem Begleiter im blauen Blazer am Nebentisch nieder. Harry hatte herausgefunden, daß es sich um Diana Lovesey und Mark Alder handelte. Margaret sollte sich wie diese Frau kleiden, dachte Harry. Sie sähe sogar noch besser aus als Mrs. Lovesey. Die jedoch wirkte ganz und gar nicht glücklich, im Gegenteil, sie machte einen geradezu elenden Eindruck.

Der Service war gut, und das Essen ausgezeichnet. Der Hauptgang bestand aus Filet Mignon mit Spargelcreme und Kartoffelpüree. Das Filetstück war ungefähr doppelt so groß wie in englischen Restaurants üblich. Harry aß es nicht ganz auf und lehnte auch das zweite Glas Wein dankend ab. Er mußte hellwach bleiben – schließlich wollte er das Delhi-Ensemble stehlen, und der Gedanke daran erfüllte ihn sowohl mit Erregung als auch mit Beklommenheit. Es ging um den größten Coup seiner Laufbahn, der, wenn er Glück hatte, der letzte seines Lebens werden konnte. Vielleicht trug er ihm den efeuumrankten Landsitz samt Tennisplatz ein.

Zu Harrys Überraschung wurde nach dem Filet Salat aufgetragen. In den vornehmen Restaurants in London gab es nur selten Salat, und wenn, dann gewiß nicht als separaten Gang nach dem Hauptgericht.

In rascher Folge kamen Pfirsich Melba, Kaffee und Petits fours. Eddie, dem Ingenieur, schien seine Ungeselligkeit endlich aufzufallen; er versuchte, mit Harry ein Gespräch anzuknüpfen. »Darf ich fragen, was der Zweck Ihrer Reise ist, Mr. Vandenpost?«

»Ich glaube, ich will einfach Hitler aus dem Weg gehen«, sagte Harry. »Zumindest so lange, bis Amerika in den Krieg eintritt.«

»Sie halten das für möglich?« erkundigte sich Eddie skeptisch.

»Beim letztenmal war es doch auch so.«

Tom Luther meinte: »Wir haben keinen Streit mit den Nazis. Die sind genauso gegen den Kommunismus wie wir.«

Jack nickte zustimmend.

Harry war verblüfft, ging man doch in England allgemein davon aus, daß Amerika in den Krieg eintreten würde. In dieser Tischrunde war man sichtlich anderer Meinung. Kann durchaus sein, daß die Briten sich etwas vormachen und daß von Amerika keine Hilfe zu erwarten ist, dachte er und war auf einmal sehr pessimistisch. Schlechte Nachrichten für Ma in London . . .

Eddie meinte: »Ich kann mir gut vorstellen, daß wir gegen die Nazis kämpfen müssen.« Seine Stimme verriet Ärger. »Das sind die reinsten Gangster«, sagte er und schaute Luther dabei unverwandt in die Augen. »Solche Leute gehören ausgerottet wie Ungeziefer.«

Jack erhob sich unvermittelt. Er wirkte besorgt. »Wenn wir fertig sind, ruhen wir uns am besten ein bißchen aus, Eddie«, sagte er entschlossen.

Die unerwartete Aufforderung schien Eddie zu überraschen. Er zögerte, nickte jedoch kurz darauf zustimmend, und die beiden Crewmitglieder empfahlen sich.

»Dieser Ingenieur war irgendwie unhöflich«, meinte Harry.

»Ach ja?« Luther tat erstaunt. »Ist mir gar nicht aufgefallen.«

Verdammter Lügner, dachte Harry. Er hat dich doch praktisch einen Gangster genannt!

Luther bestellte einen Brandy, und Harry fragte sich, ob die Bezeichnung zutraf. Die Gangster, die er aus London kannte, gaben sich weit auffälliger. Sie trugen zahllose Ringe, Pelzmäntel und zweifarbige Schuhe. Luther wirkte eher wie ein Selfmademan, der es zum Millionär gebracht hatte, sei es im Fleischhandel, im Schiffbau oder in einem anderen Industriezweig. »In welcher Branche arbeiten Sie, Tom?« fragte Harry geradeheraus.

»Ich bin Geschäftsmann in Rhode Island.«

Nicht eben eine ermutigende Antwort. Kurz darauf stand Harry auf, nickte höflich und ging hinaus.

Als er sein Abteil betrat, fragte Lord Oxenford schroff: »Taugt das Essen was?«

Harry hatte die Mahlzeit rundum genossen, aber als Angehöriger der Oberschicht gab man sich in punkto Essen nie überschwenglich. »Nicht schlecht«, sagte er unverfänglich. »Und der Wein ist durchaus trinkbar.«

Oxenford grunzte und wandte sich wieder seiner Zeitung zu. Es gibt keinen unhöflicheren Zeitgenossen als einen griesgrämigen Lord, dachte Harry.

Margaret lächelte und schien erfreut, ihn zu sehen. »Wie war es wirklich?« murmelte sie in verschwörerischem Tonfall.

»Köstlich«, gab er zurück, und sie lachten beide.

Margaret sah ganz anders aus, wenn sie lachte. Gewöhnlich wirkte sie eher blaß und unscheinbar, doch beim Lachen röteten sich ihre Wangen, und ihr Mund entblößte zwei Reihen regelmäßiger Zähne. Sie warf das Haar zurück und ließ ein kehliges Glucksen ertönen, das Harry sehr sexy fand. Am liebsten hätte er sich über den schmalen Gang gebeugt und sie berührt, doch als er Anstalten dazu machte, kreuzte sich sein Blick mit dem Clive Memburys, der ihm gegenübersaß, und er nahm aus einem unerfindlichen Grund von seinem Vorhaben Abstand.

»Über dem Atlantik tobt ein Sturm«, erzählte er Margaret.

»Heißt das etwa, daß es ungemütlich wird?«

»Ja. Sie werden versuchen, den Sturm zu umfliegen, aber es wird trotzdem ganz schön ruckeln.«

Die Unterhaltung gestaltete sich recht schwierig, weil in dem Gang, der ihre Sitze trennte, ständig die Stewards hin- und herliefen, Mahlzeiten in den Speisesaal trugen und mit schmutzigem Geschirr wieder zurückkamen. Harry beeindruckte es, daß die beiden Männer das Kochen und Servieren für so viele Passagiere ganz allein bewältigten.

Er griff nach einer Ausgabe der Illustrierten *Life*, die Margaret beiseite gelegt hatte, und blätterte darin herum. Ungeduldig wartete er darauf, daß die Oxenfords zum Essen gingen. Er selbst war keine Leseratte und hatte weder Bücher noch Zeitschriften mitgenommen. Er war ein interessierter Zeitungsleser, aber zur Unterhaltung bevorzugte er Radio und Kino.

Endlich wurden die Oxenfords zum Essen gerufen, und Harry blieb zurück mit Clive Membury. Auf der ersten Etappe der Reise hatte der Mann im Salon gesessen und Karten gespielt, doch da der Salon inzwischen in einen Speisesaal umgewandelt worden war, nahm Membury mit seinem eigenen Sitz vorlieb. Vielleicht geht er ja mal zum Lokus, dachte Harry – und vielleicht gewöhne ich mich endlich daran, es »Toilette« zu nennen, sonst kommt mir noch jemand auf die Schliche.

Ob Membury tatsächlich Polizist war? Und wenn ja – was hatte er an Bord des Pan-American-Clippers zu suchen? Wenn er wirklich hinter einem Verdächtigen her war, dann mußte es sich schon um ein Schwerverbrechen handeln, anderenfalls würde die britische Polizei wohl kaum das Geld für ein Clipper-Ticket herausrücken. Vielleicht war er aber auch nur einer von denen, die jahrelang auf eine Traumreise sparen, auf eine Flußfahrt auf dem Nil oder eine Fahrt im Orientexpreß. Oder er war ein Flugzeugfanatiker, der einmal diesen großartigen Transatlantikflug miterleben wollte. Wenn's so ist, hoffe ich, daß er die Reise auch genießt, dachte Harry. Neunzig Pfund sind 'ne Menge Moos für einen Polizisten.

Geduld gehörte nicht zu Harrys Tugenden, und so beschloß er, als Membury sich nach einer geschlagenen halben Stunde immer noch nicht vom Platz gerührt hatte, die Sache selbst in die Hand zu nehmen. »Haben Sie das Cockpit schon gesehen, Mr. Membury?« erkundigte er sich.

»Nein . . .«

»Es soll ganz toll sein, heißt es. Angeblich ist es so groß wie der gesamte Innenraum einer Douglas DC-3, und das ist ein ziemlich großes Flugzeug.«

»Meine Güte.« Membury zeigte lediglich höfliches Interesse, er war also kein Flugzeugenthusiast.

»Wir sollten es uns einmal ansehen.« Harry hielt Nicky an, der gerade mit einer Terrine Schildkrötensuppe an ihm vorüberkam. »Dürfen die Passagiere das Flugdeck besichtigen?«

»Aber ja, Sir, gerne!«

»Und ist dies ein günstiger Zeitpunkt?«

»Ein sehr guter Zeitpunkt, Mr. Vandenpost. Weder landen noch starten wir, die Besatzung stellt gerade keine Uhren um, und die Wetterlage ist ruhig. Einen besseren Zeitpunkt hätten Sie sich gar nicht aussuchen können.«

Genau darauf hatte Harry spekuliert. Er stand auf und sah Membury erwartungsvoll an. »Wollen wir?«

Im ersten Moment schien Membury ablehnen zu wollen. Ein Mann wie er ließ sich nicht so ohne weiteres herumkommandieren. Auf der anderen Seite hätte eine Ablehnung unfreundlich gewirkt, und er wollte vermutlich nicht unangenehm auffallen. Nach kurzem Zögern erhob er sich jedenfalls und sagte: »Aber sicher doch.«

Harry ging voran, vorbei an der Küche und den Herrentoiletten, dann rechts ab und die Wendeltreppe hinauf. Unmittelbar am Ende der Treppe betrat er das Flugdeck. Membury folgte ihm auf dem Fuß.

Harry sah sich um. So hatte er sich das Cockpit eines Flugzeugs ganz und gar nicht vorgestellt! Es war sauber, ruhig und komfortabel und wirkte eher wie ein Büro in einem modernen Geschäftshaus. Harrys Tischpartner, der Navigator und der Ingenieur, waren nicht da – sie hatten ja frei. Dienst hatte die zweite Schicht. Der Kapitän allerdings war anwesend und saß an einem kleinen Tischchen am anderen Ende der Kabine. Er sah auf, lächelte freundlich und sagte: »Guten Abend, meine Herren. Sie wollen sich umsehen?«

»Wollen wir«, gab Harry zurück. »Ich muß nur schnell meinen Fotoapparat holen. Ich darf hier doch fotografieren, oder?«

»Selbstverständlich.«

»Bin gleich wieder da.«

Er rannte die Treppe hinunter, klopfte sich insgeheim anerkennend auf die Schulter, gleichzeitig aber waren seine Nerven zum Zerreißen gespannt. Membury war er für eine Weile los, aber für die Suche nach den Juwelen blieb nicht viel Zeit.

Als er sein Abteil betrat, befand sich einer der Stewards in der Kombüse, der andere im Speisesaal. Am liebsten hätte er abgewartet, bis beide servierten, denn dann konnte er darauf bauen, einige Minuten lang unbehelligt zu bleiben. Doch zum Warten reichte die Zeit nicht aus. Er mußte das Risiko eingehen, ertappt zu werden.

Er zog Lady Oxenfords Tasche unter ihrem Sitz hervor. Fürs Handgepäck war sie eigentlich viel zu groß und zu schwer, aber wahrscheinlich trug sie die Tasche nicht selbst. Er legte sie auf den Sitz und öffnete sie. Verschlossen war sie nicht, und das war ein schlechtes Zeichen – selbst Lady Oxenford war wohl kaum so unbedarft, Juwelen von unschätzbarem Wert in einem unverschlossenen Gepäckstück liegenzulassen.

Trotzdem durchsuchte er rasch den Inhalt der Tasche. Er fand Parfüm und Make-up, eine silberne Frisiergarnitur, einen kastanienbraunen Morgenmantel, ein Nachthemd, Pantöffelchen, pfirsichfarbene Seidenunterwäsche, Strümpfe, einen Waschbeutel mit Zahnbürste und anderen üblichen Utensilien sowie ein Buch mit Blake-Gedichten – von Juwelen keine Spur. Harry fluchte innerlich. Er hatte große Hoffnungen darauf gesetzt, hier fündig zu werden, doch nun geriet seine Theorie ins Wanken.

Die Suche hatte etwa zwanzig Sekunden in Anspruch genommen.

Schnell schloß er den Koffer wieder und schob ihn unter den Sitz zurück.

Oder hatte sie vielleicht ihren Mann gebeten, die Juwelen für die Dauer der Reise in seinem Gepäck unterzubringen?

Er warf einen Blick auf die Tasche unter Lord Oxenfords Sitz. Die Stewards hatten noch immer alle Hände voll zu tun. Harry beschloß, sein Glück auf die Probe zu stellen.

Er zog Oxenfords Handgepäck hervor, eine lederne Reisetasche mit Reißverschluß, an dessen Ende sich ein kleines Sicherheitsschloß befand. Für solche Zwecke trug Harry stets ein Federmesser bei sich: Er brach das Schloß auf und öffnete den Reißverschluß.

Als er gerade den Inhalt durchwühlte, kam Davy, der kleinere der beiden Stewards, aus der Kombüse, in den Händen ein Tablett mit Drinks. Harry sah auf und lächelte. Davys Blick fiel auf die Tasche.

Harry hielt den Atem an und wahrte sein gefrorenes Lächeln. Der Steward, der natürlich annahm, die Tasche sei Harrys eigene, ging weiter in den Speisesaal.

Harry atmete auf. Er war ein wahrer Meister, wenn es um die Entkräftung eines Verdachts ging, dennoch starb er jedesmal wieder tausend Tode.

Der Inhalt von Oxenfords Tasche entsprach dem des Koffers seiner Frau, allerdings unter männlichen Vorzeichen: Rasierzeug, Haaröl, gestreifter Pyjama, Flanellunterwäsche und eine Napoleon-Biographie. Harry zog den Reißverschluß zu und brachte das Schloß wieder an. Oxenford würde merken, daß es aufgebrochen war, und sich wundern, wie das geschehen konnte. War er mißtrauisch, würde er nachprüfen, ob etwas fehlte. Da alles seine Ordnung hatte, würde er zu dem Schluß kommen, es sei schon defekt gewesen.

Harry legte die Tasche an ihren Platz zurück.

Er war zwar noch einmal davongekommen, der Delhi-Garnitur jedoch keinen Schritt näher.

Daß die Kinder das Delhi-Ensemble mit sich herumtrugen, war zwar kaum anzunehmen, doch Harry, kühn geworden, entschloß sich, ihr Gepäck ebenfalls zu durchstöbern.

War Lord Oxenford wirklich so schlau gewesen, den Schmuck seiner Frau im Gepäck der Kinder zu verstauen, so hätte er sich wahrscheinlich eher für Percy als für Margaret entschieden, denn Percy hätte mit Wonne bei der Verschwörung mitgespielt, während Margaret eher dazu neigte, sich ihrem Vater zu widersetzen.

Harry griff nach Percys Segeltuchtasche und deponierte sie an derselben Stelle wie zuvor die des Vaters. Steward Davy, falls er noch einmal aufkreuzte, sollte sie für dieselbe Tasche halten wie zuvor.

Percys Sachen waren derart ordentlich gepackt, daß Harry einen Eid darauf geschworen hätte, daß hier ein Dienstmädchen am Werk gewesen war. Ein fünfzehnjähriger Junge kam nie und nimmer auf die Idee, seinen Schlafanzug zusammenzufalten und in Seidenpapier einzuwickeln. Sein Necessaire enthielt eine neue Zahnbürste und eine noch nicht angebrochene Tube Zahnpasta. Außerdem stieß Harry auf ein Taschenschachspiel, einen kleinen Stapel Comic-Hefte und eine

Packung Schokoladenkekse – die ihm, so vermutete Harry jedenfalls, von einer liebevollen Köchin oder einem Hausmädchen zugesteckt worden waren. Harry überprüfte das Schachkästchen, blätterte die Hefte durch und öffnete das Paket mit den Keksen. Juwelen fand er keine. Als er die Reisetasche wieder an ihrem Platz verstaute, spazierte ein Passagier auf dem Weg zur Toilette durchs Abteil. Harry ignorierte ihn einfach.

Nein, Lady Oxenford hatte das Delhi-Ensemble bestimmt nicht in einem Land zurückgelassen, das binnen weniger Wochen besetzt werden konnte. Soweit er, Harry, es jedoch beurteilen konnte, trug sie den Schmuck weder am Körper, noch hatte sie ihn im Handgepäck. Befand er sich auch in Margarets Tasche nicht, dann mußte er in den aufgegebenen Koffern zu finden sein. Ich glaube, ich habe da eine harte Nuß zu knacken, dachte er. Kommt man während des Fluges überhaupt in den Laderaum hinein? Wenn nicht, muß ich die Oxenfords in New York womöglich bis in ihr Hotel verfolgen ...

Der Captain und Clive Membury wunderten sich bestimmt schon, warum er so lange brauchte, um seinen Fotoapparat zu holen.

Er griff nach Margarets Tasche. Sie sah aus wie ein Geburtstagsgeschenk: ein kleines Köfferchen mit abgerundeten Ecken aus weichem, beigefarbenen Leder mit hübschen Messingbeschlägen. Kaum hatte er es geöffnet, stieg ihm der Duft ihres Parfums in die Nase – Tosca! Er fand ein kleingeblümtes Baumwollnachthemd und versuchte, sie sich darin vorzustellen: Es war viel zu mädchenhaft für sie. Ihre Unterwäsche war aus einfacher weißer Baumwolle. Ob sie noch Jungfrau war? Eine kleine gerahmte Fotografie zeigte einen jungen Mann um die zwanzig. Es war ein gutaussehender Bursche mit nicht zu kurzem dunklem Haar und schwarzen Augenbrauen, der eine akademische Robe und die dazugehörige flache, quadratische Kopfbedeckung trug: vermutlich der Knabe, der in Spanien ums Leben gekommen war. Ob sie mit ihm geschlafen hatte? Harry hielt das trotz der schulmädchenhaften Unterhöschen für gut möglich. Sie las ein Buch von D. H. Lawrence. Jede Wette, daß ihre Mutter davon keine Ahnung hat, dachte Harry. Er fand noch einen Stapel leinene Taschentücher, die mit den Initialen »M.O.« bestickt waren und nach Tosca dufteten.

Keine Spur von den Juwelen, verflucht noch mal!

Harry beschloß, eines der bestickten Taschentücher als Andenken einzustecken. Kaum hatte er es in der Hand, schritt Steward Davy mit einem Tablett, auf dem sich leere Suppenschüsseln türmten, durch das Abteil.

Er warf einen Blick auf Harry, blieb stehen und runzelte die Stirn. Margarets Tasche sah natürlich ganz anders aus als die ihres Vaters, und daß Harry nicht beide gehören konnten, war sonnenklar. Der Passagier mußte sich also am Gepäck anderer Leute zu schaffen gemacht haben.

Davy starrte ihn einen Augenblick lang an. In seinem Blick lag ebenso viel Mißtrauen wie die Besorgnis, er könne einen Passagier zu Unrecht beschuldigen. Schließlich stammelte er: »Sir, ist das Ihre Tasche?«

Harry zeigte ihm das kleine Taschentuch. »Würde ich mir damit die Nase putzen?« Er schloß das Köfferchen und legte es an seinen Platz zurück.

Davys Skepsis war noch nicht ganz überwunden, und Harry sagte: »Sie hat mich gebeten, es für sie zu holen. Was man nicht so alles tut ...«

Davys Miene war wie ausgewechselt und wirkte jetzt eher beschämt. »Es tut mir leid, Sir, aber ich hoffe, Sie haben Verständnis ...«

»Freut mich, daß Sie so auf der Hut sind«, meinte Harry. »Nur weiter so.« Er tätschelte Davys Schulter. Nun mußte er Margaret das verdammte Taschentuch bringen, um seiner Geschichte Glaubwürdigkeit zu verleihen. Er ging in den Speisesaal.

Sie saß mit Eltern und Bruder an einem Tisch. Harry hielt das Taschentuch hoch und sagte: »Das haben Sie fallen gelassen.«

Sie war überrascht. »Wirklich? Vielen Dank!«

»Gern geschehen.« Harry machte auf dem Absatz kehrt. Ob Davy die Geschichte nachprüfen und Margaret fragen würde? Wohl kaum.

Er eilte durch sein eigenes Abteil, vorbei an der Kombüse, wo Davy schmutziges Geschirr stapelte, und erklomm die Wendeltreppe. Wie, um alles in der Welt, sollte er in die Ladeluke kommen? Er wußte nicht einmal, wo sie sich befand, denn er hatte beim Verladen des Gepäcks nicht zugesehen. Er mußte sich unbedingt etwas einfallen lassen.

Captain Baker war eben dabei zu erklären, wie sie die Navigation über dem konturlosen Ozean bewältigten. »Wir befinden uns größtenteils außer Reichweite der Funksignale, daher sind die Sterne unser bester Leitfaden – wenn sie sich blicken lassen.«

Membury sah zu Harry auf. »Kein Fotoapparat?« fragte er scharf.

Zweifellos ein Bulle, dachte Harry. »Ich hab' vergessen, einen Film einzulegen«, sagte er. »Ganz schön blöd, nicht wahr?« Er sah sich um. »Wie kann man denn von hier drinnen aus die Sterne sehen?«

»Ach, der Navigator geht fix ein paar Schritte vor die Tür«, erwiderte der Captain, ohne eine Miene zu verziehen. Dann fügte er grinsend hinzu: »War nur ein Witz. Wir haben ein Observatorium. Ich zeig's Ihnen.« Er öffnete eine Tür am rückwärtigen Ende des Flugdecks und ging hinaus. Harry folgte ihm und stand in einem schmalen Gang. Der Captain deutete nach oben und sagte: »Dort ist die Kuppel des Observatoriums.« Harry sah desinteressiert hinauf; seine Gedanken kreisten immer noch um Lady Oxenfords Juwelen. Im Dach befand sich eine gläserne Kuppel, und an einem Haken an der Seite hing eine Klappleiter. »Jedesmal, wenn die Wolkendecke aufbricht, klettert der Navigator mit seinem Oktanten hinauf. Es dient uns außerdem als Ladeluke für die Fracht.«

Mit einemmal war Harry hellwach und bei der Sache. »Das Gepäck kommt durch das Dach herein?« fragte er.

»Ja. Genau hier.«

»Und wo wird es dann aufbewahrt?«

Der Captain deutete auf zwei gegenüberliegende Türen an beiden Seiten des Gangs. »In den Ladeluken.«

Harry konnte sein Glück kaum fassen. »Das Gepäck befindet sich also hinter diesen Türen?«

»Jawohl, Sir.«

Harry probierte eine der Türen. Sie war nicht verschlossen. In dem Raum lagerten die Koffer und Überseekisten der Passagiere, sorgfältig aufeinandergestapelt und mit Seilen an den Querstreben vertäut, damit sie während des Flugs nicht ins Rutschen kamen.

Irgendwo dort warteten das Delhi-Ensemble und ein Leben voller Luxus auf Harry Marks.

Clive Membury schaute Harry über die Schulter. »Faszinierend«, murmelte er.

»Das können Sie laut sagen«, gab Harry zurück.

Margaret befand sich in Hochstimmung und vergaß dabei immer wieder, daß sie eigentlich gar nicht nach Amerika wollte. Zudem konnte sie es kaum fassen, daß sie sich mit einem echten Dieb angefreundet hatte! Wäre sonstwer zu ihr gekommen und hätte behauptet: »Ich bin ein Dieb.« – sie hätte ihm keinen Glauben geschenkt. Aber Harry war über jeden Zweifel erhaben – schließlich hatte sie ihn auf einer Polizeiwache kennengelernt und wußte, was man ihm vorwarf.

Menschen, die außerhalb der geordneten bürgerlichen Gesellschaft standen, hatten sie schon immer fasziniert: Verbrecher, Lebenskünstler, Anarchisten, Prostituierte, Vagabunden. Sie schienen so frei zu sein. Schon möglich, daß sie sich keinen Champagner leisten, nicht nach New York fliegen und ihre Kinder nicht zur Universität schicken konnten – so naiv, daß sie die Grenzen und Nachteile des Außenseiterdaseins verkannt hätte, war auch Margaret nicht. Aber Menschen von Harrys Schlag ließen sich nicht zu Befehlsempfängern degradieren, und das imponierte ihr. In ihren Träumen sah sie sich oft als Guerillakämpferin: Sie lebte in den Bergen, trug Hosen und war bewaffnet. Was sie zu essen brauchte, stahl sie, und sie schlief unter dem Sternenhimmel und genoß es, nie mehr etwas Gebügeltes anziehen zu müssen.

Solche Leute begegneten ihr sonst nie – und wenn doch, dann schätzte sie sie falsch ein. Hatte sie nicht in der »verrufensten Straße Londons« auf einer Türschwelle gesessen, ohne sich darüber im klaren zu sein, daß man sie für eine Hure halten würde? Es schien schon eine Ewigkeit her zu sein und war doch erst letzte Nacht gewesen.

Die Bekanntschaft mit Harry war das Interessanteste, was ihr seit langer Zeit widerfahren war. In ihm nahmen all ihre Sehnsüchte Gestalt an. Er konnte tun und lassen, was er wollte! Heute morgen hatte er beschlossen, nach Amerika zu fliegen, und schon am Nachmittag befand er sich auf dem Weg dorthin. Wenn er die Nacht durchtanzen und den Tag verschlafen wollte, dann tat er es. Er aß und trank nach Belieben, wann und wo es ihm paßte – im Ritz, im Pub oder an Bord des Pan-American-Clippers. Er konnte der Kommunistischen Partei beitreten und wieder austreten, ohne sich vor irgend jemandem rechtfertigen zu müssen. Brauchte er Geld, so nahm er es sich von denjenigen, die mehr besaßen, als ihnen zustand. Ein echter Freigeist! Margaret wollte unbedingt mehr über ihn erfahren. Daß sie das Abendessen ohne seine Gesellschaft hinter sich bringen mußte, empfand sie als reine Zeitverschwendung.

Im Speisesaal standen drei Tische, an denen je vier Personen Platz nehmen konnten. Am Tisch neben den Oxenfords saßen Baron Gabon und Carl Hartmann. Vater hatte sie – wahrscheinlich, weil sie Juden waren – beim Eintreten mit einem vernichtenden Blick gestraft. Am gleichen Tisch saßen außerdem Ollis Field und Frank Gordon. Frank Gordon war älter als Harry, ein gutaussehender Teufelskerl, wenngleich mit einem brutalen Zug um den Mund. Ollis Field war ein farbloser älterer Mann mit Vollglatze. In Foynes hatten die beiden die Aufmerksamkeit der übrigen Passagiere erregt, weil sie als einzige an Bord geblieben waren.

Am dritten Tisch saßen Lulu Bell und Prinzessin Lavinia, die lauthals darüber Klage führte, daß die Sauce auf ihrem Krabbencocktail versalzen sei. Auch Mr. Lovesey und Mrs. Lenehan, die in Foynes zugestiegen waren, hatten an diesem Tisch Platz genommen. Percy wußte zu berichten, daß die beiden sich die Honeymoon Suite teilten, obwohl sie nicht verheiratet waren. Margaret wunderte sich darüber, daß Pan American so etwas zuließ. Vielleicht drücken die Verantwortlichen ein Auge zu, weil im Moment so viele Menschen um jeden Preis nach Amerika wollen, dachte sie.

Percy trug ein schwarzes Judenkäppchen auf dem Hinterkopf, als er sich zu Tisch setzte. Margaret kicherte. Wo hatte er das nur wieder aufgetrieben? Vater riß es ihm vom Kopf und fauchte wütend: »Dummer Bengel!«

Mutters Gesicht war noch immer wie versteinert. Seitdem sie aufgehört hatte, um Elizabeth zu weinen, hatte sich ihr Ausdruck nicht verändert. Zerstreut sagte sie: »Ist es nicht schrecklich früh zum Abendessen?«

»Es ist halb acht«, gab Vater zurück.

»Warum wird es denn nicht dunkel?«

»Zu Hause in England ist es ja dunkel«, erwiderte Percy. »Wir befinden uns jedoch mittlerweile dreihundert Meilen von der irischen Küste entfernt. Wir jagen der Sonne nach.«

»Aber irgendwann wird es doch dunkel werden.«

»So gegen neun, glaube ich«, sagte Percy.

»Na gut«, erwiderte Mutter zerstreut.

»Ist dir eigentlich klar, daß wir die Sonne mit der entsprechenden Geschwindigkeit einholen könnten und daß es dann nie dunkel würde?« meinte Percy.

Vater gab herablassend zurück: »Meiner Ansicht nach werden die Menschen nie imstande sein, derartig schnelle Flugzeuge zu bauen.«

Der Steward Nicky servierte den ersten Gang. »Für mich bitte nicht«, erklärte Percy. »Krabben sind nicht koscher.«

Der Steward sah ihn verdutzt an, sagte aber nichts. Vater lief puterrot an.

Margaret wechselte rasch das Thema. »Wie lange dauert es bis zur nächsten Zwischenlandung, Percy?« In solchen Dingen kannte er sich aus.

»Die Flugzeit nach Botwood beträgt sechzehneinhalb Stunden«, erwiderte ihr Bruder. »Wir sollten dort um neun Uhr morgens britischer Sommerzeit ankommen.«

»Aber wieviel Uhr ist es dann vor Ort?«

»Neufundland Standard Time liegt dreieinhalb Stunden hinter Greenwich Mean Time.«

»Dreieinhalb?« Margaret war verblüfft. »Daß es Orte gibt, an denen die Zeitverschiebung in halben Stunden gerechnet wird, wußte ich auch nicht.«

Percy fuhr fort: »In Botwood haben sie im Augenblick Sommerzeit, genau wie in Großbritannien. Wir werden also morgens um halb sechs landen.«

»Da wache ich bestimmt nicht auf«, sagte Mutter mit matter Stimme.

»Doch, sicher«, gab Percy ungeduldig zurück. »Du wirst nämlich das Gefühl haben, es sei schon neun.«

»Jungen haben nun mal einen Sinn fürs Technische«, murmelte Mutter.

Margaret ärgerte sich jedesmal, wenn ihre Mutter sich dumm stellte. Mrs. Oxenford hielt es für unweiblich, technische Einzelheiten zu verstehen. »Kluge Frauen sind bei den Männern nicht sehr beliebt, Liebes«, hatte sie ihrer Tochter wiederholt eingeschärft. Margaret verzichtete mittlerweile darauf, ihr zu widersprechen, glaubte ihr deswegen aber noch lange nicht. Ihrer Meinung nach galt das nur für dumme Männer. Kluge Männer liebten kluge Frauen.

Die Stimmen am Nebentisch waren ein wenig lauter geworden. Baron Gabon und Carl Hartmann stritten sich, und ihre Tischnachbarn sahen ihnen perplex und wortlos dabei zu. Margaret fiel ein, daß Gabon und Hartmann immer, wenn sie ihnen begegnete, in eine angeregte Diskussion vertieft waren. Überraschend war das wohl kaum: Wer die Gelegenheit hat, sich mit einem der klügsten Köpfe der Welt unterhalten zu können, kann auf den üblichen Small talk gut verzichten. Sie hörte das Wort »Palästina«. Wahrscheinlich redeten sie über Zionismus. Beunruhigt blickte sie zu ihrem Vater hinüber. Auch er hatte gehört, worum es ging – entsprechend übel war seine Laune. Bevor er etwas sagen konnte, meinte Margaret: »Wir werden durch einen Sturm fliegen. Es kann ganz schön holprig werden.«

»Woher weißt du das denn?« fragte Percy. In seiner Stimme schwang Neid mit: Schließlich war er der Flugexperte, nicht Margaret.

»Das hat Harry mir gesagt.«

»Und woher will der das wissen?«

»Er hat mit dem Ingenieur und dem Navigator zu Abend gegessen.«

»Ich hab' keine Angst vor dem Sturm«, erklärte Percy, obwohl seine Stimme eher aufs Gegenteil schließen ließ.

Margaret war es noch gar nicht in den Sinn gekommen, sich wegen des Sturms Gedanken zu machen. Ungemütlich mochte es ja werden – aber doch wohl nicht ernsthaft gefährlich.

Vater leerte sein Glas und bat den Steward gereizt um mehr Wein. Fürchtete er sich etwa vor dem Sturm? Es war ihr bereits aufgefallen, daß er noch mehr als gewöhnlich trank. Sein Gesicht war gerötet, seine wäßrigen Augen wirkten starr. War er nervös? Vielleicht hatte auch er die Sache mit Elizabeth noch nicht verwunden.

»Margaret, du solltest dich ein bißchen mehr mit diesem bescheidenen Mr. Membury unterhalten«, meinte Mutter jetzt.

Margaret staunte. »Wieso denn? Er macht ganz den Eindruck, als wolle er in Ruhe gelassen werden.«

»Ich glaube, das ist nur Schüchternheit.«

Mitleid mit schüchternen Menschen sah Mutter überhaupt nicht ähnlich, und schon gar nicht, wenn sie, wie Mr. Membury, unzweifelhaft dem Mittelstand angehörten. »Nun aber heraus mit der Sprache«, sagte Margaret. »Was willst du damit sagen?«

»Ich möchte nicht, daß du dich den ganzen Flug über mit diesem Mr. Vandenpost unterhältst.«

Genau das aber hatte Margaret im Sinn. »Aber warum denn nicht?« fragte sie.

»Nun ja, er ist, wie du weißt, in deinem Alter, und du willst ihm ja nicht irgendwelche Flausen in den Kopf setzen.«

»Ich würde ihm schon ganz gerne Flausen in den Kopf setzen. Schließlich sieht er doch fabelhaft aus.«

»Nein, Liebes«, gab sie bestimmt zurück. »Irgend etwas an ihm ist nicht ganz comme il faut.« Damit wollte sie zum Ausdruck bringen, daß er nicht standesgemäß war. In dieser Hinsicht unterschied sich Mutter um keinen Deut von anderen Ausländern, die in die Aristokratie hineingeheiratet hatten und in ihrem Snobismus mittlerweile selbst die Engländer übertrafen.

Harrys Auftreten als reicher junger Amerikaner hatte sie nicht völlig überzeugt. Ihr Gespür für gesellschaftliche Nuancen war unfehlbar. »Aber du hast doch selbst gesagt, daß du die Vandenposts aus Philadelphia kennst«, meinte Margaret.

»Schon, schon, aber je mehr ich darüber nachdenke, um so sicherer bin ich, daß er nicht zu dieser Familie gehört.«

»Dann werde ich ihm vielleicht als Strafe für deinen Snobismus meine Gunst schenken.«

»Mit Snobismus hat das nichts zu tun, Liebes. Hier geht es um die Abstammung. Snobismus ist etwas für gewöhnliche Leute.«

Margaret resignierte. Der Schutzwall aus Überheblichkeit, den Mutter um sich herum errichtet hatte, war undurchdringlich. Mit Vernunft kam man nicht gegen sie an. Aber Margaret hatte nicht die geringste Absicht, ihr zu gehorchen. Dafür fand sie Harry viel zu interessant.

»Was dieser Mr. Membury wohl ist? Sein rotes Jackett gefällt mir, aber wie ein erfahrener Transatlantikreisender sieht er auch wieder nicht aus.«

»Er ist vermutlich Beamter oder höherer Angestellter«, sagte Mutter.

Genauso sieht er aus, dachte Margaret. Mutter hat für solche Dinge wirklich ein Gespür.

Vater meinte: »Wahrscheinlich arbeitet er für die Fluggesellschaft.«

»Ich würde eher sagen, er arbeitet im öffentlichen Dienst«, meinte Mutter.

Die Stewards trugen den Hauptgang auf. Mutter ließ das Filet Mignon zurückgehen. »Ich esse überhaupt nichts Gekochtes«, sagte sie zu Nicky. »Bringen Sie mir doch Sellerie und Kaviar.«

Vom Nebentisch hörte Margaret Baron Gabons Stimme: »Wir müssen unser eigenes Land haben – eine andere Lösung gibt es nicht!«

Carl Hartmann erwiderte: »Aber Sie haben doch zugegeben, daß es ein Militärstaat sein muß . . .«

»Zur Verteidigung gegen feindliche Nachbarn!«

»Sie geben also zu, daß dort Juden begünstigt und Araber

diskriminiert werden müßten! Aber die Verbindung von Militarismus und Rassismus führt zum Faschismus, den Sie angeblich bekämpfen!«

»Psst, leise bitte«, sagte Gabon, worauf die beiden in gedämpftem Ton weiterredeten.

Unter normalen Umständen hätte Margaret sich für das Streitgespräch interessiert. Sie hatte bereits mit Ian über dieses Thema diskutiert. Unter den Sozialisten herrschte in der Palästinafrage Uneinigkeit. Einige vertraten die Ansicht, hier biete sich eine Chance, den idealen Staat zu errichten. Andere dagegen meinten, daß das Land den dort Ansässigen gehöre und den Juden genauso wenig »gegeben« werden könne wie Irland, Hongkong oder Texas. Daß sich unter den Sozialisten sehr viele Juden befanden, machte die Sache nur noch verzwickter.

Doch im Augenblick wünschte Margaret Oxenford sich nichts sehnlicher, als daß Gabon und Hartmann die Stimmen senken würden: Das war nichts für Vaters Ohren.

Ihr heimlicher Wunsch wurde nicht erhört. Die beiden Herren debattierten über ein Thema, das ihnen am Herzen lag. Hartmann sagte laut und deutlich: »Ich will aber nicht in einem rassistischen Staat leben!«

Vater sagte, so daß jeder es hören konnte: »Ich wußte gar nicht, daß wir mit einer Judenbande unterwegs sind.«

»Oi wei«, verkündete Percy.

Margaret sah ihren Vater bestürzt an. Es hatte eine Zeit gegeben, da seine politische Philosophie einen gewissen Sinn ergab: als gesunde und kräftige Männer zu Millionen arbeitslos wurden und nicht mehr genug zu beißen hatten. Damals erforderte es Mut, in aller Öffentlichkeit zu sagen, daß Kapitalismus und Sozialismus gleichermaßen versagt hätten und daß dem Mann auf der Straße auch mit der Demokratie nicht geholfen werden konnte. Die Vorstellung eines allmächtigen Staates, in dem die Industrie von einem wohlmeinenden Diktator gelenkt wird, hatte durchaus etwas Verführerisches an sich gehabt. Doch inzwischen waren jene hohen Ideale und kühnen politischen Richtungen zu hirnloser Heuchelei verkommen. Als sie zu Hause in der Bibliothek bei Shakespeare den Satz »O welch ein edler Geist ist hier zerstört!« gefunden hatte, fühlte sie sich an Vater erinnert.

Die beiden Männer hatten Vaters ausfällige Bemerkung wahrscheinlich nicht gehört, denn sie saßen mit dem Rücken zu ihnen und waren völlig in ihre Unterhaltung vertieft. Um Vater auf andere Gedanken zu bringen, fragte Margaret munter: »Um wieviel Uhr wollen wir denn schlafen gehen?«

Percy sagte: »Ich möchte mich früh hinlegen.« Das war ungewöhnlich, aber er war natürlich neugierig darauf, wie es war, an Bord eines Flugzeugs schlafen zu gehen.

»Wir gehen zur gleichen Zeit wie sonst auch zu Bett«, sagte Mutter.

»Aber in welcher Zeitzone?« wollte Percy wissen. »Soll ich um halb elf britischer Sommerzeit oder um halb elf Neufundländer Sommerzeit schlafen gehen?«

»Amerika ist rassistisch!« bemerkte Baron Gabon. »Und Frankreich ebenso ... England ... die Sowjetunion ... allesamt rassistische Staaten!«

»Um Himmels willen!« stieß Vater hervor.

Margaret sagte: »Um halb zehn möchte ich geh'n.«

Percy entging der Reim nicht. »Um fünf nach zehn kann ich nicht mehr steh'n«, konterte er.

Dieses Spiel hatten sie als Kinder gespielt. Mutter machte ebenfalls mit. »Um Viertel nach zehn ist's um mich gescheh'n.«

»Um Viertel vor leg' ich mich aufs Ohr.«

»Um zwanzig nach geh' ich ins Schlafgemach.«

»Du bist dran, Vater«, sagte Percy.

Einen Augenblick lang herrschte Schweigen. Früher hatte Vater sich an diesem Spiel beteiligt – früher, das heißt, bevor Verbitterung und Enttäuschung von ihm Besitz ergriffen. Für den Bruchteil einer Sekunde wurden seine Züge weicher, und Margaret dachte schon, er wolle tatsächlich mitmachen.

Doch da sagte Carl Hartmann: »Aber warum dann noch einen rassistischen Staat gründen?«

Das brachte das Faß zum Überlaufen. Wutentbrannt fuhr Vater

herum. Sein Kopf glühte. Bevor ihn jemand daran hindern konnte, stieß er hervor: »Ihr Judenbengel verhaltet euch besser ruhig!«

Hartmann und Gabon starrten ihn entgeistert an. Margaret spürte, daß sie rot anlief. Vater hatte so laut gesprochen, daß jeder ihn verstanden hatte. Im Raum war es totenstill geworden. Am liebsten wäre sie im Erdboden versunken. Die Vorstellung, die Leute könnten sie ansehen und dabei denken: Und das ist also die Tochter dieses rüpelhaften Trunkenbolds, entsetzte sie zutiefst. Ihre und Nickys Blicke kreuzten sich, und an seinem Blick erkannte sie, daß er Mitleid mit ihr hatte. Das machte die Sache nur noch schlimmer.

Baron Gabon war blaß geworden. Einen Augenblick lang sah es so aus, als wolle er etwas erwidern, aber dann entschied er sich anders und wandte den Blick ab. Hartmann verzog den Mund zu einem schiefen Grinsen. Für jemanden, der aus Nazi-Deutschland kommt, ist dies vielleicht bloß ein harmloser Zwischenfall, schoß es Margaret durch den Kopf.

Vater war noch nicht fertig. »Dies ist die erste Klasse«, fügte er hinzu.

Margaret beobachtete Baron Gabon. In dem Bemühen, Vater zu ignorieren, griff er nach dem Löffel, aber seine Hand zitterte so sehr, daß er die Suppe über sein taubengraues Jackett goß. Er gab den Versuch auf und legte den Löffel aus der Hand.

Margaret berührte dieses unübersehbare Zeichen seiner inneren Qual zutiefst. Sie war ihrem Vater bitterböse. Endlich fand sie den Mut, ihm die Meinung zu sagen. »Du hast soeben zwei der angesehensten Männer Europas zutiefst beleidigt!« fuhr sie ihn wütend an.

»Zwei der angesehensten Juden Europas«, gab er zurück.

»Vergiß Oma Fishbein nicht«, sagte Percy.

Nun ging Vater auf Percy los, drohte ihm mit dem Finger und sagte: »Mit diesem Unfug hörst du sofort auf, verstanden?«

»Ich muß aufs Klo«, sagte Percy und erhob sich. »Mir ist schlecht.« Er verließ den Raum.

Margaret begriff, daß Percy und sie ihrem Vater die Stirn geboten hatten, ohne daß er dagegen etwas hatte ausrichten können. Ein Meilenstein, dachte sie.

Vater senkte die Stimme und wandte sich an Margaret. »Vergiß nicht, daß diese Leute uns aus unserer Heimat vertrieben haben!« zischte er. Dann hob er die Stimme. »Wenn diese Leute mit uns reisen wollen, dann sollen sie erst einmal Manieren lernen.«

»Jetzt langt's!« Eine neue Stimme mischte sich ein.

Margaret ließ den Blick durch den Raum schweifen. Die Stimme gehörte Mervyn Lovesey, dem Mann, der in Foynes zugestiegen war. Er hatte sich erhoben. Nicky und Davy, die beiden Stewards, standen da wie zu Salzsäulen erstarrt, und aus ihren Blicken sprach Angst. Lovesey durchquerte den Speisesaal und beugte sich unheilverkündend über den Tisch der Oxenfords: ein hochgewachsener Mann zwischen vierzig und fünfzig Jahren mit dichtem ergrauendem Haar, schwarzen Augenbrauen und Zügen wie gemeißelt. Ein Mann, mit dem nicht zu spaßen war. Er trug einen teuren Anzug, sprach aber Dialekt. »Ich wäre Ihnen sehr verbunden, wenn Sie Ihre Ansichten für sich behalten wollten«, sagte er ebenso gelassen wie drohend.

»Das geht Sie einen feuchten ...«, hob Vater an.

»Selbstverständlich geht mich das etwas an«, unterbrach ihn Lovesey.

Margaret bemerkte, daß Nicky hastig davoneilte. Wahrscheinlich holt er Hilfe vom Flugdeck, dachte sie.

Lovesey fuhr fort: »Ihnen dürfte entgangen sein, daß Professor Hartmann der bedeutendste Physiker der Gegenwart ist.«

»Interessiert mich nicht ...«

»Natürlich nicht. Aber mich. Und Ihre Ansichten stinken zum Himmel.«

»Und ich lasse mir von niemandem den Mund verbieten«, gab Vater zurück und machte Anstalten, sich zu erheben.

Lovesey legte ihm eine starke Hand auf die Schulter und hielt ihn zurück. »Mit Leuten Ihres Schlags führen wir Krieg.«

»Verschwinden Sie, ja?« meinte Vater schwach.

»Ich verschwinde, sobald Sie den Mund halten.«

»Ich werde den Flugkapitän rufen lassen ...«

»Nicht nötig«, ließ sich eine neue Stimme vernehmen. Captain Baker erschien am Orte des Geschehens. Seine Uniformmütze verlieh ihm stille Autorität. »Ich bin schon da. Mr. Lovesey, ich wäre Ihnen sehr verbunden, wenn Sie an Ihren Platz zurückkehren würden.«

»Gut, ich setz' mich wieder hin«, erwiderte Lovesey. »Aber ich kann nicht schweigen, wenn ein betrunkener Flegel von dem bedeutendsten Wissenschaftler Europas verlangt, er solle leiser sprechen, und ihn einen Judenbengel schimpft.«

»Bitte, Mr. Lovesey.«

Lovesey kehrte zu seinem Platz zurück.

Der Flugkapitän wandte sich an Vater. »Lord Oxenford, Sie wurden vielleicht mißverstanden. Ich bin überzeugt, Sie würden einen Ausdruck, wie Mr. Lovesey ihn soeben erwähnt hat, nie auf einen der Mitreisenden anwenden.«

Margaret betete insgeheim, Vater möge den Ausweg nützen, den der Captain ihm bot, doch zu ihrem größten Entsetzen wurde er nur noch aggressiver.

»Ich habe ihn einen Judenbengel genannt, weil er einer ist!« polterte er.

»Vater, hör auf!« rief sie.

»Ich muß Sie ersuchen, solche Ausdrücke nicht mehr zu benutzen, solange Sie an Bord meines Flugzeugs sind«, sagte der Captain.

Vater erwiderte hämisch: »Schämt er sich denn etwa, ein Judenbengel zu sein?«

Margaret spürte, daß Captain Baker langsam die Geduld verlor. »Dies ist ein amerikanisches Flugzeug, Sir, und hier herrschen amerikanische Sitten. Ich fordere Sie auf, Ihre Mitpassagiere nicht mehr zu beleidigen, und mache Sie darauf aufmerksam, daß ich Sie bei unserer nächsten Zwischenlandung von der örtlichen Polizei verhaften und hinter Gitter bringen lassen kann. Es dürfte Ihnen bekannt sein, daß die Fluggesellschaft in solchen Fällen, so selten sie auch vorkommen, stets Anzeige erstattet.«

Der Hinweis auf eine mögliche Verhaftung verfehlte ihre Wirkung auf Vater nicht. Er schwieg – zumindest für den Augenblick. Margaret fühlte sich zutiefst gedemütigt. Obwohl sie versucht hatte, ihrem

Vater Einhalt zu gebieten und lauthals gegen sein Benehmen protestierte, schämte sie sich in Grund und Boden. Sein flegelhafter Auftritt warf auch auf sie ein schlechtes Licht, denn schließlich war sie seine Tochter. Sie vergrub das Gesicht in den Händen, am Ende ihrer Kraft.

Sie hörte Vater sagen: »Ich werde mich in mein Abteil zurückziehen.«

Sie blickte auf. Vater erhob sich und wandte sich an Mutter. »Meine Liebe?«

Mutter erhob sich, während Vater ihren Stuhl hielt. Margaret hatte das Gefühl, daß alle Blicke ihr folgten.

Plötzlich erschien Harry auf der Bildfläche. Er ließ seine Hände behutsam auf der Rückenlehne von Margarets Stuhl ruhen. »Lady Margaret«, sagte er mit einer leichten Verbeugung. Sie stand auf, und er zog den Stuhl fort. Sie war ihm für diese Geste der Unterstützung unendlich dankbar.

Mutter entfernte sich mit ausdruckslosem Gesicht und hocherhobenen Hauptes. Vater folgte ihr.

Harry bot Margaret den Arm, eine Kleinigkeit, die ihr ungeheuer viel bedeutete. Obwohl sie feuerrot anlief, hatte sie doch das Gefühl, den Raum mit Anstand verlassen zu können.

Als sie das Abteil betrat, setzte hinter ihr wieder die Unterhaltung ein.

Harry geleitete sie zu ihrem Sitz.

»Das war unglaublich lieb von Ihnen«, sagte sie bewegt. »Ich weiß gar nicht, wie ich Ihnen danken soll.«

»Ich bekam den Streit von hier aus mit«, sagte er ruhig. »Ich konnte mir schon denken, wie schlecht Sie sich fühlen mußten.«

»In meinem ganzen Leben bin ich nie so gedemütigt worden«, sagte sie niedergeschlagen.

Doch Vater hatte sein Pulver noch immer nicht verschossen. »Das wird ihnen eines Tages noch leid tun, diesen verdammten Idioten!« sagte er. Mutter saß in ihrer Ecke und blickte ihn ausdruckslos an. »Sie werden diesen Krieg verlieren, darauf könnt ihr Gift nehmen!«

»Hör auf, Vater, bitte«, sagte Margaret. Glücklicherweise wurde nur Harry Zeuge der neuerlichen Tirade: Mr. Membury war verschwunden.

Vater schenkte ihr keine Beachtung. »Die deutsche Armee wird England wie eine Dampfwalze überrollen!« sagte er. »Und was, glaubt ihr, passiert dann? Hitler wird natürlich eine faschistische Regierung einsetzen.«

In seinen Augen blitzte es plötzlich merkwürdig auf. Um Himmels willen, er sieht aus wie ein Verrückter, dachte Margaret. Mein Vater wird wahnsinnig! Er senkte die Stimme, und auf seinem Gesicht machte sich ein verschlagener Ausdruck breit. »Eine *englische* faschistische Regierung natürlich. Und dann braucht er einen englischen Faschisten als Führer!«

»O mein Gott«, sagte Margaret. Sie wußte, was er dachte, und war der Verzweiflung nahe.

Vater glaubte, Hitler würde ihn zum Diktator von Großbritannien ernennen!

Er dachte, nach der Eroberung Großbritanniens würde Hitler ihn aus dem Exil zurückrufen, um ihn zum Führer einer Marionettenregierung zu machen.

»Und wenn es in London erst einen faschistischen Premierminister gibt – dann werden auch diese Herren nach einer anderen Pfeife tanzen!« schloß Vater triumphierend, als hätte er gerade ein Streitgespräch erfolgreich beendet.

Harry starrte Vater verblüfft an. »Glauben Sie etwa ... rechnen Sie etwa damit, daß Hitler Sie darum bitten würde ...?«

»Wer weiß?« meinte Vater. »Es muß schon jemand sein, dem nicht der Makel einer besiegten Regierung anhaftet. Wenn man mich ruft ... die Pflicht gegenüber meinem Lande ... ein Neubeginn ... ohne Vergeltungsmaßnahmen ...«

Harry war viel zu schockiert, um darauf zu antworten.

Margaret war verzweifelt. Sie mußte Vater entkommen, konnte es einfach nicht mehr länger aushalten. Ihr schauderte bei dem Gedanken an das unrühmliche Ende ihres letzten Fluchtversuchs, aber sie durfte sich durch einen Fehlschlag nicht entmutigen lassen. Sie mußte es noch einmal versuchen.

Diesmal werde ich es anders machen, dachte sie. Ich werde mir an Elizabeth ein Beispiel nehmen und alles sorgfältig überdenken und vorausplanen. Ich brauche Geld, Freunde und einen Platz zum Schlafen. Diesmal wird es klappen, dafür sorge ich ...

Percy, der den größten Teil des Dramas verpaßt hatte, kam von der Herrentoilette zurück. Es sah jedoch so aus, als habe er ein Drama anderer Art erlebt: Sein Gesicht war gerötet, und er wirkte erregt. »Ihr werdet es nicht für möglich halten!« sagte er. »Ich habe gerade Mr. Membury auf der Toilette gesehen ... Seine Jacke stand offen, und er stopfte sich das Hemd in die Hose ... und unter der Jacke trägt er ein Schulterhalfter – und darin steckt eine Pistole.«

Der Clipper näherte sich dem »point of no return«, dem Punkt, von dem aus eine Umkehr nicht mehr möglich war.

Eddie Deakin nahm um zweiundzwanzig Uhr britischer Zeit zerstreut, nervös und unausgeruht seinen Dienst wieder auf. Die Sonne war inzwischen vorausgeeilt, und tiefe Dunkelheit umgab die Maschine. Auch das Wetter hatte sich geändert: Regenschwaden peitschten gegen die Fenster, die Sterne verbargen sich hinter einer Wolkendecke. Wechselhafte Winde schlugen und zerrten respektlos an dem riesigen Flugzeug und rüttelten die Passagiere durch.

Das Wetter war in niedrigen Flughöhen generell schlechter als in größeren; dennoch steuerte Captain Baker einen Kurs nahe der Meeresoberfläche. Er »jagte den Wind« und suchte eine Höhe, auf der der Westwind weniger heftig blies.

Eddie machte sich Sorgen, denn er wußte, daß die Treibstoffreserven knapp bemessen waren. Er setzte sich an seinen Arbeitsplatz und begann mit der Berechnung der Entfernung, die das Flugzeug mit dem verbleibenden Treibstoff zurücklegen konnte. Das Wetter war noch etwas schlechter als vorhergesagt, und die Motoren hatten gewiß mehr Treibstoff als geplant verbraucht. Reichte es nicht mehr aus, um sie nach Neufundland zu bringen, mußten sie vor Erreichen des »point of no return« umkehren.

Doch was würde dann mit Carol-Ann geschehen?

Was immer man von Tom Luther halten mochte: Von der sorgfältigen Planung eines Coups verstand er etwas. Eine mögliche Verspätung des Clippers hatte er bestimmt einkalkuliert. Er mußte über eine Möglichkeit zur Kontaktaufnahme mit seinen Kumpanen verfügen, um ihnen den Zeitpunkt des Treffens bestätigen oder gegebenenfalls eine Änderung mitteilen zu können.

Doch wenn wir umkehren müssen, bleibt Carol-Ann mindestens vierundzwanzig Stunden länger in den Händen ihrer Kidnapper, dachte Eddie.

Er hatte den Großteil seiner dienstfreien Zeit im vorderen Abteil zugebracht, war unruhig auf seinem Sitz hin- und hergerutscht und hatte aus dem Fenster ins Leere gestarrt. Da er von vornherein wußte, daß es sinnlos war, hatte er gar nicht erst versucht zu schlafen. Unablässig hatte ihm seine Phantasie quälende Bilder von Carol-Ann vorgegaukelt: Carol-Ann tränenüberströmt, gefesselt oder geschunden; eine verängstigte, flehende, völlig aufgelöste und verzweifelte Carol-Ann. Alle fünf Minuten hätte er am liebsten mit der Faust den Flugzeugrumpf bearbeitet, und immer wieder hatte er den Impuls bekämpfen müssen, die Treppe hinaufzustürmen und Mickey Finn, den Mann, der jetzt seine Stelle vertrat, nach dem Treibstoffverbrauch zu fragen.

Und nur aus reiner Zerstreutheit hatte er sich gehenlassen und Tom Luther im Speisesaal so zugesetzt. Inzwischen hielt er sein Verhalten schlichtweg für dumm. Welches Pech auch, daß er ausgerechnet mit Luther am gleichen Tisch sitzen mußte! Jack Ashford, der Navigator, hatte ihm hinterher – völlig zu Recht – die Leviten gelesen. Er hatte sich wie ein Esel aufgeführt. Jack wußte jetzt, daß zwischen Eddie und Luther etwas vorgefallen sein mußte. Eddie hatte sich geweigert, Jack in die Einzelheiten einzuweihen, und damit war die Sache – vorerst – erledigt gewesen. Er hatte sich geschworen, in Zukunft vorsichtiger zu sein. Der leiseste Verdacht, sein Ingenieur könne erpreßt werden, würde Captain Baker zum sofortigen Abbruch des Flugs veranlassen und Eddie jeder Chance berauben, Carol-Ann helfen zu können. Auch diese Gefahr mußte er jetzt einkalkulieren.

Eddies Benehmen gegenüber Tom Luther war infolge der Aufregung um die nur mit knapper Not vermiedene handgreifliche Auseinandersetzung zwischen Mervyn Lovesey und Lord Oxenford während der zweiten Essensschicht in Vergessenheit geraten. Eddie hatte grübelnd im vorderen Abteil gesessen und von alldem nichts mitbekommen, aber die beiden Stewards hatten ihm kurz darauf Bericht erstattet.

Eddie hielt Oxenford für einen Rüpel, der einmal gehörig zusammengestaucht werden mußte – was Captain Baker ja auch getan hatte. Percy, der Junge, tat ihm allerdings leid – es war schlimm, einen solchen Kerl zum Vater zu haben!

Im »Speisesaal« dinierte inzwischen die letzte Gruppe. In ein paar Minuten würde Ruhe eintreten. Die Älteren unter den Passagieren würden zu Bett gehen, die Mehrzahl jedoch, zu aufgeregt oder zu nervös zum Schlafen, würde noch ein bis zwei Stunden aufbleiben und sich durchschütteln lassen, um schließlich einer nach dem anderen, von der inneren Uhr überwältigt, ebenfalls zu Bett zu gehen. Ein paar Unermüdliche pflegten sich normalerweise im Salon zum Kartenspielen zusammenzufinden; auch pflegten sie zu trinken, doch handelte es sich dabei um ein ruhiges, die ganze Nacht dauerndes, bedächtiges Trinken, das selten zu Problemen führte.

Eddie machte sich besorgt daran, den Treibstoffverbrauch des Flugzeugs auf der Howgozit-Kurve einzutragen. Die rote Linie, die den tatsächlichen Verbrauch anzeigte, lag kontinuierlich über seiner mit Bleistift eingezeichneten Prognose. Der Unterschied war allerdings aufgrund der Wetterlage größer als erwartet.

Die Berechnung der effektiven Reichweite des Flugzeugs, die auf dem verbliebenen Treibstoff basierte, bereitete ihm noch mehr Kopfzerbrechen. Als er die Kalkulation, die nach den Sicherheitsbestimmungen nur von drei funktionierenden Motoren ausging, beendet hatte, stellte sich heraus, daß der Treibstoff nicht einmal mehr bis nach Neufundland reichte.

Er hätte sofort den Captain informieren müssen, unterließ es jedoch.

Das Defizit war gering: Bei vier funktionierenden Motoren reichte der Sprit. Außerdem konnten sich die Verhältnisse im Lauf der nächsten Stunden durchaus noch verändern. Vielleicht war ja der Wind gar nicht so stark, wie die Voraussagen behaupteten, so daß der Treibstoffverbrauch unter den Berechnungen blieb. Und wenn alles schiefging, konnten sie immer noch ihre Flugroute ändern, mitten in den Sturm hineinfliegen und somit die Entfernung verkürzen. Leidtragende wären allerdings die Passagiere: Sie würden kräftig durchgerüttelt werden.

Zu seiner Linken hielt Ben Thompson, der Funker, sein kahles Haupt über die Konsole gebeugt und transkribierte eine Morsebotschaft. In der Hoffnung, es könne sich um eine günstige Wettervorhersage handeln, blickte ihm Eddie über die Schulter.

Die Nachricht war ebenso erstaunlich wie rätselhaft.

Sie kam vom FBI, war an einen Passagier namens Ollis Field gerichtet und lautete: DAS BUREAU HAT MITTEILUNG ERHALTEN, DASS SICH MÖGLICHERWEISE KOMPLIZEN BESAGTER VERBRECHER AN BORD IHRER MASCHINE BEFINDEN. BESONDERE VORSICHT IN BEZUG AUF GEFANGENEN WALTEN LASSEN.

Was sollte das heißen? Hatte es etwas mit der Entführung Carol-Anns zu tun? Eddie schwirrte der Kopf.

Ben riß die Seite von seinem Block und sagte: »Captain! Das schauen Sie sich am besten selbst an.«

Von der Dringlichkeit in der Stimme des Funkers alarmiert, blickte auch Jack Ashford vom Kartentisch auf.

Eddie nahm Ben die Botschaft ab, zeigte sie kurz Jack und reichte sie dann an den Captain weiter, der im hinteren Teil der Kabine am Konferenztisch vor einem Tablett saß und Steak mit Kartoffelpüree verzehrte.

Die Miene des Captain verdüsterte sich bei der Lektüre. »Das gefällt mir überhaupt nicht«, sagte er. »Ollis Field muß FBI-Agent sein.«

»Ist er unter den Passagieren?« wollte Eddie wissen.

»Ja. Er kam mir gleich irgendwie komisch vor. Ein blasser, langweilig wirkender Zeitgenosse, alles andere als der typische Clipper-

Passagier. Während der Zwischenlandung in Foynes ist er an Bord geblieben.«

Field war Eddie bisher nicht aufgefallen, dem Navigator dagegen schon. »Ich glaube, ich weiß, wen Sie meinen«, meinte Jack und kratzte sein blaurasiertes Kinn. »Der Glatzkopf. Er hat einen jüngeren Mann bei sich, der ziemlich auffällig gekleidet ist. Ein merkwürdiges Paar.«

Der Captain sagte: »Der Kleine dürfte dann der Gefangene sein. Ich glaube, er heißt Frank Gordon.«

Eddie kombinierte schnell. »Deswegen sind die beiden in Foynes auch an Bord geblieben: Der FBI-Mann wollte ihm keine Möglichkeit zur Flucht geben.«

Der Captain nickte grimmig. »Gordon wird offenbar von England ausgeliefert – und für Ladendiebe gibt's keine Ausweisungsbefehle. Der Kerl ist bestimmt ein Schwerverbrecher. Und wird einfach in mein Flugzeug verfrachtet, ohne daß man mir ein Sterbenswörtchen davon sagt.«

Ben, der Funker, meinte: »Ich frage mich nur, was er ausgefressen hat.«

»Frank Gordon«, sinnierte Jack. »Der Name kommt mir irgendwie bekannt vor ... Augenblick. Ja, ich geh' jede Wette ein, daß das Frankie Gordino ist!«

Eddie konnte sich daran erinnern, daß die Zeitungen über Gordino berichtet hatten. Er war der Vollstrecker einer Bande aus New England. Bei dem Verbrechen, für das er zur Verantwortung gezogen werden sollte, ging es um den Mord an einem Nachtklubbesitzer in Boston, der sich geweigert hatte, Schutzgelder zu zahlen. Gordino war in den Klub gestürmt, hatte den Besitzer mit einem Bauchschuß niedergestreckt, dessen Freundin vergewaltigt und zum Schluß den Klub angezündet. Der Mann erlag seinen Verletzungen, aber die Frau konnte sich vor den Flammen in Sicherheit bringen und Gordino anhand von Fahndungsfotos identifizieren.

»Gleich werden wir genau wissen, ob er es ist«, sagte Baker. »Eddie, seien Sie so gut und bitten diesen Ollis Field herauf.«

»Klar.« Eddie setzte die Mütze auf, streifte sich die Uniformjacke über und ging die Treppe hinunter. Er dachte über die neue Entwicklung nach. Er war sicher, daß es zwischen Frankie Gordino und den Leuten, die Carol-Ann in ihrer Gewalt hatten, eine Verbindung gab. Aber welche? Er fand keine Lösung, so sehr er sich auch anstrengte.

Er warf einen Blick in die Kombüse, wo der Steward gerade aus einem riesigen Zweihundert-Liter-Kessel eine Kaffeekanne füllte. »Davy«, sagte er. »Wo ist Mr. Ollis Field?«

»Abteil Nummer vier, Backbord, mit dem Rücken in Flugrichtung«, antwortete der Steward.

Er ging den Gang entlang, mit geübtem Schritt auf dem schwankenden Boden sein Gleichgewicht haltend. Ihm fiel auf, daß die Oxenfords im Abteil Nummer zwei ziemlich bedrückt wirkten. Im Speisesaal schwappte der zum Magenschluß servierte Kaffee in den Untertassen, während draußen der Sturm immer heftiger wurde und die Maschine beutelte. Eddie durchquerte Nummer drei und nahm die Stufe zu Nummer vier.

Mit dem Rücken zu ihm saß auf der Backbordseite ein etwa vierzigjähriger Mann mit Glatze, der an einer Zigarette zog und aus dem Fenster in die Dunkelheit starrte. Ein FBI-Agent sah in Eddies Vorstellung anders aus: Daß dieser Mann mit gezückter Pistole einen Raum voller Alkoholschmuggler stürmte, schien undenkbar.

Field gegenüber saß ein jüngerer Mann, der viel besser gekleidet war und die Figur eines Ex-Sportlers besaß, der langsam Fett ansetzt. Das mußte Gordino sein. Sein Gesicht war aufgedunsen, seine Miene erinnerte an ein quengeliges, verwöhntes Kind. Ob der fähig ist, jemandem einen Bauchschuß zu verpassen? fragte sich Eddie und beantwortete die Frage gleich selbst: Ja, ich glaube schon.

Eddie wandte sich an den älteren Mann. »Mr. Field?«

»Ja?«

»Der Captain hätte Sie gerne gesprochen. Haben Sie einen Augenblick Zeit?«

Field runzelte die Stirn. Ein Anflug von Resignation lag in seinem Blick. Er konnte sich denken, daß sein Geheimnis gelüftet worden war. Es ärgerte ihn, aber sein Blick verriet auch, daß es ihm letzten

Endes gleichgültig war. »Selbstverständlich«, sagte er, drückte seine Zigarette in dem an der Wand befestigten Aschenbecher aus, löste den Sitzgurt und erhob sich.

»Wenn Sie mir bitte folgen würden«, sagte Eddie.

Als Eddie auf dem Rückweg durch das Abteil Nummer drei kam, sah er Tom Luther. Ihre Blicke kreuzten sich. In diesem Augenblick ging ihm ein Licht auf.

Tom Luther sollte Frankie Gordino befreien.

Seine Entdeckung verblüffte ihn dermaßen, daß er stehenblieb und von Ollis Field angerempelt wurde.

Luther starrte ihn an, der Panik nahe. Er fürchtete offensichtlich, Eddie könne alles auffliegen lassen.

»Entschuldigung«, sagte Eddie zu Field und ging weiter. Auf einmal war ihm alles klar. Frankie Gordino hatte aus den Staaten flüchten müssen, aber das FBI war ihm in England auf die Spur gekommen und hatte seine Auslieferung erzwungen. Man hatte beschlossen, ihn mit dem Clipper zu deportieren, und seine Komplizen hatten von der Sache Wind bekommen. Sie würden versuchen, Gordino von Bord zu bringen, bevor das Flugzeug die Vereinigten Staaten erreichte.

Und nun kam Eddies Auftritt: Er sollte dafür sorgen, daß der Clipper vor der Küste von Maine zu Wasser ging. Dort würde dann ein Schnellboot auf sie warten. Man wollte Gordino aus dem Clipper holen und sich mit ihm aus dem Staub machen. In einer geschützten Bucht, aller Voraussicht nach auf der kanadischen Seite der Grenze, würde ein Wagen bereitstehen und ihn in ein sicheres Versteck bringen. Frankie Gordino wäre dem Arm des Gesetzes entronnen – dank Eddie Deakins Hilfe.

Auf der Wendeltreppe zum Flugdeck, Field ein paar Schritte vorausgehend, empfand Eddie eine gewisse Erleichterung darüber, daß er endlich begriffen hatte, was gespielt wurde. Gleichzeitig packte ihn das Entsetzen: Wenn er seine Frau befreien wollte, mußte er einem Mörder zur Flucht verhelfen.

»Captain, das ist Mr. Field«, sagte er.

Captain Baker hatte sich die Uniformjacke übergezogen und saß mit der Funkbotschaft in der Hand hinter dem Konferenztisch. Das Tablett mit dem Abendessen war abgetragen worden. Die Mütze verdeckte das blonde Haar und verlieh dem Flugkapitän zusätzliche Autorität. Er sah zu Field auf, bot ihm jedoch keinen Platz an. »Ich habe hier eine Nachricht für Sie – vom FBI«, sagte er.

Field streckte die Hand nach dem Papier aus, aber Baker rührte sich nicht.

»Sind Sie ein Agent des FBI?« fragte der Captain.

»Ja.«

»Und Sie befinden sich gerade auf einer Reise im Dienst des Bureaus?«

»Jawohl.«

»Ihre Aufgabe, Mr. Field?«

»Ich denke nicht, daß Sie das etwas angeht, Captain. Bitte geben Sie mir die Funkmeldung. Sie haben selbst gesagt, daß sie an mich und nicht an Sie adressiert ist.«

»Ich bin der Kapitän dieser Maschine und sehr wohl der Meinung, daß ich über die Natur Ihrer Aufgabe Bescheid wissen muß. Und bitte widersprechen Sie mir nicht, Mr. Field. Tun Sie, was ich sage.«

Eddie musterte Field. Ein bleicher, müde wirkender Mann mit Glatze und wäßrigblauen Augen. Er war hochgewachsen und mußte einmal sehr kräftig gewesen sein. Inzwischen ging er leicht gebeugt und wirkte schlapp. Eddie hielt ihn eher für arrogant als für mutig und fand seine Einschätzung sogleich bestätigt: Field hatte dem Drängen des Captains nichts entgegenzusetzen.

»Ich begleite einen ausgewiesenen Gefangenen in die Vereinigten Staaten zurück, damit er dort verurteilt werden kann«, sagte er. »Er heißt Frank Gordon.«

»Alias Frankie Gordino?«

»Stimmt.«

»Dann sollen Sie auch wissen, Mister, daß ich durchaus nicht damit einverstanden bin, daß Sie einen gefährlichen Verbrecher ohne mein Wissen an Bord meiner Maschine bringen.«

»Wenn Sie den richtigen Namen dieses Mannes kennen, so wissen Sie bestimmt auch, womit er seinen Lebensunterhalt verdient. Er arbeitet für Raymond Patriarca, der von Rhode Island bis Maine für bewaffnete Einbrüche, Erpressung, Zinswucher, illegale Glücksspiele und Prostitution verantwortlich zeichnet. Ray Patriarca ist von den Sicherheitsbehörden in Providence zum Staatsfeind Nummer 1 erklärt worden. Gordino ist das, was wir einen Vollstrecker nennen: Auf Patriarcas Geheiß hin terrorisiert, foltert und mordet er. Aus Sicherheitsgründen sahen wir uns außerstande, Sie vor ihm zu warnen.«

»Ihre Sicherheit ist einen Scheiß wert, Field.« Baker war wütend. Eddie konnte sich nicht daran erinnern, daß der Captain im Umgang mit Passagieren je geflucht hatte. »Die Patriarca-Bande weiß jedenfalls bestens Bescheid.« Er händigte ihm die Meldung aus.

Field las sie und wurde aschfahl. »Verflucht, wie haben die das bloß rausgekriegt?« murmelte er.

»Ich würde gerne wissen, wer die ›Komplizen besagter Verbrecher‹ sind«, sagte der Captain. »Haben Sie an Bord jemanden wiedererkannt?«

»Natürlich nicht«, erwiderte Field mürrisch. »Und wenn, dann hätte ich das Bureau längst alarmiert.«

»Wenn wir diese Leute identifizieren können, werde ich sie bei der nächsten Zwischenlandung von Bord weisen.«

Eddie dachte: Ich weiß, wer gemeint ist – Tom Luther und ich . . .

Field sagte: »Geben Sie dem Bureau per Funk die komplette Liste aller Passagiere und Crew-Mitglieder durch, damit sie jeden einzelnen Namen unter die Lupe nehmen können.«

Eddie schauderte vor Angst. Bestand die Gefahr, daß man Tom Luther bei dieser Überprüfung auf die Schliche kam? Das wäre das Ende! War er ein bekannter Verbrecher? War Tom Luther sein richtiger Name? Wenn er sich eines falschen Namens bediente, dann brauchte er auch einen gefälschten Paß – kein Problem für Banden dieses Kalibers. So perfekt, wie der Coup organisiert war, dürfte auch diese Vorsichtsmaßnahme eingehalten worden sein.

Captain Baker war empört. »Ich glaube nicht, daß wir wegen der Crew Bedenken haben müssen.«

Field zuckte die Achseln. »Wie Sie wollen. Das Bureau wird die

Namen von Pan American bekommen. Das ist eine Frage von Minuten.«

Taktloser Bursche, dieser Field, dachte Eddie. Ob die Agenten des FBI ihre Anleitungen zur Unfreundlichkeit wohl direkt von J. Edgar Hoover erhalten?

Der Captain griff nach der Passagier- und Besatzungsliste und reichte sie dem Funker. »Geben Sie das gleich durch, Ben«, sagte er. Er hielt einen Augenblick inne und fügte dann hinzu: »Die Crew auch.«

Ben Thompson setzte sich an seinen Tisch und morste die Mitteilung.

»Und noch etwas«, sagte der Captain zu Field. »Ich muß Sie um Ihre Waffe erleichtern.«

Gute Idee, dachte Eddie. Auf die Idee, daß Field bewaffnet sein könnte, war er gar nicht gekommen – doch der Bewacher eines gefährlichen Verbrechers konnte kaum unbewaffnet herumlaufen.

Field sagte: »Ich protestiere . . .«

»Den Passagieren ist das Mitführen von Waffen verboten. Ausnahmslos. Ihre Waffe, bitte.«

»Und wenn ich mich weigere?«

»Dann werden Mr. Deakin und Mr. Ashford sie Ihnen abnehmen.«

Eddie war durch diese Ankündigung verblüfft, aber er fügte sich sogleich in seine Rolle und näherte sich Field drohend. Jack tat desgleichen.

Baker fuhr fort: »Sollten Sie mich dazu zwingen, Gewalt anzuwenden, so lasse ich Sie bei der nächsten Zwischenlandung aus dem Flugzeug holen.« Die Vorgehensweise des Captains, der sich trotz der Tatsache, daß sein Gegenüber bewaffnet war, das Heft nicht aus der Hand nehmen ließ, imponierte Eddie. Auf der Leinwand war das immer ganz anders – dort hatte der Typ mit der Knarre das Sagen.

Wie sollte Field reagieren? Dem FBI war es bestimmt nicht recht, wenn er seine Waffe abgab. Aber des Flugzeugs verwiesen zu werden war auch nicht besser. Field sagte: »Ich begleite einen gefährlichen Verbrecher – ich brauche meine Waffe.«

Am Rande seines Blickfelds nahm Eddie eine Bewegung wahr. Die

Tür am rückwärtigen Ende des Flugdecks, die zur Beobachtungskanzel und den Frachträumen führte, war angelehnt, und dahinter rührte sich etwas.

Captain Baker sagte: »Nehmen Sie ihm die Waffe ab, Eddie.«

Eddie griff in Fields Jackett. Der Mann bewegte sich nicht. Eddie ertastete das Pistolenhalfter, knöpfte die Lasche auf und nahm die Waffe an sich. Field blickte mit unbewegter Miene vor sich hin.

Dann eilte Eddie nach hinten und riß die Tür auf.

Vor ihm stand der junge Percy Oxenford.

Eddie war erleichtert. Er hatte schon fast gefürchtet, daß dort ein paar Kerle aus Gordinos Bande mit Maschinenpistolen lauerten.

Captain Baker starrte Percy an und fragte: »Wo kommst du denn her?«

»Neben der Damentoilette gibt es eine Leiter«, erklärte Percy.

»Sie führt in das Heck des Flugzeugs.« Eddie hatte dort die Kabel der Rudertrimmung überprüft. »Von dort kann man weiterkriechen und kommt dann neben den Frachträumen wieder raus.«

Eddie hielt noch immer Ollis Fields Pistole in der Hand. Er steckte sie in die Schublade, in der die Karten des Navigators aufbewahrt wurden.

Captain Baker sagte zu Percy: »Bitte geh an deinen Platz zurück, mein Junge, und untersteh dich, die Passagierkabine während des Flugs noch einmal zu verlassen.«

Percy drehte sich um und wollte schon den gleichen Weg nehmen, auf dem er gekommen war. »Nicht dort!« rief ihm der Captain mit scharfer Stimme nach. »Die Treppe runter!«

Percy, dem nun doch etwas mulmig geworden war, hastete durch die Kabine und trippelte die Stufen hinunter.

»Wie lange er da wohl schon gesteckt hat, Eddie?« fragte der Captain.

»Keine Ahnung. Ich nehme an, daß er alles mitgehört hat.«

»Damit können wir unsere Hoffnung, die Angelegenheit vor den Passagieren geheimzuhalten, begraben.« Baker wirkte einen Moment lang sehr müde, und Eddie traf die Erkenntnis, welche Verantwortung der Captain trug, wie ein Schlag. Aber Baker hatte sich gleich wieder gefangen. »Sie können jetzt zu Ihrem Sitz zurückkehren, Mr. Field. Vielen Dank für Ihre Kooperation.« Ollis Field machte kehrt und verschwand ohne ein weiteres Wort. »Zurück an die Arbeit, Leute«, sagte der Captain und beendete damit das Intermezzo.

Die Besatzung wandte sich wieder ihrer Arbeit zu. Eddie kontrollierte mechanisch seine Instrumentenanzeigen, obwohl er sich innerlich in Aufruhr befand. Er stellte fest, daß die Treibstoffvorräte in den Flügeln, die die Motoren speisten, langsam zur Neige gingen, und machte sich daran, sie aus den Haupttanks, die sich in den Hydrostabilisatoren oder sogenannten Stummel- oder Seeflügeln befanden, nachzufüllen. Doch seine Gedanken kreisten um Frankie Gordino. Gordino hatte einen Mann erschossen, eine Frau vergewaltigt und einen Nachtklub niedergebrannt. Man hatte ihn ergriffen und wollte ihn für seine schrecklichen Verbrechen bestrafen – doch er, Eddie Deakin, würde ihn retten. Die Frau würde zusehen müssen, wie der Mann, der sie vergewaltigt hatte, unbehelligt davonkam – dank Eddie.

Und schlimmer noch: Mit an Sicherheit grenzender Wahrscheinlichkeit blieb es nicht bei einem Mord. Eines Tages würden die Zeitungen von einem grauenhaften Verbrechen berichten – vielleicht einem Rachemord, bei dem das Opfer gefoltert und verstümmelt wurde, bevor man ihm den Rest gab. Vielleicht berichteten sie auch von einer Brandstiftung, bei der Frauen und Kinder bei lebendigem Leib verbrannten. Oder über eine junge Frau, die festgehalten und nacheinander von drei Männern vergewaltigt wurde. Die Polizei würde diese Verbrechen mit der Bande Ray Patriarcas in Verbindung bringen, und Eddie würde sich fragen: War das etwa Gordino? Ist das meine Schuld? Mußten diese Menschen leiden und sterben, weil ich Gordino zur Flucht verhalf? Wie viele Morde werden einst mein Gewissen belasten, wenn ich so weitermache wie geplant?

Aber ihm blieb keine andere Wahl. Carol-Ann befand sich in Ray Patriarcas Gewalt. Jedesmal, wenn er daran dachte, brach ihm der kalte Schweiß aus. Er mußte sie retten – und dazu gab es nur eine Möglichkeit: Er mußte mit Tom Luther gemeinsame Sache machen.

Er sah auf seine Uhr: Mitternacht.

Jack Ashford gab ihm die ungefähre Position der Maschine durch; es war ihm bisher noch nicht gelungen, sich auf einen Stern einzupeilen. Ben Thompson kam mit der neuesten Wettervorhersage: Der Sturm hatte es in sich. Eddie las ein paar neue Werte von den Treibstofftanks ab und machte sich daran, seine Berechnungen auf den neuesten Stand zu bringen. Vielleicht war das ja die Lösung: Wenn der Treibstoff nicht bis Neufundland reichte, dann mußten sie eben kehrtmachen, und damit hatte es sich. Tröstend war der Gedanke jedoch nicht. Eddie war kein Fatalist: Er mußte etwas unternehmen.

Captain Baker ließ sich vernehmen: »Wie steht's, Eddie?«

»Bin gleich soweit«, erwiderte er.

»Obacht – der point of no return dürfte bald erreicht sein.«

Eddie spürte, wie ihm eine Schweißperle die Wange hinunterlief. Verstohlen wischte er sie mit einer schnellen Handbewegung weg.

Er war mit seinen Berechnungen fertig.

Der verbliebene Treibstoff reichte nicht aus.

Er sagte erst einmal gar nichts.

Er beugte sich über seinen Notizblock und die Tabellen und tat so, als sei er noch beschäftigt.

Die Lage war ärger als zu Beginn seiner Schicht. Der Treibstoff reichte auf der von Captain Baker gewählten Route nicht einmal mehr für vier Motoren aus. Die Sicherheitsmarge war dahin. Der einzige Ausweg bestand jetzt darin, die Reiseroute zu verkürzen und nicht am Rand des Sturms entlang, sondern mitten durch ihn hindurchzufliegen. Und wenn ein Motor ausfallen sollte, waren sie selbst dann erledigt.

Sämtliche Passagiere werden umkommen und ich mit ihnen, dachte Eddie. Was wird dann aus Carol-Ann?

»Na los, Eddie«, sagte der Captain. »Wie steht's? Weiter nach Botwood oder zurück nach Foynes?«

Eddie knirschte mit den Zähnen. Der Gedanke, Carol-Ann noch einen Tag länger in den Händen der Kidnapper zu wissen, war unerträglich.

»Wären Sie bereit, den Kurs zu ändern und durch den Sturm zu fliegen?« fragte er.

»Muß das sein?«

»Entweder das – oder umkehren.« Eddie hielt den Atem an.

»Mist«, sagte der Captain. Niemand kehrte gerne auf halber Strecke über dem Atlantik wieder um; es war einfach deprimierend.

Eddie wartete auf die Entscheidung des Kapitäns.

»Teufel auch«, sagte Captain Baker. »Dann fliegen wir eben durch den Sturm.«

Part IV Mid-Atlantic

Diana Lovesey war ihrem Mann Mervyn, der in Foynes zugestiegen war, bitterböse. Daß er sie verfolgte, war ihr vor allem peinlich; sie fürchtete, der Lächerlichkeit preisgegeben zu sein. Außerdem war es ihr unlieb, daß er ihr immer noch Gelegenheit bot, ihre Meinung zu ändern. Sie hatte ihre Entscheidung getroffen, aber da Mervyn an deren Endgültigkeit zweifelte, kamen ihr ebenfalls Bedenken. Nun mußte sie ihren Entschluß jedesmal, wenn er sie darum bat, sie möge die Sache doch noch einmal überdenken, von neuem treffen. Die Freude an dem Flug, dies kam noch hinzu, hatte er ihr gründlich verdorben. Es hätte die Reise ihres Lebens sein sollen – ein romantisches Abenteuer mit ihrem Liebhaber. Doch das berauschende Freiheitsgefühl, das sie beim Start in Southampton verspürt hatte, war ein für allemal dahin. Der Flug, die luxuriöse Maschine, die eleganten Menschen und die erlesenen Speisen bereiteten ihr keinerlei Freude mehr. Da sie jeden Augenblick damit rechnen mußte, daß Mervyn zufällig durch ihr Abteil kam und sie beobachtete, wagte sie kaum, Mark zu berühren, ihm einen Kuß auf die Wange zu geben, seinen Arm zu streicheln oder seine Hand zu halten. Wo Mervyn saß, wußte sie nicht, aber sie rechnete ständig mit seinem plötzlichen Erscheinen.

Mark war von der neuen Entwicklung völlig überrumpelt worden. Nachdem Diana Mervyn in Foynes den Laufpaß gegeben hatte, war er zunächst restlos begeistert gewesen und hatte, wieder ganz der alte Gefühlsmensch und Optimist, von Kalifornien geschwärmt und Diana bei jeder sich bietenden Gelegenheit geküßt. Doch dann hatte er voller Entsetzen mit ansehen müssen, wie sein Rivale an Bord kam. Inzwischen wirkte er wie ein Ballon, aus dem die Luft entwichen war. Schweigsam saß er neben seiner Geliebten und blätterte trübsinnig in Zeitschriften herum, ohne auch nur ein einziges Wort zu lesen. Diana konnte seine Niedergeschlagenheit gut verstehen. Sie hatte ihren

Entschluß, mit ihm durchzubrennen, bereits einmal geändert – wie konnte er da, vor allem mit Mervyn an Bord, sicher sein, daß es nicht noch einmal passierte?

Doch damit nicht genug: Zu allem Überfluß hatte sich das Wetter enorm verschlechtert, und das Flugzeug wurde durchgerüttelt wie ein Auto auf Querfeldeinfahrt. Immer wieder kamen Passagiere, denen sichtlich speiübel war, auf dem Weg zur Toilette durch das Abteil gewankt. Die Wettervorhersage verhieß angeblich noch Schlimmeres, und Diana war heilfroh, daß sie beim Abendessen vor lauter Wut kaum einen Bissen heruntergebracht hatte.

Allzugern hätte sie gewußt, wo Mervyn saß. Wenn ich weiß, wo er untergebracht ist, werde ich vielleicht dieses dumme Gefühl los, daß er jeden Augenblick vor mir stehen kann, dachte sie und beschloß, zur Toilette zu gehen und unterwegs nach ihm Ausschau zu halten.

Sie selbst saß in Abteil Nummer vier. Vor ihr, in Flugrichtung, lag Nummer drei – von Mervyn keine Spur. Sie wandte sich um und trat den Rückweg an, wobei sie nach allem griff, woran sie sich festhalten konnte, denn das Flugzeug bockte und schlingerte. Sie durchquerte Nummer fünf und vergewisserte sich, daß Mervyn auch dort nicht saß. Das war das letzte große geräumige Abteil. Nummer sechs bestand auf der Steuerbordseite hauptsächlich aus der Damentoilette und bot backbords nur zwei Leuten Platz; die beiden Sitze wurden von zwei Geschäftsleuten okkupiert. Keine sehr angenehmen Plätze, dachte Diana – da zahlt man eine Unmenge Geld und hockt den ganzen Flug über vor der Damentoilette! Jenseits von Nummer 6 befand sich nur noch die Honeymoon Suite. Mervyn mußte also, falls er sich nicht im Salon aufhielt und Karten spielte, weiter vorn, im ersten oder zweiten Abteil sitzen.

Sie betrat die Toilette. Vor dem Spiegel standen zwei Hocker. Auf einem saß eine Frau, mit der Diana noch kein Wort gewechselt hatte. Als Diana die Tür hinter sich schloß, sackte das Flugzeug wieder durch, so daß sie um ein Haar das Gleichgewicht verloren hätte. Sie schwankte und ließ sich auf dem freien Hocker nieder.

»Haben Sie sich weh getan?« wollte die Frau wissen.

»Nein, danke. Aber diese Luftlöcher mag ich überhaupt nicht.«

»Ich auch nicht. Irgend jemand hat behauptet, es würde noch schlimmer. Ein schwerer Sturm soll im Anzug sein.«

Die Turbulenz ging vorüber. Diana öffnete ihre Handtasche und fing an, ihr Haar zu kämmen.

»Sie sind doch Mrs. Lovesey, nicht wahr?« fragte die Frau.

»Ja. Aber Sie können mich ruhig Diana nennen.«

»Nancy Lenehan.« Die Frau zögerte, sah sie ein wenig verlegen an und sagte: »Ich bin in Foynes zugestiegen. Ich bin mit Ihrem ... mit Mr. Lovesey aus Liverpool herübergekommen.«

»Oh!« Diana spürte, daß sie leicht errötete. »Ich wußte gar nicht, daß er in Begleitung war.«

»Er hat mir aus einer sehr vertrackten Lage herausgeholfen. Ich mußte unbedingt diesen Flug erwischen, saß aber in Liverpool fest und hätte es auf keinen Fall mehr rechtzeitig nach Southampton geschafft. Da bin ich dann aufs Flugfeld hinaus und habe ihn gebeten, mich mitzunehmen.«

»Das freut mich für Sie«, meinte Diana. »Mir ist die Sache furchtbar peinlich.«

»Aber warum denn? Es muß doch wunderbar sein, wenn gleich zwei Männer rettungslos in einen verliebt sind. Ich habe nicht einmal einen.«

Diana betrachtete die Frau im Spiegelbild. Sie war keine Schönheit, aber doch attraktiv, hatte regelmäßige Gesichtszüge und dunkles Haar und trug ein sehr elegantes rotes Kostüm mit grauer Seidenbluse. Sie machte einen zuversichtlichen, energischen Eindruck. Ja, so eine wie dich nimmt Mervyn sicher mit, dachte Diana. Du bist genau sein Typ. »War er höflich zu Ihnen?« fragte sie.

»Nicht sehr«, erwiderte Nancy kleinlaut und lächelte.

»Das tut mir leid. Manieren sind nicht gerade seine Stärke.« Diana kramte ihren Lippenstift hervor.

»Ich war ihm sehr dankbar, weil er mich mitnahm.« Nancy schneuzte sich vorsichtig in ein Papiertaschentuch. Diana fiel auf, daß sie einen Ehering trug. »Ein bißchen schroff ist er ja«, fuhr Nancy fort. »Aber auch nett. Wir haben nämlich zusammen zu Abend gegessen. Er ist amüsant. Außerdem sieht er sehr gut aus.«

»Ein netter Kerl ist er schon«, hörte Diana sich sagen. »Aber auch arrogant wie ein Adliger, und Geduld hat er auch keine. Mit meiner Unentschlossenheit und Wankelmütigkeit treibe ich ihn schier zum Wahnsinn.«

Nancy kämmte ihr dichtes dunkles Haar, und Diana fragte sich, ob sie es färbte, um graue Strähnen zu überdecken. Nancy sagte: »Aber er setzt offenbar alles daran, Sie zurückzuholen.«

»Das ist nur sein verletzter Stolz«, meinte Diana. »Weil mich ein anderer Mann ihm weggenommen hat. Mervyn verliert nicht gern. Hätte ich ihn verlassen, um zu meiner Schwester zu ziehen, so hätte er keinen Finger gekrümmt.«

Nancy lachte auf. »Das klingt ja, als hätte er nicht die geringste Aussicht, Sie zurückzuerobern.«

»So ist es.« Unvermittelt mochte Diana sich nicht länger mit Nancy Lenehan unterhalten. Eine unerklärliche Feindseligkeit ergriff von ihr Besitz. Sie steckte Make-up und Kamm ein, erhob sich, lächelte, um sich ihre plötzliche Antipathie nicht anmerken zu lassen, und sagte: »Mal sehen, ob ich mich zu meinem Sitz durchschlagen kann.«

»Viel Glück.«

Als sie die Toilette verließ, kamen ihr Lulu Bell und Prinzessin Lavinia mit ihren Übernachtungsköfferchen entgegen. Im Abteil war Davy, der Steward, gerade damit beschäftigt, ihren Sitz in ein Etagenbett umzubauen. Diana fragte sich, wie aus einem Allerweltssofa auf einmal zwei Betten werden sollten. Sie setzte sich und sah dem Steward bei der Arbeit zu.

Davy nahm sämtliche Kissen fort und zog die Lehnen aus ihren Verankerungen. Dann lehnte er sich über den Sitzrahmen und zog etwa in Brusthöhe zwei Laschen herunter, hinter denen Haken zum Vorschein kamen. Er beugte sich vor, löste einen Gurt und hob einen flachen Rahmen heraus, den er daraufhin in die Wandhaken einhängte. Schon war der Boden des oberen Bettes fertig. Die vordere Kante paßte in ein Loch in der Seitenwand. Diana wollten bereits Zweifel an der Stabilität dieser Konstruktion kommen, als Davy auch schon zwei recht stabil wirkende Streben aufhob, die als Bettpfosten am Ober- und Unterrahmen befestigt wurden. Jetzt sah das Ganze schon viel solider aus.

Zum Schluß legte er die Sitzkissen auf das untere Bett zurück und benutzte die Rückenpolster als Matratze für das obere. Unter dem Sitz zog er hellblaue Leinentücher und Wolldecken hervor und bezog die beiden Lagen mit schnellen, geübten Handgriffen.

Die Etagenbetten machten zwar einen bequemen Eindruck, waren aber zur Gänze den Blicken der Vorübergehenden preisgegeben. Davy indessen zog einen dunkelblauen, mit Haken versehenen Vorhang hervor und befestigte ihn an einer Leiste an der Decke, die Diana für eine Dekoration gehalten hatte. Mit Druckknöpfen befestigte er den Vorhang am Bettrahmen; er saß wie angegossen. Eine dreieckige Luke, die an einen Zelteingang erinnerte, ließ er offen, so daß man hineinklettern konnte. Schließlich klappte er noch eine kleine Stufenleiter auf und lehnte sie gegen das obere Bett. Wie ein Zauberkünstler, der einen verblüffenden Trick vorgeführt hat, drehte Davy sich zu Diana und Mark um, lächelte und sagte: »Lassen Sie mich wissen, wenn Sie zu Bett gehen wollen, dann mache ich auch die andere Seite fertig.«

»Wird es da drin nicht fürchterlich stickig?« wollte Diana wissen.

»Jedes Bett hat einen eigenen Ventilator«, erklärte Davy. »Ihrer befindet sich genau über dem Kopfende.« Diana schaute hoch und bemerkte ein Gitter mit einem Hebel zum Öffnen und Schließen. »Außerdem haben Sie ein eigenes Fenster, elektrisches Licht, Kleiderbügel und ein Regal. Wenn Sie sonst noch etwas benötigen, brauchen Sie nur auf diesen Knopf zu drücken und mich zu rufen.«

Während Davy sich an den Betten zu schaffen gemacht hatte, waren die beiden Passagiere auf Backbord, der exklusiv gekleidete Frank Gordon und der glatzköpfige Ollis Field, mit ihren Taschen Richtung Herrentoilette entschwunden. Davy kümmerte sich nun um ihre Betten. Auf Backbord war alles ein wenig anders. Der Gang lag dort nicht in der Flugzeugmitte, sondern etwas weiter links. Es gab dort daher nur ein Etagenbett, das parallel statt im rechten Winkel zur Längsachse der Maschine stand.

Prinzessin Lavinia kehrte in einem bodenlangen, marineblauen, mit Spitze besetzten Morgenmantel und dazu passendem Turban in ihr Abteil zurück. Ihr Gesicht glich einer Maske strenger Würde; der unvermeidliche öffentliche Auftritt in Nachtgewändern war ihr offensichtlich sehr peinlich. Mit Entsetzen betrachtete sie die Etagenbetten. »Darin komme ich ja vor Platzangst um«, stöhnte sie, doch niemand schenkte ihr Beachtung. Sie entledigte sich ihrer Seidenpantöffelchen und stieg ins untere Bett. Ohne Gutenachtgruß zog sie den Vorhang zu und zurrte ihn fest.

Kurz darauf erschien Lulu Bell in einer recht gewagten Kombination aus rosa Chiffon, die ihre Reize nur unvollständig verhüllte. Sie hatte gegenüber Mark und Diana seit Foynes eine steife Höflichkeit hervorgekehrt, doch nun waren ihre Vorbehalte wie weggeblasen. Sie setzte sich neben die beiden auf die Couch und sagte: »Ihr werdet nie erraten, was ich soeben über unsere beiden Reisegefährten erfahren habe!« Mit dem Daumen wies sie auf die verwaisten Plätze Fields und Gordons.

Mark streifte Diana mit einem nervösen Blick: »Was hast du denn gehört, Lulu?«

»Mr. Field ist FBI-Agent!«

Kein Grund zur Aufregung, dachte Diana. Ein FBI-Agent ist nichts weiter als ein Polizist.

Lulu fuhr fort: »Es kommt noch besser: Frank Gordon ist ein Häftling.«

»Von wem hast du denn das gehört?« meinte Mark skeptisch.

»Im Damenwaschraum ist es das Gesprächsthema Nummer eins.«

»Deswegen muß es noch lange nicht stimmen, Lulu.«

»Ich wußte gleich, daß ihr mir nicht glauben würdet!« sagte sie. »Der Junge hat einen Streit zwischen Field und dem Flugkapitän mitbekommen. Der Captain war furchtbar wütend, weil das FBI es nicht für nötig gehalten hat, Pan American über die Anwesenheit eines gefährlichen Strafgefangenen an Bord zu informieren. Es kam zu einem regelrechten Wortgefecht. Zum Schluß nahm die Crew Mr. Field die Pistole ab.«

Diana erinnerte sich, daß ihr Field wie Gordons Betreuer vorgekommen war. »Was soll Frank denn angeblich verbrochen haben?«

»Er ist ein Gangster. Hat einen Mann erschossen, ein Mädchen vergewaltigt und einen Nachtklub in Brand gesteckt.«

Diana konnte es kaum glauben. Schließlich hatte sie mit dem Mann persönlich gesprochen! Einen sehr kultivierten Eindruck machte er nicht, das stimmte schon; aber er sah gut aus, war gut gekleidet und hatte dezent mit ihr geflirtet. Als Schwindler oder Steuerbetrüger konnte sie ihn sich vorstellen; er mochte sogar etwas mit verbotenen Glücksspielen zu tun haben ... Aber daß er mit voller Absicht getötet haben sollte, kam ihr unwahrscheinlich vor. Lulu war eine leichtgläubige Person, der man alles erzählen konnte.

Mark sagte: »Das kommt mir spanisch vor.«

»Ich geb's auf«, meinte Lulu und winkte müde ab. »Ihr habt eben überhaupt keinen Sinn fürs Abenteuer.« Sie erhob sich. »Ich geh' jetzt schlafen. Weckt mich auf, wenn er anfängt, die Leute zu vergewaltigen.« Sie erklomm die kurze Stufenleiter und kroch ins obere Bett. Dort zog sie die Vorhänge vor, streckte aber noch einmal den Kopf heraus und wandte sich an Diana. »Süße, ich versteh' ja, warum Sie in Irland so sauer auf mich waren. Ich hab' mir Gedanken darüber gemacht und bin inzwischen überzeugt, daß ich es nicht besser verdient habe. Habe Mark geradezu mit Beschlag belegt. Wie dämlich von mir. Wenn Sie das Kriegsbeil auch begraben wollen – für mich ist die Sache jedenfalls erledigt. Gute Nacht.«

Es klang beinahe wie eine Entschuldigung, und Diana brachte es nicht übers Herz, sie zurückzuweisen. »Gute Nacht, Lulu«, sagte sie.

Lulu zog den Vorhang vor.

»Ich bin daran mindestens genauso schuld wie sie. Tut mir leid, mein Liebling«, meinte Mark.

Als Antwort gab Diana ihm einen Kuß. Urplötzlich fühlte sie sich an seiner Seite wieder wohl und behaglich. Ihr Körper entspannte sich. Sie küßte ihn erneut und spürte, wie ihre rechte Brust gegen seinen Oberkörper drückte. Wie schön es war, endlich wieder Körperkontakt zu haben! Er berührte ihre Lippen mit der Zungenspitze und öffnete ein wenig den Mund, um auch sie einzulassen. Sein Atem ging schwerer. Das geht mir ein bißchen zu weit, dachte sie, öffnete die Augen – und erblickte Mervyn. Er durchquerte das Abteil auf dem Weg nach vorne. Wenn er sich nicht umgedreht und über die Schulter zurückgeblickt hätte, wäre sie ihm wahrscheinlich gar nicht aufgefallen. Doch nun verharrte er mitten im Schritt und wurde bleich.

Diana kannte ihn gut genug, um seine Gedanken erraten zu können. Obwohl er wußte, daß sie sich in Mark verliebt hatte, war er einfach zu stur, um sich damit abzufinden. Daß er mit ansehen mußte, wie sie einen anderen küßte, traf ihn wie ein Schlag, dessen war sie sich ganz sicher. Da half der Umstand, daß er vorgewarnt gewesen war, auch nicht viel.

Sein Gesicht verdüsterte sich, und er zog voller Unmut unwillkürlich die schwarzen Brauen zusammen. Einen Sekundenbruchteil befürchtete Diana, er würde auf Mark losgehen. Doch da drehte Mervyn sich auch schon um und ging weiter.

Mark blickte auf. »Was ist denn los?« Er hatte Mervyn nicht gesehen. Diana zu küssen hatte all seine Aufmerksamkeit beansprucht.

Sie entschied sich, ihm nichts zu sagen. »Vielleicht sieht uns jemand«, murmelte sie.

Widerstrebend machte er sich von ihr frei.

Einen Augenblick lang fühlte sie sich erleichtert, doch dann spürte sie, wie die Wut in ihr hochstieg. Mervyn hat kein Recht, mir durch die halbe Welt nachzureisen und jedesmal, wenn ich Mark küsse, dabeizustehen und die Stirn zu runzeln, dachte sie. Eine Ehe ist keine Sklaverei: Ich habe ihn verlassen, und er wird es schlucken müssen . . . Mark zündete sich eine Zigarette an. Diana hatte das Bedürfnis, Mervyn zur Rede zu stellen. Sie wollte ihm sagen, daß er sie gefälligst in Ruhe lassen sollte.

Sie erhob sich. »Ich werde mal nachschauen, was im Salon los ist«, sagte sie. »Bleib du hier und rauch deine Zigarette.«

Sie ging, ohne eine Antwort abzuwarten.

Da sie sich bereits vergewissert hatte, daß Mervyn nicht im rückwärtigen Teil saß, begab sie sich diesmal in den vorderen Teil der Maschine. Die Luftturbulenzen hatten sich so weit beruhigt, daß man sich fortbewegen konnte, ohne dauernd Halt suchen zu müssen. Im

Abteil Nummer drei war Mervyn auch nicht. Im Salon machten es sich die Kartenspieler gemütlich und richteten sich für eine lange Nacht ein. Sie hatten die Sitzgurte angelegt, die Luft war blau vor Rauch, und auf dem Tisch stand eine Batterie Whiskyflaschen. Diana ging weiter in das Abteil Nummer zwei. Eine Seite belegten die Oxenfords. Jeder an Bord wußte inzwischen, daß Lord Oxenford den Wissenschaftler Carl Hartmann beleidigt hatte und daß Mervyn Lovesey Hartmann zur Seite gesprungen war. Mervyn hatte durchaus seine guten Seiten: Diana hatte das nie abgestritten.

Als nächstes kam die Küche. Nicky, der schwergewichtige Steward, spülte dort in unwahrscheinlichem Tempo das Geschirr, während sein Kollege weiter hinten Betten baute. Der Küche gegenüber befand sich die Herrentoilette, dahinter die Treppe zum Flugdeck. Danach kam nur noch das Abteil Nummer eins, das sich in der Nase der Maschine befand. Diana vermutete, daß Mervyn sich dort aufhielt. In Wirklichkeit war es jedoch mit Besatzungsmitgliedern belegt, die gerade nicht im Dienst waren. Sie stieg die Treppe zum Flugdeck hinauf. Es war, wie sie bemerkte, nicht weniger luxuriös als das Passagierdeck. Die Besatzung wirkte allerdings sehr beschäftigt, und einer der Männer sagte zu ihr: »Wir würden Ihnen ja gerne alles zeigen, Madam, doch solange dieses schlechte Wetter anhält, müssen wir Sie bitten, an Ihrem Platz zu bleiben und den Sicherheitsgurt anzulegen.«

Mervyn wird also auf der Toilette sein, dachte sie und ging die Treppe wieder hinunter. Wo sein Sitzplatz war, hatte sie immer noch nicht herausgefunden. Am Fuß der Treppe stieß sie mit Mark zusammen. Ihr schlechtes Gewissen ließ sie gehörig erschrecken. »Was machst du denn hier?« fragte sie.

»Das gleiche könnte ich dich fragen«, erwiderte er, und seine Stimme hatte einen unangenehmen Beiklang.

»Ich habe mich nur mal umgesehen.«

»Und Mervyn gesucht?« Der Vorwurf war unüberhörbar.

»Mark, warum bist du denn so böse?«

»Weil du dich davonschleichst, um dich mit ihm zu treffen.«

Nicky unterbrach sie. »Meine Herrschaften, würden Sie bitte zu

Ihren Sitzen zurückkehren? Im Augenblick ist es zwar ruhig, aber es wird nicht mehr lange so bleiben.«

Sie machten sich auf den Rückweg zu ihrem Abteil. Diana kam sich töricht vor. Sie war Mervyn nachgestiegen – und Mark ihr. So etwas Dummes! Sie setzten sich. Bevor sie ein neues Gespräch beginnen konnten, kamen Ollis Field und Frank Gordon herein. Frank trug einen Morgenmantel aus gelber Seide mit einem Drachen auf dem Rücken, Field ein schäbiges altes Stück aus Wolle. Als Frank seinen Mantel auszog, kam ein weinroter Schlafanzug mit weißen Biesen zum Vorschein. Er entledigte sich seiner Hausschuhe und kletterte über die kleine Leiter ins obere Bett. Dann zog Field zu Dianas Entsetzen ein Paar silbrig glänzende Handschellen aus der Tasche seines braunen Mantels. Leise redete er auf Frank ein. Dessen Antwort konnte Diana nicht verstehen, es war jedoch unüberhörbar, daß Frank protestierte. Field ließ jedoch nicht locker, und Frank hielt ihm schließlich ein Handgelenk hin. Field legte ihm eine Handschelle um und befestigte die andere am Bettrahmen. Dann zog er für Frank den Vorhang vor und schloß die Druckknöpfe. Es stimmte also; Frank war ein Gefangener.

»So'n Mist!« sagte Mark.

Diana flüsterte: »Ich glaube trotzdem nicht, daß er ein Mörder ist.«

»Das will ich hoffen!« gab Mark zurück. »Da hätten wir gleich für fünfzig Piepen auf einem Auswandererkahn im Zwischendeck fahren können – das wäre sicherer gewesen.«

»Er hätte ihm keine Handschellen anlegen sollen! Wie soll der Junge denn schlafen können, wenn er am Bett festgekettet ist? So kann er sich ja nicht einmal umdrehen!«

»Du bist vielleicht weichherzig«, sagte Mark und drückte sie an sich. »Der Kerl hat womöglich zig Frauen vergewaltigt, und dir tut er leid, weil er vielleicht nicht schlafen kann.«

Diana lehnte ihren Kopf gegen seine Schulter, und Mark strich ihr übers Haar. Vor wenigen Minuten noch war er wütend auf sie gewesen, doch jetzt war alles vergeben und vergessen. »Mark«, sagte sie. »Meinst du, man paßt zu zweit in so ein Bett?«

»Hast du etwa Angst, Liebling?«

»Nein.«

Er sah sie verdutzt an. Dann ging ihm ein Licht auf, und er mußte grinsen. »Ich glaube schon, daß man zu zweit in ein solches Bett paßt – allerdings nicht nebeneinander . . .«

»Nicht nebeneinander?«

»Dazu sieht es zu schmal aus.«

»Na dann . . .« Sie senkte die Stimme. »Dann muß einer von uns wohl oben liegen.«

Er flüsterte ihr ins Ohr: »Würdest du denn gerne oben liegen?«

Sie kicherte. »Ich hätte nichts dagegen.«

»Das muß ich mir erst überlegen«, sagte er mit kehliger Stimme. »Wieviel wiegst du denn?«

»Fünfundvierzig Kilo und zwei Brüste.«

»Sollen wir uns umziehen?«

Sie nahm ihren Hut ab und legte ihn auf den Sitz neben sich. Mark zog die Taschen unter dem Sitz hervor. Er hatte eine vielbenutzte Bügeltasche aus feinem Ziegenleder, sie ein kleines rechteckiges Köfferchen mit ihren Initialen in Goldlettern.

Diana stand auf.

»Beeil dich«, sagte Mark und gab ihr einen Kuß.

Sie umarmte ihn flüchtig und spürte, als er sie an sich drückte, seine Erektion. »Meine Güte«, sagte sie und fügte flüsternd hinzu: »Kann das so bleiben, bis du zurückkommst?«

»Ich fürchte, nein. Es sei denn, ich pinkle aus dem Fenster.«

Sie lachte, und er fügte hinzu: »Aber ich zeige dir dann, wie du diesen Zustand rasch wieder herbeiführen kannst.«

»Ich kann's kaum erwarten«, flüsterte Diana.

Mark nahm seine Tasche und ging zur Herrentoilette. Beim Verlassen des Abteils begegnete er Mervyn, der gerade aus dem Waschraum kam. Sie sahen sich an wie zwei rivalisierende Kater durch einen Zaun, sagten aber kein Wort. Diana war überrascht, Mervyn in einem groben Flanellnachthemd mit breiten braunen Streifen zu sehen. »Was, um Himmels willen, hast du denn da an?« fragte sie ihn ungläubig.

»Du hast gut lachen«, gab er zurück. »Was Besseres ließ sich in Foynes nicht finden. Von Seidenpyjamas hatten die in dem Laden noch nie was gehört – und sie konnten sich nicht entscheiden, ob ich nun schwul oder bloß verrückt bin.«

»Also, den Erwartungen deiner Freundin Mrs. Lenehan wirst du in diesem Aufzug bestimmt nicht gerecht.« Wieso nur ist mir das jetzt rausgerutscht? dachte Diana verwundert.

»Die hat keine Erwartungen, was mich betrifft«, gab Mervyn verstimmt zurück und verließ das Abteil auf der gegenüberliegenden Seite. Der Steward kam herein. »Davy, würden Sie jetzt bitte unsere Betten herrichten?« bat Diana ihn.

»Ja, sofort, Ma'm.«

»Danke.« Sie griff nach ihrem Köfferchen und verließ das Abteil.

Beim Durchqueren von Nummer fünf schoß ihr plötzlich die Frage durch den Kopf, wo Mervyn wohl schlafen mochte. Keines der Betten war hergerichtet worden, ebenso wenig wie in Nummer sechs – und doch war Mervyn verschwunden. Langsam dämmerte ihr, daß er in der Honeymoon Suite einquartiert sein mußte. Und gleich darauf fiel ihr ein, daß sie auch Mrs. Lenehan auf ihrem Inspektionsgang durchs Flugzeug nirgendwo hatte sitzen sehen. Sie stand mit ihrer Tasche in der Hand vor der Damentoilette und war vor Überraschung wie erstarrt. Das war ja wohl die Höhe! Mervyn und Mrs. Lenehan teilten sich offenbar die Honeymoon Suite! Nein – so etwas würde die Fluggesellschaft sicher nicht zulassen. Vielleicht war Mrs. Lenehan ja schon zu Bett gegangen und lag in einem der vorderen Abteile hinter einem geschlossenen Vorhang ... Diana wollte es jetzt genau wissen. Sie ging auf die Tür der Suite zu und blieb zögernd stehen.

Dann drehte sie den Knauf und öffnete die Tür.

Die Suite war etwa genauso groß wie ein normales Abteil, hatte einen rostbraunen Teppich, beigefarbene Wände und die gleichen blauen Polster mit dem Sternenmuster wie der Salon. Am gegenüberliegenden Ende des Raums befanden sich zwei Kojen. Auf der einen Seite standen eine Couch und ein niedriger Tisch, auf der anderen Seite ein Hocker, eine Frisierkommode und ein Spiegel. Auf jeder

Seite gab es je zwei Fenster. Mervyn stand mitten im Raum, sichtlich überrascht von ihrem Anblick. Mrs. Lenehan war nirgends zu sehen, aber auf der Couch lag ihr grauer Kaschmirmantel. Diana knallte die Tür hinter sich zu und sagte: »Wie konntest du mir das antun?«

»Was antun?«

Die Frage ist berechtigt, dachte sie bei sich. Wieso bin ich eigentlich so wütend? »Alle Welt kriegt mit, daß ihr die Nacht gemeinsam verbringt!«

»Mir blieb doch gar nichts anderes übrig!« protestierte er. »Es gab sonst keine Plätze mehr.«

»Ja, verstehst du denn nicht? Man wird uns auslachen! Als wäre es nicht schon schlimm genug, daß du mir gefolgt bist!«

»Was geht mich das an? Über einen gehörnten Ehemann lacht sowieso jeder.«

»Aber du machst alles nur noch schlimmer! Du hättest dich mit der Situation abfinden und das Beste draus machen können.«

»Du solltest mich eigentlich besser kennen.«

»Ich kenn' dich nur allzu gut – deswegen wollte ich ja unbedingt verhindern, daß du mir folgst.«

Er zuckte die Achseln. »Tja, das hat eben nicht geklappt. Um mich auszutricksen, mußt du schon ein bißchen früher aufstehen.«

»Und du bist einfach nicht intelligent genug, um zu begreifen, daß für dich der Zeitpunkt gekommen ist, sich diskret zurückzuziehen.«

»Ich habe nie behauptet, daß Nachgeben meine Stärke ist.«

»Was für ein Flittchen ist das überhaupt? Sie ist verheiratet – ich habe ihren Ring gesehen!«

»Sie ist Witwe. Und was gibt dir überhaupt das Recht zu dieser verdammten Überheblichkeit? Du bist schließlich auch verheiratet und verbringst die Nacht mit deinem Angebeteten.«

»Wir sind jedenfalls in zwei Einzelkojen in einem öffentlichen Abteil untergebracht – nicht in einer kuscheligen kleinen Suite für Hochzeitsreisende!« Sie unterdrückte ihr schlechtes Gewissen, als ihr unwillkürlich einfiel, daß sie eigentlich mit Mark ein Bett teilen wollte.

»Aber ich habe kein Verhältnis mit Mrs. Lenehan«, erwiderte Mervyn gereizt. »Während du deine Unterhöschen schon den ganzen verfluchten Sommer über für diesen Playboy hast fallen lassen, nicht wahr?«

»Sei nicht so vulgär«, zischte Diana, obwohl ihr klar war, daß er nicht ganz unrecht hatte. Nicht anders war es gewesen: Sobald sie in Marks Nähe gekommen war, hatte sie so schnell wie möglich alles von sich geworfen, Höschen inklusive. Es stimmte schon, was Mervyn sagte.

»Wenn es schon vulgär ist, es auszusprechen – wie schlimm ist es dann erst, es zu tun«, sagte er.

»Ich war wenigstens diskret – ich bin nicht damit hausieren gegangen und habe dich nicht gedemütigt.«

»Da bin ich mir gar nicht so sicher. Wahrscheinlich wird sich herausstellen, daß ich der einzige Mensch in Manchester und Umgebung war, der von deinem Treiben keine Ahnung hatte. Ehebrecher sind nie so diskret, wie sie glauben.«

»Ich verbitte mir diesen Ausdruck!« protestierte sie. Das Wort beschämte sie.

»Wieso denn nicht? Das bist du doch.«

»Es klingt abscheulich«, sagte sie, ohne ihn dabei anzusehen.

»Sei lieber dankbar, daß Ehebrecherinnen bei uns nicht mehr gesteinigt werden wie in der Bibel.«

»Ein furchtbares Wort.«

»Dein Tun sollte dich beschämen, nicht das Wort.«

»Du bist so verdammt rechtschaffen«, erwiderte sie matt. »Einen Fehler hast du wohl noch nie begangen, oder?«

»Dir habe ich es jedenfalls immer recht gemacht!« gab er wütend zurück.

Sie verlor die Geduld. »Zwei Frauen sind dir bereits weggelaufen, und in beiden Fällen warst du natürlich völlig unschuldig. Ob du dich wohl jemals fragen wirst, welche Fehler du gemacht haben könntest?«

Das saß. Er packte sie an den Oberarmen, schüttelte sie und fuhr sie an: »Ich habe dir alles gegeben, was du wolltest!«

»Aber meine Gefühle interessieren dich nicht die Bohne!« schrie Diana. »Die waren dir immer gleichgültig. Und deswegen habe ich dich verlassen.« Sie stemmte die Hände gegen seine Brust, um ihn zurückzustoßen. In diesem Augenblick ging die Tür auf, und Mark kam herein. Im Schlafanzug stand er da, starrte von einem zum anderen und sagte: »Was, zum Teufel, ist denn hier los, Diana? Willst du die Nacht etwa in der Honeymoon Suite verbringen?«

Sie stieß Mervyn zurück, und er gab sie frei. »Keinesfalls«, sagte sie zu Mark. »Dies hier ist Mrs. Lenehans Unterkunft – und Mervyn teilt sie mit ihr.«

Mark lachte höhnisch. »Das ist ja 'n Ding!« meinte er. »So etwas muß ich mal in eine meiner Shows einarbeiten!«

»Ich finde das überhaupt nicht lustig!« protestierte sie.

»Doch, doch!« widersprach er. »Dieser Kerl rennt wie ein Irrer hinter seiner Frau her – und endet schließlich im Nest eines Mädchens, das ihm unterwegs über den Weg läuft!«

Diana mißfiel seine Reaktion. Ehe sie es sich versah, verteidigte sie unfreiwillig Mervyn. »Das ist kein Liebesnest hier«, erklärte sie ungeduldig. »Es waren die einzigen freien Plätze.«

»Eigentlich solltest du froh darüber sein«, meinte Mark. »Wenn sie ihm gefällt, läßt er dich vielleicht in Ruhe.«

»Ich bin ganz außer mir – siehst du das nicht?«

»Doch, durchaus, aber warum eigentlich? Du liebst Mervyn nicht mehr. Aus deinen Worten könnte man manchmal schließen, du haßtest ihn. Und verlassen hast du ihn auch. Was kümmert's dich noch, mit wem er schläft?«

»Das begreif' ich auch nicht, aber es ist nun mal so! Ich fühle mich gedemütigt.«

Mark war zu verärgert, um viel Mitgefühl mit ihr aufbringen zu können. »Vor ein paar Stunden hattest du dich entschlossen, zu Mervyn zurückzukehren. Dann hat er dich geärgert, und du hast deinen Entschluß rückgängig gemacht. Und jetzt bist du ihm böse, weil er mit einer anderen schläft.«

»Ich schlafe aber nicht mit ihr«, warf Mervyn ein.

Mark ignorierte ihn. »Bist du sicher, daß du ihn wirklich nicht mehr liebst?« fragte er Diana wütend.

»Es ist schrecklich, was du da sagst!«

»Ich weiß. Aber stimmt's oder stimmt's nicht?«

»Nein, es stimmt nicht! Und ich nehme es dir sehr übel, daß du so etwas von mir denkst.« Ihr waren die Tränen gekommen.

»Dann beweis es mir! Schlag ihn dir aus dem Kopf und vergiß auch, wo und mit wem er schläft.«

»Liebesbeweise waren noch nie meine Stärke!« rief sie aufgebracht. »Und jetzt hör endlich mit deiner blöden Logik auf! Wir sind hier doch in keinem Debattierklub!«

»Eben!« Eine neue Stimme meldete sich zu Wort. Die drei drehten sich um: In der Tür stand Nancy Lenehan. Sie trug einen leuchtendblauen Morgenrock aus Seide, in dem sie sehr attraktiv aussah. »Wenn ich mich nicht irre«, sagte sie, »ist dies meine Suite. Was, zum Teufel, geht hier eigentlich vor?«

Margaret Oxenford war wütend und schämte sich zugleich. Sie war felsenfest davon überzeugt, daß alle Passagiere sie anstarrten, sich an die schreckliche Szene im Speiseraum erinnerten und schlichtweg annahmen, sie, Margaret, teile die abscheulichen Ansichten ihres Vaters. Sie wagte niemandem mehr ins Gesicht zu schauen. Harry Marks hatte ihr geholfen, einen Rest von Würde zu bewahren. Wie klug, wie großherzig von ihm, so einfach hereinzukommen, den Stuhl für sie zu halten und ihr beim Verlassen des Raums den Arm zu bieten: eine kleine, beinahe törichte Geste, die ihr mehr bedeutete als tausend Worte. Und doch war ihr nur ein Funken Selbstachtung geblieben. Sie kochte vor Wut über ihren Vater, der sie in eine dermaßen beschämende Lage gebracht hatte.

Zwei Stunden nach dem Essen herrschte in ihrem Abteil immer noch eisiges Schweigen. Als das Wetter schlechter wurde, zogen die Eltern sich zurück und machten sich bettfertig. Da sagte Percy wie aus heiterem Himmel: »Komm, wir gehen uns entschuldigen.«

Ihr erster Gedanke war, das könne nur in weiteren Peinlichkeiten und Demütigungen enden. »Ich glaube, mir fehlt der Mut dazu«, sagte sie.

»Wir gehen einfach zu Baron Gabon und Professor Hartmann und sagen ihnen, daß uns Vaters unverschämtes Benehmen leid tut.«

Die Vorstellung, den Beleidigungen ihres Vaters die Spitze zu nehmen, gefiel Margaret. Sie würde sich dann auf jeden Fall wohler fühlen. »Vater wird toben«, sagte sie.

»Er braucht nichts davon zu erfahren. Außerdem ist es mir egal, ob er wütend wird oder nicht. Ich glaube, er verblödet allmählich. Ich hab' nicht mal mehr Angst vor ihm.«

Margaret fragte sich, ob das wirklich zutraf. Als kleiner Junge hatte Percy oft behauptet, sich nicht zu fürchten, während ihm in Wirklichkeit vor Angst die Knie schlotterten. Doch inzwischen war er kein kleiner Junge mehr. Der Gedanke, Vater könne Percy nicht länger an der Kandare haben, machte ihr sogar ein wenig zu schaffen. Vater war der einzige, der Percy bremsen konnte. Was wird der Junge noch alles anstellen, wenn niemand ihn mehr zurückhält? dachte sie.

»Komm schon«, sagte Percy. »Geh'n wir jetzt gleich. Sie sind in Abteil drei – ich hab' nachgesehen.«

Margaret zögerte noch immer. Alles in ihr sträubte sich bei dem Gedanken, auf die Männer, die Vater derart beleidigt hatte, zuzugehen. Vielleicht riß es nur alte Wunden wieder auf? Vielleicht zogen sie es vor, die Sache so schnell wie möglich zu vergessen? Oder aber sie fragten sich, wie viele Passagiere insgeheim mit Vater übereinstimmten. War es da nicht wichtiger, sich eindeutig gegen rassistische Vorurteile zu verwahren?

»Ja, ich gehe mit ...« Margarets Entscheidung war gefallen. Oft genug bin ich feige gewesen – hinterher habe ich es dann meistens bereut ... Sie stand auf und hielt sich an der Sessellehne fest, denn das Flugzeug bockte alle paar Sekunden. »In Ordnung«, sagte sie. »Geh'n wir uns entschuldigen.«

Sie zitterte ein wenig, weil sie eine ungeheuerliche Szene befürchtete, aber das Vibrieren der Maschine vertuschte ihre Unsicherheit. Sie ging voran.

In Abteil drei saßen Gabon und Hartmann auf der Backbordseite einander gegenüber. Hartmann war in seine Lektüre vertieft, den langen hageren Körper vornübergebeugt, den kurz geschorenen Kopf gesenkt, die Hakennase auf ein Papier mit mathematischen Formeln gerichtet. Gabon wirkte untätig, ja beinahe gelangweilt. Er war der erste, der sie erblickte. Als Margaret neben ihm stehenblieb und sich an der Rückenlehne seines Sitzes festhielt, versteifte er sich merklich; sein Blick wurde feindselig.

Margaret sagte hastig: »Wir sind gekommen, um uns zu entschuldigen.«

»Ihre Unverfrorenheit überrascht mich«, erwiderte Gabon. Er sprach perfektes Englisch mit kaum wahrnehmbarem französischem Akzent. Seine Reaktion entsprach nicht der, die Margaret erhofft hatte, doch sie ließ sich nicht beirren. »Es tut mir ganz schrecklich leid, was geschehen ist, und meinem Bruder auch. Wie ich schon sagte, hege ich große Bewunderung für Professor Hartmann.«

Hartmann hatte den Blick von seinem Buch erhoben und nickte nun zustimmend, Gabon jedoch ließ sich nicht so leicht besänftigen. »Leute wie Sie haben gut reden«, sagte er. Margaret starrte auf den Boden und wünschte, sie wäre an ihrem Platz geblieben. »In Deutschland wimmelt es nur so von höflichen, wohlhabenden Leuten, denen das, was dort geschieht, ganz schrecklich leid tut«, fuhr Gabon fort. »Aber was tun sie dagegen? Was tun *Sie*?«

Margaret spürte, daß sie puterrot anlief. Sie wußte nicht, was sie tun oder sagen sollte.

»Psst, Philippe«, sagte Hartmann sanft. »Siehst du denn nicht, wie jung sie sind?« Er betrachtete Margaret. »Ich nehme Ihre Entschuldigung an, vielen Dank.«

»Du liebe Güte«, murmelte sie. »Jetzt habe ich wohl alles nur noch schlimmer gemacht?«

»Ganz und gar nicht«, sagte Hartmann. »Sie haben es ein wenig erträglicher gemacht, und dafür bin ich Ihnen dankbar. Mein Freund, der Baron, ist immer noch sehr aufgebracht, aber ich denke, er wird die Sache am Ende genauso sehen wie ich.«

»Dann gehen wir jetzt wohl besser«, meinte Margaret zerknirscht.

Hartmann nickte, und sie wandte sich zum Gehen. Percy murmelte: »Es tut mir fürchterlich leid.« Dann folgte er ihr hinaus.

Sie stolperten in ihr Abteil zurück. Davy baute gerade die Betten. Harry war verschwunden, vermutlich in den Waschraum. Margaret beschloß, sich ebenfalls bettfertig zu machen. Sie griff nach ihrem

Köfferchen und machte sich auf den Weg zum Damenwaschraum, den Mutter gerade verließ. Sie sah in ihrem kastanienbraunen Morgenmantel umwerfend aus. »Gute Nacht, Liebes«, sagte sie. Margaret ging wortlos an ihr vorbei. Der Waschraum war überfüllt. Margaret schlüpfte rasch in ihr Baumwollnachthemd und den Frottierbademantel. Verglichen mit den farbenfrohen und duftigen Seidenkreationen der anderen Frauen wirkte ihre Nachtkleidung eher armselig; sie achtete aber kaum darauf. Die Entschuldigung hatte ihr nun doch keine Erleichterung verschafft. Baron Gabon hatte mit seiner Bemerkung den Nagel auf den Kopf getroffen. Man machte es sich wirklich leicht, wenn man sich nur entschuldigte, den Worten aber keine Taten folgen ließ.

Als sie ins Abteil zurückkam, waren die Eltern bereits hinter zugezogenen Vorhängen verschwunden, und aus Vaters Koje ertönte gedämpftes Schnarchen. Ihr eigenes Bett war noch nicht hergerichtet, so daß sie noch ein Weilchen im Salon warten mußte. Sie wußte ganz genau, daß es nur einen Ausweg aus ihrem Dilemma gab. Sie mußte ihre Eltern verlassen und auf eigenen Füßen stehen. Dazu war sie so wild entschlossen wie noch nie – doch der Lösung der damit verbundenen Probleme – Geld, Arbeit und Unterkunft – war sie noch keinen Schritt näher gekommen.

Die attraktive Mrs. Lenehan, die in Foynes zugestiegen war, kam herein und setzte sich neben sie. Sie trug einen leuchtendblauen Morgenmantel über einem schwarzen Negligé. »Eigentlich wollte ich mir ja einen Brandy genehmigen«, meinte sie, »aber die Stewards haben anscheinend alle Hände voll zu tun.« Ihre Enttäuschung schien sich in Grenzen zu halten. Mit einer ausladenden Geste schloß sie sämtliche Passagiere ein: »Das ist ja wie eine Pyjama-Party, ein mitternächtliches Gelage im Schlafsaal – alle rennen *en déshabillé* herum. Was meinen Sie?«

Margaret kannte weder Pyjama-Partys noch Schlafsäle, daher begnügte sie sich mit dem Kommentar: »Sehr ungewohnt. Es scheint uns alle in eine einzige große Familie zu verwandeln.«

Mrs. Lenehan legte den Sicherheitsgurt an; sie hatte offensichtlich Lust auf einen Plausch. »Ich habe fast den Eindruck, daß man im

Nachtgewand kaum förmlich sein kann. Sogar Frankie Gordino sieht in seinem roten Schlafanzug ganz niedlich aus, nicht wahr?«

Margaret wußte zunächst nicht, um wen es ging, doch dann fiel ihr ein, daß Percy Zeuge einer Auseinandersetzung zwischen einem FBI-Agenten und dem Flugkapitän geworden war. »Ist das der Gefangene?«

»Ja.«

»Haben Sie denn gar keine Angst vor ihm?«

»Eigentlich nicht. Mir wird er schon nichts antun.«

»Die Leute erzählen sich aber, er sei ein Mörder oder noch etwas Schlimmeres.«

»In den Slums wird es immer Verbrechen geben. Wenn sie Gordino entfernen, übernimmt eben ein anderer das Morden. Ich würde ihn dort lassen. Illegale Glücksspiele und Prostitution gab es schon, als Gott noch in der Wiege lag, und wenn es schon Kriminalität geben muß, dann kann sie meinetwegen auch organisiert sein.«

Das klingt ganz schön provokativ, dachte Margaret. Es muß an der Atmosphäre hier im Flugzeug liegen, daß die Leute plötzlich kein Blatt mehr vor den Mund nehmen. Und in gemischter Gesellschaft hätte Mrs. Lenehan sich wohl kaum so geäußert. Was immer der Grund dafür sein mochte, Frauen sind immer realistischer, wenn keine Männer dabeisind. Margaret war fasziniert. »Wäre es denn nicht besser, wenn das Verbrechen wenigstens unorganisiert bliebe?« wollte sie wissen.

»Auf keinen Fall. Solange es organisiert ist, breitet es sich nicht aus. Jede Gang hat ihr eigenes Territorium, auf das sie sich beschränkt. Auf diese Weise murksen sie niemanden auf der Fifth Avenue ab und fordern vom Harvard Club keine Bestechungsgelder. Warum sie also nicht gleich in Ruhe lassen?«

Das konnte Margaret nicht unwidersprochen lassen. »Und was ist mit den armen Leuten, die ihr Geld beim Glücksspiel verjubeln? Und die unglücklichen Mädchen, die ihre Gesundheit ruinieren?«

»Nicht, daß Sie denken, sie wären mir völlig gleichgültig«, erwiderte Mrs. Lenehan. Margaret sah sie scharf an und fragte sich, ob sie das alles ernst meinte. »Hören Sie«, fuhr Nancy fort. »Ich mache

Schuhe.« Margarets Überraschung mußte ihr anzumerken sein, denn Mrs. Lenehan fügte hinzu: »Ja, damit verdiene ich meinen Lebensunterhalt. Ich besitze eine Schuhfabrik. Meine Herrenschuhe sind billig, und sie halten fünf oder zehn Jahre lang. Man kann natürlich noch billigere Schuhe kaufen, aber die taugen nichts – die Sohlen sind aus Pappe und halten gerade mal zehn Tage. Sie werden es kaum für möglich halten, aber es gibt tatsächlich Leute, die diese Pappschuhe kaufen! Also, meiner Meinung nach genüge ich meiner Pflicht vollkommen, indem ich gute Schuhe herstelle. Daß es Leute gibt, die so dumm sind, miserable Schuhe zu kaufen, kann ich nicht ändern. Und wenn sie so dumm sind, daß sie ihr Geld für Glücksspiele ausgeben, obwohl sie sich nicht einmal ein Steak zum Abendessen leisten können, dann ist das auch nicht mein Problem.«

»Sind Sie selbst jemals arm gewesen?« fragte Margaret.

Mrs. Lenehan lachte. »Kluge Frage. Nein, war ich nie. Ich sollte also vielleicht nicht so große Töne spucken. Mein Großvater hat noch Schuhe in Handarbeit hergestellt. Mein Vater baute dann die Fabrik, die ich jetzt leite. Vom Leben in den Slums habe ich nicht die geringste Ahnung. Und Sie?«

»Viel weiß ich auch nicht, aber ich kann mir denken, daß die Armen gute Gründe haben, wenn sie spielen, stehlen und ihren Körper verkaufen. Sie sind nicht einfach nur dumm. Sie sind die Opfer eines ungerechten Systems.«

»Sie sind anscheinend 'ne Art Kommunistin«, sagte Mrs. Lenehan ohne jeden Anflug von Feindseligkeit.

»Sozialistin«, gab Margaret zurück.

»Schön«, antwortete Mrs. Lenehan zu Margarets Überraschung. »Später können Sie Ihre Meinung immer noch ändern – das ist immer so, wenn man älter wird –, aber wenn man von vornherein keine Ideale hat, was gibt's da noch zu verbessern? Ich bin keine Zynikerin. Ich glaube vielmehr, daß man aus Erfahrungen lernen, aber dabei an seinen Idealen festhalten sollte. Ich frage mich, warum ich Ihnen eine solche Predigt halte. Muß wohl daran liegen, daß ich heute vierzig geworden bin.«

»Herzlichen Glückwunsch!« Gemeinhin konnte Margaret Leute,

die behaupteten, sie würde ihre Meinung ändern, wenn sie erst etwas älter wäre, nicht besonders leiden: Das war ein herablassendes Argument und wurde meist von jenen ins Feld geführt, die in einer Diskussion unterlegen waren, dies aber keinesfalls zugeben wollten. Mrs. Lenehan fiel jedoch nicht in diese Kategorie. »Wie sehen Ihre Ideale denn aus?« fragte sie.

»Ganz einfach, ich will gute Schuhe herstellen.« Mrs. Lenehan lächelte selbstironisch. »Vielleicht kein großartiges Ideal, aber es liegt mir sehr am Herzen. Ich führe ein angenehmes Leben, habe ein schönes Haus, meine Söhne haben alles, was sie brauchen, und ich kann ein Vermögen für meine Garderobe ausgeben. Und warum das alles? Weil ich gute Schuhe herstelle. Würde ich Pappschuhe produzieren, käme ich mir vor wie ein Dieb. Dann wär' ich genauso ein Gauner wie Frankie.«

»Ein ziemlich sozialistischer Standpunkt«, sagte Margaret lächelnd.

»Eigentlich habe ich nur die Grundsätze meines Vaters übernommen«, meinte Mrs. Lenehan nachdenklich. »Wo haben Sie Ihre Ideale her? Von Ihrem Vater bestimmt nicht, das ist mir klar.«

Margaret errötete. »Haben Sie auch schon gehört, was beim Abendessen passiert ist?«

»Ich war dabei.«

»Ich muß von meinen Eltern weg.«

»Und was hält Sie dann noch?«

»Ich bin erst neunzehn.«

Mrs. Lenehan reagierte mit leichtem Spott. »Na und? Andere reißen schon mit zehn von zu Hause aus!«

»Ich hab's ja versucht«, sagte Margaret. »Aber es lief schief, und zum Schluß hat mich die Polizei aufgelesen.«

»Sie werfen zu schnell die Flinte ins Korn.«

Ich muß ihr begreiflich machen, daß ich nicht deshalb gescheitert bin, weil es mir an Mut fehlte, dachte Margaret. »Ich habe kein Geld und keine Ausbildung. Ich bin nie in den Genuß einer richtigen Erziehung gekommen. Ich weiß überhaupt nicht, wie ich meinen Lebensunterhalt bestreiten sollte.«

»Sie sind auf dem Weg nach Amerika, meine Liebe! Die meisten sind dort mit weit weniger angekommen als Sie, und mancher von ihnen hat es mittlerweile zum Millionär gebracht. Sie können lesen und schreiben, Sie haben gute Umgangsformen, sind intelligent und hübsch ... Da kriegen Sie leicht einen Job. Auch ich würde Sie einstellen.«

Margaret hatte das Gefühl, ihr Herz bliebe stehen. Sie war drauf und dran gewesen, eine echte Antipathie gegen Mrs. Lenehan und deren so gar nicht mitfühlende Art zu entwickeln. Erst jetzt ging ihr auf, daß ihr eine Chance geboten wurde. »Würden Sie das wirklich tun?« fragte sie. »Würden Sie mir wirklich eine Stelle geben?«

»Klar.«

»Als was?«

Mrs. Lenehan dachte einen Augenblick lang nach. »Ich würde Sie im Verkauf unterbringen: Briefe frankieren, Kaffee holen, Anrufe beantworten, freundlich zu den Kunden sein. Wenn Sie sich da bewähren, rücken Sie schnell zur Verkaufsassistentin auf.«

»Und das heißt?«

»Die gleiche Arbeit für mehr Geld.«

Margaret kam das alles vor wie ein Märchen. »Du meine Güte«, sagte sie sehnsüchtig, »ein richtiger Job in einem richtigen Büro!«

Mrs. Lenehan lachte. »Die meisten Leute halten es für reine Schinderei!«

»Für mich wäre es aber ein echtes Abenteuer.«

»Vielleicht am Anfang.«

»Ist es Ihnen wirklich ernst damit?« fragte Margaret feierlich. »Würden Sie mir eine Arbeit geben, wenn ich in einer Woche bei Ihnen im Büro vorspräche?«

Mrs. Lenehan schien überrascht. »Um Himmels willen, *Sie* meinen es wirklich ernst, wie?« sagte sie. »Ich dachte, wir unterhielten uns mehr oder weniger ... theoretisch.«

Margaret verließ der Mut. »Dann geben Sie mir also keinen Job?« fragte sie kummervoll. »Dann war das alles nur Gerede?«

»Ich würde Sie ja gerne einstellen, aber die Sache hat einen Haken. Kann gut sein, daß ich in einer Woche selbst keinen Job mehr habe.«

Margaret war den Tränen nahe. »Wie meinen Sie das?«

»Mein Bruder versucht gerade, mir die Firma wegzunehmen.«

»Kann er das denn?«

»Die Lage ist ziemlich verzwickt, und vielleicht fällt er auf die Nase. Ich setze mich jedenfalls zur Wehr, aber wie die Sache ausgehen wird, kann ich noch nicht sagen.«

Margaret mochte nicht glauben, daß die große Chance, kaum daß sie sich geboten hatte, schon wieder dahin sein sollte. »Sie müssen sich durchsetzen!« sagte sie heftig.

Ehe Mrs. Lenehan etwas erwidern konnte, erschien Harry auf der Bildfläche. Im roten Schlafanzug und himmelblauen Bademantel sah er aus wie der Sonnenaufgang in Person. Sein Anblick beruhigte Margaret ein wenig. Er nahm Platz, und sie stellte ihn vor. »Mrs. Lenehan wollte eigentlich einen Brandy«, fügte sie noch hinzu, »aber die Stewards haben alle Hände voll zu tun.«

Harry setzte eine überraschte Miene auf. »Selbst wenn sie viel zu tun haben, können sie immer noch Drinks servieren.« Er erhob sich und steckte den Kopf ins Nebenabteil. »Davy, bringen Sie Mrs. Lenehan bitte umgehend einen Brandy, ja?«

Margaret hörte, wie der Steward sagte: »Aber sofort, Mr. Vandenpost!« Harry verstand sich darauf, andere nach seiner Pfeife tanzen zu lassen. Er setzte sich wieder. »Mir sind Ihre Ohrringe aufgefallen, Mrs. Lenehan«, sagte er. »Sie sind einfach wunderschön.«

»Danke«, erwiderte sie lächelnd. Sie schien sich über das Kompliment zu freuen.

Margaret sah sich die Ohrringe genauer an. Sie bestanden aus jeweils einer schlichten großen Perle, die in ein Geflecht aus Golddraht und Diamantsplittern gefaßt war. Auf einmal wünschte sie, sie trüge selbst ein ausgefallenes Schmuckstück, das Harrys Interesse hätte wecken können.

»Haben Sie sie in den Staaten erworben?« fragte Harry.

»Ja, sie sind von Paul Flato.«

Harry nickte. »Ich glaube eher, das Design stammt von Fulco di Verdura.«

»Keine Ahnung«, erwiderte Mrs. Lenehan und fügte scharfsinnig hinzu: »Für einen jungen Mann ist Schmuck ja ein ungewöhnliches Hobby.«

Am liebsten hätte Margaret gesagt: Er interessiert sich vor allem dafür, den Schmuck zu stehlen, Vorsicht also! Tatsächlich war sie jedoch ungemein beeindruckt von seinem Fachwissen. Er hatte einen sicheren Blick für die schönsten Stücke, und meistens wußte er auch, wer sie entworfen hatte. Davy brachte den Brandy für Mrs. Lenehan. Obwohl das Flugzeug arg schwankte, schien ihm das Gehen keine Schwierigkeiten zu bereiten.

Mrs. Lenehan nahm das Glas und stand auf. »Ich will mal sehen, ob ich etwas Schlaf finde«, sagte sie.

»Also dann – viel Glück«, sagte Margaret und dachte an die bevorstehende Auseinandersetzung zwischen Nancy und ihrem Bruder. Wenn sie gewinnt, stellt sie mich ein, das hat sie mir versprochen ...

»Danke. Gute Nacht.« Mrs. Lenehan stolperte auf den rückwärtigen Teil des Flugzeugs zu, und Harry erkundigte sich mit einem Unterton von Eifersucht in der Stimme: »Worüber haben Sie sich denn unterhalten?«

Margaret zögerte, ihm von Nancys Stellenangebot zu berichten. Sie war vor Freude ganz aus dem Häuschen, aber die Sache war ja noch nicht sicher. Es war zu früh, sich gemeinsam darüber zu freuen. Margaret beschloß, die Angelegenheit zunächst einmal für sich zu behalten. »Zuerst haben wir uns über Frankie Gordino unterhalten«, sagte sie. »Nancy meint, daß solche Leute in Ruhe gelassen werden sollten. Sie tun nichts weiter, als Glücksspiele und ... Prostitution ... zu organisieren, und daran hat außer denen, die sich freiwillig daran beteiligen, noch keiner Schaden genommen.« Sie merkte, daß sie leicht errötet war: Das Wort »Prostitution« hatte sie nie zuvor laut ausgesprochen.

Harry sah nachdenklich vor sich hin. »Aber nicht alle Freudenmädchen machen das aus freien Stücken«, sagte er nach einer Weile. »Einige werden dazu gezwungen. Kennen Sie den Ausdruck ›weiße Sklaverei‹?«

»Ach, das ist damit gemeint?« Margaret war der Begriff bei der

Zeitungslektüre schon mehrmals begegnet, aber sie hatte nichts Rechtes damit anzufangen gewußt. Sie hatte die unbestimmte Vorstellung, Mädchen würden gekidnappt und als Hausangestellte nach Istanbul verschleppt. Mein Gott, wie dumm ich doch bin, dachte sie.

»So weit verbreitet, wie die Zeitungen uns glauben machen wollen, ist sie nicht«, meinte Harry. »In London gibt es nur einen weißen Sklavenhändler. Er heißt Malteser Benny und stammt aus Malta.«

Margaret hörte wie gebannt zu. Und so was passierte gleich nebenan! »Der hätte mich ja auch erwischen können!«

»Ja, durchaus, in der Nacht, als Sie von zu Hause weggelaufen sind«, sagte Harry. »Aus solchen Situationen schlägt Benny Kapital. Ein junges Mädchen, allein, ohne Geld und Unterkunft . . . Er hätte Sie zum Essen eingeladen und Ihnen eine Stellung in der Tanztruppe angeboten, die gleich am nächsten Morgen nach Paris abreist; Sie hätten ihn prompt für Ihren Retter gehalten. Die Tanztruppe hätte sich rasch als Stripteaseshow entpuppt, aber das finden Sie erst heraus, wenn Sie mittellos und ohne Fluchtmöglichkeit in Paris festsitzen. Da stellen Sie sich eben in die hinterste Reihe und drehen und winden sich eben, so gut Sie's können.« Margaret versetzte sich in die Situation und kam zu dem Schluß, daß sie sich wahrscheinlich genauso und nicht anders verhalten hätte. »Eines Abends bittet man Sie dann, zu einem besoffenen Börsenmakler im Publikum ›ein bißchen nett zu sein‹, und wenn Sie sich weigern, hält man Sie eben so lange fest, bis er fertig ist.« Margaret schloß bei der Vorstellung, was ihr hätte passieren können, angewidert die Augen. »Am darauffolgenden Tag suchen Sie vielleicht das Weite – aber wohin? Vielleicht haben Sie sogar ein paar Francs, aber für die Heimfahrt reicht das Geld nicht. Und was sollen Sie Ihrer Familie bei der Ankunft erzählen? Die Wahrheit? Nie und nimmer! Also enden Sie schließlich wieder in Ihrer Unterkunft, wo es wenigstens noch ein paar andere nette Mädchen gibt. Und der Gedanke, wenn ich's einmal gemacht habe, kann ich's auch noch einmal machen, setzt sich fest. Beim nächsten Börsenmakler geht es prompt einfacher. Und ehe Sie es sich versehen, freuen Sie sich schon auf die Trinkgelder, die die Kunden morgens auf dem Nachttisch zurücklassen.«

Margaret schüttelte sich. »Das ist das Schlimmste, was mir je zu Ohren gekommen ist.«

»Und deswegen halte ich auch nichts davon, Frankie Gordino in Ruhe zu lassen.«

Ein, zwei Minuten lang saßen sie schweigend da, bis Harry nachdenklich meinte: »Ich frage mich nur, welche Verbindung zwischen Frankie Gordino und Clive Membury besteht.«

»Gibt es da denn eine?«

»Nun ja, Percy hat schließlich erzählt, daß Membury eine Pistole besitzt. Ich hatte schon vermutet, daß er Polizist ist.«

»Wirklich? Wieso denn?«

»Das rote Jackett. Ein Bulle denkt, mit so einem Kleidungsstück sieht er aus wie ein Playboy.«

»Vielleicht bewacht er ja auch Frankie Gordino.«

Harry blickte zweifelnd. »Warum? Gordino ist ein amerikanischer Verbrecher auf dem Weg in ein amerikanisches Gefängnis. Er befindet sich außerhalb des britischen Hoheitsgebiets und steht unter FBI-Bewachung. Warum sollte Scotland Yard da auch noch einen Bewacher abstellen – vor allem bei dem Preis, das ein Clipper-Ticket kostet.«

Margaret senkte die Stimme. »Kann es sein, daß er hinter Ihnen her ist?«

»Mir bis nach Amerika folgt?« meinte Harry skeptisch. »Mit dem Clipper? Bewaffnet? Wegen ein paar Manschettenknöpfen?«

»Haben Sie sonst noch eine Idee, was dahinterstecken könnte?«

»Nein.«

»Wie dem auch sei, vielleicht vergessen die Passagiere ja über dem Getue um Gordino das unerhörte Verhalten meines Vaters beim Abendessen.«

»Was meinen Sie?« fragte Harry neugierig. »Warum hat er so vom Leder gezogen?«

»Weiß ich auch nicht. Er war nicht immer so. Früher, als ich ein Kind war, ist er, soweit ich mich entsinne, ganz vernünftig gewesen.«

»Ich bin schon einigen Faschisten begegnet«, meinte Harry. »Normalerweise sind das völlig verunsicherte Menschen.«

»Wirklich?« Margaret war überrascht und hielt den Gedanken für wenig plausibel. »Nach außen hin wirken sie furchtbar aggressiv.«

»Ich weiß. Aber innerlich sind sie total verschreckt. Deswegen marschieren sie auch so gerne auf und ab und tragen Uniform – nur im Rudel fühlen sie sich sicher. Deswegen können sie auch der Demokratie nichts abgewinnen – sie bietet ihnen viel zuwenig Sicherheit. Unter einem Diktator sind sie glücklich – da weiß man immer, was als nächstes passiert, und die Regierung kann nicht von heute auf morgen gestürzt werden.«

Das war einleuchtend. Margaret nickte nachdenklich. »Ich kann mich daran erinnern, daß er sich schon, bevor er so verbittert wurde, immer unglaublich aufregen konnte – über Kommunisten, Zionisten, die Gewerkschaften oder die Fünfte Kolonne. Immer hieß es, daß irgendwer kurz davor stand, das Land in die Knie zu zwingen. Und wenn ich so darüber nachdenke – daß die Zionisten England in die Knie zwingen könnten, war doch nie sehr wahrscheinlich, oder?«

Harry lächelte. »Faschisten sind außerdem immer wütend. Es sind oft Menschen, die aus irgendeinem Grund mit ihrem Leben unzufrieden sind.«

»Ja, das trifft auf Vater auch zu. Als er nach dem Tode meines Großvaters das Gut übernahm, stellte sich heraus, daß es bankrott war. Er hatte keinen roten Heller – bis er meine Mutter heiratete. Er kandidierte für einen Parlamentssitz, schaffte es aber nie, gewählt zu werden. Und jetzt ist er aus dem Land geworfen worden.« Sie hatte plötzlich das Gefühl, ihren Vater besser zu verstehen: Harry war wirklich erstaunlich scharfsinnig. »Wo haben Sie denn diese Erkenntnisse her?« wollte sie wissen. »Sie sind doch kaum älter als ich.«

Er zuckte die Achseln. »Battersea ist politisch sehr aktiv. Ich glaube, es ist *die* Hochburg der Kommunistischen Partei in London.«

Die Einsicht in die emotionalen Beweggründe ihres Vaters machten das tiefe Schamgefühl, das Margaret wegen des Vorfalls empfand, ein wenig erträglicher. Nicht daß Vaters Verhalten dadurch entschuldbar wurde – aber der Gedanke, daß er kein geistesgestörter und rachsüchtiger, sondern eher ein enttäuschter, unsicherer Mann war, hatte etwas Beruhigendes an sich. Wie klug dieser Harry Marks doch war! Es wäre phantastisch, wenn er mir bei der Flucht helfen könnte, dachte sie. Zu gerne hätte sie gewußt, ober er sie nach der Ankunft in Amerika noch einmal sehen wollte. »Wissen Sie eigentlich schon, wo Sie drüben wohnen werden?« fragte sie.

»Ich nehme an, daß ich in New York irgendwo unterkommen werde«, sagte er. »Ich habe noch ein bißchen Geld und kann mir außerdem schnell mehr besorgen.«

Wie einfach das aus seinem Munde klang. Wahrscheinlich war es für Männer auch einfacher. Als Frau brauchte man Schutz. »Nancy Lenehan hat mir eine Stelle angeboten«, sagte sie unvermittelt. »Kann allerdings sein, daß sie ihr Versprechen nicht halten kann. Ihr Bruder versucht gerade, ihr die Firma abspenstig zu machen.«

Harry sah sie an und wandte gleich darauf den Blick mit einem für ihn ungewöhnlich scheuen Gesichtsausdruck wieder ab; seine Selbstsicherheit schien auf einmal erschüttert. »Wissen Sie, wenn Sie wollen ... Also ich hätte nichts dagegen ... Ich meine, ich könnte Ihnen vielleicht behilflich sein.«

Genau das hatte sie hören wollen! »Ist das Ihr Ernst?« hakte sie nach.

Harry sah aus, als wolle er sagen: Versprechen Sie sich aber nicht zuviel von meiner Hilfe. »Ich könnte Ihnen bei der Suche nach einer Unterkunft behilflich sein«, erwiderte er.

Sie war unendlich erleichtert. »Das wäre wunderbar«, meinte sie. »Ich habe mich noch nie um eine eigene Wohnung kümmern müssen und nicht die geringste Ahnung, wie man das anstellt.«

»Man schaut halt in die Zeitung«, sagte Harry.

»Welche Zeitung?«

»In die Lokalzeitung.«

»Und da steht was über Wohnungen drin?«

»In den Anzeigen.«

»In der *Times* gibt es keine Wohnungsanzeigen.« Das war die einzige Zeitung, die Vater abonniert hatte.

»Die Spätausgaben sind die besten.«

Margaret kam sich reichlich dumm vor: Nicht einmal die einfachsten Dinge waren ihr vertraut. »Ich brauche wirklich einen Freund, der mir dabei hilft.«

»Ich glaube, ich kann Sie vor dem amerikanischen Gegenstück zum Malteser Benny beschützen.«

»Ich bin wirklich sehr froh«, erklärte Margaret. »Zuerst Mrs. Lenehan – und nun Sie! Ich weiß, daß ich mir mit Hilfe von Freunden ein eigenes Leben aufbauen kann. Ich bin Ihnen so dankbar, daß ich es kaum in Worte fassen kann.«

Davy betrat den Salon. Margaret fiel auf, daß die Maschine während der letzten zehn bis fünfzehn Minuten völlig ruhig dahingeglitten war. »Schauen Sie mal aus den Fenstern auf Backbord, meine Herrschaften«, sagte Davy. »In ein paar Sekunden gibt's da was zu sehen.«

Margaret blickte hinaus. Harry löste seinen Sicherheitsgurt und kam näher, um ihr über die Schulter zu sehen. Das Flugzeug legte sich nach backbord. Kurz darauf sah Margaret, daß sie in niedriger Höhe über einen Passagierdampfer flogen, der wie ein Weihnachtsbaum erleuchtet war. »Die haben die Lichter wohl für uns angemacht«, hörte sie jemanden sagen. »Normalerweise fahren sie seit der Kriegserklärung ohne Beleuchtung – aus Angst vor U-Booten.« Margaret spürte Harrys körperliche Nähe, und es war ihr durchaus nicht unangenehm. Die Flugzeugbesatzung hatte sich anscheinend über Funk mit den Kollegen an Bord des Dampfers in Verbindung gesetzt, denn die Passagiere waren allesamt an Deck, schauten zum Clipper hoch und winkten. Sie waren so nahe, daß Margaret sogar ihre Kleidung erkennen konnte. Die Männer trugen weiße Smokings, die Frauen lange Abendkleider. Das Schiff bewegte sich schnell voran, der spitze Bug durchpflügte mühelos die riesigen Wellen, und es dauerte ziemlich lange, bis das Flugzeug den Dampfer überholt hatte. Für Margaret war das ein besonderer Moment. Sie war völlig hingerissen. Lächelnd blickte sie Harry an; er lächelte zurück und teilte den Zauber des Augenblicks mit ihr. Er legte ihr die Hand um die Taille, doch so, daß er die Geste mit seinem Körper verdeckte und niemand sehen konnte, was geschah. Die Berührung war zwar federleicht, aber Margaret empfand sie siedendheiß. Sie geriet leicht ins Schwitzen, war völlig durcheinander, wollte aber keinesfalls, daß er die Hand fortnahm. Nach einer Weile fiel das Schiff zurück, die Lichter erloschen erst teilweise und schließlich ganz. Die Passagiere an Bord des Clippers kehrten zu ihren Sitzen zurück, und Harry zog sich von ihr zurück. Mehr und mehr Leute gingen nun zu Bett, bis schließlich nur noch die Kartenspieler und Margaret und Harry im Salon saßen. Margaret war gehemmt und wußte nichts Rechtes mit sich anzufangen. Aus reiner Verlegenheit sagte sie: »Es ist schon spät. Wir gehen wohl besser zu Bett.« Wieso habe ich denn das gesagt? dachte sie. Ich will doch gar nicht ins Bett! Harry wirkte enttäuscht. »Ich werde mich wohl auch bald hinlegen.«

Margaret stand auf. »Und vielen, vielen Dank, daß Sie mir helfen wollen«, sagte sie.

»Keine Ursache«, gab er zurück.

Warum sind wir nur so förmlich? ging es Margaret durch den Kopf. So will ich doch gar nicht gute Nacht sagen! »Schlafen Sie gut«, fügte sie noch hinzu.

»Sie auch.«

Sie wandte sich ab, drehte sich aber gleich wieder um. »Es ist Ihnen doch ernst damit, daß Sie mir helfen wollen, oder? Sie werden mich nicht im Stich lassen?«

Seine Züge wurden ganz weich, und sein Blick war beinahe liebevoll. »Ich lasse Sie nicht im Stich, Margaret; das verspreche ich Ihnen.«

Sie fühlte sich plötzlich unwiderstehlich zu ihm hingezogen und beugte sich impulsiv, und ohne weiter darüber nachzudenken, zu ihm hinunter und gab ihm einen Kuß. Ihre Lippen streiften die seinen nur flüchtig, aber bei der Berührung spürte sie die plötzliche Begierde wie einen elektrischen Schlag. Sie richtete sich rasch wieder auf, völlig verwirrt über ihr Tun und über das, was sie da fühlte. Einen Augenblick lang schauten sie einander tief in die Augen, bevor Margaret schließlich im benachbarten Abteil verschwand.

Ihr zitterten die Knie. Sie sah sich um und bemerkte, daß Mr. Membury die obere Koje auf Backbord belegt und die untere Harry überlassen hatte. Percy hatte sich ebenfalls auf ein Hochbett zurückgezogen. Sie bezog das Bett unter ihm und befestigte ringsherum die Vorhänge. Ich habe ihn geküßt, dachte sie. Es war schön. Sie kroch unter die Bettdecke und löschte das kleine Lämpchen. Es war beinahe, als schliefe man in einem Zelt. Ganz gemütlich. Sie konnte aus dem Fenster schauen, aber außer Wolken und Regen gab es nichts zu sehen. Aufregend war es trotzdem. Es erinnerte sie an die Zeit, als Elizabeth und sie noch klein waren. An warmen Sommerabenden hatten sie manchmal auf dem Gutsgelände ein Zelt aufgeschlagen und im Freien schlafen dürfen. Damals glaubte sie immer, vor lauter Aufregung nicht einschlafen zu können, doch ehe sie sich versah, klopfte auch schon das Hausmädchen an die Zeltwand und reichte ihnen ein Tablett mit Tee und Toast herein. Wo Elizabeth jetzt wohl war? Im gleichen Augenblick vernahm sie ein leises Kratzen an ihrem Vorhang. Zuerst hielt sie es für Einbildung, weil sie an das Hausmädchen gedacht hatte. Doch dann hörte sie es wieder: Es klang wie ein Fingernagel – ratsch, ratsch, ratsch. Sie zögerte, richtete sich schließlich auf dem Ellenbogen auf und zog die Decke bis zum Hals hoch. Ratsch, ratsch, ratsch. Sie öffnete den Vorhang einen kleinen Spalt und erblickte Harry. »Was gibt's?« zischelte sie, obwohl sie glaubte, es zu wissen.

»Ich möchte dich noch einmal küssen«, flüsterte er.

Sie war gleichermaßen entzückt wie entsetzt. »Seien Sie nicht so töricht!«

»Bitte.«

»Nun gehen Sie doch schon!«

»Uns sieht doch keiner.«

Ein unerhörtes Anliegen, das sie nichtsdestoweniger in arge Versuchung führte. Sie konnte sich gut an den elektrisierenden Reiz beim ersten Kuß erinnern und wollte einen zweiten. Unwillkürlich öffnete sie den Vorhang ein Stück weiter. Harry steckte seinen Kopf hinein und sah sie bittend an. Er war unwiderstehlich! Sie küßte ihn auf den Mund. Er roch nach Zahnpasta. Sie hatte sich eher einen flüchtigen Kuß wie beim erstenmal vorgestellt, aber Harry schien andere Vorstellungen zu haben. Er knabberte sanft an ihrer Unterlippe. Wie aufregend! Aus einem Impuls heraus öffnete sie den Mund ein wenig und spürte sogleich, wie seine Zunge über ihre Lippen glitt. Ian hatte das nie getan. Ein komisches Gefühl, aber schön! Zu kurz kommen wollte sie auch nicht, und sie ließ ihre Zunge hervorschnellen, um die seine zu berühren. Harry atmete auf einmal schwer. Und dann bewegte sich Percy in der Koje über ihr und erinnerte sie daran, wo sie sich befand. Margaret wurde von panischer Angst ergriffen: Wie konnte sie nur? Da küsse ich in aller Öffentlichkeit einen Mann, den ich kaum kenne! dachte sie. Wenn Vater etwas davon mitbekommt, ist die Hölle los! Keuchend machte sie sich von Harry frei. Der aber schob seinen Kopf noch weiter in die Koje hinein und wollte sie noch einmal küssen. Margaret stieß ihn zurück.

»Laß mich rein«, sagte er.

»Das ist doch lächerlich!« zischte sie.

»Bitte.«

Unmöglich! Sie verspürte nicht die geringste Neigung dazu, hatte einfach nur Angst. »Nein, nein, nein«, meinte sie leise.

Er wirkte völlig zerknirscht. Sie ließ sich nicht erweichen. »Sie sind der netteste Mann, der mir seit langem, ja vielleicht überhaupt jemals begegnet ist«, sagte sie. »Aber so nett nun auch wieder nicht. Ab ins Bett mit Ihnen.«

Er merkte, daß sie es ernst meinte, und lächelte ein wenig wehmütig. Er wollte anscheinend noch etwas sagen, aber Margaret schloß den Vorhang, bevor es dazu kam.

Sie lauschte angestrengt und vermeinte seine leisen Schritte zu hören, als er sich entfernte. Sie löschte das Licht und legte sich schweratmend zurück. O mein Gott, dachte sie, das war traumhaft. Sie lächelte in der Dunkelheit und empfand den Kuß noch einmal in Gedanken nach. Wie gerne ich doch weitergegangen wäre, dachte sie und streichelte sanft über ihren Körper. Ihre Gedanken kehrten zu Monica zurück, ihrer ersten Liebe. Monica war eine Kusine von ihr. Als Margaret dreizehn war, hatte sie die Sommerferien bei ihr verbracht – einem sechzehnjährigen Mädchen, blond und hübsch und über alles im Bilde. Von Anfang an schwärmte Margaret für sie. Monica lebte in Frankreich. Entweder deswegen oder weil ihre Eltern einfach unverkrampfter als Margarets Eltern waren, lief sie in den Schlafräumen und im Badezimmer des Kinderflügels nackt herum. Margaret hatte noch nie einen Erwachsenen nackt gesehen. Monicas große Brüste und das dichte Büschel honigfarbenen Haars zwischen ihren Beinen faszinierten sie. Sie selbst hatte damals nur einen kleinen Busen und einen zarten Flaum. Doch Monica hatte zuerst Elizabeth verführt – die häßliche, rechthaberische Elizabeth mit den Pickeln am Kinn! Margaret konnte hören, wie sie nachts miteinander flüsterten und sich küßten, und sie war abwechselnd verwirrt, wütend, eifersüchtig und schließlich neidisch gewesen. Es entging ihr nicht, daß Monica Elizabeth immer mehr liebgewann, und die kurzen Blicke, die die beiden sich zuwarfen, die scheinbar zufälligen Berührungen während der Waldspaziergänge und bei den Mahlzeiten taten ihr weh und gaben ihr das Gefühl, ausgeschlossen zu sein. Eines Tages jedoch, als Elizabeth aus irgendeinem Grund mit Mutter nach London gefahren war, überraschte Margaret Monica im Badezimmer. Die Kusine lag mit geschlossenen Augen im heißen Badewasser und berührte sich zwischen den Beinen. Sie hörte, daß Margaret hereingekommen war, blinzelte kurz, hörte jedoch nicht auf, und Margaret sah ängstlich und fasziniert zu, wie sie sich einen Orgasmus verschaffte. In jener Nacht war Monica zu Margaret anstatt zu Elizabeth in Bett gekommen. Ihre Schwester machte ein Mordstheater und drohte damit, alles auffliegen zu lassen. Es endete damit, daß sich die Schwestern schließlich die Kusine teilten, in einer Dreiecksbeziehung voller Eifersucht, vergleichbar mit Ehefrau und Geliebter. Margaret fühlte sich den ganzen Sommer über schuldig und unaufrichtig, aber die intensive Zuneigung und die neuentdeckten körperlichen Genüsse waren zu schön, als daß sie darauf hätte verzichten wollen. Die Beziehung endete erst, als Monica im September nach Frankreich zurückkehrte. Nach dem Erlebnis mit Monica war Margaret, als sie zum erstenmal mit Ian ins Bett ging, geradezu schockiert.

Er war linkisch und unbeholfen, und sie begriff, daß ein junger Mann seines Schlags so gut wie gar nichts über den Körper einer Frau wußte und ihr deshalb auch nicht soviel Lust bereiten konnte wie

Monica. Sie kam jedoch schnell über die anfängliche Enttäuschung hinweg. Ian liebte sie mit einer derartigen Inbrunst, daß seine Unerfahrenheit von seiner Leidenschaft wettgemacht wurde.

Beim Gedanken an Ian kamen ihr, wie stets, die Tränen, und sie wünschte sich von ganzem Herzen, sich damals häufiger und williger mit ihm vereint zu haben. Sie war zunächst sehr abweisend gewesen, obwohl sie sich ebensosehr wie er danach sehnte, und er mußte sie monatelang bedrängen, bevor sie schließlich einwilligte. Und obwohl sie es nach dem ersten Mal durchaus wieder tun wollte, hatte sie Schwierigkeiten gemacht. In ihrem Zimmer wollte sie nicht mit ihm schlafen, weil man sich im Haus über die verschlossene Tür gewundert hätte; im Freien fürchtete sie sich, obwohl sie in den Wäldern rings um das Haus genügend Verstecke kannte; und die Vorstellung, sich in den Wohnungen seiner Freunde mit ihm zu treffen, war ihr unangenehm, weil sie um ihren guten Ruf fürchtete. Hinter allem steckte die panische Angst vor Vaters Reaktion, falls er ihr auf die Schliche kommen sollte.

Zwischen ihren widersprüchlichen Begierden und Ängsten hin und her gerissen, hatten sie, bevor er nach Spanien ging, nur dreimal heimlich, hastig und mit schlechtem Gewissen miteinander geschlafen. In ihrer Einfalt war Margaret wie selbstverständlich davon ausgegangen, daß sie noch unbegrenzt Zeit haben würden. Doch dann kam die Nachricht von seinem Tod und die damit verbundene Erkenntnis, daß sie seinen Körper nie wieder berühren würde. Sie hatte zum Steinerweichen geweint, bis sie glaubte, das Herz müsse ihr zerspringen. Sie hatte gedacht, sie würden den Rest ihres Lebens gemeinsam verbringen und mit der Zeit lernen, einander glücklich zu machen. Doch sie sah Ian niemals wieder. Inzwischen wünschte sie längst, sie hätte sich ihm gleich von Anfang an hemmungslos hingegeben und bei jeder sich bietenden Gelegenheit mit ihm geschlafen. Seit er irgendwo auf einem staubigen Hügel in Katalonien begraben lag, kamen ihr ihre Ängste einfach kindisch vor. Unvermittelt fiel ihr ein, daß sie im Begriff stand, den gleichen Fehler noch einmal zu begehen – und zwar jetzt. Sie wollte Harry Marks. Sie sehnte sich mit Leib und Seele nach ihm. Seit Ian war er der erste Mann, der diese Gefühle in ihr weckte, und dennoch hatte sie ihn zurückgewiesen. Warum nur? Weil sie Angst hatte! Weil sie sich an Bord eines Flugzeugs befand, weil die Kojen schmal waren, weil jemand sie hören könnte, weil ihr Vater ganz in der Nähe war und weil sie Angst hatte, erwischt zu werden.

War sie wieder einmal zu zaghaft, zu dumm? Was ist, wenn das Flugzeug abstürzt? dachte sie. Wir befinden uns auf einem Pionierflug über dem Atlantik und haben gerade die halbe Strecke zwischen Europa und Amerika zurückgelegt. In beiden Richtungen sind es Hunderte von Meilen bis zum Festland. Wenn etwas schiefgeht, sind wir in ein paar Minuten tot. Mein letzter Gedanke wird das Bedauern darüber sein, daß ich nie mit Harry Marks geschlafen habe. Nein, das Flugzeug wird nicht abstürzen. Trotzdem ist es vielleicht meine letzte Chance. Was weiß ich, wie sich die Dinge nach unserer Ankunft in Amerika entwickeln werden? Ich will so schnell wie möglich zu den Streitkräften, und Harry hat davon gesprochen, bei der kanadischen Luftwaffe Pilot zu werden. Vielleicht fällt er im Krieg, genau wie Ian. Was bedeutet da noch mein »guter Ruf« und der Zorn der Eltern, wenn das Leben so kurz sein kann? Warum habe ich Harry nicht hereingelassen? Ob er es wohl noch einmal versuchen wird? Nein, ich habe ihm klar und deutlich zu verstehen gegeben, daß er unerwünscht ist. Wer eine solche Abfuhr ignoriert, muß schon sehr aufdringlich sein ... Harry hatte sich zwar nicht so ohne weiteres abweisen lassen und ihr damit sehr geschmeichelt, aber uneinsichtig war er nicht. Heute nacht würde er bestimmt nicht noch einmal kommen.

Was bin ich doch für eine Idiotin, dachte sie. Wenn ich ja gesagt hätte, wäre er jetzt hier. Sie schlang die Arme um sich und stellte sich dabei vor, es wäre Harry, und in Gedanken streckte sie vorsichtig die Hand nach ihm aus und streichelte seine nackten Lenden. Seine Schenkel sind bestimmt mit lockigen blonden Härchen bedeckt, dachte sie.

Sie beschloß, aufzustehen und zur Damentoilette zu gehen. Vielleicht hatte sie ja Glück, und Harry stand zufällig zur gleichen Zeit auf oder bat den Steward um einen Drink oder sonst etwas. Sie zog sich den Bademantel über, öffnete die Vorhänge und setzte sich auf.

Harrys Koje war ringsherum zugezogen. Sie schlüpfte in ihre Pantoffeln und stand auf. Inzwischen waren fast alle Passagiere zu Bett gegangen. Margaret warf einen Blick in die Kombüse, aber auch dort war niemand zu sehen; auch die Stewards brauchten ihren Schlaf. Wahrscheinlich dösten sie im ersten Abteil zusammen mit den dienstfreien Mitgliedern der Crew vor sich hin. Margaret schlug die entgegengesetzte Richtung ein und kam durch den Salon, wo ausschließlich Männer unermüdlich Poker spielten. Auf dem Tisch stand eine Whiskyflasche, aus der sie sich bedienten. Die Maschine schlingerte, so daß Margaret ihr Ziel nur im Zickzackkurs erreichte. Der Boden stieg zum Schwanzende hin an, und Stufen führten von einem Abteil ins nächste. Zwei oder drei Passagiere saßen noch auf dem Bett und lasen bei zurückgezogenen Vorhängen, doch die meisten Kojen waren geschlossen.

Die Damentoilette war leer. Margaret setzte sich vor den Spiegel und betrachtete sich darin. Daß diese Frau ihr gegenüber von einem Mann begehrt wurde, kam ihr merkwürdig vor. Ihr Gesicht war eher durchschnittlich, die Haut sehr blaß, ihre Augen ungewöhnlich grün. Das einzig Gute an mir ist mein Haar, dachte sie manchmal: Es war lang und glatt, schimmerte kupferfarben und zog oft die Blicke der Männer auf sich.

Ob Harry mein Körper gefallen hätte, wenn er zu mir in die Koje gekommen wäre? Vielleicht graut ihm ja vor großen Brüsten, und er fühlt sich an Mutterschaft oder Kuheuter oder sonstwas erinnert. Margaret hatte gehört, daß Männern kleine, hübsche Brüste gefielen, die wie die Gläser geformt waren, in denen bei festlichen Anlässen der Champagner serviert wurde. Meine passen bestimmt nicht in Champagnergläser, dachte sie trübsinnig.

Sie wäre gerne klein und zierlich wie die Models in *Vogue* gewesen, sah aber eher wie eine stattliche spanische Tänzerin aus. Wenn sie ein Ballkleid trug, mußte sie darunter stets ein Korsett tragen, damit ihre Brüste nicht wild umherschaukelten. Ian hatte ihren Körper geliebt und die Mannequins als Püppchen bezeichnet. »Du bist eben eine richtige Frau«, hatte er ihr eines Nachmittags gesagt, als sie für wenige Augenblicke allein in den Flügel mit den ehemaligen Kinderzimmern geflüchtet waren; er hatte ihren Nacken geküßt und ihre Brüste unter dem Kaschmirpullover mit den Händen liebkost. Damals hatte sie ihren Busen gemocht.

Das Flugzeug war in eine stärkere Turbulenz geraten, Margaret mußte sich am Rand der Frisierkommode festhalten, um nicht vom Hocker zu fallen. Es wäre schön, wenn meine Brüste noch einmal gestreichelt würden, bevor ich sterbe, dachte sie.

Als die Maschine wieder ruhiger flog, kehrte sie in ihr Abteil zurück. Die Kojen waren nach wie vor verschlossen. Einen Augenblick stand sie da und wünschte sich inbrünstig, Harry würde den Vorhang öffnen, aber nichts geschah. Sie äugte den Gang hinunter, von einem Ende der Maschine zum anderen. Nirgends war ein Mensch zu sehen.

Sie war ihr ganzes Leben lang feige gewesen. Aber noch nie hatte sie sich etwas so sehr gewünscht. Sie rüttelte an Harrys Vorhang. Einen Augenblick lang passierte nichts. Sie hatte keinen konkreten Plan und wußte weder, was sie sagen, noch, was sie tun würde. Drinnen rührte sich nichts. Sie zog noch einmal an dem Vorhang.

Kurz darauf schaute Harry heraus.

Sie starrten sich schweigend an; er war überrascht, sie sprachlos. Dann hörte Margaret hinter sich ein Geräusch.

Sie warf einen Blick über die Schulter und sah, daß sich hinter dem Vorhang ihres Vaters etwas bewegte. Eine Hand griff von innen nach dem Stoff. Vater wollte offenbar aufstehen und zur Toilette gehen. Ohne auch nur einen weiteren Gedanken zu verlieren, drückte Margaret Harry auf sein Bett zurück und kletterte hinter ihm in die Koje. Als sie den Vorhang hinter sich schloß, sah sie, wie Vater aus dem Bett kroch. Ein Wunder, daß er sie nicht gesehen hatte! Gott sei Dank! Sie kniete am Fußende der Koje und sah Harry an. Er hockte mit angezogenen Beinen am anderen Ende des Bettes und starrte sie im schummerigen Dämmerlicht, das durch den Vorhang fiel, an. Er sah aus wie ein Kind, das soeben Sankt Nikolaus durch den Kamin hat rutschen sehen und es kaum fassen kann. Er öffnete den Mund, um etwas zu sagen, aber Margaret brachte ihn zum Schweigen, indem sie ihm mit dem Zeigefinger die Lippen versiegelte.

Plötzlich fiel ihr ein, daß sie ihre Pantoffeln bei ihrem Sprung in sein Bett vor der Koje gelassen hatte.

Die Schuhe waren mit ihren Initialen bestickt, so daß jeder sofort erkennen konnte, wem sie gehörten. Und außerdem standen sie, wie vor einer Hotelzimmertür, direkt neben Harrys Hausschuhen – ein untrügliches Zeichen dafür, daß sie bei ihm schlief.

Es waren kaum zwei Sekunden vergangen. Margaret blickte vorsichtig hinaus und sah, wie ihr Vater die Stufenleiter vor seiner Koje hinunterkletterte und ihr den Rücken zukehrte. Sie langte durch den Vorhang. Wenn er sich jetzt umdreht, bin ich erledigt, dachte sie, tastete nach den Pantoffeln, fand sie und hob sie im gleichen Moment auf, als Vaters bloße Füße den Teppich berührten. Sie riß die Pantoffeln an sich und schloß den Vorhang. Sekundenbruchteile später drehte Vater sich um. Zu Tode erschrocken hätte sie sein müssen – aber sie fühlte nichts als freudige Erregung.

Wie sie sich den weiteren Verlauf der Ereignisse vorgestellt hatte, wußte sie nicht zu sagen. Sie wußte nur, daß sie bei Harry sein wollte. Die Aussicht, die ganze Nacht in der eigenen Koje zu liegen und ihn sich herbeizusehnen, war unerträglich geworden. Sie hatte allerdings nicht vor, sich ihm hinzugeben. Sie hätte es ja gern getan – sehr gern sogar –, aber da gab es eine Reihe praktischer Probleme, von denen Mr. Membury, der über ihnen schlief, nicht das geringste war.

Im gleichen Moment begriff sie jedoch, daß Harry im Gegensatz zu ihr genau wußte, was er wollte. Er beugte sich vor, legte eine Hand um ihren Kopf, zog sie zu sich hinüber und küßte sie auf den Mund. Nach kurzem Zögern ließ Margaret alle Gedanken an Widerstand fahren und überließ sich ganz ihren Empfindungen. Ihr war, als läge sie schon stundenlang mit ihm im Bett und liebte ihn – so lange hatten ihre Gedanken um dieses Thema gekreist. Aber diesmal geschah es wirklich: Sie fühlte die starke Hand in ihrem Nacken, spürte seine Lippen auf den ihren, spürte den Mann, dessen Atem sich mit ihrem mischte. Es war ein langer, zarter Kuß, behutsam und vorsichtig. Margaret bemerkte jede Einzelheit: seine Finger, die ihr Haar zerwühlten, die Rauhheit seines rasierten Kinns, seinen warmen Atem auf ihren weichen Wangen, seinen Mund, seine Zähne, die an ihren Lippen knabberten, und seine Zunge, die sich forschend zwischen ihre Lippen drängte und die ihre suchte. Sie ergab sich der unwiderstehlichen Versuchung und öffnete den Mund. Wenig später ließen sie schwer atmend voneinander ab. Harrys Blick fiel auf ihren Busen. Margaret merkte, daß ihr Bademantel offenstand und ihre Brustwarzen sich unter dem Baumwollnachthemd deutlich abzeichneten. Harry blickte wie hypnotisiert. Wie in Zeitlupe streckte er die Hand aus, streifte ihre linke Brust mit den Fingern, streichelte die empfindliche Spitze durch das feine Gewebe. Margaret seufzte leise vor Lust.

Auf einmal war ihr jede Kleidung lästig. Geschwind schlüpfte sie aus ihrem Bademantel, griff nach dem Saum ihres Nachthemds – und zögerte. Eine warnende Stimme im Hinterkopf sagte: Danach gibt es kein Zurück mehr!, und sie dachte: Gut!, zog das Hemd über den Kopf und kniete nackt vor ihm. Sie fühlte sich verletzlich und scheu, aber ihre Erregung wurde durch die Angst nur noch verstärkt. Harry tastete ihren Körper mit den Augen ab, Verehrung und Begierde spiegelten sich in seinem Blick. Er drehte sich um, schaffte es in dem engen Raum irgendwie niederzuknien, beugte sich vor und suchte ihren Busen. Einen Augenblick lang war Margaret unsicher – was hatte er vor? Seine Lippen streiften ihre Brüste am Ansatz, erst die eine, dann die andere. Sie fühlte, wie sich seine Hand von unten um ihre linke Brust schloß, sie zuerst streichelte, dann wog und schließlich sanft zusammendrückte. Seine Lippen wanderten nach unten, erreichten die Spitze und liebkosten sie sanft. Die Brustwarze schwoll an und war bald so hart, daß Margaret das Gefühl hatte, sie müsse jeden Augenblick bersten. Harry begann an ihr zu saugen, und diesmal stöhnte Margaret vor Lust.

Nach einer Weile hätte sie es liebend gern gehabt, wenn er der anderen Brust dieselbe Behandlung hätte zukommen lassen, aber sie war zu schüchtern, um ihn darum zu bitten. Harry schien ihren geheimen Wunsch jedoch zu erraten, denn kurz darauf tat er von sich aus genau das, was sie sich erhofft hatte. Sie strich ihm über das kurze Nackenhaar und zog, einem plötzlichen Impuls folgend, seinen Kopf fester an sich. Harry reagierte darauf, indem er noch leidenschaftlicher als zuvor an ihrer Brust sog.

Sie wollte seinen Körper erkunden. Als er kurz innehielt, schob sie ihn von sich weg und knöpfte seine Schlafanzugjacke auf. Sie atmeten inzwischen beide wie nach einem Hundertmetersprint, verloren aber aus Furcht vor Entdeckung kein einziges Wort. Er streifte sich das Oberteil ab. Sein Oberkörper war völlig unbehaart. Margaret wollte ihn nackt sehen, so nackt, wie sie selbst war. Sie tastete nach dem Zugband der Schlafanzughose und zog es, von schierer Wollust getrieben, auf.

Harry wirkte eher zögerlich, ja geradezu verschreckt. Margaret wurde es bei dem Gedanken, daß sie vielleicht forscher war als Mädchen, die er bisher gekannt hatte, etwas mulmig; gleichzeitig hatte sie jedoch das Gefühl, daß sie nicht auf halbem Weg kehrtmachen konnte. Sie drückte ihn weiter zurück, bis sein Kopf auf dem Kissen lag, und griff nach dem Bund seiner Hose, um sie herunterzuziehen. Er machte es ihr leichter, indem er seinen Po kurz von der Matratze hob. Ganz unten am Bauch hatte er dichtes dunkelblondes Haar. Sie zog den roten Baumwollstoff noch ein Stück weiter hinunter und hielt die Luft an, als sein Penis endlich ins Freie schnellte und wie ein Flaggenmast in die Höhe wies. Fasziniert starrte sie ihn an. Die Haut spannte sich über den Adern, und das Ende war geschwollen wie eine blaue Tulpe. Harry rührte sich nicht, weil er spürte, daß es ihrem Willen entsprach, doch daß sie sein Glied so anstarrte, entflammte ihn nur noch mehr. Sie merkte, wie sein Atem immer heftiger wurde. Sie spürte den fast zwanghaften Drang, ihn aus Neugier und einer anderen, ihr unbekannten Empfindung zu berühren, und ihre Hand wurde wie von unsichtbaren Kräften nach vorne gedrängt. Als ahne er ihre Gedanken, stöhnte er leise auf. Kurz davor zögerte sie. Ihre blasse Hand bebte in unmittelbarer Nähe des dunklen Schafts, und ein fast wimmernder Laut entrang sich seiner Brust. Dann griff sie mit einem Seufzer zu, und ihre schlanken Finger umschlangen sein Glied. Die Haut fühlte sich heiß und weich an, doch sobald sie auch nur den geringsten Druck ausübte – was Harry dazu veranlaßte, nach Luft zu schnappen –, spürte sie, daß sein Glied sich unter der zarten Haut ganz hart anfühlte. Sie schaute Harry an. Sein Gesicht war vor Verlangen gerötet, und er atmete schwer durch den Mund. Sie sehnte sich so sehr danach, ihm Gutes zu tun. Sie veränderte ihren Griff und rieb seinen Penis, so wie Ian es ihr gezeigt hatte: mit festem Druck nach unten und mit weniger Druck bei der Aufwärtsbewegung.

Seine Reaktion kam für sie völlig unerwartet. Harry stöhnte, kniff die Augen zu und drückte die Knie zusammen. Als Margaret zum zweitenmal nach unten rieb, zuckte er krampfartig zusammen und verzog das Gesicht zu einer Grimasse. Weißer Samen spritzte aus der Spitze seines Glieds. Margaret machte verwundert und wie in Trance weiter, und bei jeder Liebkosung in Richtung auf seinen Bauch strömte mehr aus ihm heraus. Sie selbst war voller Wollust, ihre Brüste fühlten sich schwer an, ihre Kehle war trocken, und sie fühlte etwas Feuchtes an der Innenseite ihrer Schenkel hinuntertropfen. Nach dem fünften- oder sechstenmal hörte es endlich auf, sein Gesicht entspannte sich, sein Kopf fiel seitlich auf das Kissen. Margaret legte sich neben ihn. Er wirkte beschämt. »Entschuldige«, flüsterte er.

»Aber nicht doch!« gab sie zurück. »Es war einfach unglaublich. So etwas habe ich noch nie getan. Ich fühle mich ganz wunderbar.«

Er war überrascht. »Hat es dir denn gefallen?«

Sie war zu verlegen, um laut ja zu sagen, und nickte deshalb nur.

»Aber ich bin doch gar nicht ... ich meine, du hast doch gar nicht ...«, stammelte er.

Sie sagte nichts. Es gab etwas, was er für sie hätte tun können, aber sie hatte Angst, ihn darum zu bitten. Er rollte auf die Seite, so daß sie sich in der engen Koje gegenüberlagen. »In ein paar Minuten vielleicht ...«, sagte er.

So lange kann ich nicht warten, dachte sie. Warum soll ich ihn nicht bitten, das gleiche für mich zu tun, was ich für ihn getan habe? Sie tastete nach seiner Hand und drückte sie, traute sich aber immer noch nicht zu sagen, was sie wollte. Sie schloß die Augen und schob die Hand dicht an ihre Lenden. Ihr Mund befand sich nahe an seinem Ohr, und sie flüsterte: »Ganz sanft.« Er begriff. Seine Hand bewegte sich suchend voran. Sie war feucht, und seine Finger glitten mühelos zwischen ihre Schamlippen. Margaret legte ihm die Arme um den Hals und drückte ihn fest an sich. Seine Finger bewegten sich in ihr.

Sie wollte schon sagen: Nicht dort, weiter oben!, als er, als könne er Gedanken lesen, seine Finger auch schon herauszog und auf ihre empfindlichste Stelle legte. Sie war im Nu ganz außer sich. Ihr Körper wurde von Wellen der Lust durchzuckt. Sie bebte wie im Krampf und grub ihre Zähne, um nicht laut aufschreien zu müssen, in Harrys Oberarm und biß zu. Er erstarrte, aber sie rieb sich an seiner Hand, und die Wellen der Lust folgten einander mit unverminderter Heftigkeit. Als die Empfindungen endlich nachließen, bewegte Harry seine Finger ein wenig, und sie wurde unmittelbar darauf von einem Orgasmus geschüttelt, der nicht weniger intensiv war als der erste. Schließlich war die Stelle zu überreizt, und Margaret schob seine Hand beiseite. Nach einer Weile rückte Harry ein wenig von ihr ab und rieb sich die Bißstelle an der Schulter.

Sie keuchte atemlos: »Das tut mir leid – tut es weh?«

»Ja, verdammt weh«, flüsterte er, und sie mußten kichern. Daß sie sich das Lachen verkneifen mußten, machte alles nur noch schlimmer. Ein oder zwei Minuten lang waren sie beide völlig hilflos vor unterdrücktem Lachen. Als sie sich endlich beruhigt hatten, sagte Harry: »Du hast einen wundervollen Körper – ganz wundervoll.«

»Du auch«, sagte sie inbrünstig.

Er glaubte ihr nicht. »Nein, nein, ich meine das ganz im Ernst«, sagte er.

»Ich auch!« Den Anblick seines steifen Gliedes, das aufrecht aus dem dichten goldenen Haar hervorragte, würde sie so schnell nicht vergessen. Sie strich mit der Hand suchend über seine Bauchdecke und entdeckte ihn schließlich – ein kleiner Schlauch über seinem Oberschenkel, weder steif noch zusammengeschrumpelt. Die Haut fühlte sich wie Seide an. Margaret fühlte das Verlangen ihn zu küssen in sich aufsteigen und war gleichzeitig schockiert über ihren Wunsch.

Statt dessen küßte sie die Bißstelle an seinem Arm.

Den Abdruck, den ihre Zähne hinterlassen hatten, konnte sie selbst im Halbdunkel noch sehen. Das würde einen schönen blauen Fleck geben! »Tut mit leid«, flüsterte sie so leise, daß er es nicht hören konnte. Bei dem Gedanken, ihm, nachdem er ihr soviel Freude bereitet hatte, eine Wunde zugefügt zu haben, wurde sie ganz traurig.

Sie küßte die Stelle noch einmal. Erschöpfung und Wollust hatten sie ermüdet. Sie fielen in einen leichten Schlummer. Das Dröhnen der Motoren verfolgte Margaret bis in den Schlaf, und es war ihr, als träumte sie vom Fliegen. Einmal hörte sie, wie jemand durch das Abteil kam und wenige Minuten später auf dem gleichen Weg zurückkehrte, aber sie war viel zu erfüllt, um über die Bedeutung der Schritte nachzudenken. Eine Zeitlang glitt das Flugzeug reibungslos dahin, und sie schlief fest ein. Sie erwachte jäh. War es bereits Tag? Waren die anderen schon aufgestanden? Würde sie vor aller Augen aus Harrys Koje steigen müssen? Das Herz schlug ihr bis zum Hals.

»Was gibt's denn?« flüsterte Harry.

»Wieviel Uhr ist es?«

»Mitten in der Nacht.«

Er hatte recht. Nichts rührte sich, die Innenbeleuchtung gab ein trübes Licht, und ein Blick aus dem Fenster überzeugte sie davon, daß es draußen stockfinster war. Sie konnte sich also ungesehen davonstehlen. »Ich muß jetzt wieder in meine eigene Koje«, sagte sie aufgeregt. »Sonst entdeckt uns noch jemand.« Sie suchte fieberhaft nach ihren Pantoffeln, konnte sie aber nicht finden. Harry legte ihr die Hand auf die Schulter. »Immer mit der Ruhe«, flüsterte er. »Wir haben noch ein paar Stunden Zeit.«

»Aber ich hab' Angst, daß Vater ...« Sie hielt inne. Warum eigentlich? Sie holte tief Atem und sah Harry an. Als sich ihre Blicke im Halbdunkel kreuzten, kehrte die Erinnerung an das, was vor dem Nickerchen geschehen war, wieder, und sie sah ihm an, daß er das gleiche dachte. Sie lächelten einander zu: ein wissendes, intimes Lächeln zweier Liebender. Margarets Unruhe verflog. Sie mußte noch nicht fortgehen. Sie wollte bleiben und würde daher auch bleiben, sie hatten noch viel Zeit. Harry schmiegte sich an sie, und sie spürte, wie sein Glied steif wurde. »Geh' noch nicht«, bat er. Sie seufzte glücklich. »Na gut, noch nicht«, erwiderte sie und küßte ihn.

Eddie Deakin hatte sich eisern an der Kandare, glich aber innerlich einem unter Überdruck stehenden Topf, einem Vulkan, kurz vor dem Ausbruch. Er schwitzte unaufhörlich, sein Magen machte ihm zu schaffen, und er konnte kaum still sitzen. Er erledigte seine Arbeit, aber nur mit Ach und Krach.

Seine Schicht ging um zwei Uhr morgens britischer Zeit zu Ende. Kurz vor Dienstschluß änderte er noch einmal die Daten für drei Treibstoffreserven. Hatte er zuvor einen zu niedrigen Verbrauch angegeben, um den Eindruck zu erwecken, der Treibstoff reiche für den Rest der Reise gerade noch aus, und damit den Captain von der Rückkehr nach Irland abgehalten, so notierte er nun übertrieben hohe Zahlen. Damit verhinderte er, daß Mickey Finn, seine Ablösung, zu Dienstbeginn eine Diskrepanz zwischen der Anzeige und den Zahlen vorfand. Mickey würde sich zwar über die enormen Schwankungen des Treibstoffverbrauchs auf der Howgozit-Kurve wundern, doch Eddie konnte dafür das stürmische Wetter verantwortlich machen. Mickey war ohnehin seine geringste Sorge. Er hatte jedoch panische Angst davor, daß dem Flugzeug vor Neufundland der Treibstoff ausgehen würde.

Sie verfügten nicht einmal mehr über das vorgeschriebene Minimum. Die Vorschriften sahen natürlich eine Sicherheitsmarge vor, doch solche Margen hatten durchaus ihren Sinn. Auf diesem Flug gab es inzwischen nicht mehr genug Treibstoff für mögliche Notfälle wie zum Beispiel den Ausfall eines Motors. Wenn etwas schiefging, würde das Flugzeug in den stürmischen Atlantik stürzen. Mitten auf dem Meer konnten sie nicht sicher zu Wasser gehen, die Maschine würde binnen Minuten untergehen und sämtliche Passagiere und Besatzungsmitglieder mit sich in die Tiefe reißen.

Kurz vor zwei erschien ein frisch und arbeitseifrig wirkender Mickey auf dem Flugdeck. »Wir haben verdammt wenig Reserven«, sagte Eddie sofort. »Ich habe den Captain bereits informiert.« Mickey nickte unbeteiligt und griff nach der Taschenlampe. Seine erste Aufgabe bei Dienstantritt bestand darin, die vier Motoren mit eigenen Augen zu inspizieren.

Eddie überließ ihm das Feld und ging hinunter aufs Passagierdeck.

Der Erste Offizier Johnny Dott, der Navigator Jack Ashford und der Funker Ben Thompson folgten ihm, als auch ihre jeweilige Ablösung erschien. Jack ging zur Kombüse, um sich ein Brot zu machen. Eddie wurde schon beim Gedanken an Essen schlecht. Er holte sich einen Kaffee und suchte sich einen Platz im ersten Abteil.

Nun, da er nicht mehr arbeitete, hatte er auch keine Ablenkung mehr. Ununterbrochen mußte er an Carol-Ann denken, die sich in der Gewalt der Kidnapper befand.

In Maine war es jetzt kurz nach einundzwanzig Uhr und bereits dunkel. Im günstigsten Fall war Carol-Ann jetzt müde und niedergeschlagen. Seit Beginn ihrer Schwangerschaft ging sie viel früher zu Bett als sonst. Ob sie ihr wenigstens die Gelegenheit geben, sich irgendwo hinzulegen? dachte er. Dann kann sie sich zumindest ausruhen, auch wenn an Schlaf wohl kaum zu denken sein dürfte ... Eddie hoffte, daß der Gedanke ans Zubettgehen in den Köpfen der Halunken, die sie bewachten, nicht irgendwelche Assoziationen auslösen würde ...

Bevor sein Kaffee noch abgekühlt war, schlug der Sturm mit aller Macht zu.

Der Flug verlief schon seit einigen Stunden recht unruhig, doch nun ging es erst richtig los. Man hätte fast meinen können, auf einem Schiff zu sein. Das massige Flugzeug glich einem Boot, das langsam von den Wogen emporgehoben wurde – und dann um so schneller wieder absackte, das Wellental mit einem dumpfen Schlag traf und dann, von Böen ergriffen und von einer Seite zur anderen geworfen und gerollt, wieder in die Höhe klomm. Eddie saß in einer Koje und stemmte sich mit den Füßen gegen den Eckpfosten. Die Passagiere erwachten einer nach dem anderen, klingelten nach den Stewards und rannten zur Toilette. Nicky und Davy, die zusammen mit der dienstfreien Besatzung im ersten Abteil vor sich hin gedöst hatten, knöpften ihre Hemdkragen zu, schlüpften in ihre Jacken und eilten davon, um sich um die Leute zu kümmern, die nach ihnen geklingelt hatten.

Nach einer Weile ging Eddie in die Kombüse, um sich noch einen Kaffee zu holen. Er hatte sein Ziel gerade erreicht, als sich plötzlich die Tür der Herrentoilette öffnete und Tom Luther blaß und verschwitzt vor ihm stand. Eddie starrte ihn verächtlich an. Am liebsten hätte er den Mann mit bloßen Händen erwürgt, aber er bezwang sich.

»Ist das immer so?« fragte Luther besorgt.

Für diese Kreatur hatte Eddie keinen Funken Sympathie. »Nein, normal ist das nicht«, gab er zurück. »Eigentlich sollten wir um den Sturm herumfliegen, aber wir haben nicht genug Treibstoff.«

»Wie das?«

»Weil er rapide zur Neige geht.«

Luther bekam es mit der Angst zu tun. »Aber Sie haben doch gesagt, daß Sie notfalls vor dem Punkt ohne Wiederkehr umdrehen würden!«

Eddie hatte viel größere Bedenken als Luther, doch verschaffte ihm die Nervosität des Mannes eine gewisse Befriedigung. »Eigentlich hätten wir umkehren sollen. Aber ich habe die Zahlen gefälscht. Ich habe nämlich ganz besonderes Interesse daran, daß dieser Flug pünktlich über die Bühne geht, Sie erinnern sich doch sicher?«

»Sie sind ja verrückt!« stieß Luther verzweifelt hervor. »Versuchen Sie etwa, uns allesamt umzubringen?«

»Ich nehme lieber das Risiko auf mich, daß Sie draufgehen, als daß ich meine Frau mit ihren Freunden allein lasse.«

»Aber wenn wir alle krepieren, ist Ihrer Frau damit auch nicht geholfen!«

»Da erzählen Sie mir nichts Neues.« Eddie wußte, daß er ein schreckliches Risiko einging, aber er konnte den Gedanken, Carol-Ann noch einen Tag länger in den Händen der Kidnapper zu wissen, nicht ertragen. »Kann schon sein, daß ich verrückt bin«, sagte er zu Luther.

Luther sah krank aus. »Aber dieses Flugzeug kann doch auf dem Meer landen, oder?«

»Kann es nicht. Wir können nur auf ruhigen Gewässern niedergehen. Wenn wir in einem solchen Sturm mitten im Atlantik wassern, würde die Maschine binnen Sekunden auseinanderbrechen.«

»O Gott«, stöhnte Luther. »Ich hätte dieses Flugzeug nie besteigen sollen.«

»Du hättest meine Frau in Ruhe lassen sollen, du verdammtes Schwein«, stieß Eddie zwischen den Zähnen hervor.

Die Maschine machte einen wilden Satz. Luther drehte sich um und verschwand stolpernd wieder im Toilettenraum.

Eddie durchquerte das Abteil Nummer zwei und trat in den Salon. Die Kartenspieler waren auf ihren Sitzen angeschnallt und hielten sich fest. Die Maschine schlingerte und bockte. Über den Teppich kullerten Gläser und eine Flasche, auch ein paar Karten rutschten herum. Eddie blickte den Gang hinunter. Die Passagiere hatten sich nach der anfänglichen Panik wieder beruhigt. Die meisten von ihnen waren in ihre Kojen zurückgekehrt und hatten sich in der Erkenntnis, daß die Schaukelei so am besten zu ertragen war, an Ort und Stelle festgegurtet. Dort lagen sie nun bei geöffneten Vorhängen und fügten sich teils mit heiterer Gelassenheit, teils mit unverhüllter Todesangst der unangenehmen Situation. Alles, was nicht zuvor niet- und nagelfest gewesen war, fand sich inzwischen auf dem Boden wieder. Auf dem Teppich tanzten Bücher, Brillen, Morgenröcke, Wechselgeld, Manschettenknöpfe und all die anderen Dinge, die man sich nachts neben das Bett legt, in buntem Durcheinander. Die Reichen und die Paradiesvögel dieser Welt wirkten plötzlich sehr menschlich, und Eddie wurde von einem quälenden Anfall von schlechtem Gewissen heimgesucht: Werden all diese Menschen hier meinetwegen sterben müssen?

Er kehrte zu seinem Sitz zurück und schnallte sich an. Am Treibstoffverbrauch konnte er nun nichts mehr ändern, und Carol-Ann konnte er einzig und allein retten, indem er dafür sorgte, daß die Notwasserung nach Plan verlief.

Das Flugzeug schlingerte weiter durch die Nacht. Eddie setzte alles daran, die in ihm brodelnde Wut zu unterdrücken und über den Fortgang der Aktion nachzudenken.

Beim Start in Shediac, dem letzten Hafen vor New York, würde er Dienst haben und sich sogleich daranmachen, Treibstoff abzulassen. Die Anzeigen würden natürlich darüber Aufschluß geben, und falls Mickey Finn aus irgendeinem Grund aufs Flugdeck käme, könnte er den Verlust durchaus bemerken. Aber zu diesem Zeitpunkt, also vierundzwanzig Stunden nach dem Start in Southampton, war der dienstfreie Teil der Besatzung im allgemeinen nur noch an Schlaf interessiert. Daß andere Crewmitglieder die Treibstoffanzeigen beobachteten, war höchst unwahrscheinlich, vor allem nicht auf einer so kurzen Flugstrecke, auf der der Treibstoffverbrauch kein kritischer Punkt mehr war. Allein der Gedanke, seine Kollegen betrügen zu müssen, war ihm von Grund auf zuwider. Er spürte, wie die Wut in ihm hochstieg, und ballte die Hände zu Fäusten – aber es gab nichts, auf das er hätte einschlagen können. Er versuchte, sich wieder auf seinen Plan zu konzentrieren.

Kurz vor dem von Luther gewünschten Landeplatz würde Eddie noch mehr Treibstoff ablassen. Die Restmenge mußte so bemessen sein, daß gerade noch genug Sprit für die Landung blieb. Wenn es dann soweit war, würde er dem Captain mitteilen müssen, daß sich eine Notlandung nicht mehr vermeiden ließ.

Es kam nun vor allem darauf an, die Reiseroute genau zu beobachten. Die Navigation war noch nicht so weit gediehen, daß sie bei jeder Atlantiküberquerung demselben Kurs folgten. Luther hatte den Ort für das Rendezvous mit seinen Komplizen klug gewählt, war er doch weit und breit der beste Landeplatz für ein Wasserflugzeug. Selbst wenn sie etliche Meilen vom Kurs abkommen sollten, würde Captain Baker die betreffende Bucht ansteuern.

Wenn die Zeit es erlaubte, würde der Captain wütend fragen, wieso ihm, Eddie, der eklatante Treibstoffverlust nicht aufgefallen war, bevor es kritisch wurde. Die einzige Antwort darauf war: Sämtliche Meßgeräte haben sich verklemmt – eine geradezu hanebüchene Erklärung. Eddie knirschte mit den Zähnen. Die Kollegen verlassen sich darauf, daß ich die entscheidende Aufgabe der Überwachung der Treibstoffreserven ordnungsgemäß erfülle, und vertrauen mir ihr Leben an. Auf einmal wird ihnen klarwerden, daß ich sie im Stich gelassen habe . . . Was wird nach der Landung geschehen? Ein schnelles Motorboot, das bereits auf uns wartet, nähert sich dem Clipper. Captain Baker, froh über das vermeintliche Hilfsangebot, bittet die Gangster an Bord – tut er's nicht, so muß ich ihnen die Tür öffnen. Sie werden Ollis Field, den Mann vom FBI, überwältigen und sich mit Frankie Gordino aus dem Staub machen.

Sie werden sich sputen müssen. Der Funker hat natürlich vor der

Wasserung SOS gefunkt. Außerdem ist der Clipper groß genug, um aus der Entfernung gesehen zu werden. Es wird daher nicht lange dauern, bis auch andere Boote uns zu Hilfe kommen. Vielleicht besteht sogar die Chance, daß die Küstenwacht rechtzeitig zur Stelle ist und Gordinos Befreiung vereitelt. Das könnte Luther und seiner Bande den Garaus machen ... Eddie wollte schon wieder Hoffnung schöpfen, als ihm einfiel, daß ihm am Gelingen, nicht am Scheitern von Luthers Unternehmen gelegen sein mußte.

Es gelang ihm einfach nicht, sich damit abzufinden, daß er all seine Hoffnungen auf den Erfolg der Verbrecher setzen mußte. Wie, wie, wie konnte er Luther noch einen Strich durch die Rechnung machen? Was immer ihm dazu einfiel, hatte einen Haken: Carol-Ann. Wenn Luther Gordino nicht bekam, dann bekam Eddie auch nicht Carol-Ann.

Gibt es vielleicht die Chance, Gordino innerhalb von vierundzwanzig Stunden nach Carols Befreiung wieder dingfest zu machen? Nein, unmöglich: Er wird längst über alle Berge sein. Es sei denn, es gelingt mir, Luther dazu zu bringen, Carol-Ann schon früher auf freien Fuß zu setzen, aber so dumm, daß er sich auf einen solchen Vorschlag einläßt, ist der Kerl bestimmt nicht. Ich habe keinerlei Druckmittel gegen Luther – im Gegenteil: Luther hat Carol-Ann, und ich habe ...

Nun ja, dachte er plötzlich – ich habe Gordino ...

Sie haben Carol-Ann in ihrer Gewalt, und wenn ich nicht mit ihnen zusammenarbeite, bekomme ich sie nicht zurück. Aber Gordino befindet sich an Bord dieser Maschine, und wenn sie nicht mit mir zusammenarbeiten, kriegen sie Frankie nicht zurück. Vielleicht haben sie ja doch nicht alle Trümpfe in der Hand ...

Kann ich es irgendwie so drehen, daß *ich* bestimme, wie es weitergeht? Daß die Initiative bei mir liegt?

Er starrte blicklos die gegenüberliegende Wand an und zermarterte sich den Kopf.

Es gibt eine Möglichkeit!

Wo steht eigentlich geschrieben, daß sie Gordino zuerst bekommen müssen? Ein Austausch von Geiseln hat zeitgleich zu erfolgen.

Er bekämpfte die Hoffnung, die sich seiner bemächtigen wollte, und zwang sich dazu, in Ruhe nachzudenken.

Wie wird der Austausch vonstatten gehen? Sie müssen Carol-Ann mitbringen. Sie muß auf dem Boot sein, mit dem Gordino fliehen will. Sie müssen sie zum Clipper bringen.

Warum nicht? *Zum Teufel, warum eigentlich nicht?*

Bleibt mir noch genug Zeit, um alles Nötige in die Wege zu leiten? fragte sich Eddie. Er hatte sich bereits ausgerechnet, daß Carol-Ann in einem Radius von vielleicht sechzig bis siebzig Meilen um ihren Wohnort gefangengehalten wurde, und der befand sich etwa siebzig Meilen vom Ort der geplanten Notwasserung entfernt. Im schlimmsten Fall lagen also vier Fahrstunden zwischen dem Schlupfwinkel der Entführer und dem Treffpunkt. War das zu weit?

Einmal angenommen, Tom Luther ist einverstanden, überlegte Eddie weiter, dann kann er seine Kumpanen von Botwood aus, wo wir gegen neun Uhr morgens britischer Zeit ankommen dürften, anrufen. Von dort aus fliegen wir nach Shediac weiter. Die nicht im Flugplan verzeichnete Notwasserung soll sieben Stunden später, also eine Stunde nach dem Start in Shediac, gegen sechzehn Uhr britischer Zeit erfolgen. Die Bande hat also genug Zeit, Carol-Ann rechtzeitig an Ort und Stelle abzuliefern; es bleiben ihr sogar noch zwei Stunden Reserve.

Eddies Aufregung bei der Aussicht, Carol-Ann möglicherweise schon früher zurückzubekommen, ließ sich kaum noch unterdrücken. Der Plan bot Eddie überdies eine – wenn auch nur sehr kleine – Chance, Luthers Coup zu durchkreuzen und damit sein Verhalten gegenüber der Clipper-Crew zu rechtfertigen. Wenn sie miterleben, wie ich eine Mörderbande dingfest mache, verzeihen sie mir vielleicht meine Unaufrichtigkeit ... Und wieder ermahnte er sich, sich keine allzu großen Hoffnungen zu machen. Bisher war es nichts weiter als eine Idee. Wahrscheinlich ließ Luther sich ja gar nicht auf den Handel ein. Eddie konnte natürlich drohen, im Falle der Ablehnung seiner Bedingungen die Landung des Flugzeugs zu verhindern, doch mußte er damit rechnen, daß die Gangster das für eine leere Drohung halten würden: Sie kalkulierten damit, daß er alles daransetzen würde, um seine Frau zu retten, und damit hatten sie recht. Ihnen geht es nur um die Rettung eines Komplizen, dachte er. Ich bin in einer viel verzweifelteren Lage – und von daher in einer viel schwächeren Verhandlungsposition. Der Gedanke allein genügte, um ihn neuerlich in tiefste Verzweiflung versinken zu lassen.

Immerhin: Ich kann Luther auf jeden Fall eine Nuß zu knacken geben und ihn in Zweifel und Besorgnis stürzen. Gut möglich, daß er meiner Drohung keinen Glauben schenken wird – aber ein Gefühl der Unsicherheit wird bleiben. Es gehört Courage dazu, ein mögliches Risiko völlig zu ignorieren – und ein Held ist dieser Luther, zumindest im Augenblick, bestimmt nicht ... Und überhaupt, dachte Eddie – was habe ich schon zu verlieren? Ich werd's versuchen.

Er erhob sich von seinem Lager. Wahrscheinlich wäre es das beste, den Verlauf des Gesprächs sorgfältig vorzuplanen und sich die richtigen Antworten auf alle denkbaren Einwände Luthers zurechtzulegen, dachte er. Aber seine Nerven waren zum Zerreißen gespannt, und er konnte einfach nicht länger dasitzen und grübeln. Ich muß jetzt handeln – sonst werde ich verrückt, sagte er sich.

Sich an allem festhaltend, dessen er habhaft werden konnte, hangelte er sich durch das rüttelnde und schüttelnde Flugzeug, bis er den Salon erreichte.

Luther gehörte zu den Passagieren, die nicht zu Bett gegangen waren. Er saß in einer Ecke und trank Whisky, beteiligte sich allerdings nicht am Kartenspiel. Er hatte wieder Farbe bekommen, schien seine Übelkeit überwunden zu haben und las in der *Illustrated London News*, einer englischen Zeitschrift. Eddie tippte ihm auf die Schulter. Überrascht und ein wenig ängstlich sah Luther auf. Als er Eddie erblickte, verfinsterte sich seine Miene. »Der Captain hätte gerne ein paar Worte mit Ihnen gewechselt, Mr. Luther«, sagte Eddie.

Luther wirkte besorgt und rührte sich zunächst nicht vom Fleck, doch als Eddie seiner Aufforderung mit einer gebieterischen Kopfbewegung Nachdruck verlieh, legte er die Zeitschrift beiseite, klinkte den Sicherheitsgurt auf und erhob sich.

Eddie ging ihm durch den Salon und das Abteil Nummer zwei voran, doch anstatt von dort aus die Treppe zum Flugdeck hinaufzusteigen, öffnete er die Tür zur Herrentoilette und hielt sie Luther auf.

Ein leichter Gestank nach Erbrochenem lag in der Luft. Leider waren sie nicht allein: Ein Passagier im Schlafanzug wusch sich gerade die Hände. Eddie deutete auf die Toilettenkabine, und Luther ging hinein. Eddie kämmte sich und wartete darauf, daß der Passagier verschwand. Schließlich klopfte er an die Toilettentür, und Luther kam heraus. »Was, zum Teufel, soll das?« fragte er.

»Halten Sie Ihr Maul und hören Sie zu!« fauchte Eddie. Er hatte gar keinen aggressiven Ton anschlagen wollen, aber Luther brachte ihn einfach zur Raserei. »Ich weiß, warum Sie an Bord sind. Ich kenne Ihre Pläne und habe mich zu einer Änderung entschlossen. Wenn ich diese Maschine runterbringen soll, muß Carol-Ann im Boot unten auf mich warten.«

»Sie haben überhaupt keine Forderungen zu stellen«, gab Luther verächtlich zurück.

Eddie hatte von vornherein nicht damit gerechnet, daß sein Gegenüber sofort klein beigeben würde. Nun war es soweit: Er mußte bluffen. »Na gut«, sagte er mit aller Überzeugungskraft, zu der er fähig war. »Damit ist unsere Vereinbarung null und nichtig.«

Luther schien ein wenig beunruhigt, doch er sagte: »Reden Sie keine Scheiße. Sie wollen Ihr Frauchen wiederhaben, und deswegen werden Sie diese Maschine auch runterbringen.«

Stimmt genau, dachte Eddie, doch er schüttelte den Kopf. »Ich traue Ihnen nicht«, gab er zurück. »Wie sollte ich auch? Selbst wenn ich auf alle Ihre Forderungen eingehe – Sie können mich bis zum Schluß reinlegen. Auf ein solches Risiko lasse ich mich nicht ein. Ich will eine neue Abmachung.«

Luthers Selbstvertrauen war noch immer nicht erschüttert. »Eine neue Abmachung gibt es nicht.«

»Na schön.« Jetzt mußte Eddie seinen Trumpf ausspielen. »Na gut, dann wandern Sie eben ins Kittchen.«

Luther lachte nervös. »Was soll das Geschwätz?«

Eddies Zuversicht wuchs: Luthers Selbstsicherheit geriet allmählich ins Wanken. »Ich werde den Flugkapitän über alles in Kenntnis setzen. Bei der nächsten Zwischenlandung werden Sie von Bord geholt – und zwar von der Polizei. Und dann verschwinden Sie hinter Gittern – in Kanada, wo Ihre Komplizen Sie nicht raushauen können. Die Anklage wird auf Geiselnahme und Piraterie lauten – verdammt, Luther, das reicht wahrscheinlich für lebenslänglich.«

Endlich war es ihm gelungen, Luther aus der Fassung zu bringen. »Aber es ist doch alles abgesprochen«, protestierte dieser. »Für eine Änderung des Plans ist es jetzt zu spät.«

»Ist es nicht«, widersprach Eddie. »Sie können Ihre Leute bei der nächsten Zwischenlandung anrufen und sie wissen lassen, was zu tun ist. Die Kerle haben dann sieben Stunden Zeit, um Carol-Ann an Bord des Bootes zu bringen. Das ist mehr als genug.«

Unvermittelt gab Luther nach. »In Ordnung, einverstanden.«

Eddie glaubte ihm kein Wort: Die Sinnesänderung war viel zu schnell vonstatten gegangen. Sein siebter Sinn sagte ihm, daß Luther beschlossen hatte, ihn hinters Licht zu führen. »Außerdem sagen Sie den Burschen, daß sie mich in Shediac, unserem letzten Zwischenstopp, anrufen und mir bestätigen sollen, daß alle Vereinbarungen eingehalten werden.«

Ein Anflug von Zorn huschte über Luthers Gesicht und bestätigte Eddie darin, daß seine Vermutung richtig gewesen war. Eddie fuhr fort: »Und wenn das Boot und der Clipper sich treffen, muß ich Carol-Ann *sehen* können, und zwar an Deck, bevor ich die Türen öffne, ist das klar? Wenn ich sie nicht sehe, schlage ich Alarm. Ollis Field hat Sie am Schlafittchen, ehe Sie die Tür öffnen können, und die Küstenwacht ist zur Stelle, bevor ihr Halunken euch Zugang zum Flugzeug verschaffen könnt. Sorgen Sie also dafür, daß alles genau nach meinen Angaben abläuft, sonst hat euer letztes Stündchen geschlagen.«

Luther hatte sich plötzlich wieder gefangen. »Das tun Sie doch im Leben nicht«, höhnte er. »Sie werden doch nie das Leben Ihrer Frau aufs Spiel setzen.«

Eddie gab sich alle erdenkliche Mühe, den Zweifel zu schüren. »Sind Sie da ganz sicher, Luther?«

Es reichte nicht aus. Luther schüttelte energisch den Kopf. »So verrückt sind Sie nun auch wieder nicht.«

Eddie wußte, daß er nur einmal die Chance bekam, Luther zu überzeugen: hier und jetzt. *Verrückt* war das Stichwort, das ihm noch gefehlt hatte. »Ich zeig' dir, wie verrückt ich bin«, sagte er und schubste den Mann unmittelbar neben dem großen rechteckigen Fenster gegen die Wand. Luther war so überrascht, daß er zunächst keinen Widerstand leistete. »Ich werd' dir beweisen, wie scheißverrückt ich bin.« Unvermittelt versetzte er Luther einen heftigen Tritt gegen die Beine, der ihn zu Boden stürzen ließ – und er fühlte sich in diesem Augenblick wahrhaftig wie ein Verrückter. »Siehst du dieses Fenster hier, du Scheißkerl?« Eddie griff nach der Jalousie und riß sie aus den Befestigungen. »Ich bin verrückt genug, um dich aus diesem Scheißfenster hier zu schmeißen, so verrückt bin ich!« Mit einem Satz sprang er auf den Waschtisch und trat gegen die Scheibe. Obwohl er robuste Stiefel trug, gab das starke, einen halben Zentimeter dicke Plexiglas nicht nach. Noch einmal trat er zu, fester, und diesmal bekam die Scheibe einen Sprung. Ein weiterer Tritt gab ihr den Rest. Glasscherben schwirrten durch den Raum. Das Flugzeug flog mit einer Geschwindigkeit von 125 Meilen pro Stunde, und eisiger Wind und kalter Regen fegten wie ein Wirbelsturm herein.

Von panischer Angst ergriffen, versuchte Luther sich aufzurappeln, doch Eddie landete mit einem Satz wieder auf dem Boden und hinderte ihn an der Flucht. Er erwischte Luther, noch ehe dieser sein Gleichgewicht wiedergefunden hatte, und drückte ihn gegen die Wand. Seine Wut verlieh ihm die Kraft, die erforderlich war, um im Kampf mit seinem ungefähr gleich starken Widersacher die Oberhand zu behalten. Er packte Luther bei den Aufschlägen und schob ihn, Kopf voran, aus dem Fenster.

Luther brüllte.

Das Getose des Windes übertönte sein Schreien.

Eddie riß Luther zurück und brüllte ihm ins Ohr: »Ich schmeiß' dich da raus, da kannst du Gift drauf nehmen!« Wieder drückte er den Kopf seines Gegners aus dem Fenster. Dann wuchtete er Luther hoch.

Wäre Luther nicht in Panik geraten, so hätte er sich losreißen können. Doch der Mann hatte die Kontrolle verloren und war Eddie hilflos ausgeliefert. Er brüllte wieder, und Eddie konnte gerade eben noch die Worte »Ja, ja, ich tu's, ich tu's ja, lassen Sie mich los, lassen Sie mich endlich los!« verstehen.

Eddie verspürte den starken Drang, Luther tatsächlich aus dem Fenster zu werfen. Doch dann merkte er, daß er wirklich drauf und dran war, die Kontrolle zu verlieren. Du willst Luther nicht umbringen, sondern ihn nur in Todesangst versetzen, mahnte er sich. Es reicht jetzt. Er setzte Luther ab und löste seinen Griff.

Luther stürmte zur Tür.

Eddie ließ ihn laufen. Die Rolle des Verrückten ist mir ganz gut geglückt, dachte Eddie. Aber er wußte auch, daß er sich in Wirklichkeit kaum verstellt hatte. Er lehnte sich gegen den Waschtisch und schnappte nach Luft. Die wahnsinnige Wut verflog ebenso schnell, wie sie gekommen war. Er war innerlich ganz ruhig, wenngleich ein wenig entsetzt über seine Gewalttätigkeit; fast kam es ihm vor, als habe nicht er selbst, sondern ein Fremder an seiner Statt gehandelt.

Kurz darauf kam ein Passagier herein. Es war Mervyn Lovesey, der Mann, der in Foynes zugestiegen war, ein großgewachsener, etwa vierzig Jahre alter Engländer, der einen sehr soliden Eindruck machte. In seinem gestreiften Nachthemd wirkte er allerdings ziemlich komisch. Lovesey betrachtete den Schaden und sagte: »Na, was ist denn hier passiert?«

Eddie schluckte. »Die Scheibe ist zerbrochen.«

Lovesey sah ihn belustigt an. »Das habe ich mir fast gedacht.«

»Das kann im Sturm schon mal vorkommen«, meinte Eddie. »Ein solcher Wind bringt manchmal Eisklumpen oder sogar Steine mit sich.«

Lovesey war skeptisch. »So was! Seit zehn Jahren fliege ich meine eigene Maschine – aber davon habe ich noch nichts gehört.«

Er hatte natürlich recht. Es kam zwar durchaus vor, daß unterwegs eine Fensterscheibe zu Bruch ging, doch geschah dies normalerweise, wenn die Maschine im Hafen lag, und nicht mitten über dem Atlantik. Für solche Fälle führten sie Abdeckklappen aus Aluminium – sogenannte Fensterblenden – mit sich, die zufälligerweise auch noch genau hier, auf der Herrentoilette, verstaut waren. Eddie öffnete den Schrank und zog eine heraus. »Deswegen haben wir diese Dinger hier dabei«, sagte er. Lovesey war endlich überzeugt. »Unglaublich«, murmelte er und verschwand in der Kabine.

Im gleichen Schrank wie die Fensterblende befand sich auch ein Schraubenzieher, das einzige Werkzeug, das für die Montage vonnöten war. Wenn ich die Sache selbst erledige, hält sich die allgemeine Aufregung in Grenzen, dachte Eddie. Er brauchte nur ein paar Sekunden, um den Fensterrahmen abzunehmen, die Reste der zerborstenen Scheibe abzuschrauben, die Blende festzuziehen und den Rahmen wiedereinzusetzen.

»Sehr beeindruckend«, meinte Mervyn Lovesey, als er von der Toilette kam. Eddie hatte das Gefühl, daß er dem Braten trotzdem nicht ganz traute. Aber es war kaum damit zu rechnen, daß er etwas unternehmen würde.

Eddie verließ den Waschraum und stieß auf Davy, der in der Kombüse ein Milchgetränk zubereitete. »Das Klofenster ist zerbrochen«, sagte er zu ihm.

»Ich bringe der Prinzessin noch schnell ihren Kakao, dann kümmere ich mich darum.«

»Die Fensterblende habe ich bereits angebracht.«

»Prima. Danke, Eddie.«

»Aber du mußt so schnell wie möglich die Scherben zusammenkehren.«

»Geht in Ordnung.«

Eddie hätte ihm am liebsten angeboten, es selbst zu machen – schließlich war er für den Schlamassel verantwortlich. Aber es bestand die Gefahr, durch zu große Hilfsbereitschaft sein schlechtes Gewissen zu verraten und sich dadurch verdächtig zu machen, und deshalb mußte wohl oder übel Davy ran. Eddie blickte schuldbewußt zu Boden.

Immerhin hatte er etwas erreicht: Er hatte Luther einen riesigen Schreck eingejagt. Wahrscheinlich würde er jetzt klein beigeben und dafür sorgen, daß Carol-Ann mit dem Boot zum vereinbarten Treffpunkt käme. Zumindest bestand jetzt wieder eine gewisse Hoffnung.

Er mußte an sein zweites Problem, die Treibstoffreserven, denken. Obwohl es zum neuerlichen Dienstantritt noch zu früh war, begab er sich aufs Flugdeck, um mit Mickey Finn, dem Zweiten Ingenieur, zu reden.

»Die Kurve ist außer Rand und Band!« rief Mickey beunruhigt, kaum daß Eddie eingetreten war.

Ob der Sprit noch reicht? dachte Eddie, bewahrte jedoch äußerlich die Ruhe und sagte: »Zeigen Sie mal!«

»Hier – während der ersten Stunde meiner Schicht war der Verbrauch unglaublich hoch, in der zweiten Stunde pendelte er sich dann wieder auf das normale Maß ein.«

»Bei mir war es vorhin genauso«, sagte Eddie. Er spielte den nur leicht Besorgten; in Wirklichkeit war ihm angst und bange. »Der Sturm wirft alle Berechnungen über den Haufen«, meinte er und stellte die kritische Frage, die ihn quälte: »Reicht der Sprit denn, um uns nach Hause zu bringen?« Er hielt den Atem an.

»Ja, er reicht noch«, antwortete Mickey.

Eddie ließ die Schultern erleichtert sinken. Gott sei Dank. Wenigstens eine Sorge weniger.

»Aber wir haben keinerlei Reserven«, fügte Mickey hinzu. »Ich bete zu Gott, daß alle Motoren durchhalten.«

Ein hypothetisches Risiko. Eddie war viel zu sehr mit anderen Dingen beschäftigt, als daß er sich darüber den Kopf hätte zerbrechen können. »Was sagt der Wetterbericht? Vielleicht haben wir den Sturm ja bald hinter uns.«

Mickey schüttelte den Kopf. »Nein«, meinte er grimmig. »Es geht erst richtig los.«

Nancy Lenehan hatte sich hingelegt. Sie fand es ziemlich beunruhigend, mit einem wildfremden Menschen das Zimmer teilen zu müssen.

Mervyn Lovesey hatte recht gehabt: In der Honeymoon Suite gab es, der Bezeichnung zum Trotz, Etagenbetten. Es war ihm jedoch wegen des Sturms nicht gelungen, die Tür auf Dauer festzuklemmen.

Sie knallte ständig wieder zu, ganz gleich, was er auch anstellte. Schließlich kamen sie beide zu dem Schluß, daß eine geschlossene Tür weniger peinlich war als die andauernden Bemühungen, sie offenzuhalten.

Nancy war so lange wie möglich aufgeblieben. Die Versuchung war groß, die ganze Nacht über im Salon sitzen zu bleiben, aber dort herrschte mittlerweile eine unangenehm männliche Atmosphäre – angefangen vom dichten Zigarettenrauch und Whiskygeruch bis hin zum unterdrückten Lachen und Fluchen der Kartenspieler. Sie kam sich völlig deplaziert vor. Am Ende blieb ihr nichts anderes übrig, als ins Bett zu gehen.

Sie löschten das Licht und kletterten in ihre Kojen. Nancy legte sich hin und schloß die Augen, aber an Schlaf war nicht zu denken. Der Brandy, den der junge Harry Marks ihr besorgt hatte, half nicht im geringsten; sie war hellwach.

Sie wußte, daß Mervyn ebenfalls wach lag, und nahm jede Bewegung in der Koje über ihr wahr. Die Etagenbetten in der Honeymoon Suite waren im Gegensatz zu den anderen Betten nicht mit einem Vorhang versehen. Nur die Dunkelheit sorgte für eine gewisse Privatsphäre.

Nancy dachte an Margaret Oxenford, die so jung und naiv war, so voller Ungewißheit und Idealismus. Sie vermutete, daß sich hinter Margarets unsicherer Fassade eine große Leidenschaft verbarg, und konnte sich von daher durchaus in sie hineinversetzen. Auch sie hatte Kämpfe mit ihren Eltern, zumindest aber mit ihrer Mutter, auszufechten gehabt. Ma wollte immer, daß sie einen Jungen aus einer alteingesessenen Bostoner Familie heiratete, doch Nancy hatte sich schon mit sechzehn Jahren in Sean Lenehan verliebt, einen Medizinstudenten, dessen Vater tatsächlich Vorarbeiter in Pa's eigener Fabrik war! Wie entsetzlich! Monatelang zog Ma über Sean her, kolportierte bösartige Gerüchte über ihn und andere Mädchen, düpierte seine Eltern aufs Ärgste und wurde schließlich krank und bettlägerig. Von ihrem Krankenlager erhob sie sich nur, um ihrer selbstsüchtigen, undankbaren Tochter Strafpredigten zu halten. Nancy hatte unter Ma's Vorwürfen gelitten, war aber keinen Zentimeter von ihrem Standpunkt abgewichen. Sie hatte Sean geheiratet und ihn bis zu seinem Tod sehr geliebt.

Gut möglich, daß Margaret nicht so stark ist wie ich, dachte sie. Vielleicht war es ein bißchen hart, ihr klipp und klar zu sagen, daß sie weggehen soll, wenn sie mit ihrem Vater nicht auskommt. Aber irgendwie scheint sie jemanden zu brauchen, der ihr sagt, daß sie jetzt mit der Jammerei aufhören und erwachsen werden muß. Als ich so alt war wie sie, hatte ich schon zwei Kinder!

Sie hatte ihre praktische Hilfe angeboten und ein paar realistische Ratschläge gegeben. Nun kam es nur darauf an, daß sie ihr Versprechen, Margaret eine Stelle anzubieten, auch erfüllen konnte.

Alles hing jetzt ab von Danny Riley, diesem alten Taugenichts, der im Kampf mit ihrem Bruder das Zünglein an der Waage war. Wieder kamen Nancy Bedenken, und einmal mehr grübelte sie über die anstehenden Probleme nach. Ob Mac, ihr Anwalt, Danny wohl erreicht hatte? Und wenn ja, wie hatte Danny die Nachricht über die Untersuchung einer krummen Tour aus seiner Vergangenheit aufgenommen? Ob er darauf kam, daß die ganze Sache nur ausgeheckt worden war, um ihn unter Druck zu setzen? Oder hatte ihn blinde Panik ergriffen? Nancy warf sich unruhig im Bett hin und her; sämtliche unbeantwortete Fragen gingen ihr durch den Kopf. Hoffentlich kann ich Mac bei der nächsten Zwischenlandung in Botwood auf Neufundland telefonisch erreichen, dachte sie. Vielleicht kann er mich von dieser unerträglichen Anspannung befreien ...

Das Flugzeug rüttelte und schlingerte schon seit einer ganzen Weile und machte Nancy nur noch unruhiger und nervöser, als sie ohnehin schon war. Nach ein oder zwei Stunden wurden die Turbulenzen noch schlimmer. Nancy hatte noch nie Angst vorm Fliegen gehabt, war aber auch noch nie in einen solchen Sturm geraten. Die mächtige Maschine schien zum Spielball der Böen geworden zu sein. Nancy fürchtete sich und klammerte sich an den Kanten ihrer Koje fest. Seit dem Tode ihres Mannes hatte sie eine ganze Menge allein durchgestanden. Sei kein Angsthase, sagte sie sich auch jetzt. Reiß dich am Riemen ... Aber gegen die Vorstellung, daß die Flügel abbrechen oder die Motoren ausfallen und sie mit Mann und Maus kopfüber in die See stürzen könnten, kam sie einfach nicht an. Panische Angst ergriff sie. Sie kniff ihre Augen fest zusammen und biß in ihr Kopfkissen. Urplötzlich schien das Flugzeug in freien Fall überzugehen. Sie wartete darauf, daß es aufhörte, aber die Maschine fiel und fiel und fiel, und Nancy entfuhr vor Entsetzen ein wimmernder Schrei. Dann gab es einen heftigen Ruck, und die Maschine schien sich wieder zu fangen.

Einen Augenblick später spürte Nancy Mervyns Hand auf ihrer Schulter. »Das ist nur der Sturm«, sagte er in seinem gleichmütigen britischen Akzent. »Ich hab' schon Schlimmeres erlebt. Kein Grund zur Beunruhigung.«

Sie tastete nach seiner Hand und drückte sie dankbar. Er setzte sich auf ihre Bettkante und streichelte ihr über das Haar. Die Maschine flog jetzt wieder ruhiger. Nancy fürchtete sich nach wie vor, aber das Händchenhalten half ihr über die schlimmste Angst hinweg. Bald fühlte sie sich ein wenig besser.

Sie wußte nicht, wie lange sie so verharrt hatten. Der Sturm ließ allmählich nach. Auf einmal fühlte sie sich ein wenig befangen und ließ Mervyns Hand los. Sie wußte nicht, was sie sagen sollte, aber Gott sei Dank erhob er sich und verließ den Raum.

Nancy knipste das Licht an, stand schwankend auf, zog ihren Morgenrock aus blauer Seide über das schwarze Negligé und setzte sich an die Frisierkommode. Sie bürstete sich das Haar – eine Tätigkeit, die sie immer beruhigte. Nun war es ihr peinlich, daß sie seine Hand gehalten hatte. Sie hatte jegliche Anstandsformen vergessen und war nur dankbar gewesen, daß es jemanden gab, der ihr beistand. Im nachhinein war es ihr unangenehm, und sie war heilfroh, daß Mervyn genügend Einfühlungsvermögen besaß, sie ein paar Minuten lang allein zu lassen und ihr damit die Möglichkeit gab, die Fassung wiederzugewinnen.

Er kehrte mit einer Flasche Brandy und zwei Gläsern zurück, schenkte ein und reichte Nancy ein Glas. Sie ergriff es mit einer Hand und hielt sich mit der anderen am Rand der Frisierkommode fest. Das Flugzeug bockte noch immer ein wenig.

Daß Mervyn dieses komische Nachthemd trug, machte ihr alles

etwas leichter. Er sah einfach zum Schreien aus – und war sich dessen offenbar auch bewußt. Sein Auftreten wirkte indes so würdig und seriös, als trüge er einen eleganten Zweireiher – wodurch er irgendwie noch komischer wirkte. Er war offensichtlich ein Mann, dem es nichts ausmachte, nach außen hin ein wenig täppisch zu erscheinen. Er trug sein Nachthemd mit Stil, und das gefiel Nancy.

Sie nippte an ihrem Brandy. Der Alkohol tat ihr gut. Sie trank gleich noch einen Schluck.

»Mir ist eben etwas Merkwürdiges passiert«, sagte Mervyn im Plauderton. »Als ich zur Toilette ging, kam mir ein anderer Passagier entgegen. Er sah aus, als sei er zu Tode erschrocken. Als ich eintrat, war das Fenster zerbrochen. Der Flugingenieur stand da mit schuldbewußter Miene und tischte mir ein Ammenmärchen von einem Eisklumpen auf, den der Sturm gegen das Fenster geworfen haben sollte. Ich hatte aber eher den Eindruck, daß die beiden sich geprügelt haben.«

Nancy war ihm dankbar dafür, daß er über irgend etwas redete – immer noch besser, als dazusitzen und ans Händchenhalten zu denken. »Wer ist das, der Ingenieur?« erkundigte sie sich.

»So ein gutaussehender Bursche, etwa so groß wie ich, blond . . .«

»Ach so, der! Ich weiß schon. Und der Passagier?«

»Ich weiß nicht, wie er heißt. Geschäftsmann, reist allein, trägt einen hellgrauen Anzug.« Mervyn stand auf und schenkte ihr Brandy nach.

Nancys Morgenmantel reichte leider nur bis knapp unterhalb der Knie, und sie kam sich mit ihren nackten Waden und Füßen ziemlich entblößt vor. Erneut rief sie sich ins Gedächtnis zurück, daß Mervyn hinter seiner Frau her war, die er innig liebte, und von daher für alle anderen Reize blind war. Er würde nicht einmal von mir Notiz nehmen, wenn ich splitterfasernackt wäre, dachte sie. Daß er meine Hand gehalten hat, war nichts weiter als eine freundschaftliche, mitmenschliche Geste, arglos und unverfänglich . . . Eine zynische Stimme irgendwo im Hinterkopf widersprach: Das Händchenhalten mit dem Ehemann einer anderen Frau ist in den seltensten Fällen arglos und niemals unverfänglich . . . Nancy ignorierte den Einwand.

Sie suchte nach einem Gesprächsthema. »Ist Ihre Frau immer noch wütend auf Sie?« fragte sie schließlich.

»Sie ist fuchsteufelswild«, sagte Mervyn.

Nancy mußte bei dem Gedanken an die Szene lächeln, die sich ihr bei der Rückkehr geboten hatte. Diana: Mervyn anbrüllend – ihr Freund: sie anbrüllend. Diana und Mark hatten sich, als sie Nancy erblickten, sofort beruhigt und waren mit betroffenen Gesichtern von dannen gezogen, um ihren Streit anderswo fortzusetzen. Sie, Nancy, hatte kein Wort darüber verloren, weil sie bei Mervyn nicht den Eindruck erwecken wollte, sie mache sich über seine Lage lustig. Sie scheute sich aber nicht davor, ihm persönliche Fragen zu stellen: Es fiel ihr um so leichter, als ihnen durch äußere Umstände eine gewisse Vertrautheit aufgezwungen worden war. »Wird sie wohl zu Ihnen zurückkommen?«

»Das steht in den Sternen«, erwiderte er. »Dieser Kerl, mit dem sie da zusammen ist ... Ich halte ihn für einen Schwächling, aber vielleicht will sie es ja so.«

Nancy nickte. Die beiden Männer, Mark und Mervyn, waren vollkommen gegensätzliche Typen: Mervyn war groß und gebieterisch, dunkelhaarig, gut aussehend und manchmal ein wenig rauhbeinig. Mark wirkte mit seinen braunen Augen und den Sommersprossen insgesamt weicher, und auf seinem runden Gesicht lag zumeist ein leicht amüsierter Zug. »Ich persönlich mach' mir nicht viel aus jungenhaften Typen, aber auf seine Art ist auch er attraktiv«, sagte sie und dachte bei sich: Wäre ich mit Mervyn verheiratet, so würde ich ihn bestimmt nicht gegen Mark eintauschen wollen. Aber die Geschmäkker sind nun einmal verschieden ...

»Also – am Anfang dachte ich, Diana habe den Verstand verloren. Aber nachdem ich den Burschen gesehen habe, bin ich mir gar nicht mehr so sicher.« Mervyn schwieg einen Moment lang nachdenklich und wechselte dann das Thema. »Und Sie? Werden Sie es schaffen, sich gegen Ihren Bruder durchzusetzen?«

»Ich glaube, ich habe seinen schwachen Punkt gefunden«, erwiderte Nancy mit grimmiger Befriedigung und dachte dabei an Danny Riley. »Ich arbeite daran.«

Er grinste. »Wenn ich Sie so sehe, dann möchte ich Sie lieber zur Freundin als zur Feindin haben.«

»Ich tue es für meinen Vater«, sagte Nancy. »Ich habe ihn aus ganzem Herzen geliebt, und die Firma ist alles, was ich von ihm habe. Sie ist sein Denkmal – und mehr noch: Sie ist durch und durch von ihm und seiner Persönlichkeit geprägt.«

»Was war er für ein Mensch?«

»Er war einer jener Männer, die man nie vergißt, groß, dunkelhaarig, stimmgewaltig – ein Mann, dessen Stärke einem bei der ersten Begegnung sofort bewußt wird. Aber er kannte jeden einzelnen seiner Arbeiter mit Namen, wußte, wessen Frau krank war und wie die Kinder in der Schule zurechtkamen. Er zahlte den Söhnen unzähliger Fabrikarbeiter die Ausbildung – inzwischen sind sie Rechtsanwälte oder Steuerberater. Er wußte, wie man die Leute bei der Stange hielt. In dieser Hinsicht war er sehr altmodisch, eine Art Patriarch. Auf der anderen Seite ist mir nie ein brillanterer Geschäftsmann begegnet. In der tiefsten Rezession, als überall in den Neu-England-Staaten die Fabriken schlossen, stellten wir zusätzlich Leute ein, weil unser Absatz stieg! Vater erkannte als erster in der Schuhindustrie die Bedeutung der Werbung, und er setzte sie genial ein. Er interessierte sich für Psychologie und für die Beweggründe der Menschen. Er fand für jedes Problem neue, ungewöhnliche Lösungen, egal, um was es ging. Ich vermisse ihn jeden Tag. Ich vermisse ihn fast ebenso sehr wie meinen Mann.« Sie merkte, daß sie wütend wurde. »Und ich werde nicht tatenlos zusehen, wie sein Lebenswerk von meinem nichtsnutzigen Bruder verscherbelt wird.« Beim Gedanken an ihre Sorgen und Ängste rutschte sie nervös auf ihrem Sitz herum. »Ich versuche, Druck auf einen der Hauptaktionäre auszuüben, aber ob es mir gelingt, werde ich erst erfahren, wenn . . .«

Sie beendete den Satz nicht. Das Flugzeug geriet in die bisher schwerste Turbulenz und bockte wie ein Wildpferd. Nancy ließ ihr Glas fallen und griff mit beiden Händen nach dem Rand der Frisierkommode. Mervyn versuchte vergeblich, sich mit den Füßen abzustützen, und als die Maschine unvermittelt in Schräglage geriet, kugelte er über den Fußboden und stieß dabei das Beistelltischchen zur Seite.

Das Flugzeug fand sein Gleichgewicht wieder. Nancy streckte ihre Hand aus, um Mervyn aufzuhelfen, und fragte: »Haben Sie sich verletzt?« Die Maschine schlingerte erneut. Nancy rutschte aus, verlor den Halt und fiel auf Mervyn.

Einen Augenblick später brach er in Gelächter aus.

Sie hatte schon befürchtet, ihm weh getan zu haben, aber sie war leicht und er ein großer, starker Mann. Sie lag quer über ihm, so daß sie gemeinsam ein großes X auf dem ziegelroten Teppich bildeten. Die Maschine richtete sich wieder aus. Nancy glitt von Mervyn herunter, setzte sich auf und schaute ihn an. War Mervyn hysterisch – oder fand er das alles nur komisch?

»Wir müssen ganz schön blöd aussehen«, meinte er und fing wieder an zu lachen.

Sein Lachen war ansteckend. Für ein paar Augenblicke vergaß Nancy die Anspannung der letzten vierundzwanzig Stunden – den Verrat ihres Bruders, den Beinahe-Unfall in Mervyns kleiner Maschine, die peinliche Konstellation in der Honeymoon Suite, die scheußliche Aggression gegen die Juden beim Abendessen, den unangenehmen Zwischenfall mit Mervyns wütender Frau sowie ihre eigene Angst vor dem Sturm. Plötzlich wurde ihr bewußt, daß ihre gegenwärtige Lage – im Nachtgewand mit einem fremden Mann auf dem Boden eines schlingernden Flugzeugs zu sitzen – einer gewissen Komik nicht entbehrte. Sie fing ebenfalls an zu kichern.

Das nächste Schlingern der Maschine warf sie wieder gegeneinander. Noch immer lachend, fand sie sich in Mervyns Armen wieder. Sie sahen sich an.

Und plötzlich küßte sie ihn.

Nancy war völlig überrascht über sich selbst. Nicht im Traum hatte sie bisher daran gedacht, ihn zu küssen, ja, sie wußte noch nicht einmal, was sie eigentlich von ihm halten sollte. Der Kuß schien einer plötzlichen Eingebung entsprungen zu sein, wie aus dem Nichts.

Mervyn war im ersten Moment vollkommen überrascht, faßte sich jedoch in Sekundenschnelle und erwiderte ihren Kuß. Sein Kuß hatte nichts Zögerliches oder Lauwarmes an sich; er war sogleich Feuer und Flamme.

Eine Minute später löste sie sich atemlos von ihm und fragte ein wenig töricht: »Was war denn das?«

»Du hast mich geküßt«, gab er zufrieden lächelnd zurück.

»Dabei hatte ich das gar nicht vor.«

»Dann bin ich aber froh, daß du deine Meinung geändert hast«, sagte er und küßte sie wieder.

Sie hätte sich am liebsten von ihm gelöst, aber sein Griff war stark und ihr Wille schwach. Sie spürte, daß seine Hand unter ihren Morgenmantel glitt, und versteifte sich: Ihre Brüste waren so klein, daß sie sich schämte und fürchtete, er könne enttäuscht sein. Seine große Hand schloß sich um ihre kleine, runde Brust, und er stöhnte lustvoll. Seine Fingerspitzen tasteten nach der Brustwarze, und wieder schämte sich Nancy. Seit sie die beiden Jungen gestillt hatte, waren ihre Brustwarzen riesengroß. Mit ihren kleinen Brüsten und den Riesenbrustwarzen kam sie sich irgendwie merkwürdig, ja beinahe verunstaltet vor. Aber Mervyn zeigte nicht die geringste Spur von Abscheu, ganz im Gegenteil. Er liebkoste sie mit unglaublicher Behutsamkeit, und sie genoß seine Zärtlichkeiten und gab sich ihnen hin. Das hatte sie lange entbehrt, sehr lange.

Was treibst du da? schoß es ihr durch den Kopf. Du bist schließlich eine ehrbare Witwe – und kullerst mit einem Mann, den du erst gestern kennengelernt hast, auf dem Boden eines Flugzeugs herum! Was ist bloß in dich gefahren?

»Nein!« sagte sie mit Entschiedenheit, entzog sich ihm und richtete sich kerzengerade auf. Ihr Negligé war über die Knie gerutscht, und Mervyn streichelte ihren entblößten Oberschenkel. »Nein«, wiederholte sie und schob seine Hand weg.

»Wie du willst«, sagte er, obwohl es ihm offensichtlich schwerfiel, von ihr abzulassen. »Aber wenn du es dir anders überlegst, bin ich bereit.«

Sie warf einen Blick auf seinen Schoß, bemerkte die vielsagende Erhebung unter seinem Nachthemd und wandte rasch den Blick wieder ab. »Es war meine Schuld«, sagte sie, noch immer ein wenig außer Atem nach dem Kuß. »Aber es ist nicht richtig. Ich habe mich wie ein Flittchen aufgeführt, ich weiß. Es tut mir leid.«

»Du brauchst dich nicht zu entschuldigen«, gab er zurück. »So etwas Schönes ist mir seit Jahren nicht mehr passiert.«

»Aber du liebst doch deine Frau, oder?« fragte sie ihn geradeheraus.

Er zuckte zusammen. »Das dachte ich auch. Aber jetzt bin ich völlig durcheinander, um ganz ehrlich zu sein.«

Genauso fühlte Nancy sich auch: völlig durcheinander. Nach zehnjähriger Enthaltsamkeit drängte es sie plötzlich mit Macht, einen Mann zu umarmen, den sie kaum kannte.

Natürlich kenn' ich ihn, dachte sie. Ich kenne ihn sogar sehr gut. Ich bin weit mit ihm gereist, und wir haben einander von unseren Sorgen erzählt. Ich weiß, daß er arrogant, nicht sehr umgänglich, stolz, aber auch leidenschaftlich, treu und stark ist. Ich mag ihn trotz seiner Fehler, ich habe Respekt vor ihm. Außerdem ist er schrecklich attraktiv, selbst im gestreiften braunen Nachthemd. Und als ich Angst hatte, hielt er meine Hand. Wie schön wäre es, wenn es jemanden gäbe, der mir jedesmal, wenn ich Angst habe, die Hand hält.

Als hätte er ihre Gedanken erraten, griff Mervyn wieder nach ihrer Hand, drehte sie um und drückte einen Kuß auf die Innenfläche. Er brachte ihre Haut zum Kribbeln. Kurze Zeit später zog er sie an sich und küßte sie wieder auf den Mund.

»Tu das bitte nicht«, hauchte sie. »Wenn wir noch einmal anfangen, können wir bestimmt nicht mehr aufhören.«

»Ich fürchte eher, daß wir nie wieder anfangen werden, wenn wir jetzt aufhören«, murmelte er mit heiserer Stimme, aus der sein ganzes Verlangen sprach.

Nancy spürte eine gewaltige, nur noch mühsam kontrollierte Leidenschaft in ihm, und das erregte sie noch mehr. Sie hatte viel zu viele Bekanntschaften mit schwächlichen, gefälligen Männern gehabt, die von ihr Zuspruch und Sicherheit erwarteten, Männer, die nur allzuschnell nachgaben, wenn sie ihre Forderungen zurückwies. Mervyn war bestimmt hartnäckig, sehr, sehr hartnäckig. Er begehrte sie, und er wollte sie jetzt gleich, und sie sehnte sich danach, ihm zu Willen zu sein.

Sie spürte seine Hand auf ihrem Bein unter dem Negligé, fühlte seine Fingerspitzen auf der zarten Innenseite ihrer Schenkel. Sie schloß die Augen und spreizte unwillkürlich ein wenig die Beine. Das war genau die Ermunterung, die ihm noch fehlte. Schon ertastete seine Hand ihre Scham. Nancy stöhnte auf. Seit dem Tod ihres Mannes hatte niemand sie dort berührt, und der Gedanke machte sie plötzlich todtraurig. O Sean, dachte sie, ich vermisse dich so sehr. Ich gestehe mir nie ein, wie sehr ich dich vermisse. Ihr Schmerz war so heftig wie seit der Beerdigung nicht mehr, und die Tränen quollen zwischen ihren geschlossenen Augenlidern hervor und kullerten über ihr Gesicht. Mervyn küßte sie und fing ihre Tränen mit den Lippen auf. »Was ist los?« murmelte er.

Sie öffnete die Augen. Durch den Tränenschleier sah sie sein anziehendes, besorgtes Gesicht und dann ihr Negligé, das bis zur Taille hochgeschoben war, sah seine Hand zwischen ihren Schenkeln. Sie griff nach seinem Handgelenk und schob es behutsam, aber bestimmt zurück. »Bitte sei nicht böse«, sagte sie.

»Bestimmt nicht«, entgegnete er sanft. »Was ist los?«

»Seit Seans Tod hat mich niemand dort berührt, und deswegen mußte ich an ihn denken.«

»An deinen Mann?«

Sie nickte.

»Wie lange ist das jetzt her?«

»Zehn Jahre.«

»Das ist eine lange Zeit.«

»Ich bin eben treu.« Sie lächelte, verweint wie sie war. »Wie du.«

Er seufzte. »Du hast recht. Ich bin zweimal verheiratet gewesen, und dies ist das erstemal, daß ich – beinahe – untreu geworden wäre. Ich mußte an Diana und diesen Kerl denken.«

»Sind wir Verrückte?« meinte sie.

»Vielleicht. Wir sollten die Vergangenheit vergessen, die Gelegenheit beim Schopf packen und nur ans Hier und Jetzt denken.«

»Vielleicht ja«, sagte sie und küßte ihn wieder.

Das Flugzeug schlingerte, als wäre es gegen ein Hindernis gestoßen. Ihre Gesichter prallten aufeinander, und die Lichter flackerten. Die Maschine ruckelte und schüttelte ungeheuer. Nancy vergaß alles, was mit dem Küssen zu tun hatte, und klammerte sich Halt suchend an Mervyn.

Als die Turbulenz nachgelassen hatte, bemerkte sie, daß seine Lippe blutete. »Du hast mich gebissen«, sagte er mit einem kläglichen Grinsen.

»Das tut mir leid.«

»Mir nicht. Hoffentlich bleibt eine Narbe zurück.«

Sie spürte eine Woge von Zuneigung und umarmte ihn innigst.

Sie lagen zusammen auf dem Boden, während der Sturm unentwegt weitertobte. In der nächsten Atempause sagte Mervyn: »Laß uns versuchen, ob wir es bis zur Koje schaffen – da ist es bequemer als hier auf dem Teppich.«

Nancy nickte. Auf allen vieren krabbelte sie über den Boden und kletterte in ihre Koje. Mervyn folgte ihr und legte sich neben sie. Er nahm sie in die Arme, und Nancy schmiegte sich an ihn.

Jedesmal, wenn die Turbulenzen schlimmer wurden, hielt sie sich an ihm fest – wie ein Seemann, der sich an den Mast klammert. Beruhigte sich das Flugzeug dann wieder, entspannte sie sich, und Mervyn streichelte sie besänftigend.

Irgendwann schlief sie ein.

Ein Klopfen an der Tür und eine Stimme, die »Steward!« rief, weckte sie auf.

Nancy öffnete die Augen und bemerkte, daß sie in Mervyns Armen lag. »O mein Gott!« stieß sie entsetzt hervor, setzte sich auf und sah sich unruhig um.

Beschwichtigend legte Mervyn ihr die Hand auf die Schulter und rief laut und befehlsgewohnt: »Einen Augenblick, Steward!«

»In Ordnung, Sir, lassen Sie sich Zeit.« Die Stimme klang ziemlich verschreckt.

Mervyn glitt vom Bett, stand auf und zog die Decke über Nancy. Sie lächelte ihn dankbar an, drehte sich zur Wand und stellte sich schlafend, um den Steward nicht ansehen zu müssen.

Sie hörte, wie Mervyn die Tür öffnete und der Steward mit einem fröhlichen »Guten Morgen!« hereinkam. Das Aroma frisch aufgebrühten Kaffees stieg ihr in die Nase. »Es ist halb zehn Uhr morgens britischer Zeit, vier Uhr dreißig morgens in New York und sechs Uhr auf Neufundland.«

»Hab' ich das richtig verstanden?« fragte Mervyn nach. »Halb zehn in England und sechs Uhr auf Neufundland? Die sind dreieinhalb Stunden hinter britischer Zeit zurück?«

»Ganz recht, Sir. Neufundland Standard Time liegt dreieinhalb Stunden hinter Greenwich Mean Time zurück.«

»Ich wußte gar nicht, daß man irgendwo in halben Stunden rechnet. Ganz schön kompliziert für die Leute, die die Flugpläne zusammenstellen. Wie lange dauert es noch bis zur Landung?«

»Wir gehen in einer halben Stunde runter, mit einer Stunde Verspätung wegen des Sturms.« Der Steward entfernte sich und schloß die Tür.

Nancy drehte sich um. Mervyn zog die Jalousien hoch. Draußen war hellichter Tag. Sie beobachtete ihn, wie er ihr Kaffee einschenkte. Die Ereignisse der vergangenen Nacht standen lebhaft vor ihren Augen: Mervyn, der ihr während des Sturms die Hand hielt; sie beide, wie sie zu Boden stürzten; seine Hand auf ihrer Brust; sie, wie sie sich an ihn klammerte, während das Flugzeug schlingerte und bockte; er, wie er sie in den Schlaf streichelte ... Mein Gott, dachte sie, ich mag diesen Mann wirklich sehr.

»Wie trinkst du deinen Kaffee?« fragte er.

»Schwarz, ohne Zucker.«

»Genau wie ich.« Er reichte ihr die Tasse.

Sie trank den Kaffee dankbar und wurde plötzlich neugierig, wollte hundert verschiedenerlei Dinge über Mervyn wissen. Spielte er Tennis, ging er ins Theater, kaufte er gerne ein? Las er viel? Wie band er seine Krawatte? Putzte er seine Schuhe selbst? Sie sah, wie er die Kaffeetasse zum Mund führte und trank. Ihr fiel auf, daß sie bereits eine ganze Menge über ihn erraten konnte: Wahrscheinlich spielte er Tennis, las jedoch kaum je Romane und ging ganz bestimmt nicht gerne einkaufen. Er war wahrscheinlich ein guter Pokerspieler und ein schlechter Tänzer.

»An was denkst du?« fragte er. »Du beäugst mich, als überlegtest du, ob ich ein annehmbares Risiko für eine Lebensversicherung bin.«

Sie lachte auf. »Was für Musik magst du?«

»Ich habe überhaupt kein musikalisches Gehör«, sagte er. »Vor dem Krieg, als ich ein junger Bursche war, war Ragtime in den Tanzdielen der letzte Schrei. Ich mochte den Rhythmus, obwohl ich nie ein besonders guter Tänzer war. Und du?«

»Ach, ich habe viel getanzt – mußte es. Jeden Samstagmorgen stiefelte ich im weißen Spitzenkleid und weiß behandschuht los, um mit zwölfjährigen Knaben, die man in Anzüge gesteckt hatte, Gesellschaftstänze zu lernen. Meine Mutter dachte, sie könnte mir auf diese Weise das Entree in die höchsten Kreise der Bostoner Gesellschaft verschaffen, was natürlich nicht klappte. Aber Gott sei Dank war mir das völlig gleichgültig. Ich interessierte mich mehr für Pa's Fabrik – sehr zum Mißvergnügen meiner Mutter. Hast du im Krieg gekämpft?«

»Ja.« Er verzog das Gesicht. »Ich war in Ypern, und damals schwor ich mir, nie wieder untätig zuzusehen, wie eine Generation junger Männer in einen solchen Tod geschickt wird. Aber mit Hitler habe ich nicht gerechnet.«

Sie sah ihn mitfühlend an, und Mervyn schaute auf und erwiderte ihren Blick. Sie sahen einander in die Augen, und Nancy wußte, daß sie nun beide an die vergangene Nacht denken mußten, daran, wie sie sich geküßt und gestreichelt hatten. Unvermittelt war ihr wieder alles peinlich. Sie schaute fort, sah aus dem Fenster und erblickte Land. In Botwood werde ich telefonieren, dachte sie. Gut möglich, daß das Gespräch mein Leben verändern wird – zum Guten oder zum Schlechten. »Wir sind schon fast da!« rief sie und sprang aus dem Bett. »Ich muß mich anziehen.«

»Laß mich zuerst gehen«, sagte er. »Das macht einen besseren Eindruck.«

»Einverstanden.« Sie war sich nicht sicher, ob sie überhaupt noch einen Ruf zu verteidigen hatte, aber das wollte sie jetzt nicht sagen. Sie sah ihm zu, wie er den Kleiderbügel mit dem Anzug und die Papiertüte mit den sauberen Sachen nahm, die er zusammen mit dem Nachthemd in Foynes gekauft hatte: ein weißes Hemd, schwarze Wollsocken und graue Baumwollunterwäsche. An der Tür zögerte er einen Augenblick, und sie erriet, daß er sich fragte, ob er sie wohl je wieder küssen würde. Sie ging zu ihm hin und hob ihm ihr Gesicht entgegen. »Vielen Dank, daß du mich die ganze Nacht über in den Armen gehalten hast«, sagte sie.

Er beugte sich hinab und küßte sie; es war ein sanfter, langer Kuß mit geschlossenen Lippen. Dann trennten sie sich.

Nancy öffnete ihm die Tür, und Mervyn ging hinaus.

Sie schloß die Tür mit einem Seufzer. Ich glaube, ich könnte mich richtig in ihn verlieben, dachte sie.

Ob ich das Nachthemd je wiedersehen werde?

Sie blickte aus dem Fenster. Das Flugzeug verlor allmählich an Höhe. Sie mußte sich beeilen.

Geschwind bürstete sie ihr Haar vor der Frisierkommode, griff das Köfferchen und begab sich auf die Damentoilette, die gleich neben der Honeymoon Suite lag. Dort begegnete sie Lulu Bell und einer anderen Frau, Mervyns Frau aber zum Glück nicht. Sie hätte gerne gebadet, mußte sich aber mit einer gründlichen Wäsche am Becken begnügen. Sie hatte frische Unterwäsche und eine saubere marineblaue Bluse dabei, die sie nun anstelle der grauen zu ihrem roten Kostüm tragen wollte. Beim Anziehen rief sie sich noch einmal die morgendliche Unterhaltung mit Mervyn ins Gedächtnis zurück. Der Gedanke an ihn machte sie glücklich, aber hinter dieser Empfindung verbarg sich ein gewisses Unbehagen. Wieso? Sobald sie sich die Frage erst einmal gestellt hatte, war die Antwort sonnenklar: Er hatte keinen Ton über seine Frau verloren. Gestern nacht hatte er noch zugegeben, »völlig durcheinander« zu sein, aber seitdem herrschte Schweigen. Wollte er Diana zurückhaben? Liebte er sie noch immer? Er hat mich die ganze Nacht über in den Armen gehalten, aber darüber vergißt man nicht eine ganze Ehe – nicht unbedingt.

Und was will ich eigentlich? fragte sie sich. Gewiß, ich würde Mervyn gerne wiedersehen, mit ihm ausgehen, wahrscheinlich sogar eine Affäre mit ihm haben. Aber will ich wirklich, daß er meinetwegen seine Ehe aufgibt? Wie kann ich das überhaupt wissen, nach einer einzigen Nacht voll unerfüllter Leidenschaft? Sie hielt beim Auftragen des Lippenstiftes inne und starrte ihr Spiegelbild an. Schluß mit dem Unsinn, Nancy, befahl sie sich. Du kennst die Wahrheit, weißt, daß du diesen Mann willst. Er ist seit zehn Jahren der erste, der dir wirklich gefällt. Du bist vierzig Jahre und einen Tag alt und hast genau den Richtigen getroffen. Hör auf, dir selbst etwas vorzumachen, und sieh zu, daß dir der Fisch nicht mehr von der Angel springt.

Sie trug Parfüm auf und verließ den Raum.

Als sie herauskam, fiel ihr Blick auf Nat Ridgeway und ihren Bruder Peter, die die Sitze neben der Damentoilette einnahmen. Nat begrüßte sie: »Guten Morgen, Nancy.« Sie erinnerte sich wieder daran, was sie fünf Jahre zuvor für diesen Mann empfunden hatte. Ja, dachte sie, ich hätte mich mit der Zeit in ihn verlieben können, aber wir hatten keine Zeit. Vielleicht hab' ich Glück gehabt, und er war an Black's Boots mehr interessiert als an mir – schließlich versucht er noch immer, sich die Firma unter den Nagel zu reißen. Hinter mir ist er bestimmt nicht mehr her. Sie nickte ihm kurz zu und verschwand in der Suite.

Die Kojen waren wieder zum Sofa umgebaut worden, Mervyn war frisch rasiert und saß im dunkelgrauen Anzug und weißen Hemd auf dem Fensterplatz. »Schau hinaus«, sagte er. »Wir sind gleich da.«

Nancy blickte hinaus und sah Land. Sie flogen in niedriger Höhe über einen dichten Kiefernwald, der von silbrig schimmernden Flüssen durchzogen war. Doch schon wichen die Bäume wieder dem Wasser, allerdings nicht dem tiefen dunklen Wasser des Atlantiks, sondern einer ruhigen grauen Meeresbucht. Auf dem jenseitigen Ufer waren ein Hafen und eine Ansammlung von Holzhäusern zu erkennen, die von einer Kirche gekrönt wurden.

Das Flugzeug verlor schnell an Höhe. Nancy und Mervyn saßen auf dem Sofa, hatten die Gurte angelegt und hielten einander die Hände. Als der Rumpf die Flußoberfläche durchpflügte, spürte Nancy den Aufschlag kaum. Erst als die Fenster von der Gischt verdunkelt wurden, war sie sicher, daß die Maschine aufgesetzt hatte.

»Na also«, sagte sie, »ich habe den Atlantik überflogen.«

»Tja, das kann nicht jeder von sich behaupten.«

Sehr mutig kam sie sich nicht vor. Sie hatte die eine Hälfte der Reise damit zugebracht, sich über ihr Geschäft den Kopf zu zerbrechen, und die übrige Zeit mit dem Mann einer anderen Händchen gehalten. An den Flug selbst hatte sie nur gedacht, wenn der Sturm die Maschine durchschüttelte und sie in heillose Angst versetzte. Was sollte sie nur den Jungen erzählen? Die beiden würden von ihr jede Einzelheit wissen wollen – und sie konnte nicht einmal sagen, wie schnell die Maschine flog. Ich werde mich rechtzeitig vor der Landung in New York noch informieren, nahm sie sich vor.

Sobald das Flugzeug zum Stillstand gekommen war, machte seitlich ein Boot fest. Nancy zog ihren Mantel über und Mervyn seine lederne Fliegerjacke. Ungefähr die Hälfte der Passagiere hatte beschlossen, die Maschine zu verlassen und sich die Beine zu vertreten, während die anderen noch hinter festgezurrten blauen Vorhängen in ihren Kojen lagen.

Sie gingen durch den Salon, traten auf den gedrungenen Seeflügel hinaus und bestiegen das Boot. Die Luft roch nach Meer und frischgeschlagenem Holz: Wahrscheinlich befand sich irgendwo in der Nähe ein Sägewerk. Unweit des Clippers wartete ein Tankschiff mit der Aufschrift SHELL AVIATION SERVICE, auf dem Männer in weißen Overalls sich darauf vorbereiteten, die Treibstofftanks der Maschine nachzufüllen. Außerdem lagen noch zwei ziemlich große Frachter im Hafen, was darauf schließen ließ, daß er sehr tief war.

Mervyns Frau und ihr Liebhaber hatten sich ebenfalls entschlossen, an Land zu gehen. Diana funkelte Nancy während der Überfahrt giftig an. Nancy fühlte sich unbehaglich und konnte ihr nicht ins Gesicht sehen, obwohl sie zu Schuldgefühlen weniger Veranlassung hatte als Diana – schließlich war diese es, die tatsächlich Ehebruch begangen hatte.

Über ein Schwimmdock, eine Laufplanke und ein Pier erreichten sie festen Boden. Trotz der frühen Stunde hatte sich eine kleine Menge Schaulustiger eingefunden. Am landeinwärts gelegenen Ende des Piers standen die Gebäude von Pan American, ein großes und zwei kleinere, alle drei aus Holz gebaut und mit Ausnahme der rotbraunen Verzierungen grün gestrichen. Gleich neben den Gebäuden grasten auf einer Weide ein paar Kühe.

Die Passagiere betraten das große Flughafengebäude und präsentierten dem schläfrigen Zollbeamten ihre Pässe. Nancy fiel auf, daß die

Neufundländer sehr schnell und mit einem Akzent sprachen, der eher irisch als kanadisch klang. Zwar gab es einen Wartesaal, doch für ihn interessierte sich niemand. Alle Passagiere beschlossen vielmehr, das Dorf zu erkunden.

Nancy konnte es kaum erwarten, mit Mac MacBride in Boston zu sprechen, und wollte sich gerade nach einem Telefon erkundigen, als ihr Name auch schon ausgerufen wurde; das Gebäude verfügte über ein ähnliches Lautsprechersystem wie ein Schiff. Sie gab sich gegenüber einem jungen uniformierten Angestellten von Pan American zu erkennen.

»Sie werden am Telefon verlangt, Madam«, sagte er.

Ihr Herz machte einen Sprung. »Wo ist das Telefon?« fragte sie und sah sich suchend in dem Raum um.

»Auf dem Telegrafenamt in der Wireless Road, etwa einen Kilometer von hier entfernt.«

Einen Kilometer! Sie konnte ihre Ungeduld kaum bezähmen. »Wir müssen uns beeilen, bevor die Verbindung unterbrochen wird! Haben Sie einen Wagen?«

Der junge Mann sah sie an, als hätte sie ihn nach einem Raumschiff gefragt. »Nein, Madam.«

»Dann müssen wir eben zu Fuß gehen. Zeigen Sie mir den Weg.«

Sie verließen das Gebäude, der Bote voran, Nancy und Mervyn im Schlepptau. Sie eilten einen Hügel hinauf, auf einer unbefestigten und gehweglosen Straße, an deren Rändern einzelne Schafe grasten. Nancy war froh über ihre bequemen Schuhe, die natürlich von der Firma Black stammten.

Ob die Firma ihr morgen abend noch gehören würde? Mac MacBride würde es ihr gleich sagen. Nancy konnte die Verzögerung kaum ertragen.

Nach etwa zehn Minuten erreichten sie ein kleines Holzhaus und gingen hinein. Nancy wurde zu einem Stuhl geführt, vor dem ein Telefon stand. Sie setzte sich, nahm mit zittriger Hand den Apparat auf und sagte: »Nancy Lenehan.«

Das Amt meldete sich. »Bleiben Sie bitte am Apparat, wir haben eine Verbindung nach Boston für Sie.«

Nach einer langen Pause fragte eine Stimme: »Nancy? Bist du es?«

Zu ihrer großen Überraschung war es nicht Mac. Nancy brauchte eine Weile, bis sie die Stimme erkannte. »Danny Riley!« rief sie aus.

»Nancy, ich sitze in der Patsche. Du mußt mir helfen!«

Sie umklammerte den Hörer. War ihre Rechnung tatsächlich aufgegangen? Sie zwang sich zur Ruhe und gab ihrer Stimme einen beinahe gelangweilten Klang, als wäre ihr der Anruf lästig. »Was gibt's denn, Danny?«

»Ich bekomme andauernd Anrufe wegen der alten Geschichte!«

Das war eine gute Nachricht! Mac hatte Danny eingeheizt. In Rileys Stimme schwang Panik mit. Genau diese Reaktion hatte sie sich erhofft. Dennoch stellte sie sich unwissend. »Welche Geschichte? Wovon redest du?«

»Das weißt du doch! Am Telefon kann ich nicht darüber sprechen.«

»Und warum rufst du mich dann an, wenn du am Telefon nicht darüber sprechen kannst?«

»Nancy! Hör auf, mich wie den letzten Dreck zu behandeln! Ich brauche deine Hilfe!«

»Immer mit der Ruhe!« Er hatte Angst genug. Nun kam es darauf an, die Angst auszunutzen, um ihn zu manipulieren. »Erzähl mir genau, was passiert ist, ohne Namen und Adressen zu nennen. Ich glaube, ich weiß schon, auf welchen Fall du anspielst.«

»Du hast doch noch die alten Papiere von deinem Pa, oder?«

»Na klar, sie befinden sich daheim in meinem Stahlschrank.«

»Es ist gut möglich, daß ein paar Leute an dich herantreten und dich bitten werden, die Unterlagen einsehen zu dürfen.«

Danny tischte ihr die Geschichte auf, die sie selbst ausgetüftelt hatte. Bislang lief alles wie am Schnürchen. Unbekümmert sagte Nancy: »Ich glaube nicht, daß du dir irgendwelche Sorgen zu machen brauchst.«

»Wieso bist du dir da so sicher?« unterbrach Danny sie verzweifelt.

»Ich weiß auch nicht . . .«

»Hast du sie alle durchgesehen?«

»Nein, dazu sind es viel zu viele, aber ...«

»Niemand *weiß*, was alles darunter ist. Du hättest das Zeug schon vor Jahren verbrennen sollen.«

»Da magst du recht haben, aber ich habe nicht im Traum daran gedacht, daß ... Wer will das Zeug denn überhaupt sehen?«

»Es handelt sich um eine gerichtliche Untersuchung.«

»Haben die denn das Recht dazu?«

»Nein, aber es sieht seltsam aus, wenn ich mich weigere.«

»Und wenn *ich* mich weigere, dann ist es in Ordnung?«

»Du bist kein Rechtsanwalt, dir können sie nichts anhaben.«

Nancy hielt inne und tat so, als zögerte sie, um ihn ein wenig länger zappeln zu lassen. Dann sagte sie: »Kein Problem.«

»Heißt das, daß du ihnen die Einsichtnahme verweigern wirst?«

»Mehr als das. Morgen werde ich das ganze Zeug verbrennen.«

»Nancy ...« Es klang fast so, als müsse er jeden Augenblick in Tränen ausbrechen. »Nancy, du bist ein echter Freund.«

»Was hätte ich denn sonst tun sollen?« erwiderte Nancy und kam sich dabei wie eine Heuchlerin vor.

»Das vergesse ich dir nie, mein Gott, wirklich nie. Ich weiß gar nicht, wie ich dir danken soll.«

»Nun ja, da du es schon erwähnst ... Du könntest dich tatsächlich revanchieren.« Sie biß sich auf die Lippen. Jetzt kam der kritische Punkt. »Du weißt doch sicher, warum ich Hals über Kopf zurückfliege?«

»Nein, weiß ich nicht. Ich war so beunruhigt wegen dieser anderen Geschichte ...«

»Peter versucht, die Firma hinter meinem Rücken zu verscherbeln.«

Am anderen Ende der Leitung wurde es totenstill.

»Danny, bist du noch da?«

»Ja, natürlich. Willst du denn nicht verkaufen?«

»Nein! Der Preis ist viel zu niedrig, und in dem neuen Laden gibt es für mich keinen Job ... Selbstverständlich will ich *nicht* verkaufen. Peter weiß, daß es ein schlechter Handel ist, aber ihm ist das egal, solange er mir nur eins auswischen kann.«

»Ein schlechter Handel? Der Firma ist es in letzter Zeit nicht gerade rosig gegangen.«

»Und du weißt auch, warum, nicht wahr?«

»Nun ja, ich vermute . . .«

»Na komm, spuck's schon aus. Peter ist ein erbärmlicher Manager.«

»Na gut . . .«

»Und wir sollten ihn feuern, statt tatenlos zuzusehen, wie er die Firma für einen Spottpreis verschleudert. Laß mich ans Ruder. Ich kann den Karren wieder flottmachen – das weißt du. Und wenn wir erst aus den roten Zahlen sind, dann können wir uns immer noch überlegen, ob wir verkaufen wollen – zu einem sehr viel höheren Preis allerdings.«

»Ich weiß nicht so recht.«

»Danny, in Europa ist gerade ein Krieg ausgebrochen, das heißt, daß es mit dem Geschäft wieder bergauf geht. Wir werden die Schuhe schneller verkaufen, als wir sie herstellen können. Nach zwei oder drei Jahren können wir die Firma für den doppelten oder dreifachen Preis verkaufen.«

»Aber die Verbindung mit Nat Ridgeway wäre für meine Kanzlei sehr nützlich.«

»Vergiß das Nützliche – ich bitte dich darum, mir zu helfen.«

»Ich bin mir wirklich nicht sicher, ob es zu deinem eigenen Besten ist.«

Du gottverdammter Lügner, du denkst doch bloß an dich selbst, hätte Nancy am liebsten erwidert, aber sie verbiß sich die Bemerkung und sagte: »Ich weiß, daß es für jeden von uns die beste Lösung ist.«

»Na gut, ich werd's mir überlegen.«

Das genügte nicht. Sie mußte ihre Karten auf den Tisch legen. »Du erinnerst dich doch an Pa's Papiere, nicht wahr?« Sie hielt den Atem an.

Seine Stimme wurde tiefer, und er sprach langsam und bedächtig: »*Was* sagst du da?«

»Ich bitte dich darum, mir zu helfen, weil ich dir helfe. Du weißt doch: Eine Hand wäscht die andere.«

»O ja, ich glaube, ich verstehe, was du meinst. Man nennt das gemeinhin Erpressung.«

Nancy zuckte zusammen. Aber dann dachte sie daran, mit wem sie da eigentlich sprach, und sagte: »Du verlogener alter Hund, du machst das doch schon dein Leben lang.«

Er lachte. »Eins zu null für dich, Kleine.« Aber das brachte ihn auf einen neuen Gedanken. »Du hast diese Untersuchung doch nicht etwa selbst veranlaßt, um mich unter Druck zu setzen, oder?«

Das kam der Wahrheit gefährlich nahe. »Du an meiner Stelle hättest das getan, ich weiß. Was mich betrifft: Ich beantworte keine Fragen mehr. Aber vergiß nicht: Wenn du morgen mit mir stimmst, bist du in Sicherheit – wenn nicht, dann geht's dir an den Kragen.« Sie setzte ihm schwer zu, und zwar in einer Sprache, die er verstand. Wird er jetzt endlich kuschen? dachte sie. Oder wird er sich zur Wehr setzen?

»Wie redest du eigentlich mit mir? Ich kannte dich schon, als du noch in den Windeln lagst.«

Sie gab ihrer Stimme einen versöhnlicheren Klang. »Ist das nicht Grund genug, mir zu helfen?«

Es entstand eine lange Pause. Dann sagte er: »Mir bleibt wohl keine Wahl, oder?«

»Das sehe ich auch so.«

»Na gut«, sagte er widerwillig. »Ich geb' dir morgen meine Stimme, wenn du diese andere Sache aus der Welt schaffst.«

Nancy hätte vor Erleichterung am liebsten geweint. Sie hatte es geschafft, sie hatte Danny auf ihre Seite gezogen! Ihrem Sieg stand nun nichts mehr im Wege. Black's Boots würden auch weiterhin ihr Eigentum bleiben. »Das freut mich, Danny«, sagte sie matt.

»Genau, wie es dein Pa vorausgesagt hat.«

Die Bemerkung traf sie wie ein Blitz aus heiterem Himmel. Nancy verstand sie nicht. »Was meinst du damit?«

»Dein Pa. Er wollte, daß ihr euch streitet, Peter und du.«

Eine gewisse Verschlagenheit in Dannys Stimme erregte Nancys Mißtrauen. Er haßte es, klein beigeben zu müssen, und wollte ihr noch eins auswischen. Sie wollte ihm diese Genugtuung zwar nicht geben, aber ihre Neugier war größer als ihre Vorsicht. »Was willst du damit sagen?«

»Er hat immer gesagt, daß Kinder aus reichen Familien als Geschäftsleute nichts taugen, weil sie nicht hungrig sind. Es hat ihn echt belastet. Er meinte, ihr würdet sowieso alles, was er sich erarbeitet hat, wieder verschleudern.«

»Mir gegenüber hat er so etwas nie erwähnt«, meinte Nancy mißtrauisch.

»Deswegen hat er ja dafür gesorgt, daß ihr euch gegenseitig in die Haare geratet. Er hat dich dazu erzogen, nach seinem Tod das Ruder zu übernehmen, aber er hat dir keinen Posten gegeben. Und zu Peter hat er gesagt, es sei *seine* Aufgabe, die Firma zu leiten. Auf diese Weise mußte es über kurz oder lang zum Entscheidungskampf kommen, aus dem der Stärkere als Sieger hervorgehen würde.«

»Das glaube ich nicht«, sagte Nancy, aber der Zweifel begann an ihr zu nagen. Vielleicht aber war Danny einfach wütend, weil sie ihn überlistet hatte. Um sich Genugtuung zu verschaffen, erzählte er ihr jetzt Gemeinheiten. Allerdings war damit noch längst nicht bewiesen, daß er log. Ein kalter Schauder überkam sie.

»Du kannst glauben, was du willst«, meinte Danny. »Ich habe dir nur gesagt, was dein Vater mir erzählt hat.«

»Pa soll zu Peter gesagt haben, er wolle, daß *er* die Firma leitet?«

»Klar hat er das. Wenn du mir nicht glaubst, dann frag doch Peter.«

»Wenn ich dir schon nicht glaube, dann glaube ich Peter erst recht nicht.«

»Nancy, du warst zwei Tage alt, als ich dich zum erstenmal sah«, erwiderte Danny, und seine Stimme klang auf einmal müde. »Ich kenne dich also praktisch seit deiner Geburt. Du bist ein guter Mensch mit einem harten Zug, genau wie dein Vater, und ich will mich nicht mit dir streiten – weder übers Geschäft noch über sonstwas. Es tut mir leid, daß ich das Thema angeschnitten habe.«

Jetzt glaubte sie ihm. Seine Reue klang aufrichtig und erweckte in ihr den Eindruck, daß das, was er zuvor gesagt hatte, der Wahrheit entsprach. Seine Enthüllungen hatten sie zutiefst schockiert, und sie fühlte sich schwach und ein wenig schwindelig. Sie schwieg einige Sekunden, um die Fassung wiederzugewinnen.

»Dann sehe ich dich also bei der Vorstandssitzung«, sagte Danny.

»Ja«, gab sie zurück.

»Mach's gut, Nancy.«

»Mach's gut, Danny.« Sie legte auf.

»Mein Gott, das hast du fabelhaft gemacht!« sagte Mervyn.

Sie lächelte dünn. »Danke.«

Mervyn lachte. »Ich meine, wie du ihn herumgekriegt hast – er hatte nicht die geringste Chance! Der arme Kerl wußte ja gar nicht, wie ihm geschah . . .«

»Ach, halt doch den Mund«, fuhr sie ihn an.

Mervyn sah aus, als hätte sie ihn geohrfeigt. »Wie du willst«, sagte er knapp.

Sie bereute ihre Unbeherrschtheit sofort. »Tut mir leid«, sagte sie und berührte seinen Arm. »Ganz am Schluß hat Danny etwas gesagt, was mich sehr mitgenommen hat.«

»Willst du es mir erzählen?« fragte er vorsichtig.

»Er hat gesagt, daß mein Vater diesen Streit zwischen Peter und mir angezettelt hat, damit am Ende der Stärkere von uns beiden die Firma übernimmt.«

»Nimmst du ihm das ab?«

»Ja – und das ist ja gerade das Schreckliche. Es klingt irgendwie einleuchtend. Ich wäre nie auf so etwas gekommen, aber wenn ich jetzt darüber nachdenke, wird mir einiges klar über mich und meinen Bruder.«

Er nahm ihre Hand. »Du bist aufgebracht.«

»Ja.« Sie streichelte die schwarzen Härchen auf der Oberseite seiner Finger. »Ich fühle mich wie ein Darsteller im Film. Irgend jemand hat sich eine Handlung ausgedacht, und ich spiele sie nach. Ich bin jahrelang manipuliert worden, und das ist mir zutiefst verhaßt. Ich weiß nicht einmal mehr, ob ich diesen Kampf mit Peter jetzt überhaupt noch gewinnen will, nachdem ich weiß, daß man so mit meinen Gefühlen gespielt hat.«

Er nickte verständnisvoll. »Was würdest du denn am liebsten tun?«

Die Antwort fiel ihr in dem Moment ein, als er die Frage stellte: »Ich möchte gerne mein eigenes Drehbuch schreiben. Ja, das würde ich gerne tun.«

Harry Marks war so glücklich, daß er sich kaum bewegen konnte. Er lag im Bett und erinnerte sich an jede Einzelheit der vergangenen Nacht: die plötzliche, lustvolle Erregung, als Margaret ihn küßte; die Nervosität, als er all seinen Mut zusammennahm und ihr seinen Antrag machte; die Enttäuschung über die Abfuhr, die sie ihm erteilt hatte; und sein Erstaunen und Entzücken, als sie wie ein Kaninchen, das in seinem Bau verschwindet, zu ihm in die Koje schlüpfte.

Bei dem Gedanken, daß er in dem Moment gekommen war, als sie ihn berührte, wäre er am liebsten im Boden versunken. Das passierte immer, wenn er das erste Mal mit einem neuen Mädchen zusammen war; er hatte es sich bloß noch nie eingestanden. Es war einfach beschämend. Ein Mädchen hatte ihn ausgelacht deswegen. Margaret hingegen war glücklicherweise weder enttäuscht noch frustriert, sondern auf eine seltsame Art sogar erregt gewesen. Auf jeden Fall war sie am Ende glücklich gewesen – genau wie er selbst.

Er konnte sein Glück kaum fassen. Er war nicht klug, hatte kein Geld und stammte nicht aus den richtigen gesellschaftlichen Kreisen. Er war ein Schwindler von A bis Z, und sie wußte es. Was sie wohl in ihm sah? Was ihm an ihr gefiel, war nicht schwer zu erraten: Sie war schön, liebenswert, warmherzig, verwundbar – und hatte darüber hinaus den Körper einer Göttin. Welcher Mann wäre ihr nicht verfallen? Aber er? Gewiß, er sah nicht schlecht aus und kleidete sich gut, aber er hatte das Gefühl, daß Margaret auf solche Äußerlichkeiten nicht viel Wert legte. Und dennoch war sie von ihm fasziniert, von seinem Lebenswandel und von seinem Wissen über all die Dinge, die ihr fremd waren – über das Leben der Arbeiterklasse im allgemeinen und die Unterwelt im besonderen. Wahrscheinlich bin ich in ihren Augen eine romantische Gestalt, ein Vogelfreier wie Robin Hood und Billy the Kid, oder ein Pirat, dachte er. Wie unglaublich dankbar sie mir war, als ich ihr im Speisesaal den Stuhl hielt – die reinste Lappalie, eine spontane Geste ohne Hintergedanken, die ihr ungeheuer viel bedeutet hat . . . Harry war sich ziemlich sicher, daß dies der entscheidende Moment gewesen war: In diesem Augenblick hatte sie sich in ihn verliebt. Mädchen sind schon eigenartig, dachte er und zuckte in Gedanken die Achseln. Es ist sowieso einerlei, worauf die ursprüngliche Anziehung beruhte – als wir uns auszogen, sprachen nur noch unsere Körper . . . Er würde nie den Anblick ihrer weißen Brüste im schummerigen, fahlen Licht vergessen, ihre winzigen, vor lauter Blässe kaum sichtbaren Brustwarzen, die kastanienbraunen Löckchen zwischen ihren Beinen, die Sommersprossen auf ihrem Hals . . .

Und nun würde er alles aufs Spiel setzen.

Er würde die Juwelen ihrer Mutter stehlen.

So etwas konnte ein junges Mädchen nicht einfach mit einem Schulterzucken abtun. Ihre Eltern behandelten sie zwar schlecht, und wahrscheinlich glaubte Margaret mit Überzeugung an eine Umverteilung des Reichtums. Schockiert würde sie trotzdem sein. Einen Mitmenschen zu berauben war wie ein Schlag ins Gesicht. Selbst wenn der angerichtete Schaden gering blieb, gerieten die Betroffenen in eine Wut, die alle Proportionen sprengte. Harry wußte, daß er ein jähes Ende seiner Liebesaffäre mit Margaret riskierte.

Aber da war eben das Delhi-Ensemble. Es befand sich hier an Bord dieser Maschine, im Frachtraum, nur wenige Schritte von seiner Koje entfernt: die schönsten Juwelen der Welt, ein Vermögen wert – ja, so wertvoll, daß er damit bis an sein Lebensende ausgesorgt hätte.

Er sehnte sich danach, die Halskette in der Hand zu halten, sich an dem unergründlichen Rot der Rubine aus Burma zu ergötzen und mit den Fingerspitzen über die facettierten Diamanten zu streichen.

Die Fassungen würden nach dem Verkauf an einen Hehler natürlich zerstört und das Ensemble auseinandergerissen werden. Das war bedauerlich, aber unvermeidbar. Die Steine würden überleben und in anderer Zusammenstellung auf der Haut einer anderen Millionärsgattin enden. Und Harry Marks würde sich ein Haus kaufen.

Ja, das werde ich mit dem Geld machen, dachte er. Ich werde mir irgendwo in Amerika ein Landhaus kaufen, vielleicht in der Gegend, die man Neuengland nennt, wo immer das auch sein mag. Ich sehe es schon vor mir – mitsamt der großen Rasenfläche, den Bäumen, den Wochenendgästen in weißen Hosen und mit Strohhüten auf dem Kopf. Und meine Frau... Sie kommt gerade in Reithose und -stiefeln die Eichenholztreppe herunter...

Doch die Frau sah wie Margaret aus.

Sie hatte ihn im Morgengrauen verlassen und war zwischen den Vorhängen hindurchgeschlüpft, als sich gerade niemand blicken ließ. Harry hatte aus dem Fenster geschaut und an sie gedacht, während die Maschine über die Fichtenwälder Neufundlands flog und in Botwood zu Wasser ging. Margaret hatte gesagt, daß sie während des Zwischenaufenthalts an Bord bleiben und sich ein Stündchen hinlegen wolle, und Harry hatte die gleiche Absicht geäußert. In Wirklichkeit dachte er nicht im Traum daran, sich schlafen zu legen.

Vom Fenster aus konnte er beobachten, wie eine Reihe von Leuten, die in dicke Mäntel gehüllt waren, das Boot bestiegen: ungefähr die Hälfte der Passagiere und ein Großteil der Besatzungsmitglieder. Da die an Bord gebliebenen Mitreisenden fast alle noch schliefen, bot sich nun eine einmalige Gelegenheit, unbemerkt in den Frachtraum zu gelangen. Gepäckschlösser waren für ihn kein großes Hindernis. Schon in kurzer Zeit konnte er das Delhi-Ensemble in Händen halten.

Doch Harry Marks fragte sich auf einmal, ob Margarets Brüste nicht die wertvollsten Juwelen waren, die er je in Händen halten könnte.

Er ermahnte sich, einen kühlen Kopf zu behalten. Sie hatte die Nacht mit ihm verbracht, was jedoch noch lange nicht hieß, daß er sie je wiedersehen würde, wenn sie erst das Flugzeug verlassen hatten. »Schiffsromanzen« waren angeblich berüchtigt für ihre Kurzlebigkeit – »Wasserflugzeugaffären« mußten da wohl noch vergänglicher sein. Margaret sehnte sich verzweifelt danach, ihren Eltern zu entkommen und ein unabhängiges Leben zu führen. Ob es je dazu kommen würde? Es gab viele reiche Mädchen, die davon träumten, endlich unabhängig zu sein, doch in Wirklichkeit war es sehr schwer, ein Leben voller Luxus aufzugeben ... Margaret war vollkommen aufrichtig, das wußte Harry, aber vom Alltagsleben gewöhnlich Sterblicher hatte sie nicht die geringste Ahnung. Es würde ihr, falls sie es je ausprobierte, bestimmt nicht gefallen.

Nein, im Grunde war es unmöglich, Margarets Entscheidungen vorauszusagen. Auf Juwelen war dagegen absolut Verlaß.

Eine klare Wahl treffen zu müssen, wäre einfacher gewesen. Wäre der Teufel zu ihm gekommen und hätte zu ihm gesagt: »Du kannst Margaret haben oder die Juwelen stehlen, aber nicht beides«, dann hätte Harry Marks sich für Margaret entschieden. Aber die Wirklichkeit war viel komplizierter. Ich kann die Juwelen sausenlassen und Margaret trotzdem verlieren, dachte er. Aber vielleicht bekomme ich beides ...

Er hatte sein ganzes Leben lang va banque gespielt.

Er beschloß, auf beides zu setzen.

Er stand auf.

Er schlüpfte in seine Pantoffeln, zog den Bademantel über und sah sich um. Die Vorhänge vor Margarets Koje und der ihrer Mutter waren noch zugezogen, die von Percy, Lord Oxenford und Mr. Membury waren leer.

Im Salon nebenan befand sich nur eine Putzfrau, die ein Kopftuch trug. Sie war vermutlich in Botwood an Bord gekommen und leerte gerade schläfrig die Aschenbecher. Die Außentür war offen, und die kalte Seeluft blies Harry entgegen. In Abteil Nummer drei unterhielten sich Clive Membury und Baron Gabon, und Harry fragte sich, über was sie wohl reden mochten – etwa über rote Jacketts? Weiter hinten waren die Stewards damit beschäftigt, Etagenbetten in Sitzplätze umzubauen. In der ganzen Maschine hing die schale Luft eines Morgens nach dem Fest.

Harry ging nach vorne und stieg die Treppe hinauf. Wie gewöhnlich hatte er keinen genauen Schlachtplan und keine Ausreden im Kopf. Er hatte auch nicht die geringste Ahnung, wie er sich verhalten würde, falls man ihn erwischte. Seiner Erfahrung nach führten detaillierte Pläne und die Grübelei über all das, was unter Umständen schiefgehen konnte, nur dazu, daß die Bedenken überhandnahmen. Schon jetzt, beim Improvisieren, blieb ihm plötzlich vor lauter Anspannung die Luft weg. Ruhig Blut, sagte er sich, du hast so etwas doch schon hundertmal gemacht. Wenn's schiefgeht, mußt du dir eben etwas einfallen lassen – wie immer ...

Er erreichte das Flugdeck und blickte sich um.

Er hatte Glück, es war niemand da. Er atmete ruhiger. Schwein muß man eben haben, dachte er.

Unterhalb der Windschutzscheibe zwischen den beiden Pilotensitzen stand eine Luke offen. Er sah hinein und blickte in die gähnende Leere des Bugs. Im Rumpf stand eine Tür offen, ein junger Mann, der zur Crew gehörte, hantierte dort mit einem Seil herum. Das war weniger gut. Hastig zog Harry den Kopf zurück, um nicht gesehen zu werden.

Er eilte quer durch die Kabine und verließ sie durch die Hintertür. Nun befand er sich zwischen den beiden Frachträumen unterhalb der Ladeluke, die auch die Aussichtskuppel des Navigators enthielt. Harry entschied sich für die linke Seite, trat ein und zog die Tür hinter sich zu. Nun war er außer Sichtweite. Die Besatzung, dachte er, hat sicher keine Veranlassung, in den Laderaum zu kommen.

Ihm war, als hätte er ein Geschäft für exklusive Reiseartikel betreten. Ringsum waren die teuersten Lederkoffer gestapelt und mit Tauen an den Wänden festgezurrt. Es galt, möglichst schnell das Gepäck der Oxenfords zu finden. Er machte sich an die Arbeit.

Einfach war es nicht. Etliche Koffer waren so gestapelt, daß sich die Namensschilder auf der Unterseite befanden. In anderen Fällen waren sie durch schwere Gepäckstücke verdeckt, die sich nur mühsam verrücken ließen. Hinzu kam, daß der Laderaum nicht beheizt war und er in seinem Bademantel erbärmlich fror. Mit zitternden Händen und schmerzenden Fingern knüpfte er die Seile auf, die das Gepäck während des Fluges daran hinderte, kreuz und quer durch den Raum zu kullern. Er arbeitete sich systematisch vor, um kein Stück auszulassen oder doppelt zu kontrollieren. Danach befestigte er die Taue wieder, so gut es eben ging. Die Namen waren international: Ridgeway, d'Annunzio, Lo, Hartmann, Basarow – aber keine Oxenfords. Nach zwanzig Minuten hatte er alle Gepäckstücke überprüft, zitterte wie Espenlaub und war um die Erkenntnis reicher, daß sich die gesuchten Koffer im anderen Laderaum befinden mußten. Er fluchte verhalten. Nachdem er das letzte Seil wieder verknotet hatte, sah er sich sorgfältig um: Seine Visite hatte keine Spuren hinterlassen.

Nun mußte er die Prozedur im zweiten Frachtraum wiederholen. Er öffnete die Tür, und eine erschrockene Stimme rief: »Verflucht! Wer sind denn Sie?« Es war der Offizier Mickey, den er im Bug gesehen hatte, ein fröhlicher, sommersprossiger junger Mann im kurzärmeligen Hemd.

Harry war nicht weniger erschrocken, gewann aber schnell seine Fassung wieder. Er lächelte, zog die Tür hinter sich zu und sagte ruhig: »Harry Vandenpost. Und Sie?«

»Mickey Finn, der Zweite Ingenieur. Sir, der Zutritt zu den Laderäumen ist verboten. Sie haben mir einen ganz schönen Schreck eingejagt. Entschuldigen Sie, daß ich geflucht habe. Was treiben Sie denn hier?«

»Ich suche meinen Koffer«, sagte Harry. »Ich habe meinen Rasierapparat vergessen.«

»Sir, der Zutritt zum aufgegebenen Gepäck ist während der Reise untersagt – komme, was wolle.«

»Ich glaube nicht, daß ich viel Schaden anrichten könnte.«

»Wie dem auch sei – es tut mir leid, aber es ist nicht möglich. Ich könnte Ihnen meinen Rasierapparat leihen.«

»Vielen Dank, aber ich hätte doch lieber meinen eigenen. Wenn ich nur meinen Koffer finden könnte . . .«

»Mann, o Mann, ich wünschte, ich könnte Ihnen helfen, Sir, aber es geht wirklich nicht. Wenn der Captain wieder an Bord kommt, können Sie ihn ja fragen, aber ich weiß, daß er Ihnen die gleiche Auskunft geben wird.«

Harry begriff zerknirscht, daß er sich, zumindest für den Augenblick, mit seiner Niederlage abfinden mußte. Er setzte ein tapferes

Gesicht auf, lächelte und sagte so huldvoll er konnte: »Wenn's so ist, dann muß ich wohl doch Ihren Rasierer borgen. Haben Sie herzlichen Dank.«

Mickey Finn hielt ihm die Tür auf. Harry betrat das Flugdeck und ging die Treppe hinunter. So ein Pech, dachte er grimmig. Ein paar Sekunden noch und ich wäre am Ziel gewesen. Ob sich noch einmal eine solche Gelegenheit bietet, steht in den Sternen.

Mickey verschwand im Abteil eins und kam kurz darauf mit dem Rasierapparat, einer neuen, noch in Papier gewickelten Klinge und einem Behälter mit Rasierseife zurück. Harry nahm ihm die Utensilien ab und bedankte sich. Nun blieb ihm nichts anderes übrig, als sich zu rasieren.

Er nahm seine Reisetasche mit in den Waschraum und war in Gedanken immer noch bei den Rubinen aus Burma. Carl Hartmann, der Wissenschaftler, stand im Unterhemd vor dem Spiegel und wusch sich. Harry ließ sein eigenes, völlig ausreichendes Rasierzeug in der Tasche und rasierte sich geschwind mit Mickeys Rasierer. »Ziemlich schlimme Nacht«, sagte er im Plauderton.

Hartmann zuckte mit den Achseln. »Hab' schon Schlimmeres erlebt.«

Harry betrachtete die knochigen Schultern. Der Mann war ein wandelndes Skelett. »Das glaube ich Ihnen gerne«, sagte er.

Damit war die Unterhaltung auch schon beendet. Hartmann war nicht besonders redselig, und Harry hatte anderes im Kopf.

Nach der Rasur packte er ein neues blaues Hemd aus: Ein neues Hemd zu entfalten gehörte zu den kleinen, aber feinen Annehmlichkeiten des Lebens. Er liebte das Rascheln des Seidenpapiers und das frische Gefühl der noch ganz reinen Baumwolle. Genießerisch streifte er sich das Hemd über und band seine weinrote Krawatte zu einem tadellosen Knoten.

Bei der Rückkehr ins Abteil fiel ihm sofort auf, daß Margarets Vorhänge nach wie vor geschlossen waren. Er vermutete, daß sie immer noch schlief. Er dachte an ihr wunderschönes Haar, das über das weiße Kissen flutete, und lächelte stillvergnügt vor sich hin. Ein Blick in den Salon verriet ihm, daß die Stewards ein Frühstücksbuffet aufbauten. Das Wasser lief ihm im Munde zusammen: Schüsseln voller Erdbeeren, Krüge mit Sahne und Orangensaft und kalter Champagner in beschlagenen Sektkühlern. Das müssen Treibhauserdbeeren sein, dachte er. Um diese Jahreszeit!

Er verstaute seine Reisetasche und ging mit Mickey Finns Rasierzeug in der Hand die Treppe zum Flugdeck hinauf, um sein Glück noch einmal zu versuchen.

Mickey war nirgends zu sehen, doch saß zu Harrys Bestürzung ein anderes Mitglied der Crew vor einem großen Kartentisch und kritzelte irgendwelche Zahlen auf einen Notizblock. Der Mann sah auf, lächelte und sagte: »Hallo! Kann ich Ihnen behilflich sein?«

»Ich suche Mickey, um ihm sein Rasierzeug zurückzugeben.«

»Sie finden ihn im ersten Abteil, das ist ganz vorne.«

»Danke.« Harry zögerte. Irgendwie mußte er an diesem Kerl vorbei – aber wie?

»Sonst noch was?« fragte der Mann freundlich.

»Dieses Flugdeck ist wirklich sagenhaft«, meinte Harry. »Sieht aus wie ein Büro.«

»Ja, das stimmt, unglaublich.«

»Fliegen Sie diese Maschinen gerne?«

»Mit Leib und Seele. Hm, wissen Sie, ich würde mich ja gerne mit Ihnen unterhalten, aber ich muß vor dem Start diese Berechnungen noch fertigmachen und bin sowieso schon ziemlich knapp dran.«

Harrys Mut schwand: Der Zugang zum Laderaum war blockiert, und ihm fiel keine Ausrede ein, mit der er sich hätte Zugang verschaffen können. Er zwang sich erneut, seine Enttäuschung zu verbergen, und sagte: »Oh, entschuldigen Sie. Ich bin schon fort . . .«

»Normalerweise unterhalten wir uns gerne mit den Passagieren. Man trifft die interessantesten Leute, aber im Augenblick . . .«

»Das macht doch nichts.« Harry überlegte fieberhaft, ob sich der Abschied nicht doch noch ein wenig verzögern ließe, gab aber schließlich auf, drehte sich um und ging, lautlos vor sich hin fluchend, die Treppe hinunter.

Sein Glück schien ihn verlassen zu haben.

Er gab Mickey das Rasierzeug zurück und suchte wieder sein Abteil auf. Margaret hatte sich noch immer nicht gerührt. Harry durchquerte den Salon, trat auf den Seeflügel hinaus und atmete die kalte, feuchte Luft. Ich lass' mir die beste Gelegenheit meines Lebens durch die Lappen gehen, dachte er wütend. Es juckte ihn in den Fingern, als er daran dachte, daß die phantastischen Juwelen nur ein, zwei Meter oberhalb seines Kopfes lagen. Kein Grund, die Flinte ins Korn zu werfen, sagte er sich. Es gibt ja noch eine Zwischenlandung in Shediac. Das ist dann meine letzte Chance, ein Vermögen zu stehlen.

Part V

Shediac

Auf der Überfahrt zur Küste spürte Eddie Deakin die Feindseligkeit seiner Kollegen. Jeder vermied seinen Blick. Alle wußten sie, daß ihnen um ein Haar der Treibstoff ausgegangen und die Maschine in den stürmischen Ozean gestürzt wäre. Sie waren in Lebensgefahr gewesen. Bis jetzt wußte niemand, wie das passieren konnte, aber für den Treibstoff war der Ingenieur zuständig, also war Eddie an der Panne schuld.

Sein merkwürdiges Benehmen konnte ihnen kaum entgangen sein. Den ganzen Flug über war er zerstreut gewesen, hatte beim Essen kaum ein Wort mit Tom Luther gewechselt, und im Waschraum war aus unerfindlichen Gründen eine Scheibe zerborsten, als Eddie sich gerade dort aufhielt. Kein Wunder also, daß die anderen das Gefühl hatten, daß man sich nicht mehr hundertprozentig auf ihn verlassen konnte. In einer verschworenen Gemeinschaft, in der einer auf den anderen angewiesen war und ihm auf Gedeih und Verderb vertraute, verbreitete sich ein solches Gefühl in Windeseile.

Eddie trug schwer an der Erkenntnis, daß seine Kollegen ihm nicht länger trauten. Im Grunde war er stolz auf seinen Ruf als einer der zuverlässigsten Kerle weit und breit. Daß er anderen ihre Fehler nur ungern verzieh, machte die Sache noch schlimmer. Wie oft hatte er sich herablassend über Leute geäußert, deren Leistungen aufgrund persönlicher Probleme zu wünschen übrig ließen.

»Entschuldigungen fliegen nicht«, hatte er manchmal gesagt – ein Spruch, bei dem er jetzt jedesmal, wenn er ihm in den Sinn kam, zusammenzuckte.

Es kann dir scheißegal sein, was sie denken, hatte er sich einzureden versucht. Du mußt deine Frau retten, und zwar allein. Du kannst niemanden um Hilfe bitten und darfst dich nicht um die Gefühle anderer scheren. Ja, ich habe die Leute in Lebensgefahr gebracht, aber das Risiko hat sich gelohnt, und damit basta ... Es war alles ganz logisch – und doch ohne Belang: Aus dem Ingenieur Deakin, diesem Fels in der Brandung, war der unzuverlässige Eddie geworden, ein Bursche, dem man auf die Finger schauen mußte, damit er keinen Mist baute. Eddie haßte Typen wie diesen unzuverlässigen Eddie. Er haßte sich selbst.

Wie üblich waren viele Passagiere in Botwood an Bord geblieben. Sie hofften, ein wenig Schlaf zu finden, solange die Maschine still im Hafen lag. Ollis Field, der Mann vom FBI, und Frankie Gordino, sein Gefangener, waren natürlich, wie schon zuvor in Foynes, ebenfalls an Bord geblieben. Tom Luther, der einen Mantel mit Pelzkragen und einen taubengrauen Hut trug, befand sich indessen auf dem Boot. Als sie sich der Kaimauer näherten, stellte Eddie sich neben ihn und flüsterte ihm zu: »Warten Sie am Flughafengebäude auf mich, ich bringe Sie dann zum Telefon.«

Botwood bestand aus einer Ansammlung von Holzhäusern, die sich um einen Tiefwasserhafen an der ringsum von Land umgebenen Mündung des Exploits River scharten. Sogar die Millionäre, die regelmäßig den Clipper benutzten, fanden hier kaum etwas zum Einkaufen. Das Dorf hatte erst seit vergangenen Juni eine Telefonverbindung, und die wenigen vorhandenen Autos fuhren, da Neufundland immer noch unter britischer Herrschaft stand, auf der linken Seite.

Gemeinsam betraten sie das hölzerne Pan-Am-Gebäude. Die Crew verschwand im Flugbüro. Eddie studierte sofort die Wetterberichte, die per Funk von dem neuen großen Landflugplatz am achtunddreißig Meilen entfernten Gander Lake durchgegeben worden waren, und berechnete den Treibstoffbedarf für die nächste Etappe. Da sie wesentlich kürzer war als die vorherige, kam der Kalkulation nicht die gleiche lebenswichtige Bedeutung zu. Das Flugzeug führte allerdings nie übermäßig große Treibstoffreserven mit sich, denn das zusätzliche Gewicht kam teuer. Eddie hatte einen schalen Geschmack im Mund, während er über seiner Arbeit saß. Ob ich je wieder die Berechnungen durchführen kann, ohne dabei an diesen entsetzlichen Tag denken zu müssen? Die Frage war rein theoretisch: Wenn er seinen Plan in die Tat umsetzte, würde er nie wieder als Bordingenieur eines Clippers fliegen.

Der Captain mochte bereits seine Zweifel haben, ob Eddies Kalkulationen noch zu trauen war. Eddie mußte etwas unternehmen, um die alte Vertrauensbasis wiederherzustellen. Er beschloß, Selbstzweifel an den Tag zu legen: Nachdem er seine Berechnungen noch einmal überprüft hatte, reichte er sie an Captain Baker weiter. »Ich wäre Ihnen sehr dankbar, wenn jemand sie noch einmal durchsehen würde«, sagte er in neutralem Ton.

»Das kann nichts schaden«, erwiderte der Captain unverbindlich; er wirkte allerdings sichtlich erleichtert. Es sah so aus, als habe er selbst eine Kontrolle vorschlagen wollen, aber vorerst noch gezögert.

»Ich geh' ein bißchen frische Luft schnappen«, sagte Eddie und ging hinaus.

Vor dem Pan-Am-Gebäude stieß er auf Tom Luther, der die Hände in den Taschen vergraben hatte und mißmutig den Kühen auf der Weide zusah. »Ich nehme Sie mit zum Telegrafenamt«, meinte Eddie und ging mit schnellen Schritten voran und den Hügel hinauf. Luther trottete hinterher. »Mach Dampf, Mann«, sagte Eddie. »Ich hab' nicht viel Zeit.« Luther beschleunigte seine Schritte. Es sah nicht so aus, als wolle er Eddie provozieren, was nach dem Beinahe-Hinauswurf aus dem Flugzeug auch kaum verwunderlich war.

Sie nickten zwei Passagieren zu, die offenbar gerade vom Telegrafenamt zurückkamen: Mr. Lovesey und Mrs. Lenehan, das Paar, das in Foynes zugestiegen war. Der Mann trug eine Fliegerjacke, und obwohl Eddie wahrlich anderes im Kopf hatte, fiel ihm doch auf, daß beide einen sehr glücklichen Eindruck machten. Mir und Carol-Ann hat man auch immer nachgesagt, daß wir zusammen glücklich aussehen, dachte er und spürte einen Stich im Herzen.

Sie erreichten das Büro, und Luther meldete ein Gespräch an. Damit Eddie es nicht hören konnte, schrieb er die gewünschte Nummer auf ein Stück Papier. In einem kleinen Privatzimmer, in dem sich ein Tisch mit Telefon und zwei Stühlen befanden, warteten sie ungeduldig auf die Verbindung. So früh am Morgen sollten die Leitungen eigentlich nicht sehr stark belastet sein, doch gab es vermutlich eine ganze Menge Gespräche zwischen Botwood und Maine.

Eddie war zuversichtlich, daß Luther seine Männer veranlassen würde, Carol-Ann zum Treffpunkt zu bringen. Das wäre ein großer Schritt vorwärts, bedeutete es doch, daß er gleich nach Abschluß der Befreiungsaktion freie Hand hätte und sich nicht länger um seine Frau würde sorgen müssen. Aber was konnte er tatsächlich ausrichten? Es lag natürlich auf der Hand, sofort die Polizei zu benachrichtigen, aber darauf würde Luther höchstwahrscheinlich selbst kommen und vorsorglich die Funkanlage des Clippers zerstören. Danach blieb ihnen nichts anderes übrig, als auf Hilfe zu warten – und bis die kam, waren Gordino und Luther längst an Land, saßen in ihrem Auto und rasten davon. Man würde nicht einmal wissen, in welchem Land sie sich verbargen, in den USA oder in Kanada. Eddie zermarterte sich das Gehirn, wie er der Polizei die Fahndung nach Gordino erleichtern konnte, aber es fiel ihm nichts ein. Schlug er zu früh Alarm, riskierte er, daß die Polizei voreilig hereinplatzte und Carol-Ann in Gefahr brachte, und das war das einzige Risiko, das Eddie nicht einzugehen bereit war. Er fragte sich allmählich, ob er überhaupt etwas erreicht hatte.

Nach einer Weile klingelte das Telefon, und Luther nahm den Hörer ab. »Ich bin's«, sagte er. »Wir müssen den Plan ändern. Ihr müßt die Frau mitbringen.« Es entstand eine Pause. Dann sagte er: »Der Ingenieur will es so, sonst spielt er nicht mit, und ich glaube ihm das. Also bringt die Frau mit, okay?« Nach einer weiteren Pause sah er Eddie an und sagte: »Sie wollen mit Ihnen persönlich sprechen.«

Eddies Zuversicht schwand. Bislang hatte Luther so getan, als wäre er der Boß, doch inzwischen klang es so, als reichte seine Autorität nicht aus, um Carol-Ann zum Treffpunkt bringen zu lassen. »Wollen Sie damit sagen, das ist ihr Boß?« fragte er gereizt.

»Ich bin der Boß«, gab Luther peinlich berührt zurück. »Aber ich habe Partner.«

Die Partner waren offenbar von der Idee, Carol-Ann zum Treffpunkt mitzubringen, alles andere als begeistert. Eddie fluchte. Soll ich denen die Chance geben, mich umzustimmen? Was bringt es, wenn ich mit den Kerlen rede? Wahrscheinlich nichts. Vielleicht holen sie Carol-Ann an den Apparat, bringen sie zum Schreien und zwingen mich dazu, klein beizugeben ... »Sag ihnen, sie können mich am Arsch lecken«, sagte er. Der Hörer lag auf dem Tisch, und Eddie hoffte, laut genug gesprochen zu haben, um am anderen Ende verstanden zu werden.

Luther wirkte verängstigt. »So können Sie nicht mit diesen Leuten reden!« sagte er mit hoher Stimme.

Eddie fragte sich allmählich, ob er nicht auch Angst haben sollte und die Situation vielleicht von vornherein falsch eingeschätzt hatte. Wovor fürchtete sich Luther, wenn er doch selbst zu den Gangstern gehörte? Aber ihm fehlte jetzt die Zeit für eine Neueinschätzung seiner Lage; er mußte sich an seinen Plan halten. »Ich will nur eine Antwort«, sagte er, »ja oder nein. Dafür brauche ich mit diesem Arschloch nicht persönlich sprechen.«

»O mein Gott!« Luther nahm den Hörer wieder auf und sagte: »Er will nicht an den Apparat kommen – ich habe euch ja gesagt, daß er schwierig ist.« Es entstand eine Pause. »Ja, gute Idee. Ich sag's ihm.« Er wandte sich an Eddie und hielt ihm den Hörer hin. »Ihre Frau ist dran.«

Eddie wollte schon nach dem Hörer greifen, zog aber im letzten Moment die Hand wieder zurück. Wenn ich mit ihr spreche, bin ich den Gangstern auf Gedeih und Verderb ausgeliefert, dachte er. Wie gerne hätte er ihre Stimme gehört! Mit aller Willenskraft, zu der er fähig war, schob er die Hände tief in die Taschen und schüttelte stumm den Kopf.

Luther starrte ihn einen Moment lang an und sprach dann wieder in den Hörer: »Er will immer noch nicht reden! Er – mach, daß du wegkommst, du Fotze. Ich will mit ...«

Im gleichen Augenblick hatte Eddie ihn am Kragen, und das Telefon polterte zu Boden. Eddie preßte seine Daumen in Luthers feisten Hals. »Halt!« keuchte Luther. »Laß mich los! Laß mich ...« Seine Stimme wurde abgewürgt.

Der rote Nebel vor Eddies Augen löste sich auf. Er merkte, daß er drauf und dran war, Luther umzubringen. Er lockerte den Druck ein wenig, ohne jedoch den Mann loszulassen, und brachte dessen Gesicht so nahe an sein eigenes, daß Luther blinzeln mußte. »Hör gut zu«, sagte Eddie. »Für dich heißt meine Frau immer noch Mrs. Deakin.«

»Okay, okay!« stieß Luther heiser hervor. »Laß mich um Himmels willen jetzt los!«

Eddie ließ ihn los.

Luther massierte sich keuchend den Hals und griff nach dem Hörer. »Vincini? Er ist gerade auf mich losgegangen, weil ich sein Frau eine . . . weil ich sie beschimpft habe. Ich soll sie Mrs. Deakin nennen, sagt er. Kapierst du jetzt, oder muß ich's dir erst schriftlich geben? Der ist zu allem fähig!« Es entstand eine Pause. »Ich könnte schon mit ihm fertig werden, aber was sollen die Leute denken, wenn sie uns im Clinch sehen? Dann fliegt doch die ganze Sache auf!« Er schwieg. Dann hörte Eddie ihn sagen: »Gut. Ich sag's ihm. Hör zu, wir sind auf dem richtigen Weg, das weiß ich. Bleib dran.« Er wandte sich Eddie zu. »Meine Partner sind einverstanden. Sie wird an Bord sein.«

Eddies Gesicht gefror zur Maske. Er wollte unter allen Umständen vermeiden, daß Luther ihm seine ungeheure Erleichterung ansah.

Luther fuhr unruhig fort: »Ich soll Ihnen jedoch ausrichten, daß er ihre Frau abknallt, wenn die Sache einen Pferdefuß hat.«

Eddie riß ihm den Hörer aus der Hand. »Jetzt paß mal auf, Vincini! Erstens: Ich will sie an Deck des Bootes sehen, bevor ich die Türen der Maschine aufmache. Zweitens: Sie muß mit dir an Bord kommen. Drittens: Wenn du ihr auch nur ein Härchen krümmst, bringe ich dich mit bloßen Händen um, Pferdefuß hin, Pferdefuß her. Schreib dir das hinter die Ohren, Vincini.« Bevor der Mann antworten konnte, hatte er aufgelegt.

Luther wirkte bestürzt. »Warum haben Sie das getan?« Er nahm den Hörer ab und drückte die Gabel ein paarmal hinunter. »Hallo? Hallo?« Dann schüttelte er den Kopf und legte auf. »Zu spät.« Halb ärgerlich, halb beeindruckt sah er Eddie an. »Sie leben wohl gerne gefährlich, wie?«

»Gehen Sie, und bezahlen Sie Ihr Gespräch«, gab Eddie zurück.

Luther griff in die Innentasche seines Mantels und zog ein dickes Bündel Banknoten heraus. »Hören Sie zu«, sagte er. »Ihre Wutanfälle helfen niemandem. Ich bin auf Ihre Bedingungen eingegangen, aber jetzt müssen wir zusammenarbeiten, damit die Aktion erfolgreich verläuft – um Ihret- und um meinetwillen. Lassen Sie uns versuchen, miteinander auszukommen, schließlich sind wir jetzt Partner.«

»Halt's Maul, du Arschloch«, sagte Eddie und ging hinaus.

Auf dem Weg zurück zum Hafen ballte er die Fäuste in den Taschen. Luthers Bemerkung über ihre »Partnerschaft« hatte ihn an der empfindlichsten Stelle getroffen. Er hatte alles getan, was in seiner Macht stand, um Carol-Ann zu retten, war aber nach wie vor dazu verpflichtet, Hilfe bei der Befreiung Frankie Gordinos, eines Mörders und Vergewaltigers, zu leisten. Die Tatsache, daß man ihn dazu erpreßte, hätte ihn eigentlich entschuldigen sollen und wäre ihm wohl von vielen Menschen auch entsprechend angerechnet worden – doch was ihn selbst betraf, so lief alles aufs gleiche hinaus: Wenn ich die Sache durchziehe, werde ich nie wieder erhobenen Hauptes einhergehen können, dachte er.

Er ließ seinen Blick über das Wasser des Hafens schweifen, auf dessen ruhiger Oberfläche majestätisch der Clipper dümpelte. Eddie wußte, daß seine Karriere an Bord des Clippers unweigerlich zu Ende ging, und das verstärkte noch seinen Zorn. Außer dem Flugzeug lagen noch zwei große Frachter und etliche kleinere Fischerboote vor Anker sowie, zu Eddies großer Überraschung – ein Patrouillenboot der amerikanischen Marine. Was haben die wohl in Neufundland zu suchen? fragte er sich. Ob es etwas mit dem Krieg zu tun hat? Es erinnerte ihn an seine Zeit bei der Marine, die ihm im nachhinein wie eine goldene Zeit vorkam, in der das Leben noch einfach war. Gut möglich, daß die Vergangenheit immer dann ihren besonderen Reiz hat, wenn man in Schwierigkeiten ist, dachte er.

Er betrat das Pan-American-Gebäude. In der grün-weiß gestrichenen Eingangshalle stand ein Mann in Leutnantsuniform, der wahrscheinlich zur Besatzung des Patrouillenboots gehörte. Er drehte sich um, als Eddie hereinkam: ein großer, häßlicher Mann mit kleinen, eng zusammenstehenden Augen und einer Warze auf der Nase. Eddie traute seinen Augen nicht und starrte ihn ebenso erstaunt wie erfreut an. »Steve?« fragte er. »Bist du es?«

»Hallo, Eddie.«

»Wie, zum Teufel . . .?« Es war Steve Appleby, der Mann, den Eddie von England aus zu erreichen versucht hatte, sein ältester und bester Freund, ein Mann, den er mehr als alle anderen zur Seite haben wollte, wenn es hart auf hart ging. Es war schlicht unfaßbar.

Steve kam auf ihn zu, und die beiden umarmten sich und schlugen einander auf den Rücken. Eddie sagte: »Ich dachte, du wärst in New Hampshire – was, zum Teufel, treibst du denn hier?«

»Nella sagte, du hättest bei deinem Anruf total verzweifelt geklungen«, erwiderte Steve und blickte Eddie dabei eindringlich an. »Mann, Eddie, du hast die Sachen doch sonst immer von dir abgeschüttelt. Du warst immer wie ein Fels in der Brandung. Mir war sofort klar, daß du diesmal ganz tief im Dreck stecken mußt.«

»Und ob. Ich . . .« Eddie wurde unwillkürlich von seinen Gefühlen übermannt. Zwanzig Stunden lang hatte er sie aufgestaut, hatte Schutzwälle um sich errichtet und wäre doch am liebsten aus der Haut gefahren. Daß sein bester Freund alles in Bewegung gesetzt hatte und gekommen war, um ihm zu helfen, berührte ihn zutiefst. »Ich stecke wirklich in der Klemme«, bekannte er. Die Tränen schossen ihm in die Augen, und seine Stimme versagte. Er drehte sich um und ging hinaus.

Steve folgte ihm. Eddie führte ihn um das Gebäude herum. Durch ein großes Tor gelangten sie in den leeren Bootsschuppen, wo sie ungestört waren.

Steve sprach zuerst, um über seine Verlegenheit hinwegzukommen. »Ich weiß gar nicht, wie viele Leute ich um einen Gefallen gebeten habe, damit ich herkommen konnte. Ich bin jetzt seit acht Jahren bei der Marine, und eine Menge Leute waren mir etwas schuldig. Heute haben sie sich gleich doppelt und dreifach revanchiert, weshalb ich mich jetzt wieder bei ihnen revanchieren muß. Wahrscheinlich brauche ich jetzt noch mal acht Jahre, bis das wieder ausgeglichen ist!«

Eddie nickte. Steve war der geborene Drahtzieher, ein echter Hansdampf in allen Gassen bei der Marine. Er wollte sich bei ihm bedanken, konnte aber nicht aufhören zu weinen.

Steve änderte seinen Tonfall und sagte: »Eddie, was zum Teufel geht hier vor?«

»Sie haben Carol-Ann«, brachte Eddie hervor.

»Wer, um Himmels willen, hat Carol-Ann?«

»Die Patriarca-Bande.«

Steve war sprachlos. »*Ray* Patriarca? Der Gangsterboß?«

»Sie haben sie als Geisel genommen.«

»Um Gottes willen, wieso denn das?«

»Sie wollen, daß ich den Clipper runterbringe.«

»Warum?«

Eddie wischte sich mit dem Ärmel über das Gesicht und riß sich zusammen. »Wir haben einen Agenten vom FBI an Bord. Er bewacht einen Gefangenen, einen Banditen namens Frankie Gordino. Ich nehme an, daß Patriarca ihn rausholen will. Wie dem auch sei, ich bin von einem Passagier, der sich Tom Luther nennt, angewiesen worden, die Maschine vor der Küste von Maine runterzubringen. Dort warten sie mit einem Schnellboot auf uns. Sie haben Carol-Ann dabei. Wir tauschen Carol-Ann gegen Gordino aus, und Gordino verschwindet.«

Steve nickte. »Und dieser Luther war klug genug, um zu wissen, daß er mit Eddie Deakins Hilfe nur rechnen kann, wenn er dessen Frau kidnappt.«

»Genau.«

»Diese Schweine.«

»Ich will diese Schufte zu packen kriegen, Steve. Ich will die Scheißkerle kreuzigen, ich will sie ans Kreuz nageln, das schwör' ich dir.«

Steve schüttelte den Kopf. »Aber was kannst du denn tun?«

»Ich weiß es nicht. Deswegen habe ich dich ja angerufen.«

Steve runzelte die Stirn. »Die kritische Phase für die Gangster beginnt mit dem Moment, in dem sie den Clipper betreten, und endet bei der Rückkehr zu ihrem Wagen. Vielleicht kann die Polizei das Auto finden und sie abfangen.«

Eddie hatte seine Zweifel. »Wie soll die Polizei ihr Auto denn erkennen? Das ist ein ganz normaler Wagen, der irgendwo am Strand geparkt ist.«

»Vielleicht ist es einen Versuch wert.«

»Das ist mir zu unsicher, Steve, viel zu unsicher. Außerdem will ich die Polizei nicht dabeihaben – man kann nie wissen, ob sie Carol-Ann nicht zusätzlich in Gefahr bringen.«

Steve nickte zustimmend. »Außerdem kann der Wagen sowohl auf dieser oder jener Seite der Grenze stehen, so daß wir auch noch die kanadische Polizei hinzuziehen müßten. Es dauert keine fünf Minuten, und die Geheimhaltung ist zum Teufel. Nein, die Polizei bringt's nicht. Bleibt nur noch die Marine oder die Küstenwacht.«

Eddie fühlte sich schon besser; es tat so gut, mit jemandem reden zu können. »Reden wir über die Marine«, sagte er.

»Na gut. Angenommen, ich könnte ein Patrouillenboot wie dieses hier dazu bringen, das Boot nach dem Austausch, also bevor Luther und Gordino an Land sind, abzufangen?«

»Das könnte klappen«, sagte Eddie, der langsam wieder an Zuversicht gewann. »Aber schaffst du das auch?« Es war so gut wie unmöglich, ein Boot der Marine außerhalb der herkömmlichen Befehlskette zum Handeln zu bewegen.

»Ich denke schon. Die Marine ist sowieso im Manöver, und alle sind furchtbar aufgekratzt, weil die Nazis sich nach dem Polenfeldzug vielleicht zur Besetzung der Neuengland-Staaten entschließen. Es geht also nur darum, ein Boot umzuleiten. Der Mann, der dafür in Frage kommt, ist Simon Greenbournes Vater – erinnerst du dich noch an Simon?«

»Klar doch.« Eddie erinnerte sich gut an den wilden jungen Burschen mit dem verrückten Humor und dem gewaltigen Bierdurst. Er eckte immer und überall an, kam aber normalerweise dank seines Vaters, eines Admirals, mit einem blauen Auge davon.

Steve fuhr fort: »Eines Tages ging Simon wirklich zu weit. Er steckte eine Bar in Pearl City in Brand und zerstörte damit einen halben Häuserblock. Es ist eine lange Geschichte, aber ich bewahrte ihn vorm Gefängnis, und sein Vater ist mir ewig dankbar. Ich glaube schon, daß er mir den Gefallen tun würde.«

Eddie betrachtete das Schiff, mit dem Steve gekommen war: ein U-Boot-Jäger der SC-Klasse, zwanzig Jahre alt und mit hölzernem

Rumpf, dafür aber mit einem Maschinengewehr Kaliber 23 und einer Wasserbombe ausgerüstet. Es war durchaus imstande, einem Haufen städtischer Gangster in ihrem Motorboot das Fürchten zu lehren – nur unauffällig war es eben nicht. »Vielleicht sehen sie das Schiff im voraus und riechen den Braten«, sagte er besorgt.

Steve schüttelte den Kopf. »Diese Dinger können sich sogar in kleinen Flußläufen verstecken. Ihr Tiefgang bei voller Ladung beträgt nicht einmal zwei Meter.«

»Trotzdem ganz schön riskant, Steve.«

»Dann sichten sie eben ein Patrouillenboot der Marine. Und wenn es sie in Ruhe läßt – was denkst du, wie sie reagieren werden, etwa die ganze Sache abblasen?«

»Sie könnten Carol-Ann etwas antun.«

Steve wollte sich schon auf eine Diskussion einlassen, änderte jedoch seine Meinung. »Das stimmt«, sagte er. »Alles ist möglich. Du bist der einzige, der grünes Licht geben kann.«

Eddie wußte, daß Steve ihm nicht sagte, was er wirklich dachte. »Du meinst, ich habe Schiß gekriegt, nicht wahr?« erkundigte er sich gereizt.

»Ja. Aber das ist auch dein verdammtes Recht.«

Eddie blickte auf seine Uhr. »Um Himmels willen, ich muß ins Flugbüro zurück!« Er mußte zu einer Entscheidung kommen. Steve hatte den seiner Ansicht nach aussichtsreichsten Plan, und es lag nun bei Eddie, ihn abzulehnen oder zu akzeptieren.

Steve sagte: »Eins hast du vielleicht noch nicht bedacht: Sie könnten immer noch vorhaben, dich zu hintergehen.«

»Wie das?«

Er zuckte mit den Achseln. »Wie, weiß ich auch nicht. Aber wenn sie erst an Bord des Clippers sind, wird man mit ihnen kaum noch reden können. Vielleicht beschließen sie ja, Gordino und Carol-Ann mitzunehmen.«

»Und warum, zum Teufel, das?«

»Um sicherzugehen, daß du eine Zeitlang nicht allzu eifrig mit der Polizei zusammenarbeitest.«

»Scheiße.« Und außerdem gibt es noch einen weiteren Grund,

dachte Eddie: Ich habe diese Kerle angebrüllt und beleidigt. Gut möglich, daß sie sich an mir rächen und mir eine Lektion erteilen wollen.

Er saß in der Klemme.

Es blieb ihm nichts mehr anderes übrig, als sich Steves Vorschlag anzuschließen.

Gott möge mir verzeihen, wenn ich einen Fehler mache, dachte er.

»In Ordnung«, sagte er. »So wird's gemacht.«

Margaret wachte mit dem Gedanken auf, daß sie es heute ihrem Vater sagen mußte.

Sie brauchte einen Augenblick, bis sie sich daran erinnerte, *was* sie ihm zu sagen hatte: daß sie nicht mit ihnen in Connecticut leben würde, sondern die Familie verlassen und sich eine eigene Unterkunft und einen Job suchen wollte.

Er würde bestimmt einen Tobsuchtsanfall bekommen.

Wie jedesmal, wenn sie sich gegen Vater zur Wehr setzen wollte, überfiel sie eine Mischung aus Angst und Scham, ein gräßliches, ihr nur allzu vertrautes Gefühl. Ich bin neunzehn Jahre alt, dachte sie, eine Frau. Ich habe eine leidenschaftliche Liebesnacht mit einem wunderbaren Mann hinter mir. Warum nur habe ich immer noch Angst vor meinem Vater?

Solange sie zurückdenken konnte, war es so gewesen, und sie hatte nie begriffen, warum Vater alles daransetzte, sie in einem goldenen Käfig eingesperrt zu halten. Bei Elizabeth hatte er sich genauso verhalten, nur bei Percy nicht. Es schien fast so, als sähe er in seinen Töchtern zwei nutzlose Luxusartikel – Zierat, sonst nichts. Am schlimmsten hatte er sich immer dann aufgeführt, wenn die beiden Mädchen etwas Praktisches tun wollten – schwimmen lernen zum Beispiel, ein Baumhaus bauen oder Fahrrad fahren. Was sie für Kleidung ausgaben, war ihm gleichgültig; Rechnungen aus einer Buchhandlung dagegen waren zutiefst verpönt.

Es war nicht allein der Gedanke an eine mögliche Niederlage, die ihr Übelkeit bereitete, sondern die Art und Weise der befürchteten

Zurechtweisung: sein Ärger und Hohn, die hämischen Seitenhiebe, die rotgesichtige Wut.

Wie oft hatte sie versucht, sich seiner Macht zu entziehen! Es hatte so gut wie nie geklappt. Ihre Angst, er könne das Kratzen des geretteten Kätzchens auf dem Dachboden hören, sie beim Spiel mit »unpassenden« Kindern aus dem Dorf erwischen oder beim Durchsuchen ihres Zimmers einen Roman von D. H. Lawrence finden, war so entsetzlich, daß alle verbotenen Früchte ihren Reiz verloren.

Nur mit Hilfe anderer hatte sich Margaret erfolgreich gegen ihren Vater durchsetzen können. Monica hatte sie mit den Freuden der Sexualität bekannt gemacht, und das war eine Erfahrung, die er ihr nie hatte nehmen können. Percy brachte ihr das Schießen bei, Digby, der Chauffeur, das Autofahren. Vielleicht würden Harry Marks und Nancy Lenehan ihr jetzt dabei helfen, flügge zu werden.

Sie *fühlte* sich bereits anders. Ihre Glieder schmerzten angenehm wie nach einem Tag harter körperlicher Arbeit im Freien. Sie lag in ihrer Koje und ließ die Hände über ihren Körper gleiten. In den letzten sechs Jahren hatte sie sich für ein unansehnliches Gör mit plumpen Rundungen und häßlichem Haar gehalten. Jetzt auf einmal mochte sie ihren Körper, und Harry war offenbar ganz hingerissen von ihm.

Von draußen drangen undeutliche Geräusche durch die Vorhänge ihrer Koje. Die Passagiere wachten wahrscheinlich auf. Margaret spähte hinaus. Nicky, der dicke Steward, nahm gerade die gegenüberliegenden Etagenbetten auseinander, in denen Vater und Mutter geschlafen hatten, und baute sie wieder zu Sitzen um. Die Betten von Harry und Mr. Membury waren bereits verschwunden. Harry saß, fix und fertig angekleidet, am Fenster und schaute nachdenklich hinaus.

Unwillkürlich genierte sie sich und zog den Vorhang, ehe er sie sehen konnte, wieder vor. Komisch, dachte sie: Vor ein paar Stunden waren wir so intim miteinander, wie zwei Menschen nur irgend sein können – und jetzt fühle ich mich irgendwie befangen.

Sie fragte sich, wo die anderen wohl sein mochten. Percy war bestimmt von Bord gegangen, und Vater, der normalerweise früh aufwachte, vermutlich auch. Mutter war morgens nie besonders unternehmungslustig und befand sich höchstwahrscheinlich im Waschraum. Mr. Membury war nirgends zu sehen.

Margaret schaute aus dem Fenster. Es war hellichter Tag. Das Flugzeug wasserte in der Nähe einer kleinen Stadt, die von riesigen Nadelwäldern umgeben war. Die Szenerie wirkte still und friedlich.

Margaret lehnte sich zurück, genoß das Alleinsein und rief sich genüßlich die Ereignisse der vergangenen Nacht ins Gedächtnis zurück, um sie sich einzuprägen wie Bilder in einem Fotoalbum. Ihr war, als hätte sie erst in der vergangenen Nacht *wirklich* ihre Jungfräulichkeit verloren. Die sexuelle Vereinigung mit Ian war stets hastig, schwierig und schnell gewesen, und sie hatte sich wie ein Kind gefühlt, das verbotenerweise die Spiele der Erwachsenen spielt. Letzte Nacht aber hatten Harry und sie sich als erwachsene Menschen an ihren Körpern erfreut, waren umsichtig, aber nicht heimlichtuerisch, scheu, aber nicht verlegen, unsicher, aber nicht tölpelhaft gewesen, und Margaret hatte sich wie eine richtige Frau gefühlt. Ich will mehr davon, dachte sie, viel mehr, und schlang die Arme wollüstig um den eigenen Körper.

Sie stellte sich Harry vor, so, wie sie ihn gerade eben erblickt hatte – im himmelblauen Hemd am Fenster sitzend, mit gedankenverlorenem Gesichtsausdruck. Ich würde ihn gerne küssen, dachte sie. Sie setzte sich auf, warf sich den Morgenmantel über, öffnete die Vorhänge und sagte: »Guten Morgen, Harry.«

Er reagierte mit einer jähen Kopfbewegung und sah aus, als habe man ihn auf frischer Tat ertappt. An was hast du gedacht? dachte sie. Er blickte ihr in die Augen und lächelte. Margaret lächelte zurück und konnte plötzlich nicht mehr aufhören zu lächeln. Sie grinsten sich eine geschlagene Minute an wie zwei Mondsüchtige, bis Margaret schließlich den Blick senkte und aufstand.

Der Steward unterbrach seine Arbeit an Mutters Platz, drehte sich um und sagte: »Guten Morgen, Lady Margaret. Darf ich Ihnen eine Tasse Kaffee bringen?«

»Nein, danke, Nicky.« Ich sehe wahrscheinlich fürchterlich aus, dachte sie bei sich, ich brauche schleunigst einen Spiegel, um mir die Haare zu kämmen ... Außerdem kam sie sich halb nackt vor – nein, sie *war* halb nackt, während Harry sich bereits rasiert hatte, ein frisches Hemd trug und aussah wie aus dem Ei gepellt.

Sie hätte ihn trotzdem gerne geküßt.

Sie schlüpfte in ihre Pantöffelchen und mußte dabei daran denken, wie sie sie in der vergangenen Nacht höchst indiskret neben Harrys Koje hatte stehenlassen und erst eine Zehntelsekunde bevor Vater sie unweigerlich gesehen hätte, in Sicherheit gebracht hatte. Sie steckte die Arme in die Ärmel ihres Morgenmantels und bemerkte, wie Harrys Augen ihre Brüste suchten. Es war ihr nicht unangenehm, ganz im Gegenteil: Sie mochte es, wenn er ihre Brüste ansah. Sie zog den Gürtel fest und fuhr sich mit den Fingern durchs Haar.

Nicky war fertig mit seiner Arbeit. Hoffentlich verschwindet er jetzt, dachte sie, damit ich Harry endlich küssen kann. Doch Nicky fragte: »Darf ich jetzt Ihr Bett herrichten?«

»Natürlich«, gab sie enttäuscht zurück. Wie lange wird er jetzt noch brauchen? dachte sie, nahm ihre Tasche auf, warf Harry einen bedauernden Blick zu und ging hinaus.

Davy, der andere Steward, baute im Speiseraum ein Frühstücksbuffet auf. Margaret stibitzte schuldbewußt eine Erdbeere und durchquerte das Flugzeug in seiner ganzen Länge. Die meisten Kojen waren inzwischen wieder zu Sitzplätzen umgebaut worden; hier und da saßen Passagiere und nippten unausgeschlafen an ihren Kaffeetassen. Sie bemerkte, daß Mr. Membury und Baron Gabon in eine Unterhaltung vertieft waren, und fragte sich, über welches Thema sich dieses ungleiche Paar wohl so ernsthaft unterhalten mochte. Irgend etwas fehlte. Margaret brauchte eine Weile, bis sie darauf kam: Es gab keine Morgenzeitungen.

Sie betrat den Toilettenraum. Vor der Frisierkommode saß Mutter. Unwillkürlich wurde Margaret von schrecklichen Gewissensbissen heimgesucht: Wie konnte ich so etwas nur tun, dachte sie verstört, wo doch Mutter nur ein paar Schritte von uns entfernt lag! Sie errötete und merkte es. Mühsam zwang sie sich zu einem »Guten Morgen, Mutter«. Ihre Stimme klang erstaunlicherweise ganz normal.

»Guten Morgen, Liebes. Dein Gesicht ist ein wenig gerötet. Hast du denn geschlafen?«

»Sehr gut sogar«, gab Margaret zurück und errötete noch tiefer. Dann fiel ihr etwas ein: »Ich fühle mich ertappt, weil ich eine Erdbeere vom Frühstücksbuffet genascht habe.« Fluchtartig verschwand sie in der Toilettenkabine. Als sie wieder herauskam, ließ sie das Becken voll Wasser laufen und wusch sich gründlich das Gesicht.

Sie bedauerte es sehr, noch einmal das Kleid vom Vortag anziehen zu müssen. Gerne hätte sie etwas Frisches angelegt. Sie trug viel Eau de Toilette auf. Harry hatte ihr gesagt, daß er es mochte – ja, er hatte sogar gewußt, daß es Tosca war. Ein Mann, der verschiedene Duftnoten unterscheiden konnte, war ihr noch nie begegnet.

Beim Bürsten der Haare nahm sie sich viel Zeit. Sie waren das Schönste an ihr, und sie mußte das Beste daraus machen. Ich sollte mehr auf mein Äußeres achten, dachte sie. Bisher hatte sie sich nicht besonders darum gekümmert, doch auf einmal war es ihr wichtig. Ich sollte Kleider tragen, die meine Figur betonen, und elegante Schuhe, die die Aufmerksamkeit auf meine langen Beine lenken. Die Farben müssen gut zu rotem Haar und grünen Augen passen ... Ihr Kleid war ziegelrot und farblich somit ganz passabel, vom Schnitt her aber ziemlich weit und formlos. Kritisch betrachtete sie sich im Spiegel und wünschte, das Kleid hätte eine stärker betonte Schulterpartie und einen Gürtel in der Taille. Weil Mutter ihr natürlich nie erlauben würde, Make-up zu tragen, mußte sie sich mit ihrem blassen Teint zufriedengeben. Immerhin hatte sie schöne Zähne.

»Ich bin soweit«, sagte sie munter.

Mutter hatte sich nicht vom Fleck gerührt. »Du gehst wohl zurück, um dich wieder mit diesem Mr. Vandenpost zu unterhalten, wie?«

»Ich denke schon. Sonst ist ja niemand da. Es hat ja wohl keinen Sinn, auf dich zu warten, du brauchst sicher noch eine Weile, bis du mit dem Schminken fertig bist.«

»Sei nicht so vorlaut! Der Mann hat einen jüdischen Zug an sich.«

Er ist aber nicht beschnitten, dachte Margaret und wäre aus lauter Übermut fast damit herausgeplatzt. Statt dessen fing sie an zu kichern.

Mutter war eingeschnappt. »Da gibt es nichts zu lachen. Und

damit du es gleich weißt: Wenn wir das Flugzeug verlassen haben, wirst du diesen jungen Mann nicht mehr wiedersehen. – Ich dulde es nicht.«

»Schon recht«, erwiderte Margaret, »ist mir egal.« Es stimmte: Sie war ohnehin entschlossen, ihr Elternhaus zu verlassen. Was sie »duldeten« oder nicht, konnte ihr völlig gleichgültig sein.

Mutter sah sie mißtrauisch an. »Warum nur habe ich das Gefühl, daß du nicht aufrichtig zu mir bist?«

»Weil Despoten nie jemandem trauen können«, gab Margaret zurück.

Sie hielt das für einen guten Schlußsatz und ging zur Tür, wurde aber von Mutter zurückgerufen.

»Geh nicht fort, Liebes«, sagte Mutter, und ihre Augen füllten sich mit Tränen.

Was soll das heißen? dachte Margaret. *Verlaß den Raum nicht* oder *Verlaß die Familie nicht?* Hat sie erraten, was ich vorhabe? Sie hatte schon immer einen siebten Sinn. Margaret schwieg.

»Elizabeth habe ich bereits verloren, und ich könnte es nicht ertragen, nun auch noch dich zu verlieren.«

»Aber das ist doch Vaters Schuld!« brach es aus Margaret hervor, und sie hätte am liebsten geweint. »Er ist so furchtbar ... Kannst du nicht dafür sorgen, daß er sich etwas besser benimmt?«

»Meinst du etwa, ich hätte es nicht versucht?«

Margaret war wie vor den Kopf geschlagen: Nie zuvor hatte Mutter eingeräumt, daß Vater vielleicht unrecht haben könnte. »Wenn er sich nicht ändert, kann ich dir nicht helfen«, sagte sie kleinlaut.

»Du könntest versuchen, ihn nicht dauernd zu provozieren«, schlug Mutter vor.

»Zu allem Ja und Amen sagen, meinst du?«

»Warum nicht? Es gilt ja ohnehin nur, bis du heiratest.«

»Wenn *du* ihm mal Paroli bieten würdest, wäre er sicher nicht so.«

Mutter schüttelte traurig den Kopf. »Ich kann nicht für dich und gegen ihn Stellung beziehen, Liebling. Er ist mein Mann.«

»Aber er hat doch unrecht!«

»Das tut nichts zur Sache. Warte ab, bis du selbst verheiratet bist, dann wirst du mich schon verstehen.«

Margaret fühlte sich in die Enge getrieben. »Das ist doch vollkommen ungerecht.«

»Es ist ja nicht für lange. Ich bitte dich nur, ihn noch eine Weile zu ertragen. Sobald du einundzwanzig bist, wird es anders sein, auch wenn du bis dahin nicht verheiratet bist, das verspreche ich dir. Ich weiß, daß es schwer ist. Aber ich will nicht, daß du verstoßen wirst wie die arme Elizabeth . . .«

Margaret begriff, daß ihr die Trennung genauso schwerfallen würde wie Mutter. »Das will ich auch nicht, Mutter«, sagte sie und tat einen Schritt auf den Stuhl zu. Mutter breitete die Arme aus, und obwohl sie sitzen blieb, während Margaret noch stand, umarmten sie einander unbeholfen.

»Versprich mir, daß du nicht mit ihm streiten wirst«, sagte Mutter.

Sie klang so traurig, daß Margaret ihr liebend gern den Wunsch erfüllt hätte, aber irgend etwas in ihr hielt sie zurück. »Ich werde es versuchen, Mutter«, sagte sie. »Ich werde es wirklich versuchen.«

Mutter ließ sie los, ihr Blick verriet trostlose Resignation. »Ich danke dir, mein Kind«, sagte sie.

Mehr gab es nicht zu sagen.

Margaret ging hinaus.

Harry stand auf, als sie das Abteil betrat. Sie war dermaßen aufgewühlt, daß sie sich über alle Anstandsregeln hinwegsetzte und die Arme um ihn schlang. Nach einer kurzen Schrecksekunde drückte er sie an sich und küßte sie auf das Haar. Sofort fühlte sie sich besser.

Als sie die Augen öffnete, bemerkte sie, daß Mr. Membury, der mittlerweile auf seinen Sitz zurückgekehrt war, sie erstaunt ansah. Es kümmerte sie herzlich wenig; dennoch befreite sie sich aus Harrys Umarmung. Gemeinsam nahmen sie auf der gegenüberliegenden Seite des Abteils Platz.

»Wir müssen uns etwas überlegen«, sagte Harry. »Dies ist vielleicht die letzte Chance, ungestört miteinander zu reden.«

Er hat recht, dachte Margaret. Bald kommt Mutter zurück, und Vater und Percy kommen in Kürze mit den anderen Passagieren wieder an Bord. Dann sind wir nicht mehr unter uns ... Bei dem Gedanken, in Port Washington auf Nimmerwiedersehen von Harry Abschied nehmen zu müssen, geriet sie schier in Panik. »Wo kann ich dich erreichen, sag schnell!« stieß sie hervor.

»Ich weiß nicht – ich habe kein bestimmtes Ziel. Aber mach dir keine Sorgen, ich werde mich mit dir in Verbindung setzen. In welchem Hotel werdet ihr absteigen?«

»Im Waldorf Astoria. Rufst du mich heute abend an? Du mußt!«

»Beruhige dich doch, natürlich rufe ich dich an. Ich werde mich Mr. Marks nennen.«

Harrys Ruhe und Gelassenheit machten Margaret bewußt, wie töricht sie sich benahm. Außerdem bist du selbstsüchtig, warf sie sich vor. Du darfst nicht nur an dich denken ... »Wo wirst *du* übernachten?«

»Ich werde mich nach einem billigen Hotel umsehen.«

Da kam ihr plötzlich eine Idee. »Möchtest du zu mir ins Waldorf kommen?«

Er grinste. »Meinst du das im Ernst? Nichts lieber als das, das weißt du doch!«

Sie war froh, ihm eine Freude bereiten zu können. »Normalerweise hätte ich das Zimmer mit meiner Schwester geteilt, aber nun bin ich ja allein.«

»O Mann, ich kann es kaum erwarten.«

Sie wußte, wie sehr er das feine Leben genoß, und wünschte sich nichts mehr, als ihm eine Freude zu machen. »Und dann bestellen wir uns Rühreier und Champagner aufs Zimmer.«

»Dann gehe ich nie wieder fort!«

Das brachte sie auf den Boden der Tatsachen zurück. »In ein paar Tagen werden meine Eltern zu meinem Großvater nach Connecticut ziehen. Dann muß ich eine eigene Bleibe finden.«

»Wir könnten uns ja gemeinsam umsehen«, meinte er. »Vielleicht kriegen wir Zimmer im gleichen Haus oder etwas Ähnliches.«

»Meinst du?« fragte sie entzückt. Zimmer im gleichen Haus! Genau das hatte sie sich insgeheim gewünscht, hin und her gerissen zwischen der Befürchtung, Harry könne über die Stränge schlagen und ihr einen Heiratsantrag machen, und der Angst, er wolle sie vielleicht nicht wiedersehen. Aber so war es ideal: Sie war in seiner Nähe und konnte ihn besser kennenlernen, ohne sich sofort festzulegen. Und sie konnte mit ihm schlafen. Aber einen Haken hatte die Sache doch: »Wenn Nancy Lenehan mir einen Job gibt, muß ich nach Boston.«

»Dann gehe ich vielleicht auch nach Boston.«

»Wirklich?« Sie traute ihren Ohren kaum.

»Es ist gehüpft wie gesprungen. Wo liegt das überhaupt?«

»In Neuengland.«

»Ist es dort wie im alten England?«

»Nun ja, ich habe gehört, daß die Menschen dort ziemliche Snobs sind.«

»Also ganz wie zu Hause.«

»Was für Räumlichkeiten wir wohl bekommen werden?« fragte sie aufgeregt. »Ich meine, wie viele Zimmer und so weiter?«

Er lächelte. »Du wirst nur ein Zimmer haben und dich selbst dann noch ganz schön anstrengen müssen, um die Miete zahlen zu können. Wenn das Zimmer seinem britischen Äquivalent halbwegs ähnlich sieht, dann ist es mit billigen Möbeln ausstaffiert und hat nur ein einziges Fenster. Mit ein bißchen Glück verfügt es über eine Elektroplatte, auf der du Kaffee kochen kannst. Das Badezimmer mußt du dir mit den übrigen Mietern teilen.«

»Und die Küche?«

Harry schüttelte den Kopf. »Eine Küche kannst du dir nicht leisten. Das Mittagessen wird deine einzige warme Mahlzeit sein, und wenn du nach Hause kommst, gibt es eine Tasse Tee und ein Stück Kuchen oder eine Scheibe Toast – vorausgesetzt, du hast einen Ofen.«

Sie wußte, daß er sie auf eine in seinen Augen unangenehme Realität vorbereiten wollte. Trotzdem kam ihr alles herrlich romantisch vor. Allein der Gedanke, jederzeit im eigenen kleinen Zimmer Tee und Toast machen zu können, ohne sich um Eltern oder mürrische Dienstboten kümmern zu müssen ... es klang wunderbar. »Leben die Eigentümer normalerweise auch im Haus?«

»Manchmal. Wenn ja, ist es gut, denn sie halten das Haus in

Ordnung. Andererseits stecken sie gerne ihre Nase in deine Angelegenheiten. Aber wenn der Besitzer woanders wohnt, verfallen die Häuser oft: Rohrbrüche, abblätternder Putz, undichte Dächer und so weiter.«

Margaret begriff, daß sie noch viel lernen mußte, aber nichts von dem, was Harry gesagt hatte, schreckte sie ab – dazu war es einfach viel zu aufregend. Bevor sie weitere Fragen stellen konnte, betraten die Passagiere und Besatzungsmitglieder, die von Bord gegangen waren, wieder die Maschine, und auch ihre Mutter kehrte blaß, aber schön aus dem Waschraum zurück. Margarets Hochgefühl verschwand im Nu. Sie erinnerte sich an das Gespräch mit Mutter und wußte, daß die abenteuerliche Flucht mit Harry nicht ohne Trennungsschmerz abgehen würde.

Normalerweise aß sie nie sehr viel zum Frühstück, aber heute war sie vollkommen ausgehungert. »Ich möchte Rühreier mit Speck«, erklärte sie. »Eine ordentliche Portion sogar.« Harry sah sie an, und ihre Blicke kreuzten sich. Margaret begriff, daß sie so hungrig war, weil sie sich die ganze Nacht geliebt hatten. Sie unterdrückte ein Grinsen. Er hatte ihre Gedanken erraten und sah schnell in eine andere Richtung.

Wenige Minuten später hob das Flugzeug ab. Es war bereits der dritte Start, und doch war Margaret nicht minder fasziniert als beim erstenmal. Die Angst war allerdings verflogen.

Harry will mit mir nach Boston gehen! dachte sie. Und das, obwohl er so attraktiv und charmant ist, daß die Mädchen bestimmt auf ihn fliegen – so wie ich . . . Harry schien auf eine ganz besondere Art von ihr angezogen zu sein. Es war alles so furchtbar schnell gekommen. Dabei benahm er sich äußerst vernünftig. Er verzichtete auf überspannte Liebesschwüre, gab ihr aber klar zu verstehen, daß er beinahe zu allem bereit war, um bei ihr bleiben zu können.

Seine Bereitschaft verscheuchte sämtliche Zweifel. Bislang hatte Margaret noch nicht recht an eine gemeinsame Zukunft mit Harry glauben mögen, doch nun hatte sie plötzlich volles Vertrauen zu ihm. Ich werde alles bekommen, was ich mir wünsche, dachte sie – Freiheit, Unabhängigkeit und Liebe.

Als die Maschine den Steigflug beendet hatte, wurden die Passagiere aufgefordert, sich am Frühstücksbuffet zu bedienen, und Margaret ließ sich das nicht zweimal sagen. Außer Percy, der Cornflakes vorzog, aßen sie alle Erdbeeren mit Sahne. Vater trank Champagner dazu, und Margaret nahm sich obendrein noch ofenwarme Brötchen und Butter.

Sie wollte gerade in ihr Abteil zurückkehren, als sie auf Nancy Lenehan stieß, die unschlüssig vor dem heißen Porridge stand. Nancy war wie immer wie aus dem Ei gepellt und hatte ihre graue Bluse vom Tag zuvor gegen eine marineblaue ausgetauscht. Sie winkte Margaret zu sich heran und sagte in gedämpftem Ton: »Ich habe in Botwood einen sehr wichtigen Anruf bekommen. Wie es aussieht, werde ich die Firma behalten. Sie können sich Ihrer Anstellung sicher sein.«

Margaret strahlte vor Freude. »O danke!«

Nancy legte eine kleine weiße Visitenkarte auf Margarets Brotteller. »Rufen Sie mich an, wenn Sie soweit sind.«

»Das werde ich! In ein paar Tagen! Tausend Dank!«

Nancy legte den Zeigefinger auf die Lippen und zwinkerte ihr zu.

Fröhlich kehrte Margaret in ihr Abteil zurück. Hoffentlich hat Vater die Visitenkarte nicht gesehen und stellt mich jetzt zur Rede, dachte sie. Glücklicherweise war er so sehr mit dem Essen beschäftigt, daß er alles andere ignorierte.

Über kurz oder lang wird er es erfahren müssen, dachte Margaret, während sie ihr üppiges Frühstück verzehrte. Mutter hat mich zwar angefleht, einer Konfrontation aus dem Weg zu gehen, aber das ist einfach nicht möglich. Mein Versuch, mich heimlich aus dem Staub zu machen, ist gescheitert. Diesmal muß ich mich offen dazu bekennen, daß ich fortgehen werde. Wenn es kein Geheimnis ist, gibt es auch keinen Grund, die Polizei einzuschalten. Ich muß ihm einfach begreiflich machen, daß ich eine Bleibe habe und Freunde, die sich um mich kümmern werden.

Außerdem ist dieses Flugzeug der ideale Ort für eine so heikle Eröffnung. Elizabeth hat es im Zug versucht und war damit erfolgreich, weil Vater sich dort hat zusammennehmen müssen. Später, im Hotelzimmer, kann er tun und lassen, was er will.

Wann soll ich es ihm sagen? überlegte sie. Je eher, desto besser: So gut gelaunt, satt und zufrieden wie nach dem reichhaltigen Champagnerfrühstück wird er den ganzen Tag über nicht mehr sein. Ein oder zwei Cocktails oder ein paar Gläser Wein mehr, und er regt sich sofort wieder fürchterlich auf.

Percy erhob sich und verkündete: »Ich hol' mir noch Cornflakes.«

»Setz dich«, sagte Vater. »Es gibt noch Eier und Speck. Du hast schon genug von diesem Zeug gegessen.« Aus irgendeinem Grund hatte Vater etwas gegen Cornflakes.

»Ich hab' aber noch Hunger«, sagte Percy und ging zu Margarets Erstaunen hinaus.

Vater saß da wie vom Donner gerührt. Percy hatte sich ihm noch nie in aller Öffentlichkeit widersetzt. Mutter starrte vor sich hin. Alle warteten auf Percys Rückkehr. Als er kam, trug er eine Schale voll Cornflakes vor sich her. Aller Augen waren auf ihn gerichtet. Er setzte sich hin und begann zu essen.

Vater sagte: »Ich habe dir doch gesagt, daß du keine Cornflakes mehr essen sollst.«

»Ist ja nicht dein Magen«, erwiderte Percy und aß weiter. Vater schien aufstehen zu wollen, doch in diesem Augenblick kam Nicky herein und reichte ihm einen Teller mit Würstchen, Speck und pochierten Eiern. Margaret dachte schon, Vater würde Percy den Teller um die Ohren hauen, aber dazu war er zu hungrig. Er griff nach Messer und Gabel und sagte: »Bringen Sie mir englischen Senf.«

»Es tut mir leid, aber wir haben keinen Senf, Sir.«

»Keinen Senf?« erwiderte Vater wütend. »Wie soll ich denn die Würstchen ohne Senf essen?«

Nicky wirkte sehr betroffen. »Es tut mir wirklich leid, Sir, aber danach hat noch nie jemand verlangt. Ich werde dafür Sorge tragen, daß in Zukunft Senf mitgeführt wird.«

»Das hilft mir jetzt auch nichts, oder?«

»Wohl nicht. Es tut mir sehr leid.«

Vater gab einen Grunzlaut von sich und machte sich über das Essen her. Er hatte seine Wut an dem Steward ausgelassen, und Percy war davongekommen. Margaret konnte es kaum fassen: So etwas war noch nie passiert.

Nicky servierte ihr Rühreier mit Speck, und sie aß mit großem Appetit. War es möglich, daß Vater endlich etwas nachgiebiger wurde? Das Ende seiner politischen Ambitionen, der Kriegsausbruch, das erzwungene Exil und die Rebellion seiner ältesten Tochter zeigten vielleicht Wirkung: Seine Selbstgefälligkeit schien einen Dämpfer bekommen zu haben, sein Wille war offenbar geschwächt.

Eine günstigere Gelegenheit, es ihm zu sagen, würde es nie mehr geben.

Margaret beendete ihr Frühstück und wartete auf die anderen. Dann wartete sie darauf, daß der Steward abräumte; dann wartete sie, bis Vater sich noch einmal Kaffee geholt hatte. Schließlich gab es nichts mehr, auf das sie noch hätte warten können.

Sie rutschte neben Mutter auf den mittleren Sitz und saß Vater nun fast direkt gegenüber. Sie holte tief Luft und begann. »Ich muß dir etwas sagen, Vater, und ich hoffe, daß du mir nicht böse sein wirst.«

»O nein ...«, murmelte Mutter.

Vater meinte: »Was gibt's?«

»Ich bin neunzehn Jahre alt und habe mein Leben lang noch keinen Handschlag getan. Es ist Zeit, daß ich damit anfange.«

»Und warum, um Himmels willen?« wollte Mutter wissen.

»Ich möchte unabhängig sein.«

»Es gibt Millionen junger Mädchen«, sagte Mutter, »die in Fabriken und Büros arbeiten und alles dafür geben würden, um so leben zu können wie du.«

»Das weiß ich, Mutter.« Margaret wußte auch, daß Mutter mit ihr stritt, um Vater aus dem Spiel zu lassen. Aber das würde ihr nicht lange glücken.

Zu Margarets Überraschung gab Mutter schon mit dem nächsten Satz klein bei. »Nun ja, wenn du wirklich so erpicht darauf bist, kann dir dein Großvater vielleicht eine Stelle besorgen. Er kennt ja viele Leute ...«

»Ich habe bereits einen Job.«

Damit hatte Mutter nicht gerechnet. »In Amerika? Wie das?«

Margaret beschloß, Nancy Lenehan nicht namentlich zu erwähnen; die Eltern waren imstande, mit ihr zu reden und alles zu verderben. »Es ist alles arrangiert«, erwiderte sie kühl.

»Und was ist das für eine Stelle?«

»Assistentin in der Verkaufsabteilung einer Schuhfabrik.«

»Ach du mein Schreck, das ist ja lächerlich.«

Margaret biß sich auf die Unterlippe. Warum mußte Mutter gleich in einen so herablassenden Ton verfallen? »Das ist überhaupt nicht lächerlich. Ich bin sogar recht stolz auf mich. Ich habe ganz allein und ohne deine oder Vaters oder Großvaters Hilfe einen Job bekommen. Es ist ganz allein mein Verdienst.« Das entsprach vielleicht nicht hundertprozentig der Wahrheit, aber Margaret spürte, daß sie allmählich in die Defensive geriet.

»Wo ist diese Fabrik?« wollte Mutter wissen.

Zum erstenmal meldete sich nun auch Vater zu Wort: »Sie kann nicht in einer Fabrik arbeiten, und damit basta.«

»Ich werde im Verkauf arbeiten und nicht in der Fabrik«, sagte Margaret. »Die Firma ist in Boston.«

»Dann hat sich die Sache sowieso erledigt«, meinte Mutter. »Du wirst nämlich in Stamford leben, nicht in Boston.«

»Nein, Mutter, ich werde in Boston leben.«

Mutter öffnete den Mund, um etwas zu erwidern, schloß ihn aber sogleich wieder. Sie hatte endlich begriffen, daß es hier um etwas ging, das sich nicht so ohne weiteres vom Tisch wischen ließ. Sie schwieg einen Moment lang und meinte schließlich: »Was willst du damit sagen?«

»Nichts weiter, als daß ich euch verlassen werde und nach Boston gehe. Dort werde ich mir ein Zimmer mieten und eine Arbeit annehmen.«

»Ach, das ist doch einfach dummes Geschwätz.«

Margaret brauste auf: »Sei gefälligst nicht so hochnäsig!« Mutter zuckte bei ihrem wütenden Tonfall zusammen. Margaret bereute ihren Ausbruch sofort und sagte ruhiger: »Ich tue nur, was die meisten anderen Mädchen in meinem Alter auch tun.«

»Mädchen deines Alters vielleicht, aber nicht Mädchen deines Standes.«

»Was macht das schon für einen Unterschied?«

»Es ist absolut unsinnig, daß du dich für fünf Dollar die Woche in einer albernen Stellung abplagst und dabei in einer Wohnung lebst, die deinen Vater hundert Dollar im Monat kostet.«

»Ich will ja gar nicht, daß Vater mir eine Wohnung zahlt.«

»Und wo willst du dann leben?«

»Das sagte ich doch bereits. Ich miete mir ein Zimmer.«

»In Dreck und Schmutz! Aber wozu denn?«

»Ich werde so lange Geld sparen, bis es für ein Ticket nach Hause reicht. Dann fahre ich zurück und trete dem Army Transport Service bei.«

Wieder mischte sich Vater ein: »Du hast nicht den blassesten Schimmer, wovon du da redest.«

Das saß. »Wovon habe ich keine Ahnung, Vater?« fragte Margaret.

Mutter wollte dem Gespräch eine andere Wendung geben: »Nein, nicht!« sagte sie.

Margaret setzte sich über ihren Einwand hinweg. »Ich weiß, daß ich im Büro Botengänge erledigen, Kaffee kochen und das Telefon bedienen muß. Ich weiß, daß ich in einem kleinen Zimmer mit Kochplatte leben werde und das Badezimmer mit anderen Mietern teilen muß. Ich weiß, daß mir die Armut nicht gefallen wird – aber meine Freiheit, die werde ich zu schätzen wissen!«

»Du hast nicht den blassesten Schimmer«, wiederholte Lord Oxenford verächtlich. »Frei? Du? Ein verhätscheltes Kaninchen, das man in einem Hundezwinger aussetzt – das wirst du sein. Und ich sag' dir auch, was du nicht weißt, mein Mädchen: Du weißt nicht, daß du dein ganzes Leben lang verwöhnt und verzogen worden bist. Nicht einmal zur Schule gegangen bist du . . .«

Der ungerechte Vorwurf ließ ihr die Tränen in die Augen schießen. »Ich wollte ja zur Schule gehen«, protestierte sie, »aber du hast mich nicht gelassen!«

Er ignorierte die Unterbrechung. »Man hat dir deine Klamotten gewaschen und deine Mahlzeiten gekocht. Man hat dich überall, wohin du wolltest, mit dem Wagen hinchauffiert. Die Kinder, mit denen du spielen konntest, wurden dir ins Haus gebracht, und du hast auch nie einen einzigen Gedanken daran verschwendet, woher das alles kam . . .«

»Das habe ich sehr wohl!«

»Und jetzt willst du für dich allein leben! Du weißt ja nicht einmal, wieviel ein Laib Brot kostet.«

»Das werde ich schnell herausfinden . . .«

»Du weißt nicht einmal, wie du deine eigene Unterwäsche wäschst. Du bist noch nie mit einem Bus gefahren. Du hast nie allein in einem Haus geschlafen. Du weißt nicht, wie man einen Wecker stellt, eine Mausefalle setzt, Geschirr spült, ein Ei kocht . . . Kannst du ein Ei kochen? Weißt du, wie man das macht?«

»Und wessen Fehler ist es, wenn ich das nicht weiß?« fragte Margaret unter Tränen.

Er setzte ihr unnachgiebig zu, und seine Züge waren zu einer Maske aus Verachtung und Wut erstarrt. »Was kannst du in einem Büro schon tun? Du kannst nicht einmal Tee kochen – du weißt ja nicht, wie das geht! Du hast in deinem ganzen Leben noch keinen Aktenschrank gesehen. Du hast noch nie und nirgendwo von neun Uhr früh bis fünf Uhr nachmittags an ein und demselben Fleck bleiben müssen. Du wirst dich langweilen und schleunigst wieder abhauen. Keine Woche lang wirst du durchhalten.«

Es waren Margarets eigene heimliche Bedenken, die er zur Sprache brachte, und das regte sie nur noch mehr auf. In tiefster Seele hatte sie panische Angst davor, er könne recht behalten: Vielleicht kann ich *wirklich* nicht allein leben, vielleicht wird man mich schon bald wieder rauswerfen. Mit seiner gnadenlos höhnischen Stimme verlieh er seiner Überzeugung Ausdruck, daß sich ihre schlimmsten Befürchtungen bewahrheiten würden, und zerstörte damit ihre Träume wie die Meeresbrandung Sandburgen auf dem Strand. Margaret weinte unverhohlen, und die Tränen rannen ihr übers Gesicht.

Da hörte sie, wie Harry sagte: »Jetzt ist das Maß voll . . .«

»Laß ihn nur«, meinte sie. Diesen Kampf konnte Harry nicht für sie ausfechten; das mußte sie allein tun.

Ihr Vater geriet mehr und mehr in Rage. Mit hochrotem Gesicht, den Zeigefinger drohend erhoben, die Stimme immer lauter, redete er auf sie ein: »Boston ist nicht das Dorf Oxenford, weißt du. Dort helfen die Menschen einander nicht. Du wirst krank werden und von irgendwelchen kaltblütigen Ärzten vergiftet werden. Du wirst von jüdischen Vermietern ausgeraubt und von Straßennegern belästigt werden. Und was deinen Eintritt in die Armee betrifft . . .«

»Tausende von jungen Mädchen sind bereits dem A.T.S. beigetreten«, erklärte Margaret, aber ihre Stimme war nur mehr ein leises Flüstern.

»Aber keine Mädchen wie du«, höhnte er. »Starke Mädchen vielleicht. Solche, die daran gewöhnt sind, frühmorgens aufzustehen und Fußböden zu schrubben, aber keine verhätschelten Debütantinnen. Und der Herr möge verhindern, daß du einmal in Gefahr gerätst – du würdest vor Angst fast sterben und stündest bibbernd da . . .«

Sie erinnerte sich daran, wie hilflos sie nachts in London gewesen war – verängstigt, zu nichts nütze, kopflos –, und sie wurde dunkelrot vor Scham. Er hatte recht, sie hatte vor Angst geschlottert. Aber sie mußte nicht ihr Leben lang verängstigt und wehrlos bleiben. Er hatte alles darangesetzt, sie in seiner Abhängigkeit zu halten, aber sie war wild entschlossen, auf eigenen Füßen zu stehen, und hielt selbst während seiner übelsten Attacken an diesem Vorsatz fest.

Er zeigte mit dem Finger auf sie, und seine Augen traten so weit aus den Höhlen, als wollten sie jeden Moment herausfallen. »Nicht mal eine Woche lang wirst du es in einem Büro aushalten, und im A.T.S. keinen einzigen Tag«, sagte er böse. »Dazu bist du einfach viel zu verzärtelt.« Er lehnte sich zufrieden zurück.

Harry kam und setzte sich neben sie. Er nahm ein blütenweißes Taschentuch aus Leinen und tupfte ihr damit behutsam die Tränen von den Wangen.

Vater sagte: »Und was Sie betrifft, mein junges Bürschchen . . .«

Harry schnellte hoch wie der Blitz und ging auf Vater los. Margaret hielt den Atem an; sie rechnete schon mit einer Prügelei. »Unterstehen Sie sich, in diesem Ton mit mir zu reden«, sagte Harry. »Ich bin kein kleines Mädchen, sondern ein erwachsener Mann, und wenn Sie mich beleidigen, kriegen Sie einen auf Ihre fette Rübe.«

Vater verfiel in Schweigen.

Harry wandte ihm den Rücken zu und setzte sich wieder neben Margaret.

Margaret war aufgewühlt, aber in ihrem Herzen spürte sie so etwas wie ein Triumphgefühl. Sie hatte es ihm gesagt. Vater hatte getobt und gehöhnt und sie zum Weinen gebracht, aber ihre Meinung hatte er nicht geändert: Sie würde gehen. In einem Punkt allerdings war er erfolgreich gewesen. Er hatte Zweifel in ihr gesät. Margaret hatte schon zuvor mit Sorgen daran gedacht, ihr könne im entscheidenden Moment der Mut zur Durchsetzung ihrer Pläne fehlen, die Angst sie in letzter Minute lähmen. Mit seinem Hohn und Spott hatte Vater diesen Zweifel genährt. In ihrem ganzen Leben hatte sie noch nie Mut bewiesen: Konnte sie es jetzt? Doch, ich kann, dachte sie. Ich bin nicht zu verzärtelt, und ich werde es beweisen.

Er hatte sie entmutigt, aber es war ihm nicht gelungen, sie zu einer Änderung ihrer Pläne zu bewegen. Es war gut möglich, daß er weiter versuchen würde, sie umzustimmen. Margaret blickte über Harrys Schulter. Vater starrte aus dem Fenster; in seinem Blick lag ein heimtückischer Zug. Elizabeth hatte ihm getrotzt, aber er hatte sie verstoßen, und vielleicht würde sie ihre Familie nie wiedersehen.

Seine Rache wird furchtbar sein, dachte Margaret. Was heckt er nur gegen mich aus?

Wahre Liebe währt nicht lange, dachte Diana Lovesey betrübt. Als Mervyn sich in sie verliebte, hatte er ihr jeden Wunsch von den Augen abgelesen, je ausgefallener, desto besser. Mir nichts, dir nichts war er bereit, für eine Stange Pfefferminz nach Blackpool zu fahren, sich einen Nachmittag freizunehmen und ins Kino zu gehen oder alles stehen- und liegenzulassen, um mit ihr nach Paris zu fliegen. Frohgemut suchte er mit ihr jedes einzelne Geschäft in Manchester auf, um einen Kaschmirschal in der richtigen blaugrünen Schattierung zu finden, verließ ein Konzert vor Ende der Vorstellung, weil Diana sich langweilte oder stand um fünf Uhr morgens auf, um in einem Arbeitercafé zu frühstücken. Doch diese Einstellung hatte ihre Hochzeit nicht lange überdauert, und obwohl er ihr selten etwas vorenthielt, fand er schon bald keinen Gefallen mehr daran, auf ihre Marotten einzugehen. Entzücken hatte sich zunächst in Toleranz, dann in Ungeduld und in letzter Zeit manchmal sogar in Verachtung verwandelt.

Doch nun grübelte Diana darüber nach, ob ihre Beziehung zu Mark vielleicht den gleichen Verlauf nehmen könnte.

Den ganzen Sommer über war er ihr sklavisch ergeben gewesen, aber kaum waren sie zusammen durchgebrannt, als es auch schon zum ersten Streit kam. In der zweiten Nacht ihrer Flucht waren sie so wütend aufeinander gewesen, daß sie sogar getrennt geschlafen hatten! Mitten in der Nacht, als der Sturm losbrach und die Maschine wie ein ungebärdiges Pferd gebockt hatte, hätte Diana vor lauter Angst beinahe all ihren Stolz vergessen und wäre am liebsten zu Mark in die Koje gekrochen. Aber sie war sich einfach zu gut für eine derartige Erniedrigung und hatte sich folglich in der festen Überzeugung, bald sterben zu müssen, nicht von der Stelle gerührt. Sie hatte gehofft, Mark würde zu ihr kommen, aber er war genauso stur wie sie, und das hatte ihren eigenen Zorn nur noch verstärkt.

Am Morgen hatten sie noch kaum ein Wort miteinander gewechselt. Diana war aufgewacht, als die Maschine in Botwood landete. Als sie aufstand, war Mark bereits von Bord gegangen. Nun saßen sie in Abteil vier auf den Sitzen neben dem Mittelgang einander gegenüber und taten so, als frühstückten sie. Diana schob lustlos ein paar Erdbeeren auf ihrem Teller herum, und Mark zerpflückte ein Brötchen, ohne davon zu essen.

Diana wußte selbst nicht, warum es sie so wütend gemacht hatte, als sie erfuhr, daß Mervyn die Honeymoon Suite mit Nancy Lenehan teilte. Wie dem auch sein mochte – sie war davon ausgegangen, daß Mark für sie Verständnis haben und ihr Rückendeckung geben müßte. Statt dessen hatte er die Berechtigung ihrer Gefühle in Frage gestellt und behauptet, daß sie Mervyn wohl noch immer liebte. Wie konnte er so etwas sagen, da sie doch alles aufgegeben hatte, um mit ihm davonzulaufen!

Sie sah sich um. Rechts von ihr saßen Prinzessin Lavinia und Lulu Bell, die beide wegen des Sturms kein Auge zugetan hatten. Sie wirkten sehr erschöpft und unterhielten sich nur sporadisch. Zu ihrer Linken, auf der anderen Seite des Gangs, frühstückten Ollis Field vom FBI und sein Gefangener, Frankie Gordino, dessen Fußknöchel mit Handschellen an den Sitz gekettet war. Die beiden sprachen kein Wort miteinander. Alle Passagiere machten einen müden und ziemlich mürrischen Eindruck. Es war eine lange Nacht gewesen.

Davy, der Steward, kam zurück und räumte die Frühstücksteller ab. Prinzessin Lavinia beschwerte sich: Die pochierten Eier seien zu weich und die Speckscheiben zu kross gewesen. Davy fragte, ob er noch Kaffee nachschenken dürfe, aber Diana lehnte dankend ab.

Sie erhaschte einen Blick von Mark und versuchte es mit einem Lächeln. Er starrte sie nur wütend an. »Du hast den ganzen Morgen noch keinen Ton zu mir gesagt«, sagte sie.

»Weil du dich offenbar mehr für Mervyn als für mich interessierst!« gab er zurück.

Plötzlich ging ihr auf, daß seine Eifersucht vielleicht sogar berechtigt war. »Es tut mir leid«, meinte sie zerknirscht. »Du bist der einzige Mann, der mich interessiert, ganz bestimmt.«

Er rutschte vor und nahm ihre Hand. »Wirklich?«

»Ja, sicher. Ich habe mich, glaube ich, sehr dumm benommen.«

Er streichelte ihr den Handrücken. »Weißt du . . .« Er sah ihr in die Augen, und sie stellte überrascht fest, daß er den Tränen nahe war. »Weißt du, ich habe schreckliche Angst davor, daß du mich verlassen könntest.«

Das hatte sie nicht erwartet. Sie war völlig verblüfft. Daß er fürchten könnte, sie zu verlieren, war ihr nie in den Sinn gekommen.

Er fuhr fort: »Du bist so wundervoll und so begehrenswert, daß du jeden Mann haben könntest, und es fällt mir schwer zu glauben, daß du ausgerechnet mich willst. Ich habe Angst, daß du deinen Fehler einsiehst und dich anders entscheidest.«

Sie war gerührt. »Du bist der liebenswerteste Mann der Welt, deswegen habe ich mich in dich verliebt.«

»Und Mervyn ist dir wirklich gleichgültig?«

Sie zögerte nur kurz, aber das genügte schon. Marks Miene änderte sich schlagartig. Verbittert stieß er hervor: »Du empfindest doch noch etwas für ihn!«

Wie sollte sie ihm das erklären? Sie liebte Mervyn nicht mehr, aber er übte noch immer eine gewisse Macht über sie aus. »Es ist nicht so, wie du denkst«, sagte sie verzweifelt.

Mark zog seine Hand zurück. »Dann klär mich darüber auf. Sag mir, was es ist.«

In diesem Augenblick betrat Mervyn das Abteil.

Er schaute sich um, erblickte Diana und sagte: »Da bist du ja.«

Sie wurde sofort nervös. Was will er? dachte sie. Ist er wütend? Hoffentlich macht er uns keine Szene ...

Mark, dessen Gesicht bleich und angespannt wirkte, holte tief Luft und sagte: »Hören Sie, Lovesey – wir wollen doch keinen weiteren Streit. Es ist besser, wenn Sie gehen.«

Mervyn ignorierte ihn und wandte sich an Diana. »Wir müssen miteinander reden.«

Sie musterte ihn argwöhnisch. Das, was er unter einem »Gespräch« verstand, war oft völlig einseitig und artete bisweilen in regelrechte Strafpredigten aus. Allerdings machte Mervyn im Augenblick keinen aggressiven Eindruck, sondern bemühte sich um einen eher neutralen Gesichtsausdruck. Sie hatte das Gefühl, daß er verlegen war, und das machte sie neugierig. »Ich will keinen Ärger«, sagte sie vorsichtig.

»Keinen Ärger, das verspreche ich dir.«

»Na gut.«

Mervyn setzte sich neben sie, sah Mark an und sagte: »Würde es Ihnen etwas ausmachen, uns ein paar Minuten lang allein zu lassen?«

»Ich denke nicht daran!« protestierte Mark lauthals.

Die beiden Männer sahen Diana an: Die Entscheidung lag bei ihr. Alles in allem wäre sie lieber mit Mervyn allein gewesen, aber sie wußte, daß sie Mark damit verletzen würde. Sie zögerte und mochte weder für die eine noch für die andere Seite Partei ergreifen. Schließlich dachte sie: Ich habe Mervyn verlassen und bin mit Mark zusammen. Ich sollte mich auf seine Seite stellen. Und sie sagte mit klopfendem Herzen: »Erzähl mir, was du von mir willst, Mervyn. Aber wenn du es nicht im Beisein von Mark sagen kannst, dann will ich es nicht hören.«

Mervyn war sichtlich schockiert. »Schon gut, schon gut«, sagte er erregt, riß sich aber sofort wieder zusammen und beruhigte sich. »Ich habe über ein paar Sachen nachgedacht, die du mir vorgeworfen hast. Daß ich dir gegenüber gefühlskalt geworden sein soll. Und wie unglücklich du warst.«

Er hielt inne. Diana schwieg. Das sah Mervyn überhaupt nicht ähnlich. Worauf wollte er hinaus?

»Ich wollte dir sagen, daß es mir wirklich leid tut.«

Sie traute ihren Ohren nicht. Er meinte es ernst, das war unverkennbar. Was hatte ihn zu dieser Sinnesänderung veranlaßt?

»Ich wollte dich glücklich machen«, fuhr er fort. »Das war alles, was ich zu Beginn unserer Beziehung wollte. Du solltest dich nie elend fühlen. Es ist schlichtweg falsch, daß ich dich unglücklich machen wollte. Du verdienst es, glücklich zu sein, weil du andere Leute beglückst. Sobald du ins Zimmer kommst, fangen die Leute an zu lächeln.«

Die Tränen schossen ihr in die Augen. Sie wußte, daß es stimmte: Die Leute liebten es, sie anzuschauen.

»Es ist eine Sünde, dich traurig zu machen«, sagte Mervyn. »Ich werde es nie wieder tun.«

Will er etwa Besserung geloben? fragte sie sich und bekam es mit der Angst zu tun. Wird er mich anflehen, zu ihm zurückzukommen? Sie mußte dieser Frage vorbeugen: »Ich kehre nicht zu dir zurück«, erklärte sie nervös.

Er überhörte den Satz und fragte: »Macht Mark dich glücklich?«

Sie nickte.

»Wird er immer gut zu dir sein?«

»Ja, das weiß ich.«

»Ihr redet über mich, als wäre ich gar nicht hier«, fuhr Mark dazwischen.

Diana griff nach Marks Hand. »Wir lieben uns«, sagte sie zu Mervyn.

»Nun denn ...« Zum erstenmal erschien eine Andeutung von Spott auf seinem Gesicht, verschwand aber ebenso schnell, wie sie gekommen war. »Ja, ich glaube euch.«

Gab er endlich nach? Das sah ihm überhaupt nicht ähnlich. Hatte vielleicht diese Witwe mit seiner Sinneswandlung zu tun? »Hat Mrs. Lenehan dir etwa aufgetragen, mit mir zu reden?« fragte Diana mißtrauisch.

»Nein – aber sie weiß, was ich dir sagen will.«

Mark meinte: »Also raus mit der Sprache, Lovesey.«

Mervyn blickte verächtlich. »Immer mit der Ruhe, mein Junge – Diana ist immer noch meine Frau.«

Mark ließ sich nicht einschüchtern. »Das können Sie sich abschminken«, sagte er. »Sie haben keinerlei Anspruch auf Diana, also versuchen Sie auch nicht, einen herbeizureden. Und nennen Sie mich gefälligst nicht ›Junge‹, Sie Opa.«

»Schluß jetzt!« rief Diana. »Mervyn, wenn du etwas zu sagen hast, dann sag es, und hör auf, dich so aufzuspielen.«

»Schon gut, schon gut. Ich wollte nur eines sagen ...« Er holte tief Luft. »Ich werde dir nicht im Wege stehen. Ich habe dich gebeten, zu mir zurückzukommen, und du hast es abgelehnt. Wenn du meinst, daß diesem Burschen gelingen wird, was ich nicht geschafft habe – nämlich dich glücklich zu machen –, dann wünsche ich euch viel Erfolg. Ich wünsch' euch alles Gute.« Er hielt inne und blickte von einem zum anderen. »Das war's.«

Einen Augenblick lang herrschte Schweigen. Dann wollte Mark etwas sagen, doch Diana war schneller. »Du verdammter Heuchler!« rief sie. In einer plötzlichen Eingebung hatte sie erkannt, was wirklich in Mervyn vorging. Die Heftigkeit ihrer Reaktion überraschte sie selbst. »Wie kannst du es nur wagen!« stieß sie hervor.

»Was? Wieso ...?« stammelte er bestürzt.

»So ein Quatsch, ›du willst mir nicht im Wege stehen‹. Du brauchst dich gar nicht gnädig dazu herablassen, uns Glück zu wünschen, und so tun, als brächtest du ein Opfer dar. Ich kenne dich nur zu gut, Mervyn Lovesey: Du gibst etwas erst auf, wenn du es nicht mehr willst!« Sie merkte, daß alle Passagiere im Abteil interessiert zuhörten, aber das war ihr jetzt auch egal. »Ich weiß genau, was mit dir los ist. Du hast letzte Nacht diese Witwe gevögelt, oder?«

»Nein!«

»Nein?« Sie beobachtete ihn genau; wahrscheinlich stimmte es sogar, was er sagte. »Aber beinahe, nicht wahr?« hakte sie nach, und diesmal verriet ihr seine Miene, daß sie richtig geraten hatte. »Du hast dich in sie verknallt, und sie mag dich auch, und da hast du eben für mich keine Verwendung mehr – so sieht die Sache in Wirklichkeit aus, stimmt's? Gib's schon zu!«

»Ich gebe überhaupt nichts zu . . .«

»Weil du nicht den Mut zur Wahrheit hast. Aber ich kenne die Wahrheit, und alle Leute hier in diesem Flugzeug denken das gleiche. Ich bin enttäuscht von dir, Mervyn. Ich dachte, du hättest mehr Courage.«

»Courage . . .?« Das saß.

»Genau. Statt dessen hast du dir eine rührselige Geschichte aus den Fingern gesaugt, daß du uns nicht im Wege stehen willst. Ja, du bist weicher geworden – aber nur im Hirn! Aber ich bin nicht von vorgestern. So leicht lass' ich mir nichts vormachen!«

»Schon gut, schon gut«, sagte er und hob abwehrend die Hände. »Ich habe dir ein Friedensangebot gemacht, und du hast es ausgeschlagen. Wie du willst.« Er stand auf. »Wenn man dich so hört, könnte man meinen, *ich* wäre mit einer Geliebten durchgebrannt.« Er ging zur Tür. »Laß mich wissen, wann die Hochzeit ist. Ich schicke dir dann einen Tortenheber.« Er ging hinaus.

»So was!« Diana war noch immer aufgebracht. »Der hat vielleicht Nerven!« Sie ließ den Blick über die anderen Passagiere schweifen. Prinzessin Lavinia sah pikiert in eine andere Richtung, Lulu Bell grinste, Ollis Field runzelte mißbilligend die Stirn, und Frankie Gordino rief: »Bravo!«

Schließlich sah sie Mark an und fragte sich, was er wohl von Mervyns Auftritt und ihrem Ausbruch hielt. Zu ihrer großen Überraschung grinste auch er über das ganze Gesicht. Es war ansteckend. Sie grinste zurück. »Was ist denn daran so lustig?« fragte sie kichernd.

»Du warst einfach Klasse«, sagte er. »Ich bin stolz auf dich. Und ich freue mich.«

»Wieso das denn?«

»Weil du dich zum erstenmal in deinem Leben gegen Mervyn zur Wehr gesetzt hast.«

Stimmte das? Wahrscheinlich schon. »Ja, das hab' ich wohl.«

»Jetzt hast du keine Angst mehr vor ihm, nicht wahr?«

Sie dachte darüber nach. »Du hast recht, das ist vorbei.«

»Und weißt du auch, was das heißt?«

»Es heißt, daß ich keine Angst mehr vor ihm habe.«

»Mehr als das. Es heißt, daß du ihn nicht mehr liebst.«

»Wirklich?« meinte sie nachdenklich. Sie hatte sich eingeredet, daß sie Mervyn schon lange nicht mehr liebte, doch als sie jetzt in sich hineinhörte, wurde ihr klar, daß das nicht stimmte. Den ganzen Sommer über hatte sie noch in seinem Bann gestanden – und zwar selbst dann, als sie ihn betrog. Sogar nachdem sie ihn bereits verlassen hatte, war seine Macht über sie noch nicht vollends gebrochen gewesen. Im Flugzeug noch waren ihr plötzlich Bedenken gekommen, und sie hatte erwogen, zu ihm zurückzukehren. Aber damit war jetzt endgültig Schluß.

»Und was ist, wenn er sich mit der Witwe davonmacht?« wollte Mark wissen.

Ohne nachzudenken, erwiderte sie: »Was geht mich das an?«

»Siehst du?«

Sie lachte. »Du hast recht«, sagte sie. »Es ist endlich vorbei.«

Als die Maschine zum Anflug auf die Bucht von Shediac im St.-Lorenz-Golf ansetzte, befielen Harry zunehmend Zweifel an seinem Plan, Lady Oxenfords Juwelen zu stehlen. Margaret stand diesem Vorhaben im Weg. Es bedeutete ihm mehr als alle Juwelen der Welt, mit ihr im gleichen Bett zu schlafen, im Waldorf-Hotel aufzuwachen und sich Frühstück aufs Zimmer zu bestellen. Er freute sich allerdings auch darauf, mit ihr nach Boston zu gehen, dort Zimmer zu suchen und ihr zu helfen, auf eigenen Beinen zu stehen. Dabei würde er sie noch sehr viel besser kennenlernen. Ihre Vorfreude war ansteckend; er teilte inzwischen die freudige Erwartung, mit der sie ihrem gemeinsamen spartanischen Leben entgegensah.

Doch wenn er den Schmuck ihrer Mutter stahl, war's aus mit diesen Zukunftsplänen.

Shediac war der letzte Zwischenstopp vor New York. Er mußte also rasch zu einem Entschluß kommen, denn dort bot sich ihm die letzte Chance, in den Laderaum zu gelangen.

Erneut fragte er sich, ob es nicht doch eine Möglichkeit gab, beides zu bekommen, Margaret und den Schmuck. Müßte sie überhaupt je erfahren, daß er es war, der ihn gestohlen hatte? Lady Oxenford würde den Verlust erst bemerken, wenn sie ihren Koffer öffnete, vermutlich also im Waldorf. Dann konnte niemand mehr genau sagen, wo die Juwelen abhanden gekommen waren – im Flugzeug, schon vor oder erst nach dem Flug. Aber Margaret wußte, daß er ein Dieb war; ihr Verdacht fiele zuallererst auf ihn. Ob sie ihm glauben würde, wenn er jede Schuld von sich wies? Nun ja, vielleicht. Und dann? In Boston würden sie ein ärmliches Leben fristen, obwohl er hunderttausend Dollar auf der Bank liegen hätte! Aber nicht lange. Sie würde sich etwas einfallen lassen und nach England zurückkehren, um sich dem weiblichen Hilfscorps anzuschließen, während er nach Kanada ging, um Pilot zu werden. Der Krieg würde ein, zwei Jahre, vielleicht auch länger dauern. Sobald er vorüber war, wollte er sein Geld von der Bank holen und den Landsitz erwerben; und vielleicht würde Margaret zurückkommen und dort mit ihm leben ... und wissen wollen, woher das Geld stammte.

So oder so, früher oder später: Er mußte es ihr sagen. Je später, desto besser.

Er mußte ihr in Shediac einen Vorwand dafür liefern, daß er an Bord blieb. Die Ausrede, er fühle sich nicht gut, kam nicht in Frage, denn dann würde sie mit Sicherheit bei ihm bleiben wollen und damit alles vereiteln. Er mußte dafür sorgen, daß sie von Bord ging und ihn in Ruhe ließ.

Er sah sie über den Gang hinweg an. Margaret schnallte sich gerade an und zog dabei den Bauch ein. Plötzlich überfiel ihn die Vorstellung, sie säße dort in der gleichen Pose, aber nackt, mit bloßen Brüsten, die sich vor dem durch die niedrigen Fenster fallenden Licht abhoben. In seiner Phantasie sah er ein Büschel kastanienfarbener Haare zwischen ihren Schenkeln hervorlugen, sah, wie sie ihre langen Beine von sich streckte. Ist es nicht der Gipfel der Idiotie, dachte er, so einen Schatz wegen einer Handvoll Rubine zu verlieren?

Aber es ging nicht nur um eine Handvoll Rubine, es ging um das Delhi-Ensemble. Das war hunderttausend Dollar wert, mehr als genug, um Harry zu dem zu machen, was er immer hatte sein wollen: ein reicher Müßiggänger.

Dennoch spielte er mit dem Gedanken, ihr alles zu gestehen. *Ich werde den Schmuck deiner Mutter stehlen, du hast doch nichts dagegen?* Vielleicht sagte sie ja: *Gute Idee, die blöde Kuh hat sie sowieso nicht verdient.* Nein, so reagierte sie bestimmt nicht. Zwar hielt sie sich für radikal und glaubte an die Umverteilung von Besitz, aber das ging kaum über die Theorie hinaus. Würde er ihre Familie tatsächlich um einen Teil ihres Vermögens erleichtern, so wäre sie bis ins Innerste erschüttert. Es käme für sie einem Schlag ins Gesicht gleich, und ihre Gefühle für ihn wären nie mehr dieselben.

Jetzt warf sie ihm einen Blick zu und lächelte ihn an.

Schuldbewußt lächelte er zurück und sah rasch wieder aus dem Fenster.

Die Maschine flog auf eine hufeisenförmige Bucht zu, deren Ufer vereinzelte Dörfer mit umliegendem Ackerland säumten. Bei näherem Hinsehen entdeckte Harry eine Eisenbahnlinie, die sich durch das Farmland schlängelte und an der Landungsbrücke endete. In der Nähe dieses Piers waren mehrere Boote unterschiedlicher Größe und ein kleines Wasserflugzeug vertäut. Östlich des Piers zog sich ein meilenweiter Sandstrand hin, in dessen Dünen sich hier und da ein großes Sommerhaus schmiegte. Wie schön es wäre, ein Sommerhaus an einem Strand wie diesem zu besitzen! dachte Harry. Nun ja, wenn ich es nur will, werde ich es auch bekommen, dachte er bei sich. Ich werde reich sein!

Das Flugzeug setzte sanft auf dem Wasser auf. Harry, mittlerweile erfahren als Flugreisender, verspürte kaum noch Nervosität.

»Wieviel Uhr ist es, Percy?« erkundigte er sich.

»Elf Uhr Ortszeit. Wir haben eine Stunde Verspätung.«

»Und wie lange bleiben wir hier?«

»Eine Stunde.«

In Shediac bediente man sich einer anderen Anlegemethode als bisher. Die Passagiere wurden nicht in Booten an Land gebracht, sondern eine Art Krabbenkutter kam ihnen entgegen und zog die Maschine in den Hafen. An beiden Enden des Flugzeugs wurden Trossen befestigt, mit denen es in ein Schwimmdock gehievt wurde, das über einen Laufsteg mit dem Pier verbunden war.

Dank dieser Prozedur hatte Harry ein Problem weniger. Bei vorangegangenen Zwischenaufenthalten hatte es stets nur eine einzige Gelegenheit zum Landgang gegeben, weil die Passagiere per Boot an Land gebracht worden waren. Seitdem hatte Harry sich den Kopf nach einer plausiblen Entschuldigung zerbrochen, die es ihm ermöglichen würde, ohne Margaret an Bord zu bleiben. Jetzt konnte er sie jedoch vorangehen lassen und ihr sagen, er käme in ein paar Minuten nach. In diesem Fall würde sie wohl kaum darauf bestehen, bei ihm zu bleiben.

Ein Steward öffnete die Tür, und die Passagiere zogen sich Mäntel über und setzten Hüte auf. Die Oxenfords erhoben sich alle und Clive Membury auch, der den ganzen Flug über kaum einen Ton von sich gegeben hatte – außer seiner, wie Harry sich gerade erinnerte, sehr angeregten Unterhaltung mit Baron Gabon. Worüber sie wohl geredet hatten? Er verscheuchte den Gedanken ungeduldig und konzentrierte sich auf seine eigenen Probleme. Als die Oxenfords hinausgingen, flüsterte er Margaret zu: »Ich komme gleich nach« und begab sich auf die Herrentoilette.

Um nicht untätig herumzustehen, kämmte er sich das Haar und wusch sich die Hände. Aus einem ihm unbekannten Grund war das Fenster im Laufe der Nacht zerbrochen. Inzwischen war eine durchgehende Blende am Rahmen befestigt worden. Er hörte die Besatzung die Treppe vom Flugdeck herunterkommen und an der Tür vorbeigehen. Ein Blick auf die Uhr brachte ihn zu dem Entschluß, noch ein paar Minuten länger zu warten.

Er vermutete, daß fast alle von Bord gehen würden. Viele Passagiere waren in Botwood zu schläfrig gewesen, aber jetzt wollten sie sich gewiß die Beine vertreten und frische Luft schnappen. Ollis Field und sein Gefangener würden, wie stets, an Bord bleiben. Es war schon merkwürdig, daß Membury, der doch ein Auge auf Frankie werfen sollte, ebenfalls an Land ging. Dieser Mann im weinroten Jackett gab Harry immer noch Rätsel auf.

Die Putzkolonne würde bald an Bord kommen. Er lauschte angestrengt, aber draußen tat sich nichts. Er öffnete die Tür einen Spaltbreit und spähte hinaus. Die Luft war rein, und er ging vorsichtig hinaus.

Die Kombüse gegenüber war leer. Harry warf einen Blick in Abteil Nummer zwei: ebenfalls leer. Im Salon sah er eine Frau mit Besen, die ihm den Rücken zukehrte, und er ging, ohne zu zögern, die Treppe hinauf.

Er trat behutsam auf, um sich nicht zu verraten. Auf dem Treppenabsatz hielt er inne und blickte sich, soweit das möglich war, prüfend auf dem Boden des Flugdecks um. Niemand! Er machte schon Anstalten weiterzugehen, als zwei uniformierte Beine in Sichtweite kamen und in entgegengesetzter Richtung über den Teppich marschierten. Er duckte sich um die Ecke und spähte nach oben. Es war Mickey Finn, der Zweite Ingenieur, der Mann, der ihn beim letztenmal erwischt hatte. Er machte vor dem Ingenieurposten halt und drehte sich wieder um. Harry zog den Kopf ein. Wo wollte er hin? Ob er die Treppe hinuntergehen würde? Harry lauschte angestrengt. Die Schritte verliefen quer über das Flugdeck und verhallten schließlich. Harry entsann sich, Mickey beim letztenmal im Bug gesehen zu haben, wo er sich am Anker zu schaffen gemacht hatte. Tat er jetzt das gleiche wieder? Das Risiko mußte er eingehen.

Auf leisen Sohlen ging er hinauf.

Sobald er hoch genug war, um etwas zu sehen, spähte er nach vorn. Es sah ganz so aus, als sollte er mit seiner Vermutung recht behalten: Die Luke stand offen, und von Mickey war weit und breit nichts zu sehen. Harry ersparte es sich, genauer nachzusehen, eilte statt dessen quer über das Flugdeck und trat durch die Tür am rückwärtigen Ende in den Gang, der zu den Laderäumen führte. Leise zog er die Tür hinter sich zu und holte tief Atem.

Beim letztenmal hatte er den Frachtraum auf Steuerbord durchsucht, diesmal ging er nach backbord.

Auf den ersten Blick sah er, daß ihm das Glück hold war: In der Mitte stand ein riesiger Übersee-Schrankkoffer aus grünem und goldenem Leder mit glänzenden Messingbeschlägen. Der mußte Lady Oxenford gehören! Er besah sich das Schildchen: kein Name, aber als Adresse »The Manor, Oxenford, Berkshire«.

»Volltreffer«, murmelte er leise.

Der Koffer hatte nur ein einziges einfaches Schloß, das er mit der Klinge seines Klappmessers knackte.

Außer dem Schloß besaß der Koffer noch sechs Messingverschlüsse, die ohne Schlüssel funktionierten. Harry öffnete sie der Reihe nach.

Der Schrankkoffer war so gemacht, daß er in einer Einzelkabine an Bord eines Passagierschiffs als Garderobenschrank dienen konnte. Harry kippte ihn auf die Seite und öffnete ihn. Er war in zwei geräumige Schränke aufgeteilt. Auf der einen Seite befand sich eine Garderobenstange mit Kleidern und Mänteln und einem kleinen Schuhfach darunter, auf der anderen Seite waren sechs Schubladen eingelassen.

Harry durchsuchte erst die Schubladen aus leichtem, mit Leder bezogenem Holz, die innen mit Samt ausgeschlagen waren. Lady Oxenford besaß Seidenblusen, Kaschmirpullover, Spitzenunterwäsche und Gürtel aus Krokodilleder.

Das obere Ende des Koffers auf der anderen Seite ließ sich wie ein Deckel öffnen, so daß man die Garderobenstange herausziehen konnte, um leichter an die Kleider zu gelangen. Harry fuhr mit beiden Händen an den Kleidungsstücken entlang und tastete den Koffer innen von allen Seiten ab.

Schließlich zog er noch das Schuhfach auf: nichts als Schuhe.

Er war völlig geknickt. Er hatte nie auch nur einen Moment daran gezweifelt, daß sie ihren Schmuck dabeihatte. Sollte er so danebengetippt haben?

Aber es war zu früh, um die Flinte ins Korn zu werfen.

Sein erster Impuls war, nach dem Rest des Oxenfordschen Gepäcks zu suchen, aber er ließ sich die Sache noch einmal durch den Kopf gehen. Hätte ich Juwelen von unschätzbarem Wert im Reisegepäck unterzubringen, dachte er, dann würde ich sie nach Möglichkeit verbergen. Und in einem großen Schrankkoffer läßt sich eher ein Versteck finden als in einem normalen Koffer.

Er beschloß, noch einmal gründlich zu suchen.

Er begann mit der Seite, auf der sich die Kleider befanden, steckte einen Arm in den Koffer und legte den anderen außen herum, um die Dicke der Seiten abschätzen zu können: Lag sie über der Norm, so konnte dies auf ein Geheimfach deuten. Aber er fand nichts Außergewöhnliches. Er wandte sich der anderen Seite zu und zog sämtliche Schubladen heraus ...

Und fand das Versteck.

Sein Herzschlag beschleunigte sich.

Ein großer brauner Umschlag und ein Lederetui waren innen an die Rückseite des Koffers geklebt worden.

»Amateure«, sagte er und schüttelte den Kopf.

Mit wachsender Erregung löste er die Klebestreifen, und der Umschlag löste sich zuerst. Er fühlte sich an, als enthielte er nichts weiter als Papiere, trotzdem riß Harry ihn auf. Es waren etwa fünfzig Bogen schweren Papiers, die auf einer Seite kunstvoll bedruckt waren. Er brauchte ein Weile, bis er aus ihnen klug wurde. Es handelte sich offenbar um Inhaberobligationen, von denen jede einzelne hunderttausend Dollar wert war.

Fünfzig davon summierten sich auf fünf Millionen Dollar, und das waren eine Million Pfund.

Harry saß da und starrte die Papiere an. Eine Million Pfund. Es überstieg fast sein Vorstellungsvermögen.

Harry wußte, warum sie sich im Gepäck befanden: Die britische Regierung hatte Notstandsmaßnahmen zur Devisenkontrolle eingeführt, um dem Geldfluß ins Ausland einen Riegel vorzuschieben.

Oxenford schmuggelte seine Wertpapiere außer Landes, und das war natürlich strafbar.

Er ist genauso ein Gauner wie ich, dachte Harry und verzog das Gesicht.

Harry hatte noch nie Wertpapiere gestohlen. Ob sie sich wohl zu Geld machen ließen? Auf jedem einzelnen Zertifikat stand klar und deutlich, daß die Summe an den Inhaber zu zahlen war. Die Dokumente waren außerdem einzeln numeriert und folglich leicht zu identifizieren. Ob Oxenford ihren Diebstahl wohl melden würde? Das käme dem Eingeständnis gleich, daß er sie aus England herausgeschmuggelt hatte. Aber er würde sich wahrscheinlich eine plausible Lügengeschichte einfallen lassen.

Es war zu gefährlich, und Harry hatte auf diesem Gebiet keinerlei Erfahrung. Sie werden mich nur schnappen, wenn ich versuche, die Papiere zu Geld zu machen, dachte er und legte die Wertpapiere daher widerstrebend beiseite.

Bei dem zweiten verborgenen Gegenstand handelte es sich um ein braunes Ledermäppchen, das an eine übergroße Herrenbrieftasche erinnerte. Harry löste es von der Rückwand.

Es sah wie ein Schmucketui aus.

Das weiche Leder wurde durch einen Reißverschluß zusammengehalten. Er breitete es aus.

Vor ihm auf dem schwarzen Samtfutter lag das Delhi-Ensemble.

Im Halbdunkel des Frachtraums schien es wie die Fenster einer Kathedrale zu leuchten. Das tiefe Rot der Rubine wechselte sich ab mit den schillernden Regenbogenfarben der Diamanten. Die Steine waren riesig, perfekt aufeinander abgestimmt und erlesen gefaßt: Jeder einzelne saß auf einem Untergrund aus Gold und war von feinen goldenen Blütenblättern umgeben. Harry war von Ehrfurcht ergriffen.

Feierlich nahm er das Collier in die Hände und ließ die Edelsteine gleich farbigem Wasser durch seine Finger rinnen. Wie merkwürdig, dachte er nachdenklich, daß etwas so warm aussehen und sich dabei so kalt anfühlen kann. Es war das schönste Schmuckstück, das er je gesehen hatte, vielleicht sogar das schönste, das je gefertigt worden war.

Und es würde sein Leben verändern.

Nach ein oder zwei Minuten legte er das Collier wieder hin und begutachtete den Rest des Ensembles. Das Armband war ganz ähnlich gearbeitet, abwechselnd mit Rubinen und Diamanten besetzt, nur waren die Steine entsprechend kleiner. Die Ohrringe waren ganz besonders exquisit: von den mit je einem Rubin besetzten Steckern fielen Tropfen aus sich abwechselnden kleinen Diamanten und Rubinen herab, die durch ein Goldkettchen miteinander verbunden waren, und jeder Stein saß in einer goldenen Miniaturausgabe der Blütenfassung.

Harry stellte sich den Schmuck an Margaret vor. Das Rot und das Gold mußten auf ihrer blassen Haut umwerfend aussehen. Ich würde sie gerne in nichts anderem als diesen Schmuckstücken sehen, dachte Harry, und spürte, wie sich sein Glied versteifte.

Er wußte nicht mehr zu sagen, wie lange er so auf dem Boden gesessen und die wertvollen Edelsteine angestarrt hatte, als er auf einmal jemanden kommen hörte.

Sein erster Gedanke war, daß es sich wieder um den Zweiten Ingenieur handeln mußte, aber die Schritte klangen anders, waren aufdringlich, aggressiv, autoritär – dienstlich.

Plötzlich überkam ihn die nackte Angst, sein Magen verkrampfte sich, er biß die Zähne zusammen und ballte die Fäuste.

Die Schritte kamen schnell näher. Harry setzte die Schubladen hastig wieder ein, warf den Umschlag mit den Wertpapieren hinein und schloß den Schrankkoffer. Er stopfte sich gerade das Delhi-Ensemble in die Tasche, als die Tür zum Frachtraum geöffnet wurde.

Harry duckte sich hinter den Koffer.

Dann herrschte einen unendlichen Moment lang völlige Stille, und er befürchtete schon, daß er nicht schnell genug in Deckung gegangen war und der Kerl ihn gesehen hatte. Er vernahm den gepreßten Atem eines übergewichtigen Mannes, der zu schnell die Treppe hinaufgehetzt war. Ob er jetzt hereinkommt und sich gründlich umsieht? Harry hielt den Atem an. Die Tür schloß sich wieder.

War der Mann hinausgegangen? Harry lauschte angestrengt. Er konnte den Atem des anderen nicht länger hören. Langsam rappelte er sich auf und spähte hinaus: Der Mann war verschwunden.

Harry stieß einen tiefen Seufzer der Erleichterung aus.

Aber was ging hier vor?

Er wurde den Verdacht nicht los, daß die schweren Fußtritte und der keuchende Atem einem Polizisten gehört hatten, vielleicht auch einem Zöllner. Wahrscheinlich war es nur eine Routinekontrolle gewesen.

Er trat zur Tür und öffnete sie einen Spaltbreit. Vom Flugdeck her drang das gedämpfte Gemurmel mehrerer Stimmen, doch hinter der Tür schien niemand zu stehen. Harry ging hinaus und schlich sich neben die Tür zum Flugdeck. Sie stand offen. Er hörte die Stimmen zweier Männer.

»An Bord ist der Kerl nicht.«

»Er muß aber hiersein. Ausgestiegen ist er jedenfalls nicht.«

Der Akzent klang gedämpft amerikanisch, es mußte sich also um Kanadier handeln. Aber über wen redeten sie nur?

»Vielleicht hat er sich ja nach den anderen von Bord geschlichen.«

»Und wo ist er dann? Weit und breit keine Spur.«

Ob Frankie Gordino getürmt ist? fragte sich Harry.

»Um wen handelt es sich überhaupt?«

»Es heißt, er soll ein Komplize von diesem Gauner sein, den sie an Bord haben.«

Gordino selbst war also nicht entwichen, aber einer seiner Spießgesellen war im Flugzeug gewesen. Man war ihm auf die Spur gekommen, und er hatte sich aus dem Staub gemacht. Wer von den ehrenwerten Passagieren es wohl gewesen sein mochte?

»Ist doch kein Verbrechen, mit jemandem befreundet zu sein, oder etwa doch?«

»Das nicht, aber er reist mit gefälschten Papieren.«

Harry lief es kalt den Rücken herunter. Er reiste ebenfalls mit einem gefälschten Paß. Aber ihn suchten sie doch sicher nicht?

»Tja, und was machen wir jetzt?« hörte er.

»Sergeant Morris Bericht erstatten.«

Ein paar Sekunden später überkam Harry langsam der schreckliche Gedanke, er selbst könne derjenige sein, nach dem gefahndet wurde. Wenn die Polizei davon Wind bekommen hatte, daß jemand an Bord versuchen wollte, Gordino herauszuhauen, dann hatte sie sich bestimmt die Passagierliste vorgenommen und sehr schnell entdeckt, daß Harry Vandenposts Paß vor zwei Jahren in London als gestohlen gemeldet worden war. Und dann brauchten sie nur bei Vandenpost anzurufen, um festzustellen, daß er sich keineswegs an Bord des Pan-American-Clippers befand, sondern in der Küche saß, Cornflakes löffelte und die Morgenzeitung las, oder was immer. Und da er, Harry, bei der Polizei als Betrüger bekannt war, lag natürlich der Schluß nahe, ihn für einen der Komplizen Gordinos zu halten.

Nein, sagte er sich, nur keine voreiligen Schlüsse ziehen! Vielleicht gibt es noch eine andere Erklärung.

Eine dritte Stimme mischte sich in die Unterhaltung ein. »Wen suchen Sie denn?« Das klang wie Mickey Finn, der Zweite Ingenieur.

»Einen Kerl namens Harry Vandenpost. Ist aber nicht sein richtiger Name.«

Damit war die Sache klar. Harry fühlte sich wie betäubt: Man war ihm auf die Schliche gekommen! Die Vision vom Landsitz mit Tennisplatz verblaßte wie eine vergilbte Fotografie. Statt dessen sah er sich im verdunkelten London vor Gericht, sah eine Gefängniszelle und schließlich eine Kaserne. So viel Pech auf einmal hatte er noch nie gehabt.

Der Ingenieur sagte: »In Botwood schnüffelte er hier herum. Ich habe ihn zufällig dabei erwischt.«

»Tja, jetzt ist er nicht hier.«

»Sind Sie sicher?«

Halt den Mund, Mickey, dachte Harry.

»Wir haben uns überall umgesehen.«

»Haben Sie auch bei den Mechanikerposten nachgeschaut?«

»Wo sind die denn?«

»In den Flügeln.«

»Jawohl, in die Flügel haben wir auch geschaut.«

»Aber sind Sie hineingekrochen? Es gibt dort Verstecke, die man hier von der Kabine aus unmöglich einsehen kann.«

»Wir schauen besser noch einmal genauer nach.«

Diese beiden Polizisten schienen rechte Einfaltspinsel zu sein, dachte Harry und bezweifelte, daß ihr Sergeant großes Vertrauen in sie setzte. Wenn er auch nur ein Fünkchen Verstand hatte, würde er die Maschine noch einmal durchsuchen lassen. Und beim nächstenmal würden sie bestimmt hinter dem Schrankkoffer nachschauen. Wo konnte er sich also verstecken?

Es gab etliche kleine Verstecke, aber die waren der Besatzung alle bekannt. Eine gründliche Durchsuchung würde vor dem Raum im Bug, den Toiletten, den Flügeln und der niedrigen Aussparung im Heck nicht haltmachen. Und alle anderen Verstecke, auf die Harry kommen könnte, waren der Besatzung bestimmt vertraut.

Er saß in der Klemme.

Soll ich abhauen? fragte er sich. Ich kann mich vielleicht von Bord stehlen und am Strand entlang davonmachen – die Chance ist zwar nicht sehr groß, aber immer noch besser, als sich freiwillig zu stellen. Aber selbst wenn ich unerkannt aus dem Dörfchen herauskomme – wohin dann? In der Stadt kann ich mich aus allem herausreden, aber hier sind wir offenbar schrecklich weit von allen Städten entfernt ... und auf dem Lande bin ich eine Niete. Ich brauche Menschenmassen, Gassen, Bahnhöfe, Geschäfte. Kanada ist ziemlich groß, glaube ich, und besteht wohl vor allem aus Bäumen ...

Wenn ich mich nach New York durchschlagen kann, ist alles in Ordnung.

Aber wo kann ich mich solange verstecken?

Er hörte die Polizisten aus den Flügeln kommen und verschwand zur Sicherheit im Frachtraum ...

... und begriff, daß die Lösung seines Problems vor ihm stand. Lady Oxenfords Schrankkoffer war das ideale Versteck!

Ob er wohl hineinpaßte? Er glaubte schon. Der Koffer war etwa einsfünfzig hoch und sechzig Zentimeter breit – wäre er leer gewesen, hätten zwei Leute hineingepaßt. Aber natürlich war er nicht leer, und Harry mußte sich zusätzlichen Raum verschaffen, indem er einen Teil der Kleidung herausnahm. Nur – wohin damit? Er konnte sie schlecht einfach herumliegen lassen, sondern mußte sie in seinen eigenen halbleeren Koffer stopfen.

Er mußte sich sputen.

Er krabbelte über das aufeinandergestapelte Gepäck und griff nach seinem eigenen Koffer. In fieberhafter Eile öffnete er ihn, stopfte Lady Oxenfords Mäntel und Kleider hinein und mußte sich am Schluß auf den Koffer setzen, damit er zuschnappte. Jetzt konnte er sich in den Schrankkoffer zwängen. Gott sei Dank ließ sich der Koffer leicht von innen schließen. Aber wie verhielt es sich mit der Atemluft, wenn er erst einmal zu war? Nun, dachte Harry, ich werde ohnehin nicht lange im Koffer bleiben, und selbst wenn es stickig werden sollte – überleben werde ich allemal.

Ob die Bullen bemerken würden, daß die Schließen offenstanden? Durchaus möglich. Ob sie sich von innen schließen ließen? Ein kniffliges Problem, das ihn eine ganze Weile in Anspruch nahm. Wenn er in der Nähe der Schließen Löcher in den Koffer bohren würde, konnte er eventuell sein Messer hindurchstoßen und die Schließen betätigen. Und außerdem würden die Löcher für frische Luft sorgen.

Er nahm sein Klappmesser heraus. Der Koffer war aus Holz gemacht und mit dunklem grünbraunem Leder bespannt, das mit einem Muster aus goldfarbenen Blumen bedruckt war. Klappmesser hatten üblicherweise eine Spitze, mit der sich Steine aus Pferdehufen kratzen ließen; diese Spitze setzte er nun auf die Mitte einer der Blumen und drückte zu. Das Leder wurde mühelos durchbohrt, nur das Holz bot mehr Widerstand, und er bewegte die Spitze hin und her. Er schätzte, daß das Holz etwa zwei bis drei Zentimeter stark war, und brauchte eine gute Minute, bis er es durchbohrt hatte.

Er zog die Spitze heraus und stellte befriedigt fest, daß das Loch des Musters wegen kaum zu sehen war.

Er verkroch sich in dem Koffer. Die Schließe ließ sich von innen sowohl öffnen als auch schließen.

Insgesamt waren es fünf Schließen, zwei obenauf, drei an der Seite. Da die oberen beiden am deutlichsten zu sehen waren, machte er sich zuerst an ihnen zu schaffen. Kaum war er damit fertig, da hörte er erneut Schritte.

Er verschwand im Koffer und schloß ihn von innen.

Diesmal war es um einiges mühsamer, die Schließen zu betätigen, und da er nur mit angewinkelten Beinen stehen konnte, bereitete ihm das Manöver besondere Schwierigkeiten – aber er schaffte es.

Nur wenige Minuten verstrichen, da empfand er seine Lage auch schon als schmerzhaft und unbequem. Er drehte und wendete sich, so gut es ging, doch ohne Erfolg. Aber er mußte es durchstehen, es ging nicht anders.

Sein eigener Atem kam ihm sehr laut vor, während die Geräusche von draußen nur gedämpft zu ihm durchdrangen. Er konnte jedoch Schritte außerhalb des Frachtraums ausmachen, was vermutlich daran lag, daß es dort keinen Teppich gab und die Schwingungen durch das Deck übertragen wurden. Seiner Schätzung nach mußten derzeit dort draußen mindestens drei Personen stehen. Zwar konnte er nicht hören, ob Türen geöffnet oder geschlossen wurden, spürte jedoch plötzlich näher kommende Schritte und wußte, daß jemand den Frachtraum betreten hatte.

Unmittelbar neben ihm erklang auf einmal eine Stimme. »Ich verstehe wirklich nicht, wie der Schuft uns durch die Lappen gehen konnte.«

Sieh dir bloß nicht die Schließen auf der Seite an! dachte Harry besorgt.

Oben auf dem Koffer pochte es, und Harry hielt den Atem an. Vielleicht stützt der Kerl nur seinen Ellenbogen auf, dachte er.

Eine andere Stimme sprach aus größerer Entfernung.

»Nee, in der Maschine ist er nicht mehr«, erwiderte der Mann. »Wir haben überall geguckt.«

Der andere sagte wieder etwas. Harrys Knie schmerzten. Um Himmels willen, dachte er, haut doch endlich ab und quatscht irgendwo anders!

»Wir kriegen ihn schon noch zu fassen. Der kann nicht zweihundert Kilometer bis zur Grenze latschen, ohne daß er gesehen wird.«

Zweihundert Kilometer! Eine Woche brauche ich, um so weit zu gehen! dachte Harry. Vielleicht kann ich es ja per Anhalter versuchen, aber in dieser Wildnis fallen Leute wie ich unweigerlich auf.

Eine Weile lang blieb es still. Dann hörte Harry, wie sich die Schritte entfernten.

Er lauschte angespannt, aber nichts rührte sich.

Er nahm sein Messer zur Hand und steckte es durch eines der Löcher, um die Schließe zu öffnen.

Diesmal war es noch schwieriger. Seine Knie schmerzten so sehr, daß er sich kaum auf den Beinen halten konnte und umgefallen wäre, wenn er den Platz dazu gehabt hätte. Er war ungeduldig und stach mit der Klinge wiederholt durch das Loch. Panische Klaustrophobie überkam ihn, und er dachte schon, in seinem Versteck ersticken zu müssen. Er versuchte, sich zu beruhigen, und nach einer Weile gelang es ihm, die Schmerzen zu ignorieren und die Klinge behutsam durch das Loch zu schieben, so daß sie sich in der Schließe verfing. Er schob sie noch ein Stückchen weiter, und die Messingöse hob sich, rutschte aber weg. Er biß die Zähne zusammen und startete einen weiteren Versuch.

Diesmal klappte es: Die Schließe sprang auf.

Langsam und mühselig wiederholte er die Prozedur beim nächsten Verschluß.

Endlich gelang es ihm, die beiden Hälften des Koffers auseinanderzuschieben und sich aufzurichten. Der Schmerz in seinen Knien wurde beinahe unerträglich, als er die Beine streckte. Um ein Haar hätte Harry laut aufgeschrien, doch da ließ der Schmerz auch schon nach.

Was jetzt?

Hier konnte er nicht von Bord gehen. Bis zur Ankunft in New York war er in seinem Versteck vermutlich einigermaßen sicher. Aber was dann?

Ich werde mich in der Maschine verbergen und nachts das Weite suchen müssen.

Vielleicht klappt es. Und ganz abgesehen davon: Ich habe keine andere Wahl. Die ganze Welt wird erfahren, daß ich Lady Oxenfords Juwelen gestohlen habe.

Auch Margaret würde es erfahren, und das wog noch schwerer – vor allem deswegen, weil er keine Chance mehr hatte, mit ihr darüber zu reden.

Je mehr er über dieses Szenario nachdachte, desto weniger behagte es ihm.

Er hatte gewußt, daß der Diebstahl des Delhi-Ensembles seine Beziehung zu Margaret gefährden würde, aber er war auch stets davon ausgegangen, er wäre zur Stelle, wenn sie davon erfuhr, und könnte ihr folglich mit eigenen Worten alles erklären. Nicht, daß er sich bei dem Gedanken daran besonders wohl gefühlt hätte. Doch wie die Dinge standen, konnte es Tage dauern, bis er Margaret erreichte; wenn alles schiefging und er verhaftet wurde, sogar Jahre.

Was sie denken würde, konnte er sich nur allzugut vorstellen: Er hatte sich mit ihr angefreundet, mit ihr geschlafen und ihr versprochen, ihr bei der Suche nach einer neuen Bleibe zu helfen – aber das war alles Lug und Trug, weil er nämlich den Schmuck ihrer Mutter geklaut und sie sitzengelassen hatte. Für Margaret mußte es so aussehen, als habe er es von vornherein auf die Juwelen abgesehen. Es würde ihr das Herz brechen, und ihre Zuneigung würde in Haß und Verachtung umschlagen.

Bei diesem Gedanken wurde ihm fast schlecht vor Kummer.

Erst jetzt realisierte er, welche Veränderung mit ihm vorgegangen war, seit er Margaret begegnet war. Ihre Liebe zu ihm war echt, alles andere in seinem Leben hingegen reine Fälschung: sein Akzent, seine Manieren, seine Kleidung und seine ganze Lebensart – Lug und Trug, sonst nichts. Doch ausgerechnet in den Dieb, den vaterlosen Jungen aus der Arbeiterklasse, den echten Harry, hatte sich Margaret verliebt, und das war das Beste, was ihm je widerfahren war. Er stand im Begriff, es leichtfertig von sich zu weisen. Tat er es, so würde sich sein Leben nie ändern, sondern sich stets im gleichen Teufelskreis zwischen Hochstapelei und Gaunerei drehen. Erst Margaret hatte ihn dazu gebracht, nach mehr zu streben. Zwar mochte er die Hoffnung auf das Landhaus mit den Tennisplätzen nicht einfach aufgeben, doch wurde ihm immer klarer, daß er ohne Margaret niemals rechte Freude daran haben würde.

Er seufzte. Der gute alte Harry war nicht mehr der alte. Vielleicht wurde er allmählich erwachsen?

Er klappte Lady Oxenfords Koffer auf und zog das braune Lederetui mit dem Delhi-Ensemble aus der Tasche.

Er zog den Reißverschluß auf und betrachtete den Schmuck ein letztes Mal. Die Rubine glühten wie Feuer. Gut möglich, dachte er, daß ich dergleichen nie wieder zu Gesicht bekommen werde.

Schweren Herzens legte er den Schmuck in das Etui zurück – und das Etui in Lady Oxenfords Koffer.

Nancy Lenehan saß am Ende des langen hölzernen Landungsstegs vor dem Flughafengebäude von Shediac, das mit seinen Blumenkästen und den Markisen über den Fenstern eher wie ein Wochenendhaus an der See aussah. Allerdings sprachen die Funkantenne neben dem Haus und der Beobachtungsturm auf dem Dach ihre eigene Sprache, so daß die eigentliche Funktion des Gebäudes niemandem verborgen bleiben konnte.

Neben Nancy saß Mervyn Lovesey in einem Liegestuhl, der das gleiche Streifenmuster aufwies wie der ihre. Das Wasser plätscherte beruhigend gegen den Steg, und Nancy schloß die Augen. Sie hatte nicht viel geschlafen, und bei der Erinnerung an das, was sich in der vergangenen Nacht zwischen Mervyn und ihr ereignet hatte, trat unwillkürlich ein Lächeln auf ihre Lippen. Sie war froh, daß sie nicht intim miteinander geworden waren. Es wäre zu übereilt gewesen. Jetzt gab es etwas, worauf sie sich freuen konnte.

Shediac war sowohl Fischerdorf als auch Erholungsort. Westlich des Landungsstegs erstreckte sich eine sonnenüberflutete Bucht, in der mehrere Fischerboote und zwei Kabinenkreuzer sowie zwei Flugzeuge – der Clipper und ein kleineres Wasserflugzeug – dümpelten. Gen Osten erstreckte sich ein meilenweiter breiter Sandstrand, und ein Großteil der Passagiere des Clippers saß dort in den Dünen oder spazierte am Ufer entlang.

Die friedliche Szenerie wurde jäh von zwei Autos durchbrochen, die mit quietschenden Reifen vor dem Landungssteg zum Stehen kamen und sieben oder acht Polizisten ausspuckten. Sie eilten auf das Flughafengebäude zu, und Nancy murmelte: »Sieht ganz so aus, als wollten sie jemanden verhaften.«

Mervyn nickte und sagte: »Möchte nur wissen, wen?«

»Frankie Gordino vielleicht?«

»Wohl kaum – der ist ja schon verhaftet.«

Schon kamen die Uniformierten wieder aus dem Gebäude heraus. Drei gingen an Bord des Clippers, zwei an den Strand und zwei weitere die Straße entlang. Es sah ganz so aus, als fahndeten sie nach einer bestimmten Person. Als ein Mitglied der Clipper-Besatzung vorüberkam, fragte Nancy: »Hinter wem sind die denn her?«

Der Mann zögerte, sichtlich unschlüssig, ob er mit der Sprache herausrücken sollte, doch dann zuckte er die Achseln und sagte: »Der Kerl nennt sich Harry Vandenpost, aber das ist nicht sein richtiger Name.«

Nancy runzelte die Stirn. »Das ist doch der junge Mann, der bei den Oxenfords saß.« Ihrem Eindruck nach war Margaret drauf und dran, sich in diesen Harry zu verlieben.

»Stimmt«, meinte Mervyn. »Hat er die Maschine verlassen? Ich habe nicht darauf geachtet.«

»Ich weiß es auch nicht.«

»Ich dachte mir schon, daß er's faustdick hinter den Ohren hat.«

»Wirklich?« Nancy hatte ihn für einen jungen Mann aus guter Familie gehalten. »Er hat ausgezeichnete Manieren.«

»Eben.«

Nancy unterdrückte ein Grinsen: Es schien nur allzu typisch für Mervyn, daß ihm Männer mit guten Manieren mißfielen. »Ich hatte das Gefühl, daß sich Margaret für ihn interessierte. Hoffentlich ist sie nicht allzu verletzt.«

»Ich denke, ihre Eltern werden froh sein, daß sie noch einmal mit einem blauen Auge davongekommen sind.«

Nancy konnte die Freude der Eltern nicht teilen. Sie alle hatten Lord Oxenfords Ausfälligkeiten im Speisesaal miterlebt; solche Leute verdienten nichts Besseres. Um Margaret dagegen tat es ihr aufrichtig leid, falls sie sich tatsächlich in einen Hallodri verguckt haben sollte.

»Normalerweise bin ich nicht gerade ein sehr spontaner Mensch, Nancy«, fing Mervyn plötzlich an.

Sie war sofort ganz Ohr, und er fuhr fort: »Ich habe dich erst vor wenigen Stunden kennengelernt – trotzdem bin ich vollkommen *sicher*, daß ich diese Bekanntschaft auf den Rest meines Lebens ausdehnen möchte.«

Wie kannst du dir denn *sicher* sein, dachte Nancy, das ist doch idiotisch! Dennoch gefielen ihr seine Worte. Sie sagte nichts.

»Ich habe daran gedacht, dich in New York zu verlassen und nach Manchester zurückzukehren, aber das will ich nicht.«

Nancy lächelte. Sie hatte sich gewünscht, daß er das sagen würde, und beugte sich nun vor, um seine Hand zu berühren. »Das freut mich«, meinte sie.

»Wirklich?« Er beugte sich gleichfalls vor. »Das Problem ist nur, daß es bald so gut wie unmöglich sein wird, den Atlantik zu überqueren – es sei denn, man gehört den Streitkräften an.«

Sie nickte. Auch sie hatte schon daran gedacht, sich jedoch nicht weiter den Kopf darüber zerbrochen: Wo ein Wille war, war auch ein Weg.

Mervyn fuhr fort: »Wenn wir uns jetzt trennen, könnte es Jahre dauern, bevor wir uns wiedersehen, und diese Aussicht gefällt mir ganz und gar nicht.«

»Mir auch nicht.«

»Du kommst also mit mir nach England zurück?« fragte Mervyn.

Nancy verging das Lächeln. »Wie bitte?«

»Komm mit mir zurück. Zieh in ein Hotel, wenn du willst, oder kauf ein Haus oder eine Wohnung – irgendwas.«

Nancy spürte, wie der Zorn in ihr aufstieg. Sie biß die Zähne zusammen, um nicht die Beherrschung zu verlieren. »Du spinnst ja«, sagte sie abweisend und wandte den Blick ab. Sie war bitter enttäuscht.

Ihre Reaktion verletzte und verwirrte ihn. »Was hast du dagegen?«

»Ich habe ein Haus, zwei Söhne und eine Firma mit Millionenumsatz«, meinte sie. »Und du willst, daß ich all dem den Rücken kehre und in ein Hotel in Manchester ziehe?«

»Nicht, wenn du nicht willst!« entgegnete er eingeschnappt. »Zieh zu mir, wenn dir das lieber ist.«

»Ich bin eine angesehene Witwe mit der entsprechenden gesellschaftlichen Stellung – da werde ich mich doch nicht aushalten lassen wie ein Flittchen!«

»Hör zu, ich denke eigentlich, daß wir heiraten werden. Ja, davon bin ich sogar überzeugt. Aber andererseits kann ich mir auch nicht vorstellen, daß du dich jetzt schon, nach diesen paar Stunden, festlegen willst, oder?«

»Darum geht es nicht, Mervyn«, erwiderte sie, obwohl es irgendwie wohl doch darum ging. »Es ist mir egal, was für eine Regelung dir vorschwebt. Ich wehre mich nur gegen die Selbstverständlichkeit, mit der du forderst, ich müsse schlicht alles aufgeben und dir nach England folgen.«

»Aber wie könnten wir sonst zusammenbleiben?«

»Warum hast du das nicht gleich gefragt und statt dessen die Antwort vorweggenommen?«

»Weil es nur eine Antwort darauf gibt.«

»Es gibt drei Lösungen: Ich kann nach England ziehen, du kannst nach Amerika ziehen, oder wir ziehen beide ganz woanders hin, auf die Bermudas zum Beispiel.«

Er war sprachlos. »Aber mein Land befindet sich im Krieg, ich kann es nicht im Stich lassen. Für den aktiven Dienst bin ich vielleicht zu alt, aber die Luftwaffe braucht Tausende von Propellern, und mit Propellern kenne ich mich aus, besser als jeder andere im Land. Ich werde in England gebraucht.«

Jedes seiner Worte schien die Sache nur noch schlimmer zu machen. »Und wieso nimmst du einfach an, mein Land bräuchte mich nicht?« fragte sie. »Ich stelle Stiefel her, und wenn die Staaten sich an diesem Krieg beteiligen, werden noch viel mehr gute Soldatenstiefel gebraucht als bisher.«

»Aber ich habe ein Geschäft in Manchester.«

»Und ich habe ein Geschäft in Boston – und zwar ein viel größeres, nebenbei bemerkt.«

»Aber für eine Frau ist es nicht dasselbe.«

»Natürlich ist es dasselbe, du *Trottel!*« schrie sie.

Das Wort Trottel bereute sie sofort. Mervyn erstarrte, und ihr wurde klar, daß sie ihn tödlich beleidigt hatte. Er erhob sich aus seinem Liegestuhl. Sie hätte gerne etwas gesagt, um zu verhindern, daß er sich wie eine beleidigte Leberwurst zurückzog – aber ihr fiel partout nichts ein, und einen Moment später war er auch schon verschwunden.

»Verdammt noch mal!« stieß sie erbittert aus. Sie war wütend auf ihn, aber auch fuchsteufelswild auf sich selbst. Sie hatte ihn doch gar nicht vertreiben wollen – sie mochte ihn doch! Hatte sie nicht schon vor Jahren gelernt, daß frontale Konfrontationen im Umgang mit Männern nicht der richtige Weg waren? Waren sie unter sich, akzeptierten sie beinahe jeden Angriff – von einer Frau jedoch niemals. Im Geschäft hatte sie ihre kampflustige Natur stets gezügelt, ihren Tonfall gemäßigt und sich durchgesetzt, indem sie die Leute manipulierte, statt sich mit ihnen anzulegen. Und nun war sie so blöd gewesen, all dies für einen Sekundenbruchteil zu vergessen, und hatte ausgerechnet mit dem attraktivsten Mann, der ihr seit zehn Jahren begegnet war, einen Streit vom Zaun gebrochen.

Was bin ich doch für ein Idiot! dachte sie. Ich weiß doch, wie stolz er ist – eine der Eigenschaften, die ich an ihm mag, es ist ein Teil seiner Stärke. Ein harter Brocken mag er ja sein, aber im Gegensatz zu anderen Männern dieser Art unterdrückt er seine Gefühle nicht. Denk doch bloß mal dran, wie er seine ausgebüchste Frau um die halbe Welt verfolgt! Oder wie er sich für die Juden einsetzt, wenn sich Dummköpfe wie dieser Lord Oxenford aufblasen! Und hast du schon vergessen, wie es war, als er dich küßte ...?

Das seltsamste jedoch war, daß Nancy Lenehan plötzlich bereit war, über eine Veränderung ihres Lebens nachzudenken.

Was Danny Riley ihr über ihren Vater erzählt hatte, warf ein neues Licht auf ihr ganzes bisheriges Leben. Seit jeher hatte sie angenommen, daß es zwischen ihr und Peter immer dann zu Streitigkeiten kam, wenn ihr Bruder es nicht mehr ertragen konnte, daß sie klüger war als er. Gewöhnlich allerdings legte sich die Rivalität zwischen Geschwistern im Laufe der Zeit: Ihre beiden Jungen, die sich fast zwanzig Jahre lang wie Hund und Katze gestritten hatten, waren mittlerweile die besten Freunde und gingen miteinander durch dick und dünn. Zwischen Peter und ihr hingegen hielt die Feindseligkeit an, obwohl sie langsam in die Jahre kamen – und nun wußte sie, daß Pa dafür verantwortlich war.

Pa hatte ihr gesagt, sie würde seine Nachfolgerin und Peter müsse nach ihrer Pfeife tanzen; Peter hatte er das genaue Gegenteil gesagt. Sie hatten sich also beide in dem Glauben gewiegt, persönlich die Firma leiten zu müssen. Aber reichte das alles nicht sogar noch viel weiter zurück? Pa hatte sich – das wurde Nancy mit einemmal klar – von jeher stets geweigert, klare Regeln aufzustellen, Verantwortungsbereiche genau festzulegen. Er hatte ihnen Spielzeug gekauft, das sie sich teilen mußten, und sich dann geweigert, bei dem nun unvermeidlichen Gezänk den Schiedsrichter zu spielen. Und kaum waren sie alt genug gewesen, da hatte er ihnen ein gemeinsames Auto gekauft – um das sie sich prompt jahrelang gestritten hatten.

Für Nancy hatte sich diese Strategie ausgezahlt: Sie war willensstark und clever. Peter hingegen hatte diese Strategie zu einem hinterhältigen, gehässigen Schwächling gemacht. Und nun sollte – *nach Pa's Plänen* – der Stärkere von ihnen die Firma übernehmen.

Und genau das war es, was Nancy störte: Alles lief nach Pa's Plänen. Das Wissen, daß all ihr Tun und Lassen schon vor langer Zeit vorherbestimmt worden war, vergällte ihr den Sieg. In diesem Licht erschien ihr ihr gesamtes Leben plötzlich wie eine vom Vater gestellte Hausaufgabe. Na schön, sie hatte ihre Eins dafür bekommen – aber war sie mit Vierzig nicht ein wenig zu alt für Hausaufgaben? Verärgert stellte sie fest, daß sie sich ihre Ziele selbst stecken, daß sie ihr eigenes Leben führen sollte.

In der Tat, sie war genau in der richtigen Stimmung für eine freimütige Unterhaltung über ihre gemeinsame Zukunft mit Mervyn gewesen. Aber er hatte sie mit seiner schlichten Annahme, sie müsse alles stehen- und liegenlassen und ihm um die halbe Welt folgen, zutiefst gekränkt. Und sie hatte ihn, anstatt zu versuchen, ihn umzustimmen, zusammengestaucht.

Natürlich hatte sie nicht erwartet, er würde vor ihr auf die Knie sinken und ihr einen Heiratsantrag machen, aber ...

Doch, im Grunde ihres Herzens hatte sie das Gefühl, er hätte um ihre Hand anhalten sollen. Schließlich war sie nicht irgendwer, kein Freiwild. Sie war Amerikanerin, dazu aus gut katholischer Familie, und wenn ein Mann sie an sich binden wollte, dann kam nur eines in Frage, und das war ein Heiratsantrag. Wenn er den nicht zustande brachte, dann konnte er es gleich sein lassen.

Sie seufzte. Ihre Empörung mochte ja durchaus berechtigt sein – aber fürs erste hatte sie Mervyn verjagt. Sie hoffte nun inbrünstig, der Zwist ließe sich wieder beilegen. Erst jetzt, da sie in Gefahr war, Mervyn zu verlieren, machte sie sich klar, wie sehr sie ihn begehrte.

Ihre Gedanken wurden unterbrochen durch den Auftritt eines anderen Mannes, dem sie einst den Laufpaß gegeben hatte: Nat Ridgeway.

Er blieb vor ihr stehen, zog höflich den Hut und sagte: »Es scheint fast, als hättest du mich besiegt – wieder einmal.«

Sie musterte ihn einen Augenblick. Er hätte nie eine Firma gründen und aufbauen können wie Pa – dazu fehlte es ihm an Voraussicht und Energie. Aber er verstand sich bestens auf die Organisation eines großen Betriebes, war intelligent, fleißig und zäh. »Falls es dich tröstet, Nat«, sagte sie, »ich weiß, daß ich vor fünf Jahren einen Fehler gemacht habe.«

»Einen geschäftlichen oder einen persönlichen Fehler?« fragte er, und in seiner Stimme schwang ein Ton mit, der auf heimlichen Groll schließen ließ.

»Geschäftlich«, sagte sie leichthin. Sein Ausscheiden hatte eine Romanze beendet, die kaum erst begonnen hatte. Sie wollte nicht darüber reden. »Und herzlichen Glückwunsch zu deiner Heirat«, fügte sie hinzu. »Ich habe ein Bild von deiner Frau gesehen – sie ist sehr schön.« Eine glatte Lüge: Die Frau war – allenfalls – attraktiv.

»Danke«, gab er zurück. »Aber um aufs Geschäftliche zurückzukommen: Es erstaunt mich zutiefst, daß du nicht einmal vor Erpressung zurückschreckst, wenn du deine Ziele erreichen willst.«

»Hier geht's um die Macht, nicht um ein Kaffeekränzchen. Hast du mir das nicht erst gestern selbst erklärt?«

»Eins zu null für dich.« Er zögerte. »Darf ich mich setzen?«

Urplötzlich hatte sie sein formelles Gehabe gestrichen satt. »Verdammt noch mal«, sagte sie, »jahrelang haben wir zusammengearbeitet, ein paar Wochen lang sind wir sogar miteinander ausgegangen – da brauchst du mich doch nicht um Erlaubnis zu bitten, wenn du dich setzen willst, Nat.«

»Danke.« Er lächelte, nahm Mervyns Liegestuhl und schob ihn so zurecht, daß er Nancy im Blickfeld hatte. »Ich habe versucht, Black's ohne deine Hilfe zu übernehmen. Das war dumm, und es ist mir nicht gelungen. Ich hätte es mir eigentlich denken können.«

»Keine Einwände meinerseits.« Das klang sogar in ihren Ohren feindselig, und sie fügte hinzu: »Und nichts für ungut obendrein.«

»Ich bin froh, daß du das sagst, denn ich will deine Firma immer noch kaufen.«

Nancy war baff, und ihr dämmerte allmählich, daß sie Gefahr lief, ihn zu unterschätzen. Paß bloß auf! schärfte sie sich ein und fragte: »Was hast du vor?«

»Ich werde es noch einmal versuchen«, sagte er. »Dann muß ich dir natürlich ein besseres Angebot machen. Aber noch wichtiger ist, daß ich dich auf meiner Seite haben will – vor und nach dem Zusammenschluß. Es ist mir lieber, wenn wir uns einig sind. Ich biete dir einen Direktorposten bei General Textiles mit Fünfjahresvertrag.«

Das hatte sie nicht erwartet, und sie wußte nicht einmal, was sie von diesem Angebot halten sollte. Um Zeit zu gewinnen, fragte sie: »Einen Vertrag? Worüber?«

»Über die Leitung der Firma Black's Boots als Tochtergesellschaft von General Textiles.«

»Dann würde ich ja meine Unabhängigkeit verlieren – ich wäre bloß noch Angestellte.«

»Das kommt ganz drauf an, wie unser Vertrag aussieht. Vielleicht wirst du ja Aktionärin. Und solange du Profit machst, kannst du soviel Unabhängigkeit haben, wie du willst – solange die Firma Gewinn abwirft, mische ich mich nicht ein. Machst du allerdings Verluste, sieht die Sache anders aus – dann ist es um deine Unabhängigkeit geschehen. Versager setze ich vor die Tür.« Er schüttelte den Kopf. »Aber du bist kein Versager.«

Am liebsten hätte Nancy ihm sofort eine Abfuhr erteilt: Sein Drumherumgerede konnte er sich sparen – er wollte ihr die Firma noch immer wegnehmen. Klar war aber auch, daß spontane Ablehnung genau das war, was ihr Vater sich gewünscht hätte – und hatte sie sich nicht eben erst vorgenommen, ihr Leben nicht mehr von Pa's Wünschen bestimmen zu lassen? Trotzdem – sie mußte Nat eine Antwort geben, und so sagte sie vage: »Das klingt nicht uninteressant.«

»Mehr wollte ich gar nicht wissen«, sagte er und erhob sich. »Denk darüber nach und überleg dir, mit welcher Art Vertrag du leben könntest. Ich biete dir zwar keinen Blankoscheck, aber du sollst wissen, daß ich dir ein großes Stück entgegenkommen werde, um dich zufrieden zu sehen.« Nancy fand seine überzeugende Art irgendwie belustigend. In punkto Verhandlungsgeschick hatte er in den vergangenen Jahren eine Menge dazugelernt. Er sah an ihr vorbei Richtung Küste und sagte: »Ich glaube, dein Bruder will mit dir reden.«

Sie warf einen Blick über die Schulter und sah Peter näher kommen. Nat setzte seinen Hut auf und entfernte sich. Das Ganze wirkte, als wollten sie sie in die Zange nehmen. Böse starrte sie Peter entgegen. Er hatte sie betrogen und belogen, und jedes Wort, das sie mit ihm wechseln mußte, kostete sie Überwindung. Viel lieber hätte sie über Nats überraschendes Angebot nachgedacht und darüber, ob es mit ihrer neuen Lebenseinstellung vereinbar war, aber dazu ließ ihr Peter keine Zeit. Er baute sich vor ihr auf und legte den Kopf schief – eine Geste, die sie an seine Kindheit erinnerte – und sagte: »Kann ich mal mit dir reden?«

»Ich glaube kaum«, erwiderte sie scharf.

»Ich möchte mich entschuldigen.«

»Jetzt, da du verloren hast, tut dir dein Verrat leid.«

»Ich möchte Frieden mit dir schließen.«

Heute wollen aber auch alle mit mir verhandeln, dachte sie unwirsch. »Glaubst du, du kannst je gutmachen, was du mir angetan hast?«

»Das kann ich nicht«, sagte er sofort. »Nie und nimmer.« Er ließ sich in dem Liegestuhl nieder, der durch Nats Abgang frei geworden war. »Weißt du – als ich deinen Bericht las, bin ich mir bodenlos dumm vorgekommen. Du sagst darin, daß ich die Firma nicht führen kann, daß ich nicht aus dem gleichen Holz wie Vater geschnitzt bin, daß du geschäftstüchtiger bist als ich. Ich hab' mich fürchterlich geschämt, weil ich im Grunde meines Herzens wußte, daß du recht hattest.«

Na also, dachte sie, wir machen Fortschritte.

»Ich war furchtbar wütend, Nan, das kannst du mir glauben.« Als Kinder hatten sie einander Nan und Petey gerufen, und bei der Erwähnung des Kosenamens mußte sie schlucken. »Ich wußte nicht, was ich tat.«

Sie schüttelte den Kopf. Diese Ausrede war nur allzu typisch für Peter. »Du wußtest ganz genau, was du tatest«, widersprach sie. Doch sie war inzwischen eher traurig als wütend.

Eine Gruppe von Leuten unweit des Eingangs zum Flughafengebäude führte eine lautstarke Unterhaltung, die Peter zu stören schien. »Wollen wir ein Stück am Strand entlanggehen?« schlug er vor.

Nancy erhob sich seufzend. Schließlich war er immer noch ihr kleiner Bruder.

Er schenkte ihr ein strahlendes Lächeln.

Sie verließen den Landungssteg, überquerten die Eisenbahnschienen und gingen zum Strand hinunter. Nancy zog ihre Pumps aus und schlenderte in Strümpfen durch den Sand. Eine Brise fuhr durch Peters helles Haar, und Nancy stellte erschrocken fest, daß es sich an den Schläfen schon zu lichten begann. Warum ist mir das noch nie aufgefallen? dachte sie. Wahrscheinlich kämmt er es immer sorgfältig über die kahlen Stellen. Auf einmal kam sie sich uralt vor.

Obwohl sie weit und breit keine Menschenseele mehr störte, sprach Peter einige Zeit lang kein Wort, so daß Nancy schließlich die Initiative ergriff. »Danny Riley hat mir etwas Merkwürdiges erzählt. Er meinte, Pa hätte es absichtlich so eingerichtet, daß es zwischen uns beiden zum Streit kommen mußte.«

Peter runzelte die Stirn. »Und warum?«

»Um uns abzuhärten.«

Peter lachte rauh. »Und das glaubst du ihm?«

»Ja.«

»Ich wahrscheinlich auch.«

»Ich habe beschlossen, mich ab sofort von Pa's Einfluß freizumachen.«

Er nickte und fragte dann: »Und das heißt?«

»Das weiß ich noch nicht. Vielleicht, daß ich Nats Angebot annehme und einer Fusion seiner Firma mit unserer zustimme.«

»Es ist nicht mehr ›unsere‹ Firma, Nan, es ist deine.«

Sie musterte ihn eingehend. Meinte er es ernst? Sie kam sich wegen ihres Argwohns schon gemein vor und dachte bei sich: Ich will's ihm glauben. Im Zweifel für den Angeklagten ...

»Ich habe ein für allemal kapiert«, sagte er und wirkte dabei ganz aufrichtig, »daß ich mich nicht fürs Geschäft eigne. Ich werde es also jenen überlassen, die was davon verstehen – Leuten wie dir zum Beispiel.«

»Und was hast du vor?«

»Ich dachte, ich kaufe vielleicht das Haus dort.« Sie kamen an einem hübschen weißgestrichenen Häuschen mit grünen Fensterläden vorbei. »Ich werde jede Menge Freizeit haben.«

Er tat ihr fast leid. »Ein hübsches Haus«, sagte sie. »Steht es denn zum Verkauf?«

»Auf der anderen Seite ist ein Schild. Ich habe mich hier schon ein bißchen umgesehen. Komm, schau's dir selbst an.«

Sie umrundeten das Haus. Tür und Fensterläden waren geschlossen, so daß man nicht hineinschauen konnte, aber von außen wirkte es durchaus reizvoll. Auf der breiten Veranda hing eine Hängematte, im Garten gab es einen Tennisplatz, und am Ende des Gartens stand ein kleineres fensterloses Gebäude, das Nancy für einen Bootsschuppen hielt. »Du könntest dir ein Boot zulegen«, sagte sie. Peter hatte schon immer gerne gesegelt.

Die Seitentür zum Bootshaus stand offen, und Peter ging hinein. »Um Gottes willen!« hörte sie ihn ausrufen.

Sie trat über die Schwelle und spähte angestrengt in die Dunkelheit. »Was ist denn?« fragte sie besorgt. »Peter, was ist mit dir?«

Plötzlich stand Peter neben ihr und griff nach ihrem Arm. Für den Bruchteil einer Sekunde sah sie das hämische, triumphierende Grinsen auf seinem Gesicht und wußte, daß sie einen schrecklichen Fehler gemacht hatte. Da zerrte er sie auch schon brutal am Arm weiter in den Schuppen hinein. Nancy stolperte, schrie auf, ließ Schuhe und Handtasche fallen und stürzte auf den staubigen Boden.

»Peter!« schrie sie wütend. Dann hörte sie, wie er sich mit drei schnellen Schritten entfernte. Die Tür knallte zu – und Nancy war von völliger Dunkelheit umgeben. »Peter?« rief sie, diesmal schon ängstlicher, und rappelte sich auf. Sie hörte ein schleifendes Geräusch, dann einen Ruck, als würde die Tür von außen verkeilt. »Peter!« schrie sie. »Sag doch was!«

Keine Antwort.

Hysterische Angst drohte sie zu überwältigen, und beinahe hätte sie einen entsetzten Schrei ausgestoßen. Nancy hielt sich den Mund zu und biß auf ihren Daumenknöchel. Allmählich ebbte ihre Panik ab.

Blind und orientierungslos stand sie in der Dunkelheit. Mit einem Schlag erkannte sie, daß Peter das alles geplant hatte: Er hatte dieses leerstehende Haus mit dem praktischen Bootsschuppen absichtlich ausgesucht, hatte sie hergelockt und eingeschlossen – nur, damit sie das Flugzeug verpaßte und bei der Aufsichtsratssitzung nicht abstimmen konnte! Sein Bedauern, seine Entschuldigung, das Gerede über den Ausstieg aus dem Geschäft, seine qualvolle Ehrlichkeit – nichts als Lug und Trug! Gerissen, wie er war, hatte er gar an ihre gemeinsame Kindheit appelliert – und sie, Nancy, prompt damit in mildere Stimmung versetzt. Wieder einmal hatte sie ihm vertraut, und wieder einmal hatte er sie verraten. Es war zum Heulen.

Sie biß sich auf die Unterlippe und überdachte ihre Lage. Als sich ihre Augen an die Dunkelheit gewöhnt hatten, sah sie einen schwachen Lichtstreifen unter der Tür. Mit ausgestreckten Armen ging sie darauf zu, tastete die Wände zu beiden Seiten der Tür ab und fand einen Lichtschalter. Sie knipste ihn an, und das Bootshaus erstrahlte in hellem Licht. Sie griff nach der Türklinke und versuchte – allerdings ohne viel Hoffnung – die Tür aufzustoßen. Natürlich gab sie nicht einen Zentimeter nach: Peter hatte sie fachmännisch festgeklemmt. Nancy warf sich mit der Schulter gegen die Tür, doch ohne Erfolg.

Ellenbogen und Knie schmerzten noch von dem Sturz, bei dem sie sich überdies die Strümpfe zerrissen hatte. »Du Schwein!« flüsterte sie erbost dem abwesenden Peter zu.

Sie zog die Schuhe an, nahm ihre Handtasche wieder an sich und sah sich um. Der Hauptteil des Schuppens wurde von einem großen Segelboot in Anspruch genommen, das auf einem Trailer lag. Der Mast steckte in einem Hängegerüst an der Decke, und die Segel waren fein säuberlich an Deck gefaltet. Vorne am Schuppen gab es ein breites Tor, das sich bei näherer Inspektion als fest verriegelt herausstellte – wie nicht anders zu erwarten gewesen war.

Das Haus mochte zwar ein wenig abseits vom Strand liegen – aber war es nicht dennoch denkbar, daß irgendwer, vielleicht sogar einer der Clipper-Passagiere, vorüberkam? Nancy holte tief Luft und rief, so laut sie nur konnte: »HILFE! HILFE! HILFE!« Sie nahm sich vor, den Ruf im Abstand von jeweils einer Minute zu wiederholen, denn heiser schreien wollte sie sich nicht.

Vorder- und Seitentür hatten sich als solide und gut eingepaßt erwiesen, aber vielleicht ließ sich ja eine Brechstange oder etwas ähnliches finden, womit man sie aufbrechen konnte. Nancy sah sich gründlich um. Aber der Besitzer schien ein ordnungsliebender Mensch zu sein, der keine Gartengeräte im Bootsschuppen aufbewahrte: von Schaufel oder Rechen keine Spur.

Sie schrie ein weiteres Mal um Hilfe und kletterte dann auf das Bootsdeck, um dort nach passendem Werkzeug Ausschau zu halten. Sie fand mehrere Schränke, die der pedantische Besitzer jedoch fest verschlossen hatte. Nancy sah sich von ihrer erhöhten Position noch einmal suchend um, konnte aber nichts Neues entdecken. »Verdammt, verdammt, verdammt!« sagte sie laut.

Sie setzte sich auf das erhöhte Kielschwert und grübelte mutlos vor sich hin. Es war empfindlich kalt in diesem Bootshaus, und sie war froh, daß sie ihren Kaschmirmantel dabeihatte. Sie rief weiterhin in Minutenabständen um Hilfe, aber je länger sie gefangen saß, desto rascher schwand ihre Hoffnung. Sicherlich waren die Passagiere inzwischen schon alle wieder an Bord des Clippers – und der würde bald abheben. Ohne Nancy.

Der Verlust der Firma ist meine geringste Sorge, dachte sie. Was ist, wenn eine ganze Woche lang kein Mensch an diesem Bootshaus vorüberkommt? Dann kann ich hier verrecken ... Von Furcht überwältigt, schrie sie laut und anhaltend um Hilfe, aber der hysterische Unterton in ihrer Stimme verstärkte nur noch ihre Angst.

Nach einer Weile ermüdete sie und beruhigte sich: Peter mochte zwar bösartig sein – doch ein Mörder war er nicht. Er würde sie nicht krepieren lassen. Wahrscheinlich plante er einen anonymen Anruf bei der Polizei in Shediac, damit man sie befreite – aber natürlich erst nach der Aufsichtsratssitzung. Nancy redete sich ein, sie sei in Sicherheit, machte sich aber dennoch schreckliche Sorgen. Wenn Peter nun doch hinterhältiger war, als sie glaubte? Und wenn er sie einfach vergaß? Wenn er krank würde oder einem Unfall zum Opfer fiele? Wer würde sie dann retten?

Sie hörte, wie die Motoren des Clippers über der Bucht aufheulten, und ihre Panik verwandelte sich in Verzweiflung. Nun war sie verraten und verkauft – selbst Mervyn hatte sie verloren, denn der saß jetzt bestimmt an Bord und wartete auf den Start. Er mochte sich flüchtig fragen, was ihr wohl zugestoßen sein konnte, doch da ihre letzten Worte an ihn »Du Trottel!« gewesen waren, glaubte er nun sicher, sie hätte ihn abgeschrieben.

Die Annahme, sie würde schlicht und einfach mit ihm nach England ziehen, war purer Arroganz entsprungen. Sah sie die Sache aber realistisch, so mußte sie gerechterweise zugeben, daß sich alle Männer in Mervyns Situation verhalten hätten wie er. Es war allein ihrer eigenen Dummheit zuzuschreiben, daß sie sich so darüber aufgeregt hatte. Nur deshalb waren sie im Zorn auseinandergegangen. Nun sah sie ihn vielleicht nie mehr wieder und war womöglich zum Sterben verurteilt.

In der Ferne steigerte sich das Heulen der Motoren zum Crescendo. Der Clipper hob ab. Der Lärm hielt noch ein, zwei Minuten mit unverminderter Lautstärke an und nahm dann allmählich ab, während die Maschine in immer größere Höhen stieg. Das war's, dachte sie. Meine Firma ist futsch, Mervyn ist fort, und ich werde hier langsam, aber sicher verhungern. Nein, nicht verhungern, sondern verdursten, werde toben und schreien in meiner Qual ...

Sie spürte eine Träne auf ihrem Gesicht und wischte sie mit dem Ärmelaufschlag ihres Mantels fort. Sie mußte sich zusammenreißen. Es gab bestimmt einen Ausweg, und sie schaute sich noch einmal prüfend um. Ob sie den Mast wohl als Rammbock benutzen konnte? Sie langte nach oben. Nein, der Mast war zu schwer für eine Person. Ob sie die Tür irgendwie aufschlitzen konnte? Geschichten von Gefangenen in mittelalterlichen Verliesen kamen ihr in den Sinn: Jahrelang hatten sie mit den Fingernägeln an den Mauern gekratzt, ohne jede Aussicht auf eine erfolgreiche Flucht. Ihr standen keine Jahre zur Verfügung, und sie brauchte etwas Stärkeres als Fingernägel. Sie kramte in ihrer Handtasche: ein kleiner Kamm aus Elfenbein, ein knallroter, beinahe aufgebrauchter Lippenstift, eine Puderdose, die die Jungen ihr zum dreißigsten Geburtstag geschenkt hatten, ein besticktes Taschentuch, ihr Scheckbuch, eine Fünf-Pfund-Note, etliche Fünfzig-Dollar-Scheine und ein kleiner goldener Kugelschreiber – also nichts Brauchbares. Und ihre Kleidung? Sie trug einen Krokodilledergürtel mit goldlegierter Schnalle. Ob der Dorn der Schnalle wohl ausreichen würde, um das Holz um das Schloß herum durchzuschaben? Eine langwierige Plackerei, aber Zeit hatte sie ja genug.

Sie kletterte vom Boot hinab und suchte das Schloß am Eingangstor. Das Holz war ziemlich dick, aber vielleicht brauchte sie sich ja nicht ganz hindurchzuarbeiten und es brach, wenn die Vertiefung erst groß genug war. Sie rief noch einmal um Hilfe. Keine Antwort.

Sie löste ihren Gürtel, und da der Rock ohne ihn hinunterzurutschen drohte, zog sie ihn gleich mit aus, legte ihn ordentlich zusammen und drapierte ihn über den Schandeckel des Bootes. Obwohl niemand sie sehen konnte, war sie doch froh, daß sie einen hübschen Slip mit Spitzenbesatz und einen passenden Strumpfhalter trug.

Sie ritzte ein Viereck um das Schloß herum und begann, es langsam zu vertiefen. Das Metall der Schnalle war nicht sonderlich stabil, und es dauerte nicht lange, bis der Dorn sich bog. Sie gab nicht auf und unterbrach die Arbeit nur, wenn sie in Minutenabständen um Hilfe rief. Aus der eingeritzten Markierung wurde allmählich eine Vertiefung. Späne lösten sich und fielen zu Boden.

Das Holz der Tür war, vielleicht wegen der hohen Luftfeuchtigkeit, recht weich. Die Arbeit ging gut voran, so daß Nancy schon mit ihrer baldigen Befreiung rechnete.

Sie hatte kaum wieder Hoffnung geschöpft, als der Dorn abbrach.

Sie hob ihn auf und versuchte weiterzumachen, aber ohne die Schnalle war der Dorn kaum als Werkzeug zu gebrauchen. Wenn sie tief ins Holz wollte, entglitt er ihren Händen, und wenn sie nur leicht drückte, wurde die Kerbe nicht tiefer. Nachdem sie ihn fünf- oder sechsmal fallen gelassen, geflucht und in ohnmächtigem Zorn geheult hatte, hämmerte sie schließlich besinnungslos mit den Fäusten gegen die Tür.

Eine Stimme rief: »Wer ist da?«

Sie hielt inne und verstummte. Hatte sie die Stimme wirklich gehört? Sie rief: »Hallo! Hilfe!«

»Nancy, bist du es?«

Ihr Herz machte einen Sprung. Die Stimme mit dem britischen Akzent kannte sie doch. »Mervyn! Gott sei Dank!«

»Ich habe dich überall gesucht. Was, zum Teufel, ist denn mit dir passiert?«

»Jetzt laß mich erst einmal raus, ja?«

Die Tür erbebte. »Sie ist verschlossen.«

»Du mußt um den Schuppen herumgehen.«

»Schon unterwegs.«

Nancy ging an dem Boot vorbei durch den Schuppen und zum Seiteneingang. Sie hörte ihn sagen: »Die Tür ist festgeklemmt – einen Moment noch . . .« Ihr wurde plötzlich bewußt, daß sie nur Strümpfe und Unterwäsche trug. Schnell schlüpfte sie in ihren Mantel, um ihre Blöße zu verbergen. Kurz darauf flog die Tür auf, und sie warf sich Mervyn in die Arme. »Ich dachte schon, ich müßte hier drin sterben!« sagte sie und fing zu ihrer großen Beschämung an zu weinen.

Er drückte sie an sich, streichelte ihr das Haar und murmelte: »Schon gut, schon gut.«

»Peter hat mich eingesperrt«, sagte sie unter Tränen.

»Ich hatte schon vermutet, daß er sich auf krumme Touren verlegt. Dein Bruder ist ein übler Bursche, wenn du mich fragst.«

Nancy war viel zu froh darüber, Mervyn zu sehen, als daß sie auch nur einen Gedanken an Peter verschwenden wollte. Sie sah ihm durch den Tränenschleier hindurch in die Augen und küßte sein Gesicht, Augen, Wangen, Nase und schließlich seine Lippen. Sie war plötzlich entflammt, öffnete den Mund und küßte ihn leidenschaftlich. Er legte die Arme um sie und drückte sie fest an sich. Dann ließ er seine Hände unter dem Mantel über ihren Rücken nach unten gleiten und hielt auf einmal verblüfft inne, als er ihre Unterwäsche fühlte. Er trat einen Schritt zurück und schaute sie an. Ihr Mantel stand offen. »Was ist mit deinem Rock passiert?«

Sie lachte. »Ich habe versucht, die Tür mit dem Dorn meiner Gürtelschnalle zu durchbohren, und mein Rock hält ohne Gürtel nicht. Da hab' ich ihn ausgezogen . . .«

»Was für eine reizende Überraschung«, sagte er heiser und streichelte ihre Pobacken und ihre bloßen Schenkel. Sie spürte, wie sein Penis sich gegen ihren Bauch stemmte, fühlte danach und streichelte ihn.

Die Begierde raubte ihnen die Sinne. Nancy wollte sich mit ihm hier und jetzt vereinigen und wußte, daß er genauso fühlte. Er bedeckte ihre kleinen Brüste mit seinen großen Händen, und sie schnappte nach Luft, öffnete die Knöpfe an seinem Hosenbund und griff hinein. Und die ganze Zeit über dachte sie: Ich hätte sterben können. Der Gedanke, wie knapp sie dem Tod entkommen war, erfüllte sie mit gieriger Wollust. Sie fand seinen Penis, drückte ihn ein wenig und holte ihn heraus. Sie atmeten schwer. Nancy trat einen Schritt zurück und betrachtete das große Glied in ihrer kleinen weißen Hand. Sie konnte nicht länger widerstehen und kniete sich vor ihn hin, um seinen Penis in den Mund zu nehmen.

Er schien sie völlig auszufüllen. Sie spürte Moosgeruch und Salzgeschmack und stöhnte auf. Sie hatte vergessen, wie gerne sie es tat, und hätte ewig so weitermachen können. Doch da zog er ihren Kopf zu sich hoch und murmelte: »Hör auf, bevor ich komme.«

Er beugte sich herunter und streifte ihr langsam den Schlüpfer über die Hüften. Sie fühlte sich gleichzeitig verlegen und begierig. Er küßte ihre Schamhaare und zog den Schlüpfer bis auf die Knöchel hinunter, so daß sie heraustreten konnte.

Er richtete sich wieder auf und umarmte sie, und endlich legte sich seine Hand über ihre Scham, und sie spürte, wie sein Finger kurz darauf mit Leichtigkeit in sie eindrang. Währenddessen küßten sie einander wild und leidenschaftlich, Lippen und Zungen verschmolzen miteinander, und sie hielten nur inne, um Atem zu schöpfen. Nach einer Weile löste sich Nancy von ihm, blickte sich um und fragte: »Wo?«

»Leg die Arme um meinen Hals«, sagte er.

Sie streckte sich und verschränkte die Hände in seinem Nacken. Er griff ihr mit den Händen unter die Oberschenkel und hob sie mühelos vom Boden. Ihr Mantel schwang nach hinten. Er ließ sie behutsam hinunter, während sie ihn einführte und dann ihre Beine um seine Taille legte.

Einen Moment lang waren beide still, und Nancy genoß das Gefühl, das sie so lange entbehrt hatte, dieses beruhigende Gefühl absoluter Nähe, das durch den Mann in ihr und die intime Verbindung zweier Körper verursacht wurde. Sie erinnerte sich mit einem Mal, daß es nichts Schöneres auf der Welt gab, und dachte bei sich, du mußt verrückt gewesen sein, daß du zehn Jahre lang darauf verzichtet hast.

Dann fing sie an, sich zu bewegen, zog sich zu ihm hinauf und drückte sich wieder ab. Sie hörte, wie er tief und kehlig stöhnte, und der Gedanke an die Lust, die sie ihm bereitete, erregte sie nur noch mehr. Bei dem Gedanken, in welch absonderlicher Position sie sich mit einem Mann vereinigte, den sie kaum kannte, kam sie sich schamlos vor. Sie hatte sich zunächst gefragt, ob er ihr Gewicht halten konnte, aber er war groß, und sie war zierlich. Er packte ihre Hinterbacken und bewegte sie, hob und senkte sie. Sie schloß die Augen und genoß seinen hinein- und hinausgleitenden Penis und den Druck seiner Bauchdecke gegen ihre Klitoris. Sie machte sich nicht länger darüber Gedanken, ob und wie lange er sie würde tragen können, sondern konzentrierte sich ganz auf das Gefühl in ihren Lenden.

Nach einer Weile öffnete sie die Augen und schaute ihn an, wollte ihm sagen, daß sie ihn liebte. Irgendwo war ihr gesunder Menschenverstand noch auf der Hut und sagte ihr, daß es dazu zu früh sei, aber sie empfand es trotzdem so. »Du bist mir sehr lieb«, flüsterte sie ihm zu.

An seinen Augen las sie ab, daß er sie verstanden hatte. Er murmelte ihren Namen und beschleunigte seine Bewegungen.

Sie schloß wieder die Augen und dachte nur noch an die Wellen des Entzückens, die dort entsprangen, wo sich ihre Körper trafen. Sie hörte ihre eigene Stimme wie aus der Entfernung, hörte jedesmal, wenn sie auf ihm niederging, die kurzen wollüstigen Schreie. Er atmete schwer, trug aber ihr Gewicht ohne jedes Zeichen von Anstrengung. Sie spürte, wie er sich zurückhielt und auf sie wartete, und der Gedanke an den Druck, der sich bei jedem Heben und Senken ihrer Hüften in ihm aufstaute, ließ bei ihr alle Dämme brechen. Ihr gesamter Körper erbebte vor Lust, und sie schrie laut auf. Sie spürte, wie es in ihm aufwallte und zuckte, und als sie beide vom Höhepunkt geschüttelt wurden, ritt sie ihn wie ein bockendes Pferd. Als ihre Lust allmählich abebbte, hielt Mervyn still, und sie ließ sich an seine Brust sinken.

Er drückte sie fest an sich und sagte: »Teufel auch, ist es mit dir immer so?«

Sie lachte atemlos. Ein Mann, der sie zum Lachen bringen konnte, war so ganz nach ihrem Geschmack.

Schließlich ließ er sie auf den Boden gleiten, wo sie noch einige Minuten an ihn gelehnt stehenblieb. Dann zog sie sich zögernd an.

Sie lächelten einander zu, immer wieder, traten ansonsten aber wortlos in den milden Sonnenschein hinaus und schlenderten langsam über den Strand auf den Landungssteg zu.

Nancy fragte sich allmählich, ob es vielleicht ihr Schicksal war, nach England zu ziehen und Mervyn zu heiraten. Die Schlacht um die Firma hatte sie verloren, denn es gab keine Möglichkeit mehr, rechtzeitig vor der Aufsichtsratssitzung nach Boston zu gelangen. Peter würde Danny Riley und Tante Tilly überstimmen und den Sieg davontragen. Ihre Söhne waren inzwischen selbständig; sie, Nancy, brauchte ihr Leben nicht länger mehr an den Bedürfnissen der beiden auszurichten. Und soeben hatte sie am eigenen Leib erfahren, daß Mervyn als Liebhaber nichts zu wünschen übrigließ. Sie fühlte sich noch immer benommen und ein wenig schwach auf den Beinen nach ihrem Liebesakt. Aber was soll ich in England tun? dachte sie. Ich kann doch nicht Hausfrau werden!

Sie erreichten den Landungssteg und schauten über die Bucht. Nancy fragte sich, wie oft in diesem Nest wohl ein Zug hielt, und wollte schon vorschlagen, Erkundigungen einzuholen, als sie bemerkte, daß Mervyn in die Ferne starrte. »Was ist denn da?« fragte sie.

»Eine Grumman Goose«, gab er nachdenklich zurück.

Er deutete auf etwas. »Das kleine Wasserflugzeug dort ist eine Grumman Goose. Die sind ziemlich neu – es gibt sie erst seit etwa zwei Jahren. Und sie sind sehr schnell, schneller als der Clipper . . .«

Sie betrachtete die Maschine, ein modern aussehender Eindecker mit geschlossener Kabine und zwei Propellern. Plötzlich war ihr klar, woran Mervyn dachte. Mit einem Wasserflugzeug konnte sie rechtzeitig nach Boston gelangen. »Ob wir es wohl chartern können?« fragte sie zögernd und mit angehaltenem Atem.

»Das habe ich mich auch gerade gefragt.«

»Dann komm!« Sie rannte den Landungssteg entlang auf das Flughafengebäude zu, und Mervyn folgte ihr und hielt dank seiner langen Schritte mühelos mit. Ihr Herz pochte wie wild. Vielleicht konnte sie die Firma ja doch noch retten. Aber sie bezwang ihr Hochgefühl. Bestimmt hatte die Sache noch einen Haken.

Sie betraten das Gebäude, und ein junger Mann in Pan-American-Uniform sagte: »He, Sie haben Ihr Flugzeug verpaßt!«

Ohne weitere Vorrede fragte Nancy: »Wissen Sie, wem das kleine Wasserflugzeug gehört?«

»Die Goose? Klar doch. Einem Sägewerkbesitzer namens Alfred Southborne.«

»Und vermietet er sie auch?«

»Ja, so oft wie möglich. Möchten Sie die Maschine chartern?«

Nancys Herz schlug höher. »Aber ja!«

»Einer der Piloten ist hier, um sich den Clipper anzusehen.«

Er trat ein paar Schritte zurück und rief in den angrenzenden Raum hinein: »He, Ned? Hier ist jemand, der die Goose chartern will.«

Ned kam heraus, ein fröhlicher Mann um die dreißig, der ein Hemd mit Epauletten trug. Er nickte höflich und sagte: »Ich würde Ihnen ja gerne helfen, aber mein Copilot ist nicht da, und für die Goose sind zwei Mann Besatzung erforderlich.«

Nancys Hoffnung schwand.

»Ich bin Pilot«, sagte Mervyn.

Ned sah ihn skeptisch an. »Schon mal ein Wasserflugzeug geflogen?«

»Ja – die Supermarine«, antwortete Mervyn.

Nancy hatte noch nie etwas von der Supermarine gehört, aber es mußte sich wohl um eine Sportmaschine handeln, denn Ned schien beeindruckt und fragte: »Fliegen Sie Wettrennen?«

»Als ich jung war, schon. Jetzt fliege ich nur noch zum Vergnügen. Ich habe eine Tiger Moth.«

»Tja, wenn Sie eine Supermarine geflogen sind, dann sollten Sie als Copilot auf der Goose keine Schwierigkeiten haben. Und Mr. Southborne ist bis morgen unterwegs. Wohin wollen Sie denn?«

»Nach Boston.«

»Kostet tausend Dollar.«

»Kein Problem!« sagte Nancy. »Aber wir müssen sofort los.«

Der Mann blickte sie ein wenig erstaunt an. Er hatte wohl angenommen, daß Mervyn das Sagen hatte. »Wir können in ein paar Minuten starten, Madam. Wie zahlen Sie?«

»Ich kann Ihnen einen Scheck geben, oder Sie können es meiner Firma in Boston, Black's Boots, in Rechnung stellen.«

»Sie arbeiten für Black's Boots?«

»Mir gehört Black's Boots.«

»He, ich trage Ihre Schuhe!«

Sie schaute hinab. Er trug Modell Oxford, in Schwarz mit verstärkter Spitze, Größe vierzig zu sechs Dollar fünfundneunzig. »Und wie sind Sie mit ihnen zufrieden?« fragte sie aus alter Gewohnheit.

»Sehr. Das sind gute Schuhe. Wirklich.«

Sie lächelte. »Ja«, sagte sie. »Das sind gute Schuhe.«

Part VI

Bay of Fundy

Während der Clipper über New Brunswick in den Himmel stieg und Kurs auf New York nahm, war Margaret schier außer sich vor Sorge. Wo war Harry?

Die Polizei hatte herausgefunden, daß er unter falschem Namen reiste, soviel hatte sich unter den Passagieren allmählich herumgesprochen. Margaret hatte nicht die geringste Ahnung, *wie* sie es herausgefunden hatten, aber die Frage war jetzt ohnehin rein akademischer Natur. Wichtiger war, was sie mit ihm machen würden, wenn sie ihn schnappten. Wahrscheinlich schickten sie ihn nach England zurück, wo man ihn dann entweder wegen des Diebstahls der elenden Manschettenknöpfe ins Gefängnis stecken oder ihn aber zum Militärdienst verpflichten würde. Wie sollte sie ihn da je wiederfinden?

Soweit sie wußte, war er ihnen noch nicht ins Netz gegangen. Als sie in Shediac von Bord gegangen war, hatte sie ihn zum letztenmal gesehen: Er war auf dem Weg zur Toilette gewesen. War das der erste Schritt zur Flucht? Hatte Harry bereits gewußt, daß ihm das Wasser bis zum Hals stand?

Die Polizei hatte die gesamte Maschine nach ihm durchsucht, ohne ihn indes zu finden. Folglich mußte er irgendwo von Bord gegangen sein. Aber wo war er jetzt? Marschierte er eine schmale Waldstraße entlang und hoffte, als Anhalter mitgenommen zu werden? Oder hatte er sich an Bord eines Fischerboots geschlichen und sich auf dem Seeweg davongemacht? Was immer er auch getan haben mochte, Margaret quälte nur eine Frage:

Werde ich ihn je wiedersehen?

Du darfst den Mut nicht verlieren, redete sie sich immer wieder ein. Harry zu verlieren schmerzte sehr, aber sie hatte immer noch Nancy Lenehan, die ihr helfen würde.

Vater konnte sie nicht mehr aufhalten. Er war ein Versager, er war ins Exil geschickt worden, er hatte seine Macht über sie verloren. Sie befürchtete jedoch nach wie vor, daß er wie ein verwundetes, in die Enge getriebenes Tier um sich schlagen und furchtbares Unheil anrichten könnte.

Sobald die Maschine ihre Flughöhe erreicht hatte, löste Margaret den Sicherheitsgurt und ging nach achtern, um mit Mrs. Lenehan zu sprechen.

Als sie den Speisesaal durchquerte, waren die Stewards gerade dabei, den Raum für das Mittagessen herzurichten. Weiter hinten, im Abteil vier, saßen Seite an Seite Ollis Field und Frank Gordon, mit Handschellen aneinandergekettet. Margaret ging bis ganz nach hinten durch und klopfte an die Tür der Honeymoon Suite. Keine Antwort. Sie klopfte noch einmal und öffnete schließlich. Die Suite war leer.

Ihre Knie drohten unter ihr nachzugeben.

Vielleicht war Nancy ja auf der Toilette. Aber wo war dann Mr. Lovesey? Wäre er zum Flugdeck oder zur Toilette gegangen, so hätte Margaret ihn auf dem Weg durch Abteil zwei gesehen. Sie stand mit gerunzelter Stirn im Türrahmen und blickte sich suchend in der Suite um, als argwöhne sie, die beiden hielten sich irgendwo versteckt. Aber es gab kein Versteck.

Nancys Bruder Peter und sein Begleiter saßen gleich neben der Honeymoon Suite, gegenüber der Damentoilette, und Margaret fragte sie: »Wo ist Mrs. Lenehan?«

Peter antwortete: »Sie hat beschlossen, den Flug in Shediac zu beenden.«

Margaret schnappte nach Luft. »Was?« sagte sie. »Woher wissen Sie das?«

»Weil sie es mir gesagt hat.«

»Aber wieso denn?« fragte Margaret kläglich. »Warum ist sie dort geblieben?«

Er gab sich indigniert und erwiderte kühl: »Das weiß ich auch nicht. Sie hat es mir nicht gesagt, sondern mich lediglich gebeten, den Captain darüber in Kenntnis zu setzen, daß sie auf der letzten Etappe des Fluges nicht mehr dabeisein würde.«

Margaret wußte, daß alle weiteren Fragen einer Unverschämtheit gleichkamen, aber sie mußte einfach noch einmal nachhaken. »Wo ist Nancy denn hin?«

Er griff nach einer Zeitung, die neben ihm auf dem Sitz lag. »Ich habe nicht die geringste Ahnung«, sagte er und begann zu lesen.

Margaret war verzweifelt. Wie kann Nancy so etwas tun? dachte sie. Sie weiß doch, wie sehr ich auf ihre Hilfe zähle. Sie hätte den Flug bestimmt nicht abgebrochen, ohne einen Ton zu sagen oder zumindest eine Nachricht zu hinterlassen.

Sie starrte Peter an. Er kam ihr ziemlich durchtrieben vor und hatte außerdem auf ihre Fragen ein bißchen zu empfindlich reagiert. Sie sah ihn an und meinte geradeheraus: »Ich glaube, daß Sie mir nicht die Wahrheit sagen.« Das war eine Beleidigung, und sie hielt den Atem an, während sie auf seine Erwiderung wartete.

Er schaute zu ihr auf und errötete. »Mir scheint, Sie haben die schlechten Manieren Ihres Vaters geerbt, junge Dame«, sagte er. »Bitte gehen Sie jetzt.«

Die Bemerkung saß. Es gab nichts Schlimmeres für sie als die Feststellung, sie ähnele ihrem Vater. Ohne ein weiteres Wort zu verlieren, wandte sie sich ab und ging. Sie war den Tränen nahe.

Auf dem Gang durch Abteil vier bemerkte sie Diana Lovesey, Mervyns bildschöne Frau. Alle Welt hatte an dem Drama mit der durchgebrannten Frau und dem sie verfolgenden Ehemann Anteil genommen und sich darüber amüsiert, daß Nancy und Mervyn sich die Honeymoon Suite hatten teilen müssen. Margaret fragte sich, ob Diana wohl etwas über den Verbleib ihres Mannes wußte. Solche Fragen waren zwar peinlich, aber Margaret war viel zu verzweifelt, um sich darüber Gedanken zu machen. Sie setzte sich neben Diana und sagte: »Entschuldigen Sie bitte, aber können Sie mir sagen, was mit Mr. Lovesey und Mrs. Lenehan passiert ist?«

»Was mit ihnen passiert ist?« Diana war sichtlich überrascht. »Sind sie nicht in ihrer Suite?«

»Nein – sie sind nicht an Bord.«

»Wirklich?« Die Überraschung verwandelte sich in Bestürzung. »Wieso das denn? Haben sie den Abflug verpaßt?«

»Nancys Bruder sagt, sie hätten sich entschlossen, die Reise nicht fortzusetzen. Aber ich traue ihm nicht.«

Diana wirkte ärgerlich. »Mir haben sie jedenfalls nichts davon gesagt.«

Margaret schaute Dianas Begleiter, den sanftmütigen Mark, fragend an. »Also, mir haben sie sich bestimmt nicht anvertraut«, meinte er.

»Ich hoffe nur, daß ihnen nichts passiert ist.« In Dianas Stimme schwang Besorgnis mit.

»Wie meinst du das, Liebling?« erkundigte sich Mark.

»Ich weiß auch nicht genau. Ich hoffe nur, daß alles in Ordnung ist.«

Margaret nickte zustimmend. »Ich traue Nancys Bruder nicht. Meiner Meinung nach ist er nicht ehrlich.«

Mark sagte: »Da könnten Sie recht haben, aber ich glaube nicht, daß wir etwas unternehmen können, vor allem nicht hier oben in den Wolken, und außerdem . . .«

»Ich weiß, es geht mich nichts mehr an«, unterbrach ihn Diana unwirsch. »Aber schließlich waren wir lange verheiratet. Ja, ich mache mir Sorgen um ihn.«

»Wahrscheinlich hat er in Port Washington eine Nachricht für dich hinterlassen«, sagte Mark beschwichtigend.

»Hoffentlich«, gab Diana zurück.

Steward Davy berührte Margaret am Arm. »Das Mittagessen ist angerichtet, Lady Margaret. Ihre Familie sitzt bereits zu Tisch.«

»Danke.« Margaret war ganz und gar nicht nach Essen zumute. Aber die beiden konnten ihr auch nicht weiterhelfen.

Als Margaret sich erhob, fragte Diana: »Sind Sie mit Mrs. Lenehan befreundet?«

»Sie wollte mir eine Stelle besorgen«, sagte Margaret bitter, drehte sich um und biß sich auf die Unterlippe.

Ihre Eltern und Percy saßen bereits im Speiseraum, wo der erste Gang aufgetragen wurde: Hummercocktail. Der Hummer war ganz frisch und stammte aus Shediac. Margaret setzte sich und sagte automatisch: »Entschuldigt, daß ich mich verspätet habe.« Vater warf ihr nur einen finsteren Blick zu.

Sie stocherte in ihrem Essen herum. Am liebsten hätte sie den Kopf auf den Tisch gelegt und bitterlich geweint. Harry und Nancy hatten sie ohne Vorwarnung im Stich gelassen. Sie stand wieder am Nullpunkt. Ohne Chance, sich ihren Lebensunterhalt zu verdienen, ohne Freunde, die ihr unter die Arme greifen konnten. Es war einfach ungerecht: Sie hatte versucht, es Elizabeth gleichzutun und alles sorgfältig zu planen, und nun war ihr Plan wie ein Kartenhaus in sich zusammengefallen.

Der Hummer wurde abgetragen und durch Nierchensuppe ersetzt. Margaret nippte nur kurz daran und legte den Löffel beiseite. Sie war müde und gereizt, hatte Kopfschmerzen und keinen Hunger. Der luxuriöse Clipper kam ihr immer mehr wie ein Gefängnis vor. Sie waren jetzt beinahe siebenundzwanzig Stunden lang unterwegs, und es reichte ihr. Sie wollte in einem richtigen Bett schlafen, mit weicher Matratze und jeder Menge Kissen, und sich dort eine Woche lang verkriechen.

Bei den anderen machte sich die Anspannung ebenfalls bemerkbar. Mutter sah blaß und müde aus. Vater hatte einen Kater; seine Augen waren gerötet, und sein Atem roch nach Alkohol. Percy war unruhig und zappelig wie jemand, der zuviel starken Kaffee getrunken hat. Er hatte für Vater nur feindselige Blicke übrig. Margaret hatte das Gefühl, ihr Bruder hecke wieder einmal einen ganz besonderen Streich aus.

Als Hauptgericht standen gebratene Seezunge mit Sauce Cardinale und Filetsteak zur Auswahl. Margaret war weder an dem einen noch an dem anderen interessiert, entschied sich aber für den Fisch, der mit Kartoffeln und Rosenkohl serviert wurde. Sie bat Nicky um ein Glas Weißwein.

Sie mußte an die öden Tage denken, die ihr bevorstanden. Ich werde mit Vater und Mutter im Waldorf wohnen, und kein Harry wird sich auf mein Zimmer schleichen. Ich werde allein im Bett liegen und mich nach ihm sehnen. Dann muß ich Mutter auf ihren Einkaufstouren begleiten und Kleider kaufen. Und dann siedeln wir alle nach Connecticut über, wo man mich ungefragt im Reit- und im Tennisclub anmelden wird. Die ersten Party-Einladungen werden ins Haus flattern, Mutter wird schleunigst dafür sorgen, daß ich in die »richtigen« gesellschaftlichen Kreise eingeführt werde, und eh ich mich versehe, kommen auch schon die »richtigen« jungen Männer zum Tee, zu Cocktails oder zu Fahrradausflügen ins Haus geschneit. Was wird aus meinem Kriegseinsatz für England?

Je mehr sie darüber nachdachte, um so niedergeschlagener wurde sie.

Zum Nachtisch gab es Apfelkuchen mit Sahne oder Eis mit Schokoladensoße. Margaret bestellte Eis und ließ nichts davon übrig.

Vater ließ sich einen Brandy zum Kaffee servieren und räusperte sich. Eine Rede kündigte sich an. Will er sich etwa für die schreckliche Szene beim gestrigen Abendessen entschuldigen? dachte Margaret. Wohl kaum.

»Deine Mutter und ich haben uns über dich unterhalten«, hub er an.

»Wie über ein ungehorsames Stubenmädchen, wie?« gab Margaret schnippisch zurück.

»Du bist ein ungehorsames Kind«, sagte Mutter.

»Ich bin neunzehn Jahre alt und bekomme regelmäßig seit sechs Jahren meine Periode – wie kann ich da ein Kind sein?«

»Psst!« sagte Mutter schockiert. »Allein die Tatsache, daß du in Anwesenheit deines Vaters solche Worte in den Mund nimmst, beweist, daß du noch nicht erwachsen bist!«

»Ich geb's auf«, erklärte Margaret, »gegen euch komme ich nicht an.«

Vater sagte: »Dein törichtes Benehmen bestätigt nur, was wir bereits gesagt haben. Es gibt keinen Verlaß darauf, daß du ein normales gesellschaftliches Leben mit den Menschen deiner Klasse führen kannst.«

»Gott sei Dank!«

Percy lachte laut auf, und Vater strafte ihn mit einem bösen Blick, obwohl er weiterhin auf Margaret einredete. »Wir haben darüber nachgedacht, wohin wir dich schicken könnten, über einen Ort, an dem du möglichst wenig Unheil stiften kannst.«

»Ein Kloster vielleicht?«

Freche Bemerkungen war er von ihrer Seite nicht gewöhnt. Er beherrschte sich mühsam. »Durch solches Geschwätz machst du die Sache nicht besser!«

»Besser? Was könnte es Besseres für mich geben? Meine liebenden Eltern bestimmen über meine Zukunft, wobei sie nur mein Bestes im Sinn haben. Was bleibt da noch zu wünschen übrig?«

Sie stellte überrascht fest, daß ihrer Mutter eine Träne über das Gesicht lief. »Du bist sehr grausam, Margaret«, sagte Lady Oxenford und wischte die Träne fort.

Margaret war gerührt. Der Anblick der weinenden Mutter schwächte ihre Widerstandskraft und stimmte sie versöhnlicher. Ruhig fragte sie: »Und was soll ich tun, Mutter?«

Vater beantwortete ihre Frage. »Du wirst zu deiner Tante Clare ziehen. Sie wohnt in Vermont, ziemlich abgelegen in den Bergen. Dort gibt es niemanden, den du in Verlegenheit bringen kannst.«

Mutter fügte hinzu: »Meine Schwester Clare ist eine wunderbare Frau. Sie hat nie geheiratet und ist die Seele der Episkopalkirche in Brattleboro.«

Margaret packte die kalte Wut, aber sie beherrschte sich und fragte: »Wie alt ist Tante Clare?«

»Mitte Fünfzig.«

»Lebt sie allein?«

»Abgesehen von den Dienstboten, ja.«

Margaret zitterte vor Wut. »Das ist also die Strafe dafür, daß ich mein Leben selbst bestimmen will«, sagte sie mit bebender Stimme. »Ihr schickt mich ins Exil zu einer verrückten alten Jungfer in den Bergen. Und wie lange soll ich eurer Meinung nach dort bleiben?«

»Bis du dich beruhigt hast«, sagte Vater. »Ein Jahr vielleicht.«

»Ein Jahr!« Es kam ihr wie lebenslänglich vor. Aber sie konnten sie nicht zwingen dortzubleiben. »Seid doch nicht so dumm. Da werde ich verrückt, bringe mich um oder laufe fort.«

»Ohne unsere Einwilligung wirst du diesen Ort nicht verlassen«, erklärte Vater. »Und wenn doch ...« Er zögerte.

Margaret schaute ihm ins Gesicht. Mein Gott, dachte sie, selbst er schämt sich dessen, was er da sagen will. Was, um Himmels willen, hat er sich denn nun schon wieder einfallen lassen?

Er preßte die Lippen energisch zusammen und sagte: »Wenn du wegläufst, werden wir dich für verrückt erklären und in eine Nervenheilanstalt einweisen lassen.«

Margaret schnappte nach Luft. Sie war sprachlos vor Entsetzen. Daß er zu solcher Grausamkeit fähig war, wäre ihr nie in den Sinn gekommen. Sie sah ihre Mutter an, aber diese wich ihrem Blick aus.

Percy erhob sich und warf seine Serviette auf den Tisch. »Du verdammter alter Idiot, jetzt bist du völlig durchgedreht«, sagte er und ging hinaus.

Wenn Percy vor einer Woche so geredet hätte, wäre es ihm teuer zu stehen gekommen, aber heute achtete man gar nicht auf ihn.

Margaret sah ihren Vater an. Auf seinem Gesicht spiegelten sich Schuld, Trotz und Unbeugsamkeit. Er wußte, daß er Unrecht tat, aber seine Meinung änderte er trotzdem nicht.

Endlich fand sie die Worte, die dem entsprachen, was sie in ihrem Herzen fühlte.

»Ihr habt mich zum Tode verurteilt«, sagte sie.

Mutter fing leise an zu weinen.

Plötzlich veränderte sich das Geräusch der Motoren. Alle hatten es gehört, und sämtliche Unterhaltungen verstummten. Es gab einen Ruck, und die Maschine begann, an Höhe zu verlieren.

Im selben Augenblick, da beide Backbordmotoren gleichzeitig ausfielen, war Eddies Schicksal besiegelt.

Bis dahin hätte er seine Meinung noch ändern können – dann wäre die Maschine weitergeflogen, und kein Mensch hätte jemals von seinen Plänen erfahren. Nun jedoch kam unweigerlich alles heraus, egal was sonst noch passierte. Er würde nie wieder fliegen dürfen, allenfalls als Passagier: Mit seiner Karriere war's aus und vorbei. Mühsam schluckte er die Wut, die in ihm aufzusteigen drohte, hinunter. Er brauchte einen klaren Kopf, um diesen Job zu Ende zu führen. Erst danach konnte er sich Gedanken über die Schurken machen, die sein Leben ruiniert hatten.

Gleich muß die Maschine notwassern, dachte er. Die Geiselnehmer kommen an Bord und schnappen sich Frankie Gordino. Und dann? Alles Weitere steht in den Sternen. Wenn nur Carol-Ann sicher und unbeschadet davonkommt ... Und hoffentlich lauert die Marine den Gangstern auf, wenn sie sich in Richtung Küste davonmachen wollen ... Ob ich wohl für die Rolle, die ich hier zu spielen habe, ins Gefängnis komme? Ich bin ein Gefangener des Schicksals.

Es war ihm gleichgültig, alles war ihm gleichgültig – Hauptsache, er konnte Carol-Ann am Ende lebend und gesund in die Arme schließen.

Kurz nach dem Verstummen der Motoren ertönte Captain Bakers Stimme in seinem Kopfhörer. »Was, zum Teufel, ist da los?«

Eddies Mund war vor lauter Anspannung so trocken, daß er zweimal schlucken mußte, bevor er auch nur ein Wort herausbrachte. »Ich weiß es noch nicht«, erwiderte er, obwohl er es genau wußte. Die Motoren waren ausgefallen, weil sie keinen Treibstoff mehr bekamen: Er selbst hatte die Zufuhr unterbrochen.

Der Clipper verfügte über sechs Treibstofftanks. Die Motoren wurden von zwei kleinen Zuleitungstanks versorgt, die in den Flügeln untergebracht waren. Der Großteil des Treibstoffs befand sich in den vier großen Reservetanks in den Hydrostabilisatoren, jenen stummelartigen Seeflügeln, über die die Passagiere das Flugzeug bestiegen und verließen.

Aus den Reservetanks konnte Treibstoff abgelassen werden, aber die Kontrolle darüber unterlag nicht Eddie, sondern dem Copiloten. Eddie konnte jedoch Treibstoff aus den Reservetanks in die Flügel und wieder zurück pumpen. Solche Vorgänge wurden mittels zweier großer Handräder geschaltet, die sich rechts neben der Instrumentenanzeige des Ingenieurs befanden. Die Maschine befand sich nun über der Bay of Fundy, ungefähr fünf Meilen vom geplanten Treffpunkt entfernt, und in den vergangenen Minuten hatte er beide Flügeltanks geleert. Der Treibstoff im Steuerbordtank reichte noch für ein paar

Meilen, der Backbordtank war leer, und die Motoren dort waren folglich außer Betrieb.

Es wäre natürlich ein leichtes gewesen, mehr Treibstoff aus den Reservetanks hinaufzupumpen. Aber Eddie war, als das Flugzeug in Shediac lag, heimlich an Bord gegangen, hatte sich an den Handrädern zu schaffen gemacht und die Anzeigen so verändert, daß sie auf »Pumpen« abgestellt waren und auf »Aus« pumpten. Die Instrumente zeigten jetzt also an, daß er versuchte, die Flügeltanks zu füllen, während in Wirklichkeit überhaupt nichts geschah.

Er hatte die Pumpen mit den falschen Anzeigen natürlich schon zu Beginn des Fluges betätigt. Ein anderer Ingenieur hätte es bemerken und sich fragen können, was zum Teufel da vor sich ging. Eddie hatte denn auch unablässig gefürchtet, Mickey Finn, der dienstfreie Zweite Ingenieur, könne nach oben kommen. Doch Mickey setzte, wie nicht anders zu erwarten war, keinen Fuß vor die Tür des Abteils Nummer eins: Auf dieser Etappe des langen Fluges schlief die dienstfreie Besatzung.

In Shediac hatte es zweimal sehr brenzlig ausgesehen. Zunächst hatte die Polizei verkündet, sie hätte den Namen von Frankie Gordinos Komplizen an Bord der Maschine in Erfahrung gebracht. Eddie – in der Annahme, es handle sich dabei um Luther – hatte eine ganze Weile lang befürchtet, die Sache sei aufgeflogen, und sich den Kopf darüber zerbrochen, wie er Carol-Ann nun noch retten könnte. Als der Name »Harry Vandenpost« fiel, wäre er vor Freude fast in die Luft gesprungen. Er hatte nicht die geringste Ahnung, warum Vandenpost, den er für einen netten jungen Amerikaner aus reicher Familie hielt, mit falschen Papieren reiste, aber er war dem Mann dankbar dafür, daß er die Aufmerksamkeit von Luther ablenkte. Die Polizei sah sich nicht weiter um, Luther blieb unbemerkt, und der Plan konnte in die Tat umgesetzt werden.

Doch nun griff Captain Baker ein, dem es allmählich reichte. Eddie hatte sich kaum vom ersten Schrecken erholt, als Baker die Bombe platzen ließ: Die Tatsache, meinte er, daß wirklich ein Komplize an Bord gewesen war, ließe darauf schließen, daß jemand ernstlich die Befreiung Gordinos betrieb. Daher müsse Gordino von Bord geschafft werden. Eddie wagte nicht, sich die katastrophalen Folgen auszumalen.

Es war zu einer heftigen Auseinandersetzung zwischen Baker und Ollis Field gekommen, in deren Verlauf der FBI-Mann damit drohte, den Captain wegen Behinderung der Justiz belangen zu lassen. Schließlich hatte Baker mit Pan American in New York telefoniert und der Zentrale das Problem aufgebürdet. Die Fluglinie hatte zu Eddies großer Erleichterung entschieden, Gordino weiterfliegen zu lassen.

Immerhin hatte Eddie in Shediac auch eine gute Nachricht erhalten: eine verschlüsselte, aber dennoch eindeutige Botschaft von Steve Appleby, die ihm bestätigte, daß ein Küstenwachboot der amerikanischen Marine in der Nähe des Landungsplatzes patrouillieren werde. Es sollte bis zur Wasserung außer Sichtweite bleiben und dann jedes Boot, das mit der notgelandeten Maschine Kontakt aufnahm, abfangen.

Das machte Eddie die Sache erheblich leichter. Nun, da er wußte, daß die Gangster hinterher geschnappt wurden, konnte er den Plan reinen Gewissens in die Tat umsetzen.

Die Sache war schon fast gelaufen. Das Flugzeug näherte sich dem Treffpunkt und flog nur mit zwei Motoren.

Captain Baker war in Windeseile an Eddies Seite. Der verlor zunächst kein Wort, sondern stellte die Treibstoffzufuhr mit zittriger Hand um, so daß der Flügeltank auf Steuerbord nun sämtliche Motoren speiste. Dann ließ er die Backbordmotoren wieder an und sagte: »Die Flügeltanks auf Backbord sind leer, und ich kann sie nicht nachfüllen.«

»Und wieso nicht?« herrschte der Captain ihn an.

Eddie deutete auf die Handräder und sagte, wobei er sich wie ein Verräter vorkam: »Ich habe die Pumpen angestellt, aber es tut sich nichts.«

Die Instrumente zeigten weder Treibstofffluß noch -druck zwischen den Reservetanks und den Zufuhrtanks an. Außerdem gab es an der Rückwand der Steuerkabine vier Glasvisiere, durch die man den Treibstoff in den Leitungen überprüfen konnte. Captain Baker betrachtete sie der Reihe nach. »Nichts!« sagte er. »Wieviel ist im Flügeltank auf Steuerbord?«

»Der ist beinahe trocken – es reicht noch für ein paar Meilen.«

»Und wieso haben Sie das jetzt erst bemerkt?« fragte Baker verärgert.

»Ich dachte, wir würden pumpen«, gab Eddie schwach zurück.

Das war eine unzulängliche Antwort, die den Captain wütend machte. »Wie konnten denn beide Pumpen zur gleichen Zeit ausfallen?«

»Ich weiß auch nicht – aber Gott sei Dank haben wir ja noch eine Handpumpe.« Eddie griff nach dem Hebel neben seinem Tisch und setzte die Handpumpe in Bewegung, die gewöhnlich nur dann zum Einsatz kam, wenn der Ingenieur während des Fluges Kondenswasser aus den Treibstofftanks abließ. Das hatte er gleich nach dem Start in Shediac besorgt und dabei absichtlich übersehen, das F-Ventil nachzustellen, welches das Entweichen des Wassers ermöglichte. Anstatt die Flügeltanks zu füllen, kippten seine kraftvollen Pumpbewegungen nun also noch mehr Treibstoff über Bord.

Der Captain hatte davon natürlich keine Ahnung, und es war kaum damit zu rechnen, daß ihm die Einstellung des F-Ventils auffiel, zumal er sich durch die Visiere selbst davon überzeugen konnte, daß kein Treibstoff durchlief.

»Es funktioniert nicht!« rief er. »Es ist mir ein Rätsel, wie alle drei Pumpen zur gleichen Zeit ausfallen können!«

Eddie blickte auf seine Anzeigen. »Der Flügeltank auf steuerbord ist fast trocken«, sagte er. »Wenn wir nicht bald wassern, fallen wir vom Himmel.«

»Alle Mann zur Notwasserung vorbereiten!« befahl Baker. Dann deutete er mit dem Finger auf Eddie. »Mir behagt Ihre Rolle in dieser Sache nicht, Deakin«, sagte er eisig. »Ich traue Ihnen nicht.«

Eddie war furchtbar elend zumute. Zwar hatte er allen Grund dafür, seinen Captain zu belügen – und doch empfand er darüber tiefe Selbstverachtung. Sein Leben lang war er anderen Menschen gegenüber stets aufrichtig gewesen, hatte jedwede List und Tücke verurteilt – und nun handelte er selbst auf eine Weise, die ihm zutiefst zuwider war. Später werden Sie das alles verstehen, Captain, dachte er. Liebend gerne hätte er Baker sofort aufgeklärt.

Baker wandte sich an den Navigator und beugte sich über dessen Karte. Jack Ashford bedachte Eddie mit einem zweifelnden Blick und tippte mit dem Finger auf die Karte. »Wir sind hier«, erklärte er dem Captain.

Der gesamte Plan stand und fiel mit der Notwasserung des Clippers im Meeresarm zwischen der Küste und der Insel Grand Manan. Darauf setzten die Gangster ebenso wie Eddie. Doch in Notfällen wurden mitunter die merkwürdigsten Entscheidungen getroffen, so daß Eddie vorsichtshalber beschloß, sich einzumischen und die Vorteile jenes Meeresarms herauszustreichen, falls Baker sich gegen jede Vernunft für einen anderen Landeplatz entscheiden sollte. Das würde zwar Bakers Mißtrauen weiter verstärken, aber die Tatsachen sprachen für sich. Wenn der Captain dann doch anderswo landete, dann war *er* es, der sich seltsam verhielt.

Die Einmischung blieb Eddie jedoch erspart, denn Baker sagte kurz darauf: »Hier. In diesem Kanal. Da gehen wir ’runter.«

Eddie wandte sich ab, um seine Erleichterung zu verbergen: Ein weiterer Schritt zu Carol-Anns Rettung war getan!

Während die Vorbereitungen für die Notwasserung getroffen wurden, sah Eddie aus dem Fenster und versuchte, den Seegang abzuschätzen. Ein kleines weißes Boot, wie es Sportfischer benutzten, tänzelte in der Dünung auf und ab. Die Wasseroberfläche war bewegt, es stand ihnen also eine unsanfte Landung bevor.

Da vernahm Eddie eine Stimme, die beinahe seinen Herzschlag aussetzen ließ. »Was ist denn passiert?« Mickey Finn, der Zweite Ingenieur, war die Treppe heraufgekommen, um nach dem Rechten zu sehen.

Eddie starrte ihn entgeistert an: Mickey würde keine Minute brauchen, bis er darauf kam, daß das F-Ventil an der Handpumpe gar nicht nachgestellt worden war! Er mußte Mickey loswerden, und zwar schnellstens.

Aber Captain Baker kam ihm zuvor. »Machen Sie, daß Sie hier rauskommen, Mickey!« raunzte er. »Die dienstfreie Besatzung hat während einer Notwasserung angeschnallt zu bleiben, statt im Flugzeug herumzuspazieren und dämliche Fragen zu stellen!«

Mickey verschwand wie ein geölter Blitz, und Eddie atmete auf.

Die Maschine verlor jetzt rasch an Höhe: Baker wollte sie so nah wie möglich zur Wasseroberfläche bringen, falls der Treibstoff früher als erwartet ausging.

Er drehte nach Westen ab, damit er die Insel nicht überfliegen mußte: Versiegte der Treibstoff über Land, so kam das einem Todesurteil gleich. Minuten später befanden sie sich auch schon über dem Kanal.

Die Dünung war stark, schätzungsweise einen Meter zwanzig hoch. Die kritische Höhe lag bei etwa neunzig Zentimetern; jeder weitere Zentimeter bedeutete Gefahr für den Clipper. Eddie biß die Zähne zusammen. Baker war ein guter Pilot, aber es würde brenzlig werden.

Die Maschine ging schnell hinunter, und Eddie spürte, wie der Rumpf den Kamm einer hohen Welle berührte. Sie flogen noch ein, zwei Momente weiter, dann prallten sie wieder auf. Diesmal ging ein viel stärkerer Ruck durch die Maschine, und Eddie krampfte sich der Magen zusammen, als das riesige Flugzeug in die Luft geschleudert wurde.

Er schwebte in Todesängsten: So und nicht anders stürzten Wasserflugzeuge ab.

Obwohl die Maschine wieder in der Luft schwebte, hatte der Aufprall die Fluggeschwindigkeit doch erheblich reduziert, und sie hatten kaum mehr Auftrieb. Nun würden sie, statt im flachen Winkel ins Wasser zu gleiten, hart aufsetzen. Das war der kleine Unterschied zwischen einer sanften Landung bei hoher Geschwindigkeit und einem schmerzhaften Bauchklatscher – nur daß die Maschine aus dünnem Aluminium gebaut war, das wie eine Papiertüte platzen konnte.

Wie erstarrt wartete er auf den Aufprall. Ein furchtbarer Ruck, und die Maschine schlug so hart auf, daß es ihm den Rücken stauchte. Wasser klatschte gegen die Fenster, und Eddie wurde so heftig nach links geschleudert, daß er sich nur mit Mühe auf dem Sitz halten konnte. Der Funker, der in Flugrichtung saß, prallte mit dem Kopf gegen das Mikrophon. Eddie glaubte schon, die Maschine würde auseinanderbrechen. Geriet einer der Flügel unter Wasser, so war ihr Ende besiegelt.

Eine Sekunde verstrich, dann eine zweite. Die Schreie der verängstigten Passagiere unten drangen bis aufs Flugdeck. Die Maschine rappelte sich wieder auf, hob sich ein wenig aus dem Wasser und bewegte sich nun, bedingt durch den Widerstand, langsamer vorwärts; dann sank sie erneut, und Eddie wurde zur Seite geworfen.

Aber der Captain hielt sein Flugzeug in der Waagrechten, und Eddies Hoffnung, sie könnten es schaffen, wuchs. Durch die nun wieder klaren Fensterscheiben erhaschte er einen Blick auf die See. Noch dröhnten die Motoren – sie waren also nicht unter Wasser gezogen worden.

Die Maschine wurde noch langsamer, und Eddie fühlte sich von Sekunde zu Sekunde sicherer, bis der Clipper schließlich ruhig auf dem Wasser lag und sich im Einklang mit den Wellen hob und senkte. Über Kopfhörer hörte Eddie den Captain sagen: »Herrgott, das war vielleicht 'ne harte Nuß!«, und die Besatzung lachte erleichtert auf.

Eddie erhob sich, spähte durch alle Fenster und hielt nach einem Boot Ausschau. Die Sonne schien, aber es sah nach Regen aus. Die Sicht war ausreichend, dennoch konnte er nirgendwo ein Boot entdecken. Vielleicht näherte es sich dem Clipper von hinten, aus einem Winkel außerhalb seines Blickfelds.

Er kehrte an seinen Platz zurück und schaltete die Motoren aus. Der Funker sandte einen SOS-Ruf in den Äther, und der Captain meinte: »Ich gehe besser zu den Passagieren und beruhige sie.« Er verschwand die Treppe hinunter. Der Funker empfing eine Antwort, und Eddie konnte nur hoffen, sie käme von den Leuten, die Gordino holen wollten.

Er konnte es kaum abwarten und ging nach vorne, wo er die Luke im Cockpit öffnete und über die Leiter in den Bug hinabkletterte. Die vordere Luke klappte nach unten auf, so daß eine Plattform entstand, auf die Eddie hinaustrat. Er mußte sich am Türrahmen festhalten, um in der Dünung nicht das Gleichgewicht zu verlieren. Die Wellen schlugen über den Seeflügeln zusammen und waren bisweilen so hoch, daß sie seine Füße auf der Plattform umspülten. Die Sonne verschwand immer wieder hinter den Wolken, und es wehte eine steife Brise. Eddie unterzog Rumpf und Flügel einer sorgfältigen Überprüfung, konnte aber keinen Schaden feststellen. Die mächtige Maschine hatte offenbar die rauhe Landung überstanden, ohne Schaden zu nehmen.

Er warf den Anker aus und hielt angestrengt nach einem Boot Ausschau. Wo blieben Luthers Kumpane? Wenn nun etwas schiefgegangen war und sie gar nicht kämen? Doch dann tauchte endlich ein Motorboot in der Ferne auf, und Eddies Herz schlug höher. War es das richtige? Und war Carol-Ann an Bord? Plötzlich kamen ihm Bedenken: Womöglich war das ein ganz anderes Boot, dessen Besatzung aus blanker Neugier auf den notgelandeten Clipper zusteuerte. Dann gerieten alle Pläne in Gefahr.

Das Boot ritt auf den Wellen auf und nieder und näherte sich schnell. Eddie hätte eigentlich, nachdem er den Anker geworfen und nach Beschädigungen Ausschau gehalten hatte, sofort an seinen Arbeitsplatz auf dem Flugdeck zurückkehren sollen, doch er blieb wie festgenagelt stehen und starrte wie hypnotisiert auf das näher kommende Gefährt, ein großes Schnellboot mit geschlossenem Steuerhaus. Ihm war klar, daß es mit hoher Geschwindigkeit auf sie zuraste, vielleicht mit fünfundzwanzig bis dreißig Knoten, und trotzdem kam es ihm vor, als kröche es im Schneckentempo heran. An Deck ließ sich eine kleine Gruppe von vier Personen erkennen, von denen eine erheblich kleiner als die anderen war. Es dauerte nicht lange, und er machte drei Männer in dunklen Anzügen und eine Frau im blauen Mantel aus. Carol-Ann besaß einen blauen Mantel.

War sie es wirklich? Sicher konnte er sich dessen nicht sein. Die Warterei war kaum noch zu ertragen. Die Frau hatte helles Haar und eine zierliche Figur, genau wie Carol-Ann. Sie hielt sich abseits von den anderen, lehnte aber ebenfalls an der Reling und blickte unverwandt auf den Clipper. Plötzlich brach die Sonne aus den Wolken hervor, und die Frau hob schützend die Hand vor die Augen. Irgend etwas an dieser Geste traf Eddie mitten ins Herz. Jetzt wußte er Bescheid: Das war seine Frau.

»Carol-Ann!« sagte er laut.

Eine Welle der Erregung packte ihn und ließ ihn einen Augenblick lang vergessen, daß die Gefahr noch längst nicht ausgestanden war. Die Wiedersehensfreude übermannte ihn, er hob die Arme und winkte ihr glückstrahlend zu. »Carol-Ann!« brüllte er. »Carol-Ann!«

Natürlich konnte sie ihn nicht hören, sondern nur sehen. Sie zuckte überrascht zusammen, zögerte einen Moment lang, als sei sie nicht sicher, wen sie vor sich hatte, doch schließlich winkte sie zurück, zunächst ein wenig scheu, dann aber immer entschiedener.

Wenn sie so winken kann, dann ist ihr nichts zugestoßen, dachte Eddie, und vor lauter Erleichterung und Dankbarkeit wurde ihm plötzlich ganz flau.

Dann fiel ihm ein, daß noch längst nicht alles vorbei war und weitere Aufgaben auf ihn warteten. Er winkte ein letztes Mal, bevor er widerstrebend in die Maschine zurückging.

Gleichzeitig mit Captain Baker, der vom Passagierdeck zurückkam, betrat er das Cockpit. »Irgendwelche Schäden?« fragte Baker.

»Soweit ich sehen kann, keine.«

Der Captain wandte sich sogleich an den Funker, der berichtete: »Unser SOS ist von mehreren Schiffen beantwortet worden, aber das nächstgelegene ist ein Schnellboot, das sich von backbord nähert. Sie müßten es von hier aus sehen können.«

Der Captain warf einen Blick aus dem Fenster und sah das Boot. Er schüttelte den Kopf. »Das hilft uns nichts. Wir müssen abgeschleppt werden. Versuchen Sie, die Küstenwache zu alarmieren.«

»Die Leute auf dem Schnellboot wollen an Bord kommen«, erwiderte der Funker.

»Kommt nicht in Frage«, erklärte Baker kategorisch. Eddie war bestürzt: Sie mußten unbedingt an Bord kommen! »Das ist zu gefährlich«, fuhr der Captain fort. »Wir können kein Boot gebrauchen, das an der Maschine vertäut ist, es könnte den Rumpf beschädigen. Und wenn wir versuchen, bei diesem Wellengang

Passagiere auszubooten, fällt garantiert jemand in die verdammte Pfütze. Sagen Sie ihnen, wir bedanken uns für das Angebot, aber sie können uns nicht helfen.«

Damit hatte Eddie nicht gerechnet. Er verbarg seine plötzlich aufkommende Besorgnis hinter einer unbeteiligten Miene. Zum Teufel mit dem Schaden an der Maschine! dachte er. Luthers Bande muß an Bord! Und ohne Hilfe aus dem Clipper wird es sehr schwer für sie.

Erst jetzt ging ihm auf, daß es selbst mit Hilfe ein wahrer Alptraum sein mußte, durch die üblichen Türen an Bord der Maschine zu klettern. Die Wellen schwappten bis zur halben Höhe der Türen über die Seeflügel, so daß sich niemand unvertäut darauf halten konnte. Und wenn die Tür geöffnet würde, drang das Wasser bis in den Speiseraum. Da der Clipper gewöhnlich nur bei leichtestem Wellengang landete, hatte Eddie an dieses Problem bisher noch nicht gedacht.

Wie sollte die Bande also an Bord kommen?

Sie mußte durch die vordere Luke im Bug steigen.

Der Funker sagte: »Ich habe ihnen mitgeteilt, daß sie nicht an Bord kommen können, aber sie scheinen sich keinen Deut darum zu scheren.«

Eddie schaute hinaus. Das Boot umkreiste das Flugzeug.

»Dann ignorieren wir sie einfach«, erklärte der Captain.

Eddie stand auf und ging nach vorn. Kaum hatte er einen Fuß auf die Leiter gesetzt, die in den Bug hinunterführte, da rief ihm der Captain nach: »Wo wollen Sie hin?«

»Muß den Anker im Auge behalten«, erwiderte Eddie vage und ging einfach hinaus, ohne eine Antwort abzuwarten.

»Der Kerl ist erledigt«, hörte er Baker sagen.

Das ist mir schon lange klar, dachte Eddie schweren Herzens.

Er trat auf die Plattform hinaus. Das Boot war noch etwa zehn bis zwölf Meter von der Nase des Clippers entfernt, und er sah Carol-Ann an der Reling stehen. Sie trug ein altes Kleid und flache Schuhe, als wäre sie gerade bei der Hausarbeit gewesen und hätte ihren besten Mantel übergeworfen, als die Kidnapper sie holten. Er konnte jetzt ihr Gesicht erkennen und sah, wie blaß und erschöpft sie wirkte. Das zahle ich euch heim! dachte Eddie, und wieder spürte er eine namenlose Wut.

Er stellte die zusammenklappbare Ankerwinde auf und winkte den Leuten auf dem Motorboot zu, deutete auf das Gerät und tat, als wolle er ihnen ein Tau zuwerfen. Er mußte es mehrmals wiederholen, bevor bei den Männern an Deck der Groschen fiel. Erfahrene Seeleute waren das sicherlich nicht. In ihren doppelreihigen Anzügen und mit den Filzhüten auf dem Kopf, die sie im böigen Wind krampfhaft festhielten, wirkten sie ziemlich fehl am Platze. Der Kerl im Steuerhaus war wahrscheinlich ihr Steuermann, aber der hatte alle Hände voll mit seinen Instrumenten zu tun sowie mit dem Versuch, das Boot stetig auf gleicher Höhe mit dem Flugzeug zu halten. Endlich gab einer der Männer ein Zeichen, daß er verstanden hatte, und griff nach einem Tau.

Er war jedoch nicht besonders gut im Werfen und brauchte vier Anläufe, bis Eddie das Tau endlich erwischen konnte.

Er befestigte es an der Ankerwinde, und die Männer zogen ihr Boot näher an den Clipper heran. Da das Boot um vieles leichter als das Flugzeug war, hob und senkte es sich auch höher und tiefer mit den Wellen: Es an der Maschine zu vertäuen, würde nicht nur schwierig, sondern auch gefährlich werden.

Plötzlich hörte Eddie Mickey Finns Stimme hinter sich: »Eddie, was, zum Teufel, machen Sie da?«

Er drehte sich um. Mickey stand im Bug und blickte ihn mit seinem offenen, sommersprossigen Gesicht besorgt an. Eddie brüllte zurück: »Halten Sie sich da raus, Mickey! Ich warne Sie! Wenn Sie sich einmischen, gibt es Mord und Totschlag!«

Mickey schien es mit der Angst zu tun zu bekommen. »Schon gut, schon gut, wie Sie meinen.« Er zog sich auf das Flugdeck zurück, und seinem Gesicht war deutlich anzusehen, daß er Eddie für verrückt hielt.

Eddie wandte sich wieder dem Boot zu, das inzwischen ziemlich nahe herangekommen war, und unterzog die drei Männer einer kritischen Musterung. Einer war noch sehr jung, keine achtzehn Jahre alt. Der andere war älter, klein und dünn, und aus seinem Mundwinkel hing eine Zigarette. Der dritte trug einen schwarzen Nadelstreifenanzug und erweckte den Eindruck, als sei er derjenige, der das Sagen hatte.

Eddie entschied, daß sie zwei Taue brauchten, um das Boot ruhig zu halten. Er legte die Hände wie ein Megaphon vor den Mund und rief: »Noch ein Tau!«

Der Mann im Nadelstreifenanzug griff nach einem Tau im Bug gleich neben dem ersten. Doch das war unklug: Sie brauchten je ein Tau an beiden Enden des Bootes, so daß ein Dreieck entstand. »Nein, nicht das«, rief Eddie. »Ein Tau von achtern!«

Der Mann hatte verstanden.

Diesmal fing Eddie das Tau gleich beim ersten Wurf, zog es in die Maschine und befestigte es an einer der Streben.

Nun, da zwei Männer die Taue einholten, kam das Boot rasch näher. Plötzlich wurde der Motor abgewürgt, ein Mann im Monteuranzug trat aus dem Steuerhaus und übernahm die Arbeit an den Tauen. Es war offensichtlich ein Seemann.

Hinter Eddie drang erneut eine Stimme aus dem Bug an sein Ohr. Diesmal war es Captain Baker. »Deakin, das ist Befehlsverweigerung!« sagte er.

Eddie schenkte ihm keine Beachtung und betete darum, daß er nur noch wenige Sekunden aus dem Weg bliebe. Das Boot war nun so nahe, wie es gefahrlos kommen konnte. Der Skipper wand die Taue straff um die Deckpfosten, achtete aber darauf, daß dem Boot bei dem hohen Wellengang noch ausreichend Spielraum blieb. Wenn die Männer an Bord des Clippers gelangen wollten, mußten sie bei dem ständigen Auf und Ab der Wellen einen Moment abpassen, in dem sich das Deck mit der Plattform auf gleicher Höhe befand, und dann hinüberspringen. Das Tau, das vom Heck des Schnellboots in den Bug des Clippers führte, konnte ihnen dabei helfen, das Gleichgewicht zu wahren.

Baker brüllte: »Deakin! Kommen Sie sofort wieder herein!«

Der Skipper öffnete eine Pforte an der Reling, und der Gangster im Nadelstreifenanzug machte sich zum Sprung bereit. Da spürte Eddie, wie Captain Baker von hinten an seiner Jacke zerrte. Der Gangster sah es und griff in sein Jackett.

Eddies größte Befürchtung war, einer seiner Kollegen könne versuchen, den Helden zu spielen und dabei eine Kugel in den Kopf bekommen. Er wünschte sich nichts sehnlicher, als ihnen von dem Patrouillenboot der Marine erzählen zu können, das Steve Appleby auf den Weg geschickt hatte – doch die Gefahr, daß sich einer von ihnen unabsichtlich verplapperte und die Banditen damit warnte, war zu groß. Es blieb ihm also nichts anderes übrig, als zu versuchen, stets Herr der Lage zu bleiben.

Er drehte sich zu Baker um und brüllte: »Aus dem Weg, Captain! Diese Schweine sind bewaffnet!«

Bakers Miene verriet Entsetzen. Er starrte den Gangster an, duckte sich und war verschwunden. Eddie, der sich wieder dem Boot zuwandte, sah eben noch, wie der Mann im Nadelstreifenanzug seine Pistole wieder in der Jackentasche verstaute. O Gott, dachte er besorgt, hoffentlich kann ich verhindern, daß diese Kerle jemanden umbringen. Wenn es Tote gibt, dann ist es meine Schuld.

Das Boot schaukelte auf dem Kamm einer Welle, so daß das Deck ein wenig höher als die Plattform lag. Der Gangster griff nach dem Tau, zögerte ein wenig und sprang. Eddie fing ihn auf und stützte ihn.

»Sind Sie Eddie?« fragte der Mann.

Eddie erkannte die Stimme wieder; er hatte sie bereits am Telefon gehört. Auch der Name des Mannes fiel ihm wieder ein: Vincini. Er bereute jetzt, daß er ihn beleidigt hatte, denn er brauchte seine Kooperationsbereitschaft. »Ich will Ihnen helfen, Vincini«, sagte er. »Wenn Sie wollen, daß alles reibungslos über die Bühne geht, lassen Sie sich von mir helfen.«

Vincini sah ihn kalt abschätzend an. »In Ordnung«, sagte er schließlich. »Aber eine falsche Bewegung, und Sie sind ein toter Mann.« Er klang kurz angebunden und geschäftsmäßig, nichts deutete darauf hin, daß er persönlichen Groll gegen Eddie hegte: Er hatte jetzt zweifellos zu viel anderes im Kopf, um an vergangene Auseinandersetzungen zu denken.

»Kommen Sie rein und warten Sie hier, bis ich die anderen herübergeholt habe.«

»Okay.« Vincini drehte sich um. »Joe – du springst als nächster. Dann Kid. Die Frau zum Schluß.« Er kletterte in den Bug hinunter.

Eddie, der ihm mit dem Blick folgte, sah Captain Baker die Leiter zum Flugdeck hinaufklettern. Da zog Vincini seine Waffe und befahl: »Stehengeblieben, Sie da!«

»Tun Sie um Himmels willen, was er sagt, Captain, mit diesen Kerlen ist nicht zu spaßen!« rief Eddie.

Baker sprang von der Leiter und hob die Hände.

Eddie wandte seine Aufmerksamkeit wieder dem Boot zu. Der schmächtige Mann namens Joe stand an der Reling und sah aus wie der leibhaftige Tod. »Ich kann nicht schwimmen!« krächzte er.

»Das brauchen Sie auch nicht«, sagte Eddie und streckte ihm seine Hand entgegen.

Joe sprang, erwischte Eddies Hand und stolperte beinahe Hals über Kopf in den Bug.

Nun war der Junge an der Reihe. Da er mitbekommen hatte, wie sicher die beiden anderen gelandet waren, überkam ihn der Leichtsinn. »Ich kann auch nicht schwimmen«, bekannte er grinsend, sprang zu früh ab, landete eben noch auf der Plattformkante, verlor das Gleichgewicht und drohte, hintüber zu kippen. Eddie beugte sich vor, hielt sich mit der Linken am Tau fest, packte den Jungen am Hosenbund und zog ihn auf die Plattform hinauf.

»Danke, Mann!« sagte der Junge und tat, als hätte ihm Eddie nur eben mal unter die Arme gegriffen und nicht das Leben gerettet.

Nunmehr stand Carol-Ann allein an Deck des Bootes. Mit angstvollen Blicken starrte sie auf die Plattform. Gewöhnlich gehörte sie ganz und gar nicht zu den Überängstlichen, doch jetzt hätte Eddie schwören mögen, daß ihr das Beinahe-Malheur von Kid an die Nieren gegangen war. Eddie lächelte ihr aufmunternd zu und sagte: »Mach's wie die anderen, Liebling. Das schaffst du leicht.«

Sie nickte und griff nach dem Tau.

Eddie wartete, und das Herz schlug ihm bis zum Halse. Der Wellengang brachte das Boot auf die gleiche Höhe mit der Plattform, doch Carol-Ann zögerte zu lange, verpaßte ihre Chance und wurde noch ängstlicher. »Nimm dir Zeit!« rief Eddie mit gedämpfter Stimme, damit sie ihm seine eigene Angst nicht anmerkte. »Warte, bis du soweit bist.«

Das Boot glitt hinab und hob sich wieder. Carol-Anns Gesicht nahm einen entschlossenen Zug an, die Lippen zusammengepreßt, die Stirn gerunzelt. Das Boot trieb beinahe einen halben Meter von der Plattform ab, so daß der Abstand gefährlich groß wurde. Eddie rief: »Vielleicht nicht gerade jetzt . . .«, aber da war es schon zu spät. Ihr fester Entschluß, Mut zu beweisen, hatte sie bereits zum Absprung getrieben.

Die Plattform erreichte sie nicht.

Statt dessen hing sie hilflos am Tau, schrie vor Entsetzen auf und suchte mit den Beinen Halt in der Luft. Eddie mußte tatenlos zusehen, wie das Boot ins Wellental hinabglitt und Carol-Ann immer weiter von der Plattform fortriß. »Halt dich fest!« brüllte er, und seine Stimme überschlug sich. »Du kommst wieder hoch!« Für den Fall, daß ihr das Tau entglitt, war er jederzeit bereit, ihr nachzuspringen.

Aber sie hielt sich mit aller Kraft fest, während die Dünung sie mit sich in die Tiefe zog und wieder hinauftrug. Auf Höhe der Plattform streckte sie ein Bein aus, ohne jedoch die Kante zu erreichen. Eddie ließ sich auf die Knie nieder und griff nach ihr, wobei er beinahe das Gleichgewicht verloren hätte und selbst ins Wasser gefallen wäre. Ihr Bein bekam er nicht zu fassen, und die nächste Welle riß sie wieder hinab. Voller Verzweiflung stieß sie einen Schrei aus.

»Nimm Schwung!« schrie Eddie. »Schwing dich hin und her, während du heraufgetragen wirst!«

Sie hatte ihn gehört, und er sah, wie sie die Zähne zusammenbiß. Die Arme mußten ihr weh tun, doch mit aller Kraft schwang sie sich hin und her, als sich das Boot wieder hob. Eddie kniete nieder und beugte sich vor. Sie kam auf gleiche Höhe mit ihm und holte aus, so weit sie konnte. Eddie griff nach ihr und erwischte Carol-Ann am Knöchel. Sie trug keine Strümpfe. Er zog sie näher zu sich heran und bekam ihren zweiten Knöchel zu fassen, aber sie erreichte die Plattform noch immer nicht mit den Füßen. Das Boot, das den Kamm der Welle erreicht hatte, glitt langsam wieder hinab. Carol-Ann schrie auf, als sie merkte, daß sie mitgerissen wurde, doch Eddie hielt ihre Knöchel fest. Dann ließ sie das Tau los.

Eddie hielt sie mit grimmiger Entschlossenheit fest. Als sie fiel, wurde er durch ihr Gewicht um ein Haar mit ins Wasser gezogen, aber weil er sich auf den Bauch fallen ließ, konnte er sich auf der Plattform halten. Carol-Ann baumelte kopfüber an seinen Händen. Er konnte sie in dieser Position nicht zu sich hochziehen, doch das Meer half nach. Die nächste Welle drückte zwar ihren Kopf unter Wasser, hob ihren Körper insgesamt aber näher an ihn heran. Er ließ einen Knöchel los und umfaßte mit der freigewordenen Hand ihre Taille.

Er hatte sie jetzt sicher im Griff. Nach einer kurzen Atempause sagte er: »Jetzt ist alles in Ordnung, Baby, ich hab' dich ja.« Carol-Ann prustete und spuckte. Dann zog er sie ganz auf die Plattform hinauf.

Er hielt sie bei der Hand, während sie sich umdrehte und aufstand. Er half ihr hinein.

Sie fiel ihm schluchzend in die Arme. Eddie drückte ihren tropfnassen Kopf gegen seine Brust und kämpfte gegen die Tränen an, die ihn zu übermannen drohten. Die drei Gangster und Captain Baker sahen ihn erwartungsvoll an, aber er kümmerte sich zunächst nicht um sie und hielt die heftig schlotternde Carol-Ann fest umschlungen.

Schließlich sagte er: »Alles in Ordnung, Liebling? Haben diese Schurken dir etwas angetan?«

Sie schüttelte den Kopf. »Es ist soweit alles in Ordnung«, sagte sie mit klappernden Zähnen.

Er blickte auf, und sein Blick kreuzte sich mit dem Captain Bakers. Bakers Blick wanderte von Eddie zu Carol-Ann und wieder zu Eddie zurück. Dann sagte der Captain: »Herrgott, ich glaube, ich begreife langsam . . .«

Vincini fuhr dazwischen. »Genug Gerede! Wir haben was zu erledigen.«

Eddie ließ Carol-Ann los. »In Ordnung. Ich denke, wir sollten uns zuerst um die Besatzung kümmern, damit sie sich beruhigt und sich nicht einmischt. Und dann bringe ich Sie zu dem Mann, hinter dem Sie her sind. Einverstanden?«

»Ja, aber schnell jetzt.«

»Mir nach.« Eddie ging zur Leiter und kletterte hinauf. Er trat als erster auf das Flugdeck und redete sofort los. In den wenigen Sekunden, bevor Vincini hinter ihm auftauchte, sagte er: »Hört zu, Jungs, daß mir nur niemand versucht, hier den Helden zu spielen, *das ist völlig überflüssig*, verstanden?« Mehr als diesen Hinweis konnte er nicht riskieren. Schon traten Carol-Ann, Captain Baker und die drei Gangster durch die Luke. Eddie fuhr fort: »Bewahren Sie die Ruhe und tun Sie, was man Ihnen sagt. Ich will hier keine Schießerei oder daß jemand zu Schaden kommt. Der Captain wird Ihnen das gleiche sagen.« Er sah Baker an.

»Genau, Männer«, sagte Baker. »Geben Sie diesen Leuten keinen Anlaß, von ihren Waffen Gebrauch zu machen.«

Eddie sah Vincini an. »Okay, dann können wir gehen. Bitte begleiten Sie uns, Captain, um die Passagiere zu beruhigen. Joe und Kid sollen die Besatzung ins Abteil Nummer eins führen.«

Vincini nickte zustimmend.

»Carol-Ann, gehst du mit der Crew, Liebes?«

»Ja.«

Das machte Eddie die Sache leichter. Erstens würde sie aus der Schußlinie sein, und zweitens konnte sie seinen Kollegen erklären, warum er gezwungen war, den Gangstern zu helfen.

Er sah Vincini an. »Wollen Sie nicht lieber Ihre Pistole einstecken? Sie erschrecken damit nur die Passagiere.«

»Halt's Maul«, sagte Vincini. »Und los jetzt.«

Eddie zuckte die Achseln. Zumindest hatte er es versucht. Er ging auf dem Weg zum Passagierdeck voran. Ein Durcheinander an Stimmen, halb hysterisches Gelächter und das Schluchzen einer Frau drangen zu ihnen empor. Die Passagiere saßen alle mit angelegten Sicherheitsgurten auf ihren Plätzen, und die beiden Stewards gaben sich wahrhaft heroische Mühe, möglichst ruhig und normal zu erscheinen.

Eddie ging durch die Maschine. Im Speisesaal lagen überall Scherben und Glassplitter herum; es herrschte das reine Chaos. Zum Glück waren nur wenige Speisen verschüttet worden. Zum Zeitpunkt der Notwasserung war die Mahlzeit fast beendet gewesen; man hatte gerade den Kaffee gereicht. Beim Anblick von Vincinis Pistole verstummten die Leute. Captain Baker stand hinter Vincini und sagte: »Meine Damen und Herren, ich bitte um Entschuldigung für diesen Vorfall, aber wenn Sie auf Ihren Plätzen bleiben und sich ruhig verhalten, wird alles bald vorüber sein.« Er klang dermaßen überzeugend und beruhigend, daß Eddie sich beinahe selbst besser fühlte.

Er durchquerte Abteil drei und betrat Abteil vier, in dem Ollis Field und Frankie Gordino nebeneinandersaßen. Da wären wir also, dachte Eddie, und ich werde jetzt einen Mörder auf freien Fuß setzen. Er schob den Gedanken jedoch beiseite, deutete auf Gordino und sagte zu Vincini: »Da ist Ihr Mann.«

Ollis Field erhob sich. »Irrtum. Dies hier ist FBI-Agent Tommy McArdle«, sagte er. »Frankie Gordino hat den Atlantik per Schiff überquert, ist gestern in New York angekommen und sitzt jetzt in Providence, Rhode Island, im Gefängnis.«

»Herr im Himmel!« Eddie explodierte. Er war wie vom Donner gerührt. »Ein Bluff! Und dafür hab' ich das alles durchgemacht!« Nun würde er also doch keinem Mörder zur Flucht verhelfen, aber freuen konnte er sich darüber auch nicht. Er hatte furchtbare Angst vor der Reaktion der Banditen. Besorgt sah er Vincini an.

Vincini sagte: »Mann, wir sind doch gar nicht hinter Frankie her. Wo ist der Kraut?«

Eddie starrte ihn entgeistert an. Sie waren nicht hinter Gordino her? Was hatte das zu bedeuten? Wer war der »Kraut«?

Tom Luthers Stimme kam aus Abteil drei. »Hier ist er, Vincini. Ich habe ihn schon.« Luther stand in der Tür und hielt Carl Hartmann eine Pistole an die Schläfe.

Eddie verstand überhaupt nichts mehr. Warum, zum Teufel, wollte die Patriarca-Bande Carl Hartmann entführen? »Was wollt ihr denn mit einem Wissenschaftler?« fragte er.

Luther sagte: »Der ist mehr als nur Wissenschaftler. Er ist Atomphysiker.«

»Seid ihr alle Nazis?«

»O nein.« Vincini lachte rauh. »Wir erledigen nur was für sie. In Wirklichkeit sind wir Demokraten.«

Luther sagte kalt: »Ich bin kein Demokrat. Ich bin Mitglied des Bundes der Deutsch-Amerikaner.« Eddie hatte von jenem Bund gehört, einem angeblich harmlosen deutsch-amerikanischen Freundschaftsverein, der jedoch von den Nazis finanziert wurde. Und Luther fuhr fort: »Diese Leute hier sind nur angeheuert worden. Ich erhielt eine Botschaft vom Führer persönlich. Er bat mich, einen entflohenen Wissenschaftler dingfest zu machen und nach Deutschland zurückzubringen.« Eddie begriff, daß Luther stolz auf diese Ehre war. Dies war eine Sternstunde in seinem Leben. »Die Männer hier stehen in meinem Sold, und nun werde ich Professor Hartmann nach Deutschland zurückbringen. Das Dritte Reich bedarf seiner.«

Eddie sah Hartmann an. Der Mann war vor Entsetzen kreidebleich, und Eddie überkamen Schuldgefühle. Man würde Hartmann ins nationalsozialistische Deutschland zurückbringen, und er war daran schuld.

Er blickte zu Hartmann hinüber und stammelte: »Sie hatten meine Frau ... Was hätte ich tun können?«

Hartmanns Gesichtsausdruck änderte sich schlagartig. »Ich kann Sie verstehen«, sagte er. »In Deutschland sind wir an solche Sachen gewöhnt. Man zwingt einen dazu, den einen Treueschwur zugunsten eines anderen zu brechen. Sie hatten gar keine andere Wahl. Machen Sie sich keine Vorwürfe.«

Eddie bewunderte die Kraft des Mannes, der es fertigbrachte, in einem solchen Augenblick einem anderen Mut zuzusprechen.

Er wandte sich an Ollis Field. »Aber wieso haben Sie einen Lockvogel an Bord gebracht?« erkundigte er sich. »Wollten Sie etwa, daß die Patriarca-Bande das Flugzeug entführt?«

»Aber nein, nichts dergleichen«, gab Field zurück. »Wir haben erfahren, daß die Bande Gordino umbringen will, damit er nicht singen kann. Gleich nach seiner Ankunft in Amerika wollten sie zuschlagen. Deswegen haben wir das Gerücht in die Welt gesetzt, daß er mit dem Clipper kommt, und ihn per Schiff vorausgeschickt. In diesen Minuten bringt der Rundfunk die Nachricht, daß Gordino im Gefängnis sitzt, und die Bande wird erfahren, daß man sie an der Nase herumgeführt hat.«

»Und warum bewachen Sie nicht Carl Hartmann?«

»Wir wußten ja gar nichts von seiner Anwesenheit an Bord – kein Mensch hat uns davon etwas gesagt!«

Reist Hartmann wirklich ohne jeden Schutz? fragte sich Eddie. Oder hat er einen Leibwächter, der sich noch nicht zu erkennen gegeben hat?

Der junge Gangster namens Joe kam mit einer Pistole in der Rechten und einer geöffneten Flasche Champagner in der Linken ins Abteil zurück. »Die sind brav wie die Lämmer, Vinnie«, sagte er zu Vincini. »Kid ist im Speisesaal, von dort hat er die gesamte vordere Hälfte der Maschine im Auge.«

Vincini wandte sich an Luther: »Und wo ist das Scheiß-U-Boot?«

»Wird jeden Moment hiersein, da bin ich ganz sicher«, entgegnete Luther.

Ein Unterseeboot! Es wartete vor der Küste von Maine auf Luther! Eddie schaute aus dem Fenster, als erwartete er jeden Augenblick, wie sich das Ungetüm gleich einem stählernen Wal aus den Fluten hob. Er sah weit und breit nur Wellen.

Vincini meinte: »Na ja, unseren Teil haben wir erledigt. Her mit der Knete.«

Luther hielt Hartmann in Schach, ging zu seinem Sitz zurück, zog ein kleines Köfferchen hervor und reichte es an Vincini weiter, der es sofort öffnete. Es war bis obenhin mit Banknoten vollgestopft.

»Hunderttausend Dollar in Zwanzigern«, entgegnete Luther.

»Das prüf' ich besser nach.« Vincini steckte seine Pistole ein und setzte sich mit dem Koffer auf den Knien hin.

»Das kann ja ewig dauern . . .«, protestierte Luther.

»Du hältst mich wohl für einen Anfänger, was?« fragte Vincini im Ton übertriebener Duldsamkeit. »Ich kontrollier' zwei Bündel, und dann zähl' ich nach, wieviel Bündel dasind. Ist ja schließlich nicht das erstemal.«

Alle sahen Vincini beim Zählen des Geldes zu: Prinzessin Lavinia, Lulu Bell, Mark Alder, Diana Lovesey, Ollis Field und der angebliche Frankie Gordino. Joe erkannte Lulu Bell. »He, Sie da, sind Sie nicht beim Film?« fragte er. Lulu wandte den Blick ab und ignorierte ihn. Joe trank aus der Flasche und bot sie dann Diana Lovesey an. Sie wurde blaß und zog sich noch weiter in ihre Ecke zurück. »Ganz meine Meinung, das Zeug wird total überschätzt«, sagte Joe, beugte sich vor und kippte den Champagner über ihr beige-rot gepunktetes Kleid.

Diana schrie entsetzt auf und schob seine Hand fort. Unter dem nassen Kleid zeichnete sich ihr Busen deutlich ab.

Eddie war außer sich. Solche Mätzchen konnten rasch in Gewalttätigkeiten ausarten. »Pfoten weg!« rief er.

Der Mann nahm keine Notiz von ihm. »Schöne Titten«, meinte er mit einem anzüglichen Grinsen. Er ließ die Flasche fallen, grabschte nach Dianas Brust und drückte fest zu.

Sie schrie auf.

Mark, ihr Begleiter, kämpfte mit seinem Sicherheitsgurt und sagte: »Rühr sie nicht an, du Dreckskerl . . .«

Mit einer überraschend schnellen Bewegung schlug ihm der Gangster die Waffe quer über den Mund. Aus Marks Lippen quoll Blut.

»Um Himmels willen, Vincini, greifen Sie endlich ein!« rief Eddie.

Vincini lachte: »Wenn einer solchen Puppe noch niemand an die Wäsche gegangen ist, dann wird's langsam Zeit, verdammt.«

Joe fuhr mit der Hand in Dianas Ausschnitt. Sie wand sich wie ein Aal, um seinem Griff zu entgehen, war aber immer noch angeschnallt.

Mark war es endlich gelungen, seinen Sicherheitsgurt zu lösen, doch als er sich aufzurichten versuchte, schlug der Kerl wieder zu. Diesmal traf der Kolben Mark an der Schläfe. Dann hieb ihm Joe die linke Faust in die Magengrube und zog ihm zum drittenmal die Waffe quer übers Gesicht. Das Blut lief Mark in die Augen und nahm ihm die Sicht, einige Frauen schrien auf.

Eddie war entsetzt. Es war sein festes Ziel gewesen, jedes Blutvergießen zu vermeiden. Joe machte Anstalten, Mark noch einmal zu schlagen. Eddie konnte es nicht länger mit ansehen. Mit Todesverachtung packte er den kleinen Gangster von hinten und hielt ihn fest.

Joe wehrte sich verzweifelt und versuchte, die Pistole auf Eddie zu richten, aber Eddie ließ nicht locker. Joe drückte ab. Der Knall in dem engen Raum war ohrenbetäubend, aber die Waffe war nach unten gerichtet, und die Kugel ging durch den Boden.

Der erste Schuß war gefallen, und Eddie hatte das schreckliche, beängstigende Gefühl, daß ihm die Kontrolle über die Lage entglitt. Kam es wirklich soweit, war ein Blutbad nicht mehr auszuschließen.

Endlich trat Vincini dazwischen. »Hör auf mit dem Scheiß, Joe!« brüllte er.

Der Mann beruhigte sich.

Eddie ließ ihn los.

Joe warf ihm einen giftigen Blick zu, verlor aber keinen Ton.

Vincini nickte. »Wir können abhauen. Das Geld ist vollzählig.«

Eddie schöpfte wieder Hoffnung. Wenn sie jetzt verschwinden, dachte er, sind wir noch glimpflich davongekommen. Geht schon, flehte er insgeheim, so geht doch um Himmels willen endlich!

Vincini fuhr fort: »Und nimm die Fotze mit, wenn du willst, Joe. Vielleicht ficke ich sie ja selbst – gefällt mir besser als die Dicke von dem Ingenieur.« Er stand auf.

»Nein, nein!« schrie Diana.

Joe öffnete ihren Sitzgurt und packte sie bei den Haaren. Diana leistete Widerstand, so gut sie konnte. Mark kam auf die Beine und versuchte, sich das Blut aus den Augen zu wischen. Eddie bekam ihn zu packen und hielt ihn zurück. »Die bringen Sie um!« sagte er und fügte mit gesenkter Stimme hinzu: »Es wird alles gut, das verspreche ich Ihnen!« Am liebsten hätte er Mark gesagt, daß das Boot der Gangster von einem Patrouillenboot der US-Marine abgefangen würde, bevor sie Diana etwas antun konnten, aber er fürchtete, Vincini könnte es hören.

Joe richtete seine Waffe auf Mark und sagte zu Diana: »Wenn du nicht freiwillig mitkommst, kriegt dein Freund 'ne Kugel zwischen die Augen.«

Diana gab ihren Widerstand auf und schluchzte nur noch leise vor sich hin.

»Ich komme mit Ihnen, Vincini. Mein U-Boot hat es nicht geschafft«, erklärte Luther.

»Das hätte ich Ihnen gleich sagen können«, sagte Vincini. »So nahe kommt keiner an die Staaten 'ran.«

Vincini hatte keinen blassen Schimmer von U-Booten. Eddie konnte sich denken, warum das Boot nicht erschienen war: Der Kommandeur des U-Bootes hatte bemerkt, daß der Kanal von Steve Applebys Patrouillenboot observiert wurde ... Wahrscheinlich lagen die Deutschen irgendwo in der Nähe, hörten den Funkverkehr des Bootes ab und hofften, es möge verschwinden und irgendwo anders patrouillieren.

Luthers Entscheidung, nicht auf das U-Boot zu warten, sondern zusammen mit den Gangstern das Weite zu suchen, erfüllte Eddie mit neuer Hoffnung. Das Boot der Banditen würde Steve Appleby ins Netz gehen, und wenn Luther und Hartmann an Bord waren, konnte letzterer gerettet werden. Wenn es dabei bleibt, daß nur ein paar Platzwunden in Mark Alders Gesicht genäht werden müssen, dann haben wir allen Grund, zufrieden zu sein, dachte er.

»Also los«, sagte Vincini. »Luther voran, dann der Kraut, dann Kid, dann ich, dann der Ingenieur – Sie will ich in der Nähe haben, bis ich aus der Kiste raus bin –, dann Joe mit der Blondine. Marsch!«

Mark Alder versuchte, sich von Eddies Griff zu befreien. Vincini wandte sich an Ollis Field und dessen Kollegen: »Wollen Sie den Kerl festhalten, oder soll Joe ihn abknallen?« Die FBI-Männer packten Mark und hielten ihn fest.

Eddie trottete hinter Vincini her. Die Passagiere starrten sie mit weit aufgerissenen Augen an, als sie Abteil drei durchquerten und in den Speisesaal gingen.

Als Vincini Abteil zwei betrat, zog Mr. Membury seine Waffe und sagte: »Halt!« Er zielte genau auf Vincini. »Keine Bewegung, oder ich erschieße euren Boß!«

Eddie trat schnell einen Schritt zurück, um nicht in die Schußlinie zu geraten.

Vincini erbleichte und sagte: »In Ordnung, Jungs, keine Bewegung.«

Der, den sie Kid nannten, drehte sich um die eigene Achse und feuerte zweimal.

Membury stürzte zu Boden.

Vincini brüllte den Jungen wutentbrannt an: »Du verdammtes Arschloch, der hätte mich abknallen können!«

»Haste seine Stimme nich' gehört?« erwiderte Kid. »Das war ein Engländer.«

»Ja und, verfluchte Scheiße?«

»Hab' alle Filme gesehen, die's gibt, und nie ist jemand von 'nem Engländer erschossen worden.«

Eddie kniete neben Membury. Die Kugeln waren durch die Brust gedrungen. Sein Blut hatte dieselbe Farbe wie sein Jackett. »Wer sind Sie?« fragte Eddie.

»Scotland Yard, Sonderdezernat«, wisperte Membury. »Abkommandiert, um Hartmann zu beschützen.« Dann war der Wissenschaftler also doch nicht unbewacht gewesen, dachte Eddie. »Furchtbarer Fehler«, röchelte Membury. Seine Augen schlossen sich, und er hörte auf zu atmen.

Eddie fluchte. Er hatte sich geschworen, die Gangster von Bord zu bringen, ohne daß es dabei Tote gab, und um ein Haar wäre es ihm auch gelungen! Aber da lag nun dieser tapfere Polizist und war tot. »Für nichts und wieder nichts«, sagte Eddie halblaut vor sich hin.

Da hörte er Vincinis Stimme: »Was soll das heißen? Was reden Sie denn da für einen Scheiß?« Der Gangsterboß starrte ihn mit einer Mischung aus Mißtrauen und Feindseligkeit an. Herr im Himmel, dachte Eddie, ich habe das Gefühl, er würde mich liebend gerne umlegen. »Wissen Sie etwa was, was wir nicht wissen?« fragte Vincini scharf.

Eddie schwieg und suchte verzweifelt nach einer Antwort. In diesem Augenblick kam der Seemann vom Boot der Gangster die Treppe heruntergestürmt und platzte ins Abteil. »He, Vinnie, habe gerade von Willard gehört . . .«

»Ich hab' ihm doch gesagt, daß er das Funkgerät nur im Notfall benutzen soll!«

»Aber dies ist ein Notfall – da ist ein Boot der Marine, das die Küste rauf- und runterfährt, beinahe so, als suchten sie jemanden.«

Eddies Herz setzte einen Schlag lang aus. Daran hatte er nicht gedacht. Die Bande hatte einen Posten an Land, der über Kurzwelle mit dem Boot Kontakt aufnehmen konnte. Vincini wußte jetzt, daß es eine Falle gab.

Es ist alles vorbei. Ich habe verloren.

»Du hast mich reingelegt«, sagte Vincini, an Eddie gewandt. »Dafür bringe ich dich um, du Schwein.«

Eddies Blick kreuzte sich mit dem des Captains. Verständnis und ein überraschter Respekt lagen in Bakers Miene.

Vincini richtete seine Waffe auf Eddie.

Eddie dachte: Ich habe mein Bestes gegeben, das weiß jeder. Mir ist es egal, wenn ich jetzt sterben muß.

Auf einmal sagte Luther: »Vincini, hören Sie doch! Hören Sie was?«

Alle verstummten. Eddie vernahm die Fluggeräusche eines anderen Flugzeugs.

Luther blickte aus dem Fenster. »Ein Wasserflugzeug, das ganz in der Nähe landet!«

Vincini senkte die Waffe. Eddies Knie zitterten.

Vincini schaute ebenfalls hinaus, und Eddie folgte seinem Blick. Das war die Grumman Goose, die in Shediac vertäut gewesen war. Sie ging auf der Längsseite eines Wellenkamms zu Wasser und kam zum Stillstand.

Vincini meinte: »Und wenn schon! Wenn sie sich einmischen, bringen wir die Schweine einfach um!«

»Aber kapieren Sie denn nicht?« sagte Luther aufgeregt. »Das ist doch eine Chance für uns! Wir können über die gottverdammte Marine hinwegfliegen und abhauen!«

Vincini nickte bedächtig. »Nicht schlecht. Genau das werden wir tun.«

Eddie begriff, daß sie entkommen würden. Sein Leben war gerettet, aber er hatte dennoch verloren.

Auf dem Flug in der gecharterten Maschine entlang der kanadischen Küste fand Nancy Lenehan den Ausweg aus ihrem Dilemma.
Sie wollte nicht nur ihren Bruder besiegen, sondern sich auch aus den eingefahrenen Gleisen befreien, die ihr Vater für sie vorgesehen hatte. Zwar wollte sie bei Mervyn bleiben, doch fürchtete sie, sie könne, wenn sie Black's Boots verließ und nach England übersiedelte, eine unzufriedene Hausfrau werden – wie Diana.

Nat Ridgeway hatte sich bereit erklärt, sein Angebot für die Firma beträchtlich zu erhöhen und Nancy einen Posten bei General Textiles zu geben. Sie hatte darüber nachgedacht, und dabei war ihr eingefallen, daß General Textiles auch mehrere Fabriken in Europa, und zwar vor allem in Großbritannien, besaß und daß Ridgeway diese vor Beendigung des Krieges – der Jahre dauern konnte – nicht mehr würde besuchen können. Sie wollte ihm anbieten, Managerin der europäischen Niederlassungen von General Textiles zu werden. Auf diese Weise konnte sie bei Mervyn bleiben, ohne ihren Beruf als Geschäftsfrau aufgeben zu müssen.

Die Lösung war erstaunlich einfach. Der Haken war nur, daß sich Europa im Krieg befand und daß man im Krieg ums Leben kommen konnte. Sie dachte gerade über die ebenso ferne wie grauenerregende Möglichkeit nach, als Mervyn sich auf dem Copilotensitz umdrehte und nach unten deutete. Nancy sah den Clipper: Er schwamm auf dem Wasser.

Mervyn versuchte, den Clipper über Funk zu erreichen, erhielt aber keine Antwort. Während die Goose das gewasserte Flugzeug umkreiste, vergaß Nancy ihre eigenen Sorgen. Was war passiert? Waren die Menschen verletzt? Die Maschine selbst wirkte unbeschädigt, aber nirgendwo war ein Lebenszeichen zu erkennen.

Mervyn drehte sich zu ihr um und brüllte gegen den Lärm der Motoren an: »Wir müssen runtergehen und nachsehen, ob sie Hilfe brauchen.«

Nancy nickte zustimmend.

»Zieh den Gurt an und halt dich fest. Die Landung kann bei dem hohen Wellengang ziemlich unsanft sein.«

Sie gurtete sich an und sah hinaus. Die See war aufgewühlt, und die Wellen rollten in langen Reihen heran. Ned, der Pilot, landete die Maschine parallel zum Verlauf der Dünung. Der Rumpf berührte das Wasser auf der Rückseite einer Welle, und das Wasserflugzeug ritt auf ihr wie ein Surfer aus Hawaii. Die Landung war weniger schlimm, als Nancy befürchtet hatte.

An der Spitze des Clippers war ein Motorboot vertäut. Ein Mann in Monteursanzug und Mütze erschien auf dem Deck und gab ihnen Zeichen. Nancy schloß daraus, daß die Goose neben dem Motorboot festmachen sollte. Die Tür im Bug des Clippers stand offen und diente wohl als Eingang. Nancy sah auch gleich, warum: Die Wellen überspülten die Seeflügel; der Zugang durch die normale Tür war daher so gut wie versperrt.

Ned manövrierte das Wasserflugzeug näher an das Boot heran, was bei dem Wellengang keine leichte Aufgabe war. Die Goose war jedoch ein Eindecker mit hochangesetzten Flügeln, die die Aufbauten des Bootes weit überragten. Sie konnten neben dem Boot beidrehen und warten, bis der Rumpf an die Gummireifen vor der Bordwand stieß. Der Mann an Deck vertäute das Flugzeug vorne und hinten an seinem Boot.

Während Ned die Motoren abschaltete, ging Mervyn nach achtern, öffnete die Tür und ließ die Gangway hinunter.

»Ich bleibe wohl besser bei meiner Maschine«, sagte Ned zu Mervyn. »Schauen Sie mal nach, was da los ist.«

»Ich komme mit«, erklärte Nancy.

Da das Wasserflugzeug mit dem Motorboot vertäut war, hoben und senkten sie sich im Gleichtakt auf den Wellen, und die Gangway bewegte sich kaum. Mervyn stieg zuerst aus und reichte Nancy die Hand.

Als sie beide an Deck waren, fragte Mervyn den Mann an Bord: »Was ist passiert?«

»Sie hatten Probleme mit dem Treibstoff und mußten runterkommen«, erwiderte er.

»Ich konnte sie per Funk nicht erreichen.«

Der Mann zuckte die Achseln. »Sie gehen wohl besser an Bord.«

Um vom Boot auf den Clipper zu gelangen, mußte man vom Deck auf die Plattform springen, die durch die geöffnete Bugtür gebildet wurde. Wieder ging Mervyn voran. Nancy zog ihre Schuhe aus, stopfte sie in ihre Manteltaschen und folgte ihm. Sie war zwar ein bißchen nervös, aber der Sprung war einfacher als gedacht.

Im Bug stand ein junger Mann, den sie nicht kannten.

»Was ist passiert?« fragte Mervyn.

»Notlandung«, entgegnete der junge Mann. »Wir waren gerade beim Angeln und haben alles mitgekriegt.«

»Und was ist mit dem Funkgerät?«

»Keine Ahnung.«

Eine Leuchte ist der Knabe gerade nicht, konstatierte Nancy für sich. Mervyn mußte das gleiche gedacht haben, denn er sagte ungeduldig: »Ich red' besser mit dem Captain.«

»Hier lang – sie sind alle im Speisesaal.«

Für eine Angelpartie ist der Junge nicht sehr passend angezogen, dachte Nancy amüsiert: zweifarbige Schuhe, gelbe Krawatte ... Sie folgte Mervyn die Leiter zum Flugdeck hinauf, das völlig verwaist war. Deswegen hatte Mervyn über Funk niemanden erreichen können. Aber *warum* befanden sich alle Besatzungsmitglieder im Speisesaal? Es war schon merkwürdig genug, daß die gesamte Besatzung das Flugdeck verlassen hatte.

Ein gewisses Unbehagen beschlich sie, als sie die Treppe zum Passagierdeck hinunterging. Mervyn, der auf dem Weg ins Abteil zwei ein paar Schritte vorausging, blieb unvermittelt stehen.

Nancy sah an ihm vorbei und erblickte Mr. Membury. Er lag in einer Blutlache. Sie hielt sich die Hand vor den Mund und unterdrückte einen Schrei des Entsetzens.

»Um Himmels willen, was ist denn hier los?« fragte Mervyn.

Hinter ihnen ließ sich der junge Mann mit der gelben Krawatte vernehmen: »Vorwärts, marsch.« Seine Stimme hatte einen harten Klang.

Nancy drehte sich um und sah, daß er eine Pistole in der Hand hielt. »Waren Sie das?« fragte sie wütend.

»Halt's Maul und geh weiter!«

Sie erreichten den Speisesaal.

Dort standen drei weitere Männer mit Pistolen in der Hand. Ein großer Mann im Nadelstreifenanzug, der so aussah, als sei er der Boß, und ein kleiner Mann mit verschlagenem Gesichtsausdruck, der hinter Mervyns Frau stand und sich an ihren Brüsten zu schaffen machte. Mervyn stieß einen verhaltenen Fluch aus. Bei dem dritten Bewaffneten handelte es sich um einen Passagier: Es war Mr. Luther, und er richtete seine Pistole auf Professor Hartmann. Außerdem waren Captain Baker und der Ingenieur anwesend; beide wirkten eher hilflos. Einige Passagiere saßen an den Tischen, aber das Geschirr und die Gläser waren auf den Boden gefallen und zerbrochen. Nancy erblickte Margaret Oxenford. Bleich und verängstigt saß sie an ihrem Platz. Was habe ich kürzlich zu ihr gesagt? dachte Nancy. Gewöhnliche Sterbliche brauchen sich keine Sorgen um Gangster zu machen, weil diese nur in Elendsvierteln operieren ... Ganz schön dumm!

»Die Götter sind auf meiner Seite, Lovesey«, sagte Luther. »Wir brauchen gerade ein Wasserflugzeug – und schon landen Sie neben uns. Sie können mich, Mr. Vincini und unsere Mitarbeiter über das Patrouillenboot der Marine hinwegtragen, das dieser verräterische Eddie Deakin alarmiert hat.«

Mervyn sah Luther unverwandt an, verlor aber kein Wort.

Der Mann im Nadelstreifenanzug rief: »Dann aber los, bevor die Kerle von der Marine ungeduldig werden und hier herumschnüffeln! Kid, du nimmst Lovesey. Seine Freundin kann hierbleiben.«

»In Ordnung, Vincini.«

Nancy durchschaute noch nicht ganz, worum es eigentlich ging, aber sie wußte, daß sie nicht allein zurückbleiben wollte. Wenn Mervyn in Gefahr war, wollte sie an seiner Seite sein. Aber niemand fragte sie um ihre Meinung.

Der Mann namens Vincini gab weitere Anweisungen: »Luther, du nimmst den Kraut.«

Warum nehmen sie Carl Hartmann mit? fragte sich Nancy. Ich dachte, es ginge um diesen Frankie Gordino – aber der war weit und breit nirgends zu sehen.

Vincini sagte: »Joe, du kümmerst dich um die Blondine.«

Der Kleine drückte Diana Lovesey seine Pistole auf die Brust. »Beweg dich!« befahl er. Diana rührte sich nicht vom Fleck.

Nancys Entsetzen wuchs. Wieso entführten sie Diana? Eine schreckliche Ahnung ergriff von ihr Besitz.

Joe stieß den Lauf seiner Pistole in Dianas weiche Brüste und setzte noch einmal nach. Vor Schmerz stöhnte sie auf.

»Einen Moment«, sagte Mervyn.

Alle blickten ihn an.

»In Ordnung, ich fliege Sie hier raus, aber unter einer Bedingung.«

Vincini sagte: »Halt's Maul und mach schon. Du stellst hier keine Bedingungen, du Scheißkerl.«

Mervyn breitete die Arme weit aus und sagte: »Dann erschießen Sie mich bitte.«

Nancy schrie vor Angst auf. Leute dieses Schlages schossen tatsächlich, wenn jemand sich ihnen widersetzte. Begriff Mervyn das nicht?

Einen Augenblick herrschte Stille, dann fragte Luther: »Und unter welcher Bedingung?«

Mervyn wies auf Diana. »Sie bleibt hier.«

Der kleine Joe warf Mervyn einen haßerfüllten Blick zu.

»Wir brauchen dich gar nicht, du Arschloch«, höhnte Vincini. »Da vorne hockt ein ganzer Haufen Pan-American-Piloten, die das Wasserflugzeug genauso gut fliegen können wie du.«

»Und die gleiche Bedingung stellen werden«, entgegnete Mervyn. »Fragen Sie sie nur – falls Sie soviel Zeit haben.«

Nancy wurde klar, daß die Gangster von dem anderen Piloten in der Goose nichts wußten. Aber das spielte ohnehin keine Rolle.

Luther sagte zu Joe: »Laß sie hier.«

Der Kleine lief vor Wut rot an. »Scheiße, warum . . .«

»Laß sie hier!« brüllte Luther. »Ich habe dich dafür bezahlt, Hartmann zu entführen, nicht um Frauen zu vergewaltigen.«

Vincini mischte sich ein. »Er hat recht, Joe. Du kannst dir später eine andere Fotze holen.«

»Okay, okay«, sagte Joe.

Diana liefen vor Erleichterung die Tränen übers Gesicht.

Vincini sagte: »Es wird spät. Nichts wie raus hier!«

Nancy fragte sich, ob sie Mervyn je wiedersehen würde.

Draußen erklang eine Hupe. Der Kapitän des Bootes versuchte, ihre Aufmerksamkeit auf sich zu lenken.

Aus dem Nebenraum ließ sich der Kerl, den sie Kid nannten, vernehmen. »Verfluchter Mist, Boß, schau mal aus dem Fenster!«

Harry Marks hatte das Bewußtsein verloren, als der Clipper auf dem Wasser niederging. Beim ersten Aufprall fiel er mit dem Kopf zuerst über die aufgetürmten Koffer, und als er sich gerade auf Hände und Knie aufgerappelt hatte, klatschte die Maschine in die See, und er wurde gegen die vordere Wand geschleudert. Er schlug sich den Kopf an und wurde ohnmächtig.

Als er wieder zu sich kam, hätte er nur allzugern gewußt, was passiert war.

Er wußte, daß sie Port Washington noch nicht erreicht haben konnten: Von dem fünfstündigen Flug waren erst etwa zwei Stunden verstrichen. Es mußte sich also um eine unvorhergesehene Zwischenlandung handeln. Sie war ihm wie eine Notlandung vorgekommen.

Er setzte sich auf und betastete seine Blessuren. Jetzt wußte er, warum Flugzeuge Sitzgurte hatten! Seine Nase blutete, sein Kopf tat höllisch weh, und er war mit blauen Flecken übersät. Gebrochen hatte er sich aber offenbar nichts. Er wischte sich die Nase mit einem Taschentuch und dachte: Noch mal Schwein gehabt!

Da der Frachtraum keine Fenster hatte, konnte er nicht herausfinden, wo sie waren und was vor sich ging. Er saß eine Weile lang still da und horchte angestrengt. Die Motoren waren abgestellt, und lange passierte gar nichts.

Dann hörte er einen Schuß.

Waffen ließen auf Gangster schließen, und wenn sich Gangster an Bord befanden, dann waren sie wahrscheinlich hinter Frankie Gordino her. Darüber hinaus sorgten Schießereien für Verwirrung und Panik, und unter solchen Umständen konnte ihm, Harry, vielleicht sogar die Flucht gelingen.

Er mußte sich draußen umsehen.

Er öffnete die Tür einen Spaltbreit.

Er trat auf den Korridor hinaus und ging auf die Tür zu, die zum Flugdeck führte. Eine Weile blieb er dort stehen und lauschte angestrengt. Er hörte nichts.

Behutsam und geräuschlos drückte er die Tür auf und schaute sich um.

Das Flugdeck war menschenleer.

Er trat über die hohe Schwelle und schlich auf leisen Sohlen zur Treppe. Er hörte Männerstimmen; anscheinend stritt man sich. Die Worte konnte er nicht verstehen.

Die Luke im Cockpit stand offen. Er sah hindurch und bemerkte, daß Tageslicht in den Bug fiel. Beim näheren Hinschauen erkannte er, daß die Tür im Bug geöffnet war.

Er erhob sich, schaute aus dem Fenster und erblickte ein Motorboot, das an der Spitze der Maschine vertäut war. An Deck stand ein Mann in Gummistiefeln und Mütze.

Das ist vielleicht *die* Gelegenheit zur Flucht, schoß es ihm durch den Kopf.

Vor ihm lag ein Motorboot, das ihn an einem einsamen Fleckchen an der Küste absetzen konnte. Es schien nur ein Mann an Bord zu sein. Ich muß ihn nur irgendwie loswerden und das Boot an mich bringen, dachte Harry. Dann hörte er unmittelbar hinter sich einen Schritt.

Er wirbelte herum. Das Herz klopfte ihm bis zum Hals.

Es war Percy Oxenford.

Der Junge stand hinter ihm in der Tür und sah ebenso entsetzt aus, wie Harry sich fühlte.

Einen Moment später fragte Percy: »Wo haben Sie sich versteckt gehalten?«

»Das tut nichts zur Sache«, gab Harry zurück. »Was ist denn da unten los?«

»Mr. Luther ist ein Nazi und will Professor Hartmann nach Deutschland zurückbringen. Er hat ein paar Gangster angeheuert, die ihm dabei helfen, und ihnen dafür einen Aktenkoffer mit hunderttausend Dollar gegeben!«

»Ich werd' verrückt«, sagte Harry und vergaß seinen amerikanischen Akzent.

»Sie haben Mr. Membury umgebracht, Professor Hartmanns Leibwächter von Scotland Yard.«

Das war er also. »Wie geht es deiner Schwester?«

»Soweit ganz gut. Aber sie wollen Mrs. Lovesey mitnehmen, weil sie so schön ist – ich hoffe nur, daß sie Margaret nicht bemerken . . .«

»Herr im Himmel, was für ein Durcheinander«, sagte Harry.

»Ich habe mich heimlich fortgeschlichen und bin durch den Schacht neben der Damentoilette heraufgekommen.«

»Und weshalb?«

»Ich will mir Fields Pistole holen. Ich habe gesehen, wie Captain Baker sie konfisziert hat.« Percy öffnete die Schublade unter dem Kartentisch. Darin befand sich ein handlicher Revolver mit kurzem Lauf, genau jener Waffentyp, den man unter der Jacke eines FBI-Manns erwarten würde. »Dachte ich mir – ein Colt achtunddreißig Detective Special«, sagte Percy fachmännisch. Er nahm die Waffe an sich, öffnete sie gekonnt und ließ den Zylinder kreisen.

Harry schüttelte den Kopf. »Davon halte ich überhaupt nichts. Du bringst dich nur in Gefahr.« Er packte den Jungen am Handgelenk, nahm ihm die Waffe ab, legte sie in die Schublade zurück und schob dieselbe zu.

Draußen entstand auf einmal Lärm. Harry und Percy schauten aus dem Fenster und erblickten ein Wasserflugzeug, das den Clipper umkreiste. Wer in aller Welt mochte das sein? Das Flugzeug senkte sich, wasserte, ritt auf dem Kamm einer Welle und bewegte sich auf den Clipper zu.

»Was nun?« fragte Harry. Er drehte sich um. Percy war weg, und die Schublade stand offen.

Die Waffe war verschwunden.

»Verdammt«, murmelte Harry.

Er hetzte unterhalb der Navigatorenkuppel an den Frachträumen vorbei, durchquerte einen niedrigen Raum und spähte durch eine zweite Tür.

Percy machte sich durch einen Kriechgang davon, der in Richtung

Schwanzende der Maschine immer niedriger und enger wurde. Die Konstruktion der Maschine war hier nicht verkleidet, die Streben und Nieten waren sichtbar, und auf dem Boden liefen Kabel entlang. Es handelte sich offensichtlich um einen ungenützten Hohlraum oberhalb der hinteren Hälfte des Passagierdecks. Am Ende wurde es heller, und Harry sah, wie Percy durch ein viereckiges Loch nach unten verschwand. Er konnte sich jetzt daran erinnern, an der Wand neben der Damentoilette eine Leiter mit einer Falltür darüber gesehen zu haben.

Es war zu spät. Percy war nicht mehr aufzuhalten.

Margaret hatte ihm erzählt, daß die ganze Familie schießen konnte, es war eine Art Marotte, von der sie alle befallen waren. Aber von Gangstern hatte der Junge bestimmt keinen blassen Schimmer. Wenn er sich ihnen in den Weg stellte, würden sie ihn abknallen wie einen tollwütigen Hund. Harry mochte den Jungen, aber auf seine Gefühle kam es jetzt nicht an. Alles, was zählte, war Margarets Wohlergehen. Er wollte nicht, daß sie miterleben mußte, wie ihr Bruder umgebracht wurde. Doch was, zum Teufel, konnte er, Harry, dagegen tun?

Er kehrte auf das Flugdeck zurück und schaute hinaus. Das Wasserflugzeug machte gerade neben dem Boot fest. Die Neuankömmlinge würden entweder an Bord des Clippers gehen, oder die Leute vom Clipper würden in die kleine Maschine umsteigen. Auf jeden Fall würde in Kürze jemand durch das Cockpit kommen. Harry mußte für eine Weile von der Bildfläche verschwinden. Er schlüpfte durch die rückwärtige Tür hinaus, ließ sie aber angelehnt, um alles hören zu können.

Es dauerte nicht lange, und jemand kam vom Passagierdeck herauf und ging durch den Bug. Ein paar Minuten später kamen ein paar Leute, zwei oder drei etwa, auf dem gleichen Weg zurück. Harry horchte ihren Schritten nach und kam wieder aus seinem Versteck.

War Hilfe gekommen – oder hatten die Gangster Verstärkung erhalten? Er tappte wieder einmal im dunkeln.

Er trat an die Treppe heran und zögerte. Schließlich beschloß er, das Risiko auf sich zu nehmen und auf halber Höhe der Treppe Horchposten zu beziehen.

Er ging bis zum Treppenabsatz vor und spähte um die Ecke. Von dort aus konnte er die kleine Küche einsehen: Sie war leer. Was soll ich tun, wenn der Seemann auf dem Boot ebenfalls an Bord kommt? dachte Harry. Ich würde ihn ja rechtzeitig hören und könnte schnell im Herrenklo verschwinden. Stufe für Stufe schlich er weiter hinab, wobei er immer wieder innehielt, um zu horchen. Als er unten angekommen war, hörte er eine Stimme. Sie gehörte Tom Luther – ein gepflegter amerikanischer Akzent mit einem schwachen, irgendwie europäischen Beiklang. »Die Götter sind auf meiner Seite, Lovesey«, sagte er soeben. »Wir brauchen gerade ein Wasserflugzeug – und schon landen Sie neben uns. Sie können mich, Mr. Vincini und unsere Mitarbeiter über das Patrouillenboot der Marine hinwegtragen, das dieser verräterische Eddie Deakin alarmiert hat.«

Harrys Frage war damit beantwortet. Das Wasserflugzeug sollte Luther und Hartmann zur Flucht verhelfen.

Harry schlich sich wieder die Treppe hinauf. Bei dem Gedanken, daß der arme Hartmann den Nazis ausgeliefert werden sollte, wurde ihm ganz elend zumute, aber er hätte es wohl geschehen lassen – er war schließlich kein Held. Der junge Percy Oxenford aber war imstande, jeden Augenblick eine Riesendummheit zu begehen. Er, Harry, konnte nicht untätig zusehen, wie Margarets Bruder umgebracht wurde. Er mußte die Initiative ergreifen, ein Ablenkungsmanöver organisieren, Sand ins Getriebe streuen – um ihretwillen.

Als er in den Bug hinuntersah, erblickte er ein Seil, das an einer der Streben vertäut war. Es brachte ihn auf eine Idee.

Ja, es bot sich die Möglichkeit zu einem Ablenkungsmanöver, und vielleicht gelang es sogar, einen der Gangster loszuwerden!

Als erstes mußte er die Taue lösen und das Schnellboot freisetzen. Er schlüpfte durch die Luke und kletterte die Leiter hinab. Sein Herz schlug rasend schnell. Er hatte Angst.

Über das, was er sagen wollte, wenn ihn jemand ertappte, dachte er nicht weiter nach. Er würde sich auf der Stelle etwas einfallen lassen müssen, wie immer.

Er durchquerte den Raum. Ja, es stimmte: Das Tau führte zu dem Boot hinüber.

Er streckte sich nach der Strebe, löste den Knoten und ließ das Tau auf den Boden gleiten.

Er spähte hinaus und bemerkte, daß ein zweites Tau vom Bug des Bootes zur Nase des Clippers führte. Verflucht! Jetzt muß ich auf die Plattform hinaus, dachte er, und dabei kann man mich sehen.

Aber es war zu spät, um den Plan noch zu ändern. Er mußte sich sogar beeilen. Percy hockte dort hinten wie Daniel in der Löwengrube.

Er trat auf die Plattform hinaus. Das Tau war um eine Ankerwinde geschlungen, die aus der Nase der Maschine herausragte. Er löste es in rasender Schnelle.

Vom Boot her rief eine Stimme: »He, Sie, was machen Sie da?«

Er sah nicht auf. Er hoffte nur, daß der Kerl nicht bewaffnet war.

Er löste das Tau von der Ankerwinde und warf es in Meer.

»He, Sie!«

Er drehte sich um. Der Bootsführer stand an Deck und brüllte ihm etwas zu. Er war gottlob unbewaffnet. Der Mann packte das andere Tau und zog daran, worauf es sich aus dem Bug löste und ins Wasser klatschte.

Der Bootsführer verschwand im Ruderhaus und warf den Motor an.

Jetzt wurde die Situation brenzlig.

Die Gangster würden nicht lange brauchen, um ebenso verblüfft wie aufs höchste beunruhigt festzustellen, daß ihr Boot davontrieb. Einer von ihnen würde erscheinen, um die Sache in Augenschein zu nehmen und das Boot wieder zu vertäuen. Und dann ...

Harry hatte viel zuviel Angst, um sich darüber Gedanken machen zu können, was der Gangster dann tun würde.

Er hastete die Leiter hinauf, rannte über das Flugdeck und verbarg sich wieder im Frachtraum.

Er wußte ganz genau, daß es lebensgefährlich war, Gangstern dieses Schlages einen Streich spielen zu wollen. Bei dem Gedanken, was sie mit ihm anstellen würden, falls sie ihn erwischten, lief ihm ein kalter Schauder über den Rücken.

Eine endlose Minute lang rührte sich gar nichts. Nun macht

schon, dachte er. Nun beeilt euch doch und schaut schon aus dem Fenster! Euer Boot treibt davon – nun bemerkt es doch endlich, bevor ich hier die Nerven verliere!

Endlich hörte er wieder Schritte, schwere, eilige Schritte auf der Treppe und dann auf dem Flugdeck. Zu seinem Mißbehagen klang es so, als handele es sich um zwei Leute. Er hatte nicht damit gerechnet, es mit zwei Gegnern zu tun zu bekommen.

Sobald er einigermaßen sicher sein konnte, daß sie in den Bug hinuntergeklettert waren, spähte er hinaus. Die Luft war rein. Er durchquerte die Kabine und schaute durch die Luke. Zwei Männer mit schußbereiten Pistolen starrten von der Tür aus ins Freie. Selbst ohne die Waffen hätte Harry sie an ihrer protzigen Kleidung sofort als Gauner erkannt. Der eine war ein kleiner, häßlicher Knirps mit ekelhaften Zügen, der andere noch sehr jung, etwa achtzehn Jahre alt.

Am besten verschwinde ich hier wieder und versteck' mich, dachte Harry.

Der Bootsführer manövrierte das Schnellboot mit dem daran vertäuten Wasserflugzeug näher an den Clipper heran. Es oblag nun den beiden Gangstern, das Boot wieder zu vertäuen. Mit Pistolen in der Hand war das unmöglich, und genau darauf spekulierte Harry.

Der Bootsführer rief den beiden etwas zu, was Harry nicht verstehen konnte. Kurz darauf steckten die Banditen die Waffen in ihre Taschen und traten auf die Plattform hinaus.

Harry schlich die Treppe in den Bug hinunter. Das Herz klopfte ihm bis zum Hals.

Die Männer versuchten gerade, das Tauende zu fangen, das der Bootsführer ihnen zuwarf, und da ihre ganze Aufmerksamkeit darauf gerichtet war, bemerkten sie ihn nicht.

Vorsichtig durchquerte er den Bug.

Er hatte gerade die Hälfte des Weges zurückgelegt, als es dem jungen Kerl endlich gelang, das Tau zu erwischen. Der andere, kleinere, drehte sich halb um – und erblickte Harry. Er griff mit der Hand in die Tasche und zog seine Pistole genau in dem Moment, als Harry ihn erreichte.

Das ist das Ende, dachte Harry. Jetzt muß ich sterben.

Völlig verzweifelt und ohne weiter über sein Tun nachzudenken, hechtete er vor, packte den Kleinen am Knöchel und wuchtete ihn nach oben.

Ein Schuß fiel, aber Harry spürte nichts.

Der Mann stolperte, fiel beinahe hin, ließ die Waffe fallen und griff nach seinem Kumpan, um sich an ihm festzuhalten.

Der Jüngere verlor das Gleichgewicht und ließ das Tau los. Einen Moment lang schwankten sie beide und hielten sich aneinander fest. Harry umklammerte immer noch den Knöchel des Kleinen und riß noch einmal dessen Fuß hoch.

Die beiden stürzten von der Plattform in die bewegte See. Harry stieß einen Triumphschrei aus.

Sie gingen unter, kamen wieder an die Oberfläche und ruderten wild um sich. Harry erkannte, daß keiner der beiden schwimmen konnte.

»Das ist die Quittung für Clive Membury, ihr Schweine!« brüllte er.

Harry verfolgte nicht länger, was mit den beiden Gangstern geschah. Er mußte jetzt wissen, was auf dem Passagierdeck vor sich ging. Er rannte durch den Bug, hastete die Treppe hinauf, gelangte aufs Flugdeck und schlich auf Zehenspitzen die Treppe hinunter.

Auf der untersten Stufe blieb er stehen und lauschte.

Margaret konnte ihren eigenen Herzschlag hören.

Er klang wie eine rhythmische, hartnäckige Kesseltrommel in ihren Ohren und war so laut, daß sie sich einbildete, alle anderen müßten es ebenfalls hören.

Nie zuvor in ihrem Leben hatte sie solche Angst gehabt. Sie schämte sich ihrer Furcht.

Die Notlandung hatte ihr Angst eingejagt, das plötzliche Auftauchen der Pistolen, der atemberaubende Rollentausch von Leuten wie Frankie Gordino, Tom Luther und dem Ingenieur, die Brutalität dieser hirnlosen Gewaltverbrecher in ihren gräßlichen Anzügen ... Am meisten jedoch fürchtete sie sich, weil der schweigsame Mr. Membury jetzt tot am Boden lag.

Vor lauter Angst wagte sie nicht, sich zu rühren, und deshalb schämte sie sich.

Seit Jahren sprach sie nun davon, den Faschismus bekämpfen zu wollen – und nun bot sich ihr die Gelegenheit. Vor ihren Augen wurde Carl Hartmann von einem Faschisten gekidnappt, um nach Deutschland zurückgebracht zu werden. Und sie mußte tatenlos zusehen, weil sie vor Angst wie erstarrt war.

Vielleicht konnte sie ja *wirklich* nichts ausrichten und setzte nur ihr eigenes Leben aufs Spiel. Aber ich sollte zumindest einen Versuch unternehmen, dachte sie. Schließlich habe ich immer wieder behauptet, ich wäre bereit, mein Leben für die gemeinsame Sache und das Andenken Ians zu riskieren.

Vater hatte nur allzu recht: Meine Tapferkeit war nur gespielt, nur Angeberei. Mein Heldentum existiert nur in meiner Einbildung. Mein Traum als Kradmelder auf dem Schlachtfeld hin und her zu fahren ist nichts als eine Ausgeburt meiner Phantasie. Beim ersten Schuß verkrieche ich mich hinter der nächsten Hecke. In Momenten echter Gefahr versage ich völlig.

Wie erstarrt saß sie da, und das Pochen ihres Herzens dröhnte ihr in den Ohren.

Sie hatte kein Wort mehr gesprochen. Nicht, als der Clipper notwasserte, nicht, als die Gangster an Bord kamen, nicht, als Nancy und Mr. Lovesey in ihrem Wasserflugzeug erschienen. Und auch als der Gangster, den sie Kid nannten, bemerkte, daß das Boot abtrieb, und Vincini Kid und Joe fortschickte, um beim Vertäuen zu helfen, verhielt sie sich völlig still.

Doch als sie sah, daß Kid und Joe in den Wellen untergingen, schrie sie auf.

Sie hatte aus dem Fenster und auf das Wasser gestarrt, ohne wirklich etwas zu sehen, als die beiden Männer plötzlich in ihr Blickfeld kamen. Kid versuchte, sich über Wasser zu halten, aber Joe klammerte sich an seinen Rücken und drückte den Kameraden bei dem Versuch, die eigene Haut zu retten, immer wieder unter Wasser. Ein entsetzlicher Anblick!

Unmittelbar nach ihrem Aufschrei stürzte Tom Luther ans Fenster und sah hinaus. »Sie sind im Wasser!« brüllte er mit sich überschlagender Stimme.

Vincini sagte: »Wer – Kid und Joe?«

»Ja!«

Der Bootsführer warf ihnen ein Seil zu, aber die Ertrinkenden sahen es nicht. Joe schlug in panischer Angst um sich, und Kid wurde durch Joes Gewicht unter Wasser gedrückt.

»So tun Sie doch etwas!« meinte Luther. Er war einer Panik nahe.

»Was denn?« gab Vincini zurück. »Wir können nichts tun. Die Idioten sind zu blöde, um sich selbst zu retten!«

Die beiden Männer wurden auf den Seeflügel zugetrieben. Wären sie ruhig geblieben, so hätten sie hinaufklettern und sich in Sicherheit bringen können. Aber sie sahen ihn nicht.

Kids Kopf ging unter und kam nicht wieder zum Vorschein.

Joe verlor seinen Halt an Kid und schluckte Wasser. Margaret hörte einen heiseren, durch die Schallisolierung des Clippers gedämpften Schrei. Joes Kopf ging unter, kam wieder an die Oberfläche, ging unter und ward nicht mehr gesehen.

Margaret zitterte. Die beiden Männer waren tot.

»Wie konnte das passieren?« fragte Luther. »Wieso sind sie hineingefallen?«

»Vielleicht sind sie hineingestoßen worden«, meinte Vincini.

»Von wem denn?«

»Von jemandem, der sich irgendwo in diesem Scheißflugzeug verkrochen hat.«

Harry! dachte Margaret.

War das möglich? Konnte Harry noch an Bord sein? Hatte er sich während der Durchsuchung der Polizei irgendwo versteckt und war nach der Notwasserung wieder zum Vorschein gekommen? Hat Harry die beiden Gangster ins Wasser gestoßen?

Plötzlich mußte sie an ihren Bruder denken. Percy war, kurz nachdem das Boot am Clipper festgemacht hatte, verschwunden. Margaret hatte angenommen, er wäre zur Toilette gegangen und hätte sich dort seither versteckt. Aber das paßte eigentlich nicht zu Percy. Er neigte eher dazu, sich in Szene zu setzen und Unfrieden zu stiften. Sie wußte, daß er einen Schleichweg zum Flugdeck hinauf gefunden hatte. Was führte er im Schilde?

Luther fluchte: »Es läuft aber auch alles schief! Was sollen wir tun?«

»Wir verdrücken uns wie geplant mit dem Wasserflugzeug: Sie, ich, der Kraut und das Geld«, sagte Vincini. »Und wenn uns wer in die Quere kommt, kriegt er eine Kugel in den Bauch. Reißen Sie sich zusammen! Los jetzt!«

Margaret hatte die furchtbare Vision, sie könnten auf der Treppe Percy begegnen und ihm eine Kugel in den Bauch jagen.

Und dann, gerade als die drei Männer den Speisesaal verließen, erklang auf einmal Percys Stimme im hinteren Teil des Flugzeugs.

Er brüllte aus Leibeskräften: »Stillgestanden, sofort!«

Zu Margarets Verblüffung war Percy mit einer Pistole bewaffnet. Er hielt die Waffe auf Vincini gerichtet.

Es war ein kurzläufiger Revolver. Margaret wußte sofort, daß es sich dabei um die Waffe des FBI-Agenten handeln mußte, die Captain Baker konfisziert hatte. Und nun hielt Percy sie in der Hand, den Arm ausgestreckt wie auf dem Schießstand.

Vincini drehte sich langsam um.

Obwohl sie um sein Leben fürchtete, war Margaret stolz auf Percy.

Der Speiseraum war überfüllt. Hinter Vincini und gleich neben Margarets Sitzplatz stand Luther, der Hartmann seine Waffe an die Schläfe drückte. Auf der anderen Seite des Abteils standen Nancy, Mervyn Lovesey, Diana Lovesey, Captain Baker und der Ingenieur. Fast alle Plätze waren besetzt.

Vincini sah Percy lange an und meinte schließlich: »Mach, daß du hier verschwindest, Kleiner.«

»Lassen Sie Ihre Waffen fallen«, sagte Percy im krächzenden Ton eines jungen Mannes im Stimmbruch.

Vincini bewegte sich überraschend flink. Er warf sich zur Seite und hob die Waffe. Ein Schuß fiel. Der Knall war ohrenbetäubend. Margaret hörte einen Schrei und brauchte einen Moment, um zu begreifen, daß er aus ihrem eigenen Mund kam. Es war nicht ersichtlich, wer auf wen geschossen hatte. Percy schien indessen nichts zu fehlen. Doch dann torkelte Vincini, und Blut sprudelte aus seiner Brust. Er fiel zu Boden und ließ den Aktenkoffer fallen, der dabei aufsprang.

Das Blut spritzte über die gebündelten Banknoten.

Alle Blicke richteten sich nun auf Luther, den letzten Überlebenden der Gang.

Carl Hartmann machte sich die momentane Ablenkung des Mannes zunutze, befreite sich mit einer schnellen Bewegung aus der Umklammerung und warf sich zu Boden. Margaret fürchtete im ersten Moment, Hartmann könne erschossen werden, dann dachte sie, Luther würde Percy töten. Doch was dann passierte, traf sie völlig unvorbereitet.

Luther griff nach *ihr.*

Er zog sie vom Sitz, suchte hinter ihr Deckung und hielt ihr, wie zuvor Hartmann, die Waffe an die Schläfe.

Alle erstarrten.

Sie war vor Schreck wie gelähmt, konnte sich weder rühren noch sprechen, geschweige denn schreien. Der Lauf der Pistole bohrte sich schmerzhaft in ihre Schläfe. Luther zitterte am ganzen Leib und schien ebenso viel Angst zu haben wie sie. In die Stille hinein sagte er: »Hartmann, gehen Sie zur Bugtür und auf das Boot. Tun Sie, was ich Ihnen sage, sonst knall' ich das Mädchen ab.«

Margaret spürte, wie sie unvermittelt eine furchtbare Ruhe überkam. Mit brutaler Deutlichkeit erkannte sie, wie unglaublich gerissen und berechnend Luther war. Hätte er die Waffe lediglich auf Hartmann gerichtet, dann hätte dieser vielleicht gesagt: »Dann erschießen Sie mich doch – ich sterbe lieber, als nach Deutschland zurückzukehren.« Aber nun stand *ihr* Leben auf dem Spiel. Hartmann wäre vielleicht bereit gewesen, sein eigenes Leben zu opfern, nicht aber das eines jungen Mädchens.

Hartmann stand langsam auf.

Mit gnadenloser Logik machte sich Margaret klar, daß nun alles von ihr abhing. Sie konnte Hartmann retten, indem sie sich selbst opferte. Das ist grauenvoll, dachte sie. Ich habe damit nicht gerechnet, ich bin nicht bereit dazu, ich kann das nicht!

Sie erhaschte einen Blick ihres Vaters. Er starrte sie entsetzt an.

In diesem schrecklichen Moment erinnerte sie sich daran, wie er sie damit aufgezogen hatte, daß sie zu weich zum Kämpfen sei und es kaum einen Tag bei der Fahrbereitschaft der Armee aushalten würde.

Hatte er recht?

Ich brauche mich nur zu bewegen. Luther wird mich umbringen, doch dann werden sich die anderen Männer auf ihn stürzen, ehe er Hartmann etwas antun kann.

Die Zeit schien stillzustehen wie in einem Alptraum.

Ich kann es, dachte sie, noch immer besessen von kalter Selbstbeherrschung.

Sie holte tief Luft und dachte: Auf Wiedersehen, ihr alle.

Da ertönte plötzlich Harrys Stimme hinter ihr. »Mr. Luther, ich glaube, Ihr U-Boot ist eingetroffen.«

Alle schauten aus dem Fenster.

Margaret spürte, daß der Druck der Pistole an ihrer Schläfe ein wenig nachließ, und erkannte, daß Luther momentan abgelenkt war.

Sie duckte sich und entwand sich ihm.

Ein Schuß dröhnte, aber sie fühlte nichts.

Alle bewegten sich gleichzeitig.

Eddie, der Ingenieur, flog an ihr vorbei und stürzte sich wie ein Baum auf Luther.

Margaret sah, daß Harry nach Luthers Hand griff und ihm die Waffe entriß.

Sie begriff benommen, daß sie noch am Leben war.

Plötzlich fühlte sie sich so schwach wie ein Baby und ließ sich hilflos auf den nächsten Sitz fallen.

Percy kam zu ihr herübergelaufen. Sie umarmte ihn und hörte sich sagen: »Alles in Ordnung?«

»Ich denke schon«, gab er zittrig zurück.

»Wie mutig du bist!«

»Du auch!«

Ja, das war ich, dachte sie, ich war mutig.

Die Passagiere schrien alle durcheinander, und Captain Baker rief mit dröhnender Stimme: »Ruhe bitte!«

Margaret sah sich um.

Luther lag mit dem Gesicht nach unten auf dem Boden. Eddie und Harry waren über ihm und hielten ihn fest. Die Gefahr aus dem Innern der Maschine war gebannt. Margaret blickte hinaus und sah ein U-Boot, das wie ein riesiger grauer Hai auf dem Wasser trieb. Die nassen Stahlflanken glänzten im Sonnenschein.

Wieder meldete sich der Captain zu Wort: »In der Nähe befindet sich ein Patrouillenboot der Marine. Wir werden uns sofort über Funk mit ihm in Verbindung setzen und das Auftauchen des U-Bootes melden.« Die Besatzung hatte Abteil eins inzwischen verlassen, und der Captain wandte sich an den Funker: »Machen Sie sich an die Arbeit, Ben!«

»Jawohl, Sir. Sie sind sich natürlich darüber im klaren, daß der Kommandant des U-Bootes möglicherweise unsere Botschaft hören und sich aus dem Staub machen kann.«

»Um so besser!« fauchte der Captain. »Unsere Passagiere haben genug ausgestanden.«

Der Funker ging die Treppe zum Flugdeck hinauf.

Alle starrten sie das U-Boot an. Die Luke blieb geschlossen. Der Kommandant wartete offenbar ab.

Captain Baker fuhr fort: »Einen der Gangster haben wir noch nicht geschnappt: den Bootsführer. Ich möchte ihn in Gewahrsam nehmen. Eddie, gehen Sie zur Bugtür, und locken Sie den Kerl an Bord – sagen Sie, Vincini will ihn sprechen.«

Eddie ließ von Luther ab und ging aus dem Abteil.

Der Captain wandte sich an den Navigator: »Jack, sammeln Sie diese verdammten Waffen ein und entladen Sie sie.«

Er merkte, daß er geflucht hatte, und fügte hinzu: »Entschuldigen Sie den Ausdruck, meine Damen.«

Nach so vielen schlimmen Kraftausdrücken seitens der Gangster mußte Margaret darüber lachen, daß sich der Captain für ein »verdammt« entschuldigte. Die Passagiere um sie herum lachten ebenfalls, was Captain Baker im ersten Moment verwirrte. Doch dann erkannte auch er die Komik der Situation und lächelte.

Das Gelächter wirkte befreiend. Die Gefahr war vorüber. Nach und nach fiel die Anspannung von den Passagieren ab. Margaret fühlte sich noch immer unwohl und bemerkte, daß sie am ganzen Körper zitterte.

Der Captain stieß Luther mit der Schuhspitze an und wandte sich an eines der Besatzungsmitglieder. »Johnny, verfrachten Sie den Kerl ins erste Abteil und lassen Sie ihn nicht aus den Augen.«

Harry gab Luther frei, und ein Mann von der Crew führte ihn ab.

Harry und Margaret sahen sich an.

Sie hatte sich eingebildet, er hätte sie verlassen. Sie hatte gedacht, sie würde ihn nie wiedersehen. Sie hatte fest damit gerechnet, sterben zu müssen. Die plötzliche Erkenntnis, daß sie beide am Leben waren, daß sie zusammen waren, war so wundervoll, daß sie es kaum ertragen konnte. Harry setzte sich neben sie, und Margaret ließ sich in seine Arme sinken. Wortlos umarmten sie sich.

Nach einer Weile murmelte Harry ihr ins Ohr: »Schau mal nach draußen.«

Das U-Boot versank langsam in den Fluten.

Margaret lächelte Harry an und küßte ihn.

Carol-Ann konnte sich, als alles vorüber war, nicht dazu durchringen, Eddie zu berühren.

Sie saß im Speiseraum und trank heißen Kaffee mit viel Milch, den Steward Davy für sie gekocht hatte. Sie war blaß und zitterte, beteuerte aber immer wieder, ihr ginge es ausgezeichnet. Doch bei jeder Berührung Eddies zuckte sie zusammen.

Er saß dicht neben ihr und sah sie an, aber sie wich seinem Blick aus. Leise sprachen sie über alles, was sich ereignet hatte, und wie unter Zwang berichtete Carol-Ann immer wieder aufs neue, wie die Männer ins Haus eingedrungen waren und sie ins Auto gezerrt hatten. »Ich war gerade dabei, Pflaumen einzumachen!« sagte sie mehrmals, und es klang beinahe, als wäre dies für sie das Ungeheuerlichste an der ganzen Geschichte gewesen.

»Jetzt ist ja alles vorbei«, sagte Eddie dann jedesmal, worauf sie heftig mit dem Kopf nickte. Doch er spürte, daß sie ihm nicht wirklich glaubte.

Schließlich sah sie ihn an und fragte: »Wann mußt du wieder fliegen?«

Da ging ihm endlich ein Licht auf: Sie hatte Angst davor, wieder allein gelassen zu werden, Angst vor den Gefühlen, die sie dann überkommen könnten. Eddie war erleichtert: Darüber brauchte sie sich nun wahrhaftig keine Sorgen zu machen. »Ich werde nicht mehr fliegen«, erklärte er. »Ich werde kündigen, denn andernfalls müßten sie mich vor die Tür setzen. Einen Ingenieur, der seine Maschine mit Absicht runterbringt, so wie ich, können sie nicht länger beschäftigen.«

Da mischte sich Captain Baker, der einen Teil der Unterhaltung mitbekommen hatte, ein. »Lassen Sie sich von mir eines sagen, Eddie. Ich habe volles Verständnis für Ihre Handlungsweise. Man hat Sie in einen fast unlösbaren Konflikt gestürzt, den Sie nach bestem Wissen und Gewissen bewältigt haben. Mehr noch: Ich kenne keinen anderen, der das Ding so tadellos gedreht hätte wie Sie! Sie haben Mut und Klugheit bewiesen, und ich bin stolz darauf, mit Ihnen zu fliegen.«

»Vielen Dank, Sir«, sagte Eddie und spürte einen Kloß im Hals. »Ich kann Ihnen gar nicht sagen, wieviel mir Ihre Worte bedeuten.« Aus dem Augenwinkel bemerkte er Percy Oxenford, der allein auf seinem Platz saß und seinen Schock noch nicht überwunden zu haben schien. »Ich glaube, Sir, wir sollten uns alle bei unserem jungen Percy bedanken. Er war's, der uns letztlich gerettet hat!«

Percy hörte ihn und sah auf.

»Ganz recht«, sagte der Captain, klopfte Eddie auf die Schulter und ging auf den Jungen zu, um ihm die Hand zu schütteln. »Percy, du bist ein Teufelskerl!«

Percys Miene hellte sich merklich auf. »Vielen Dank«, sagte er.

Der Captain setzte sich für einen Moment zu ihm, und Carol-Ann sagte zu Eddie: »Was wirst du tun, wenn du nicht mehr fliegst?«

»Ich gründe das Geschäft, von dem wir immer geredet haben.«

Ein Hoffnungsschimmer blitzte in ihren Augen, aber so ganz

schien sie es noch immer nicht glauben zu wollen. »Können wir uns das denn leisten?«

»Meine Ersparnisse reichen, um das Flugfeld zu kaufen. Für alles andere, was wir für den Anfang brauchen, nehme ich einen Kredit auf.«

Carol-Anns Miene hellte sich zusehends auf. »Meinst du, wir könnten das Geschäft gemeinsam führen?« fragte sie. »Ich könnte mich ja um die Buchhaltung kümmern und Telefondienst machen, wenn du mit den Reparaturen und dem Auftanken beschäftigt bist.«

Eddie nickte lächelnd. »Klar, zumindest bis das Baby kommt.«

»Wie ein kleines Familienunternehmen.«

Er beugte sich vor und nahm ihre Hand. Diesmal zuckte sie nicht zusammen, sondern erwiderte sanft seinen Händedruck. »Wie ein Familienunternehmen«, meinte er, »Papa und Mama und später dann die Kinder.« Endlich lächelte sie.

Als Diana Mervyn auf die Schulter tippte, legte Nancy gerade die Arme um ihn.

Sie war außer sich vor Freude und Erleichterung – sie war noch am Leben, und der Mann, den sie liebte, war bei ihr! Blieb abzuwarten, ob Diana beabsichtigte, ihr diesen wunderbaren Augenblick zu vergällen ... Ihre Absicht, Mervyn zu verlassen, war immer wieder ins Wanken geraten. Mervyn selbst hatte soeben erst bewiesen, wieviel ihm an ihr lag, indem er mit den Gangstern um ihre Rettung gefeilscht hatte. War Diana nun etwa gekommen, weil sie zu ihm zurückkehren wollte?

Mervyn drehte sich um. Der Blick, mit dem er seine Frau bedachte, verriet Vorsicht. »Nun, Diana?«

Ihr Gesicht war noch feucht von Tränen, dennoch wirkte sie entschlossen. »Wollen wir uns die Hände geben?« fragte sie.

Nancy war sich nicht sicher, was die Frage bedeuten sollte, und Mervyns argwöhnischer Gesichtsausdruck ließ darauf schließen, daß auch er im dunkeln tappte. Trotzdem gab er Diana die Hand und sagte: »Ja, natürlich.«

Diana umschloß sie mit beiden Händen, und erneut kullerten

Tränen aus ihren Augen. Nancy dachte: Jetzt sagt sie gleich: *Laß es uns noch einmal gemeinsam versuchen!* Doch dann hörte sie, wie Diana erklärte: »Viel Glück, Mervyn. Ich wünsche dir alles erdenklich Gute.«

Mervyn wirkte ergriffen. »Ich danke dir, Diana. Das wünsche ich dir auch.«

Und urplötzlich verstand Nancy, worum es ging: Die beiden verziehen einander die Kränkungen der Vergangenheit. Sie trennten sich, aber sie wollten Freunde bleiben.

Aus einer plötzlichen Eingebung heraus sagte Nancy zu Diana: »Würden Sie mir auch die Hand geben?«

Die andere Frau zögerte nur einen Sekundenbruchteil, ehe sie »Ja« sagte. Sie schüttelten sich die Hände. »Ich wünsche Ihnen alles Gute«, sagte Diana.

»Ich Ihnen auch.«

Dann drehte sich Diana um, ohne ein weiteres Wort zu verlieren, und ging in ihr Abteil zurück.

Mervyn wandte sich Nancy zu. »Und was wird nun aus uns? Was sollen wir tun?«

Nancy wurde klar, daß sie noch gar keine Zeit gehabt hatte, ihn in ihre Pläne einzuweihen. »Ich werde Nat Ridgeways Managerin für Europa.«

Mervyn war überrascht. »Wann hat er dir das denn angeboten?«

»Hat er nicht – aber er wird es tun«, meinte sie mit einem glücklichen Lachen.

Sie hörte einen Motor aufheulen. Keiner der riesigen Motoren des Clippers – sondern eine kleinere Maschine. Ob es das Marineboot war? Nancy sah aus dem Fenster.

Überrascht stellte sie fest, daß das Boot der Gangster die Leinen vom Clipper und dem kleinen Wasserflugzeug losgemacht hatte und sich nun mit zunehmender Geschwindigkeit entfernte. Aber wer stand am Steuer?

Margaret gab Vollgas, um das Boot so rasch wie möglich aus der Nähe des Clippers zu bringen.

Der Wind blies ihr das Haar aus dem Gesicht, und sie jauchzte vor Freude auf. »Frei!« schrie sie. »Ich bin frei!«

Harry und sie waren gleichzeitig auf die Idee gekommen.

Unschlüssig hatten sie im Gang herumgestanden, als der Ingenieur den Bootsführer die Treppe herunterbrachte und ins erste Abteil sperrte, wo bereits Luther festgehalten wurde. Und in diesem Augenblick war ihnen beiden der gleiche Gedanke gekommen.

Die Passagiere und Besatzungsmitglieder waren vollauf damit beschäftigt, sich gegenseitig zu ihrer Rettung zu gratulieren. Niemand bemerkte daher, wie Harry und Margaret sich in den Bug hinunterschlichen und das Boot bestiegen. Der Motor tuckerte im Leerlauf. Harry hatte die Taue gelöst, während Margaret die Hebel und Schalter überprüfte: Alles genau wie auf Vaters Boot in Nizza! Es dauerte keine Sekunde, und sie waren auf und davon.

Margaret konnte sich nicht vorstellen, daß sie verfolgt würden. Die vom Ingenieur angeforderte Marinepatrouille war mit der Verfolgung des deutschen U-Boots beschäftigt und gab sich wohl kaum mit einem Mann ab, der in London ein Paar Manschettenknöpfe geklaut hatte. Und wenn die Polizei aufkreuzte, so hatte sie alle Hände voll zu tun, so daß wohl einige Zeit verstrich, bis sich irgendwer den Kopf über Harry Vandenpost zerbrach.

Harry kramte in einem Schrank herum und fand ein paar Seekarten. Nachdem er sich eine Zeitlang in sie vertieft hatte, sagte er: »Die meisten Karten sind von den Gewässern in der Nähe einer Bucht namens Black Harbour, die genau an der Grenze zwischen den USA und Kanada liegt. Ich glaube, wir sind gar nicht weit davon entfernt. Wir sollten Kurs auf die kanadische Seite nehmen.«

Und kurz darauf fügte er hinzu: »Ungefähr fünfundsiebzig Meilen nördlich von hier liegt ein größerer Ort. Er heißt St. John. Dort gibt es einen Bahnhof. Fahren wir nach Norden?«

Margaret warf einen Blick auf den Kompaß. »Ja, mehr oder weniger.«

»Von Navigation habe ich keine Ahnung, aber wenn wir in Sichtweite der Küste bleiben, könnten wir eigentlich nichts falsch machen. Wir sollten so gegen Einbruch der Dämmerung da sein.«

Margaret schenkte ihm ein Lächeln.

Er legte die Karten beiseite, stellte sich neben sie ans Steuerrad und wandte den Blick nicht mehr von ihr.

»Hm?« fragte sie. »Was gibt's?«

Er schüttelte ungläubig den Kopf. »Du bist so unglaublich schön«, sagte er. »Und du magst mich!«

Sie lachte. »Jeder mag dich, wenn er dich erst kennt.«

Er legte seinen Arm um ihre Taille. »Das ist vielleicht toll, mit einem Mädchen wie dir in einem Boot im Sonnenschein herumzufahren! Meine alte Mutter hat immer behauptet, ich wäre ein Glückskind – und sie hat recht gehabt, oder?«

»Was machen wir in St. John?« fragte sie.

»Wir gehen an Land, spazieren in den Ort hinein, nehmen uns ein Zimmer für die Nacht und steigen am nächsten Morgen in den ersten Zug.«

»Wenn ich nur wüßte, wie wir an Geld kommen könnten«, sagte sie und runzelte besorgt die Stirn.

»Ja, das ist ein Problem. Ich habe nur ein paar Pfund, und wir müssen Hotels, Fahrkarten, neue Kleidung und sonstwas bezahlen . . .«

»Hätte ich doch nur meine Reisetasche mitgebracht, so wie du.«

Er lächelte verschmitzt. »Das ist nicht meine Tasche«, sagte er. »Die gehört Mr. Luther.«

Seine Erklärung verwirrte sie. »Aber warum hast du denn ausgerechnet Mr. Luthers Tasche mitgenommen?«

»Weil da hunderttausend Pfund drin sind«, gab er zurück und fing an zu lachen.

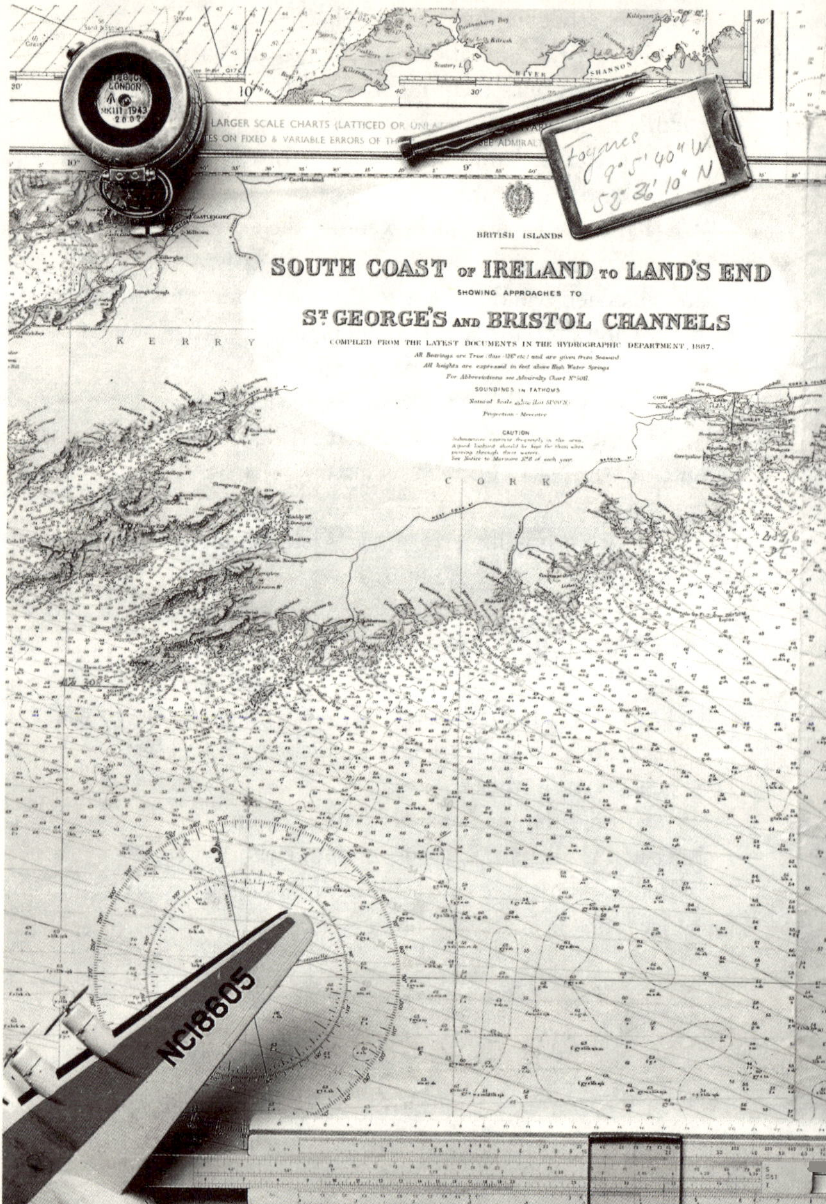

BRITISH ISLANDS
SOUTH COAST OF IRELAND TO LAND'S END
SHOWING APPROACHES TO
St GEORGE'S AND BRISTOL CHANNELS
COMPILED FROM THE LATEST DOCUMENTS IN THE HYDROGRAPHIC DEPARTMENT, 1887.
SOUNDINGS IN FATHOMS
CAUTION
KERRY
CORK
SHANNON
LARGER SCALE CHARTS (LATTICED OR UNLAT
Foynes
9° 5' 40" W
52° 36' 10" N
LONDON
MK III 1943
NC18605

ANMERKUNG DES AUTORS

Das goldene Zeitalter der Flugboote währte nicht lange. Nur zwölf Boeing 314 wurden gebaut, sechs vom ersten Modell, weitere sechs eines leicht abgeänderten Modells mit der Bezeichnung B 314A. Neun Maschinen wurden zu Beginn des Krieges den amerikanischen Streitkräften übergeben. Eine davon, der *Dixie Clipper*, beförderte Präsident Roosevelt im Januar 1943 zur Konferenz von Casablanca. Eine weitere, der *Yankee Clipper*, stürzte im Februar 1943 unweit von Lissabon ab, wobei neunundzwanzig Menschen ums Leben kamen. Es war der einzige Absturz in der Geschichte dieses Flugzeugtyps.

Die drei Maschinen, die Pan American nicht den amerikanischen Streitkräften überließ, wurden an die Briten verkauft und ebenfalls dazu benutzt, bedeutende Politiker über den Atlantik zu befördern: In der *Bristol* und der *Berwick* flog Churchill.

Der Vorteil der Flugboote lag darin, daß sie keine langen und kostspieligen Start- und Landebahnen brauchten. Doch im Laufe des Krieges wurden überall Rollfelder aus Beton gebaut, auf denen schwere Bomber landen konnten.

Nach Kriegsende galt die B 314 folglich als unwirtschaftlich, und die riesigen Maschinen wurden eine um die andere verschrottet oder versenkt.

Heute gibt es auf der ganzen Welt keine einzige Maschine dieses Typs mehr.

Botwood
55° 11' W
49° 8' 40" N
C. St. John
Notre Dame Bay
Fogo I.
Comfort Cove
Lewisport
Botwood
N E W F O D L A N D
Clarenville
D. 467
Blue Hills of Couteau
Ramea
Ramea South Bk
Penguin I.
Watch Rk
Pinnacle Sh.
Hermitage Bay
Pass I.
Fortune Bay
Burgeo
Bank
C. Blanc
Burin Pen.la
Grand Bank
Dantzic Pt
Burin
Dodding Head
St Lawrence
Ferryland Hd
PLACENTIA BAY
C. St. Marys
St Mary Cay
Lamb Rk
Ile St. Pierre
Pte de Galantry
Cloue Rk
1200
1300
1400
1600
1580
1560
56°
30'
55°
30'
54°

DANKSAGUNG

Ganz herzlich möchte ich mich bei den vielen Menschen und Organisationen bedanken, die mir bei den Recherchen für dieses Buch behilflich waren. Mein besonderer Dank gilt:
Pan American Airlines in New York, insbesondere der Bibliothekarin Liwa Chiu;
Lord Willis in London;
Chris Makepeace in Manchester;
Ray Facey von Associated British Ports und
Ian Sinclair von der RAF Hythe in Southampton;
Margaret O' Shaughnessy vom Flying Boat Museum in Foynes;
Tip Evans, dem Botwood Heritage Museum und den gastfreundlichen Einwohnern der Gemeinde Botwood;
Ned Belliveau und seiner Familie sowie Charles Allain und dem Moncton Museum in Shediac;
den ehemaligen Pan-American-Besatzungs-mitgliedern sowie jenen Angestellten, die selbst noch mit dem Clipper geflogen sind:
Madeline Cuniff, Bob Fordyce, Lew Lindsey,
Jim McLeod, States Mead, Roger Wolin und
Stan Zedalis
und Dan Starer und Pam Mendez, die die meisten der erwähnten Personen ausfindig gemacht haben.

NORTH AMERICA EAST COAST
NOVA SCOTIA, PRINCE EDWARD I.
AND PART OF
NEW BRUNSWICK
FROM THE LATEST ADMIRALTY SURVEYS, 1891.
SOUNDINGS IN FATHOMS
N E W B R U N S W I C K

ANGABEN ZUM SCHUTZUMSCHLAG

Das Original mit den Abmessungen 435 mm x 985 mm x 220 mm ist ein aus genieteten Aluminiumplatten nachgebautes Tragflächensegment im Bereich des Querruders mit den authentischen Warnhinweisen für das Wartungspersonal.

Die mit einem Sieb aufgedruckte Titelschrift »Superstar« sowie die Initialen der Textseiten entsprechen der Originaltype der Kennung auf den damaligen Pan-Am-Maschinen, wie sie auch auf dem Modell der B 314 zu sehen ist.

Der Künstler dankt: Für den Siebdruck Holger und Thorsten Vernier, für die englischen Seekarten und nautischen Instrumente aus den 30er Jahren Manfred Gehlhaar, für die Navigationshinweise Kapitän Alfred Lässig aus Cuxhaven.

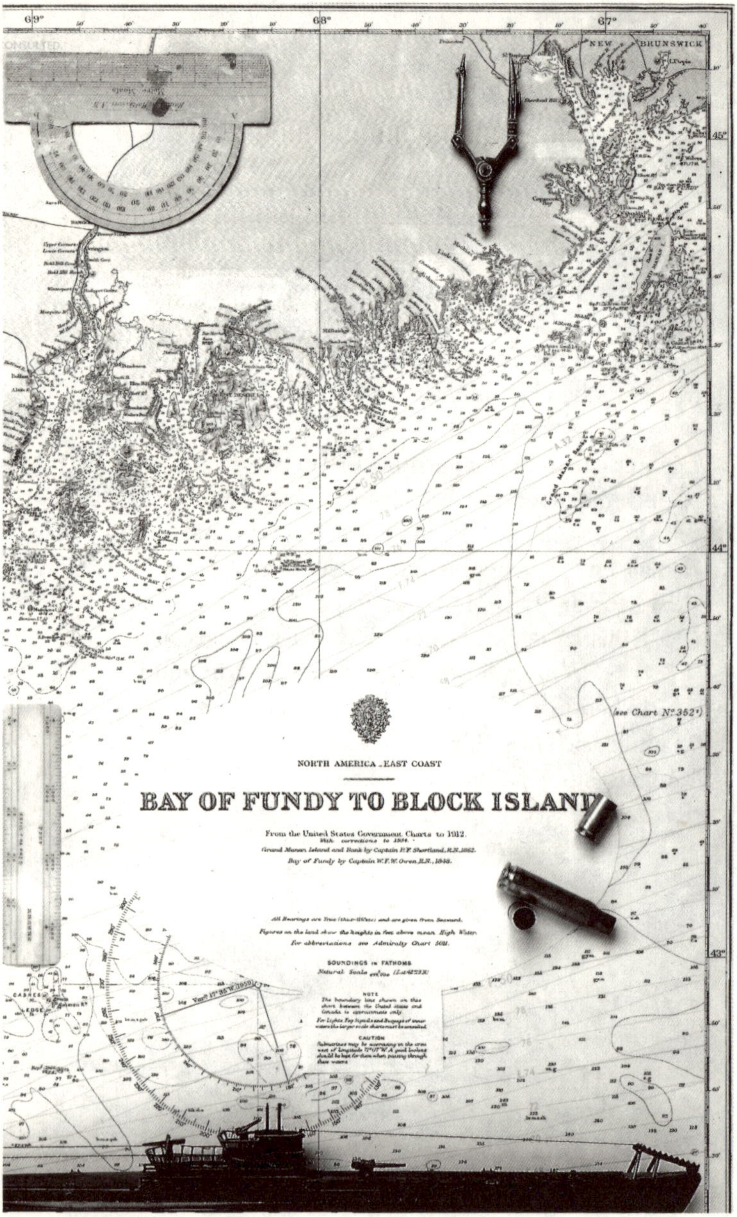

NEW BRUNSWICK
(see Chart No 352¹)
NORTH AMERICA _ EAST COAST
BAY OF FUNDY TO BLOCK ISLAND
From the United States Government Charts to 1912.
Grand Manan Island and Bank by Captain P.F. Shortland, R.N. 1862.
Bay of Fundy by Captain W.F.W. Owen, R.N., 1848.
All Bearings are True and are given from Seaward.
Figures on the land show the heights in feet above mean High Water.
For abbreviations see Admiralty Chart 5011.
SOUNDINGS in FATHOMS
NOTE
The boundary line shown on this chart between the United States and Canada is approximate only
CAUTION

UNITED STATES — EAST COAST
NEW YORK HARBOUR
AND
APPROACHES
FROM THE UNITED STATES GOVERNMENT CHARTS TO 1936.
With corrections to 1937.
Soundings in Hairline from smaller scale United States Government Charts.
Bearings refer to the True Compass and are given from Seaward (thus:—126° etc.)
All Heights are expressed in Feet above Mean High Water Springs.
For Abbreviations see Admiralty Chart 5011.
SOUNDINGS IN FATHOMS
(Under Eleven in Fathoms and Feet)
Projection — Mercator
SEA LANES
The Sea Lanes shown on this chart are recommended for use by vessels approaching or leaving New York Harbour. The buffer zones separating inbound and outbound lanes are intended to be used for crossing purposes only.
Sea Lanes and buffer zones should be crossed with extreme caution.
CAUTIONS
BRONX
MANHATTAN ISLAND
NEW YORK CITY
HUDSON RIVER
LONG ISLAND CITY
BROOKLYN
JERSEY CITY
UPPER BAY
STATEN
ISLAND
Greenwich
Port Chester
Mamaroneck
New Rochelle
Sea Cliff
Flushing Bay
Flushing
Weehawken
Hoboken
Newark
Baffin Bai
Hudson Bai
Labrador